河南省"十四五"普通高等教育规划教材

河南省教育厅哲学社会科学基础研究重大项目（编号：2018-JCZD-023）阶段性成果
河南省新文科研究与改革实践项目（编号：2021JGLX113）阶段性成果

河洛文学概论

◎主编　刘保亮

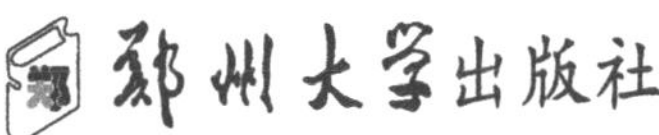

图书在版编目（CIP）数据

河洛文学概论 / 刘保亮主编. — 郑州 : 郑州大学出版社, 2021. 9（2024.6 重印）
河南省“十四五”普通高等教育规划教材
ISBN 978-7-5645-7985-2

Ⅰ. ①河… Ⅱ. ①刘… Ⅲ. ①地方文学 - 文学理论 - 河南 - 高等学校 - 教材 Ⅳ. ①I209.961

中国版本图书馆 CIP 数据核字（2021）第 135915 号

河洛文学概论
HELUO WENXUE GAILUN

策划编辑	骆玉安	封面设计	苏永生
责任编辑	申从芳	版式设计	苏永生
责任校对	王晓鸽	责任监制	李瑞卿

出版发行	郑州大学出版社	地　　址	郑州市大学路 40 号（450052）
出 版 人	孙保营	网　　址	http://www.zzup.cn
经　　销	全国新华书店	发行电话	0371-66966070
印　　刷	廊坊市印艺阁数字科技有限公司		
开　　本	710 mm×1 010 mm　1 / 16		
印　　张	19.5	字　　数	361 千字
版　　次	2021 年 9 月第 1 版	印　　次	2024 年 6 月第 2 次印刷

书　　号	ISBN 978-7-5645-7985-2	定　　价	68.00 元

编委会

主　编　刘保亮

副主编　宋红霞　张丽娜

编　委　闻　兵　孔秋叶

邱　贤　丁琳慧

前言

河洛文化是以洛阳为中心的黄河与洛水交汇地区的物质与精神文化的总和。河洛文化是黄河文化的重要组成部分。习近平总书记在黄河流域生态保护和高质量发展座谈会上指出:“黄河文化是中华文明的重要组成部分,是中华民族的根和魂”;黄河流域“孕育了河湟文化、河洛文化、关中文化、齐鲁文化”。面对“保护、传承、弘扬黄河文化”的国家战略,面对河南建设洛阳副中心城市和洛阳都市圈,打造洛阳国际人文交往中心,如何传承与创新河洛文化是目前面临的一项重大而紧迫的任务,而在此方面洛阳高校肩负着义不容辞的使命和责任。

河洛文学是河洛文化的重要构成。它作为地域文学,由河洛文化孕育,是对河洛文化的书写、表现和凝聚。洛阳高校对河洛文化的传承,河洛文学是题中应有之义。同时,河洛文学在中国文学史中有着独特的地位和影响,所谓“汉魏文章洛阳半”,河洛地域既是中国古典文学的发祥地,又是其发展演变的关键地区,一部河洛文学史可以说就是一部浓缩的中国文学史。因此,编写一部河洛文学教材,是对国家和省市文化发展战略的现实呼应,也是高校学科建设之内在需要。

《河洛文学概论》教材已于 2015 年推出,并在近几年的教学实践中应用。2019 年 9 月,本教材入选河南省“十四五”普通高等教育规划教材立项建设名单(教高〔2020〕469 号)。此次按照文件要求修订出版,一是进一步挖掘教材中的思政元素,以文化人,注重培养大学生的人文情怀;二是及时补充吸收近几年来的学术研究成果,特别是本地专家学者的最新著述(因教材特点,不再一一注明),努力提高教材的科学性和先进性;三是对章节内容适当调整,河洛地域范围主要聚焦于洛阳(参考古代以洛阳为治所的“三川郡”“河南尹”“河南郡”“河南府”等行政区划，把历史上曾受其管辖的巩义、登封、渑池等也纳入其中)，以不断增加教材的针对性和适用性。另外，参编人员也根据实际情况而有所变动。

目前学科建设已成为高校教学与科研之中枢，具有创新性和应用型的地方特色课程教材更是学科建设之基石。期望此次《河洛文学概论》的修订出版是一次有益探索并取得实效。

编　者

2021 年 6 月

目录

绪论　河洛文化与河洛文学

河洛文化

河洛文化是以洛阳为中心的黄河与洛水交汇地区的物质与精神文化的总和。“河洛”的“河”指“黄河”，“洛”指“洛河”。从地理范围看，河洛地区是以洛阳为中心，东至郑州、开封一带，西界华阴、潼关一线，南至汝颍，北跨黄河而达晋南、济源。但“河洛”不单是一个地域概念，更是一个具有丰富内涵的人文概念。从文化意义看，河洛文化圈的地域影响则涵盖了目前河南省全部地区。

河洛地区为古豫州腹地，秉中和之气，性理安舒，尤其适合人类的发展与繁衍，这使这一地区率先进入文明时代并出现“国家”，成为华夏文明的重要发源地。无论是氏族部落时期裴李岗文化的文明贡献，还是世袭王朝时代二里头文化的早期灿烂；无论是《史记·封禅书》的“昔三代之居，皆在河洛间”，还是左思《三都赋》的“崤函有帝皇之宅，河洛为王者之里”，都表明河洛文化在中华文明起源与发展中的引领作用与核心地位。它以“河图”“洛书”为标志，体现了中华传统文化的根源性；以夏商周三代文化为主干，体现了中华传统文化的传承性；以洛阳十三朝古都所凝聚的文化精华为核心，体现了中华传统文化的厚重性；以“河洛郎”南迁为途径，体现了中华传统文化的辐射性。

河洛文化历史悠久，博大精深。举其要点，概述如下。

一、根在河洛

河洛文化具有“根文化”的重要特征。河洛地区早在旧石器时代就是人类重要的活动地带。1957 年，在三门峡等地，发掘出土了相当于北京猿人时期使用的石制工具；1984 年，又在卢氏发现了距今约十万年的原始人头骨化石；1978 年还在洛阳市凯旋东路南侧，发现了距今五六万年的旧石器 40 件，并有古象化石出土；2000 年，在黄河小浪底库区发现了距今 4000 万年的世纪曙猿化石。这一系列考古新成就，证明了河洛地区曾是我国早期人类的发祥地，是黄河流域早期古代文明的先驱。

新石器时代的裴李岗文化、仰韶文化、龙山文化、二里头文化都在河洛地区有典型的遗存。裴李岗文化，为距今约8000年的新石器时代的中期。孟津县寨根遗址、渑池班村遗址、偃师西高崖遗址、新安县西沃乡黄河对岸的长泉遗址，都有不同器物的考古发现。距今7000年到5000年的仰韶文化，是以渑池县仰韶村遗址命名的。近年来发现的王湾遗址、孙旗屯遗址、锉李遗址等，都是仰韶文化时期典型的先民聚落地，证明在距今五六千年，河洛流域的伊、洛、廛、涧沿岸和涧西的周山脚下，已经是村落棋布、人口密集的地区，河洛人在这里过着相对稳定的农业定居生活。

双槐树遗址被命名为黄帝时期的“河洛古国”。双槐树遗址位于黄河南岸高台地上、伊洛河汇流入黄河处的河南巩义河洛镇，处于河洛文化中心区。遗址发现有仰韶文化中晚阶段的大型中心居址、大型连片块状夯土遗迹、三处经过严格规划的大型公共墓地、三处夯土祭祀台遗迹，并出土了一大批仰韶文化时期丰富的文化遗物。在双槐树遗址的中心居址区内，发现了摆放成北斗星形状的九个陶罐。北斗七星，有时也叫作北斗九星。根据上古时代的观测，北斗七星其实还有两颗附域的小星，加起来一共是九颗星。其中一颗如今已看不到的星，专家推测可能是景星，即一个爆发的超新星。《河图》记载：“黄帝治，景星见于北斗也。”也即在北斗附近出现景星的时候，是黄帝治理天下的繁盛时代。北斗九星天文遗迹的发现，表明5000多年前的“北斗”崇拜是当时仰韶先民的最高信仰之一，也说明当时人们已经具有相对成熟的“天象授时观”。遗址还出土了中国最早的骨质蚕雕，这件艺术品长6.4厘米，宽不足1厘米，厚0.1厘米，用野猪獠牙雕刻而成，呈一条正在吐丝的家蚕形象。它的做工十分精致，腹足、胸足、头部组合明晰，和现代的家蚕极为相似，同时背部凸起，头昂尾翘，与蚕吐丝或即将吐丝时的形象高度契合。这是迄今发现的仰韶时期与养蚕及丝绸起源相关联的、比较直观的实物资料。它与青台遗址等周边同时期遗址出土的迄今最早丝绸实物一起，实证了5300年前后黄河中游地区的先民们已经养蚕缫丝。双槐树遗址宏大的建筑规模，严谨有序的布局，所表现的社会发展模式和承载的思想观念，无不呈现出古国时代的王都气象，它实证了在5300年前后这一中华文明起源的黄金阶段，河洛地区是当时最具代表性和影响力的文明中心。在这一阶段，文化上的中国已具雏形，而河洛古国则堪称“早期中华文明的胚胎”。

河图洛书是华夏文明的源头，也是中华先民对人类文明的杰出贡献。

《易·系辞上》云:"河出图,洛出书,圣人则之。"河洛地区是河图洛书的发祥地,也是周易八卦的故乡。相传,距今七八千年的伏羲时代,有个马头龙身的神物从黄河里跃出,它身上的旋毛变成一块玉版被献给伏羲,玉版上的数字"一六居下,二七居上,三八居左,四九居右,五十居中",这就是河图。伏羲依照河图仰观天象,俯察地理,远取诸物,近取诸身,而画出八卦。今孟津老城西北位于黄河岸边的负图寺(亦名伏羲庙),据说就是当年龙马负图的地方。到大禹治水时,有个神龟从洛河爬出,背上的数字排列成"戴九履一,左三右七,二四为肩,六八为足,五居中央"的图形,这就是洛书。大禹依照洛书制定治理天下的九章大法,后成为《尚书》中的《洪范篇》。今洛宁县洛河岸边的西长水村旁有"洛出书处"古碑两通,相传这里就是当年"神龟贡书"的地方。河图洛书通过十个自然数字的奇妙组合,把天文、地理和人事之间的万事万物有机地联系起来,是原始先民朴素的天人合一观念的深刻反映。河图洛书凝结着河洛先民的智慧之光,其所反映的思想是东方哲学的精髓,对中华民族心智的启迪意义深远。

以炎黄二帝为代表的中华人文始祖,作为中华文明的发轫者,他们大都出自或主要活动于河洛地区。炎黄二族是由少典、有蟜两大氏族部落裂变而来的。有蟜氏是以蜜蜂为图腾的部落,他们活动的中心是洛阳附近的平逢山。有蟜氏在洛阳,那么与之通婚的少典氏不应该离此太远,也应在洛阳地区。《竹书纪年》曰:"黄帝祭于洛水。"帝尧"祭于洛","沉璧于洛"。河洛地带自古是我国炎黄始祖的活动中心。

河洛文化是华夏文明的根脉,还表现于河洛地区是中华宗亲祖居,是中华姓氏重要的起源地。先秦时代,姓、氏有别,秦汉以后,姓、氏合一,通称为姓,一直延续至今。黄帝故里在河洛地区,依据《世本》对黄帝后代的粗略统计:黄帝有子 25 人,得姓者有 14 人,得 12 姓。从黄帝时代到先秦时期,黄帝直系子族发展到 101 个属地(方国、诸侯国),共分衍出 501 个氏。这些黄帝后裔繁衍的姓氏,是当今中华民族姓氏的重要组成部分。

"永怀河洛间,煌煌祖宗业",南宋著名诗人陆游的诗句,很好地表达了视洛阳为华夏文明根源的社会共识。"根在河洛",表明河洛地区不仅最早闪现出中华文明的第一道曙光,而且是华夏民族最初的发源之地。

二、天下之中

"天下之中"思想与五帝和夏商时期人类对宇宙秩序的认识有密切的渊源关系。在中国先民看来,作为空间之宇宙是规范而有序的,中央高于四方,乃宇宙秩序的轴心。这样的观念延伸到社会领域时,在部落或酋邦时代,人们就会以自我为中心去构想世界秩序。相传黄帝居天下之中。《淮南子·天文训》说:“中央土也,其帝黄帝,其佐后土,执绳而制四方。”这种以“土”居中央,以黄帝为统领四方之帝的理路,在思想上所遵循的即“尚中”原则。据《禹贡》记载,夏禹平水土,更制九州,中州之外有八方。又列天下分五服,甸、侯、绥、要、荒,一圈一圈地向外推衍,由中央为中心,四方环绕中央。商朝以五方观念将全国政治疆域划分为五方,商王直接统治区居中,号称“中商”。五帝和夏商时期形成的“尚中”观念,成为“天下之中”思想的基点,对当时和后世产生了深刻影响。河图洛书是中华文化以及阴阳五行术之源。被后世儒者尊为五经之首的《周易》就起源于八卦,八卦则起源于河图、洛书。《周易》中“中”的出现频率高达 119 次,六十四卦中过半数的“传”之内容,都涉及“中”。河图洛书是“天下之中”思想的重要源头之一。

洛阳地处“天下之中”。“中国”一词的最初含义,是指洛阳一带。“中国”一词,曾见于《诗·大雅·民劳》:“惠此中国,以绥四方。”《诗·小雅·六月序》中也有:“《小雅》尽废,则四夷交侵,中国微矣。”据考证,“中国”一词,最早出现于 1965 年陕西宝鸡出土的青铜器“何尊”的铭文里。铭文中的“中国”,即指周王朝疆域的中心地区,即成周,也即今天的洛阳一带。由此,洛阳一带被称为“中土”或“土中”,后来河南省也被称为“中州”或“中原”。《史记·货殖列传》说:“唐人都河东,殷人都河内,周人都河南。夫三河在天下之中,若鼎足,王者所更居也,建国各数百千岁……都国诸侯所聚会。”三河中的河南,即今洛阳地带。据考证,洛阳被视作“天下之中”的观念,应该说在夏、商乃至更早就有了。近年来洛阳地区先后发掘出的夏、商都城遗址皆去成周遗址不远,这绝不是巧合,乃是周人承袭先朝观念的明证。

洛阳为“天下之中”,是周公营建洛邑时明确提出的。《史记·周本纪》记载,他在陈述选择洛阳地区兴建成周时说:“此天下之中,四方入贡道里均。”《逸周书·作雒》也提道:“周公敬念于后,曰:‘予畏周室不延,俾中天下。’及将致政,乃作大邑成周于土中……以为天下之大凑。”“土中”即大地之中,“天下之凑”是说这里是八方辐辏之地,是朝会、贡赋、交通和商业的中心。这里周公强调都城建在天下之中,表明“中”对于王权和国家来说具有特殊意义。都城的空间位置代表了社会的空间秩序,并凝结为一种都城的象征形式,构成王朝体系的核心观念。都城居于国土中心,既有利于发挥都城的聚集和扩散作用,也易于形成周边对中央王朝的依附和归顺,是推行王权统治和实行“王化”措施的国家根本之地。周公营建洛邑提出并阐发了“天下之中”理论,遂使其成为一种建都选址的重要标准,且使其由一般的空间概念上升到伦理范畴和方法论的高度。《周礼·司徒》说:“日至之景尺有

五寸，谓之地中。天地之所合也，四时之所交也，风雨之所会也，阴阳之所和也。”这里，“天下之中”就不仅仅是一个地理概念，更是一种政治文化思想。

“天下之中”是汉唐之间列朝都洛的一个重要因素。周公营洛为“天下之中”的建都理论笼罩上一层神圣的光环，西周以来，“天下之中”所反映的地理、政治、经济、文化观念引导众多王朝都城选址的洛阳取向，构成列朝建都洛阳的独特理路的基础和神圣性、合理性的依据。西汉开国，因为“雒（洛）阳东有成皋，西有崤黾，背河，向伊雒，其固亦足恃”，刘邦最初以洛阳为都。西汉末年王莽代汉，建立新朝，决定迁都洛阳，“即于土中居雒（洛）阳之都”。东汉刘秀“复帝祚，迁都雒阳，以服土中”，他不仅是看中了洛阳“天下之中”的地理位置，更看中的是洛阳“天下之中”的政治文化优势，既继承“周制”，修文偃武，崇尚节俭，实行德政，也便于利用洛阳本身所积淀的政治文化，推行国策。洛阳“天下之中”的地位和意义，不仅得到汉族统治者的认可，也得到少数民族统治者的认同，其建都洛阳的行为，实际上也成为其汉化过程的一个重要内容。北魏迁都就是一个很好的例证。孝文帝“以中原为正统，神州为帝宅”，以此争取在华夏历史顺序和现实格局中的位置，确立北魏政权在华夏的正统性、合法性地位。隋朝本都长安，隋炀帝即位后，决定营建新都，其诏曰：“洛邑自古之都，王畿之内，天地之所合，阴阳之所和。控以三河，固以四塞，水陆通，贡赋等。故汉祖曰：‘吾行天下多矣，唯见洛阳’……今可于伊、洛营建东京。”唐代高宗首幸洛阳，就看中了“此都中兹宇宙，通赋贡于四方；交乎风雨，均朝宗于万国”的“天下之中”地位，将洛阳宫改称东都，并定东西都所在官员阶品相等。武后执政，改唐为周，以洛阳为“神都”，其所发布的召诰表明她对“天下之中”理论的认同。自西晋至隋的300年间，战乱不绝，东西、南北之间文化形态差异日渐显现。无论东方还是南方，文化素质均高于关中。文化上的东西差异、南北隔阂对建立和巩固统一王朝是不利的。而洛阳向为东方文化的重心，文化底蕴深厚，又地靠关中，处在东西、南北文化交汇的地理位置，具有“天下之中”的文化地理优势。隋唐建新都于洛阳，在地理形势上是向东扩展、转移，在文化形态上则是力图利用洛阳“天下之中”的文化优势，缩小东西、南北文化的差异，这与当年周公在洛阳制礼作乐，构建统一的周文化体系有着相同旨趣。

“天下之中”是洛阳最具影响力的文化名片。因为“天地之中”的理念，对于华夏民族有着不可磨灭的影响，它不仅以中间、中心对称为美塑造着中国人的思维模式与审美倾向，而且封建社会更是长期借助人们对“天下之中”的敬畏崇拜证明与巩固“君权神授”的“合法性”，尤其是在上古和中古时期，中国历史的发展对“天下之中”更情有独钟。“中”，是中国古代一个重要的人文地理要素,“在空间上,中代表一个文化意义上的、相对完整的聚落环境的几何中心。在气象上,中则象征寒暑、干湿适宜的气候环境。在社会、政治意义上,中则象征终极的权力”。“中”成为一个神圣地带,而寻求这个天然而唯一的“天下之中”,目的在于确立和证明自己在“天下”的唯一优越地位,同时剥夺任何边缘地区拥有高峰权力的机会。“天下之中”建都理论所表现出的空间意识和文化观念,还顽强地深入中华民族的灵魂。关于“中”的思想还发展为一种中和、中庸的哲学与伦理思想,对中国文化和社会生活产生了广泛而深刻的影响,成为整个中华民族的一种凝固的空间意识、民族意识、历史意识,一定意义上是中华民族之伟大凝聚力与向心力的表现,是中华民族中和主体文化意识的体现。

洛阳虽然具有良好的自然地理环境,但洛阳的崛起和发展,实际上主要得益于其得天独厚的“天下之中”位置以及政治早熟、三代定都带来的深厚文化积淀。洛阳作为“天下之中”,正是由于地理优越与人文优越的独特结合,使其逐渐形成了影响中国历史进程的政治中心、经贸中心和文化中心。

三、古都文化

古都文化是指以古都为载体的历史文化。古都,作为王朝的政治文化中心,是一个王朝或一个时代重要的文化载体,呈现与代表着某一时期历史文明的最高水平。“河洛为王者之里。”以洛阳为中心,夏、商、西周、东周、东汉、曹魏、西晋、北魏、隋、唐、后梁、后唐、后晋等13个朝代,先后1500余年在这里建都。洛阳是我国建都年代最早、朝代最多、时间最长的历史古都。如果从中国历史独特的首都、陪都的双都制看,洛阳作为陪都还有新莽、东晋、南朝宋、后赵、东魏、北齐、北周、后汉、后周、北宋、金等11个朝代。如今在沿洛河东西20多公里内分布的夏都斟鄩、商都西亳、周都成周与王城、汉魏故城、隋唐故城遗址,以其“五都贯洛”的宏伟气魄见证着洛阳千年帝都的兴衰更替。

“昔唐人都河东,殷人都河内,周人都河南”,“三代之居,皆在河洛之间”。三代,即夏、商、周,它们先后建都于洛阳地区,形成璀璨夺目的三代文明。约公元前2070年,夏朝建立。夏禹建都阳城,今登封王城岗遗址,即“禹都阳城”之所在。洛阳是夏王朝的统治中心和都邑所在。《逸周书·度邑》曰:“自洛汭延于伊汭,居易毋固,其有夏之居。”《史记·夏本纪·正义》说:“《商书》云:‘太康失邦,兄弟五人须于洛汭。’”《史记·吴起列传》言:“夏桀之居,左河济,右泰华,伊阙在其南,羊肠在其北。”《国语·周语》载:“昔伊洛竭而夏亡。”这些文献都表明,洛阳地区是夏人的活动中心,地望与

洛阳偃师二里头遗址相合。二里头遗址在今偃师西南伊洛夹河二里头、圪垱头和四角楼三个自然村，内有大型宫殿建筑，大型铸铜遗址，制陶遗迹，出土大量铜器、陶器，文化层堆积丰厚，时间测定在公元前1900—前1600年。这与文献记载的斟鄩的方位基本相吻合。《竹书纪年》载："太康居斟鄩，羿亦居之，桀又居之。"斟鄩作为夏朝国都，在夏朝历史中扮演了重要角色。商朝在成汤灭掉夏桀以后，把国都由亳（今河南商丘一带）迁到夏都斟鄩所在的河洛地区——西亳，即今偃师县城西的尸乡沟一带。史载："河南偃师为西亳，帝喾及汤所都，盘庚亦徙都之。"（《汉书·地理志·河南郡·偃师下》）班固自注："尸乡，殷汤所都。"又据《括地志》载："汤即位居南亳，后徙西亳，在偃师县西十四里。"并云："尸乡亭在洛阳偃师县，在洛州东南也。"1983年，中国社会科学院考古研究所在偃师县城西尸乡沟发现了这座遗址。商代的成汤、外丙、中壬、太甲、沃丁、太庚、小甲、雍己、太戊诸王，皆都西亳，直到仲丁时才迁到"隞"（今河南荥阳北）。此后，商都不断迁移，至盘庚又"渡河南，复居成汤之故居"。总计偃师商城共历十三王，长达两百余年。

洛阳城的兴建是从周武王灭殷后营建洛邑开始的。西周王朝的都城在陕西的镐京。周武王灭纣胜利归来，夜不能寐，因为天下形势尚不稳定，殷商遗民三百六十个氏族并未心悦诚服，使其无法高枕无忧。为更好地控制东方，周武王决心营建洛邑。《史记·周本纪》记载武王对周公所语："自洛汭延于伊汭，居易毋固，其有夏之居。我南望三塗（杜预说三塗在陆浑县南），北望岳鄙（按即黄河北面太行山边都邑之地），顾詹（同'瞻'）有河，粤詹雒（洛）、伊（即可以望见黄河、洛河与伊河），毋远天室。"《逸周书·作雒》《尚书·雒诰》详细记载了周公营建洛邑的经过，并迁九鼎于此。洛邑北依邙山，南系洛水，西至涧河，东逾瀍河，其中心在洛河北瀍河下游两岸。城内有太庙、宗庙、考宫、路寝、明堂等五宫，还有"内阶、玄阶、堤唐"等不同通道。洛邑是一都二城，即成周和王城。洛邑作为周朝的国都，历经成王、康王、召王、穆王四王。公元前770年，周平王正式东迁洛邑。从平王东迁到赧王五十九年（前256年）被秦昭襄王灭亡，风雨飘摇的东周在这515年的时间里，就是在洛阳度过的。

东汉都洛。西汉王朝建立，刘邦曾初都洛阳三个月，后在娄敬的劝说下，出于政治与军事的原因，迁往长安，改洛阳为河南郡郡治。西汉末年，王莽篡权，刘秀反击成功，在成周城遗址之上建立了东汉都城。因为历史上的汉王朝是以火德而王的，故忌水，因而将"洛"字的偏旁"氵"去掉，而改为"雒"。东汉洛阳城南宫为一个布局庞大的宫殿建筑群，有却非殿、崇德殿、九龙殿、嘉德殿、宣德殿、阳明殿等。北宫为汉明帝造，有德阳殿、宣明殿、章台殿、迎春殿等。宫殿台阁之壮观，班固的《东都赋》、张衡的《东京赋》均用奇美的文字作了记录。东汉王朝从汉光武帝建武元年（25 年）到汉献帝于建安元年（196 年）被曹操胁迫迁都许昌，“挟天子以令诸侯”止，历时 172 年，13 帝，其中 12 帝都是以雒阳为都城的。东汉末年，洛阳城为董卓之乱所焚毁。

魏晋都洛。东汉末年，军阀混战。公元 220 年，曹操死后，其子曹丕篡汉称帝，国号魏，改“雒阳”为洛阳，都洛阳。魏文帝广修宫室，有建始殿、玄武馆、嘉福殿、崇华殿等，筑造了九华台。魏明帝太和三年（229 年）又“大治洛阳宫，起昭阳、太极殿，筑总章观”。曹魏时期比较大的建造活动还有在洛阳城西北角建造了金墉城。百尺楼、凌云台也是此时的标志性建筑。公元 265 年，晋武帝司马炎灭魏，统一全国，国号晋，历史上称西晋，亦在洛阳建都。西晋沿用了曹魏时的主要建筑，在洛阳宫门前树立有铜驼、翁仲等雕刻以及日晷之类的设施。城内还建有国子圣堂，《晋书》称其为“礼乐之本”，说明它可能是国子监中祀孔的场所。曹魏自文帝曹丕至元帝曹奂，先后 5 代，以洛阳为都共 46 年。西晋自武帝司马炎至愍帝司马邺，先后 4 帝，以洛阳为都 52 年。魏晋洛阳在永嘉之乱后化为废墟。

北魏都洛。公元 493 年，北魏孝文帝统一了北方，以南伐为名，带领 30 万骑兵浩浩荡荡从平城（今山西大同）出发，行至洛阳就驻兵不走了，下诏将国都迁到洛阳。495 年，“六宫及文武尽迁洛阳”，并规定“迁洛之民，死葬洛南，不及北还”。孝文帝对魏晋洛阳城进行了扩建，分为外郭、内郭和宫城三部分。内郭城即魏晋旧城。宫城改变了前期南北宫的分散格局，都城内经纬通达，从宫城南出，为京城中心大道，中央衙署和社庙分布于大道两旁。魏孝文帝为了巩固其统治地位，大力推行汉化政策，规定鲜卑人一律改籍为洛阳人，说汉话，穿汉服，改称汉姓，提倡儒术。这些措施，稳定了北魏的统治，也促进了我国北方各民族的大融合。从孝文帝至孝武帝逃奔长安，孝静帝迁都邺城，先后历 8 帝共 40 年。这一时代虽然短暂，但成就了当时世界上最为宏伟的一座伟大城市，也成就了佛教史上最为宏伟的寺塔建筑。一部由其同时代人杨衒之撰写的《洛阳伽蓝记》尽现了北魏洛阳城作为帝王之都与佛教中心的双重繁荣与兴盛。然而，这座盛极一时的伟大都城，在北魏末年屡遭兵毁，渐趋衰落。

隋都洛。隋代最初建都于汉长安之东、龙首原之南的六冈之地，称为大兴城。604 年，隋炀帝即位，当年十一月，他行幸洛阳，并下达了建造新洛阳城的诏书。这是一座平地而起的新城，也是一座经过缜密规划与建设的世界级的中古大都市。都城位于汉魏故城西边十余里的地方，东逾瀍水，南跨洛河，西滨涧河，北依邙山，城周27公里，分为宫城、皇城、外廓城等。内有辉煌壮观的宫殿，城东北角建有大型官仓，名为“含嘉仓”。隋东都洛阳城，是我国中古时期规模宏大、气势壮观、名闻中外的一座大都会。然而，由于隋炀帝的暴虐而国祚短暂，所以，若以大业元年（605年）新洛阳已建成来计算，至隋末战乱隋炀帝被弑于扬州，洛阳作为隋代都城的时间至多不过15年。隋末战乱，洛阳再遭劫难。

唐都洛。唐代初称洛阳为洛阳宫。高宗显庆二年（657年），高宗“手诏改洛阳宫为东都，洛州官员品阶并准雍州”。自此洛阳就一直是唐王朝的东都。唐洛阳城，作为一座都城，虽然在地位上略低于西京长安城，但是，在有唐一代，因其与江左富庶之地位置近便和便利的漕运体系，成为唐代帝王经常的驻留之地。一代女皇武则天的大部分时间就是在洛阳度过的，甚至在她登基的光宅元年（684年），将洛阳城改为“神都城”，将洛阳的皇家禁苑西苑改为“神都苑”。洛阳神都的这一名号，沿用到唐中宗神龙元年（705年），在这前后20余年的时间中，洛阳几乎成为事实上的京师之城。这一时期洛阳城中演绎的建筑大戏，如武则天明堂、天堂的营造，都成为古代中国建筑史上颇有影响的重大事件。安史之乱将洛阳拖进深重灾难之中，其后唐代皇帝就很少驻跸洛阳了。直至唐昭宗在朱温的裹挟下东迁洛阳。尽管唐王朝主要的活动舞台是在长安，但以高宗于显庆二年（657年）将洛阳作为东都算起，至唐天祐四年（907年）彻底灭亡，前后也有251年的历史。

后梁、后唐、后晋都洛。后梁开平三年（909年），朱晃迁太庙四室的神主赴洛阳，而称开封为“东都”。这一年后梁对遭到战争重创的洛阳加以修葺，使久经磨难的洛阳恢复了一点元气。后梁自开平元年（907年）始，至末帝龙德三年（923年），先后历二帝，洛阳作为帝都时间大约有15年。后唐庄宗李存勖于923年即帝位，定都洛阳，下诏书曰：“诏洛京应有隙地，任人请射修造，有主者限半年，令本主自修盖，如过限不见屋宇，许他人占射。”这可能是后唐时期洛阳城在久经摧残后的一次复苏。后唐自庄宗至末帝清泰三年（936年），历4帝，洛阳为帝都14年。后晋石敬瑭短暂以洛阳为帝都，于天福二年（937年）迁都开封，至此后晋都洛阳1年又11个月。

北宋时期，虽然京师在东京汴梁（今河南开封），但洛阳仍称为西京，尽管这时的洛阳实质上已经不具备都城的地位与功能了。宋以后的洛阳，先是遭金人的战火蹂躏，后来又落入蒙古人手中，日趋没落，到明清时期已经沦落为一座普通的地方城市了。

四、思想文化

河洛思想文化的形成发展与河洛“千年帝都”历史密不可分，并成为中央文化、国家文化、国都文化、统治文化。儒学起源于洛阳，道教创始于洛阳，佛教首传于洛阳，玄学兴盛于洛阳，理学光大于洛阳。这五大思想流派具有源发性、正统性、主导性，其对中华民族人文思想和品格的形成影响深远，从某种意义上甚至决定了中国历史的走向。

儒学起源于洛阳。周公在洛阳制礼作乐。礼的主要内容包括宗法制、封诸侯、五服制，爵位、谥法、官制、刑法，以及吉（祭祀）、凶（丧葬）、军（检阅、出征）、宾（朝觐、述职）、嘉（婚礼）等五礼。乐，是为配合上述典礼仪式而举行的乐舞。周公把《大韶》及《云门》《大章》《大夏》《大武》等加工整理，订为“六代乐舞”。西周的礼制保存在《周礼》《仪礼》《礼记》三部书中，号称“三礼”。由于对儒家学说的贡献，周公被后世称为儒家思想的奠基者，并被誉为“元圣”“儒宗”。孔子被称为儒家的“至圣”。孔子因倾慕西周盛世，便于周景王二十四年（前521年）到东周王都洛阳考察“礼乐之原”。在洛阳，他“问礼于老子，访乐于苌弘”，以考“礼乐之极”。孔子是儒家思想集大成者，“入周问礼”表明孔子的思想来源于周公，而周公的思想形成于在洛阳执政时期，因此，儒家学说根在河洛。

东汉洛阳经学繁盛。曾是太学生的东汉开国皇帝刘秀对儒学及儒术很感兴趣，在创建东汉王朝的过程中，刘秀“爱好经术，未及下车，而先访儒雅，采求阙文，补缀漏逸”。建国后，刘秀又召集四方儒者，建立太学。他的儿子汉明帝更按照儒家的礼仪制度，冀望通过施行儒家所尊奉的仪式，来取得嗣位的合法性与权威性。他还亲自登场，召集儒生来讨论儒家经典的意蕴。到了汉章帝建初元年（76年），朝廷为了统一经义，论定谶纬，在洛阳白虎观召开儒学会议，当时的名儒如丁鸿、贾逵、班固等均参加了会议。讨论结果由班固编纂成《白虎通义》。从汉代开始至唐代，河洛地区儒学大家辈出，如贾谊、侯霸、杜子春、孟光、韩愈等，不断对儒学发展做出新贡献。

道教创始于洛阳。老子是道家学说的创始人，春秋时在洛阳任周的守藏史，管理图书达30年之久，熟悉夏、商、周以来的各种典章制度。老子耳闻目睹了东周王城发生的“王子朝之乱”等重大事件，对争权夺利的内幕、统治者的腐败有着深切的体察与感悟，并出于对人生的无奈和失望，在暮年辞去官职，骑青牛而去。据说老子西行至函谷关，被关令尹喜发现。老子将自己对宇宙万物的观察了解，对客观事物的认识，对人生的见解，写成五千言的《道德经》，被后世道教奉为经典。黄老道在洛阳地区广泛流传，汉明帝和汉章帝时，朝廷上下以崇信黄老为风气。太平道和五斗米教的出现，标志着道教的正式产生。五斗米教创始人张道陵，曾在洛阳北邙山和嵩山传道，与洛阳有着密切关系。其后，道教在北魏时期经过嵩山道士寇谦之的改革，逐步走向成熟。唐代洛阳北邙上清宫进入鼎盛。宋代道教全真派在洛阳传道。

佛教首传于洛阳。释教佛学传入中国，记载见于永平八年(65 年)，汉明帝刘庄“梦见神人，身体有金色，顶有日光，飞在殿前，意中欣然，甚悦之。明日问群臣，此为何神也？有通人傅毅曰：臣闻天竺有得道者，号曰佛，轻举能飞，殆将其神也”。于是，汉明帝遣蔡愔等往天竺取经，寻求佛法，永平十年(67 年)，使臣返回洛阳，带回天竺高僧摄摩腾和竺法兰。同时，用白马驮回《四十二章经》。汉明帝礼重二僧，让他们住在鸿胪寺传教译经。次年，敕令在西雍门外三里御道北修造僧院，因白马驮经来，初至鸿胪寺，遂取名白马寺。印度高僧摄摩腾、竺法兰入驻白马寺，西域佛教学者相继来到中国，洛阳成为当时外国佛学大师的云集之地，译经和法事日渐兴盛。从汉明帝永平十年(67 年)至汉献帝延康元年(220 年)在洛阳译出佛经 292 部 395 卷。甘露五年(260 年)，洛阳人朱士行在白马寺受戒出家，成为中国的第一个正式僧人，并西行取经，在今新疆和田取得了《大品般若》，于晋武帝太康三年(282 年)送回洛阳。北魏迁洛后，佛教的发展盛极一时，仅京都洛阳内外佛寺即达 1367 座。石窟艺术开始发展，龙门石窟和巩县石窟是中国佛教发展史上的两大艺术宝库。佛教传入中国后，基本以洛阳为中心发展并传播开来，洛阳的白马寺因此被称为中国佛教的“祖庭”和“释源”。

玄学兴盛于洛阳。玄学是魏晋时代的主要哲学思潮，它的产生、形成、发展和衰落主要是在魏晋时期，因此人们又称其为魏晋玄学。玄学的命名来源于《老子》的“玄之又玄，众妙之门”，“玄”就是深远的意思。玄学崇尚老庄，把《老子》《庄子》《周易》称为“三玄”。最先倡导玄学的代表人物，是魏正始年间的何晏和王弼。何晏好老庄之言，倡导玄学，竞事清淡，开一时风气。何晏、王弼用老庄玄虚的道理讲《周易》，即援老子的思想、观点入儒学，完全改变了汉儒以象数之学讲《周易》的性质，从根本上冲破了两汉儒学的思想本源。竹林玄学的代表人物是阮籍和嵇康。嵇康崇尚老庄，讲求养生服食之道，为“竹林七贤”之一。因声言“非汤武而薄周孔”，且不满当时掌握政权的司马氏集团，遭钟会构陷，为司马氏所杀。嵇康提出“越名教而任自然”的观点，主张人应自然而为，强调个体人格的独立性，反对儒教的束缚。阮籍蔑视礼教，常以“白眼”看待“礼俗之士”；后期则变为“口不臧否人物”，常以醉酒的方法，在当时复杂的政治斗争中保全自己。西晋玄学的代表人物是向秀和郭象。向秀主张自然与明教统一，合儒道为一，认为万物自生自化，所以各任其性，即是“逍遥”；但君臣上下亦皆出自“天理自然”，故不能因要求“逍遥”而违反“名教”。玄学思潮的兴起，探讨、反思人自身的价值和文化价值，对两汉以来以外在的功业、节操、学问为特征的价值观念产生了怀疑和动摇，而转向对自己生命、命运、生活、意义的重新发现、思索、把握与追求，也正是对外在权威的怀疑与否定，才产生内在人格的觉醒与追求。所以说玄学思潮实质上标志着一种人的觉醒。

理学光大于洛阳。宋朝建立之前，儒学的发展逐渐停滞，佛教、道教则日益兴盛，动摇了儒家文化在中国思想领域的主导地位。到北宋时期，以程颢、程颐为代表的新儒学即理学，面对佛老思想的挑战，以儒家伦理为本位，批判地吸取佛、道精致的思辨哲学，创建了“洛学”或“伊洛理学”。前人提到这一时期，常说“五星聚奎，伊洛钟秀”。朱熹《伊洛渊源录》认为，道学起于周敦颐、程颢、程颐、邵雍、张载等“五星”学者，其中更直接的是二程的洛学。邵雍创立了先天象数学，认为“心为太极”，“万物皆生于心”，即心为万物之源，没有心便没有一切。二程一生以聚徒讲学为己任，伊洛河流域留下了他们的足迹。二程理学继承了周敦颐和邵雍的思想，强调“理”或“天理”。他们认为“理”是自然界遵循的普遍原则，是永恒不变的。它“不为尧存，不为桀亡”。任何人和事物都不能违背“天理”这个最高准则，而“君道”“臣道”“父道”“子道”等都是天理的表现。同时，他们又把“理”说成了先于“气”(事物)而存在的，“气”是由于“理”而产生的。程颢说：“天者，理也。”这是对孟子“万物皆备于我”观点的继承和发展。他们还提出了“格物致知”和“正心诚意”的道德修养方法。理学后经南宋朱熹的进一步完善，成为宋、元、明、清五代800多年间封建社会的思想统治基础。程颢和程颐被后世帝王尊称为“夫子”。

五、丝路文化

“丝绸之路”一词，是1877年由德国学者李希霍芬提出的，迄今使用一百多年。它有狭义和广义之分。狭义的丝绸之路专指汉唐时期丝绸西运的途径，它在西汉时由张骞出使西域所开辟，是以长安为起点，经甘肃、新疆，到中亚、西亚，并连接地中海各国的陆上通道。广义的丝绸之路，不但包括张骞开通的陆上通道，而且包括从上古开始陆续形成的北方草原丝绸之路、四川通往印度的南方陆上丝绸之路，以及与日本、朝鲜、印度和非洲联系的海上丝绸之路等。中国是丝绸的故乡，中国输出的商品以丝绸最具代表性。张骞通西域以后，中国和中亚及欧洲的商业往来迅速增加，通过这条贯穿欧亚的大道，中国的丝绸绫缎绢等丝织品，源源不断地输向中亚和欧洲。因此，希腊罗马人称中国为“赛里斯”国，称中国人为“赛里斯”人。所谓“赛里斯”即丝绸之意。

洛阳与长安一样，是丝绸之路的东方起点。由于丝绸之路的时间跨度长，其起点在不同时期也就会发生变化。东汉定都洛阳，洛阳成为全国政治、经济、贸易中心。尤其班超两次出使西域，经营西域三十多年，重新恢复了汉朝政府与西域各国的友好关系，丝绸之路的商业贸易也迅速开展起来。为鼓励商业贸易，东汉在洛阳城内设有三个大型集贸市场，即金市、马市和南市。洛阳的对外经济贸易呈现出前所未有的兴旺发达景象，除将我国生产的丝织品运往西方之外，还将我国的冶铁技术和井渠法等都传入大宛、贵霜、安息乃至大秦（即罗马）等国。大宛的苜蓿、葡萄、麻，安息的胡桃等也相继传入我国。西方的箜篌、琵琶、胡笳、胡角、胡笛等乐器和乐曲、舞蹈等传入我国后，为国人所接受。洛阳在东汉对外贸易的发展过程中，由西汉时期的从属、辅助地位，一跃而成为全国主导性的城市。

魏晋、北魏时期洛阳作为帝都，自然而然地成为丝绸之路的东方起点。曹魏在建国之后，就与西域建立了联系，开始了贡赋贸易。由于曹魏政府对西域胡商采取保护措施，“西域流通，荒戎入贡”，使由洛阳到西域的丝绸之路畅通无阻，曹魏与西域诸国的政治、经济交往逐渐增加，呈现出一派兴旺发达的景象。西晋建立之后，洛阳仍是首都，为保证丝绸之路的畅通，保持与丝绸之路诸国的贡使关系，西晋政府在西域设戊己校尉。《晋书·四夷传》记载了西域诸国的情况，以及与西晋交往的关系，书中记载了洛阳到西域诸国的里程，说明西域到中国的终点是洛阳，回去的起点也是洛阳。特别是“太康繁荣”的出现，统治阶级奢侈之风大盛，官僚贵族要想求得天下难得之货，其主要也是通过丝绸之路实现的。北魏时期，孝文帝为安置西域及其他来洛阳的外国使者和商人，在洛阳城南专门设置四夷馆供他们居住，其中“西夷来付者处崦兹馆，定居后赐宅慕义里”。当时西域诸国不仅岁岁朝贡，甚至月月朝献。“蕃贡继路，商贾充人，诸所献贸，倍多于常。”

隋唐时期，自隋炀帝于大业元年（605 年）确立洛阳为东都之后，洛阳作为隋唐都城的地位，一直到唐朝末年始终未变。大业十一年（615 年）正月，隋炀帝在洛阳举行盛大宴会，西域诸国遣使朝贡，当时为了安置这些远道而来的西域人，隋炀帝特在洛阳置四方馆。《旧唐书·西戎传》记载了拂菻国（拜占庭帝国）遣使来华、来洛的具体情况。唐朝前期的洛阳与长安实际上已经成为一个特殊的地理单元，既是全国的政治核心区域，又是经济文化中心地区。在这个区域内长安和洛阳东西辉映，为两个耀眼的明珠城市，中西交通与交流进入黄金时代，东西两都共同担负着丝绸之路起点的任务。号称“开元三大士”的善无畏、金刚智、不空，均沿丝绸之路来华，是中国佛教密宗的创立者，他们都曾在洛阳传教说法。洛阳也有一定数量的景教、袄教、摩尼教僧侣。如唐后期洛阳大秦寺的寺主是法和玄应，僧侣有大德玄庆、志通，他们是来自中亚信仰景教的粟特人。洛阳地区唐墓出土了大量胡人俑，有武官俑、乐舞俑、牵马牵驼俑以及身背行囊的胡商俑、胡侍俑，是当年洛阳城各色外来移民的形象写照。隋唐时期，东都洛阳拥有庞大的手工业机构、作坊和诸市署，拥有全国规模最大的工商业市场，隋朝有丰都、大同、通远三大市场，特别是丰都市场，市内商店林立，各种货物应有尽有。唐代的丰都市场，规模更大，“一百二十行，三千余肆，四壁有四百余店，货贿山积”（元《河南志》），凡是中外奇珍异物、土贡特产，无远不属，无物不至。异域各国的富商巨贾，亦无不翻山越海，通过丝绸之路来到洛阳进行商业贸易活动。隋唐时期以遣隋使和遣唐使为代表的中日文化交流达于鼎盛。隋朝时期，日本派遣使者来中国朝贡，共计 4 次，以洛阳为终点的有 3 次。唐朝日本共计派遣 19 次遣唐使，成行者 15 次，其中高宗显庆四年（659 年）、麟德二年（665 年）、武周长安二年（702 年）均以洛阳为终点，而开元五年（717 年）、开元二十一年（733 年），玄宗在洛阳接见了遣唐使。这些使者来华，同行者还有留学生、留学僧，使日本开始了全面学习隋唐文化的时代。

洛阳作为丝绸之路的东方起点，始于东汉，魏、晋继之，历北魏、隋、唐而达于鼎盛，其为时之长，规模之大，影响之深远，较之长安亦不遑多让。以洛阳为东方起点的丝绸之路是一条横贯亚洲、连接欧亚大陆的古代著名商贸通道，中国的丝绸等物质文化不仅传到了世界各地，而且把世界各国的物质文化带回到了中国，这种多边的物质文化交流，促进了世界各国之间生产技术的不断提高，加快了世界文明的发展进程。丝绸之路不仅是东西方物质文化交流的桥梁，也是精神文化交流的动脉。河洛文化是中华文明的母胎，河洛文化通过丝绸之路，把古老的中国文化、埃及文化、印度文化、波斯文化、阿拉伯文化、古希腊文化和古罗马文化连接起来，促进了东西方文明的交流，丰富了沿途各个国家的精神文化生活。河洛文化在向世界各国传播的同时，通过丝绸之路也把世界各地的先进文化吸收到中国文化之中，进一步促进了中国文化的发展与繁荣，使中国文化始终保持着强盛的生命活力。

“丝绸之路”于 2014 年 6 月被列入世界文化遗产名录，成为首例跨国合作、成功申遗的项目。中国段包括河南和陕西、甘肃、新疆 4 个省份的 22 处遗产点。洛阳段有隋唐洛阳城定鼎门遗址、汉魏洛阳城遗址、新安汉函谷关遗址入选。

六、运河文化

中国大运河是我国唯一在使用的“活态线性文化遗产”。2014 年 6 月，卡塔尔首都多哈召开的第 38 届世界遗产大会宣布：由扬州牵头的中国大运河项目成功入选世界文化遗产名录,成为中国第46个世界遗产项目。始建于公元前486年的中国大运河,是世界建造时间最早、使用最久、空间跨度最大的人工运河。此次大运河申报的系列遗产,洛阳段入选的有回洛仓遗址和含嘉仓遗址。

洛阳是隋唐大运河的中心。通济渠是605年开始开凿的,隋炀帝“发河南诸郡男女百余万,开通济渠,自西苑引谷、洛水达于河,自板渚引河通于淮”(《隋书·炀帝纪》),从洛阳沟通黄、淮两大河流的水运。通济渠黄河南岸的西段,在东汉阳渠的基础上扩展而成,西起洛阳西面,以洛水及其支流谷水为水源,穿过洛阳城南,到偃师东南,再循洛水入黄河。通济渠不仅渠道长,而且因为要航行炀帝的龙舟,所以运河凿得既宽又深。此外,沿通济渠两岸,还修筑了平整的御道,以便纤夫和军队行走;沿途修建40多座离宫,方便皇帝和后妃休息;开通运河的主要目的在于粮食运输,所以运河两岸还建造了许多粮食仓窖。通济渠完工后不久,隋炀帝就从洛阳乘坐龙舟出发,带着后妃、王公、百官,沿通济渠南下“幸江都”,“舳舻相接,二百余里”(《隋书·炀帝纪》),可谓壮观奢侈。洛阳向北的运河为永济渠,公元608年开凿。它利用沁河、淇水、卫河水源,引水通航至天津,继溯永定河通涿郡(今北京)。大业七年(611年),炀帝便从洛阳出发到涿郡,并以此为基地征伐辽东。至此,以洛阳为中心的隋唐大运河正式形成。隋唐大运河沟通海河、黄河、淮河、长江、钱塘江五大水系,西接大兴,南通余杭,北通涿郡,全长2700余公里,把中原同江南、河北和关中地区联结起来,成为贯通南北水路交通的大动脉。

洛阳段大运河是隋唐时期最重要的交通枢纽和御河,留下了丰富的遗存,见证着昔日的繁荣和历史的厚重。洛口仓,也叫兴洛仓,位于洛阳盆地边缘的洛河入黄河之口处,并因此而得名。隋大业二年(606年)筑,是隋王朝建造的最大的一个粮仓,也是隋唐时期全国著名的粮仓。仓城周围20多里,城里挖了3000个大窖,每个窖里贮藏着8000石粮食。隋末,翟让、李密率瓦岗农民军7000精兵攻克兴洛仓,隋统治者积累了11年的粮食拱手“让”于李密。李密下令开仓放粮,把粮食分给群众,瓦岗军的队伍也迅速壮大到数十万人,并在兴洛仓附近增筑洛口城,周围40里,作为起义军的根据地。虽然李密领导的瓦岗军最终没能成功,但他抢占粮草的战略,却成为另一个人的“教训范本”,这个人就是李世民。李世民看到粮仓在城外的弊端,决定在洛阳城内修建粮仓,以免重蹈当年隋统治者的覆辙。这个被李世民精心“设计”地理位置的粮仓就是含嘉仓。含嘉仓,位于洛河中下游的隋唐洛阳城,是隋唐时期用作盛纳京都以东州县所交租米的大型皇家粮仓,不仅供应洛阳城里的粮食,还起着关东和关中之间漕米转运站的作用。含嘉仓东西宽612米,南北长710米,总面积43万平方米。1971年,国家有关部门开始对含嘉仓遗址进行考古发掘,现已在仓城内探出密集且有秩序排列着的287座地下粮窖。遗址中出土的铭砖显示:粮入窖时,要将储粮的时间、数量、品种、来源、仓窖位置及授领粮食的官员姓名,都要刻于铭砖上,放置于窖中。而铭砖所记大都是唐高宗、武则天和唐玄宗时期,有调露、天授、长寿和开元等帝号。储存的粮食品种,有糙米、粟、小豆等。其来源,有苏州、徐州、楚州、润州(镇江)、滁州、隋州(邢台)、冀州(河北冀县)、德州、濮州(山东濮县)、魏州(河北大名)等地。史载,唐天宝八载(749年),含嘉仓储粮总量达到580万石,是全国著名的大型官仓。如此的地域范围,如此的超大规模,可称为中国古代最大的粮仓之一。而仓粮皆通过大运河运来,由此大运河别称"运粮河"。洛河沿线的含嘉仓、洛口仓,皆为大运河南粮北调、东粮西运的成果,皆为洛阳是大运河中枢的佐证。沿线的隋唐洛阳城、汉魏洛阳故城、李密城、洛河太仓大码头、康百万庄园、孝义堡等,无一不与大运河密切相关,无一不见证着大运河的功绩。

大运河的开通产生了久远而积极的影响。大运河在修筑成功和此后发挥作用的500余年内,成为沟通运河沿线重要的政治、经济、文化纽带。对洛阳而言,大运河的开凿促进隋唐时期洛阳经济的极大繁荣,洛阳一跃成为当时世界最大的商业贸易中心之一。南宋末年,隋唐大运河因部分河道淤塞而衰落。元朝建都北京后,将大运河南北取直,形成京杭大运河。虽然象征着"帝国的生命,流淌的智慧"的隋唐大运河在宋以后的洛阳辉煌不再,但它作为历史最悠久、长度最长、科技含量最高的人类文明伟大工程,是中华民族时代精神的象征,是中国留给世界的宝贵遗产。

七、牡丹文化

"洛阳地脉花最宜,牡丹尤为天下奇。"这是欧阳修《洛阳牡丹图》中的名句。古人认为"洛阳居三河间,古善地",又言"种植好牡丹,必取洛阳土"。洛阳的确是牡丹的天堂,其气候基本与中国"二十四节气"同步,四季分明,很符合牡丹的生长周期。洛阳土地肥沃,伊河、洛河带来的火山岩元素沉积下来,使土壤中所含有的微量元素能有效促进植物细胞生长,促进叶绿素、糖类、酶类的合成及花蕾的形成,为洛阳牡丹提供了得天独厚的生长条件。

洛阳牡丹,其栽培始于隋,鼎盛于唐。我国牡丹的种植可追溯到2000多年前,1972年甘肃武威东汉圹墓中发现的医简中已有牡丹入药的记载。牡丹作为观赏植物始自南北朝时期,刘赛客《嘉记录》说"北齐杨子华有画牡丹”，牡丹既已入画，其作为观赏的对象已确切无疑。谢康乐更具体指出种植的具体情况：“永嘉水际竹间多牡丹。”隋代，隋炀帝“辟地周二百里为西苑，昭天下境内所有鸟兽草木驿至京师（洛阳）”，“易州（今河北易县）进二十箱牡丹”。此时牡丹之名，另有富贵花、木芍药等，后又称洛阳花。唐代牡丹栽培开始繁盛起来。洛阳人宋单父，精于园艺，他种的牡丹，红白斗色，变异千种，被时人尊称为花师，惊服他有“幻世之绝艺”。民间流传的武则天贬牡丹传说，从一个侧面证明唐代洛阳已有普遍的牡丹种植与栽培。后唐庄宗“曾在洛阳建临芳殿，殿前植牡丹千余本”，其规模不亚于长安唐宫。

宋代洛阳牡丹甲于天下。北宋时期洛阳为西京，官宦云集，牡丹发展，推至极盛。洛阳是中国牡丹的栽培中心，牡丹的品种更多，并出现了欧阳修的《洛阳牡丹记》、周师厚的《鄞江周氏洛阳牡丹记》《洛阳花木记》、张峋的《洛阳花谱》等一批理论专著，记述了对牡丹的栽培管理，总结出一整套较为完整的成熟经验，对牡丹的研究也有了很大的提高。北宋洛阳牡丹规模为全国之冠。牡丹出“洛阳者，为天下第一也”。洛阳人对牡丹不呼其名，“直曰花”。“春时，城中无贵贱皆插花，虽负担者亦然；花开时，士庶况为遨游。”可见，洛阳人养牡丹、赏牡丹已成为民风民俗。北宋末年，战乱不断，洛阳牡丹开始衰退。纵观洛阳牡丹的发展史，在一定意义上就是一部历代兴亡的演变史。李格非叹曰“天下之治乱，候于洛阳之盛衰而知；洛阳之盛衰，候于园囿之废兴而得”，此言甚是。

洛阳牡丹不仅以其雍容华贵、国色天香而美誉遐迩，以也其造化钟情、天下君临而总领群芳。洛阳野生牡丹为白色的杨山牡丹和紫斑牡丹，经过人工栽培后，唐时出现了黑色（如军容紫），宋代出现了黄色（如姚黄等）、绿色（如欧家碧）、紫色（如左花等）和复色（如添色红）以及奇特的转枝花（如潜溪绯）等。洛阳牡丹花大色艳、雍容华贵、富丽端庄、芳香浓郁，素有“国色天香”“花中之王”的美称，由此派生出与之相关联的文化象征意义，并形成牡丹文化的基本内涵。在人民群众的心目中，牡丹是美的化身，是纯洁与爱情的象征。国尊繁荣昌盛，家重富贵平安，人喜幸福吉祥，这些特点和寓意，牡丹兼而有之。自宋以来，牡丹即被称为“富贵花”。在历代绘画及各种工艺美术作品中，牡丹作为富贵的象征，与其他花鸟、山石的不同组合，就表现出与富贵结合在一起的不同寓意。

洛阳牡丹文化之盛集中体现于中国洛阳牡丹文化节。“花开花落二十日，一城之人皆若狂”，春日洛阳人观赏牡丹是从唐代起就有的一种风俗，从古至今沿袭不变，并且越来越盛。1982 年 9 月 21 日，洛阳市人大常委会通过决议，命名牡丹花为洛阳市“市花”，每年 4 月举办洛阳牡丹花会。2010 年

11 月，经国务院、国家文化部正式批准升格为国家级节会，更名为“中国洛阳牡丹文化节”。

河洛文学

河洛文学是河洛区域的地域文学，由河洛文化孕育，是对河洛文化的书写、表现和凝聚。地域文学总是有意无意地捍卫和坚守着地域文化，如果说文学历程就是人类精神历程的生动展示，能较为充分地体现崇拜观念、价值观念、群体性格、精神趣味等，是一个具有深厚沉淀并能动反映社会精神现象的文化载体，那么河洛文学既是河洛文化的一种存在形态又是一种文化创造，河洛文化精神定然深刻塑造着河洛文学风貌。

河洛文学是一种地域文学，有其明确的主体身份。关于文学的地域性，一是指特定地域的社会现实、生存状态、文化传统、民情风俗、自然风物、独特题材、语言特点等属于创作资源的内容；二是指作家的世界观、人生观、思维方式、审美情趣、创作意识、表达方式等带有特定地域性的文化品格和特点。只有这两方面有机契合，才能构成既有地方内容又有地域文化精神的地域文学。

从地域文化与文学共生互创的关系看，河洛文学与河洛理学、道家、王都文化的互为建构，塑造了河洛文学鲜明的地域特征。

一、河洛理学与河洛文学

理学又称道学，其名实得于二程所提出的“天理”之学，是指继承了孔孟道统真传、以二程“洛学”为主干的学术思想体系。朱熹编《伊洛渊源录》就意在以伊洛一系为理学划定范围。

河洛地区是夏、商、周三代礼乐的始兴之地。儒家学术本自三代，是“祖述尧舜，宪章文武”（《汉书・艺文志》）的成果，它的渊源是河洛三代的礼乐文化。春秋末年孔子“入周问礼”，考察“礼乐之源”和“道德之归”，把周公之礼加以系统化、理论化，发展成为儒学。儒学总的方向是强化封建统治意识，为封建专制社会“正名”，受到了历代统治者的尊崇，逐渐演变为主流权力话语，即官学。历史上洛阳长期是王都，是封建王朝的政治中心和文化中心，权力控制的严密和力量的强大，加之从东汉太学到唐宋书院的教育体系相对发达，使为统治阶级服务的这套儒学权力话语，能在河洛地区迅速地建立、推广和深化，使起源于山东的儒家文化大行于河洛地区。这一深厚的文

化土壤，到宋代产生了“洛学”或称“伊洛理学”。河洛地区作为程颢、程颐理学的发源地，理学广泛深入地流播民间，使河洛地区成为名副其实的“理学名区”。明清时期河洛地区的政治经济地位不断衰落。当中国现代化的进程从沿海启动，以民主、科学为旗帜的启蒙之风劲吹，儒家理学文化逐渐退居幕后之时，处于中西部内陆而被边缘化的河洛地区，因其相对封闭和落后，总体上仍然停留于一种自发的自然经济状态，使“理学名区”文化在乡村还能近于原生态地保留。总之，礼乐文化之源、王都权力和文化中心地位、伊洛理学的兴起之地、现代化进程中现代性的严重缺失等四种因素作用的结果，使河洛文化与周围地域文化相比，甚至与以儒学为标举的齐鲁文化相比，其理学特征较为典型，理学色彩十分鲜明。

河洛理学文化长期滋养和深刻形塑着河洛文学，其突出表现是河洛作家相对一致的文学观。理学的源头是盛唐转衰之际河洛作家元结的“古学”。作为奉儒明道之士，元结在《箧中集》《文编序》《心规》《出规》等著作中，以“危苦激切”的狂狷之言，沉痛于道德、仁义、礼乐、政教的衰亡不振，提倡道德与文学的统一性，强调文学的道德批判功能。由元结肇始其端的道德批判，由中唐的河洛作家白居易、韩愈承继其势。白居易以“时”“事”“君”“臣”之义为文学创作的不二旨归，并以大量揭示病痛的诗篇，如《重赋》《上阳人》《红线毯》和《琵琶行》等，彰显了自己的道德关怀。韩愈作为理学肇端期的代表人物，以《原道》《原性》《原毁》《原仁》和《原鬼》“五原”名论，提出“文以载道”的文学主张，力求实现“文”与“道”的统一，以“养气”致盛之途，复兴古道。

理学影响下的河洛文学观，在河洛理学家那里有最为直接和有力的说明。河洛理学家如邵雍、程颢、程颐等大多集学者、文人于一身，他们虽然重道轻文，但由于述理的需要，又不得不借助于文学。他们不仅大量地涉足文学创作，而且在理论上也引导文坛风气，促进了河洛理学与文学的互渗和联结。邵雍的《伊川击壤集》是第一部理学诗专集，其序言集中反映了他的文学思想，核心是“以理抑情”，于常境、常态中悟理，使文学变为理学思想的诗化形态。二程是“伊洛理学”的主创者，他们认为“天者，理也”。“理”既指自然规律，又指社会理论规范。所谓“父子君臣，天下之定理，无所逃于天地之间”。主张文学应“穷理”，表现儒家的道统，使人修身养性，达到“为圣”的人生目标。

河洛理学家从唐代元结起至北宋二程，他们的文学观一脉相承，均强调文学的社会道德功能，借文以传道明心。这一文学思想，在河洛文学中得到回应和贯彻，并留下了十分清晰的烙印。从主题看，“理”的渗透和“道”的高悬，是河洛理学家文学创作的一个显著标志。理学家明确将“文”作为贯道的工具，往往在其中大谈“天”“理”“性”“心”之类的问题，于是产生了大量的“载道”“明理”的讲义式作品，即“理学诗”和“理学古文”。邵雍是宋代理学诗派的创始人，仅《伊川击壤集》即收诗1500余首，其“邵康节体”甚至被作为理学诗派的代称。邵雍的诗深蕴理学哲理，其《无苦吟》《天人吟》《弄笔吟》《诏三下答乡人不起之意》无不宣喻哲理、鉴诫世人。邵雍还写了《安乐窝》《欢喜吟》《春游吟》等多篇吟咏性情之作，流溢出乐天安命的人生观，传达出理学的“心性之学”，仍不失为“风雅正传”（金履祥《濂洛风雅》卷四）。程颢以理学家写诗，诗作饱含理趣。其《长啸岩中得冰以石敲餐甚佳》《游重云》，在对“尘劳”“俗肠”等的厌弃与超脱之中，显出道学本色。理学诗派既主张“贯道明理”，又要求“自然流出”，这两方面的认识也就导致理学家的诗作相应地形成言谈义理与吟咏性情两大类型。程颢受周敦颐“吟风弄月”影响，抒情感兴之作，意境优美，风致淡远，义理襟抱托寓其中。他的名作《春日偶成》为童蒙读物《千家诗》的压卷之作，所表露出的惬意与乐趣，正是“仁者以天地万物为一体”的思想体验。

河洛文学的理学主题，在现当代河洛文学中也有较为鲜明的表现。纵观新时期河洛乡土作家的父子叙事伦理，既有父性崇拜，也有“审父”意识，但比较而言，父性崇拜占据主导地位，孝亲情怀是一个鲜明主题。张宇的《晒太阳》《乡村情感》，那做父亲的对逝去的女儿的心理愧疚，那做子女的听从父亲安排嫁人的无悔选择，都呈现了河洛乡土的伦理观念。尤其是李凖，他在新时期伊始推出的长篇巨著《黄河东流去》，十分注重描写家庭伦理关系，对基于土地、茅屋、农具和牲畜之上而产生的传统伦理道德深为认同和赞美。

二、河洛道家与河洛文学

中国文化精神的整体构架是“儒道互补”，儒家以“入世”强调道德伦理与社会等级秩序，道家则以“出世”诉求人性自然与人生的自由超越，它们共同构成中国知识分子徘徊选择的两大处世方式。如果注重道家与道教的内在联系而以道家统称之，那么道家既有老庄的思想精髓与光芒，又有宗教化仪式与膜拜，这使其能够潜移默化地深入各个阶层，演变为中国人的“集体无意识”。

河洛大地有着悠久深厚的道家血脉。首先是滥觞于河洛的先秦道家。道家学说的创始人老子、庄子，均出生于河洛文化圈（老子出生于春秋末期的陈国，今河南省鹿邑县太清宫乡；庄子出生于战国时期的宋国，一些学者认为是今河南省民权县)，特别是老子又曾长期担任周京都的守藏吏，在洛阳写下了元典名篇《道德经》。继起的魏晋玄学与伊洛理学则是这块文化厚土上盛开的两朵奇葩。滋生成长于河洛的玄学主要典籍是《老子》《庄子》《周易》的所谓“三玄”。而河洛道学一路走到宋代，邵康节作为“道教传人”，力图把老子的《易》之体与孟子的《易》之用有机融合，即以河图洛书的象数方法推演了一个太极世界，也以“花月逸诗”的行为艺术实践着安乐逍遥的人生境界。二程则作为“伊洛理学”的集大成者，因了“出入老释”的游学背景，无论是明道的“天人一理”“定性之修”，还是伊川的“格物穷理”“敬则自静”，都以明批暗用的方式，使理学潜隐着老庄的思想碎影，流露着无法抹去的道家印痕。

玄学与理学是河洛道家文化的日月双璧，而活动于这一地区的历代高道“真人”则灿若星斗。东汉“五斗米道”的创始者张道陵，曾长期在北邙隐居。魏晋之际的魏华存在洛阳修真养炼，创立“上清派”。北魏的寇谦之在嵩山修道30年，既以“天师”为帝王亲受符箓，又托言太上老君训诫进行清整改革。初唐的潘师正在嵩阳观静修50年，使茅山宗以嵩洛为中心向中原迅猛发展。晚唐的朗然子在洛水南岸的通元观功成道圆，创立内丹学，以30首“悟真诗”指点迷津。另外，魏伯阳、王远知、孙思邈、李荣、司马承祯、吴筠、李含光、李筌、谭峭、陈抟等，都曾在此修真传法。金元时期北方兴起的全真道、太一道、真大道都先后在河洛广泛流播。特别是全真三大弟子谭处端、刘处玄、孙不二，他们先后在洛阳宣道授徒，“立观度人”，创立全真南无派、随山派、清静派。他们以绵延不绝的文化接力，成就了河洛道学的枢纽地位。

老子的开源以及玄学、洛学、全真教的出现与流行，都是以道家精雅文化姿态代表了河洛人文历史的“大传统”，而善男信女跪拜朝圣而香火燎烧的道教景观，芸芸乡民祈福消灾的巫风民俗，则呈现了河洛乡土的“小传统”。“小传统”是村落乡民生活所遵循的文化传统，其主要载体为农民。从民间视域看，因受“大传统”的濡染和影响，河洛“小传统”同样具有浓郁的道家文化色彩，这从遍布河洛大地的宫观不难管窥。宫观是道士修道、祀神的活动场所，它以神圣建筑为地理空间，既在内容上凝聚着道教的思想内核，也在形式中担当着道教传承的重要载体。在道教的“洞天福地”里，洛阳北邙、偃师缑山、中岳嵩山、济源王屋山等名列其中，而上清宫、下清宫、吕祖庙、中岳庙、金顶太清宫、阳台宫、奉仙观等修真圣地，至今胜遗犹存。依附于河洛宫观的大小庙会，在农民的精神生活里扮演着重要角色，不仅为农民提供了农闲之余的娱乐场所，而且也打开了他们走进道教文化的大门。

道家虽然流播中国，但是在河洛大地孕育、萌发、开花并结出累累硕果，它以其他文化区域不曾有的深厚积淀展示了文化旋涡中心的蓬勃力量，从而自然构成河洛的文化精髓和底蕴，成为解读河洛历史传统与现实生活的密匙。仅以唐代为例，杜甫人生的坎坷磨难使其不时产生隐逸归道的念头，不仅曾与李白到王屋山寻访修道的华盖君（见杜甫《昔游》《忆昔行》），而且在诗中表达了“浊酒寻陶令，丹砂访葛洪”（《奉寄河南韦尹丈人》）、“从此具扁舟，弥年逐清景”（《渼陂西南台》）、“故山多药物，胜概忆桃园”（《奉留增集贤院于二学士》）、“未试囊中餐玉法，明朝且入蓝田山”（《去矣行》）的道家情结，甚至可以说“道家思想是杜甫保持正直品性，在流俗面前持有傲岸精神的动力来源之一”。与杜甫不同，白居易是在宦海浮沉之后主动选择洛阳的，他“栖心释梵，浪迹老庄”，日常生活中不仅“病来道士教调气，老去小僧劝坐禅”，而且在履道里的家中是千竿翠竹、台榭舟桥，聆听樊素婉转的歌喉，欣赏小蛮优美的舞姿，于放浪形骸之中实践着自己“中隐”的人生哲学。他以大量的闲适诗、山水诗和一篇《醉吟先生传》的自画像，传达出道家任运随缘、优游自得的逍遥情怀，也铸就了百年之后宋人无限追慕的风流境界。与白居易的“乐天”不同，李商隐自小家境凄凉，长期沉沦幕府，遍尝人世艰辛。也许是因为玉阳山的学道经历，他曾经出没于千年古松，沉浸于《真诰》典籍，过着晨钟暮鼓、青灯黄卷的生活，道教极大地影响了他超俗的人格、情感、思维与审美，他以“永忆江湖”的执着和“世界微尘”的观念抵抗人生的凄风苦雨，以多姿多态的道教隐喻象征符号表达幻想交织虚空的悲伤意绪，尤其是深情绵邈的爱情诗，饱含着道教清净虚无的况味，充满着仙风道骨。

河洛文学的道家旨趣还集中表现于河洛山水名胜的作文题记。河洛道教有诸多“洞天福地”，如北邙山、偃师缑山、中岳嵩山、济源王屋山等。登临河洛道教的“洞天福地”，只要览胜追忆，从魏晋到唐宋再到明清，总能在中国文学尘封的书页里阅读到书写它们的诗韵。这些书写者，既有本籍的河洛人，也有远道的外来客。仅仅是一个龙门香山，李颀的“东林曙莺满，惆怅欲言还”（《宿香山寺石楼》），李白的“凤驾忆王子，虎溪怀远公”（《秋夜宿龙门香山寺》），韦应物的“灵草有时香，仙源不知处”（《游龙门香山泉》），白居易的“岂为乐肥遁，聊复怯忧患”（《晚归香山寺因咏所怀》），张养浩的“丹崖不用题名姓，俯仰人间又古今”（《游香山》），王阳明的“顿息尘寰念，清溪踏月还”（《香山》），他们穿越不同的时空，隔世共鸣着老庄的话语情愫，既为地域山水灌注文化意蕴，也为河洛文学建构道家风景。

道家文化在河洛文学里有两大高地，除山水名胜的作文题记之外，就要数河洛园林的写意咏怀了。所谓老庄大兴，山水方滋。园林是在一定空间

内自然山水景物的审美配置,是人类对自然空间的艺术加工,它以人化的自然,既契合于道家崇尚自然的思想,也保留了一方滚滚红尘闹中取静的现世空间,使尘缘未绝的各类隐者无须遭受深山老林的冷寂之苦,便可满足人与自然合一的精神需求。河洛由于山川风气清明盛丽,“嵩高少室,天坛王屋,冈峦靡迤”,“伊洛瀍涧,流出平地”(苏辙《洛阳李氏园池诗记》),从东汉至北宋千年间,洛阳园林一直为全国之最。河洛许多园林的诗意命名充满着道家意味。“李氏仁丰园”(李格非《李氏仁丰园》)里的亭子冠以“濯缨”“超然”之名,无疑表达了道家的价值取向与理想目标。司马光谓其园曰独乐园,并以《独乐园七题》歌咏陶渊明、韩伯休、严子陵等隐士高人,意在传达对魏晋风度的向往与渴慕,建构了一个属于自己的独乐与隐居的世界。同时,河洛园林也时常成为历代文士集团活动的场所,西晋的“金谷园之会”,唐代的“珠英学士”“香山会”,北宋的“耆英会”“真率会”,这些文士频繁地开展游园活动,诗赋唱和,自在闲适,既不断创造千古美谈的文学轶事,也随意挥洒诗酒风流的辞章,这使河洛园林不再只是一个远离社会、忘情散怀的地方,而是覆盖着丰富的道家文化与文学的符号。搜寻河洛园林诗话,阅读描写河洛园林的美文,品味其“质有而灵趣”“澄怀味道”,既感悟着老庄“自然之道”的生命体验,也透视出河洛以及中国文人的千古“桃源”梦想。

三、河洛王都与河洛文学

河洛王都既是历代王权统治之地,更是一个名利渊薮的繁华之地,它以首都主轴心或陪都副轴心的文化功能,显示出超强的文学内聚力。以省籍对东汉至北宋著名文学家的地域分布进行统计与排名,则东汉河南 33 人,排名第一;三国时期河南 15 人,排名第一;西晋河南 44 人,排名第一;东晋十六国时期河南 46 人,排名第一;隋代河南 3 人,排名第四;唐代前期河南 51 人,排名第一;唐代后期河南 37 人,排名第四;五代时期河南 8 人,排名第一;北宋时期河南 60 人,排名第一。虽然河南省籍不同于河洛地域,但考虑到河洛地域范围几乎占据河南省的半壁江山,又是古代河南文化繁盛的主阵地与核心区,这组数字应该能够从一个侧面反映河洛作家与文学的盛况。同时,这种省籍统计忽视了文学家的地域迁徙和流动。例如曹植、曹丕按祖籍归于安徽,但他们居住、活动于洛阳,并创作《洛神赋》《送应氏》《名都篇》《孟津诗》等名篇佳作。如果把仕宦、求学、游历河洛并描写河洛风情的文人也统计在内,那么河洛文人队伍将更加蔚为壮观。

河洛成为人文荟萃之佳地,与洛阳长期作为首都或陪都密切相关。王都的权力舞台吸引着历代诸多作家远离乡土,千里迢迢地来此求取功名,所谓“古来利与名，俱在洛阳城”（于邺《过洛阳城》）。洛阳还有独特的陪都魅力，它既有都城之尊，又远离政治旋涡；既有悠久深厚的文化积淀，又有山水园林的钟灵毓秀，为士大夫提供了“中隐”的理想之地。无论是以白居易为首的“九老会”，还是以文彦博为首的“五老会”；无论是以富弼为首的“耆英社”，还是以欧阳修为首的“洛中七友”，他们从五湖四海相聚于洛阳，过着亦官亦隐的生活。

河洛王都不仅为河洛文学吸引聚集了超强的作家队伍，而且还孕育生成了政治权力的写作主题。洛阳“皇城之内，宫室光明，阙庭神丽”，都城之外“因原野以作苑，顺流泉而为沼”（班固《东都赋》），以美轮美奂的建筑景观激发河洛文人无边的权力想象。洛阳以气势宏伟的都市规模、雕梁画栋的城阙宫观、至高无上的皇家威仪、流光溢彩的市井逸乐进入文学视野，掀起了蔚为大观的“咏洛赋”。汉代杜笃《论都赋》、傅毅《洛都赋》、崔骃《反都赋》、班固《两都赋》、张衡《二京赋》，以及魏晋曹植《洛阳赋》、王廙《洛都赋》、傅玄《正都赋》、左思《三都赋》，或铺叙地理形胜，宏论建都国策；或摹写盛世景象，颂扬当朝文治武功；或展示典章名物，诉求个人立言扬名，从铺张扬厉的帝国风姿中，不难发现其文本政事参与背后的权力情结。

河洛王都既生产着权力的荣光，也制造了战争的灾难，这使河洛文学的政治书写主题笼上了一层苦难叙述。从地理位置看，“洛阳处天下之中，挟殽黾之阻，当秦陇之襟喉，而赵魏之走集，盖四方必争之地也。天下当无事则已，有事，则洛阳必先受兵”（李格非《书〈洛阳名园记〉后》）。河洛长期是王都所在之地，问鼎中原的权力争夺，使其成为刀锋所向。“从秦到清，我国有重要战役720起，主要发生在河南境内的有120起，占1/6，高居首位。”这里的“河南境内”又高度集中于河洛地域。特别是南北朝以及宋、金、元之际，河洛是其间长期军事拉锯的一个主要战场。中国历史上有名的楚汉成皋之战、讨伐董卓之战、八王之乱、安史之乱等皆发生在这里。战乱对河洛文学的一个直接影响是产生了大量的描写战争苦难的诗文。曹植的《送应氏》、杜甫的《新安吏》、韦应物的《广德中洛阳作》、冯著的《洛阳道》、张籍的《永嘉行》、杜牧的《故洛阳城有感》、范仲淹的《和人游嵩山十二题》、陈与义的《牡丹》等历代作家诗文，掀开了这片土地上弓劲角鸣、杀声震天的血光帷幕，这些饱蘸血泪并由无数人的生命铸就的战乱诗文，使河洛文学在中国文学地图中深具史诗品格。

总之，河洛文学与河洛文化是交光互影、双向建构的。河洛文化不仅构成了河洛作家必然又必要的创作起点，也在历代河洛文学中以新的形式不断复活和再生。无论是河洛王都文化，还是河洛理学文化，抑或是河洛道家文化，它们作为历史性的基本事实和文化传统，使河洛作家和文学文本，都内在地镶嵌于历史文化的“先行结构”之中，并以“先在”的资源传统形塑着河洛地域文学的思想风貌，构筑着文学话语的“效果历史”。追踪不同时期河洛文学的个性书写，沉淀着河洛地域文化千年传承的原型意识，它看似为“新”的，却“也是一条古河”。

第一章 先秦两汉河洛文学

先秦时期是河洛文学的萌芽期、初创期及第一段重要发展期。河洛文学在这一时期最初呈文史哲混一状态，文学特色不太鲜明。但至晚在西周末期，文学的特色已逐渐明显，一进入东周，河洛文学便大放异彩，以诗歌为代表的各类文体都蓬勃发展起来。至战国，河洛文学中更发展出了以苏秦为代表的汪洋恣肆的论说文，不仅文学特色浓厚，而且具有较强的实用价值。

两汉时期河洛文学由贾谊开其端，然西汉文学的核心在长安与梁宋，河洛文学主要集中在少数奏疏、策对等议论文中。至东汉河洛文学大盛，不仅众多辞赋专写洛阳，大量散文也以洛阳为中心，东汉较为著名的文学家大都与洛阳有密切关系。乐府诗和文人诗都不断抒写着洛阳的人与事，并最终为先秦两汉河洛文学画上了一个完美的句点。

第一节 先秦两汉河洛文学概述

马克思说："野蛮期的低级阶段，人类的高级属性开始发展起来，原始的诗歌创作属于这一时期。"[①]他明确指出，诗歌作为最早出现的文体产生于人类蒙昧阶段。郑玄亦云："诗之兴也，谅不于上皇之世。大庭轩辕、逮于高辛，其时有亡，载籍亦蔑云焉。"[②]认为诗歌的产生不可能早到伏羲之时，神农、黄帝之时有没有也不清楚。但由此也可知诗歌的产生一定是比较早的。这一时期诗歌与音乐、舞蹈的关系十分密切，然而在河洛地区出土的原始社会文物中，更多的是石器制成的刀、斧、锛、铲、镰等，以及陶制品壶、杯、钵、鼎、罐、豆、盆等，还有玉饰、玉璜、骨簪等，很少出现乐器。这说明河洛地区在原始社会主要重视生产劳动，祭祀也应该逐渐出现，审美也得到初步发

① 马克思：《摩尔根〈古代社会〉一书摘要》（1881—1882 年），人民出版社 1965 年版，第 54—55 页。

② 郑玄：《诗谱序》，见孔颖达注《毛诗正义》，上海古籍出版社 2013 年版，第 1 页。

展，但与文学有关的音乐和舞蹈还没有有效顾及。

一、夏商时期的洛阳

时至夏代，河洛地区的乐器逐渐增多。1960—1964 年，在洛阳偃师二里头遗址发掘中，有陶铃 2 件、铜铃 1 件和陶埙 1 件出土。铜铃一扉，外表附有一层纺织品的痕迹，在 1 平方厘米内有经纬线各 10 根，可能是一种麻布。陶铃与铜铃的形制大致相同，无扉。陶埙呈橄榄形，中空，一端和一侧有孔，吹之有声。[①] 1982 年秋，在洛阳偃师二里头遗址发掘中，出土铜铃 1 件，平顶，弧形钮，器身一侧有扉，横剖面呈椭圆型，近口部有一周凸弦纹，器表局部粘附麻布，口径 9 厘米、顶径 5.8 厘米、器高 8.2 厘米。[②] 铃在先秦典籍中没有相关的神话或传说，可能不是乐器，而是施行巫术的法器，《尉缭子·勒卒令第十八》云："铃，传令也。"大约与此相关。但陶埙无疑是非常明确的乐器，这足以说明，夏代河洛地区的音乐已经非常发达，与之紧密相联的文学也应该非常发达。

商代开国之君汤与大臣伊尹的君臣遇合成为后世的榜样，而伊尹的出生传说也成了商代河洛文学的重要一端。最早记载伊尹出生事迹的是《吕氏春秋·本味》：

> 有侁氏女子采桑，得婴儿于空桑之中，献之其君。其君令烰人养之，察其所以然。曰："其母居伊水之上，孕，梦有神告之曰：'臼出水而东走，毋顾！'明日，视臼出水，告其邻。东走十里而顾，其邑尽为水，身因化为空桑。故名之曰伊尹。"此伊尹生空桑之故也。[③]

高诱以为，侁读曰莘；烰犹庖，即厨师。尽管"得婴儿于空桑之中"，但并不能确认是伊母生了伊尹，只是相传而已。后伊母化为空桑，那么伊尹究竟何时出生，在怎样的条件下出生等问题，《本味》篇未进行详细讲解。直到王逸作《楚辞章句》才有阐释。《天问》有"水滨之木，得彼小子"句，王逸云：

> 言伊尹母妊身，梦神女告之曰："臼灶生蛙，亟去无顾。"居无几何，臼灶中生蛙，母去东走，顾视其邑，尽为大水，母因溺死，化为空桑之木。水干之后，有小儿啼水涯人取养之。[④]

---

① 方酉生：《河南偃师二里头遗址发掘简报》，《考古》1965 年第 5 期。

② 刘忠伏、杜金鹏：《1982 年秋偃师二里头遗址九区发掘简报》，《考古》1985 年第 12 期。

③ 许维遹：《吕氏春秋集释》，中华书局 2009 年版，第 310 页。

④ 洪兴祖：《楚辞补注》，卞岐整理，凤凰出版社 2007 年版，第 95 页。

“此说与《吕氏春秋》所载略有不同,但补充了《吕氏》所记之缺。从此两则汉代以前有关伊尹出生问题的记载材料来看,伊尹的出生地至少应具备两个条件,一是河水,二是桑树。伊者,伊河也。伊河绵延数百里,符合这些条件的地方比比皆是,因此才造成今天许多地方争论不休的局面”[①]至此,关于伊尹的出生情况才得以一致认同。

除此之外,甲骨文中已有关于洛阳的明确记载:

> 癸丑[卜][在]洛,贞王[旬]亡畎。(《合集》36959)
>
> 癸丑[王卜],在洛师,贞[旬亡]畎,王[占曰]:吉。(《合集》36960)[②]

“畎”当为“祸”字。这里的“洛”显然就是洛阳,从第一则卜辞知,殷商晚期商王到过洛阳,在洛阳居住,那么洛阳在当时的城市建设必然达到了一定规模。第二则卜辞中“师”字之义暂不能定,或“洛师”指地名,即今之偃师,或“师”指军队,但无论何义,都可以说明洛阳作为城市在商代晚期已经达到了相当规模,文学也一定有更为长足的发展。

> 《尚书大传》云:“周公摄政:一年救乱,二年克殷,三年践奄,四年建侯卫,五年营成周,六年制礼作乐,七年致政成王。”[③]
>
> 周公摄政七年,其中第五年营建洛阳。《尚书·金縢》云:“我之弗辟,我无以告我先王。周公居东二年,则罪人斯得。”[④]

孔安国释“居东”为东征,但今人有认为就是迁居东都成周。[⑤] 若依此理解,则从摄政第六年起,周公就迁居洛阳,而影响广大且深远的制礼作乐就完全是在洛阳完成的了。周公营建洛阳城的主力是殷商遗民,制礼作乐的主要参与者同样也是殷商遗民。

> 《尚书·多士》云:“惟尔知,惟殷先人,有册有典,殷革夏命。今尔又曰:‘夏迪简在王庭,有服在百僚。’予一人惟听用德,肆予敢求尔于天邑商。”

周公称赞“惟殷先人,有册有典”,也就是承认了殷商文化的先进性。对于殷商遗民来说,周公也是将之视为专家对待。“夏迪简在王庭,有服在百僚”意即“殷曾选拔夏的遗臣留在王廷,担任各种官职为殷王服务。”显然,小

---

① 赵棚鸽:《伊尹出生传说新论》,《洛阳理工学院学报》(社会科学版),2015年第2期。

② 胡厚宣主编《甲骨文合集释文》,中国社会科学出版社2009年版,第1830页。

③ 皮锡瑞:《尚书大传疏证》卷五《洛诰》,清光绪乙未(1895年)自序、丙申(1896年)夏敬庄序本,第十九页第一面。

④ 孔安国传,孔颖达正义:《尚书正义·金縢》,上海古籍出版社2007年版,第499页。

⑤ 过常宝:《制礼作乐与西周文献的生成》,中国社会科学出版社2015年版,第36页。

邦周在心理上对大邦殷的文化还是持一种景仰、学习和借鉴的态度。

二、《尚书·洛诰》和《逸周书·作雒解》

在先秦时期，有两篇与河洛文学有密切关系的文章，分别是《尚书·洛诰》和《逸周书·作雒解》，今论之如下。

《尚书·洛诰》作于周公还政成王、营建洛邑之时。篇中主要记录了周公和成王的对话，讨论请周公继续居洛、治理东方的问题。周公答应了成王的要求，成王在洛邑宣布这一决策，史官记录，册诰天下，故名《洛诰》。其文云：

> 周公拜手稽首曰："朕复子明辟，王如弗敢及天基命定命，予乃胤保大相东土，其基作民明辟。予惟乙卯，朝至于洛师。我卜河朔黎水。我乃卜涧水东，瀍水西，惟洛食。我又卜瀍水东，亦惟洛食。伻来，以图及献卜。"
>
> 王拜手稽首曰："公不敢不敬天之休，来相宅，其作周匹休。公既定宅，伻来，来视予卜，休，恒吉。我二人共贞。公其以予万亿年敬天之休。拜手稽首诲言。"
>
> 周公曰："王肇称殷礼，祀于新邑，咸秩无文。予齐百工，伻从王于周。予惟曰：'庶有事。'今王即命曰：'记功，宗以功作元祀。'惟命曰：'汝受命笃弼，丕视功载，乃汝其悉自教工。'孺子其朋，孺子其朋，其往。无若火始焰焰，厥攸灼叙弗其绝厥若。彝及抚事如予，惟以在周工往新邑，伻乡即有僚，明作有功，惇大成裕，汝永有辞。"
>
> 公曰："已！汝惟冲子惟终。汝其敬识百辟享，亦识其有不享，享多仪，仪不及物，惟曰不享。惟不役志于享，凡民惟曰不享，惟事其爽侮。乃惟孺子颁，朕不暇听。"
>
> "朕教汝于棐民彝，汝乃是不蘉，乃时惟不永哉。笃叙乃正父，罔不若予，不敢废乃命。汝往敬哉！兹予其明农哉。彼裕我民，无远用戾。"
>
> 王若曰："公，明保予冲子。公称丕显德，以予小子扬文武烈，奉答天命，和恒四方民，居师，惇宗将礼，称秩元祀，咸秩无文。惟公德明光于上下，勤施于四方，旁作穆穆，迓衡不迷，文武勤教。予冲子夙夜毖祀。"
>
> 王曰："公功棐迪笃，罔不若时。"
>
> 王曰："公，予小子其退，即辟于周，命公后。四方迪乱未定，于

宗礼亦未克敉，公功，迪将其后，监我士师工，诞保文武受民，乱为四辅。”

王曰：“公定，予往已。公功肃将祗欢，公无困哉。我惟无斁其康事，公勿替刑，四方其世享。”

周公拜手稽首曰：“王命予来承保乃文祖受命民，越乃光烈考武王弘朕恭。孺子来相宅，其大惇典殷献民，乱为四方新辟，作周恭先。曰其自时中乂，万邦咸休，惟王有成绩。予旦以多子越御事笃前人成烈，答其师，作周孚先。考朕昭子刑，乃单文祖德。”

“伻来毖殷，乃命宁予以秬鬯二卣，曰明禋，拜手稽首休享。予不敢宿，则禋于文王武王。惠笃叙，无有遘自疾。万年厌乃德，殷乃引考。王伻殷，乃承叙万年，其永观朕子怀德。”

戊辰，王在新邑烝祭，岁。文王骍牛一，武王骍牛一。王命作册逸祝册，惟告周公其后。王宾杀禋咸格，王入太室祼。王命周公后，作册逸诰。在十有二月。惟周公诞保文武受命，惟七年。

成王与周公的这一系列对话是有一定前提条件的，当时周公已还政于成王，成王手中握有实权，这是主要的内在因素。另外，东都洛邑已兴建完成，具备较好的客观条件。所以周公希望成王振奋起来，到洛邑去，除了祭祀，还可在洛邑完成先王未完成的功业。但是，尽管成王态度恭谦，可他心中主意已定，可去洛邑举办祭祀，祭祀礼毕之后重返镐京，并且希望周公驻守洛邑，相信周公能管理好洛邑。最后，周公答应成王请求，在成王祭祀结束返回镐京之后，周公领命驻守洛邑。

此番对话颇为客气，成王谦逊，周公亦有礼。成王称赞周公辅导有方，自己无不顺从，感激周公发扬功德保护自己。周公亦诚心让成王学习法则，推广善政。谈话间尽显长辈对晚辈的鞭策与呵护，以及晚辈对长辈的爱戴和尊敬。

周公为什么费尽心思让成王移居东都洛邑？如此敬重周公的成王又为什么拒绝呢？其实这要从两人的身份及关系来探讨。成王未获实权之前，周公处于摄政地位，也就是说，周公虽未有王之名，却有王之实，他拥有最高的统治权力。成王年幼时，确实需要权臣，但成年之后，面临最高权力的争夺，两人之间不可避免地会有嫌隙。因此如《洛诰》所言，成王接受周公劝诫其在洛邑祭祀的建议，却不接受长居在此的提议，并且让周公驻守洛邑。实际上可以这么理解，成王想要摆脱周公的控制和束缚，而要摆脱，必须让其远离政治中心且削弱其实质权力，至此，成王取得最终胜利。在这相互谦逊、歌颂的背后，隐藏着微妙的权力争斗。此时，成王与周公的关系不再是幼主与权臣的关系，也不仅仅是简单的君臣关系。所以，平静背后暗藏涌流，但又因成王与周公同为皇族，利益相连，也不能完全决裂，故在争斗中维持表面的和平。

无论是从地理位置还是从政治文化的重要地位考虑，洛阳实乃“天下正中”。《史记·周本纪》以“此天下之中，四方入贡道里均”来形容在洛阳兴建成周的景象。《逸周书·作雒解》更是强调营造洛伊的必要性。

《逸周书》，也称《周书》《周志》和《汲冢周书》，全书十卷，共七十篇正文，《逸周书》每篇篇名均有“解”字，内容丰富，时空跨度大，涉及周文王至景王期间的史事，是我国古代重要的历史文献汇编。关于此书的历史沿革及考证有几种说法：一种认为《逸周书》是晋武帝时汲郡古墓的物品，另一种认为它是世代流传下来汇编而成的文化，还有一种认为《逸周书》是前面两者的结合。《作雒解》作为其中一篇，主要记载周公营建洛邑的时事，是研究西周洛阳的重要史料。此外，本篇还记载周成王兴师赴殷东卫地征伐殷人，因殷人溃散而治罪三叔的事情。其文云：

> 武王克殷，乃立王子禄父，俾守商祀。建管叔于东，建蔡叔、霍叔于殷，俾监殷臣。武王既归，成岁十二月崩镐，肂于岐周。周公立，相天子，三叔及殷东徐奄及熊盈以略。
>
> 周公、召公内弭父兄，外抚诸侯。九年夏六月，葬武王于毕。二年，又作师旅，临卫政殷，殷大震溃。降辟三叔，王子禄父北奔，管叔经而卒，乃囚蔡叔于郭淩。凡所征熊盈族十有七国，俘维九邑。俘殷献民，迁于九里。俾康叔宇于殷，俾中旄父宇于东。周公敬念于后曰：“予畏周室克追，俾中天下。”及将致政，乃作大邑成周于土中。城方千七百二十丈，郛方七百里。南系于洛水，北因于郏山，以为天下之大凑。制郊甸，方六百里，国西土为方千里。分以百县，县有四郡，郡有□鄙。大县城，方王城三之一；小县立城，方王城九之一。郡鄙不过百室，以便野事。农居鄙，得以庶士；士居国家，得以诸公、大夫。凡工贾胥市臣仆，州里俾无交为。
>
> 乃设丘兆于南郊，以上帝，配□后稷，日月星辰，先王皆与食。诸侯受命于周，乃建大社与周中，其壝东责土、南赤土、西白土、北骊土，中央叠以黄土。将建诸侯，凿取其方一面之土，苞以黄土，苴以白茅，以为土封。故曰受则土于周室。乃位五宫：大庙、宗宫、考宫、路寝、明堂。咸有四阿、反坫。重亢，重郎，常累，复格，藻棁。设移，旅楹，蠢常，画。内阶、玄阶、堤唐，山廧，应门、库台玄阃。

本文首先叙述武王克殷之后，分封管、蔡、霍三叔，命他们在殷都监视旧臣。后武王崩,周公立,相成王,三叔遂叛。周公亲率军队,平定叛乱。之后便开始在洛阳营建都城,城郭面积、具体建筑等皆作详细记载,成为今天研究西周洛阳城的重要文献资料。《作雒解》的重点在于后半部分,周公为后世谋虑,选择洛阳为天下中心之地,在此建都并制定郊甸之制,设祭坛立五宫等,通篇文字形象、流畅,结构颇为完整,并有一定的层次,已注意在立意谋篇上用功夫。

自此以后,两周洛阳文学进入《诗经》时代,后文详述。

三、老子

老子,春秋末年人,道家学派创始人,中国著名思想家和哲学家,据《史记·老子韩非列传》所言,老子大约于公元前 571 年出生于陈国苦县。

老子效力于周室,公元前 551 年任周守藏室吏。公元前 535 年,老子受排挤,被免去守藏室史之职,这期间曾在洛阳答孔子之问礼。公元前 530 年,老子被召回,官复原职。公元前 516 年,因所管典籍流落他国再次被免职。约公元前 471 年,逝于秦国。

老子其人在历史上存在诸多说法。有的认为老子确有其人,还有的认为老子是道家为了宣扬其学说而虚构出来的人物。而认为确有老子其人的也有不同的说法。第一,老子就是普遍认为的周守藏室吏老聃;第二,老子实际上不是周守藏室吏,而是宣扬道家思想的楚国人老莱子,与孔子属同一时期。但这一观点均被胡适、梁启超等学者否定;第三,司马迁认为,老子是战国初期的道家学派代表周太史儋,《老子》一书由老子所写。这一观点也被诸多学者质疑,认为《老子》是老子学派中人的言论汇集。目前,大众接受的观点是老子即老聃。

老子思想集于《老子》(也称《道德经》)一书,遵循道法自然,与河洛文化的"天人合一"相呼应。除了文学佳作,老子的成就还包括道法自然的天道理论、福祸相依的辩证思想、自然无为的社会理论及朴素自然的美学思想。

《道德经》曰:

> 天之道,其犹张弓与?高者抑之,下者举之;有余者损之,不足者补之。天之道,损有余而补不足;人之道则不然,损不足以奉有余。孰能有余以奉天下?唯有道者。是以圣人为而不恃,功成而不处,其不欲见贤邪?(77 章)
>
> 小国寡民,使有什伯之器而不用;使民重死而不远徙。虽有舟舆,无所乘之;虽有甲兵,无所陈之。使民复结绳而用之。甘其食,

美其服，安其居，乐其俗。邻国相望，鸡犬之声相闻，民至老死，不相往来。（80章）

人法地，地法天，天法道，道法自然。（25章）

以其不为大也，故能成大。（34章）

我无为而民自化，我好静而民自正，我无事而民自富，我无欲而民自朴。（57章）

由上可知，老子认为，自然的规律是位置较高的或处于优势的、应放低一些，去等待或帮助那些处于劣势的、位置相对低的，而处于劣势的、位置较低的应抬高一些，奋起追赶。就像树木一样，砍去快速拔高的部分，修补不足的地方，以达到和谐统一。自然界是减富余补不足，但人间的为人处世却完全相反。那么，谁可以损有余以补天下的不足呢？有道之人才可。谁是有道之人？有道之人是那些有成就却不骄傲自满，有贡献却不独自居功、不会时时刻刻显露自己才能德行的人。同时，老子认为，统治者应具备小国寡民的意识，做到小国寡民就不会有战争，这也是老子梦寐以求的理想社会：百姓有诸多器具却不使用，人们重视死亡而不随意迁徙，有车有船也不常用，有部队武器却不用打仗，百姓回归到远古时期结绳记事的生活状态。如此治理可使人们安居乐业，各诸侯国相互望得见，但各诸侯国百姓从出生到老死，也不相互往来。这是非常纯洁朴素的治国理念和美好愿望，而要想实现它，唯有道才行。

"道法自然"中的"自然"不是指客观的自然界，而是指事物的内在本质，万物均在道中，万物都要顺应时令和自身内在规律，最终要回归自我。"自我"是事物的本来面目，不可比较、不可更改、不可违背，似乎有一点宿命的玄学。比如母鸡会下蛋而公鸡不会下蛋，鱼能在水里游来游去却不能在天空翱翔，晚上不会出太阳，昙花不在白天开放等，这些都是"自然"，都应遵循。

明君之所以被世人崇敬，不在于其显示权贵或打压异己等不堪行为，根本原因在于明君并不认为自己尊贵显赫，他胸怀宽广、心系天下、谦虚谨慎，正因把自身看得很小，所以才赢得天下人的尊敬爱戴，从而成就明君的尊贵和伟大。

世间万物都是"道"的力量在起作用，人是有自我意识的高级灵长类动物，所以人有欲望是一件很正常的事。老子主张，不能也不应为了满足私欲而破坏"自然"规则和秩序，应以"无为"去引导一切。如果统治者无为，那么百姓就可自然化育。统治者不多事，百姓就可自富。统治者不放纵欲望，百姓也是淳朴之风。"无为"不是什么都不做，而是顺势而为，这个"势"不是权势和功利，而是事物内在的规律。同样的，如不遵循“无为”的自然道法，则意味着有不良现象发生，如《道德经》所言：

> 大道废，有仁义；智慧出，有大伪；六亲不和，有孝慈；国家昏乱，有忠臣。（18章）
>
> 夫礼者，忠信之薄而乱之首。（38章）

第一句可理解为，废弃大道，必然有仁义之人、仁义之事出现。过度崇尚智慧，必然有虚伪之人、虚伪之事出现。家庭不和、亲人不睦，必然会有孝顺之人、慈爱之人出现。国家动荡纷乱，必然会有忠臣良将出现。此言在列举不遵守道法自然出现的几种情况，其中也含有辩证之意。

第二句说明如果社会需要靠礼义法规的施行才能运转，那么就意味忠诚守信的缺失，而这就是社会祸乱的开始。

综上所述，老子对“道”极其重视，道法自然不可废，更不可违，万事万物都应遵守客观规律，它是宇宙万物的秩序和本体，也是人类的行为准则。

老子的理想社会是“小国寡民”，他对于人的理想状态则是“赤子婴儿”：

> 知其雄，守其雌，为天下谿。为天下谿，常德不离，复归于婴儿。（28章）
>
> 含德之厚，比于赤子。蜂虿虺蛇不螫，攫鸟猛兽不搏。骨弱筋柔而握固，未知牝牡之合而朘作，精之至也。终日号而不嗄，和之至也。（55章）

第一句可理解为，知道什么是阳刚强健，但却安守雌美阴柔，甘愿做天下的山川溪谷。当甘愿做天下的山川溪谷时，人原本的高尚的德行就不会离去，继而使人回归到婴儿的最初状态。

第二句可理解为，德行深厚的人类似赤子婴儿，毒虫不咬他，猛兽恶鸟不攻击他。虽然他体格柔弱好像没力气，但握起的拳头很有力量，精力充沛、气血充足。虽一整天号哭但嗓子却丝毫不显沙哑，这正是元气淳厚中和的原因。

可见，怀有赤子之心是老子对人的最高评价。那怎样才能做到永葆赤子之心呢？老子认为，首先要内心安静，减少膨胀的私欲，学会感恩知足，故其云：

> 致虚极，守静笃。（16章）
>
> 五色令人目盲，五音令人耳聋，五味令人口爽，驰骋畋猎令人心发狂，难得之货令人行妨。是以圣人为腹不为目，故去彼取此。（12章）
>
> 罪莫厚于甚欲，咎莫憯于欲得，祸莫大于不知足。故知足之

足，常足矣。（46 章）

虽有荣观，燕处超然。（26 章）

赤子婴儿首先要静，外在的安静环境在一定程度上会促使内心逐渐安定宁静，内心的澄明安静也会影响个人对外界的判断和认识。

杂乱的颜色让人看不到本色，纷扰的声音让人听不到真正的声音，百味让人无法品尝食物本身的味道，驰骋狩猎让人内心无法宁静，等等，因此，必须去五色、除五音、绝五味，以保持最初的宁静状态。其实也就是无欲无求，遵循自然规律，不过分追求，超然于外物，不以物喜，不以己悲，知足即是福，充满了哲学意味。

其次，老子认为永葆赤子之心应注重思想的追求，忘却躯体所带来的烦恼，如“吾所以有大患者，为吾有身，及吾无身，吾有何患”，认为人之所以感知苦难是因为躯体的存在，躯体在承受苦痛，如果没有这个躯体，又有什么忧患苦难呢？这似乎有些虚空，毕竟一个人的身心无法做到绝对的分离，但不把过多精力和感受放到躯体感知上，遵循万物规律，也可回归最纯朴的婴儿状态。

老子坚持崇柔无为的处世原则，崇柔无为包括三方面：以柔克刚、无为而无不为和反对过分“有为”。故《道德经》云：

人之生也柔弱，其死也坚强。草木之生也柔脆，其死也枯槁。故曰坚强者死之徒，柔弱者生之徒。是以兵强则灭，木强则折。强大处下，柔弱处上。（76 章）

上善若水。水善利万物而不争，处众人之所恶，故几于道。居善地，心善渊，与善仁，言善信，政善治，事善能，动善时。夫唯不争，故无尤。（8 章）

天下莫柔弱于水，而攻坚强者莫之能胜。（78 章）

生而不有，为而不恃，功成而弗居。（2 章）

我有三宝，持而保之：一曰慈，二曰俭，三曰不敢为天下先。[①]（67 章）

为学日益，为道日损，损之又损，以至于无为，无为而无不为。（48 章）

天长地久。天地所以能长且久者，以其不自生，故能长生。是以圣人后其身而身先，外其身而身存。非以其无私邪？故能成其

---

① “慈”者，柔弱慈祥也；“俭”者，吝啬节约也。“慈”“俭”和“不敢为天下先”，中心意思都是谦下不争。

私。(7章)

天下多忌讳，而民弥叛；民多利器，国家滋昏；人多知而，奇物滋起；法令滋章，盗贼多有。(57章)

以上均是老子崇柔无为的具体观点，不管在任何情况下都坚持温和、节俭和慈爱，懂得适可而止，不居功自傲。柔和的力量韧性强、不易脆，重要的是柔和的美好品质让人如沐春风，无形中影响并改变人们的生活和观念。老子认为，提倡礼乐政教，会导致人们日趋虚伪狡诈，天地之所以能长存，是因为天地按照自身规律自然地运行，所以谦下不争反而能有所获得。尤其要注意的是，“无为”不是无所事事，不是抛开一切正常合理的需求而不作为，“无为”强调的是人要遵循自然之理，顺应自然规律，不过分干预，也不想着去控制去征服他物，但应该当仁不让地去做符合自然逻辑该做的事，也可理解为有所为有所不为。

老子看待事物和审视世界的眼光和角度是十分独特的，蕴含哲学意义，也具有对美的观照。老子讲究“道”，道即自然，自然即素朴和稚拙，故有“大巧若拙”“处其实，不居其华”之说。这些观点对后世乃至今天的文学有很大的影响，除了内容的丰富广阔之外，《老子》一书还具备以下几个特征：一是古代诗歌向哲思文赋的过渡，文体格式上保有诗的韵律。二是语言精练准确。《老子》的语言表述不局限于诗歌语言的对仗押韵，甚至有时候一针见血，有很强的思辨力及缜密的逻辑性，如“千里之行，始于足下”“信言不美，美言不信；善者不辩，辩者不善；知者不博，博者不知”等。三是白描写法。不管是写人记事还是说道阐理，基本都用白描写法，不做过多铺垫和美化，让读者一目了然。

总之，老子长期居于洛阳，河洛文化地域思想在其著作中有着或淡或浓的表现，概言之，老子的学说在相当程度上是有河洛文学特色的。

四、鬼谷子

鬼谷子，著名的纵横家创始人，后世也称其为“谋圣”，其核心思想主要集存于《鬼谷子》这一著作中。鬼谷子的籍贯存在争议，其中有一种说法是鬼谷子乃洛阳汝阳人。汝阳县城南4公里有一座山名叫岘山，山下至今仍有鬼谷村，传说即鬼谷子出生之地。《广舆记》《史记》均记载鬼谷子曾经隐居于此(即汝阳县鬼谷村)，并把自己所学传授给张仪和苏秦，后来张、苏二人造诣颇高。《鬼谷子》一书既有归为纵横家类者，也有归为兵家类者，难能可贵的是，其对文学也有一些见解，今论之如下。

《鬼谷子·反应第二》云：

言有象，事有比；其有象比，以观其次。

“言有象”有两层含义，即有彼与己之分。就“彼”而言，指话语只要说出来，相关信息就流传在外，这里的“象”可以理解为流传在外。就“己”而言，为了让说辞更加生动形象、易于被人接受，可以先设形象，用通俗易懂的方式将自己的思想表达出来，这里的“象”就是形象的意思。事实上，无论哪一种理解，“象”都具有物象之意，思想必须依附于物象，方可得以传达和交流。这与后来文学领域中的“兴象”一说极为接近。“事有比”也有两种理解，一是比喻，二是对比。这里更多的应是比喻之意。“其有象比，以观其次”是说象比只是表达手法而已，我们在理解含义之时，更应该深掘其背后的真实意图。总之，这段话可以概括为言语中有象，物象中有比，可以通过二者探究言语背后的真意。

《鬼谷子》也引《诗》论事。如《内揵第三》中“由夫道德仁义，礼乐忠信计谋，先取诗书，混说损益，议论去就”指出在游说之时，要顺着道德、仁义、礼乐、忠信和计谋等角度展开论说，要征引《诗经》与《尚书》，在此基础上加入自己的观点，或增或减，视具体情况而定。非常明确地指出了《诗经》所具有的社会意义和现实应用价值。

《鬼谷子·中经》又云：

见形为容，象体为貌者，谓爻为之生也。可以影响形容，象貌而得之也。有守之人，目不视非，耳不听邪，言必《诗》《书》，行不淫僻，以道为形，以德为容，貌庄色温，不可象貌而得之。如是，隐情塞郄而去之。

这里的《诗》《书》之意与前文全同。总的来说，鬼谷子以兵谋见长，很少涉及文学，但在其部分行文中，还是显现出了文学的重要作用，这是先秦河洛文学的价值之所在。

五、苏秦、尹文等洛阳文人

苏秦（？—前284年），战国时期洛阳人，纵横家著名代表人物，盛极之时曾腰挂六国相印。苏秦早年拜鬼谷子为师，学成之后在洛阳求见周显王，渴望用所学步入仕途之路，但当时周显王并不信任他，也没有采纳他兼并列国的意见。于是，苏秦不得已周游列国。记录苏秦与洛阳关系最著名的一篇文章就是《战国策·秦一》中的《苏秦始将连横》：

苏秦始将连横，说秦惠王曰：“大王之国，西有巴、蜀、汉中之利，北有胡、貉、代、马之用，南有巫山、黔中之限，东有肴、函之固。田肥美，民殷富，战车万乘，奋击百万，沃野千里，蓄积饶多，地势形便,此所谓天府,天下之雄国也。以大王之贤,士民之众,车骑之用,兵法之教,可以并诸侯,吞天下,称帝而治。愿大王少留意,臣请奏其效。”

秦王曰:“寡人闻之:毛羽不丰满者,不可以高飞,文章不成者不可以诛罚,道德不厚者不可以使民,政教不顺者不可以烦大臣。今先生俨然不远千里而庭教之,愿以异日。”

苏秦曰:“臣固疑大王之不能用也。昔者神农伐補遂,黄帝伐涿鹿而禽蚩尤,尧伐驩兜,舜伐三苗,禹伐共工,汤伐有夏,文王伐崇,武王伐纣,齐桓任战而伯天下。由此观之,恶有不战者乎?古者使车毂击驰,言语相结,天下为一,约从连横,兵革不藏。文士并饰,诸侯乱惑,万端俱起,不可胜理。科条既备,民多伪态,书策稠浊,百姓不足。上下相愁,民无所聊,明言章理,兵甲愈起。辩言伟服,战攻不息,繁称文辞,天下不治。舌弊耳聋,不见成功,行义约信,天下不亲。于是乃废文任武,厚养死士,缀甲厉兵,效胜于战场。夫徒处而致利,安坐而广地,虽古五帝三王五伯,明主贤君,常欲坐而致之,其势不能。故以战续之,宽则两军相攻,迫则杖戟相橦,然后可建大功。是故兵胜于外,义强于内,威立于上,民服于下。今欲并天下,凌万乘,诎敌国,制海内,子元元,臣诸侯,非兵不可。今之嗣主,忽于至道,皆惛于教,乱于治,迷于言,惑于语,沈于辩,溺于辞。以此论之,王固不能行也。”

说秦王书十上而说不行,黑貂之裘弊,黄金百斤尽,资用乏绝,去秦而归,羸縢履蹻,负书担橐,形容枯槁,面目犁黑,状有愧色。归至家,妻不下紝,嫂不为炊,父母不与言。苏秦喟叹曰:“妻不以我为夫,嫂不以我为叔,父母不以我为子,是皆秦之罪也。”乃夜发书,陈箧数十,得太公阴符之谋,伏而诵之,简练以为揣摩。读书欲睡,引锥自刺其股,血流至足,曰:“安有说人主,不能出其金玉锦绣,取卿相之尊者乎?”期年,揣摩成,曰:“此真可以说当世之君矣。”于是乃摩燕乌集阙,见说赵王于华屋之下,抵掌而谈,赵王大悦,封为武安君。受相印,革车百乘、锦绣千纯、白璧百双、黄金万溢以随其后,约从散横以抑强秦,故苏秦相于赵而关不通。当此之时,天下之大,万民之众,王侯之威,谋臣之权,皆欲决苏秦之策。不费斗粮,未烦一兵,未战一士,未绝一絃,未折一矢,诸侯相亲,贤于兄弟。夫贤人在而天下服,一人用而天下从,故曰:式于政不式于勇;式于廊庙之内,不式于四境之外。当秦之隆,黄金万溢为用,转毂连骑，炫熿于道，山东之国从风而服，使赵大重。且夫苏秦，特穷巷掘门桑户棬枢之士耳，伏轼撙衔，横历天下，廷说诸侯之王，杜左右之口，天下莫之能伉。

将说楚王，路过洛阳，父母闻之，清宫除道，张乐设饮，郊迎三十里。妻侧目而视，倾耳而听。嫂蛇行匍伏，四拜自跪而谢。苏秦曰："嫂何前倨而后卑也？"嫂曰："以季子之位尊而多金。"苏秦曰："嗟乎！贫穷则父母不子，富贵则亲戚畏惧。人生世上，势位富贵，盍可忽乎哉？"

从文中可以看出，苏秦游说秦惠王时做了充分的工作，首先对秦国的周边环境及百姓的生活水平进行了充分了解，认为秦国已经非常强盛，完全可以通过战争称霸诸侯。但秦惠王以为自己国势还比较弱小，距离称霸还十分遥远，且当时刚处死商鞅，极其排斥游说之人，因此拒绝苏秦之说。苏秦之后又极力雄辩，陈述己识之远见，但仍无济于事。苏秦前后上秦惠王书达十次以上，但始终未能打动秦惠王，不被重用。最后，苏秦从洛阳带过去的盘缠全部用完，当初入秦时穿的黑色貂裘已经破弊不堪，上百斤的金属货币也全部花完了。没有办法，只好离开秦国，返回洛阳家中，他穿着草鞋，腿上胡乱缠着些绑腿布，面目黎黑，落破不堪。回到家后，家人看他这副模样，失望不已。妻子正在织布，见他回来，连织机也没有下。嫂子也不去给他做饭，父母甚至连话都不愿意与他讲。可以说，人情冷暖此刻了然于目。后来苏秦学成，先发迹于赵国，拜为丞相，游说楚王的时候，又路过洛阳，这个时候家人的表现就完全不一样了。父母听说了，赶紧收拾房屋，打扫街道，还设置音乐，备办酒席，出郊三十里早早在路边等候。妻子不敢正眼看他，只敢小心翼翼地侧目而视、倾耳而听。嫂子更是匍匐在地，四拜自跪而谢。《苏秦始将连横》运用对比、铺排和夸张的手法把苏秦失意时和得意后的不同境遇描绘得活灵活现。一方面写游说陈辞，暗含刀光剑影；另一方面写家人面目，表现世态炎凉。其中苏秦引锥刺股的发奋学习被后世传颂甚至仿效，其嫂"蛇行匍伏，四拜自跪而谢"则被当作经典的反面教材。

尹文（约前360—前280年），战国中期洛阳人，著名哲学家，稷下学派代表人，其学本于老子，著有《尹文子》一篇，其《大道下》云：

此六子者，异世而同心，不可不诛也。《诗》曰："忧心悄悄，愠于群小。"小人成群，斯足畏也。语曰："佞辨可以荧惑鬼神。"曰："鬼神聪明正直，孰曰荧惑者？"曰："鬼神诚不受荧惑，此尤佞辨之巧，靡不入也。"

所引之诗出自《邶风·柏舟》，《毛传》云："愠，怒也。悄悄，忧貌。"《笺》

云："群小，众小人在君侧者。"尹文子从二句诗中引申出"小人成群，斯足畏也"之意与《毛诗》本义完全相同，颇具文学色彩。尹文学说提倡宽容恕道，渴盼国泰民安，反对战争，讲究无为而治，推崇"仁义礼乐名法刑赏"的治世之法。

除此之外，先秦两汉时期还有诸多洛阳文人。贾谊（前200—前168年），著名洛阳才子，后文详述。卜式，出生年月不详，西汉中期洛阳人，代表作有《上书请死节南越》和《上言官求雨》。虞初，西汉中期洛阳人，武帝时以方士为侍郎，号黄车使者。有《虞初周说》九百四十三篇，初见于《汉书艺文志·小说家类》，颜师古注引应劭曰："其说以《周书》为本。"又引张河间《西京赋》："小说九百，本自虞初。"《隋书经籍志》不载，盖已早亡。桑弘羊（前152—前80年），洛阳人，西汉著名政治家，有文《奏屯田轮台》，见《汉书·西域传》。贾捐之（？—前43年），西汉中后期洛阳人，著名政治家，有《弃珠崖议》等文三篇，见《汉书》本传。锜华，出生年月不详，西汉洛阳人，辞赋家，有赋九篇，见《汉志·荀赋类》，《隋志》不载，盖已早亡。桑钦，出生年月不详，西汉晚期洛阳人，《汉书》卷八八有传，著有《水经》三卷，后郦道元注。杜子春（约前30—约58年），东汉洛阳偃师缑氏人，有《周礼注》二卷，《玉函山房辑佚书》有辑录。来歙（？—35），从光武于洛阳，拜太中大夫，有《上书言陇右事》等文三篇，见《后汉书》卷一五。庞参（？—136），洛阳偃师缑氏人，有文两篇《使子俊上安帝书》《表记邓骘》，见《后汉书》卷五一。汉代以赋体文学为一代之长，有专门的咏洛赋，后文详述。汉代的乐府诗和文人诗也多与洛阳有关，后文详述。

第二节　先秦两汉河洛文人集团

一、先秦河洛文人集团的兴起

郭英德认为，文人集团具有三个方面的文化意义："第一，从文人集团自身的结构看，它是以家族为基本模式的，具有鲜明的宗法性；第二，从文人集团的社会功能看，它兼具政治的和文化的双重职能，是一种政治—文化职能集团；第三，从文人集团与文学风貌的关系看，它既构成了特殊的集团文学，更引发了错综复杂的文学纷争。”[①]这一观点不完全准确。文人集团的真正始源应该是先秦时期的大夫家族，而且他们制作家族文献的目的在于彰显家族荣光，延续家族的不朽，并非出于学术的考虑。

《庄子·天下》曾为包括文学和学术在内的先秦道术作过一个概括，其云：

> 古之所谓道术者，果恶乎在？曰：“无乎不在。”曰：“神何由降？明何由出？”“圣有所生，王有所成，皆原于一。”……古之人其备乎！配神明，醇天地，育万物，和天下，泽及百姓，明于本数，系于末度，六通四辟，小大精粗，其运无乎不在。其明而在数度者，旧法、世传之史尚多有之；其在于《诗》《书》《礼》《乐》者，邹鲁之士、缙绅先生多能明之。《诗》以道志，《书》以道事，《礼》以道行，《乐》以道和，《易》以道阴阳，《春秋》以道名分。其数散于天下而设于中国者，百家之学时或称而道之。

庄子认为，“道术”属于文化遗产的一部分，从古至今一直存在。其存在于社会旧法及各类史书中，涉及天地万物，代代相传。也存在于《诗》《书》《礼》《乐》等以对世人影响深远的著作里，且每部著作重点阐释的“道”也各有不同。同时，道术也广泛传播，存在于各诸侯国之间。由上可知，先秦道术可归纳为王官之学、六经传统与诸子百家之学。

王官之学是商周文学和学术的主要形式，也就是说这一时期的文人集团主要集中在官方。西周初年，周公东征，平定了管叔、蔡叔和武庚的叛乱，将殷之遗民迁之洛阳，开始营建成周。这些殷之遗民，很多都具有很高的文化水平，西周政权都十分重视他们，可以说这是文献记载中河洛地区较早出现的一批文人群体。𪭯士卿尊铭云：

> 丁巳，王才新邑，初𩜾。王易𪭯士卿贝朋，用乍父戊尊彝。子黍。[②]

臣卿鼎铭又云：

> 公违省自东，才新邑，臣卿易金，用作父乙宝彝。[③]

之所以认为此二器为周初，是因为子黍和父乙这两个名字具有明显的殷商特征。子黍和父乙两位殷商遗民能受到周王的奖赏，其在新邑洛阳的地位

---

① 郭英德：《中国古代文人集团与文学风貌》，北京师范大学出版社 1998 年版，第 215 页。

② 马承源：《商周青铜器铭文选》第三册，文物出版社 1988 年版，第 87 页。

③ 马承源：《商周青铜器铭文选》第三册，文物出版社 1988 年版，第 88 页。

一定很高,这从一个侧面反映出了殷商遗民在洛阳仍然是作为一个集体存在的。

《尚书·多士》中周公明确指出"惟殷先人有册有典",这就是承认了殷商优秀传统。对于迁洛的殷商遗民,周公不是猜疑与防备,而是大胆任用,这就在最高层决定了殷商遗民转换成了河洛文士集团。有一种说法是周公在成王六年开始的制礼作乐不是在宗周而是在成周,如此则殷商遗民是广泛参与到了周初的文化改制中的,他们完全可以视之为周初的河洛文人集团。

王官之学一直持续到春秋中后期,尽管中间有西周与东周的易代,但王官之学不曾改变。在此数百年的时间内,尤其是平王东迁洛阳后,王朝上层一直存在着河洛文人集团,但因文献缺失,我们不能清晰地描述出他们活动的具体情况。

王官之学转变为邹鲁之士、缙绅先生的六经之学是伴随着东周政权的衰落而出现的。《论语·微子篇》曰:"大师挚适齐,亚饭干适楚,三饭缭适蔡,四饭缺适秦,鼓方叔入于河,播鼗武入于汉;少师阳、击磬襄入于海。"此虽是鲁国衰落时之情状,对于春秋周王室似亦不亚于此。自此以后,河洛文人集团影响渐微。

六经之学以孔子为核心,之后的诸子之学,河洛地区有著名的韩非子,但作为文人集团来说,似乎还没有十分突出的表现。

二、白虎观会议

东汉章帝建初四年(79 年)冬十一月壬戌,为巩固儒家思想,朝廷召集大夫、博士等官员及各地著名儒生在洛阳白虎观,以"五经异同"为主题进行了一次学术讨论。这次学术讨论会规模宏大,章帝高度重视并亲自主持,讨论程序简易有效,先是皇帝授意五官中郎将魏应把问题抛出,在座各儒生讨论后达成一致,统一由侍中淳于恭回答,最后章帝针对问答做解说评判。白虎观会议讨论的话题很广,不仅讨论天地万物的生成,还讲到骑马、射箭、音乐等课程安排,此外也涉及比较敏感的青年性教育的话题,在一定程度上白虎观会议具有领先意识。在这一问一答一评之间,加深对儒家学说的理解,同时也解决儒家思想所面临的现实问题。

白虎观会议举行了一个多月的时间,会议结束后《白虎通义》四卷问世,主要是对此次会议的系统整理和总结。关于《白虎通义》的作者,有说是汉章帝(《旧唐书·经籍志》),也有说是班固(《新唐书·艺文志》),但普遍接受的观点是班固受令编撰《白虎通义》。

《白虎通义》，也称《白虎通》，白虎观会议虽以经学议题为主，但也有涉及文学者，如《白虎通义》卷八《性情》一节云：

性情者，何谓也？性者阳之施，情者阴之化也。人禀阴阳气而生，故内怀五性六情。情者，静也。性者，生也。此人所禀六气以生者也。故《钩命决》曰："情生于阴，欲以时念也；性生于阳，以就理也。阳气者仁，阴气者贪，故情有利欲，性有仁也。"

五性者何？仁义礼智信也。仁者，不忍也，施生爱人也。义者，宜也，断决得中也。礼者，履也，履道成文也。智者，知也。独见前闻，不惑于事，见微知著也；信者，诚也，专一不移也。故人生而应八卦之体，得五气以为常，仁义礼智信也。六情者，何谓也？喜怒哀乐爱恶谓六情，所以扶成五性。性所以五，情所以六何？人本含六律五行之气而生，故内有五藏六府，此情性之所由出入也。《乐动声仪》曰："官有六府，人有五藏。"

我们知道，情感和伦理是文学的两个核心特征，也是文学不可避免的话题，《毛诗序》云："情动于中而形于言。"白虎观会议也对情进行了充分论证。首先，会议将情与性加以区分，认为性为阳、情为阴，人由阴阳结合而生，所以人人都有五性六情。情是静，性是生。五性就是仁、义、礼、智、信，六情就是喜、怒、哀、乐、爱、恶。六情以扶五性，皆由人之五脏六腑而出。两者相互依存，彼此影响，在现实生活中如此，反映在文学作品中亦如此，在六情中表现五性，反过来，对五性的认识也会影响人的喜怒哀乐与爱恶。

三、鸿都门学

鸿都门学的具体情况，《后汉书》及其注多有涉及。范晔《后汉书·灵帝纪》光和元年(178 年) 曰：

己未，地震。始置鸿都门学生。

李贤《后汉书》注云：

鸿都，门名也，于内置学。时其中诸生，皆敕州、郡三公举召能为尺牍辞赋及工书鸟篆者相课试，至千人焉。

王先谦《后汉书补注》云：

汪文台曰：御览二百一引华峤《书》，置学下有"画孔子及七十二弟子像"十字。《文选》任《让吏部封侯表》注引华《书》，其诸生皆敕州郡三公举用辟召。或出为刺史太守，或入为尚书侍中，乃有封侯赐爵者，士君子皆耻与为列焉。

又司马彪《续汉书》曰：

光和元年，初置鸿都门生。本颇以经学相引，后诏能为尺牍辞赋及工书鸟篆相课试，至千人。皆尺一敕州郡三公等举用辟召，或典州郡，入为尚书侍中，封侯赐爵。

又范晔《后汉书·蔡邕传》曰：

初，(灵)帝好学，自造《皇羲篇》五十章，因引诸生能为文赋者。本颇以经学相招，后诸为尺牍及工书鸟篆者，皆加引召，遂至数十人。侍中祭酒乐松、贾护，多引无行趣势之徒，并待制鸿都门下，憙陈方俗闾里小事，帝甚悦之，待以不次之位。

《后汉书·阳球传》载《奏罢鸿都文学》曰：

伏承有诏敕中尚方为鸿都文学乐松、江览等三十二人图象立赞，以劝学者。臣闻传曰："君举必书。书而不法，后嗣何观。"案松、览等皆出于微蔑，斗筲小人，依凭世戚，附托权豪，眉承睫，微进明时。或献赋一篇，或鸟篆盈简，而位升郎中，形图丹青。亦有笔不点牍，辞不辩心，假手请字，妖伪百品，莫不被蒙殊恩，蝉蜕滓浊。是以有识掩口，天下嗟叹。臣闻图象之设，以昭劝戒，欲令人君动鉴得失。

《后汉书·蔡邕传》载《上封事陈政要七事》曰：

五事：臣闻古者取士，必使诸侯岁贡。孝武之世，郡举孝廉，又有贤良、文学之选，于是名臣辈出，文武并兴。汉之得人，数路而已。夫书画辞赋，才之小者，匡国理政，未有其能。陛下即位之初，先涉经术，听政余日，观省篇章，聊以游意，当代博弈，非以教化取士之本。而诸生竞利，作者鼎沸。其高者颇引经训风喻之言；下则连偶俗语，有类俳优；或窃成文，虚冒名氏。臣每受诏于盛化门，差次录第。其未及者，亦复随辈皆见拜擢。既加之恩，难复收改，但守奉禄，于义已弘，不可复使理人及仕州郡。昔孝宣会诸儒于石渠，章帝集学士于白虎，通经释义，其事优大，文武之道，所宜从之。若乃小能小善，虽有可观，孔子以为"致远则泥"，君子故当志其大者。

《后汉书·蔡邕传》载《对诏问灾异八事》曰：

上方巧技之作，鸿都篇赋之文，宜且息心，以示忧惧。

《后汉书·杨赐传》载《虹蜺对》曰：

又鸿都门下，招会群小，造作赋说，以虫篆小技见宠于时，如兜、共工更相荐说，旬月之间，并各拔擢，乐松处常伯，任芝居纳言。

郄俭、梁鹄，俱以便辟之性，佞辩之心，各受丰爵不次之宠，而令绅之徒，委伏畎亩，口诵尧、舜之言，身蹈绝谷之行，弃捐沟壑，不见逮及。冠履倒易，陵谷代处，从小人之邪意，顺无知之私欲，不念《板》《荡》之作，虺蜴之诫。殆哉之危，莫过于今。幸赖皇天垂象谴告。《周书》曰："天子见怪则修德，诸侯见怪则修政，卿大夫见怪则修职，士庶人见怪则修身。"唯陛下慎经典之诫，图变复之道，斥远佞巧之臣，速征鹤鸣之士，内亲张仲，外任山甫，断绝尺一，抑止游，留思庶政，无敢怠遑。冀上天还威，众变可弭。

以上材料记载的鸿都门学情况，相互补充，可知其大致全貌。鸿都门学成立于东汉灵帝光和元年（178 年），校址在洛阳鸿都门。党锢之祸之后，宦官集团意识到舆论的重要性，认为想要在舆论上占领高地，必须要培养拥护自己的知识分子，而汉灵帝喜欢文学尤其是辞赋，曾写有《皇羲篇》赋一篇。为了壮大自己的势力，宦官集团借助汉灵帝的嗜文喜好，创办鸿都门学，所招收的学生多为平民，所授内容也与太学相反，鸿都门内设立专学之职，召集学士供奉。鸿都门学设立初衷虽以经学为主，但很快就成了专门创作辞赋及尺牍、书法以供奉君主的机构。显然，鸿都门学创立之初是政治斗争的产物，但同时也是社会发展到一定程度的产物，如果没有文学艺术的发展，鸿都门学也无法存在。

综上所述，河洛文人集团自先秦以来一直存在，河洛地区文化之盛由此可见一斑。

第三节　《诗经》蕴含的河洛文化

《诗经》是我国最早的诗歌总集，涵盖西周初年至春秋中叶共三百余首诗歌，分为《风》《雅》《颂》三部分。《诗经》内容极其丰富，既有对先祖创业伟绩的歌颂，又有对阶级矛盾及战争的痛斥，更有对劳动人民及民风民俗的描述。黄河文化是中华民族的根文化，河洛地区是华夏文化集中区之一，考证各种文献资料可知，《诗经》中的篇章源于河洛地区的有《邶风》《鄘风》《王风》《郑风》《桧风》以及《周南》《召南》《魏风》《小雅》的部分篇章，涉及的内容有诚挚的婚恋情感及和平的政治理想。

一、诚挚的婚恋情感

美好的爱情和幸福的婚姻是人类孜孜不倦的追求，《诗经》有诸多篇章涉及婚恋之情，或委婉或直接地表达倾诉之情。

《诗经·国风》开篇之作《周南·关雎》，全诗云：

关关雎鸠，在河之洲。窈窕淑女，君子好逑。
参差荇菜，左右流之。窈窕淑女，寤寐求之。
求之不得，寤寐思服。悠哉悠哉，辗转反侧。
参差荇菜，左右采之。窈窕淑女，琴瑟友之。
参差荇菜，左右芼之。窈窕淑女，钟鼓乐之。

诗句把青年对女子的爱慕、追求及想象迎娶心爱姑娘的场面写得栩栩如生。而"寤寐求之""求之不得""寤寐思服""辗转反侧"则把爱情追求过程中的渴望、猜测、幸福、煎熬等各种复杂的心情表露得淋漓尽致。《毛传》曰："窈窕，幽闲也。逑，匹也。"《正义》："幽闲贞专之善女，宜为君子之好匹。"虽然毛诗认为诗中"君子"指周文王，诗中"淑女"则为文王妃太姒，明君贤妃，世代传颂。但不可否认的是，后世解读《关雎》的时候，已超越君王贤妃的范畴，延伸到世间男女的爱情追求中。

《卷耳》全诗云：

采采卷耳，不盈顷筐。嗟我怀人，寘彼周行。
陟彼崔嵬，我马虺隤。我姑酌彼金罍，维以不永怀。
陟彼高冈，我马玄黄。我姑酌彼兕觥，维以不永伤。
陟彼砠矣，我马瘏矣。我仆痡矣，云何吁矣！

"怀"，即思念。《周南·卷耳》是中国怀人诗的首创，为后世怀人诗的书写打下了牢固的基础。该诗描述的是妻子在采集卷耳的劳动中思念远行在外的丈夫，想象他遭遇的各种艰难险阻的情况，极具画面感：一个妻子在不停地采卷耳，采来采去不满一筐，一心想着在外的丈夫，把筐子放在大路上。她不停地设想，登上一座土石山，马累了，怎么办？唉，斟一杯酒免除心里的牵挂。登上一座高山冈，马病了，怎么办？唉，斟一杯酒免除心里的忧伤。登上一座土石山，马病得走不动了，仆人也累得走不动了，怎么办？源源不断的设想何时是尽头？何时才能解忧？不管是在爱情里还是在婚姻中，只要别离，女方总是容易多想，且随着时间的推移，会越想越多，还都是往不好的方向想，是不是挨饿了？是不是下雨被淋湿了？是不是银两不够了……这样的设想源于担心，源于足够深情的爱。全诗浅显易懂，"陟彼……""我马……"句式采用重复的写法，强调各种可能出现的困境，表达妻子对丈夫的思念之情。

同为怀人诗的还有《汝坟》和《草虫》。《汝坟》全诗云：

遵彼汝坟，伐其条枚。未见君子，惄如调饥。

遵彼汝坟，伐其条肄。既见君子，不我遐弃。

鲂鱼赪尾，王室如燬。虽则如燬，父母孔迩。

《汝坟》创作于西周崩溃之际，表达的是妻子砍柴时对行役在外的丈夫的思念之情，也是妻子为挽留征夫而唱。惄，即饥，也为忧愁。调，为“朝”，早晨的意思。《郑笺》曰：“惄，思也。未见君子之时，如朝饥之思食。”“朝饥”在先秦文学中往往暗喻男欢女爱，思君之情如晨念早饭，可见该诗情感表达的贴切和大胆。沿着高高的汝河大堤，一位妇女正砍伐树枝，长久没见到丈夫，思君如早上挨饿。“肄”指树木枝条砍伐后再生的枝，说明夫妻离别时间已久。沿着高高的汝河大堤，见到夫君，幸亏没把我抛弃。“不我遐弃”是一个倒装句式，意为“不遐弃我”，见到丈夫归来的欣喜之情一跃而出。此处虽没有描写丈夫对妻子的情感，但归来和不弃就是最好的表达。全诗到此并未结束，“鲂鱼赪尾，王室如毁。虽则如毁，父母孔迩”，闻一多《诗选与校笺》：“鱼，象征瘦语，此处喻男。”丈夫的归来只是暂时的，不久之后他还得弃家远役，这也反映了多难王朝的百姓疾苦，而妻子最后的呼吁尤为痛心，虽然有事急如火烧，父母穷困怎可抛，充斥了对丈夫的不舍与不满以及对征役的控诉之情。《汝坟》一诗既有思君情感，也引发了对时代、社会的反思。

《草虫》全诗云：

喓喓草虫，趯趯阜螽。未见君子，忧心忡忡。亦既见止，亦既觏止，我心则降。

陟彼南山，言采其蕨。未见君子，忧心惙惙。亦既见止，亦既觏止，我心则说。

陟彼南山，言采其薇。未见君子，我心伤悲。亦既见止，亦既觏止，我心则夷。

全诗共分为三章，分别以喓喓草虫、蕨菜、薇菜代表不同的季节，时空跨度很大。第一章主要写妻子在秋天的时候思念行役在外的夫君，日思夜想多心焦，一旦相见了，则放下心来无烦恼；第二章写春天妻子去采摘蕨菜痴念丈夫，日思夜想心不安，一旦相见了，心里无比欢喜；第三章写夏天妻子去采薇菜，无数回梦里思君，日思夜想心悲伤，一旦相见了，心里真欢畅。全诗的“一旦相见”均在梦中。此诗言简意赅，构思巧妙，采用重复句式强调思念之心。与前几首怀人诗不同的是，《草虫》表达的更多是思念带来的内心满足，而不是盼君不见君的怨念。

此外，《国风》中的《君子于役》《采葛》《大车》《丘中有麻》也表达了对情人的思念及对爱的忠贞。

《君子于役》全诗云：

君子于役，不知其期。曷至哉？
鸡栖于埘，日之夕矣，羊牛下来。
君子于役，如之何勿思。
君子于役，不日不月。曷其有佸？
鸡栖于桀，日之夕矣，羊牛下括。
君子于役，苟无饥渴？

《集疏》："所称君子，妻谓其夫。"所以这是一首妻子想念在外服役的丈夫的怀人诗。丈夫在外服役，不知何时是归期。"曷至哉"意为"何时当来至哉"，即"什么时候才能回家"。"鸡栖于埘""鸡栖于桀""羊牛下来""羊牛下括"都是日常生活场景，鸡已栖息，牛羊已进圈，说明一切的忙碌在黄昏时候都将回归，但是丈夫啊，你何时归来？又叫我如何不相思？在外服役的丈夫是否饥渴缺粮？全诗采用重复和对比的手法，妻子对丈夫强烈的思念和担忧扑面而来，这种思念融合在生活场景里，更显生动自然。

《采葛》全诗云：

彼采葛兮，一日不见，如三月兮。
彼采萧兮，一日不见，如三秋兮。
彼采艾兮，一日不见，如三岁兮。

后人用来表达思念情人迫切心理的语句"一日不见如隔三秋"出于此。不少人认为，"一日不见如隔三秋"的"三秋"是指三年，实则不然。《管子·轻重乙》："夫岁有四秋，而分有四时。故曰：农事且作，请以什伍农夫赋耜铁，此之谓春之秋；大夏且至，丝纩之所作，此之谓夏之秋；而大秋成，五谷之所会，此之谓秋之秋；大冬营室中，女事纺织缉缕之所作也，此之谓冬之秋。"《正义》："年有四时，时皆三月。三秋。谓九月也。"所以，三秋是三个季度，也就是九个月的时间，这就能很好理解诗中"三月兮""三秋兮"和"三岁兮"的关系了。

热恋中的人们渴望朝夕相守，忍受不了分离的相思之苦，在一起时觉得时间太短，一旦分开，哪怕只是短暂的别离，也觉得漫漫无期。全诗句式工整，采用重复句式反复吟诵，表达恋人间的强烈情感。

《大车》全诗云：

大车槛槛，毳衣如菼。岂不尔思？畏子不敢。
大车啍啍，毳衣如璊。岂不尔思？畏子不奔。
穀则异室，死则同穴。谓予不信，有如皦日。

这是一首女子热恋情人并表明自己决心的爱情诗。"子"指女子所爱的男子。《郑笺》："子者，称所尊敬之辞。""奔"指私奔，闻一多《类钞》："私赴曰奔。”全诗没有涉及时代背景，所以无法考究“奔”这一行为是否符合礼法规范，但整首诗表达了坚定的爱情目标。“岂不尔思？畏子不敢”“岂不尔思？畏子不奔”，难道我不想念你吗？只怕你有所顾忌，只怕你不愿来私奔。最后的誓言，如若生不能同室（意指在一起），但求死后同穴。如果“我”说话不算数，必遭天谴。此谓山盟海誓，向对方表明心意，让对方安心。

《丘中有麻》全诗云：

丘中有麻，彼留子嗟。彼留子嗟，将其来施施。

丘中有麦，彼留子国。彼留子国，将其来食。

丘中有李，彼留之子。彼留之子，贻我佩玖。

这是一首描述女子盼望情人来相会的爱情诗，颇为大胆热烈。在西周及春秋时期，青年男女的交流比较宽松自由，可以私下约会，约会地点两人可以商定。全诗采用顶真的手法抒情写意，大麻、小麦、李子树都是两人相会的见证。“彼留之子，贻我佩玖”，小伙子送“我”佩玉，以玉象征两人爱情的纯洁、坚贞与牢固。

《诗经》中的婚恋情感多以女子的口吻来表述，大多表达了对纯真爱情的向往和理想婚姻生活的渴望，也有部分涉及怨妇、弃妇，但在这“怨”与“弃”中同样也折射了美好的愿景。所以我们说，《诗经》中的婚恋情感是真挚、专一且无比热烈的。

二、和平的政治理想

《诗经》除了书写婚恋情感之外，也把大量笔墨放在描述社会生活上，包括农耕劳作、对世事的感慨及对和平的政治生活的向往等。《王风》中的部分篇章反映了河洛地区人们的政治理想，如《黍离》《扬之水》《兔爰》和《葛藟》。

《王风》首篇《黍离》，全诗云：

彼黍离离，彼稷之苗。行迈靡靡，中心摇摇。知我者，谓我心忧，不知我者，谓我何求。悠悠苍天！此何人哉？

彼黍离离，彼稷之穗。行迈靡靡，中心如醉。知我者，谓我心忧，不知我者，谓我何求。悠悠苍天！此何人哉？

彼黍离离，彼稷之实。行迈靡靡，中心如噎。知我者，谓我心忧，不知我者，谓我何求。悠悠苍天！此何人哉？

《诗序》曰：“《黍离》，闵宗周也。周大夫行役至于宗周，过故宗庙宫室，尽为禾黍，闵周室颠覆，彷徨不忍去，而作是诗也。”

大夫来到故都镐京，不见昔日热闹繁华，甚至也未曾看到战火遗留下来的痕迹，只见遍地禾黍，内心无比难过。程瑶田《九谷考》："黍，今之黄米；稷，今之高粱。"自然界的黍稷之苗除了作为食物之外，本无任何情感意义，但此刻却成为两个引发诗人无限愁绪的意象，诗人慢慢悠悠向前走，精神恍惚且郁郁，了解我的人，知道我心里的忧愁，不了解我的人，说我还有何所求？"知我者，谓我心忧，不知我者，谓我何求"成为千古名句，其悲天悯人的情怀令人肃然起敬。

"稷"由"苗"变为"穗"和"实"，"摇摇"也随之变为"如醉""如噎"，喻指时间的流逝，然而诗人的情感及家国意识和对人类命运的深层思考并未结束，而是随着时间的推移愈演愈烈。诗歌的重复句式"知我者，谓我心忧，不知我者，谓我何求。悠悠苍天！此何人哉"把诗人清醒而孤独的形象刻画得活灵活现。全诗在感叹亡国情感的同时，也流露了对知己及和平的渴望。

《扬之水》全诗云：

扬之水，不流束薪。彼其之子，不与我戍申。怀哉怀哉，曷月予还归哉？

扬之水，不流束楚。彼其之子，不与我戍甫。怀哉怀哉，曷月予还归哉？

扬之水，不流束蒲。彼其之子，不与我戍许。怀哉怀哉，曷月予还归哉？

《集传》："扬，悠扬，水缓流之貌。"《毛传》："申，姜姓之国，平王之舅。"楚：荆条，可用为柴薪。甫：古国名，即吕，今河南南阳。蒲：蒲柳，可用为柴薪。许：古国名，今河南许昌。这是一首以戍守士兵的口吻表达久戍不归、思念家人的诗，同时也表达了对战争的不满，对统治阶级的不满，对和平政治生活的渴望。

春秋时期申国常受楚国侵扰，周平王的母亲是申国人，为了保全申国，周平王调兵遣将驻守申国，同时也派兵戍守许、吕两个小国。因为远离故乡，又久不换防，周朝士兵渐生怨念，于是有了《王风·扬之水》。

"扬之水，不流束薪"意即悠悠河水向东流，却冲不动一捆柴草。事物的动静对比具有画面感。接着第二句，想起家中那个人（妻子），不能和我在一起同守戍地，"怀哉怀哉，曷月予还归哉"，日夜思念我的亲人，什么时候才能回家团聚呢？全诗采用反复吟诵的修辞方式，起到强调、渲染、造势化的效果。

《兔爰》共分三章，全诗云：

有兔爰爰，雉离于罗。我生之初，尚无为。我生之后，逢此百罹。尚寐无吪！

有兔爰爰，雉离于罦。我生之初，尚无造。我生之后，逢此百忧。尚寐无觉！

有兔爰爰，雉离于罿。我生之初，尚无庸。我生之后，逢此百凶。尚寐无聪！

《毛诗序》说："《兔爰》，闵周也。桓王失信，诸侯背叛，构怨连祸，王师伤败，君子不乐其生焉。"《毛传》："爰爰，缓意。"《通释》："狡兔以喻小人。雉，耿介之鸟，以喻君子。有兔爰爰，以喻小人之放纵。雉罹于罗，以喻君子之获罪。"《郑笺》："庶几乎无所为，为军役之事也。""庸，劳也。"由此可知，诗中的"无为""无庸"指没有战争，无军役劳役之苦。

至此，可断定《兔爰》是一首感慨乱世景象之作，全诗三章，每章三句。每章重复句式"有兔爰爰，雉离于……""我生之初，尚无……""我生之后，逢此百……""尚寐无……"和《诗经》中的大部分诗歌一样，该诗以重复句式强调诗人要表达的情感和观点。罗、罦、罿，均指装有机关的工具，用于掩捕鸟兽，可捉兔，也可捉雉，但兔子行动不慌不忙，一派悠闲，雉却不幸落进机关里遭了难。此意指社会的黑暗，小人得志，君子遭殃。"我生之初""我生之后"则呈现鲜明的对比，"我"刚出生的时候，没有战乱没有灾害，没有事故没有灾殃，没有劳役没有忧患，偏偏我出生之后，遇齐百种祸害、忧患与凶险。虽然这一对比的叙述视角以个体的眼光和个体的经历来审视，但却道出了在时代变迁中无数个体面临的相同的苦难，而这无数个体就是历史的见证，也是历史的承受者。每章最后的悲叹"尚寐无吪""尚寐无觉""尚寐无聪"，但愿长眠永不醒来，但愿长眠永不张眼（永远看不见），但愿醒来永远听不见。宁可长眠，也不愿看这世间的事情，不愿听这世间的嘈杂，诗人不满战乱，渴望和平，却又无力改变，在无奈中逐渐陷入厌世的情绪，以沉默表达强烈的反抗。

《葛藟》共有三章，每章三句。全诗云：

绵绵葛藟，在河之浒。终远兄弟，谓他人父。谓他人父，亦莫我顾。

绵绵葛藟，在河之涘。终远兄弟，谓他人母。谓他人母，亦莫我有。

绵绵葛藟，在河之漘。终远兄弟，谓他人昆。谓他人昆，亦莫我闻。

《通释》："窃疑葛藟……盖亦野葡萄之类。"葛藟，可理解为野葡萄。绵绵葛藟，指连绵不断的野葡萄，喻示长势茂盛。"终远兄弟"的"兄弟"并不是同胞手足，《郑笺》："兄弟，尤言族亲也。""亦莫我有"即"亦莫有我"，指不关心我、不照顾我。全诗可译为，连绵不断的野葡萄，蔓延生长在河边，远离兄弟亲人，却把他人叫父亲（母亲、兄弟），没有人关心我、帮助我、怜惜我。旧时认为《葛藟》是平王宗族被抛弃而作，因《毛诗序》所言："《葛藟》，刺平王也。周室道衰，弃其九族焉。"现代学者结合春秋时期的时代背景，认为该诗是流浪者、落难者的心声，战争加饥荒，流落在外得不到同情和帮助，以野葡萄寄生在河边茂盛生长，反衬自己无依无靠的落魄，也侧面反映诗人及诗中的流浪者们渴望和平生活的迫切愿望。

综上所述可以看出，人们追求热烈浪漫、忠贞不渝的爱情婚姻，同时更向往没有战争的和平生活，因为只有和平，男人才能归家，女人才能安心，老人才能有所依靠，孩童才能快乐成长。和平是历代人共同的朴素愿望，是生存和尊严，也是发展和文明。《诗经》浓缩了西周和春秋的社会生活，也反映了河洛文化的深层内涵。

第四节　贾谊

一、贾谊生平

贾谊（前200—前168年），洛阳人。汉高后五年（前183年），为河南郡守吴公所知。文帝前元年（前179年），吴公因治理河南有方被提为廷尉，遂荐贾谊为博士，翌年破格提拔为太中大夫。因才能出众且得文帝重用，引起周勃、灌婴为首的朝臣嫉妒，不断在文帝面前进言诽谤，导致贾谊于文帝前四年（前176年）被贬至长沙，故贾谊有"贾长沙"之称，后作《吊屈原赋》《鵩鸟赋》以自哀。文帝前七年（前173年）回京，文帝于宣室召见，问以鬼神之事。此时周勃失势、灌婴已死，贾谊受皇命任梁怀王太傅。文帝前十一年（前169年），梁怀王堕马而死，翌年，贾谊自责郁郁而终。刘向辑其文五十八篇为十卷，题为《新书》。

贾谊作为著名的洛阳才子，其文学成就主要表现在辞赋和散文上，为后世留下了很多脍炙人口的篇章。

二、贾谊辞赋

贾谊辞赋主要有《吊屈原赋》和《鵩鸟赋》，二赋均作于长沙，但反映的思想和情感却与河洛文学及河洛文化有很深的关系。

《吊屈原赋》是贾谊被贬至长沙，途经湘江时凭吊屈原所作，其辞并

序曰：

恭承嘉惠兮，俟罪长沙。侧闻屈原兮，自沉汨罗。造讬湘流兮，敬吊先生。遭世罔极兮，乃殒厥身。呜呼哀哉！逢时不祥。鸾凤伏窜兮，鸱枭翱翔。阘茸尊显兮，谗谀得志；贤圣逆曳兮，方正倒植。世谓随、夷为溷兮，谓跖、跻为廉；莫邪为钝兮，铅刀为铦。吁嗟默默，生之无故兮，斡弃周鼎，宝康瓠兮，腾驾罢牛，骖蹇驴兮；骥垂两耳，服盐车兮；章甫荐屦，渐不可久兮；嗟苦先生，独离此咎兮。

讯曰："已矣！国其莫我知兮，独壹郁其谁语？凤漂漂其高逝兮，固自引而远去。袭九渊之神龙兮，沕深潜以自珍，偭蟂獭以隐处兮，夫岂从虾与蛭螾？所贵圣人之神德兮，远浊世而自藏；使骐骥可得系而羁兮，岂云异夫犬羊！般纷纷其离此尤兮，亦夫子之故也。历九州而相其君兮，何必怀此都也？凤凰翔于千仞兮，览德辉而下之。见细德之险征兮，遥曾击而去之。彼寻常之污渎兮，岂能容夫吞舟之巨鱼！横江湖之鳣鲸兮，固将制于蝼蚁。"

从中可以很清晰地看出贾谊对自身遭遇的不满，但又无可奈何，只能借助对屈原的思念，将之表达出来。通过铺排与对比，尽显愤懑与清傲，"鸾凤伏窜兮，鸱枭翱翔。阘茸尊显兮，谗谀得志；贤圣逆曳兮，方正倒植"，自身遭排挤被贬的经历结合含冤自沉汨罗江的屈原，正可谓生不逢时。辞赋后部分的发问"历九州而相其君兮，何必怀此都也"，实则是对最高统治者的质疑和揭露，借屈原之事表达自己的鹏程之志及不同流合污的品格。此外，贾谊的《吊屈原赋》开创"悼伤屈原"之风，"吊屈"文化由此产生。

《鵩鸟赋》是贾谊谪居长沙时所作。因被贬至长沙，加以正处于人生低谷，突然有一天看到一只鵩鸟（猫头鹰）飞入屋内，民间流传，鵩鸟入室是大凶之兆，预示不久之后屋主离世。由此，外界偶发因素勾起贾谊内心的迷茫与悲观情绪，感慨世事无常，人生苦短，继而做此赋。赋曰：

单阏之岁兮，四月孟夏。庚子日斜兮，鵩集予舍。止于坐隅兮，貌甚闲暇。异物来萃兮，私怪其故。发书占之兮，谶言其度，曰："野鸟入室兮，主人将去。"请问于鵩兮："予去何之？吉乎告我，凶言其灾。淹速之度兮，语予其期。"鵩乃叹息，举首奋翼；口不能言，请对以臆。

万物变化兮，固无休息。斡流而迁兮，或推而还。形气转续兮，变化而嬗。沕穆无穷兮，胡可胜言！祸兮福所倚，福兮祸所伏；忧喜聚门兮，吉凶同域。彼吴强大兮，夫差以败；越栖会稽兮，勾践霸世。斯游遂成兮，卒被五刑；傅说胥靡兮，迺相武丁。夫祸之与福兮，何异纠纆；命不可说兮，孰知其极！水激则旱兮，矢激则远；万物回薄兮，振荡相转。云蒸雨降兮，纠错相纷。大钧播物兮，坱圠无垠。天不可预虑兮，道不可预谋；迟速有命兮，焉识其时？

且夫天地为炉兮，造化为工；阴阳为炭兮，万物为铜。合散消息兮，安有常则？千变万化兮，未始有极！忽然为人兮，何足控抟；化为异物兮，又何足患！小智自私兮，贱彼贵我；达人大观兮，物无不可。贪夫殉财兮，烈士殉名。夸者死权兮，品庶每生。怵迫之徒兮，或趋西东；大人不曲兮，意变齐同。愚士系俗兮，窘若囚拘；至人遗物兮，独与道俱。众人惑惑兮，好恶积亿；真人恬漠兮，独与道息。释智遗形兮，超然自丧；寥廓忽荒兮，与道翱翔。乘流则逝兮，得坻则止；纵躯委命兮，不私与己。其生兮若浮，其死兮若休；澹乎若深泉之静，泛乎若不系之舟。不以生故自宝兮，养空而浮；德人无累，知命不忧。细故蒂芥，何足以疑。

该赋体现了老庄哲学，含有道家对生死、有无、福祸的看法，"祸兮福所倚，福兮祸所伏"充满了老子的辩证思想，世间万物是应运而生、相互转化的。《鵩鸟赋》以人鸟对话的形式展开叙述，字里行间满是潇洒豁达，可现实中作者正怀才不遇、身心疲惫。一方面通过对比更加凸显作者的凄凉及惆怅悲愤的现状；另一方面，也体现作者于逆境中的意志和信念，以及对苦难、对人生的深层理解，逐步回归到内心的宁静与淡泊。

《鵩鸟赋》不是纯粹的楚辞体，也不完全符合汉赋的文体特征，而是介于两者之间。篇幅根据内容表达的需要可长可短，想象丰富，这些特征符合楚辞体文体特点。但通览全文，说理重于抒情，且文字叙述多为整齐的四言句，人与鵩鸟的对话等，都意味着《鵩鸟赋》开启了问答体辞赋的先河。

贾谊将儒、道、法三家思想融合在一起并作用于现实生活，《吊屈原赋》与《鵩鸟赋》正是其融合几家学说所形成的精神外化的产物，而孔子与老庄皆与洛阳有很深的渊源。

三、贾谊政论散文

《过秦论》是贾谊政论散文的代表作，共有上中下三篇，也可理解为"论秦过"，分析秦王朝灭亡的原因，以便给汉王朝引以为鉴。全文见解深刻、气魄雄大，虽是政论文却极富艺术感染力，尽显战国策士遗风。此处所录为第一篇：

秦孝公据崤函之固，拥雍州之地，君臣固守，而窥周室；有席卷天下、包举宇内、囊括四海之意，并吞八荒之心。当是时，商君佐之,内立法度,务耕织,修守战之备;外连衡而斗诸侯。于是秦人拱手而取西河之外。

孝公既没,惠王、武王蒙故业,因遗策,南兼汉中,西举巴蜀,东据膏腴之地,北收要害之郡。诸侯恐惧,会盟而谋弱秦,不爱珍器重宝肥美之地,以致天下之士,合从缔交,相与为一。当是时,齐有孟尝,赵有平原,楚有春申,魏有信陵。此四君者,皆明知而忠信,宽厚而爱人,尊贤重士,约从离衡,兼韩、魏、燕、楚、齐、赵、宋、卫、中山之众。于是六国之士,有宁越、徐尚、苏秦、杜赫之属为之谋,齐明、周最、陈轸、昭滑、楼缓、翟景、苏厉、乐毅之徒通其意,吴起、孙膑、带佗、兒良、王廖、田忌、廉颇、赵奢之朋制其兵。常以十倍之地,百万之众,叩关而攻秦。秦人开关延敌,九国之士逡巡而不敢进。秦无亡矢遗镞之费,而天下诸侯已困矣。于是从散约败,争割地而奉秦。秦有余力而制其敝,追亡逐北,伏尸百万,流血漂橹。因利乘便,宰割天下,分裂河山。强国请服,弱国入朝。

延及孝文王、庄襄王,享国之日浅,国家无事。及至秦王,奋六世之余烈,振长策而御宇内,吞二周而亡诸侯,履至尊而制六合,执棰拊以鞭笞天下,威震四海。南取百越之地,以为桂林、象郡。百越之君,俛首系颈,委命下吏。乃使蒙恬北筑长城,而守藩篱,却匈奴七百余里。胡人不敢南下而牧马,士不敢弯弓而报怨。

于是废先王之道,焚百家之言,以愚黔首。隳名城,杀豪杰,收天下之兵聚之咸阳,销锋镝铸,以为金人十二,以弱黔首之民。然后斩华为城,因河为津,据亿丈之城,临不测之谿以为固。良将劲弩,守要害之处;信臣精卒,陈利兵而谁何!天下已定,秦王之心,自以为关中之固,金城千里,子孙帝王万世之业也。

秦王既没,余威振于殊俗。(然而)陈涉,瓮牖绳枢之子,氓隶之人,而迁徙之徒,才能不及中人,非有仲尼、墨翟之贤,陶朱、猗顿之富;蹑足行伍之间,而倔起什伯之中,率罢散之卒,将数百之众,而转攻秦,斩木为兵,揭竿为旗,天下云集响应,赢粮而景从,山东豪俊遂并起而亡秦族矣。

且夫天下非小弱也。雍州之地,崤函之固,自若也。陈涉之位,非尊于齐、楚、燕、赵、韩、魏、宋、卫、中山之君;锄櫌棘矜,非铦于钩戟长铩也;谪戍之众,非抗于九国之师;深谋远虑行军用兵之道,非及向时之士也。然而成败异变,功业相反也。试使山东之国与陈涉度长絜大,比权量力,则不可同年而语矣。然秦以区区之

> 地，千乘之势，招八州而朝同列，百有余年矣。然后以六合为家，崤函为宫。一夫作难而七庙堕，身死人手，为天下笑者，何也？仁义不施，而攻守之势异也。

该篇首先渲染秦国的强大，并通过排比和铺陈的手法分析秦国强大的原因，包括统治者统一天下的野心、优越的地理位置、国内的商鞅变法及战争实力等。孝文王、庄襄王无大作为，及至秦始皇，通过强权政治与焚书坑儒以期坐拥万代江山，实则加速朝代灭亡。之后在陈涉与秦国力量悬殊的对比中得出秦朝灭亡的原因，即秦王朝的“仁义不施”。这也体现了贾谊对儒家学说的提倡和认可。该篇运用先扬后抑的方式处理故事情节，以宏大的气势开篇，后逐渐步入正题，以较多笔墨阐释秦王朝的暴政及陈涉之位，分析客观全面，有理有据，语言精练。

不管是《吊屈原赋》《鵩鸟赋》还是《过秦论》，都在一定程度上体现了贾谊遵循道的自然，并在此基础上寻求儒家宇宙观，且赞成权法结合的治理之道。

第五节　咏洛赋

一、班固《东都赋》

班固（32—92 年），字孟坚，扶风安陵（今陕西咸阳东北）人，东汉著名文学家和史学家，其父班彪，其弟班超。班固于东汉建武二十四年（48 年）入洛阳太学，潜心修学，七年后班彪去世，班固从洛阳返回家乡，研究并完善其父之作《史记后传》，后被诬告入狱，平反后任兰台令史，撰写史书《汉书》，后人所称赞的“班马”就是指班固和司马迁。一直到汉章帝时班固才得以重用，任玄武司马。白虎观会议期间，受命撰写《白虎通义》。

此外，班固与司马相如、扬雄和张衡并称“汉赋四大家”，班固创作的大赋《两都赋》从内容到形式，均开创汉赋新范例，后人多有模仿。《两都赋》共分两篇，即《西都赋》和《东都赋》。两篇赋相互独立却又围绕“定都”话题。刘秀称帝后定都洛阳，但为了安抚民心也为了巩固政权，刘秀多次前往长安祭祀，朝廷乃至百姓，有不少人希望迁都长安。针对这一现象，班固作《两都赋》表达自己的观点。《西都赋》以虚拟人物西都宾的眼光看待定都长安的状况，《东都赋》则以虚拟人物东都主人的角度看待定都洛阳的情况。《西都赋》主要从长安地理位置的优越性、宫廷猎场的华美壮阔等方面证明长安作

为首都的盛况，但同时也暗含对奢侈逸乐的不满。《东都赋》主要通过叙述汉光武帝和汉明帝的政绩，将汉代国富民强、河清海晏的根源归结于东汉合理科学的制度，进而表达作者反对奢侈的思想，同时也表达对定都洛阳的赞成与支持。《东都赋》云：

东都主人喟然而叹曰：痛乎风俗之移人也。子实秦人，矜夸馆室，保界河山，信识昭、襄而知始皇矣。恶睹大汉之云为乎？夫大汉之开原也，奋布衣以登皇极，繇数期而创万世。盖六籍所不能谈，前圣靡得而言焉。当此之时，功有横而当天，讨有逆而顺民。故娄敬度势而献其说，萧公权宜以拓其制。时岂泰而安之哉，计不得以已也。吾子曾不是睹，顾燿后嗣之末造，不亦暗乎？今将语子以建武之理，永平之事，监乎太清，以变子之或志。

往者王莽作逆，汉祚中缺，天人致诛，六合相灭。于时之乱，生人几亡，鬼神泯绝，壑无完柩，郛罔遗室。原野厌人之肉，川谷流人之血。秦项之灾犹不克半，书契以来未之或纪也。故下民号而上诉，上帝怀而降监，致命于圣皇。于是圣皇乃握乾符，阐坤珍，披皇图，稽帝文。赫尔发愤，应若兴云。霆发昆阳，凭怒雷震。遂超大河，跨北岳，立号高邑，建都河洛。绍百王之荒屯，因造化之荡涤，体元立制，继天而作。系唐统，接汉绪。茂育群生，恢复疆宇。勋兼乎在昔，事勤乎三五 。岂特方轨并迹，纷纶后辟，理近古之所务，蹈一圣之险易云尔哉。且夫建武之元，天地革命，四海之内，更造夫妇，肇有父子，君臣初建，人伦实始，斯乃虙羲氏之所以基皇德也。分州土，立市朝，作盘车，造器械，斯轩辕氏之所以开帝功也。龚行天罚，应天顺人，斯乃汤武之所以昭王业也。迁都改邑，有殷宗中兴之则焉。即土之中，有周成隆平之制焉。不阶尺土一人之柄，同符乎高祖。克己复礼，以奉终始。允恭乎孝文。宪章稽古，封岱勒成，仪炳乎世宗。案六经而校德，妙古昔而论功。仁圣之事既该，帝王之道备矣。

至于永平之际，重熙而累洽。盛三雍之上仪，修衮龙之法服，敷洪藻，信景铄，扬世庙，正予乐。人神之和允洽，群臣之序既肃。乃动大路，遵皇衢，省方巡狩，穷览万国之有无，考声教之所被，散皇明以烛幽。然后增周旧，修洛邑，翩翩巍巍显显翼翼。光汉京于诸夏，总八方而为之极。是以皇城之内，宫室光明，阙庭神丽，奢不可逾，俭不能侈。外则因原野以作苑，顺流泉而为沼，发苹藻以潜鱼，丰圃草以毓兽。制同乎梁驺，谊合乎灵囿。若乃顺时节而搜狩，简车徒以讲武，则必临之以《王制》，考之以《风》《雅》。历《驺虞》，览《驷驖》，嘉《车攻》，采《吉日》。礼官整仪，乘舆乃出。于是发鲸鱼，铿华钟。登玉辂，乘时龙。凤盖飒灑，和銮玲珑。天官景从，祲威盛容。山灵护野，属御方神，雨师泛灑，风伯清尘。千乘雷起，万骑纷纭。元戎竟野，戈鋋彗云。羽旄扫霓，旌旗拂天。焱焱炎炎，扬光飞文。吐焰生风，吹野喷山，日月为之夺明，丘陵为之摇震。遂集乎中囿，陈师案屯，骈部曲，列校队，勒三军，誓将帅。然后举烽伐鼓，以命三驱。轻车霆发，骁骑电骛，游基发射，范氏施御，弦不失禽，辔不诡遇。飞者未及翔，走者未及去。指顾倏忽，获车已实，乐不极般，杀不尽物。马踠余足，士怒未泄。先驱复路，属车案节。于是荐三牺，效五牲，礼神祇，怀百灵，觐明堂，临辟雍，扬缉熙，宣皇风，登灵台，考休徵。俯仰乎乾坤，参象乎圣躬，目中夏而布德，瞰四裔而抗棱。西荡河源，东澹海漘，北动幽崖，南趯朱垠。殊方别区，界绝而不邻。自孝武所不能征，孝宣所不能臣，莫不陆讋水栗，奔走而来宾。遂绥哀牢，开永昌。春王三朝，会同汉京。是日也，天子受四海之图籍，膺万国之贡珍。内抚诸夏，外接百蛮。乃盛礼乐供帐，置乎云龙之庭，陈百寮而赞群后，究皇仪而展帝容。于是庭实千品，旨酒万钟。列金罍，班玉觞，嘉珍御，太牢飨。尔乃食举《雍》徹，太师奏乐。陈金石，布丝竹，钟鼓铿鍧，管弦烨煜。抗五声，极六律，歌九功，舞八佾，《韶》《武》备，泰古毕。四夷间奏，德广所及，伶侏兜离，罔不具集。万乐备，百礼暨，皇欢浃，群臣醉。降烟煴，调元气。然后撞钟告罢，百寮遂退。

于是圣上睹万方之欢娱，久沐浴乎膏泽，惧其侈心之将萌，而怠于东作也，乃申旧章，下明诏，命有司，班宪度，昭节俭，示大素。去后宫之丽饰，损乘舆之服御，除工商之淫业，兴农桑之上务。遂令海内弃末而反本，背伪而归真，女修织纴，男务耕耘，器用陶匏，服尚素玄，耻织靡而不服，贱奇丽而不珍。捐金于山，沈珠于渊。于是百姓涤瑕荡秽而镜至清。形神寂漠，耳目不营，嗜欲之源灭，廉正之心生莫不优游而自得，玉润而金声。是以四海之内，学校如林，庠序盈门，献酬交错，俎豆莘莘，下舞上歌，蹈德詠仁。登降饮宴之礼既毕，因相与嗟叹玄德，谠言弘说。咸含和而吐气，颂曰：盛哉乎斯世！

今论者但知诵虞、夏之《书》，咏殷、周之《诗》，讲羲、文之《易》，论孔氏之《春秋》，罕能精古今之清浊，究汉德之所由。唯子颇识旧典，又徒驰骋乎末流。温故知新已难，而知德者鲜矣。且夫僻界西戎，险阻四塞，修其防御，孰与处乎土中，平夷洞达，万方辐凑。秦岭九嵕，泾渭之川，曷若四渎五岳，带河泝洛，图书之渊。建章、甘泉，馆御列仙，孰与灵台、明堂，统和天人。太液、昆明，鸟兽之囿。曷若辟雍海流，道德之富。游侠踰侈，犯义侵礼。孰与同履法度，翼翼济济也。子徒习秦阿房之造天，而不知京洛之有制也。识函谷之可关，而不知王者之无外也。

主人之辞未终，西都宾矍然失容，逡巡降阶，揲然意下，捧手欲辞。主人曰："复位，今将授予以五篇之诗。"宾既卒业，乃称曰："美哉乎斯诗，义正乎扬雄，事实乎相如，非唯主人之好学，盖乃遭遇乎斯时也。小子狂简，不知所裁，既闻正道，请终身而诵之。"

《东都赋》开头即质问"乌睹大汉之云为乎"，意即"您如何知道大汉的光辉成就"，显然，《东都赋》是对《西都赋》的一个回应，《西都赋》里描述宫殿的壮丽辉煌，《东都赋》则直接发问，除了炫耀殿宇的华美，依仗险要地形，还知道大汉的什么成就呢？进而分析汉王朝创建、定都长安及兴建壮丽宫殿的必要性，尤其指出兴建宫殿并非出于贪图享乐，而是形势使然。接着歌颂立帝建都（定都于洛阳）的丰功伟绩，顺应天意民心。从立法制度的角度，阐述并歌颂光武、明帝的太平盛世。光武帝大刀阔斧地改革，划城池、建集市、制作车船等器械，其功勋可与伏羲创世相媲美。明帝正庙堂、兴万邦、察民情，扩修宫殿以统领四方，但宫内豪华程度在规章制度范围之内，不曾逾越。宫外建苑囿、修沼湖，鱼草丰盛，人与自然和谐统一，人民生活幸福美满。君克己复礼而始终遵行。此外还描写狩猎、列兵及礼乐的盛况。最后，笔锋一转，君王见百官及民众如此欢悦，唯恐众人产生奢侈享乐之心而养成懒惰之陋习。于是全民提倡节俭，并颁布相关制度条文。再者，长安地处偏西，四面险阻，比不上东都洛阳，处于天下中心，便于发展。班固借东都主人的口吻把定都洛阳的各种优势一一道出，最后西都宾不得不折服，东都主人借此奉颂诗五首，众人无不称赞。

至此，班固借《东都赋》表达了自己的政治观点，支持建都洛阳并主张节俭之风。全文论点明确且紧随时代政治主流，论据充分，内容丰富，涉及政治、文化、经济等领域，以对话的方式，多角度、多方位展现了时代的发展变化，以诸多实例强调儒家文化与礼制的重要性，语言精美不失风度，对偶句式多于散文句式。此外，《东都赋》还有一个结构特点，即结尾处赋诗五首（本文省略），可以理解为后缀，也可理解为赋中有诗。总之，班固的《东都赋》是借用文学形式表达政治立场和主张，但也不乏文学艺术的审美理想。

二、崔骃、傅毅、杜笃、李尤咏洛赋

崔骃(? —92年),字亭伯,著名文学家,生于官宦世家,涿郡安平(今属河北)人。崔骃天资聪颖,少游太学,精通百家诸经,与班固齐名。因写《四巡颂》得到章帝赏识,和帝时,任窦宪府内主簿,因不满窦宪骄横作风而进谏,遂被任长岑长,崔骃弃而不任。崔骃诗赋与洛阳有关的有《大将军临洛观赋》。赋云:

滨曲洛而立观,营高壤而作庐。处崇显以闲敞,超绝邻而特居。列阿阁以环匝,表高台而起楼。步辇道以周流,临轩槛以观鱼。于是迎夏之首,末春之垂。桃枝夭夭,杨柳猗猗。既乃日垂西阳,中曜内光。弛衔纵策,逸如奔飏。

“大将军”指窦宪。窦宪于东汉和帝永元元年(89年)升任大将军,次年七月出守凉州,此赋当作于该段时间之内。从赋中可以看出,洛水汤汤,九曲连环,稍高处正在营建房屋。洛阳地处显要而阔大宽敞,附近没有可与之匹敌之地,因此显得十分突出。楼阁环绕,高台林立,等等,都十分细腻地刻画出了洛阳的风光与城市规模。

傅毅(约42—约90年),字武仲,东汉著名辞赋家。汉章帝时拜为兰台令史,再拜郎中,和班固等共同校读宫中图书。他还模拟《周颂·清庙》篇,写出十篇《显宗颂》,极力赞扬明帝的丰功伟绩,从而一鸣惊人。傅毅早亡,其著作涉及诗、赋、颂等,至今尚存的有《洛都赋》《雅琴赋》《舞赋》等。傅毅《洛都赋》云:

惟汉元之运会,世祖受命而弭乱,体神武之圣姿,握天人之契赞。挥电旗于四野,拂宇宙之残难。受皇号于高邑,修兹都之城馆。寻历代之规兆,仍险塞之自然。被昆仑之洪流,据伊洛之双川。挟成皋之岩阻,扶二崤之崇山。砥柱回波缀于后,三涂太室结于前。镇以嵩高乔岳,峻极于天。分画经纬,开正涂轨,序立庙祧,面朝后市。叹息起氛雾,奋袂生风雨。览正殿之体制,承日月之皓精。骋流星于突陋,追归雁于轩軨。带螭龙之疏镂,垂菡萏之敷荣。顾濯龙之台观,望永安之园薮。渟清沼以泛舟,浮翠虬与玄武。桑宫茧馆,区制有矩。后帅九嫔,躬敕工女。近则明堂辟雍灵台之列,宗祀扬化,云物是察。其后则有长冈芒阜,属以首山,通谷岌岢,石濑寒泉。于是乘兴鸣和,按节发轫。列翠盖,方龙辀。备五路之时副,揽三辰之旗斿。傅说作仆,羲和奉时。千乘雷骇,万骑星铺。络绎相属,挥沫扬镳。群仙列于中庭,发鱼龙之巨伟,羡

> 门拊鼓，偓佺操麾。讲武农隙，校猎因田。搜幽林以集禽，激通川以御兽。跨乘黄，射游麋。弦不虚控，目不徒睎。解腋分心，应箭殪夷。然后弭节容与渌水之滨，垂芳饵于清流，出漩濑之潜鳞。

傅毅《洛都赋》无完整版，且早已散失，所幸《艺文类聚》存此一段，今方得见其一斑。《洛都赋》的创作背景，今无太多信息。傅毅缘何而作此赋，不得而知。但该赋中，傅毅极尽铺陈之能事，力状洛阳之人文、地理与军事、礼制之优势，字里行间无不显现其对洛阳之深厚感情。

该文颇具汉大赋的典型特征。首先，极尽铺陈之能事，今所见《洛都赋》虽为残篇，但其对洛阳城中的建筑、事物的描写，仍洋洋洒洒数百言。其次，赋的句式长短不一，句法灵活。其以四字句、六字句为主，间有十字长句、三字短句，在一定程度上缓解了作品因铺陈而带来的难以卒读感。

傅毅《反都赋》云：

> 汉历中绝，京师为墟。光武受命，始迁洛都。客有陈西土之富云，洛邑褊小，故略陈祸败之机，不在险也。
>
> 建武龙兴，奋旅西驱。虏赤眉，计高胡，斩铜马，破骨都。收翡翠之驾，据天下之图。上帝受命，将昭其烈。潜龙初九，真人乃发。上贯紫宫，徘徊天阙。握狼狐，蹈参伐。陶以乾坤，始分日月。观三代之余烈，察殷夏之遗风。背崤函之固，即周洛之中。兴四郊，建三雍，禅梁父，封岱宗。

傅毅的《反都赋》作于何时，文献记载不甚清楚。文章究竟有多长，讲述了哪些内容，也不甚清楚。这篇赋早已残缺，唯《艺文类聚》中录此一段，略见其貌。

《反都赋》与《洛都赋》的主题基本一致，主要表达建议将都城迁洛的观点。《洛都赋》无序，文章一开始就叙述光武帝起兵兴汉之事。《反都赋》则有一小序，通过这篇序文，我们基本可以了解这篇赋的主要内容。序云汉代经历王莽之乱，香火断绝，京城长安已是一片荒芜。光武帝刘秀接受天命，重夺政权，将都城迁至洛阳。对于此事，持不同意见者尚众。其中就有人以夸耀的语气铺陈长安之富丽，贬洛阳之狭小。傅毅对这种风气颇为反感，认为都城选址不仅仅在于天险，遂详陈祸败之机。由此可以看出，傅毅的这篇赋主要是通过洛阳与长安之比较，反映洛阳优于长安之事实。

该文同样深具汉大赋的典型特征。极尽铺陈之能事，从文中亦可见一端，其对刘秀起兵的描写，亦洋洋洒洒。其次，赋的句式亦长短不一，颇为灵活。其以三字句、四字句为主，间有五字句、六字句，同样在一定程度上缓解了作品因铺陈而带来的难以卒读感，并使文章显得颇有节奏感。

杜笃《祓禊赋》云：

王侯公主，暨乎富商，用事伊雒，帷幔玄黄。于是旨酒嘉殽，方丈盈前，浮枣绛水，酹酒醲川。若乃窈窕淑女，美媵艳姝，戴翡翠，珥明珠。曳罗袿，立水涯，微风掩壒，纤縠低徊，兰苏肸蚃，感动情魂。若乃隐逸未用，鸿生俊儒，冠高冕，曳长裾，坐沙渚、谈诗、书，咏伊、吕，歌唐、虞。

巫咸之伦，秉火祈福。浮枣绛水，酹洒酿川，沿以素波，鱼踊跃渊，怀季女使不殆。

该赋主要描写上巳节洛水与伊水上的盛况，亦可见出其时洛阳之兴盛。

杜笃《论都赋》云：

臣闻知而复知，是为重知。臣所欲言，陛下已知，故略其梗概，不敢具陈。昔般庚去奢，行俭于亳，成周之隆，乃即中洛。遭时制都，不常厥邑。贤圣之虑，盖有优劣；霸王之姿，明知相绝。守国之执，同归异术；或弃去阻阸，务处平易；或据山带河，并吞六国；或富贵思归，不顾见袭；或掩空击虚，自蜀汉出；即日车驾，策由一卒；或知而不从，久都墝埆。臣不敢有所据。窃见司马相如、扬子云作辞赋以讽主上，臣诚慕之，伏作书一篇，名曰《论都》，谨并封奏如左。

皇帝以建武十八年二月甲辰，升舆洛邑，巡于西岳。推天时，顺斗极，排阊阖，入函谷，观阸于崤、黾，图险于陇、蜀。其三月丁酉，行至长安。经营宫室，伤愍旧京，即诏京兆，乃命扶风，斋肃致敬，告觐园陵。凄然有怀祖之思，喟乎以思诸夏之隆。遂天旋云游，造舟于渭，北杭泾流。千乘方毂，万骑骈罗，衍陈于岐、梁，东横乎大河。瘗后土，礼邠郊。其岁四月，反于洛都。明年，有诏复函谷关，作大驾宫、六王邸、高车厩于长安，修理东都城门，桥泾、渭。往往缮离观，东临霸、浐，西望昆明，北登长平，规龙首，抚未央，覛平乐，仪建章。

是时山东翕然狐疑，意圣朝之西都，惧关门之反拒也。客有为笃言："彼埳井之潢污，固不容夫吞舟；且洛邑之渟瀯，曷足以居乎万乘哉？咸阳守国利器，不可久虚，以示奸萌。"笃未甚然其言也，故因为述大汉之崇，世据雍州之利，而今国家未暇之故，以喻客意。曰：

昔在强秦，爰初开畔，霸自岐、雍，国富人衍，卒以并兼，桀虐作乱。天命有圣，托之大汉。大汉开基，高祖有勋，斩白蛇，屯黑云，聚五星于东井，提干将而呵暴秦。蹈沧海，跨昆仑，奋彗光，扫项

军，遂济人难，荡涤于泗、沂。刘敬建策，初都长安。太宗承流，守之以文。躬履节俭，侧身行仁，食不二味，衣无异采，赈人以农桑，率下以约己，曼丽之容不悦于目，郑卫之声不过于耳，佞邪之臣不列于朝，巧伪之物不鬻于市，故能理升平而刑几措。富衍于孝景，功传于后嗣。

是时孝武因其余财府帑之蓄，始有钩深图远之意，探冒顿之罪，校平城之雠。遂命票骑，勤任卫青，勇惟鹰扬，军如流星，深之匈奴，割裂王庭，席卷漠北，叩勒祁连，横分单于，屠裂百蛮。烧罽帐，系阏氏，燔康居，灰珍奇，椎鸣镝，钉鹿蠡，驰坑岸，获昆弥，虏擻侲，驱骡驴，驭宛马，鞭駃騠。拓地万里，威震八荒。肇置四郡，据守敦煌。并域属国，一郡领方。立候隅北，建护西羌。捶驱氐、僰，寥狼邛、莋。东攡乌桓，蹂辚濊貊。南羁钩町，水剑强越。残夷文身，海波沫血。郡县日南，漂澌朱崖。部尉东南，兼有黄支。连缓耳，琐雕题，摧天督，牵象犀，椎蚌蛤，碎畾璃，甲犛瑁，戕觜觽。于是同穴裘褐之域，共川鼻饮之国，莫不袒跣稽颡，失气虏伏。非夫大汉之盛，世藉廱土之饶，得御外理内之术，孰能致功若斯！故创业于高祖，嗣传于孝惠，德隆于太宗，财衍于孝景，威盛于圣武，政行于宣、元，侈极于成、哀，祚缺于孝平。传世十一，历载三百，德衰而复盈，道微而复章，皆莫能迁于廱州，而背于咸阳。宫室寝庙，山陵相望，高显弘丽，可思可荣，羲、农已来，无兹著明。

夫廱州本帝皇所以育业，霸王所以衍功，战士角难之场也。禹贡所载，厥田惟上。沃野千里，原隰弥望。保殖五谷，桑麻条畅。滨据南山，带以泾、渭，号曰陆海，蠢生万类。楩鉼檀柘，蔬果成实。畎渎润淤，水泉灌溉，渐泽成川，粳稻陶遂。厥土之膏，亩价一金。田田相如，鐇镢株林。火耕流种，功浅得深。既有蓄积，阸塞四临：四被陇、蜀，南通汉中，北据谷口，东阻嵚岩。关函守峣，山东道穷；置列汧、陇，廱偃西戎；拒守褒斜，岭南不通；杜口绝津，朔方无从。鸿、渭之流，径入于河；大船万艘，转漕相过；东综沧海，西纲流沙；朔南暨声，诸夏是和。城池百尺，阸塞要害。关梁之险，多所衿带。一卒举礧，千夫沉滞；一人奋戟，三军沮败。地埶便利，介胄剽悍，可与守近，利以攻远。士卒易保，人不肉袒。肇十有二，是为赡腴。用霸则兼并，先据则功殊；修文则财衍，行武则士要；为政则化上，篡逆则难诛；进攻则百克，退守则有余：斯固帝王之渊囿，而守国之利器也。

逮及亡新，时汉之衰，偷忍渊囿，篡器慢违，徒以执便，莫能卒危。假之十八，诛自京师。天畀更始，不能引维，慢藏招寇，复致赤眉。海内云扰，诸夏灭微；鹘龙并战，未知是非。于时圣帝，赫然申威。荷天人之符，兼不世之姿。受命于皇上，获助于灵祇。立号高邑，搴旗四麾。首策之臣，运筹出奇；虓怒之旅，如虎如螭。师之攸向，无不靡披。盖夫燔鱼剸蛇，莫之方斯。大呼山东，响动流沙。要龙渊，首镆铘，命腾太白，亲发狼、弧，南禽公孙，北背强胡，西平陇、冀，东据洛都。乃廓平帝宇，济蒸人于涂炭，成兆庶之亹亹，遂兴复乎大汉。

今天下新定，矢石之勤始瘳，而主上方以边垂为忧，忿葭萌之不柔，未遑于论都而遗思雝州也。方躬劳圣思，以率海内，厉抚名将，略地疆外，信威于征伐，展武乎荒裔。若夫文身鼻饮缓耳之主，椎结左衽鐻鍝之君，东南殊俗不羁之国，西北绝域难制之邻，靡不重译纳贡，请为藩臣。上犹谦让而不伐勤。意以为获无用之虏，不如安有益之民；略荒裔之地，不如保殖五谷之渊；远救于已亡，不若近而存存也。今国家躬修道德，吐惠含仁，湛恩沾洽，时风显宣。徒垂意于持平守实，务在爱育元元，苟有便于王政者，圣主纳焉。何则？物罔挹而不损，道无隆而不移，阳盛则运，阴满则亏，故存不忘亡，安不讳危，虽有仁义，犹设城池也。

客以利器不可久虚，而国家亦不忘乎西都，何必去洛邑之渟潪与？

此赋从多角度出发，力主建都长安，反对建都洛阳。录之于此，以见当时争论之激烈。

李尤《东观赋》云：

敷华宝于雍堂，集干质于东观。东观之艺，孽孽洋洋，上承重阁，下属周廊。步西藩以徙倚，好绿树之成行。历东崖之敞坐，庇蔽芽之甘棠。前望云台后匝德阳。道无隐而不显，书无阙而不陈。览三代而采宜，包郁郁之周文。

臣虽顽卤，慕《小雅·斯干》叹咏之美。

赋中陈述东观的建筑设计华丽典雅，楼阁层层，连廊不绝。东西各有奇观，文化之盛，无出其右者。

李尤《平乐观赋》云：

乃设平乐之显观，章秘玮之奇珍。习禁武以讲捷，厌不羁之遐邻。徒观平乐之制，郁崔嵬以离娄。赫岩岩其鉴客，纷电影以盘

> 盱。弥平原之博敞，处金商之维陬。大厦累而鳞次，承岩峣之翠楼。过洞房之转闼，历金环之华铺。南切洛滨，北陵仓山。龟池泱漭，果林榛榛。天马沛艾，鬣尾布分。尔乃大和隆平，万国肃清。殊方重译，绝域造庭。四表交会，抱珍远并。杂遝归谊，集于春正。翫屈奇之神怪，显逸才之捷武。百僚于时，各命所主。方曲既设，秘戏连叙。逍遥俯仰，节以鞀鼓。戏车高橦，驰骋百马。连翩九仞，离合上下。或以驰骋，覆车颠倒。乌获扛鼎，千钧若羽。吞刃吐火，燕跃鸟跱。陵高履索，踊跃旋舞。飞丸跳剑，沸渭回扰。巴渝隈一，逾肩相受。有仙驾雀，其形蚴虬。骑驴驰射，狐兔惊走。侏儒巨人，戏谑为耦。禽鹿六驳，白象朱首。鱼龙曼延，畏延山阜。龟螭蟾蜍，挈琴鼓缶。

东汉明帝将长安飞帘、铜马移至洛阳西门外，并置平乐观，李尤所写即此观。平乐观显敞开阔，观中陈列着许多稀奇珍宝。观中建筑高大而不失雕镂，极尽回旋曲折之状。观中还经常表演乌获扛鼎、吞刃吐火、飞丸跳剑等杂技，热闹非凡。赋作当然不只是写平乐观的建筑及热闹，更主要的是想通过这些描写展现王朝之兴盛、国家之太平。

李尤《德阳殿赋》云：

> 曰若炎唐，稽古作先。开三阶而参会，错金银于两楹。入青阳而窥总章，历户牖之所经。连壁组之润漫，杂虬文之蜿蜒。尔乃周阁币，峻楼临门，朱阙岩岩，嵯峨概云。青琐禁门，廊庑翼翼，华虫诡异，密采珍缛。达蔺林以西通，中方池而特立。果竹郁茂以蓁蓁，鸿雁沛裔而来集。德阳之比，斯曰濯龙。葡萄安石，蔓延蒙笼，橘柚含桃，甘果成丛。文槐曜水，光映煌煌。

德阳殿是汉代洛阳北宫最大的宫殿，《汉官典职》载："德阳殿，周旋容万人，激洛水于殿下。"知其大致情状。赋之所述，更是精致细腻，二者可互为补充。

三、张衡《东京赋》

张衡（78—139 年），字平子，东汉著名发明家、文学家和地理学家，对社会乃至人类有突出贡献。从文学成就而言，张衡是汉赋四大家之一，其代表作《二京赋》《归田赋》等。

《二京赋》体例与班固《两都赋》相似，也是分为两个部分，一写长安，一写洛阳。《二京赋》分为《西京赋》与《东京赋》。《西京赋》主要以凭虚公子的叙述展示长安，《东京赋》则从安处先生的角度认识洛阳。《东京赋》曰：

安处先生于是似不能言，怃然有间，乃莞尔而笑曰："若客所谓末学肤受，贵耳而贱目者也。苟有胸而无心，不能节之以礼，宜其陋今而荣古矣。由余以西戎孤臣，而悝缪公于宫室，如之何其以温故知新，研覈是非，近于此惑？

"周姬之末，不能厥政，政用多僻。始于宫邻，卒于金虎。嬴氏搏翼，择肉西邑。是时也，七雄并争，竞相高以奢丽。楚筑章华于前，赵建丛台于后。秦政利觜长距，终得擅场，思专其侈，以莫己若。乃构阿房，起甘泉，结云阁，冠南山，征税尽，人力殚。然后收以太半之赋，威以参夷之刑。其遇民也，若薙氏之芟草，既蕴崇之，又行火焉。惵惵黔首，岂徒跼高天、蹐厚地而已哉！乃救死于其颈。敺以就役，唯力是视。百姓弗能忍，是用息肩于大汉，而欣戴高祖。

"高祖膺籙受图，顺天行诛，杖朱旗而建大号。所推必亡，所存必固。扫项军于垓下，绁子婴于轵涂。因秦宫室，据其府库。作洛之制，我则未暇。是以西匠营宫，目翫阿房。规摹逾溢，不度不臧。损之又之，然尚过于周堂。观者狭而谓之陋，帝已讥其泰而弗康。且高既受命建家，造我区夏矣；文又躬自菲薄，治致升平之德。武有大启土宇，纪禅肃然之功。宣重威以抚和戎狄，呼韩来享。咸用纪宗存主，飨祀不辍。铭勋彝器，历世弥光。今舍纯懿而论爽德，以《春秋》所讳而为美谈，宜无嫌于往初，故蔽善而扬恶，祗吾子之不知言也。必以肆奢为贤，则是黄帝合宫，有虞总期，固不如夏癸之瑶台，殷辛之琼室也，汤武谁革而用师哉？盍亦览东京之事以自寤乎？

"且天子有道，守在海外。守位以仁，不恃隘害。苟民志之不谅，何云岩险与襟带？秦负阻于二关，卒开项而受沛。彼偏据而规小，岂如宅中而图大？

"昔先王之经邑也，掩观九隩，靡地不营。土圭测景，不缩不盈。总风雨之所交，然后以建王城。审曲面势：溯洛背河，左伊右瀍，西阻九阿，东门于旋。盟津达其后，太谷通其前。回行道乎伊阙，邪径捷乎轘辕。大室作镇，揭以熊耳。底柱辍流，镡以大岯。温液汤泉，黑丹石缁。王鲔岫居，能鳖三趾。宓妃攸馆，神用挺纪。龙图授羲，龟书畀姒。召伯相宅，卜惟洛食。周公初基，其绳则直。苌弘魏舒，是廓是极。经途九轨，城隅九雉。度堂以筵，度室以几。京邑翼翼，四方所视。

“汉初弗之宅，故宗绪中圮。巨猾间亹，窃弄神器。历载三六，偷安天位。于时蒸民，罔敢或贰。其取威也重矣。我世祖忿之，乃龙飞白水，凤翔参墟。授钺四七，共工是除。欃枪旬始，群凶靡余。区宇乂宁，思和求中。睿哲玄览，都兹洛宫。曰止曰时，昭明有融。既光厥武，仁洽道丰。登岱勒封，与黄比崇。

“逮至显宗，六合殷昌。乃新崇德，遂作德阳。启南端之特闱，立应门之将将。昭仁惠于崇贤，抗义声于金商。飞云龙于春路，屯神虎于秋方。建象魏之两观，旌六典之旧章。其内则含德、章台，天禄、宣明，温饬、迎春，寿安、永宁。飞阁神行，莫我能形。濯龙芳林，九谷八溪。芙蓉覆水，秋兰被涯。渚戏跃鱼，渊游龟蠵。永安离宫，修竹冬青。阴池幽流，玄泉洌清。鹎鶋秋栖，鹘鸼春鸣。雎鸠丽黄，关关嘤嘤。于南则前殿灵台，龢驩安福。謻门曲榭，邪阻城洫。奇树珍果，钩盾所职。西登少华，亭候修敕。九龙之内，寔曰嘉德。西南其户，匪雕匪刻。我后好约，乃宴斯息。于东则洪池清蘌，渌水澹澹。内阜川禽，外丰葭菼。献鳖蜃与龟鱼，供蜗蠯与菱芡。其西则有平乐都场，示远之观。龙雀蟠蜿，天马半汉。瑰异谲诡，灿烂炳焕。奢未及侈，俭而不陋。规遵王度，动中得趣。

“于是观礼，礼举仪具。经始勿亟，成之不日。犹谓为之者劳，居之者逸。慕唐虞之茅茨，思夏后之卑室。乃营三宫，布教颁常。复庙重屋，八达九房。规天矩地，授时顺乡。造舟清池，惟水泱泱。左制辟雍，右立灵台。因进距衰，表贤简能。冯相观祲，祈褫禳灾。

“于是孟春元日，群后旁戾。百僚师师，于斯胥洎。藩国奉聘，要荒来质。具惟帝臣，献琛执贽。当觐乎殿下者，盖数万以二。尔乃九宾重，胪人列，崇牙张，镛鼓设。郎将司阶，虎戟交铩。龙辂充庭，云旗拂霓。夏正三朝，庭燎晢晢。撞洪钟，伐灵鼓，旁震八鄙，軯磕隐訇，若疾霆转雷而激迅风也。

“是时称警跸已，下凋辇于东厢。冠通天，佩玉玺，纡皇组，要干将，负斧扆，次席纷纯，左右玉几，而南面以听矣。然后百辟乃入，司仪辨等。尊卑以班，璧羔皮帛之贽既奠，天子乃以三揖之礼礼之，穆穆焉，皇皇焉，济济焉，将将焉，信天下之壮观也。乃羡公侯卿士，登自东除。访万机，询朝政，勤恤民隐，而除其眚。人或不得其所，若己纳之于隍。荷天下之重任，匪怠皇以宁静。发京仓，散禁财，赉皇寮，逮舆台。命膳夫以大飨，饔饩浃乎家陪。春醴惟醇，燔炙芬芬。君臣欢康，具醉熏熏。千品万官，已事而踆。勤屡省，懋乾乾。清风协于玄德，淳化通于自然。宪先灵而齐轨，必三思以顾愆。招有道于侧陋，开敢谏之直言。聘丘园之耿絜，旅束帛之戋戋。上下通情，式宴且盘。

“及将祀天郊，报地功，祈福乎上玄，思所以为虔。肃肃之仪尽，穆穆之礼殚。然后以献精诚，奉禋祀，曰允矣天子者也。乃整法服，正冕带，珩紞紘綖，玉笄綦会。火龙黼黻，藻綷鞶厉。结飞云之祫辂，树翠羽之高盖。建辰旒之太常，纷焱悠以容裔。六玄虬之弈弈，齐腾骧而沛艾。龙辀华轙，金鍐镂鍚。方釳左纛，钩膺玉瓖。銮声哕哕，和铃鉠鉠。重轮贰辖，疏毂飞軨。羽盖威蕤，葩瑵曲茎。顺时服而设副，咸龙旂而繁缨。立戈迤戛，农舆辂木。属车九九，乘轩并毂。旷弩重旃，朱旄青屋。奉引既毕，先辂乃发。鸾旗皮轩，通帛绱旆。云罕九斿，闟戟轇輵。髶髦被绣，虎夫戴鶡。驸承华之蒲梢，飞流苏之骚杀。总轻武于后陈，奏严鼓之嘈囐，戎士介而扬挥，戴金钲而建黄钺。清道桉列，天行星陈。肃肃习习，隐隐辚辚。殿未出乎城阙，旆已反乎郊畛。盛夏后之致美，爰敬恭于明神。

“尔乃孤竹之管，云和之瑟，雷鼓鼘鼘，六变既毕。冠华秉翟，列舞八佾。元祀惟称，群望咸秩。飏槱燎之炎炀，致高烟乎太一。神歆馨而顾德，祚灵主以元吉。然后宗上帝于明堂，推光武以作配。辩方位而正则，五精帅而来摧。尊赤氏之朱光，四灵懋而允怀。于是春秋改节，四时迭代。蒸蒸之心，感物曾思。躬追养于庙祧，奉蒸尝与禴祠。物牲辩省，设其楅衡。毛炰豚胉，亦有和羹。涤濯静嘉，礼仪孔明。万舞奕奕，钟鼓喤喤。灵祖皇考，来顾来飨。神具醉止，降福穰穰。

“及至农祥晨正，土膏脉起。乘銮辂而驾苍龙，介驭间以剡耜。躬三推于天田，修帝籍之千亩。供禘郊之粢盛，必致思乎勤己。兆民劝于疆埸，感懋力以耘耔。春日载阳，合射辟雍。设业设虡，宫悬金镛。鼖鼓路鼗，树羽幢幢。于是备物，物有其容。伯夷起而相仪，后夔坐而为工。张大侯，制五正，设三乏，厞司旌。并夹既设，储乎广庭。于是皇舆夙驾，鞶于东阶，以须消启明，扫朝霞，登天光于扶桑。天子乃抚玉辂，时乘六龙。发鲸鱼，铿华钟。大丙弭节，风后陪乘。摄提运衡，徐至于射宫。礼事展，乐物具。王夏阕，驺虞奏。决拾既次，雕弓斯彀。达余萌于暮春，昭诚心以远喻。进明德而崇业，涤饕餮之贪欲。仁风衍而外流，谊方激而遐鹜。日月会于龙獀，恤民事之劳疚。因休力以息勤，致欢忻于春酒。执銮刀以袒割，奉觞豆于国叟。降至尊以训恭，送迎拜乎三寿。敬慎威仪，示民不偷。我有嘉宾，其乐愉愉。声教布濩，盈溢天区。

“文德既昭，武节是宣。三农之隙，曜威中原。岁惟仲冬，大阅西园。虞人掌焉，先期戒事。悉率百禽，鸠诸灵囿。兽之所同，是谓告备。乃御小戎，抚轻轩，中畋四牡，既佶且闲。戈矛若林，牙旗缤纷。迄上林，结徒营。次和树表，司铎授钲。坐作进退，节以军声。三令五申，示戮斩牲。陈师鞠旅，教达禁成。火列具举，武士星敷。鹅鹳鱼丽，箕张翼舒。轨尘掩远，匪疾匪徐。驭不诡遇，射不翦毛。升献六禽，时膳四膏。马足未极，舆徒不劳。成礼三殴，解罘放麟。不穷乐以训俭，不殚物以昭仁。慕天乙之弛罟，因教祝以怀民，仪姬伯之渭阳，失熊罴而获人。泽浸昆虫，威振八寓。好乐无荒，允文允武。薄狩于敖，既璅璅焉；岐阳之蒐，又何足数？

“尔乃卒岁大傩，殴除群厉。方相秉钺，巫觋操茢。侲子万童，丹首玄制。桃弧棘矢，所发无臬。飞砾雨散，刚瘅必毙。煌火驰而星流，逐赤疫于四裔。然后凌天池，绝飞梁。捎魑魅，斮獝狂。斩蜲蛇，脑方良。囚耕父于清泠，溺女魃于神潢。残夔魖与罔像，殪野仲而歼游光。八灵为之震慴，况鬾蛊与毕方。度朔作梗，守以郁垒，神荼副焉，对操索苇。目察区陬，司执遗鬼。京室密清，罔有不韪。

“于是阴阳交和，庶物时育。卜征考祥，终然允淑。乘舆巡乎岱岳，劝稼穑于原陆。同衡律而壹轨量，齐急舒于寒燠。省幽明以黜陟，乃反旆而回复。望先帝之旧墟，慨长思而怀古。俟阊风而西遐，致恭祀乎高祖。既春游以发生，启诸蛰于潜户。度秋豫以收成，观丰年之多稌。嘉田畯之匪懈，行致赉于九扈。左瞰旸谷，右睨玄圃。眇天末以远期，规万世而大摹。且归来以释劳，膺多福以安念。总集瑞命，备致嘉祥。圉林氏之驺虞，扰泽马与腾黄。鸣女床之鸾鸟，舞丹穴之凤皇。植华平于春圃，丰朱草于中唐。惠风广被，泽洎幽荒。北燮丁令南谐越裳，西包大秦，东过乐浪。重舌之人九译，佥稽首而来王。

“是以论其迁邑易京，则同规乎殷盘。改奢即俭，则合美乎斯干。登封降禅，则齐德乎黄轩。为无为，事无事，永有民以孔安。遵节俭，尚素朴，思仲尼之克己，履老氏之常足。将使心不乱其所在，目不见其可欲。贱犀象，简珠玉，藏金于山，抵璧于谷。翡翠不裂，玳瑁不蔟。所贵惟贤，所宝惟谷。民去末而反本，咸怀忠而抱悫。于斯之时，海内同悦，曰：'吁！汉帝之德，侯其祎而。'盖蓂荚为难莳也，故旷世而不觌。惟我后能殖之以至和平，方将数诸朝阶。然则道胡不怀，化胡不柔！声与风翔，泽从云游。万物我赖，亦又何求？德寓天覆，辉烈光烛。狭三王之趢趗，轶五帝之长驱。踵二皇之遐武，谁谓驾迟而不能属？

"东京之懿未罄，值余有犬马之疾，不能究其精详，故粗为宾言其梗概如此。若乃流遁忘反，放心不觉，乐而无节，后离其戚，一言几于丧国，我未之学也。且夫挈缾之智，守不假器。况纂帝业，而轻天位？瞻仰二祖，厥庸孔肆。常翘翘以危惧，若乘奔而无辔。白龙鱼服，见困豫且。虽万乘之无惧，犹憷惕于一夫。终日不离其辎重，独微行其焉如？夫君人者，黈纩塞耳，车中不内顾。佩以制容，銮以节涂。行不变玉，驾不乱步。却走马以粪车，何惜騕褭与飞兔。方其用财取物，常畏生类之殄也。赋政任役，常畏人力之尽也。取之以道，用之以时。山无槎枿，畋不麛胎。草木蕃庑，鸟兽阜滋。民忘其劳，乐输其财。百姓同于饶衍，上下共其雍熙。洪恩素蓄，民心固结。执谊顾主，夫怀贞节。忿奸慝之干命，怨皇统之见替。玄谋设而阴行，合二九而成谲。登圣皇于天阶，章汉祚之有秩。若此，故王业可乐焉。

"今公子苟好勦民以媮乐，忘民怨之为仇也。好殚物以穷宠，忽下叛而生忧也。夫水所以载舟，亦所以覆舟。坚冰作于履霜，寻木起于蘖栽。昧旦丕显，后世犹怠。况初制于甚泰，服者焉能改裁？故相如壮上林之观，杨雄骋羽猎之辞，虽系以隤墙填堑，乱以收罝解罘，卒无补于风规，祇以昭其愆尤。臣济奓以陵君，忘经国之长基。故函谷击柝于东，西朝颠覆而莫持。凡人心是所学，体安所习。鲍肆不知其臭，翫其所以先入。咸池不齐度于䵷咬，而众听或疑。能不惑者，其唯子野乎！

"客既醉于大道，饱于文义，劝德畏戒，喜惧交争。罔然若酲，朝罢夕倦，夺气褫魄之为者，忘其所以为谈，失其所以为夸。良久乃言曰："鄙哉予乎，习非而遂迷也，幸见指南于吾子！若仆所闻，华而不实。先生之言，信而有徵。鄙夫寡识，而今而后，乃知大汉之德馨，咸在于此。昔常恨三坟、五典既泯，仰不睹炎帝帝魁之美。得闻先生之余论，则大庭氏何以尚兹！走虽不敏，庶斯达矣！"

在这篇赋中，主人公安处先生首先指出凭虚公子的见解十分肤浅，多是道听途说、没有亲身体验。又指出出现这样的厚古薄今的结果，主要是因为凭虚公子思想不着边际，没有礼仪加以约束。这样就突出了洛阳重礼仪的独特性。文中还以春秋时期的由余为例，认为由余人微言轻，但仍然舍身劝谏秦穆公不要大兴土木、广建宫室，而凭虚公子身份高贵，为什么会以声色享乐为傲呢？

接下来，该赋又从历史教训说起，指出西周末年，厉王和幽王昏庸残暴。他们不治理国家，使得邪僻之风狂飙突进。起初沉溺女色，后又宠信小人，结果被灭。秦国逐渐强盛，如虎添翼，灭了周围许多国家。此刻七雄并起，争斗不已。各国相互攀比，纷纷建造豪华宫殿，奢侈无比。楚国率先修建了章华台，赵国立刻就筑起了大丛台。秦王政如同好斗的公鸡，长牙利爪，成为角斗场主角。他想独享尊贵，不让任何人超过。于是就修建阿房宫，营造甘泉殿。这些宫殿高耸入云、丽压南山，屹立于天地之间。他征收苛捐杂税，耗费无穷人力。他对百姓如同农夫芟除野草一般，将之聚积起来，然后一把火烧掉。可怜百姓整日小心翼翼，时刻提防杀头之祸降临，虽天地广袤，却无一步自由。百姓担负沉重劳役，如牛马一般，最终忍无可忍，群起反抗，真心实意拥戴新的天子，这才有了大汉的天下。上述例子都是广修宫殿最终导致亡国的血淋淋的教训，凭虚公子在《西都赋》中所描述的与此又有什么区别呢？

下文写进入大汉，开国高祖十分简朴。高祖上承天命，依天意讨伐敌人。他高举大旗，建立国号，横扫各方势力。在垓下灭了项羽，在轵亭道降服了子婴。把秦朝原来豪华的宫室变成仓库。凭虚公子夸耀的又有什么意义呢？但这个时候大汉初立，还无暇顾及营建东都。因为秦朝崇尚的是阿房宫式的豪华建筑，汉中的宫殿都远远超出了礼制。耳濡目染，秦朝的工匠们也只会豪华而不会俭约。汉高祖以俭约为尚，宫殿规模一减再减，但仍然超出了周朝的礼制。观看的人认为已经非常狭陋，高祖却仍嫌其过于奢侈而不愿去居住。将刘邦的简朴与秦朝的奢华进行对比，突出了本朝不以豪华为尚，从礼仪规矩上动摇了凭虚公子的立论。

下文又述西汉前期四朝君主各有特点。刘邦承天命建大汉。文帝以勤俭为本色，其时天下太平。武帝的功绩主要是开疆拓土，攻伐有功，在西北封神，在泰山勒石。宣帝对西域恩威并施，最终使呼韩单于纳贡称臣。四位皇帝功绩卓著，享用庙祀。他们的功勋也被铸于青铜器上，时代越久，光芒越亮。你凭虚公子今天不顾四位皇帝如此美德，看到他们一点过失，便大加批评，说明你根本不懂得怎样立言。进一步批评了凭虚公子的观点。

该赋接着又反过来说，假如真的要以奢华为美，那么黄帝的合宫、虞舜的总期肯定不如桀纣的瑶台、琼池，商汤、周武何必要推翻桀纣呢？你为什么不能去看一看东京之事从而自我觉醒呢？而且如果皇帝有道，可以巡狩四方。巩固帝位，靠的是仁义而不是险要关隘。如果失去民心，便再无金汤之固。秦国有函谷关和武关两个天险，但最后还是让刘邦、项羽攻破。更何况西京较偏，且规模很小，哪里能比得上东京位居天下之中，可以图谋四海、一统国家。该赋从崇奢之误引出要行仁义而居天下之中的目的。

下文又从周成王建洛邑说起，指出当年周成王巡游九州，足迹遍布天下，没有找到一块合适建都的地方。但到了洛阳，周成王测定日影，发现洛阳正处天下之中，又是风雨所交之地，实乃最佳建都之所。周成王审察地势，发现洛阳面向洛水，背靠黄河，左边有伊水，右边有瀍河，西有九阿山，东有旋门城，盟津居其后，太谷处其前。大道迂曲通达龙门，小径弯曲通向轘坂。东边的太室山乃国之重镇，更何况外围还有熊耳山。天险如此，其能不都乎！西边有黄河中流砥柱，附近还有宝剑一般的大坯山。洛阳有温泉缁石、岩洞王鲔、三足熊鳖。宓妃神女神话、伏羲龙马负图、夏禹神龟背书等皆出于此。在这里建都，国运可长达七百年之久。后来召公推算建都之地，也发现只有洛阳最为合适。周公以绳度量，也说这里最合礼制。于是就委令苌弘、魏舒开始营建城池。洛阳城建成以后，宽广宏阔，雄壮威严，贯通南北的大路能并行九轨，城角长宽相等，各有九雉之距。度量明堂用九尺筵，测算宫室用七尺几。重点描写洛阳建城经过，但也有夸耀豪奢之嫌。

后文述光武帝建东汉事。其云汉初没有以洛阳为都城，是因为那时候这里的宗庙、礼仪全都遭到破坏。西汉末期王莽乘虚篡位，长达十八年之久，四方百姓，无人敢言。但光武帝却与众不同，他见此情景，忿然而起，乃在白水丘墟之间飞腾而起，将象征军权的斧钺授予二十八将，王莽之乱方才铲平。天下于是太平宁静，光武帝遂考虑求天下之中而居之。经过细密考虑，最终选择洛阳定都。这里必有昭明之德、长久之道，终有一天能够登上泰山，封禅勒石，一定能与黄帝一比高低。可见光武帝定都洛阳，实包蕴建旷世之功的决心。

再述明帝之事。明帝时天下太平，国家强盛，于是就重修了崇德殿，又新建了德阳宫，二者一时之间成了洛阳标志性建筑。南边的正门与新建的中门遥相呼应，东边有崇贤门，西边有金商门，分别昭示着君王的仁义和德行。远处还有云龙门和神虎门。宫门前有汉阙，两观上刻着六章法典。宫内更是殿宇林立，有含德、章台、天禄、宣明、温饰、迎春、寿安、永宁等八座宫殿。各殿之间于半空架起天桥，君主往来如同云中游走，谁也见不到他的身影。芳林苑在濯龙池旁，有九谷八溪众多景点。水中荷叶如盖，水旁秋兰满地。鱼戏浅水，龟游深渊。离宫永安宫，环境优美，竹林青翠，泉水泠泠。秋天有鹎鶋，春天有鹘鸼。还有王雎鸟，关关嘤嘤，不绝于耳。南面有灵台、和欢宫、安福殿，水榭阁台环绕四周。奇树珍果，有专门的人负责管理。少华山上的凉亭经过翻修，焕然一新。九龙门一开，就可以看见巍然屹立的嘉德殿。但西南的门户不事雕刻，正体现着古朴的礼制。

下文又述明帝俭约之事。其云明帝节俭，就在这符合古朴礼制的地方居住。城东是禁苑，苑中水流澹澹，清可见底。有鸟在苑中繁衍，稍远处的芦苇长得十分茂盛。这里养着各地进奉来的龟虾鱼鳖、蛤蚌、鸡头、菱芰等等。城西是平乐台，站在上面可以眺望远方，远方好像有神鸟飞翔、铜马奔驰。奇光异彩，灿烂辉煌。整体格局豪华而不侈靡，俭约而不粗陋。宫殿建筑完全遵守前代法度，行为也都合乎礼仪要求。明帝建设崇德殿和德阳宫时，不急于求成，不限定完工时间。纵使如此，明帝还时常担心工人们过于劳苦，而自己则太过安逸。明帝一直向往尧舜的茅棚草屋和夏禹的低矮陋室，于是就修改了明堂、辟雍、灵台，在这里施行教化，推行常礼。依照规制，明堂有九房，每房有八个窗户。房顶圆形，象征天；地面方形，象征地。发布政令随四季而变。辟雍是教授弟子的场所，在明堂左边。这里以少年为主，长者不得进入。因此奖励贤德之人，选拔治国人才，莫过于此。灵台是观察天象之所，在明堂右边。天官在这里祈求福禄，消除灾祸。大年初一这一天，百官公卿前来贺岁，一起向明帝朝拜。四方诸侯也前来朝见，他们自称是明帝的臣子，纷纷进献珍宝奇物，来的人竟有数万之众。他们分列在阙下两侧，外交部的工作人员将羌胡列成一队，按照进见顺序排成行。钟架上张设崇牙，殿堂上摆好钟鼓，侍卫将士依阶而站，虎贲之士紧握兵器，防备有加。进献的车队挤满了庭院，旌旗遮天蔽日。

再述新年面见百官之事。时间终于到了新年的早晨，火把将庭院照得如同白昼，殿堂上钟鼓齐鸣，轰轰隆隆，威震八方。滚滚雷电、呼啸疾风也不过如此。道路早已打扫得一尘不染，明帝在东厢下车，装扮盛极一时，戴着通天冠，佩着宝玉玺，宽厚的授带飘飘下垂，腰间还挂着干将莫邪剑。明帝的座处，屏风黑白相间，竹席名贵精致，桌几乃玉器制成，陈列于左右。明帝坐北朝南，认真听取大臣进谏。此后，列国诸侯步入宫殿，司仪将之分列等级，进献的璧玉、羔羊、皮帛已经摆放妥当。这时天子上前作三揖之礼，气氛于是更加肃穆庄严。司仪引导公卿列士从东阶徐徐走入殿堂，与皇帝共商朝政得失。明帝体恤百姓苦难，希望能最大限度减轻灾难影响。如果百姓得不到安置，明帝就会觉得是自己将他们推向深渊。明帝肩负着治理天下的重任，从来没有半点懈怠，更不会贪图安逸。一旦出现灾荒，朝廷便会打开粮仓，赈济百姓。上自百官，下到差役，皆受恩惠。朝政处理完毕，明帝便命令御厨开列宴席，将各种美食送到公卿面前。春酒醇美，肉食飘香，君臣上下，其乐融融。明帝倡导的俭朴之风已经深入人心，大见其效。国家往往从平民百姓家里选拔人才，广开言路，招纳贤士，还从丘园中请出隐居者。君臣之间上情下达，国家平安昌盛。

其后便是春耕，皇帝要行籍田之礼，这个礼节要上祭天德、下报地功，向天帝祈求赐福。每到此时，明帝总会尽力思考如何才能表达忠孝之心。启程前的仪式要一一做到，恭敬的礼节也要认真完成。这个时候的明帝，穿上祭服，戴上冠冕，佩上衣带。冠冕上饰物华丽无比，衣服上花纹异彩纷呈。皇帝的车上撑起高高的伞盖，插着翠绿的羽毛，直指云天。树起的太常旗上绘有日月星辰，条条流苏迎着和风轻轻飘落。六匹骏马威武雄壮，昂首挺胸奔向前方，铃銮悦耳。戈戛立起，皇帝登上农车木辂，来到田间开始亲耕。随同的车辆大大小小共有八十一辆，浩浩荡荡，如同出征。车上的箱箧中还藏着弓弩。之后的大量景物描写更表明了皇帝籍田之礼如同打仗一般规模盛大。

籍田之前还要有一系列的活动。明帝以夏禹为榜样，施行美政，乞求神明能够赐福。在乐舞场合，乐者用孤竹国的竹子制成良箫，用云和山良木作成琴瑟，鼓有八面，敲起来震天响。音乐场景不断变换，群神轮流出场。舞者头戴建华冠，手持野鸡尾，一共六十四人，列成八行，表演帝王之舞。这时候祭祀天地的大典开始举行，依次祭祀群神。祭祀场面宏大，浓烟滚滚，直冲天庭。神明只有享受到了最为虔诚的祭祀，才会将最大的幸福通过天子赐给百姓。明堂里祭祀的天神，光武帝也位列其中。五帝齐聚，辨东西南北中五方而定法则。天有春夏秋冬，岁有四季交替。祭祀祖先有真心孝心，看到丰收就思念来年祭祖。天子宗庙祭祖，按照四时不同而祭祀有别。天子仔细检查祭祀的牲畜，将其他的物品挂在牛角上。祭品有烤猪，有羹汤，礼仪井然有序，条理清晰。祭祀场合还要表演万舞，舞者手持兵器，雄壮威武，钟鼓声震天动地。神仙已沉醉，自会降下福禄无数。

等到房星出现在天空正中央，这时候地气浮动，可以开始耕作，天子就乘上銮舆，驾起骏马，将农具放在车上，来到天子之田，进行亲耕，献上谷物以示祭天。百姓在农田中观看，得到鼓励，更加勤奋地为国家效力。

后面还有大射之礼。首先设置钟架，在学宫的四面墙边都悬起大钟，在鼓架上也插上羽毛作为装饰。像伯夷一样的礼官作司仪，像后夔一样的乐官作乐工。他们或站或坐，姿态各异。巨大的箭靶已经张开，靶心呈五彩之色。箭矢已经摆好，在庭院中静等天子。皇帝清晨起驾，车马早已经在东阶等候。等到启明星落山，黑夜消去，太阳从东方升起，皇帝就登上马车，拿起鲸鱼槌，敲响大华钟。车夫缓缓起驾，众臣紧紧跟随。皇帝来到学宫，礼仪开始朝廷。《王夏》之曲刚刚结束，《驺虞》之歌就又奏起。歌曲结束之后，皇帝就拉开弓箭开始射靶。射礼既可以选拔明德之士，又能清除贪婪之徒。天子仁德由此可以流布四方，道义也能传遍各地。

十月还有报成之礼。一年忙完，到这时候终于可以休息一下。大家相聚在一起，畅饮春酒，欢乐无穷。天子弯腰迎送三老，一丝不苟，教化由此传遍天下。

以上所述皆为文德，武功之事也多。每年空闲之时，宣帝都会在中原讲武练兵。十一月也会到西园检阅兵马。掌管山泽的虞人经常告诫众人要及时修缮猎具。他们还有一个任务就是将禽兽聚在一起，然后送到皇帝的灵囿中。到了狩猎这一天，野兽三五成群，到处游走，捕猎的器具已经准备完毕，猎车、戎车，纵横奔驰。戈矛如林，彩旗蔽日。在上林苑附近临时驻军，虞人安排序列，司铎掌管鼓乐。军队列好，口令已立，举起火把才知道将士漫山遍野。军队开始演练阵形，有鹅鹳阵，有鱼丽阵。有时候像簸箕一样张开大口，有时候又像鸟儿一样展开双翼。车马卷起的尘土瞬间就将车辙掩盖。田猎完成三驱之礼后，就会撤掉丝网放生瑞兽。这是为了崇尚节俭，欢乐有度，爱惜财物以昭示仁义。学习商汤仁及鸟兽，同时也教导礼官网开三面。也想像周文王在渭水那样虽未猎到鸟兽，但却得到了贤臣。这些明君都能威震八方，好乐无荒。但后来的周宣王与成王就差了一些，不能和今天的君主相比。

年终还要举行大傩之礼，目的是驱除各种恶鬼神怪。其形式是由方相拿着斧钺，巫觋拿着笤帚，一群小孩子头上涂着红色染料，身上穿着黑色衣服，拿起桃木弓，搭上荆棘箭，向四面八方射去。箭如同雨点散落，恶鬼神怪纷纷被击杀。驱疫的火把跑来跑去，如同流星一样。妖魔鬼怪全被驱赶到四夷之外。还要追杀到天池天桥之外，将八种灵怪统统捕杀，最后华屋一片寂静，再也没有恶鬼神怪。

自此以后，阴阳相合，万物得以生长。于是天子东巡泰山，于田野劝勉农事。还统一了度量衡和车轨。审察百官，黜降昏庸，提升明智。社会升平，万物生长以时，于是就想象着未来，制定了万世不废的制度。

下一段写天子巡幸，班师回朝，可以安享清福。上天的符命和吉祥集于一身，义兽、鸾鸟等瑞兽不绝，仁爱之风遍及四海。外交方面，东西南北各国纷纷前来称臣。说到迁都之事，还应与盘庚相比，以国为重。提倡节俭，反对奢靡，又可与周宣王美德吻合。泰山祭天，梁父祭地，德与黄帝同齐。无为而治才能获得民心，永享安宁。还有孔子克己复礼、老子知足常乐等，都不主张大动干戈。东京之美永远也难以说尽，迁都之说我是反对的。

至于说游山玩水，流连忘返，没有节制地享乐，之后一定会遭到灾祸，如秦皇、王莽一样，一言几乎丧国，这是不能认同的。有些人仅有提瓶打水的小本领，也抱残守缺，密不示人。由此推之，那些继承帝位大业的人，怎么会轻易让人知道底细呢。前汉高祖、汉世祖两位皇帝，都功业卓著，却始终小心翼翼，君主本来都应该无所畏惧，但他们还都警惕有人作难，整日不离车马，到处游走，考察民情。

作为君主，本应不听谗言，车不内顾，佩玉以节容仪，銮铃以节步奏。但刀枪入库，却走马以粪，是应该大力提倡，不得限制的。将取用财物时，要考虑会不会使生物灭绝；征收赋税、摊派徭役时，也要考虑会不会将百姓的力量用尽。所以，取之有道、用之以时是古代帝王常循之路。伐木不能连根拔起，打猎不能将幼仔、孕兽都射杀。上下同富，国家才能融洽欢乐。

以下再来批评凭虚公子的思想。说现在公子主张挥霍财力，喜欢穷奢极欲，忘记了百姓会把你当成仇人，最后背叛。水能载舟，也能覆舟。冰冻三尺非一日之寒，参天大树起于幼苗，开国先祖都十分艰辛，后世子孙却多会懈怠。何况起初制度本不严密，后世就更容易奢侈。作为臣子，如果奢侈过度，就会忘记国之根本的。

最后总结。客人听完这番话，既高兴又畏惧，再也不敢随意夸饰。停了好久才说："我这个人多么浅薄呀，习惯于非礼风俗，今日得您指教，万分荣幸。我虽愚笨，现在几乎全明白了。"

张衡的《东京赋》规模宏大，是典型的大赋，以铺陈为主，选择作者肯定的事物或观点进行排比、铺排，以达到强调渲染的作用。内容丰富，从洛阳地理位置、文化地位等角度阐述定都洛阳的合理性及必要性，歌颂君王提倡节俭、广施仁政。描写细致翔实，除了涉及宫室宫外的自然景象及建筑，还描绘了君王亲耕、依礼祭祀、大射之礼的场面，以及各地风俗民情，如驱除邪魔疫鬼的大傩、方相等。全赋以客人幡然醒悟结束，并未像《七发》《子虚上林赋》一样以"要言妙道"结尾，与班固《东都赋》结尾类似。《东京赋》视野开阔，气魄恢宏，把洛阳城的繁荣景象描述得生动形象，在回顾历代君王建功立业及歌颂君王的仁政爱民中达到谏言的效果，全文结构缜密，善用联想想象，语言极具风采，被誉为赋中精品。

综上，先秦两汉时期是河洛文学的第一段兴盛期，河洛地区不仅名家辈出，作品也都为上乘之作。这一时期河洛地区已经有了文人集团，尽管官方色彩十分浓厚，但其影响不可小觑。无论是周公制礼作乐还是平王东迁以后,《诗经》中的许多作品都与洛阳有关。贾谊作为洛阳才子,文、赋俱佳,实开两汉河洛文学之先声。东汉围绕都城选址问题出现了许多咏洛赋,也是一个独特的现象。

第二章　魏晋南北朝河洛文学

魏晋南北朝是中国历史上大动荡与民族大融合的时期。这一时期文人众多,思想活跃,文学也进入了自觉的时代。文学体式的创新,文学风格的多样,文学技巧的成熟,南北文风的融合,为唐代文学高峰的出现准备了充分的条件。

第一节　魏晋南北朝河洛文学概述

一、曹魏时期的河洛文学

(一)三曹与洛阳

曹魏时期的河洛文学围绕曹操父子的英雄风云史展开。汉献帝初平元年(190 年)之后,天下分崩离析,军阀割据,连年混战,东汉王朝名存实亡,魏、蜀、吴三国鼎立的局面逐渐形成,曹操在军阀混战和镇压起义军的过程中,势力逐渐壮大,最后掌握了东汉的大权,挟天子以令诸侯。公元 207 年,曹操基本统一了中国的北方。公元 213 年,汉献帝封曹操为魏公。公元 216 年,又封曹操为魏王。公元 220 年,曹操病死洛阳,其子曹丕继位。不久,曹丕废汉献帝为山阳公,自立为帝,是为魏文帝,改汉为魏,定都洛阳,史称曹魏。曹魏政权从公元 220 年至公元 265 年司马炎灭魏为止,以洛阳为都 46 年之久。历经魏文帝、魏明帝、齐王、高贵乡公、元帝,共 5 帝。这一时期的文学,后世称为"建安文学"。

(二)建安文学

"建安文学"指汉献帝建安年间(196—220 年)至魏明帝景初年间(237—239 年)40 多年时间的文学。"世积乱离,风衰俗怨"的时代特征,建安文人开阔博大的胸襟,追求理想的远大抱负,积极通脱的人生态度,直抒胸臆、质朴刚健的抒情风格,形成了建安诗歌所特有的梗概多气、慷慨悲凉

的风貌，为中国诗歌开创了一个新局面，并确立了“建安风骨”这一诗歌美学风范。这一时期是中国古代文学自觉时代的开始，诗歌、辞赋、散文及文学理论方面都取得了长足的发展。尤其是在诗歌发展史上，兴起了中国文学史上第一次文人诗的高潮，从此奠定了文人诗的主导地位，给后世留下了极深远的影响。

建安文学创作中心最初在邺城，后来移至河洛地区的洛阳。代表作家有“三曹（曹操、曹丕、曹植）”“七子（孔融、陈琳、王粲、徐干、阮瑀、应玚、刘桢）”和蔡琰等。他们在洛阳创作了大量优秀的作品，如曹操的《薤露行》，曹植的《送应氏》《名都篇》《美女篇》《洛神赋》《洛阳赋》，曹丕的《典论·论文》，蔡琰的《悲愤诗》，等等，在文学史上影响深远。

（三）其他作家

建安时期是一个文人辈出、群星灿烂的时代，在“三曹”“七子”和蔡琰之外，仍有数量庞大的作家队伍，其中活动于河洛地区的作家主要有杨修、繁钦、邯郸淳。

繁钦（？—218 年），字休伯，颍川（今河南省禹州市）人。年少时即有才名，“以文才机辩，少得名于汝颍”（《三国志》卷二十一注引《典略》）。汉末避乱荆州，见重于刘表。建安二年（197 年）投奔曹操，在曹操麾下 20 多年，受到曹氏父子的赏识，官至丞相主簿。他“既长于书记，又善为诗赋”（鱼豢《典略》），有《繁钦集》10 卷，今佚。其赋作如《述征赋》《述行赋》等 13 篇仅有残句存世，保留完整的作品有《与魏文帝笺》《定情诗》。

邯郸淳（约 132—220 年），一名竺，字子叔。颍川（今河南省禹州市）人。建安时代年辈最高、活动时间又最长的作家。邯郸淳博学而多才，擅长文字学，精通“许氏字指”（许慎的《说文解字》）和《尔雅》，深受曹氏父子的喜爱。其诗赋之作在当时均有盛名，但给他带来文学史地位的是《笑林》。《笑林》是中国目前所知最早的记载笑话的书。据《隋书·经籍志》记载，此书原有三卷，归于小说家类。此书到了宋代，已被人增添至十卷。原书今已不见，能看到的是清代马国翰辑录的 27 则笑话。鲁迅先生在《古小说钩沉》中，还补录了马氏所未辑的 3 则笑话，可见此书影响巨大。《笑林》一书充满娱乐性，极具幽默感，写人记事亦极生动。它与曹丕的《列异传》《笑书》被认为是现存最早的一批志人志怪小说，邯郸淳也因此被一些学者誉为“最早的小说家”。

二、西晋时期的河洛文学

(一)西晋与洛阳

三国之中蜀国的力量较弱,虽然有诸葛亮辅佐,但终究难以扭转大局。建兴十二年(234 年),诸葛亮病死军中,姜维任统帅,屡次伐魏都无进展。景耀六年(263 年),魏军杀死诸葛亮之子诸葛瞻,直逼成都,刘禅投降,蜀亡。景初三年(239 年),魏明帝死,年仅 8 岁的曹芳继位,司马懿辅政。正始十年(249 年),司马懿杀曹爽,独掌大权。景元元年(260 年),司马懿之子司马昭杀死皇帝曹髦,立曹奂为帝。司马昭病死后,其子司马炎为晋王,废曹奂自立为帝,是为晋武帝,国号晋,史称西晋,仍以洛阳为都城。司马炎称帝后,于公元 279 年调军南下。次年三月,孙皓投降,吴亡,从此结束了三国鼎立的局面,全国归于统一。

从晋武帝司马炎开始,经晋惠帝司马衷、晋怀帝司马炽、晋愍帝司马邺,共 4 帝定都洛阳,前后共 51 年,这一时期的河洛文学代表为正始和太康两个时期的作家群体。

(二)正始文学

“正始”是魏废帝曹芳的年号(240—249 年),但习惯上所说的“正始文学”,还包括正始以后直到西晋立国(265 年)这一段时期的文学创作。正始文学是在魏晋易代之际的社会条件下产生的,并开魏晋南北朝玄学影响文学的时代风气。它虽然距离建安文学只有一二十年,但与建安文学相比,无论是作家的思想,还是作品的内容和风格都发生了明显的变化。建安文学中反映人民疾苦和追求建功立业的内容在正始文学中没有了,代替的是对黑暗恐怖政治的揭露和对死亡灾祸随时都会到来的忧叹;建安文学中所具有的慷慨奋发的进取精神消失了,代替它的是否定现实、韬晦遗世的消极反抗思想。正始文学中有着浓厚的老庄思想色彩,这是建安文学中没有的,正始诗风的曲折含蓄也与建安文学的明朗刚健风格有别。正始文学的代表人物“竹林七贤”(阮籍、嵇康、山涛、向秀、刘伶、阮咸、王戎)主要活动在洛阳一带,其中的山涛、向秀皆是河洛地区的本土作家。

山涛(205—283 年),字巨源,河内怀县(今河南武陟)人。入晋曾任吏部尚书、太子少傅、右仆射等职。他选用人才时,常常亲作评论,号为“山公启事”,语言精练,评价也颇为精当。《山公启事》原有 10 卷,宋时佚失。现存《上疏告退》等文 30 篇。

向秀（约227—272年），字子期，河内怀（今河南武陟）人，魏晋之际哲学家和文学家。现存向秀的文章除《庄子注》外，仅有《思旧赋》和《难嵇叔夜养生论》。《思旧赋》是一篇抒情小赋，是向秀过山阳嵇康的寓所时为悼念嵇康所作的。全篇连小序在内只有260个字，言简意赅，文短情深，充分表现了作者面对逝者故居时沉痛的心情和绵长的情谊。

（三）太康文学

西晋文学最为后人称道的是太康文学。太康是晋武帝司马炎的年号（280—289年），太康文学可以视为西晋文学的代称。“结藻清英，流韵绮靡”（《文心雕龙》），为太康文学的主要特征，讲究语言的细致雕琢及语言的对偶整齐。其代表作家有“三张、二陆、两潘、一左”（《诗品》），即张协、张亢、张载，陆机、陆云，潘安、潘尼，左思，他们主要的文学活动均发生在洛阳一带。

这一时期在洛阳形成了一个著名的文人集团“金谷二十四友”。金谷指石崇的金谷园。“金谷二十四友”指石崇、潘岳、左思、陆机、陆云、郭彰、刘琨、欧阳建、杜斌、王粹、邹捷、崔基、刘瓌、周恢、陈眕、刘讷、缪征、挚虞、诸葛诠、和郁、牵秀、许猛、刘舆、杜育等24人。他们经常在金谷园中饮酒作诗，是个精力旺盛、创作丰富的文学群体，他们的存诗占了西晋文人诗歌的一半。

值得关注的是，左思在洛阳创作了著名的《三都赋》。《三都赋》体制宏大，事类广博，他那种强调征信求实的文学主张虽不免偏激，但也使《三都赋》在一定程度上反映了三国时期的社会生活状况，这除了《三都赋》本身的富丽文采及当时文坛重赋等因素外，更重要的是因为它包含了当时朝野上下关心瞩目的内容：进军东吴、统一全国。此赋的写作手法及风格虽与班固的《两都赋》及张衡的《二京赋》相似，但它的思想主题则不是传统的“劝百讽一”，因此《三都赋》在后期大赋中具有重要地位，是古代都城赋的代表作之一。《三都赋》写成之后，一时间“豪富之家，竞相传写，洛阳为之纸贵”（《晋书·左思传》）。左思的《咏史》诗，“名为咏史，实为咏怀”（张玉谷《古诗赏析》），气势雄健，豪壮浑成，与当时的士族诗风迥然相异，被称为“左思风力”，在文学史上有重要意义。

此外，建立西晋的司马氏集团，为河洛地区河内温县（今河南省温县）人。司马家族虽以儒学世家而著称，然亦有不少文学作品传世。司马彪是其中最为杰出的代表。司马彪（？—约306年），字绍统。高阳王司马睦之长子。从小好学，然而以其薄行，不得为嗣。司马彪因此折节改志，闭门读书，博览群籍。初官拜骑都尉，泰始中任秘书郎，转秘书丞。司马彪鉴于汉氏中兴，忠臣义士昭著，而时无良史，记述繁杂，遂“讨论众书，缀其所闻，起于世祖，终于孝献，编年二百，录世十二，通综上下，旁贯庶事，为纪、志、传凡八十篇，号曰《续汉书》”。后八志入范晔《后汉书》，其余佚。又曾作《庄子》注十六卷等。他所作《九州春秋》十卷、《零陵先贤传》一卷，记录汉至三国时名人佚事，为著名的志人小说，可惜仅有少量篇目存世。所作《泰山生令记》一卷，讲楚国蒋济之子死后为泰山五伯，不堪其苦，遂托梦于其母，求助新任泰山令，得转为录事之故事，为流传极广的志怪小说。

三、寓居南朝的河洛作家

南朝时期，大量的河洛作家寓居于江南，为南朝文学的繁荣做出了贡献。其中最为著名的当属褚渊文学世家。褚渊(435—482 年)，字彦回，河南阳翟(今河南省禹州市)人。仕宋，宋文帝婿，官至中书令。入齐进位司徒，录尚书事。有《褚彦回集》十五卷，今佚。今存《秋伤赋》等文十篇及诗二首。褚贲，字蔚先，褚渊长子。性耿介，不喜仕进，有《褚贲集》十二卷，今佚。褚禨，字士洋，褚渊侄。仕梁，官至御史中丞。作品多佚，今仅存诗二首。褚翔，字世举，褚渊孙。仕梁，官至吏部尚书。作品多佚，今存诗一首。

四、北朝时期的河洛文学

(一)北魏与洛阳

西晋统一全国后，社会上一度出现了稳定，经济得到了恢复和发展，物质财富有所增加。但西晋统治者极端腐败，晋武帝后宫万余人，纵情淫乐，外戚王凯与大臣石崇骄奢淫逸，最终酿成了“八王之乱”，历史 16 年之久，洛阳遭到了严重破坏。太合十八年(494 年)，北魏占领中原，统一北方，迁都洛阳。北魏孝文帝是个大有作为的皇帝，他坚持改革，整顿吏制，恢复经济，发展生产，提倡学汉文，说汉话，穿汉服，促进了北方民族的大融合，被破坏的洛阳得到了恢复发展。北魏都于洛阳 41 年，历经魏孝文帝、宣武帝、孝明帝、孝庄帝、长广王、节闵帝、安定王、孝武帝 8 个帝王。

战乱不断，经济萧条，加上受文化上相对落后的少数民族长期统治，河洛地区的文学呈现出衰落之势。但从全国的文化格局来看，河洛地区的文学不仅仍然有着重要的地位，而且在文学史上有着非常独特的意义。

(二)以宫廷为代表的河洛文学

公元 495 年，孝文帝迁都于洛阳，洛阳成了北方的文化中心。迁都洛阳后，孝文帝大力推行汉化改革，加速了民族融合的进程，使北魏的文学得到了较快的发展，沉寂达百余年的河洛文坛渐次复苏。

北魏的作家队伍，大体包括皇帝与士人两大阶层。北魏的皇室文学从孝文帝起，开始出现生机勃勃的局面。孝文帝是其中的突出代表，孝庄帝元子攸、节闵帝元恭等人也以诗文而闻名。尽管他们的文学创作还有一定的生涩之处，不能称得上十分成熟，但是在中国历史上少数民族从事汉文学创作，北魏首发其端，并且成就远在当时其他的少数民族政权之上。就这一点而言，北魏宗室文学还是应当受到肯定的。从这个层面来看，洛阳在中国文学发展史上，无论就少数民族文学史而言还是对各民族文学融合史来说，都有着特殊的意义。

北魏士人文学，自孝文帝以来也得到了较大的发展。河洛地区的常景是其代表作家之一。

常景，字永昌，河内温县（今河南温县）人。仕北魏，东魏初，官至车骑将军、右光禄大夫、加仪同三司。为人"清俭自守，不营产业"，"耽好经史，爱玩文词"（《魏书·常景传》）。他是北魏后期"以文义见宗"（《北史·常爽传论》）的老辈作家，温子升即因他的赏誉而显名。常景的文章大多是诏策碑志及议论封建礼法之作。比较有特色的是《图古象赞述》，表现了他在北魏末年混乱政局中明哲保身的思想。其文句式整齐，多用对仗，接近骈体，却不很讲究辞藻，与南朝骈文不尽相同。史载常景曾出塞，"经涉山水，怅然怀古，乃拟刘琨《扶风歌》十二首"，但已佚。今存《蜀四贤赞》是他早年淹滞门下录事时所作，以五言诗四首分咏司马相如、王褒、严君平、扬雄。四人"皆有高才而无重位"，常景以此比喻自己的失意，显然是受南朝颜延之《五君咏》、鲍照《蜀四贤咏》影响而创作的同类诗歌。

在北魏分裂之后，河洛地区所在的东魏、北齐文学成就远在西魏、北周之上。由南入北的河洛诗人荀仲举当时甚有诗名。荀仲举，字士高，颍川（今河南省许昌市）人。仕梁为南沙令。后至北齐，入文林馆，出为义宁太守。工诗咏，与赵郡李概交好。概死，仲举至其宅，为五言诗十六韵以伤之，词甚悲切，世称其美。

东魏、北齐时，温子升与邢邵、魏收并称为"北朝三才"，他们其实在北魏末年已经驰名文坛，洛阳是他们创作的主要地区。而邢邵少年时即居于洛，与洛阳关系尤其密切。《北史本传》云："自孝明之后，文雅太盛。邵雕虫之美，独步当时。每一文出，京师为之纸贵。"西魏、北周文人中，洛阳元伟是比较著名的一个。

（三）《洛阳伽蓝记》

在骈文盛行于南方之时，北朝还出现了《水经注》《颜氏家训》《洛阳伽蓝记》三部散文名著。其中《洛阳伽蓝记》是杨衒之于东魏孝静帝武定五年(547 年)行役至洛，见"城郭崩毁，宫室倾覆，寺观灰烬，庙塔丘墟"，"农夫耕者，艺黍于双阙"，因起黍离之悲而作。书中对寺院及景物的描写，张弛有度，准确形象。在语言上，全书多用散文，但经常骈散相间，风格平易朴实而又具文学意味。《洛阳伽蓝记》又是北朝小说的代表作。它兼有志怪与志人小说的双重特点，在文学史上具有承上启下的意义。

除了文人创作外，河洛地区也产生了一些著名的民歌，尤其是一些北方少数民族进入河洛地区后创作的民歌，为河洛文学带来了雄浑刚健的气息，这是非常值得关注的。

总而言之，在南朝崇尚声律辞藻、沉醉绮靡文风的时候，河洛地区的文学较多地保留了《诗经》及建安以来自然、质朴、刚健的传统，加之北方少数民族文化的输入，使其特色更为明显，与南朝文学形成了鲜明的对比，二者恰成互补之势。正是在融合南北文风的条件下，才出现了唐代文学这一文学史的高峰。因此，作为北朝文学主体的河洛文学，在文学史上有着极其重要的意义。

第二节　西晋洛阳文人的创作活动

元末文坛领袖顾瑛在《玉山名胜集》提要中说："考宴集唱和之盛，始于金谷、兰亭；园林题咏之多，肇于辋川、云溪；其宾客之佳，文辞之富，则未有述于是集者。"由此可见，以诗文唱和为主要特征的文人集会始盛于西晋。而洛阳作为三国两晋的重要城市，经常是文人聚会、文学创作活动的中心。身为统治者，魏武帝曹操和魏文帝曹丕一直都是文人雅集的爱好者。建安七子在"盖将百计"的文人才子中得以崭露头角，除了他们的文采才情外，与他们(除孔融外)在建安中叶常陪同曹丕、曹植在邺都的西园游宴吟咏是密切相关的。曹氏兄弟及孔融之外的六子常在那里聚会游宴，"酒酣耳热，仰而赋诗"，成为历史佳话。自三曹始，在一些重臣和贵戚的别业山林中经常展开文人雅集活动，著名的有富豪石崇的金谷宴集、王羲之的兰亭集会等。西晋洛阳文人集会对西晋诗风的内容及风格均产生了重要影响。

一、兼具文学性与政治性的文人集会

陆机和潘岳是西晋诗坛的代表，所谓“太康诗风”指的便是以陆机、潘岳为代表的西晋诗风。而其诗风的形成与洛阳文人集团，尤其是“二十四友”的活动密切相关。晋武帝司马炎称帝后，天下归于一统，社会相对安定，士人重新燃起从政的热情，积极寻求仕进机会，如陆机、陆云兄弟由吴入洛，原曹魏政权中的文人转投司马氏政权效力的，亦不在少数。司马氏政权为了统治需要，也在极力拉拢文人。在西晋王室权力斗争和内部矛盾的纠葛下，文人聚散沉浮，留下了丰富的文学作品和可歌可叹的历史悲剧。

石崇（249—300 年），西晋时期有名的权臣、富豪，《世说新语》将其列入“汰侈”类，在历史上他以生活奢靡而留名。其实，在当时他也颇有文名，曾在他建于洛阳西北的金谷园中（遗址在今洛阳老城东北七里处的金谷洞内）大宴宾客，并“各赋诗以叙怀，或不能者罚酒三斗”，诗酒风流，成为一时风气。石崇多次在金谷园中召集文人聚会，与当时的文人左思、潘岳、陆机等二十四人结成文人集团，史称“二十四友”。《晋书·刘琨传》：“秘书监贾谧参管朝政，京师人士无不倾心。石崇、欧阳建、陆机、陆云之徒，并以文才降节事谧，琨兄弟亦在其间，号曰‘二十四友’。”“二十四友”对西晋文人雅集起了很大的促进作用。

“二十四友”成分复杂，文学成就和影响也不相同，但是创作活动有趋同性。文人集会，觥筹交错之余，最多的是赠答唱和，而西晋时期的赠答诗，很多创作于文人集会场合。在金谷园集会中产生的大量赠答诗，洛水之滨集会中产生的赠答诗，是西晋诗坛的重要组成部分。逯钦立先生辑校的《先秦汉魏晋南北朝诗》中，西晋诗歌中的赠答诗共有 129 首，约占西晋文人诗歌总数 558 首的 23%；韩国学者崔宇锡根据逯钦立先生《先秦汉魏晋南北朝诗》统计，“完整的西晋四言诗一百三十九首当中，赠答诗就有七十首，超过 50%”。当时的文人互赠酬唱与西晋的诗风讲究形式技巧、追求“繁缛”诗风有很大关系。西晋文士无论由统治者发起还是文人自发组织，都更注重拟古与形式技巧的进步，尤以石崇组织的金谷园雅集为著。元康六年（296 年），征西大将军王诩前往长安，石崇与众人在金谷园设宴相送，“遂各赋诗，以叙中怀，或不能者，罚酒三斗”。事后，石崇把众人诗作收录成集，并撰写《金谷诗序》。这次活动被称为“金谷宴集”，有人认为这是第一次纯粹的文人聚会，后来的兰亭雅集，以及王羲之《兰亭集序》，都是在效仿“金谷宴集”。以潘岳的《金谷集作诗》为例：

王生和鼎实，石子镇海沂。

亲友各言迈，中心怅有违。
何以叙离思，携手游郊畿。
朝发晋京阳，夕次金谷湄。
回溪萦曲阻，峻阪路威夷。
绿池泛淡淡，青柳何依依。
滥泉龙鳞澜，激波连珠挥。
前庭树沙棠，后园植乌椑。
灵囿繁若榴，茂林列芳梨。
饮至临华沼，迁坐登隆坻。
玄醴染朱颜，但愬杯行迟。
扬桴抚灵鼓，箫管清且悲。
春荣谁不慕，岁寒良独希。
投分寄石友，白首同所归。

"回溪萦曲阻，峻阪路威夷。绿池泛淡淡，青柳何依依。滥泉龙鳞澜，激波连珠挥。前庭树沙棠，后园植乌椑。"这几句细致地描写了金谷园及其周围环境的优美。金谷园规模宏大，筑台凿池，楼台亭阁，池沼碧波，交相辉映，再加上茂树郁郁、修竹亭亭、柳丝袅袅、百花竞艳，堪称人间仙境。洛阳八大景之一的"金谷春晴"，指的就是这里春天的美景。潘岳歌咏赞叹金谷胜景的背后，更多地包含着一种对自己所投靠的权贵石崇的情感依附。诗歌在努力追求华丽的辞藻和形式的排偶，这是太康诗风的突出特征。"投分寄石友，白首同所归"一句感情浓度很高。

另外，陆机作为"太康之英"，虽然写不出建安诗歌的慷慨，也不擅长阮籍那种寄托遥深的作品，但是他在追求诗歌形式和"繁缛"诗风的道路上，明显高于同时代其他诗人。以陆机《赠冯文罴》诗为例：

昔与二三子，游息承华南。
拊翼同枝条，翻飞各异寻。
苟无凌风翮，徘徊守故林。
慷慨谁为感，愿言怀所钦。
发轸清洛汭，驱马大河阴。
伫立望朔涂，悠悠迥且深。
分索古所悲，志士多苦心。
悲情临川结，苦言随风吟。
愧无杂佩赠，良讯代兼金。
夫子茂远猷，款诚寄惠音。

陆机在《文赋》中指出:“或藻思绮合,清丽千眠。炳若缛绣,凄若繁弦。必所拟之不殊,乃暗合乎曩篇。”这句话恰好可以概括陆机的诗风。“繁缛”,本指繁密而华丽,引申为文采过人。具体而言,繁,指描写繁复、详尽;缛,指色彩华丽。《赠冯文罴》与陆机另一篇名作《赴洛道中作》类似,语言上追求华丽,句式上趋向骈偶,行文上也力求繁复,代表了西晋诗风的走向,也展现了诗歌本身的历史趋势。而文人聚会、赠答,加深了这些风格的互相影响与彼此渗透,在文学发展史上发挥了不可小觑的作用。

西晋文人集团与司马氏政权有着错综复杂的关系。文人互相靠拢,并不单纯地出于切磋文学的目的,而更注重背后隐藏的政治关系。潘岳与石崇一起谄事贾谧,构陷太子,为时人诟病。在潘岳得势时,其母劝他要“知足”,“而岳终不能改”(《晋书·潘岳传》)。随后开始了历时16年(291—306年)之久的“八王之乱”,热衷仕进的很多文人遭到杀戮。永康元年(300年),赵王司马伦废贾后,诛贾谧,杀死张华。同年,潘岳、石崇、欧阳建等人也被司马伦所害。太安二年(303年),司马颖起兵讨伐长沙王司马乂,陆机亲率20万大军迎战,兵败后被司马颖杀害。西晋文人集团兼具的文学性与政治性功能,也给当时文人带来悲剧性后果。在动荡的时局下,当时的文人集团整体创作水平并不甚高。除潘岳为“二十四友”之首,陆机、左思和刘琨是西晋的著名诗人,欧阳建、陆云、石崇、杜育、挚虞等也较有文名之外,其他诸人或不以文学见长,或传世诗文较少,影响不大。贾谧被诛后,许多文人受到牵连,“二十四友”亦消失于文坛。

二、文学创作中的时代风气

西晋是中国历史上相对较短的王朝,为典型的传统小农经济下的封建社会。由于受到九品中正制的影响,一些贫寒之门的学子根本没有机会进入仕途。同时,门阀士族在这一时期却发展得十分迅速,形成了“上品无寒门,下品无士族”的垄断局面,使得社会的各阶级贫富差距极大。门阀士族不需任何努力便可获得高贵地位与巨额财富,精神空虚,喜好奢靡享乐。从皇帝到大臣,骄奢淫逸,声色犬马,酗酒、赌博、炫富成为时代风气,这一点在《世说新语·汰侈篇》中有详细生动的记载。而当时的文学创作,也反映了这一现象。

正始时期,曹植曾作《名都篇》,展现了洛阳门阀士族子弟的奢靡生活:斗鸡走马、骑射游戏,终日耽于玩乐,虚耗年华。相似的奢侈现象的描绘,更常见于西晋太康时期的诗人笔下。如张华《轻薄篇》云:

末世多轻薄,骄代好浮华。志意既放逸,赀财亦丰奢。

被服极纤丽，肴膳尽柔嘉。僮仆余粱肉，婢妾蹈绫罗。
文轩树羽盖，乘马鸣玉珂。横簪刻玳瑁，长鞭错象牙。
足下金鑮履，手中双莫邪。宾从焕络绎，侍御何芬葩。
朝与金张期，暮宿许史家。甲第面长街，朱门赫嵯峨。
苍梧竹叶清，宜城九酝醝。浮醪随觞转，素蚁自跳波。
美女兴齐赵，妍唱出西巴。一顾倾城国，千金不足多。
北里献奇舞，大陵奏名歌。新声逾激楚，妙妓绝阳阿。
玄鹤降浮云，鱏鱼跃中河。墨翟且停车，展季犹咨嗟。
淳于前行酒，雍门坐相和。孟公结重关，宾客不得蹉。
三雅来何迟？耳热眼中花。盘案互交错，坐席咸喧哗。
簪珥或堕落，冠冕皆倾邪。酣饮终日夜，明灯继朝霞。
绝缨尚不尤，安能复顾他？留连弥信宿，此欢难可过。
人生若浮寄，年时忽蹉跎。促促朝露期，荣乐遽几何？
念此肠中悲，涕下自滂沱。但畏执法吏，礼防且切蹉。

此诗作者张华，因为支持晋武帝伐吴受到了封赏，在西晋朝中地位显赫。这首《轻薄篇》，以铺叙的笔法酣畅淋漓地描写了世家大族的淫逸生活。《乐府解题》曰："《轻薄篇》，言乘肥马，衣轻裘，驰逐经过为乐，与《少年行》同意。何逊云'城东美少年'，张正见云'洛阳美少年是也'。"可知这首诗主要描写洛阳贵族子弟的骄奢生活。诗的开头四句总括了时代特征——"末世""骄代"，而具体表现就是"轻薄""浮华""放逸""丰奢"。从"被服极纤丽"到"手中双莫邪"，写饮食服饰之奢华：绫罗丽服，珍馐嘉肴，文轩羽盖，宝车名马，还有玳瑁簪、象牙鞭、金鑮履、莫邪剑，这一切极尽奢华，追求物质享受。这种享受不仅停留在豪贵子弟身上，还落到了他们的僮仆和侍女身上，僮仆食肉，婢妾衣锦，突出"赀财"之"丰奢"。接下来六句，从"宾从焕络绎"到"朱门赫嵯峨"，写气势之盛大：宾客络绎，侍御盈门，何等排场。诗中的主人公结交的都是权贵人物："金张"指金日磾和张安世，这两个家族累世都是汉朝的高官；"许史"指许伯与史高，都是汉宣帝时的外戚。古诗中常用"金张"代指世家大族，皇亲国戚。"甲第面长街，朱门赫嵯峨"，描写这群洛阳豪贵住所的富贵气派。自"苍梧竹叶清"起，则呈现出了"浮华"和"放逸"两大特征。豪贵们放纵于声色歌舞，荒唐酒客猖狂失态，头簪和耳环坠落，连帽子都歪了。这群"洛阳美少年"在财富、地位与欲望的刺激下，变得放荡不堪。从"人生若浮寄"到"礼防且切磋"，则是诗人张华的情感自白：这些放浪、奢靡生活的背后，折射出来的是"洛阳美少年"们"及时行乐"的心理状态。生活在混乱的魏晋时期，这群手握重权、腰缠万贯的贵族子弟精神颓废，用享乐来麻痹自己的神经。假如没有任何限制，他们有可能变为只知享乐的生物意义上的人，只是对“执法吏”还有所畏惧，他们才偶尔“切磋”起“礼防”问题。这个结尾是一种劝诫，是一种警告和讽刺。

从整体来看，一方面从建安年间曹植的书写，到太康时期诗人们的极尽铺陈，吟咏洛阳的诗歌展现了洛阳城里上层权贵阶级的奢侈风习，与洛阳当时的安定繁荣是契合的。这种醉生梦死为将来洛阳的再度蒙难埋下了伏笔。另一方面诗人们在书写洛阳豪奢子弟生活状态、揭露奢侈风习的同时，也表达了对这种风气的愤慨与批判。因此，诗歌基调是偏向批判的。

三、左思与《三都赋》的流传

（一）左思生平

左思（约 250—约 305 年），字太冲，齐国临淄（今山东临淄）人。据 1931 年洛阳出土的《左棻墓志》记载，左思父名熹，字彦雍。左熹是小吏出身，因为有才能授为殿中侍御史。左思少学琴书皆不成，乃勤于学。貌寝口讷，辞藻壮丽。泰始八年（272 年），妹左棻以才名入宫拜修仪，乃移家京师，作《招隐诗》二首、《悼离妹诗》一首。官秘书郎。尝追随贾谧，为“文章二十四友”。泰始十年（274 年），左棻为贵嫔。永康元年（300 年），贾谧诛，左棻病逝，乃退居宜春里，专意典籍。齐王冏命为记室督，辞疾不就。晚年居冀州，病卒。在洛阳期间，左思尝以十年心力，作《三都赋》；又感于士族专政的现实，作《咏史》八首。又有《娇女诗》《杂诗》等传于世。

（二）《三都赋》

“洛阳纸贵”这一典故出自左思。左思来到洛阳后，发现这里豪贵云集，而自身无论在才情相貌还是家世背景上均处于劣势。左思感于汉人都城赋追求藻饰，夸张失实，乃稽考图籍，采访人物，用十年之久的时间，撰成《三都赋》。

> 复欲赋三都……遂构思十年，门庭藩溷皆著笔纸，偶得一句，即便疏之。自以所见不博，求为秘书郎。及赋成……于是豪贵之家竞相传写，洛阳为之纸贵。（《晋书·文苑传》）

《三都赋》分别是《魏都赋》《蜀都赋》《吴都赋》，是魏晋赋中独有的长篇。傅璇琮考证，《三都赋》成于太康元年（280 年）灭吴之前，姜亮夫认为《三都赋》作于 291 年。这些赋实际上不只是写三个都城，而是写魏、蜀、吴三个国家的概况。左思早年曾写《齐都赋》，全文早佚，佚文散见《水经注》及

《太平御览》,一年后又欲赋三都。皇甫谧看过《三都赋》以后,予以高度评价,为这篇文章写了序言。陆机原本打算写《三都赋》,听说左思也在写《三都赋》,很不以为意。但是当左思历时十年,将《三都赋》写成的时候,陆机看完便将自己的手稿烧掉,于是有“洛阳纸贵”“陆机辍笔”的典故。“洛阳纸贵”这个成语说的就是因为当时人们竞相抄写《三都赋》的内容,而造成纸张供不应求,纸价快速上涨的情形。《三都赋》承袭汉大赋,在结构模式上没有很大的突破,但因左思务在征实,故于山川方物的描绘,也形成了自己的特色。

如《蜀都赋》描写蜀中方物:

> 夫蜀都者……于前则跨躡牂,枕交趾,经途所亘,五千余里。山阜相属,含谿怀谷……火井沈荧于幽泉,高焰飞煽于天垂……于西则右挟岷山,涌渎发川……其封域之内,则有原隰坟衍,通望弥博……尔乃邑居隐赈,夹江傍山,栋宇相望,桑梓接连;家有盐泉之井,户有桔柚之园……

左思《三都赋》的征实与夸张,并行不悖,可与《史记》相补充。但其文辞繁典富,多爱不忍,失于剪裁,依然未跳出汉大赋窠臼,以致同时之人,不得不纷然为之作注。

> 拟议数家,傅辞会义,抑多观中古以来,为赋者多矣。至若此赋,斯文吾有异焉,精致非夫研者不能练其旨,非夫博物者不能统其异。聊以余思为其引……(刘逵《注吴蜀二都赋序》)

> 有晋征士故太子中庶子安定皇甫谧……览斯文而慷慨,为之都序。中书作郎安平张载、中书郎济南刘逵,并以经学博,才章美茂,咸皆悦玩,为之训诂其山川土域,草木禽兽,奇怪珍异,佥皆研精所由,纷散其义矣。余嘉其文,不能默已,聊借二子之遗忘,又为之《略解》。(卫权《三都赋略》)

左思出身寒微,难以融入洛阳城中的权贵圈子。他最初作《三都赋》,被当时大才子陆机讥笑;《三都赋》写成后,也是经过当时名士权臣的推荐,才为世人所知,声名大噪,形成洛阳纸贵的盛况。

> 左太冲作《三都赋》,初成,时人互有讥訾思意不惬。后示张公(张华)。张曰:“此《二京》可三。然君文未重于世,宜以经高明之士。”思乃询求皇甫谧,谧见之嗟叹,遂为作叙。于是先相非贰者,莫不敛衽赞述焉。(《世说新语·文学》)

> 司空张华见(《三都赋》)而叹曰:“班张之流也。使读之者尽而有余,久而更新。”于是豪贵之家竞相传写,洛阳为之纸贵。初,

陆机入洛，欲为此赋，闻思作之，抚掌而笑，与弟云书曰："此间有伧父，欲作《三都赋》，须其成，当以覆酒瓮耳。"及思赋出，机绝叹伏，以为不能加也，遂辍笔焉。（《晋书·文苑传》）

《三都赋》之所以扬名，离不开张华、皇甫谧、张载、刘逵、卫权等人的认可与宣扬。张华为朝廷重臣，皇甫谧为当世宿儒，张载、刘逵皆为中书省才俊之士，卫权乃当朝贵戚，他们通过口头品评、作注、作序等方式让社会了解到《三都赋》，而这些权贵宿儒的赞誉，更促使《三都赋》引起轰动，由此可见西晋士族垄断文化的现实。而《三都赋》一出，洛阳纸贵，又可见士族喜好炫博文采的风气，已习染整个社会。

四、潘岳与《闲居赋》

魏晋南北朝的文坛出现了新格局，开拓出个性化与美文化的多元发展前景。在各种文体争奇斗艳中，辞赋创作特点鲜明，涌现了一大批优秀作品。魏晋之际的辞赋创作有明显的抒情化、小品化特征，随着情感表达愈发强烈的需要，作者们也力求在辞赋创作中展现自己的内心世界。如曹植的《洛神赋》，构思与手法虽然受了宋玉《神女赋》的影响，但其表达的主题是私人化的，有独特性。向秀的《思旧赋》、阮籍的《猕猴赋》都洋溢着作者个人对政治现实、人生际遇的寄托。此外，一大批歌咏洛阳山川风物的赋作丰富了这一时期的文坛，主要有阮籍的《首阳山赋》、成公绥的《大河赋》、傅玄的《正都赋》《元日朝会赋》、张协的《登北邙赋》、潘岳的《闲居赋》《登虎牢山赋》、胡济的《瀍谷赋》等。其中，潘岳的《闲居赋》颇引人注意。

《闲居赋》是潘岳的代表作。它是潘岳在50岁的时候，免官闲住在京城洛阳市郊自己的田园里写成的，描写的是悠闲的生活。

遨坟素之长圃，步先哲之高衢。虽吾颜之云厚，犹内愧于宁蘧。有道余不仕，无道吾不愚。何巧智之不足，而拙艰之有余也！于是退而闲居，于洛之涘。身齐逸民，名缀下士。

文章开头，潘岳介绍了自己退隐闲居的原因，以及安于田园生活的想法。实际上，对田园的向往是对现实的逃避，以及对仕途险恶的抱怨。于是他选择闲居，要在洛水之滨做一个逸民。接下来，用夸耀的口吻描写自己居所的不凡：

陪京泝伊，面郊后市。浮梁黝以迳度，灵台杰其高峙。窥天文之秘奥，睹人事之终始。其西则有元戎禁营，玄幕绿徽，溪子巨黍，异絭同机，炮石雷骇，激矢虻飞，以先启行，耀我皇威。其东则有明堂辟雍，清穆敞闲，环林萦映，圆海回渊，聿追孝以严父。宗文考以

> 配天，祗圣敬以明顺，养更老以崇年。若乃背冬涉春，阴谢阳施，天子有事于柴燎，以郊祖而展义，张钧天之《广乐》，备千乘之万骑，服振振以齐玄，管啾啾而并吹，煌煌乎，隐隐乎，兹礼容之壮观，而王制之巨丽也。两学齐列，双宇如一，右延国胄，左纳良逸。祁祁生徒，济济儒术，或升之堂，或入之室。教无常师，道在则是。故髦士投绂，名王怀玺，训若风行，应如草靡。此里仁所以为美，孟母所以三徙也。

潘岳以饱满的热情浓墨重彩地赞扬都城洛阳的雄伟壮丽，并歌颂了统治者的文治武功。他巧妙地利用了赋的形式，继承了传统的京都赋的写法。造句工整，行文流畅，笔调清淡，在当时同类作品中也是佼佼者。苏州代表性的园林拙政园的名字，也取自《闲居赋》序中"灌园鬻蔬，以供朝夕之膳……此亦拙者为政也"之意。

《闲居赋》中夸赞居所园林之美的段落，轻松流畅，行文清丽，是全文的高潮：

> 爰定我居，筑室穿池，长杨映沼，芳枳树篱，游鳞瀺灂，菡萏敷披，竹木蓊蔼，灵果参差。张公大谷之梨，溧侯乌椑之柿，周文弱枝之枣，房陵朱仲之李，靡不毕植。三桃表樱胡之别，二柰耀丹白之色，石榴蒲桃之珍，磊落蔓延乎其侧。梅杏郁棣之属，繁荣藻丽之饰，华实照烂，言所不能极也。菜则葱韭蒜芋，青笋紫姜，堇荠甘旨，蓼荾芬芳，蘘荷依阴，时藿向阳，绿葵含露，白薤负霜。

潘岳的赋，在思想内容上可取的东西并不多，但述志抒情方面能亲切淡雅，意在言外，与那些率直显露的赋篇，有不同的技巧。他尤其能把汉以来大赋描摹都城园林的写法，用在篇幅有限的抒情赋中，而且恰到好处，这不能不说是对赋体文章发展的一个贡献。潘岳在《闲居赋》中描写了一场家宴，进一步描摹闲居的乐趣。

> 于是凛秋暑退，熙春寒往，微雨新晴，六合清朗。太夫人乃御版舆，升轻轩，远览王畿，近周家园。体以行和，药以劳宣，常膳载加，旧痾有痊。于是席长筵，列孙子，柳垂荫，车结轨，陆摘紫房，水挂赪鲤，或宴于林，或禊于汜。昆弟斑白，儿童稚齿，称万寿以献觞，咸一惧而一喜。寿觞举，慈颜和，浮杯乐饮，绿竹骈罗，顿足起舞，抗音高歌，人生安乐，孰知其他。

作者似乎想表达全家和乐的场景，但也隐约传达出自己拙于为官的苦闷。在赋的结尾，作者高叹："退求己而自省，信用薄而才劣。奉周任之格言，敢陈力而就列。几陋身之不保，尚奚拟于明哲，仰众妙而绝思，终优游以养拙。”总之，这篇赋中，官场不得志的牢骚蕴含在字里行间，后人也多有议论：“闲居一赋，板舆轻轩，浮杯高歌，天伦乐事，足起爱慕。孰知其仕官情重，方思热客，慈母拳拳，非所念也。”（《汉魏六朝百三家集题辞注》）“《潘岳传》载《闲居赋》，见其迹恬静而心躁竞也。”（《廿二史札记》）

《闲居赋》总结了潘岳30年的官场心得，以华丽辞藻的铺排和名人典故的罗列见长，句式以四言为主，又杂以三言、五言、六言，既有骈偶句又杂有散句，参差有致，富于变化。在语言方面，他能用清新流畅的对偶句形象地写景抒情，使文字绮丽繁富而不失意境。

第三节　曹植

一、曹植与洛阳

曹植（192—232年），字子建，沛国谯县（今安徽亳州）人。曹操子，魏文帝曹丕同母弟。生前封陈王，死后谥思，故世称陈思王。他是三国时期杰出的文学家，建安时期最负盛名的诗人，被誉为“建安之杰”，有“八斗之才”的称号。

曹植随曹操西征马超、张鲁时，曾经到过国都洛阳与西京长安，秦汉帝国的强盛和东汉末年的军阀混战给他留下了深刻印象。因此，三曹唯有曹植歌咏洛阳的诗词传承了下来。首先，曹植的诗描写了汉末洛阳的景象，印证了洛阳衰败的实况。《送应氏》是曹植于建安十六年（211年）随曹操西征马超，路过洛阳时送别应玚、应璩兄弟所作。“步登北邙阪，遥望洛阳山。洛阳何寂寞，宫室尽烧焚。垣墙皆顿擗，荆棘上参天。不见旧耆老，但睹新少年。侧足无行径，荒畴不复田。游子久不归，不识陌与阡。中野何萧条，千里无人烟。念我平常居，气结不能言。”诗人真实地描绘了洛阳遭董卓之乱以后的荒凉景象。诗人登上北邙山，洛阳城周围的山峰尽收眼底，选择宫室、垣墙、荆棘三个典型景物，交汇成一幅荒凉残破的暗淡图画。宫室尽烧焚指初平元年（190年），董卓挟持汉献帝迁都长安，把洛阳的宗庙、宫室付之一炬。“垣墙”“荆棘”二句，因距洛阳被焚21年，所以有垣墙顿擗、荆棘参天的景象。“中野何萧条，千里无人烟”，与曹操的《蒿里行》“白骨露于野，千里无鸡鸣”同调合拍。曹植的残篇《洛阳赋》：“狐貉穴于紫闼兮，茅莠生于禁闼。本至尊之攸居，□于今之可悲。”也依晰可见诗人对洛阳荒凉的悲叹。其次，曹植在魏文帝曹丕和明帝曹睿统治时期，对国都洛阳极为神往，希望能实现自己的政治理想，却事与愿违，因此借洛水之神，抒发人生情感。《洛神赋》便是曹植虚构自己在洛水边与洛神相遇的情节，全篇想象丰富，描写细腻，辞采流丽。

总之，曹植在建安文坛上用力最勤，“自少至终，篇籍不离于手”（《魏志》本传），作品最丰厚，“前后所著赋颂诗铭杂论凡百余篇”（同上），作品质量最高，艺术感染力最强，“实赋颂之宗，作者之师也”（吴质《答东阿王书》）。其赋，内容繁富，纪行游览、感时咏物、怀思言志、爱情婚姻等，一应俱全，不仅继承汉代大赋的传统，也开了抒情小赋的先声。其文符合规范，骈散结合，辞采华茂，议论、抒情相融，章表、书信、论文等达到了情、景、事、理的高度统一，堪称散文大家。洛阳文化深深地吸引着曹植，他对回到洛阳梦寐以求，现实的理想不能实现，艺术的翅膀则飞回洛阳。曹植写了许多以洛阳为背景的诗，《赠白马王彪》诗序云：“黄初四年五月，白马王、任城王与余俱朝京师，会节气。到洛阳，任城王薨。”任城王曹彰暴死，曹植与白马王曹彪各自返回封地，愤而成篇：“谒帝承明庐，逝将归旧疆。清晨发皇邑，日夕过首阳。伊洛广且深，欲济川无梁。泛舟越洪涛，怨彼东路长。顾瞻恋城阙，引领情内伤。”洛阳相聚，时间短暂。离开洛阳，无限眷恋。《名都篇》诗则塑造了一位风流英俊的京洛少年形象：“名都多妖女，京洛出少年。宝剑值千金，被服丽且鲜。斗鸡东郊道，走马长楸间。驰骋未能半，双兔过我前。揽弓捷鸣镝，长驱上南山。”由诗歌涉及的洛阳地理环境可以看出，曹植对洛阳是极为熟悉的。诗中文武兼资的洛阳游侠少年形象，实际上是作者报国无门苦闷的抒发。曹植的《箜篌引》诗中有“阳阿奏奇舞，京洛出名讴”，《灵芝篇》诗中有“灵芝生王地，朱草被洛滨”，《结客篇》诗中有“结客少年场，报怨洛北芒”，《两仪篇》有“凤至河洛翔”，这些诗章，反映了曹植对洛阳的向往眷恋之情，也证明了曹植在建安文学中的地位与贡献。

二、曹植的创作

曹植生于汉献帝初平三年（192 年），此时中国正处于历史上最混乱的时期，以董卓为首的西凉军阀，已经裹挟着献帝和公卿大臣从洛阳迁都到长安，而讨伐董卓的关东各路实力人物，则已互相杀伐起来，掀起了新的兼并战争。作为关东群雄之一的曹操，初起时实力有限，他依靠袁绍的支持，得了个东郡太守的官职，实际上却并无稳固的根据地。为安全计，曹操的妻子儿女全都随军行动，曹植自幼就同兄弟们一道，经受着紧张而充满危险的战争生活的锻炼。这种生活，一直持续到曹操击败主要敌手袁绍，攻克袁绍父子盘踞多年的邺城，并将自己的大本营安放在那里。其时是 204 年（建安九

年)，曹植 13 岁。这段童年生活，对曹植毕生影响很大，他日后对政治的历久不衰的热情，他想建功立业的强烈愿望，甚至在军事方面的某些认识，无不基于这段生活。然而，曹植尽管“生乎乱，长乎军”(《陈审举表》)，但他并没有专意去发展自己的军事才能，在学习武略的同时更注重发展文才。

从建安九年(204 年)直到建安二十四年(219 年)，正好是曹植的少年、青年时期，除了有几次随军出征之外，他大多生活在邺城。邺城是曹魏政权事实上的国都，政治地位十分重要，文学氛围也颇浓厚。在曹操的延揽招纳下，这里聚集着不少文人学士，他们在业余时间从事文学创作活动，组成一个文人集团。曹植则以公子的身份，同他的兄长曹丕一道充当着这个集团的核心。邺下文人集团的基本活动方式就是宴饮游乐，诗赋唱和。正如曹植在《娱宾赋》中所写：“遂衎宾而高会兮，丹帏晔以四张。办中厨之丰膳兮，作齐郑之妍倡。文人骋其妙说兮，飞轻翰而成章。谈在昔之清风兮，总贤圣之纪纲。欣公子之高义兮，德芬芳其若兰。扬仁恩于白屋兮，逾周公之弃餐。听仁风以忘忧兮，美酒清而肴甘。”场面热闹和乐。

曹植在邺城过的是宴饮游乐的公子生活，他写了不少表现这种生活的作品，除了《娱宾赋》外，今存《公宴》《侍太子坐》《斗鸡篇》《名都篇》《游观赋》等，全属此类。不过曹植在建安年间也并非一味耽溺于享乐，他并没有完全忘情于严酷的现实，特别是他曾多次随父出征，对当时的社会基本情形有一定的了解，这在他的创作上也有所反映。如《泰山梁甫行》《门有万里客行》《送应氏》等诗篇，都是现实性很强的佳作。

《送应氏》两首，作于建安十六年(211 年)，当时曹植从军西征，途径洛阳，而他的属官应场兄弟有事要折返北方去，曹植作诗送别。应璩，字休琏，汝南人，宫至侍中。博学工文，善为书奏。其兄应场，字德琏，为汉泰山太守应劭从子，曹操征召为丞相，后为五宫中郎将，曹丕曾称其才学足以著书。

《送应氏(其一)》：

步登北邙阪，遥望洛阳山。洛阳何寂寞，宫室尽烧焚。
垣墙皆顿擗，荆棘上参天。不见旧耆老，但睹新少年。
侧足无行径，荒畴不复田。游子久不归，不识陌与阡。
中野何萧条，千里无人烟。念我平常居，气结不能言。

北邙，山名，在洛阳城北，为汉代王候公卿的陵墓群集之地；洛阳山，指洛阳周围的山。应家为汝南人，在洛阳之东南，归途必过洛阳。而洛阳新乱，汝南亦骚动不宁，应氏之归，心必惶遽，故亦为之伤感也。“不见旧耆老，但睹新少年”，人们于久羁外地，乍还故乡之际，很容易产生类似感情，并为之黯然神伤。曹植这种史诗般的笔墨在诗中着力描写了洛阳这一个一代帝都，在经历了汉末战乱，十余年后，映入诗人眼中的劫后余烬景象。昔日繁华无比的京都洛阳在被董卓火焚、人民惨遭屠杀二十多年后尚遍地废墟、满目苍夷，和典籍所载董卓纵兵“烧洛阳城外百里，又自将兵烧南北宫及宗庙、府库、民家，城内扫地殄尽；又收富室，以罪恶没入其财物，无辜而死者，不可胜记”（《三国志·董卓传》）的历史事实可以互为印证。当初的繁华市井，早已变得“侧足无行径，荒畴不复田”。诗篇结束写道：“中野何萧条，千里无人烟。念我平常居，气结不能言。”诗人把自己放了进去，直接表现了他面对一片破败景象的悲愤情绪，是反映汉末社会大破坏真实情状的重要篇章。

《送应氏（其二）》：

清时难屡得，嘉会不可常。天地无终极，人命若朝霜。
愿得展嬿婉，我友之朔方。亲昵并集送，置酒此河阳。
中馈岂独薄，宾饮不尽觞。爱至望苦深，岂不愧中肠。
山川阻且远，别促会日长。愿为比翼鸟，施翮起高翔。

这首诗着重抒写惜别之情。诗人从清时难得、嘉会不常写起，引起人生短促的感慨，再写欢送宴会，最后以比翼鸟展翅高翔作结，表现了朋友间的离别之情和对友人的慰勉。

“清时难屡得，嘉会不可常。”清时，指政治清明的时世。屡得，多得。嘉会，指美好的朋友聚集的盛会。政治清明的时世难以多得，美好的盛会不能经常举行。两联对偶句，既有比喻嘉会像政治清明的时世难得那样不能经常，又含有前因后果的关系。正是由于战乱没有平息，社会不安定，国家没有统一，清明的时世没有到来，所以，朋友间的聚会自然就不能经常举行。诗人流露出对当时国家政治时世的不满和对朋友聚会的珍惜之情。本诗写送别，先从当时的时势下笔，为后面叙写惜别之情定下了思想基调，给人以高屋建瓴之感，足见诗人运笔之巧妙。

在曹植邺城的生活中，还有一件或明或暗、或松或紧，但始终在进行着的要事，这就是立太子之争。曹操本有长子曹昂，但在建安二年（197 年）征张绣战役中战死了，于是曹操只得再择继承人。曹操对曹植寄予希望，有意立他为太子。这就使曹植与哥哥曹丕之间产生了矛盾，并酿成了一场复杂的斗争。在开始的阶段，曹植占优势。他最雄厚的资本就是才气过人，最大的缺点是“任性而行，不自雕励，饮酒不节”（《三国志·魏书·陈思王植传》），缺乏自制力。

曹植具有任性而为的性格，喜欢饮酒，喜欢斗鸡走马，丝毫不知道在残酷的政治斗争中应该约束自己的这些有损形象的做派。曹操是一个爱惜文才的人，但是作为一个政治家，一个统治者，他更为看重的是符合政治需求

的人才。他虽然爱惜曹植的才华，但是逐渐发现了曹植身上的种种缺点。作为一个诗人，这可能不算是什么缺点，但是作为王位的继承人的话，就不符合政治的需求了。建安二十二年(217 年)，曹植私开司马门外出，这件事更加引起了曹操的反感。事发后曹操说：曹植太令我失望了，以后不要再向我提立他为太子的事情了，并开始逐渐疏远曹植。其兄曹丕才华虽不及曹植，但“御之以术，矫情自饰”(《三国志·魏书·陈思王植传》)，工于心计，很会用权术，博得各方人欢心。于是曹植在与曹丕的争斗中失败，渐渐失去了曹操的宠爱，建安二十二年(217 年)十月，曹丕终于在一场持续将近十年的斗争中取得胜利。

曹植一生，以曹操之死为界前后变化最大，而对他命运影响最深的乂莫过于争立太子的斗争。因此我们考察他的生平行事，注意力自然集中到三个方面，即魏国公子的豪华生活，争立太子的前前后后和特殊囚徒的悲惨遭遇。

建安二十五年(220 年)正月，曹操病死洛阳，十月，汉献帝禅位于魏王曹丕。曹丕建立魏，迁都洛阳，曹植也随之来到洛阳。自此，曹植结束了在父王庇荫下的豪毕生活，开始人生的艰难里程。

称帝后，曹丕一直对曹植耿耿于怀，不久，即诏曹植上演了著名的“七步诗”戏。后来曹丕将曹植及兄弟们分封到外地任王。实际上是借分封为名，把大家流放外地。这些诸侯王名义上是高贵的王侯，实际上什么权力也没有，连最起码的人身自由也得不到保证，禁令重重，动辄得咎。他们不得随便串亲会友，不得随意出入京师，兄弟们应召进京和返回封地不得两人同行，等等，充分反映曹丕对宗室成员的极端不信任，总是害怕他们做出某种于己不利的事情来。

因有争立太子的前隙，曹植自然成为朝廷迫害和打击的重点对象。曹丕借故杀其好友丁仪等人，勒令其离京就国，派监国之官伺察其一言一行，乃至据诬治罪、贬爵等一系列惩罚，纷至沓来。短短 11 年中，曹植“号则六易，居实三迁。连遇瘠土，衣食不继”(《迁都赋序》)，变故迭起，饥寒备尝，从中可见他们兄弟间骨肉情绝到了何等惊人的地步。曹植对强加于身的打击报复，自然极为厌恶和反感。但在封建专制的淫威下，既不能义正词严地强烈抗议，又不能忍气吞声地默然不语，愤懑的激情只有倾泻在诗文里，像火山似的不时迸发出阵阵火花来。

《野田黄雀行》就是对挚友身陷囹圄而无力援救的沉痛自白：

> 高树多悲风，海水扬其波。利剑不在掌，结友何须多？
>
> 不见篱间雀，见鹞自投罗。罗家得雀喜，少年见雀悲。

拔剑捎罗网，黄雀得飞飞。飞飞摩苍天，来下谢少年。

本篇为乐府诗题，《乐府诗集》收在《相和歌·瑟调曲》，是曹植自命新题的抒情之作。起首二句隐喻在高位者竞不为善，“风”“波”之类祸患均出自其手；“利剑”比喻济难之权。当好友遇难之时，诗人自身也是俎上之肉，处境危险，当然更无力去保护他们，只有把自己的深情寓于笔墨之中，幻想一个路见不平、自天而降的少年拨刀相助，解救受害者，表露出他对难友的深厚同情和对横施杀戮者的无比愤慨。“拔剑捎罗网”这种锄强扶弱、冲决迫害罗网的叛逆精神，表达了诗人追求自由与解放的美好愿望。

在这种高压政策之下，曹植的处境更加艰难。他成了一个备受迫害的罪人。曹丕先是除掉他的羽翼，又开始对曹植本人进行迫害。由于曹植生母卞太后从中干预，曹丕只能对曹植削减封邑，后又采取徙封不毛之地的办法从经济上给予制裁。曹植始封平原侯，建安二十二年（217 年）封临淄侯，但在曹丕当皇帝后不久，就被贬为安乡侯。黄初三年（222 年）进封鄄城（今山东鄄城县）王，封地自然条件较差。黄初四年（223 年）转到雍丘（今河南杞县）。地理环境更差，待的时间最长，直到黄初七年（226 年）曹丕病故。

社会地位和生活的改变，也改变了曹植的文学创作。以曹丕称帝为界限分为前后两期，曹植的前期作品基调高昂，情绪豪放，抒发少年壮志，以《白马篇》为代表；后期作品多感叹世道艰难、人生无常，流露出无限的哀伤和极度的忧愤，情调隐曲深沉，以《赠白马王彪》《杂诗》为代表。

黄初年间所写诗文，内容上脱尽建安时期作品中的公子纨绔气，斗鸡走马、宴饮游乐的题材一扫而空，同时大量写作反映受迫害生活、抒忧发愤的诗文。谢灵运曾说曹植“颇有忧生之嗟”，即指他入黄初之后的作品。“忧生之嗟”主要关涉诗人的个人命运，因此其社会意义是有一定限度的，比起曹植建安年间那些反映社会重要现实、描写人民命运的作品来，显然要狭窄。但是在暴露封建统治者的残忍冷酷、揭示地主阶级内部关系方面，还是具有一定深度，有相当的认识意义。

《赠白马王彪》作于黄初四年（223 年）诸王朝洛阳后。在这次朝会间，曹植的同母兄、任城王曹彰突然死亡，有记载说，是曹丕假意与他下棋，让他误食毒枣而死的。到七月，诸王还国，曹植与白马王同路东归，刚出洛阳不远，监国使者就来阻止，说“二王归藩，道路宜异宿止”，于是两人只好分手，临别曹植作此诗相赠。《赠白马王彪》诗共七章。

其一

谒帝承明庐，逝将归旧疆。清晨发皇邑，日夕过首阳。

伊洛广且深，欲济川无梁。泛舟越洪涛，怨彼东路长。

顾瞻恋城阙，引领情内伤。

其二

太谷何寥廓，山树郁苍苍。霖雨泥我涂，流潦浩纵横。
中逵绝无轨，改辙登高冈。修坂造云日，我马玄以黄。

其三

玄黄犹能进，我思郁以纡。郁纡将何念？亲爱在离居。
本图相与偕，中更不克俱。鸱枭鸣衡扼，豺狼当路衢。
苍蝇间白黑，谗巧令亲疏。欲还绝无蹊，揽辔止踟蹰。

其四

踟蹰亦何留？相思无终极。秋风发微凉，寒蝉鸣我侧。
原野何萧条，白日忽西匿。归鸟赴乔林，翩翩厉羽翼。
孤兽走索群，衔草不遑食。感物伤我怀，抚心常太息。

其五

太息将何为？天命与我违。奈何念同生，一往形不归。
孤魂翔故域，灵柩寄京师。存者忽复过，亡没身自衰。
人生处一世，去若朝露晞。年在桑榆间，影响不能追。
自顾非金石，咄唶令心悲。

其六

心悲动我神，弃置莫复陈。丈夫志四海，万里犹比邻。
爱恩苟不亏，在远分日亲。何必同衾帱，然后展殷勤。
忧思成疾疢，无乃儿女仁。仓卒骨肉情，能不怀苦辛？

其七

苦辛何虑思？天命信可疑。虚无求列仙，松子久吾欺。
变故在斯须，百年谁能持？离别永无会，执手将何时？
王其爱玉体，俱享黄发期。收泪即长路，援笔从此辞。

第一章写返国时的凄楚心境，他边“怨彼东路长”，边“引领情内伤”。第二章又写途中遇雨，道路泥泞，人马皆困，强烈地渲染了悲凉气氛。第三章写诗人与曹彪即将离别，愤怒指斥“鸱枭鸣衡轭，豺狼当路衢。苍蝇间白黑，谗巧令亲疏”。第四章又宕开笔墨写景，诗人择取秋风中的寒蝉、西匿的白日、赴林的归鸟、索群的孤兽等为描写对象，进一步烘托了凄凉悲惨的气氛，使“感物伤我怀”一句显得十分自然深挚。第五章转写曹彰暴亡事，感叹人生无常，“咄唶令心悲”。第六章再转，从前五章的悲凉清凄情调中跳出，写诗人强慰曹彪“丈夫志四海，万里犹比邻”。第七章则总括全篇，写别后永无再回之日，唯以彼此“俱享黄发期”相勉而已。此诗写得沉痛至极，宋代刘克庄说"子建此诗忧伤慷慨,有不可胜言之辈"(《后村先生大全集》)。诗集对于迫害者的谴责也相当尖锐,特别是第三章中直斥那些曹丕的爪牙为"鸱枭""豺狼""苍蝇",这里包含着强烈的愤慨。诗中虽不敢明指曹丕本人,只说他信馋,但对这位皇帝哥哥的不满则是不难体味的。此诗在表现手法上也很值得称道,它结构完整,层次分明而富于变化,从容而紧凑。诗中诗、理、情、景互相渗透,有机地组合起来,融合为一。另外从第二章到第七章,都采用章间首尾相衔的写法,显示了诗人学习民歌的成绩。由于此诗感情真挚强烈,艺术手法高超,它成为曹植五言诗中最为杰出的一篇。

黄初七年(226 年),曹丕病死,其子曹叡即位,是为魏明帝,次年改元太和。曹丕之死,对曹植来说无疑意味着政治迫害的减轻,应当说是件幸事。曹叡登基后,确实对曹植有某些礼遇的表示,到了太和三年(229 年)十二月,将曹植从贫瘠之地雍丘改封到东阿,这是曹植自黄初以来首次被封到沃饶之地,物质生活因此有所改善。这时,曹植在爵位上也与其他诸侯王完全平等了,但在实际政治地位上没有改善。曹叡对诸侯王延续了其父的限制、压抑的政策。

曹植本人在太和年间的精神状态,有了很大的改变。太和以后,他不再为自己的生存担忧,把注意力转移到国家政事上来了,于是他慷慨激昂地多次要求曹叡给他从政的机会。这种情况,不仅决定了在此时期创作的内容,也影响了他创作的体裁。建安、黄初时期创作以诗、赋为主,今存曹植集中能够确指为太和年间作品的,则主要是散文,尤其是给曹叡的表文。其中著名的有《求自试表》(太和二年)、《求存问亲戚表》(太和五年)、《陈审举表》(太和五年)等。诗赋虽然有一些,但与建安、黄初相比,并不引人注目。

自古以来,一般臣下写给皇帝的奏表,多奉承吹捧之辞,写作起来相当委婉拘束,也难有佳作。但魏晋时有两篇奏表能直抒胸臆,为不朽名篇,一为诸葛亮的《出师表》,一为曹植的《求自试表》。不同于孔明在《出师表》中所表达的为报刘备托孤之恩,为国鞠躬尽瘁、死而后已的雄心;子建在《求自试表》中更多地抒发了自己虽身为皇亲国戚,但却怀才不遇、报国无门的悲愤。后来,果不出曹植所料,以他的身份,《求自试表》写得再披肝沥胆,一片赤忱,在魏明帝曹叡的眼里也只是好看而已,也只能换回"其志可嘉"四个字。

太和六年(232 年)正月,曹叡把诸侯王都召到洛阳新年聚会。这是曹植在黄初四年(223 年)以后第一次到京师。曹叡对这个叔父的招待也算客气,首先请他游观一遍洛阳城后,还对他的身体瘦弱表示关心慰问,又有赐御食等。但是当曹植借此机会提出要同曹叡单独详谈,发表对时政的意见,并要

求得到政治上的任用时，曹叡却不予考虑。这次朝会历时一个月左右，接着曹植就又被徙封为陈王。曹植到了陈，知道自己的希望已无实现的可能，心情非常郁闷。其年十一月二十八日，即发病不治，抱恨而终，终年四十一岁。谥号为“思”，因此后世又称他“陈思王”。

三、《洛神赋》与《洛阳赋》

在曹植辞赋中最负盛名的《洛神赋》，是作者用自己的爱与恨浇注出来的理想的花朵，李商隐赞其“宓妃愁坐蓝田馆，用尽陈王八斗才”（《可叹》），切中肯綮，不为虚语。它集中反映了曹植思想发展和艺术实践的最高成就，是中国文学史上一颗永放异彩的明珠。

《洛神赋》成于黄初三年（222 年），曹植被朝廷宣诏后又被谴回，路过洛河时写就。《洛神赋》正文前有序：“黄初三年，余朝京师，还济洛川。古人有言，斯水之神，名曰宓妃。感宋玉对楚王神女之问，遂作斯赋。”说明本赋为作者入朝后返回封地途中经洛水有感而作。该赋借鉴宋玉《神女赋》的写法，用第一人称描述自己与洛河女神宓妃邂逅并产生爱恋的过程。宓妃，即洛神，相传为伏羲氏之女，溺死于洛水，变为洛水之神。“宋玉对楚王说神女之事”，出自宋玉的《高唐赋》和《神女赋》：楚襄王与宋玉游于云梦泽，襄王见高窟云气，问是何气，宋玉说首时先上游高唐，曾梦与巫山神女相接，神女临别时有言：“实在巫山之阳，高丘之阻，旦为朝云，暮为行雨，朝朝暮暮，阳台之下。”当天晚上，襄王果然在梦中与神女相遇。可见《洛神赋》系镕铸古代神话的题材，通过梦幻的境界，描写人神恋爱的悲剧，抒发作者对不能结合的情人的伤怀和思恋，从而反映出封建制度下男女爱情受到压抑的深刻痛苦。

在《洛神赋》的序言里还说明了两件事：一件是赋的创作时间，另一件就是赋的创作动机。关于创作时间，没有太大的疑问，序称此赋是曹植于黄初三年“朝京师，还济洛川”时所作，观其本传，黄初三年，他被立为鄄城王，“四年，徙封雍丘王。其年，朝京师”。关于《洛神赋》的创作主题，历来引发人们的揣度和议论，论者各持己说，莫衷一是。以“感甄”和“寄心君王”二说较为著名。前者最初出自宋尤袤本《文选》李善注引《纪》：

> 魏东阿王汉末求甄逸女，既不遂；太祖回与五官中郎将，植殊不平。昼思夜想，废寝与食。黄初中入朝，帝示植甄后玉镂金带枕，植见之不觉泣。时已为郭后谗死，帝意亦寻悟，因留太子饮宴，仍以枕赉植。植还，度轘辕，少许时，将息洛水上。思甄后，忽见女来。自云：“我本托心君王，其心不遂。此枕是我在家时从嫁前与

五官中郎将,今与君王,遂用荐枕席。欢情交集,岂常辞能具。为郭后以糠塞口,今被发盖将此形貌重睹君王耳。"言讫,遂不复见所在。遣人献珠于王,王答以玉佩,悲喜不能自胜,遂作《感甄赋》。明帝见之,改为《洛神赋》。

此说曹植早年求婚于甄逸女而不得,为曹丕所得,后来甄后被谗死,植看到丕赠的甄后遗物,途经洛水有感而赋。唐人不乏信此说者,元稹《代曲江老人百韵》:"班女恩移赵,思王赋感甄。"李商隐更是大力引此事入诗,其《无题四首》其二:"贾氏窥帘韩椽少,宓妃留枕魏王才。"又在《代魏宫私赠》《代元城吴令暗为答》《东阿王》《可奴》等诸多诗歌中歌咏其事。其实这都是诗家引典故入诗的习惯而已,不管此典是真是假。

唐以后有人对此提出了质疑。宋代刘克庄《后村诗话》认为此乃子建寓言而已,"好事者乃造甄后事以实之"。明末张溥《汉魏六朝百三家集题辞》中云:"赋感甄,必非人情。"支持感甄说的自20世纪20年代徐嘉瑞《中古文学概况》(上海亚东图书馆1924年版)起,30年代的谭正璧、70年代的郭沫若、80年代的陈祖美均持此说,论述也愈加具体充分。其间有许多研究者表示了否定的意见,这里不再赘述。

"寄心君王"说在唐以后颇为盛行,清人何焯在《义门读书记·文选》卷一中说:"植既得于君,因济洛川作为此赋,托辞宓妃以寄心文帝,其亦屈子之志也。"丁晏在《曹集诠评》卷二附录中说:"王既不用,自伤同姓见放,与屈子同悲,乃为《九愁》《九咏》《远游》等篇以拟《楚骚》;又拟宋玉之辞为《洛神赋》,托之宓妃神女,寄心君王,犹屈子之志也。"但是现在的论者大多对此说持比较一致的否定态度。究其原因,简略而言有三点:第一,其说凭借的是赋中一句话:"虽潜处于太阴,长寄心于君王。"但是这里的"君王"是指抒情主人公,即曹植。难道曹植自比美女而面对"余"发出缱绻之情?这是有悖于文意的主观杜撰。第二,曹植后期备受曹丕父子的猜忌、压抑和迫害,理想渐趋破灭,内心怀有不满和怨愤,岂能写出如此温情脉脉之情事?第三,同期作品《赠白马王彪》中充满了对兄弟对立的怨恨之辞和对生命不永的慨叹,又怎能立即转入两情相悦的辞赋创作,还把洛神描写得如此美丽动人?

除了上述两说以外,现今对《洛神赋》的主题寓意的推论还有"政治理想"说,这一说比较盛行,因为有一点是无可辩驳的,即曹植有不竭的政治热情,终其一生都在追寻着理想中的丰功伟业,建安作家又常合于屈原的"香草美人"的传统,曹植以丽人代表"美政"就不足怪了。大多数持论者都大谈《洛神赋》表面的浪漫爱情神话掩盖下的"深邃寓意",用美女象征美好的政治理想未尝不可,且古人常为理想不能实现而兴叹不已;但是我们也应该看

到，作者在创作时固然在作品中不自觉地沾染、投射了自己当时的处境和情绪，可是一味地采取一对一的看法，将作品原文割裂，试图寻绎出与史书一一对应的象征关系，实在是有点画蛇添足了。

《洛神赋》分六段。第一段描写作者初见洛神的情景：

> 余从京域，言归东藩，背伊阙，越轘辕，经通谷，陵景山。日既西倾，车殆马烦。尔乃税驾乎蘅皋，秣驷乎芝田，容与乎阳林，流眄乎洛川。于是精移神骇，忽焉思散。俯则未察，仰以殊观。睹一丽人，于岩之畔。乃援御者而告之曰："尔有觌于彼者乎？彼何人斯，若此之艳也！"御者对曰："臣闻河洛之神，名曰宓妃。然则君王之所见也，无乃是乎？其状若何？臣愿闻之。"

作者自述从京师东归，跋山涉水，几经周折，来到洛水之滨，由于一路上风尘仆仆，人困马乏，正待休息，忽然仿佛看见有一仙女站在山崖的旁边，进而通过与赶车人的对话，得知这一艳丽无比的女郎即洛水之神。

第二段紧接着以特写镜头，集中刻画洛神的丰姿神韵：

> 余告之曰：其形也，翩若惊鸿，婉若游龙，荣曜秋菊，华茂春松。仿佛兮若轻云之蔽月，飘飖兮若流风之回雪。远而望之，皎若太阳升朝霞；迫而察之，灼若芙蓉出渌波。秾纤得中，修短合度。肩若削成，腰如约素。延颈秀项，皓质呈露。芳泽无加，铅华弗御。云髻峨峨，修眉连娟。丹唇外朗，皓齿内鲜。明眸善睐，辅靥承权。瓌姿艳逸，仪静体闲。柔情绰态，媚于语言。奇服旷世，骨像应图。披罗衣之璀粲兮，珥瑶碧之华琚。戴金翠之首饰，缀明珠以耀躯。践远游之文履，曳雾绡之轻裾。微幽兰之芳蔼兮，步踟蹰于山隅。于是忽焉纵体，以遨以嬉。左倚采旄，右荫桂旗。攘皓腕于神浒兮，采湍濑之玄芝。

洛神体态轻盈，翩翩然若鸿雁之惊，婉婉然若游龙之升；容光焕发，若秋菊般芳鲜，若春松般玉立。她忽隐忽现，如轻云笼月，飘荡不定，如回风旋雪。远望，皎洁似太阳在朝霞中升起；近看，灼烁似荷花在清水中挺立。她身材窈窕，高矮适中；两肩圆润，腰身细软；颈项修长，皮肤白皙；脂粉香水不施，芬芳自然天成；美发高高如云，秀眉细长弯曲，红唇白齿，鲜艳无比；明亮的眼睛，顾盼自如，美丽的酒窝，更增绝色。洛神的风韵，美妙自然，飘逸不群；举止文静，体态娴雅；情态温柔婉和，语言妩媚动人；奇异的服饰举世未见，仙姿玉质宛如图画。她穿着色彩鲜明的罗衣，耳挂饰有花纹的玉佩，头戴金光翠碧的首饰，镶嵌的颗颗明珠使其更神采奕奕。她脚踏远游的绣花鞋，拖曳着轻软的薄绢裙，微微散发出兰花的芳香，在山旁徘徊缓步；忽然又飘然而起，遨游嬉戏；左倚彩旄，右荫桂旗，捋起袖子，露出雪白的手腕，在流水湍急的河滩边采摘黑芝。

第三段描写人神情感交流，突出地反映作者对洛神的爱恋钦慕和惊疑不定的复杂心情：

> 余情悦其淑美兮，心振荡而不怡。无良媒以接欢兮，托微波而通辞。愿诚素之先达兮，解玉佩以要之。嗟佳人之信修兮，羌习礼而明诗。抗琼珶以和予兮，指潜渊而为期。执眷眷之款实兮，惧斯灵之我欺。感交甫之弃言兮，怅犹豫而狐疑。收和颜而静志兮，申礼防以自持。

作者为洛神的丰姿神韵所激动，爱慕之心油然而生；因无良媒可以互通情好，故假托风波以传达言语。他趁机向洛神表达内心的真情，还照之以玉佩作为定情的信物。这位神女不但容采照人，而且知书识礼，具有高度的文化修养。“我”投之以玉佩，“她”报之以琼琚，并约定在洛水深处再见。虽然已得到如此满意的答复，还唯恐好事多磨，不能如愿以偿地得到洛神的爱情。“交甫之弃言”，指郑交甫汉滨遗佩的传说，“江妃二女游于江滨，逢郑交甫。交甫不知何人也。目而挑之。女遂解佩与之。交甫行数步，空怀无佩，女亦不见”（《神仙传》）。

第四段描写洛神为作者的爱情感动后进退踟蹰的情态：

> 于是洛灵感焉，徙倚彷徨。神光离合，乍阴乍阳。竦轻躯以鹤立，若将飞而未翔。践椒涂之郁烈，步蘅薄而流芳。超长吟以永慕兮，声哀厉而弥长。尔乃众灵杂遝，命俦啸侣。或戏清流，或翔神渚。或采明珠，或拾翠羽。从南湘之二妃，携汉滨之游女。叹匏瓜之无匹兮，咏牵牛之独处。扬轻袿之猗靡兮，翳修袖以延伫。体迅飞凫，飘忽若神。凌波微步，罗袜生尘。动无常则，若危若安。进止难期，若往若还。转眄流精，光润玉颜。含辞未吐，气若幽兰。华容婀娜，令我忘餐。

遗憾的是人神殊途，爱情的欢乐，瞬间被离别的悲痛代替。

在众神的簇拥之下，女神不得不含恨而去：

> 于是屏翳收风，川后静波。冯夷鸣鼓，女娲清歌。腾文鱼以警乘，鸣玉鸾以偕逝。六龙俨其齐首，载云车之容裔。鲸鲵踊而夹毂，水禽翔而为卫。于是越北沚，过南冈，纡素领，回清阳。动朱唇以徐言，陈交接之大纲。恨人神之道殊兮，怨盛年之莫当。抗罗袂以掩涕兮，泪流襟之浪浪。悼良会之永绝兮，哀一逝而异乡。无微情以效爱兮，献江南之明珰。虽潜处于太阴，长寄心于君王。忽不

悟其所舍，怅神宵而蔽光。

洛神即将起行，众神簇拥、护卫着洛神，驾龙乘车登上归途，她一边行走一边回头向君王致意，陈述彼此交往应该遵循的准则，只恨人神之道有别，造成今日不可逾越的鸿沟，可惜少壮之时没有成全恩爱，以致遗恨千古。她举袖掩泣，泪流滚滚，哀叹自此天各一方欢会永绝；想到未曾以微情表示爱恋，谨赠之以明珰聊表心意；今后虽然身处神人所居的异境，一定不忘故交，常常想念君王。骤然之间，神消光隐，洛神离去，作者面对茫茫的夜空，惆怅满怀。

第六段描写洛神走后作者无限思恋的深情和失魂落魄的神态：

> 于是背下陵高，足往神留。遗情想像，顾望怀愁。冀灵体之复形，御轻舟而上溯。浮长川而忘反，思绵绵而增慕。夜耿耿而不寐，沾繁霜而至曙。命仆夫而就驾，吾将归乎东路。揽骓辔以抗策，怅盘桓而不能去。

洛神既去，作者甩着沉重的步履走下山来，可是心思还留在刚才与洛神相遇的地方，脑海里不断浮现当时的情景，回首仰望，更增无限愁绪。由于希望洛神再现，痴情地驾上轻舟，逆流而上前去寻找，在悠长的洛水里不断行走。

一段人神间的爱情以悲剧为结局，留给人们的是无尽的惆怅和忧伤。洛水边的缠绵徘徊，路途中的相思难寐，被诗人抒写得回肠荡气。然而此赋所以有传之久远的魅力，还有更为重要的原因。以男女之事喻君臣关系，是屈原以来形成的比兴传统。在《离骚》中，人神之恋和君臣际遇反复穿插，象征的意味十分明显。《洛神赋》则纯粹以爱情为唯一题材，爱情悲剧因而成为事实上的第一主题。这样的题材和主题虽然只是诗人政治忧患的隐喻，却同时具有自己独立的审美价值。后之读者，既可以从《洛神赋》的君臣主题引发联想，也可以由《洛神赋》的爱情主题而产生共鸣，更可以从《洛神赋》的人神相恋到人神相隔，体味到人生常有的遗憾。

艺术上的成就，也是《洛神赋》具有久远魅力的原因。丁晏称《洛神赋》为"屈灵均之嗣声"（《陈思王诗钞序》），从《洛神赋》的确可见《离骚》的影响。《离骚》围绕上下求索与求之不得的情感展开描述和抒情，《洛神赋》竭力渲染宓妃之美和强化人神相隔，以突出诗人的失望和惆怅，两者的构思实极为相似。但在结构上，《离骚》因诗人的联翩思绪和反复申说，有大开大阖、漶漫无际的特点，《洛神赋》无论是所表现的感情还是所描绘的形象，则较《离骚》更集中和细致。《洛神赋》中宓妃的形象，出自《离骚》；诗人对女神的描写，也有宋玉《神女赋》影响的痕迹。但《洛神赋》不仅用大量的比喻，描绘洛神的容貌和仪态，而且创造出迷离恍惚的环境和气氛，令女神的形象亦真亦幻，给人以更多的想象空间，是此前不曾有过的。洛水之神之所以有如此巨大的艺术魅力，这是很重要的一个原因。《洛神赋》辞采华茂，清新绮丽，对偶工整，名句迭出，对后来骈赋的形成，也有很大的影响。

此外，曹植的《洛阳赋》今存残文四句："狐貉穴于紫闼兮，茅莠生于禁闱。本至尊之攸居。□(此字脱失)于今之可悲。"此赋描写洛阳遭逢战乱后宫阙丘墟、满目疮痍的萧条凄凉景象，表现出对洛阳今盛昔衰的哀悼，是曹植对都邑辞赋的新开拓。

第四节　《洛阳伽蓝记》

《洛阳伽蓝记》是北朝杨衒之描写洛阳城的一部名著，也是北朝文学史上的杰作，兼具史学与文学价值。"伽蓝"是梵语"僧伽啰磨"的简称，意为"佛寺"。佛教自汉朝传入中土以后，逐渐渗透到社会生活的方方面面，到北魏时期空前兴盛。当时，洛阳城内庙宇众多，该书按方位次序，分城内、城东、城南、城西、城北分别记叙佛寺，同时涉及北魏时期的社会经济、风土人情、政治变迁等内容，是一部集历史、地理、佛教、文学于一身的历史和人物故事类笔记。《洛阳伽蓝记》生动地再现了北魏时期佛教的发展状况，佛教盛大节日前后的庆祝活动，以及北魏上自帝王下至庶民的崇佛热情和礼佛习俗，是研究北魏佛教与社会生活的重要文献。

一、《洛阳伽蓝记》的创作缘由

《洛阳伽蓝记》的创作缘由，杨衒之在序中有明确交代。杨衒之，生卒年不详，北平(今河北保定市满城区北)人。北魏末任抚军司马等职，约卒于北齐文宣帝天保中。公元534年，永熙之乱发生，洛阳城郭几乎变为废墟。东魏武定五年(547年)，杨衒之行役洛阳，感念舆废，因抚拾旧闻，追叙故绩，作《洛阳伽蓝记》。《洛阳伽蓝记》共有五卷，大约作于魏孝静帝武定后期。在此之前的十年中，洛阳经历了两次重大战乱。一是天平四年(537年)西魏进攻洛阳，被东魏打败后，又派大将独孤信攻入洛阳金墉城。次年东魏大将侯景、高敖曹围攻金墉城，洛阳城被大面积焚毁。二是武定元年(543年)，东魏和北周在洛阳北山展开激战，东魏最后取得胜利。杨衒之目睹战乱后的洛阳城墙崩垣毁，不胜感慨，于是写作《洛阳伽蓝记》以表达自己的"黍离之悲"。

暨永熙多难，皇舆迁邺，诸寺僧尼，亦与时徙。至武定五年，岁在丁卯，余因行役，重览洛阳。城郭崩毁，宫室倾覆，寺观灰烬，庙塔丘墟。墙被蒿艾，巷罗荆棘。野兽穴于荒阶，山鸟巢于庭树。游儿牧竖，踯躅于九逵；农夫耕老，艺黍于双阙。始知麦秀之感，非独殷墟；黍离之悲，信哉周室！京城表里，凡有一千余寺，今日寥廓，钟声罕闻。恐后世无传，故撰斯记。（杨衒之《洛阳伽蓝记序》）

作者抒发议论的口吻，俨然是一位北魏旧臣，在他眼中，古都洛阳数不胜数的寺庙不仅是北魏佛教兴盛的象征，也是北魏国运的缩影。久经颠沛的杨衒之重游洛阳时，怀念洛阳曾经的香火鼎盛与繁华喧闹，字里行间流露出恍若隔世的悲情。作者一方面怀念北魏全盛时期的盛况，同时也对胡太后大肆兴建庙宇有所批判，刺事疾时的表达时有出现。例如：

逮皇魏受图，光宅嵩洛，笃信弥繁，法教逾盛。王侯贵臣，弃象马如脱屣，庶士豪家，舍资财若遗迹。于是招提栉比。宝塔骈罗，争写天上之姿，竞摹山中之影。金刹与灵台比高，广殿共阿房等壮。岂直木衣绨绣，土被朱紫而已哉！（杨衒之《洛阳伽蓝记序》）

从“金刹与灵台比高，广殿共阿房等壮”一句可见，杨衒之一边赞叹洛阳佛教之隆盛，同时也对当时社会风气的奢靡浪费暗含不满。《广弘明集》是由唐代京兆释道宣编撰的作品集，该书卷六指出杨衒之“见寺宇壮丽，损费金碧，王公相竞侵渔百姓，乃撰《洛阳伽蓝记》，言不恤众庶也”，又一次印证了该书的创作目的。宋代晁公武在《晁氏读书记》说：“《洛阳伽蓝记》三卷，右元魏羊衒之撰。后魏迁都洛阳，一时王公大夫，多造佛寺，或舍其私第为之，故僧舍之多，为天下最。衒之载其本末及事迹甚备。”北魏是佛法极盛的时期，而僧尼佛寺之泛滥亦为前代所未有。《魏书·释老志》说：在正光元年（520年）以后，僧尼有200万之多，佛寺有3万余所。拓跋澄《奏禁私造僧寺》记载，单以洛阳城而论，就有寺1367所，侵占民居达三分之一以上，而营建之时所耗的人力物力更是难以计算了。到孝静帝被迫迁都以后，洛阳这些寺宇大半为兵火所毁。杨衒之在《洛阳伽蓝记》中批评胡太后立永宁寺之营建过度，讽刺王公穷奢极欲，贪敛无已，官吏曲理枉法，劫夺民财，并揭举沙门为了谋财而讲经造像，表达了对统治者与寺院的深切不满。

二、《洛阳伽蓝记》的史料价值

南朝宋、齐、梁、陈四代，各代帝王多笃信佛教，在这一时期兴建了大量的寺院。杜牧《江南春》诗中说“四百八十寺”，其实远远不够。根据清朝刘世琦所作《南朝寺考·序》：“梁世合寺二千八百四十六，而都下（南京）乃有七百余寺。”就是说，梁朝有 2846 座寺院，南京就有 700 多座。与南朝隔江对峙的北朝，即北魏、东魏、西魏、北齐和北周，崇佛之风亦盛。尤其是北魏，举国信奉佛教，大同云冈石窟、洛阳龙门石窟都开凿于北魏时代。公元 495 年，魏孝文帝迁都洛阳，北魏君主、后妃、官员们在洛阳城及周边兴建了大量寺院，据《洛阳伽蓝记》记载，兴盛时佛寺达到 1367 座。《洛阳伽蓝记》共写了 44 个大寺、47 个小寺，描绘出了一张洛阳城的佛寺、宫殿、官署及名胜地图，堪称一部城邑志。

《洛阳伽蓝记》不仅记载了佛寺的兴废，而且广泛载录了北魏政治、经济、地理、军事、宗教、志怪、民俗、谣谚等内容，将历史人文作为全书重点内容。以“永宁寺”一篇为例，其叙写北魏末年政治斗争的内容约占全篇三分之二，笔法细腻，记载翔实，所载元颢与庄帝书、庄帝临终所赋五言诗等可以补正史之不足。尤其是卷五所载宋云、惠生使西域一节，与东晋《法显行传》及唐玄奘《大唐西域记》均可为中亚地理历史研究及中外文化交流史研究提供宝贵史料。节选一段，可与《大唐西域记》互鉴：

国王见宋云，云大魏使来，膜拜受诏书。闻太后崇奉佛法，即面东合掌，遥心顶礼。遣解魏语人问宋云曰：“卿是日出人也?”宋云答曰：“我国东界有大海水，日出其中，实如来旨。”王又问曰：“彼国出圣人否?”宋云具说周、孔、庄、老之德；次序蓬莱山上银阙金堂，神仙圣人并在其上；说管辂善卜，华陀治病，左慈方术。如此之事，分别说之。王曰：“若如卿言，即是佛国。我当命终，愿生彼国。”

宋云于是与惠生出城外，寻如来教迹。水东有佛晒衣处。初，如来在乌场国行化，龙王瞋怒，兴大风雨，佛僧迦梨表里通湿。雨止，佛在石下东面而坐，晒袈裟。年岁虽久，彪炳若新，非直条缝明见，至于细缕亦彰。乍往观之，如似未彻，假令刮削，其文转明。佛坐处及晒衣所，并有塔记。

水西有池，龙王居之。池边有一寺，五十余僧。龙王每作神变，国王祈请，以金玉珍宝投之池中，在后涌出，令僧取之。此寺衣食，待龙而济，世人名曰龙王寺。(杨衒之《洛阳伽蓝记》卷五)

关于《洛阳伽蓝记》的写作特点，唐刘知畿《史通・补注篇》说：“亦有躬为史臣，手自刊削，虽志存该博，而才阙伦叙。除烦则意有所恡，毕载则言有所妨，遂乃定彼榛楛，列为子注，若……羊衒之《洛阳伽蓝记》……之类是也。”清永瑢、纪昀主编《四库全书总目提要》说：“(是书)以城内及四门之外，分叙五篇，叙次之后，先以东面三门、南面三门、北面三门，各署其新旧之

名，以提纲领，体例绝为明晰。其文秾丽秀逸，烦而不厌，可与郦道元《水经注》肩随。其兼叙尔朱荣等变乱之事，委曲详尽，多足与史传参证。其他艺文古迹及外国土风道里，采摭繁富，亦足以广异闻。”

《洛阳伽蓝记》不仅有北魏洛阳都城的建制、佛寺建筑和历史古迹等，而且有不少正史中语焉不详的史实，如宣武帝后朝廷的变乱，诸王的废立，权臣的专横，阉宦的恣肆，以及文人学者的事迹，四方人物的往来，佛教在民间的影响，外国沙门的活动，等等，可与《魏书》《北史》相证，有些可以补正史之阙略。所以这部书的价值很高。杨衒之不但熟悉当时的掌故，而且长于著述，叙事简洁，文笔隽秀，足与郦道元《水经注》媲美。可以说，《洛阳伽蓝记》既是地理书，又是一部史书。后世将《洛阳伽蓝记》与郦道元的《水经注》、颜之推的《颜氏家训》并称为中国北朝时期的三部杰作。

三、《洛阳伽蓝记》的文学价值

郭预衡《中国散文史》评价《洛阳伽蓝记》说：“此书名为《伽蓝记》，实际上则是述史事，写人物，杂以志怪。文章有记叙，有描写，也有考辨。这同《水经注》《颜氏家训》都有类似之处。”这段话指出，该书有很高的文学价值。书中描述了洛阳佛寺建筑之宏丽，追溯了佛寺的历史，暴露了王公贵族竞相奢侈、暴虐百姓、贪得无厌的罪恶。《洛阳伽蓝记》语言简明清丽，多骈俪之句，在地理、历史价值之外，又是一部难得的优秀散文作品。其中《法云寺》《寿丘里》等篇目最为著名，《白马寺》《高阳王寺》《洛阳大市》更是颇具特色。以《白马寺》为例：

白马寺，汉明帝所立也。

佛教入中国之始。

寺在西阳门外三里御道南。帝梦金神，长丈六，项背日月光明。金人号曰佛，遣使向西域求之，乃得经像焉。时白马负经而来，因以为名。明帝崩，起祇洹于陵上。自此以后，百姓冢上或作浮图焉。寺上经函，至今犹存。常烧香供养之，经函时放光明，耀于堂宇，是以道俗礼敬之，如仰真容。

浮屠前荼林蒲萄异于余处，枝叶繁衍，子实甚大。荼林实重七斤，蒲萄实伟于枣，味并殊美，冠于中京。帝至熟时，常诣取之。或复赐宫人，宫人得之，转饷亲戚，以为奇味。得者不敢辄食，乃历数家。京师语曰：“白马甜榴，一实直牛。”

有沙门宝公者，不知何处人也，形貌丑陋，心机通达，过去未来，预睹三世。发言似谶，不可得解，事过之后，始验其实。胡太后闻之,问以世事。宝公曰:“把粟与鸡呼朱朱。”时人莫之能解。建义元年,后为尔朱荣所害,始验其言。时亦有洛阳人赵法和请占早晚当有爵否。宝公曰:“大竹箭,不须羽。东厢屋,急手作。”时不晓其意。经十余日,法和父丧。大竹箭者,苴杖;东厢屋者,倚庐。造《十二辰歌》,终其言也。

白马寺,始建于东汉,是洛阳佛教传入中国后的第一座寺庙,被中外佛教界奉为我国汉传佛教的“祖庭”“释源”。《四库全书总目提要》评价《白马寺》的写作特色为“采摭繁富,亦足以广异闻”。文章从白马寺得名的缘由,说到信奉佛教的风气,广采异闻,带有浓厚的传奇色彩。本篇从神奇的梦说起,首先指出白马寺的特殊地位:“佛教入中国之始。”这是中国寺庙的起源,而且因皇帝梦境启示而亲立,来历之奇,地位之尊,令人赞叹。奇异的征兆不仅如此,寺上经函竟能放出亮光,将堂宇照亮,于是善男信女更是奉若神明,虔诚参拜,“如仰真容”。于是信佛之风,自然愈演愈烈。白马寺为天下第一寺,这古寺的来历、寺中供奉的经函都带有神异色彩,真乃天下奇寺。不但如此,连寺中浮屠前的荼林、葡萄也“异于余处”,被选为宫中贡品,皇帝“或复赐宫人。宫人得之,转饷亲戚,以为奇味”。这些带有宗教象征的果子“得者不敢辄食,乃历数家”,被奉为神品。可见其地位的尊贵,获得赏赐者所感到的荣耀。果子比其他地方更大,不足为奇。其被奉为神品的根源,是因为生长于天下第一寺内,崇信佛教的信众将佛性与灵异赋予在这些本来平常的果实上,得天时、地利、人和之便,才成为“奇果”。

《白马寺》一篇看似记录奇闻逸事,信笔而成,实际上有其内在的谋篇布局。全文都由汉明帝一场光怪陆离的梦境引起。因奇梦于是有奇寺,有了神寺才有经书、经堂、佛像,才有了愈来愈多的善男信女,礼佛之风才得以发扬光大;帝王,奇梦,奇光、奇函、奇果,均是围绕白马寺“中国之始”而展开的。佛教由印度传入中国,本是中外文化交流的必然结果,把它归结为皇帝的南柯一梦,实不可信。郦道元《水经注》中讲,汉明帝并不确定自己梦见了谁,而是大臣怀疑推测可能是佛祖,这种提法与事实可能更为接近,有一定的可信性。这里作者把群臣解梦一节略去,直接指出汉明帝梦中的“金人号曰佛”。这就将汉明帝的梦境与佛教的传入都更加神秘化了。至于经函放光,耀于堂宇,可能是虔诚的信众因白马寺里香火鼎盛、烟雾缭乱而引起的错觉。然而,作者却采用当时流行的“志怪”手法,说“至今犹存”,令人不能不信。这样,文章真幻交织,虚实相生,既具有真实感,又具有神秘感,也就更具有吸引力和感染力。用小说笔法处理史书的材料,用史传笔法处理小说的题材,这为唐传奇的出现做了准备,反映了汉魏六朝小说向唐人小说过渡的印迹。《高阳王寺》因写人而闻名：

> 高阳王寺，高阳王雍之宅也。在津阳门外三里御道西。雍为尔朱荣所害也。舍宅以为寺。
>
> 正光中，雍为丞相。给舆、羽葆、鼓吹，虎贲、班剑百人。贵极人臣，富兼山海。居止第宅，匹于帝宫，白殿丹槛，窈窕连亘，飞檐反宇，轇轕周通，僮仆六千，妓女五百，隋珠照日，罗衣从风。自汉晋以来，诸王豪侈，未之有也。出则鸣驺御道，文物成行，铙吹响发，笳声哀转；入则歌姬舞女，击筑吹笙，丝管迭奏，连宵尽日。其竹林鱼池，侔于禁苑，芳草如积，珍木连阴。
>
> 雍嗜口味，厚自奉养，一日必以数万钱为限，海陆珍羞，方丈于前。陈留侯李崇谓人曰："高阳一日，敌我千日。"崇为尚书令，仪同三司，亦富倾天下，僮仆千人……
>
> 雍薨后，诸妓悉令入道，或有嫁者。美人徐月华善弹箜篌，能为《明妃出塞》之曲歌，闻者莫不动容。永安中，与卫将军原士康为侧室。宅近青阳门。徐鼓箜篌而歌，哀声入云，行路听者，俄而成市。徐常语士康曰："王有二美姬，一名修容，一名艳姿，并峨眉皓齿，洁貌倾城。修容亦能为《绿水歌》，艳姿尤善《火凤舞》，并爱倾后室，宠冠诸姬。"士康闻此，遂常令徐歌《绿水》《火凤》之曲焉。

毛晋绿君亭本《洛阳伽蓝记·跋》里指出："铺扬佛宇，而因及人文。著撰园林歌舞鬼神奇怪兴亡之异，以寓其褒贬，又非徒以记伽蓝已也。"这句话说的是《洛阳伽蓝记》的创作目的，由佛堂寺庙而延伸到人文社会，通过志怪传奇的记录而表达历史兴衰。《高阳王寺》正是这样一篇内蕴丰富的佳作。

文章入题很快，寺庙一提即过，主要着笔于高阳王这一主要人物的刻画。作者大力揭露高阳王元雍的奢侈荒淫，主要由两方面入手，一方面直接记叙高阳王的奢靡，另一方面通过对元雍的歌伎徐月华的描绘来间接揭露。作者先总叙元雍的豪富、权势和跋扈。"正光中，雍为丞相。给舆、羽葆、鼓吹，虎贲、班剑百人。贵极人臣，富兼山海。"元雍借以耀武扬威的宝车、华盖、乐队都是来自皇帝的赏赐。然后，文章又从居、行、游、食几个方面，详写元雍的奢侈放纵。元雍的住宅精美壮观，与帝宫不相上下，有穿着讲究的僮仆和数不胜数的妓女朝夕相伴。"击筑吹笙，丝管迭奏，连宵尽日。""迭""连""尽"三字连用，把元雍纵情声色、荒淫无度的面目，刻画得淋漓尽致。作者在此不禁发出惊叹："自汉晋以来，诸王豪侈，未之有也。"他的奢靡程度，连一个"富倾天下，僮仆千人"的同朝高官李崇也自叹弗如："高阳一日，敌我千日。"

本篇对人物的刻画使用了典型的侧面描写手法。在文章后半部分，作者借乐伎徐月华进一步丰满主人公元雍的形象。徐月华擅长弹奏箜篌，技艺超群，“闻者莫不动容”，而且歌喉动听，“哀声入云，行路听者，俄而成市”。作者写徐月华的姿色与才华，是为了进一步突出元雍另外两位乐伎修容、艳姿的倾国倾城，而写徐月华、修容、艳姿这些，又是为了揭露元雍的荒淫好色。高阳王元雍身居丞相高位，却穷奢极欲，荒淫无度，祸国殃民。本应以万民为本，以社稷为重，可是，他却如此醉生梦死，荒淫无度，这就不得不使读者把北魏的覆亡与权贵阶层的奢侈荒淫联系在一起。在客观的叙述之中暗含深意，在高阳王寺原主人生平的复现中寄寓着作者强烈的愤懑。本篇还多处运用对比手法。如将元雍与皇帝进行对比，与汉、晋以来的诸王相比，与同时的权贵相比，指出他的豪奢是令人发指的，也暗示了北魏的腐败是无可挽回的，它的覆亡也是必然的。通过这种多层次、多角度、高起点的对比，更加鲜明地表现了元雍的豪富和奢侈。特别是把他与汉、晋以来的诸王相比，指出他的豪侈是史无前例的，这也就暗示了这个王朝的腐败是前所未有的，其覆亡也是必然的结局。《高阳王寺》一篇，因寺及人，而以记人为主，生动地记叙和有力地批判了以高阳王为代表的北魏权贵的奢侈享乐，揭示了北魏灭亡的根源，是一篇写人的佳作。

此外，《法云寺》一篇中关于洛阳大市的记叙，更是为后人称道，节选一段：

> 市南有调音、乐律二里。里内之人，丝竹讴歌，天下妙伎出焉。
>
> 有田僧超者，善吹笳，能为《壮士歌》《项羽吟》，征西将军崔延伯甚爱之。正光末，高平失据，虎吏充斥。贼帅万俟丑奴寇暴泾、岐之间，朝廷为旰食，诏延伯总步骑五万讨之。延伯出师于洛阳城西张方桥，即汉之夕阳亭也。时公卿祖道，车骑成列。延伯危冠长剑耀武于前，僧超吹《壮士》笛曲于后，闻之者懦夫成勇，剑客思奋。延伯胆略不群，威名早著，为国展力二十余年，攻无全城，战无横陈，是以朝廷倾心送之。延伯每临阵，常令僧超为壮士声，甲胄之士莫不踊跃。延伯单马入阵，旁若无人，勇冠三军，威镇戎竖。二年之间，献捷相继。丑奴募善射者射僧超，亡，延伯悲惜哀恸，左右谓伯牙之失钟子期不能过也。后延伯为流矢所中，卒于军中。于是五万之师，一时溃散。

这段文字简洁生动，写人记事详略得当，伴随着商业经济的繁荣，市民阶层逐渐壮大，为音乐伎艺的繁荣提供了土壤。在洛阳居住的调音、乐律二里居住的不少人均以卖艺为职业，善“丝竹讴歌”，当时北魏的高级演奏家、

歌唱家大都成长于此。作品并未平铺直叙地介绍当时流行音乐和各类艺人的情况，而是特意选取了一位吹笳手田僧超进行精细刻画。为了塑造其技艺高超的人物形象，作者把田僧超放到远在边疆的平叛战场的背景中去写，拿叛军的凶猛来反衬他的勇毅，用主帅崔延伯的出生入死、士卒的群心激荡来烘染田僧超笳音的悲壮动人，又用他助阵时的“献捷相继”与阵亡后的全军溃败来衬托其绝世技艺，在传奇色彩下抒发了对田僧超的深切悼念。这位普通民间艺人，成为一个国家的军魂，为调音、乐律二里的洛阳居民增添了荣耀与光彩。

总之，杨衒之凭借卓越的文学才华和博大精湛的文化素养，吸纳了赋、山水游记、地理志正史、人物杂传、志人小说、志怪小说等各类文体的写作手法，完成了《洛阳伽蓝记》这一旷世名著。作者眼光开阔深邃，对北魏的佛教、历史、民俗、文艺、人文进行了全面细致的描摹，语言简洁生动、朴实晓畅，文备众体，却能自然浑成，为后代文人学者所称道。

第三章 隋唐五代河洛文学

第一节 隋唐五代河洛文学概述

公元581年,隋文帝杨坚建立隋朝,定都长安。589年,隋灭陈,完成了统一。公元618年,唐朝建立。国家的统一,国力的强大,中外文化交流的发展,开放的文化政策,使唐朝成为中国古代文学发展的高峰时期,而河洛的文学高峰也同时出现,并成为促成这一高峰的一支重要力量。

一、初唐河洛文学

从高祖武德元年(618年)至玄宗开元元年(713年)的文学,为初唐文学。初唐时期南北文风进一步融合,诗歌题材进一步扩大,诗风也逐渐摆脱六朝之纤弱而走向壮大,格律诗的形式也得以最终定型,是盛唐诗歌高峰前的过渡与准备阶段。河洛地区的文人在这一诗歌变革的关键时期,在许多方面都占有重要地位。

初唐的几代君主都雅好文学,设立文馆,编纂类书,以集天下能文之士,先后形成了四大宫廷文人集团。他们的作品与六朝相比,内容上稍归于雅正,在诗歌的格律化进程中,意义极其重大。

唐太宗贞观诗坛,为初唐文学发展的第一个阶段。其作家主要为围绕在唐太宗身边的大量文人学士。武德四年(621年)正月,唐太宗设修文馆,以待四方之士,后又于武德九年(626年)三月改修文馆为弘文馆,从而形成了唐代第一个宫廷文人集团。他们自觉地以儒家诗教补救六朝浮艳之风,然又刻意模仿六朝诗歌的声律辞采。故其诗歌既有六朝诗风的延续,又呈现出一定的新变。参与其中的河洛文学家有洛阳长孙无忌、新安赵弘智、荥阳李玄道、陕州上官仪。而上官仪在贞观、龙朔之际,尤为大家,堪称当时的文坛领袖。

唐高宗于公元657年,下诏改洛阳为东都,并长期移居洛阳,皇后武则天则终生没有再回长安,从此唐代东西二都并重。武则天即位后,改国号为大周，于684年改东都为神都。她一生居洛时间长达49年，其中居帝位15年，洛阳实际上在很长一段时间内又成为中国第一政治与文化中心。

武则天本人爱好文学，擅长诗歌。她大力提倡文学，以她为中心，高宗及武后之世在洛阳形成了两个庞大的宫廷文人集团。其一是高宗时的“北门学士”集团。高宗后期，武则天为了控制全局，为登基做准备，以文馆为中心，以撰书为名，多收文学之士，使其掌朝廷奏议及百司表疏。“时密令参决，以分宰相之权。”以其不经正衙，于北门出入之故，故称北门学士。其代表人物有薛元超、董思恭、孟利贞、任希古、郭正一、高智超、元万顷、范履冰、苗茂、胡楚宾等人。其中属河洛地区的有洛阳元万顷、沁阳范履冰。这一集团诗作多佚而不存，只有元万顷尚有少量应制之作存世。

武则天在洛阳创建的第二个宫廷文人集团是珠英学士集团。该集团是圣历中武则天下令张昌宗召集文人学士预修《三教珠英》而形成的，并因之得名。该书历时4年，于大足元年（701年）始纂成，共1300多卷。其成员“尽收天下文辞之士”，形成了入唐以来最大的宫廷文人集团。其成员多达47人之众，今可考者共30人，其中张说、元希声为洛阳人，宋之问为弘农（今河南灵宝）人，刘允济为巩县（今河南巩义）人。珠英学士集团在编写《三教珠英》时，“日夕谈论，赋诗聚会”（《旧唐书·徐坚传》），创作了大量诗歌，结集为《珠英学士集》。其诗共276首，今大部分已散佚。

神龙元年（705年），唐中宗复位，一年后改都长安，改年号为景龙。在他身边又形成了初唐第四个也是最后一个宫廷文人集团，史称景龙文馆学人群体。其主要活动虽然是在长安，但河洛地区的文人宋之问、杜审言、刘允济等皆列身其中，宋、杜在诗史上的意义尤其重大。

另外，武后时期，河洛地区还出现了著名女诗人上官婉儿。上官婉儿（664—710年），陕州陕县（今河南三门峡市陕州老城）人，上官仪之孙女。其父祖同时被杀，其时上官婉儿尚在襁褓中。年14，为武则天掌诏命，参决政事。中宗复位，专掌诏命，封为昭容。曾建议扩大书馆，增设学士，常代朝廷品评天下诗文。景龙四年（710年），李隆基发动政变，上官婉儿被杀。玄宗收其诗文为《上官昭容集》20卷，已佚。今存诗33首。其诗作意境阔大，风格清新，又具有上官体的严整工切，对唐代诗风有着积极的影响。

二、盛唐河洛文学

从唐玄宗开元元年（713年）至天宝十四载（755年）安史之乱爆发时期的文学，为盛唐文学。这一时期虽然仅有短短的43年时间，但在中国文学史上却是最为辉煌的顶峰。盛唐文学洋溢着蓬勃的朝气、昂扬的精神，形成了卓绝千古的盛唐气象。河洛地区的文人在这一文学高峰的建构过程中，具有非常重要的意义。

（一）盛唐前期的文坛领袖——张说

中宗神龙、景龙年间，诗坛弥漫着强烈的宫廷气息。不少文人才士专事辞藻雕饰。玄宗继位后，洛阳张说以宰辅兼文坛领袖的双重身份，对扭转当时的文风起了决定性的作用。

张说（667—731 年），字道济，一字说之。载初元年（690 年）应诏举，对策第一，授太子校书。曾预修《三教珠英》。张说为唐代名相，一生三秉大政，掌文学之任 30 年。有《张燕公集》30 卷。作为一名杰出的政治家，张说非常重视文治。他曾向李隆基建议“崇太学，简名师，重道尊儒，以养天下士”（《上东宫讲学请启》）。开元十三年（725 年），他又以宰相知集贤殿书院事，大力延纳文士。他奖掖的文学后进可考者达 20 余人，其中包括张九龄、贺知章、王翰等著名诗人，这对盛唐作家队伍的形成，具有重要的意义。在文学理论上，张说在著名的《洛州司马集序》中提出了文学重在抒发个人情感、表现个人遭遇的主张，在文学风格上则标举张九龄“天然壮丽”“奇情新拔”之自然与风骨。

（二）山水田园诗派、边塞诗派中的河洛作家

盛唐时期形成了两大诗歌流派。一是王维、孟浩然为代表的山水田园诗派，一是高适、岑参为代表的边塞诗派。在这两个诗派当中，河洛作家均占有重要的地位。

祖咏，生卒年不详，洛阳人。开元十二年（724 年）进士，与王维、储光羲、卢象、丘为等山水田园诗人交往密切，其诗多写山水景物，宣扬隐逸生活，为山水田园诗派的代表人物之一。然祖咏又尝为边塞诗派代表人物之一王瀚的座上客，故其诗风受王瀚影响，颇有雄壮挺拔之作，且时时流露出对功业的追求与乐观自信的心态。如《望荆门》所云“少小虽非投笔吏，论功还欲请长缨”，可以看出他不同于一般山水田园诗人之处。

李颀（？—约 753 年），颍阳（今河南登封西）人。开元十三（725 年）年进士，曾任新乡尉。久未迁调，长期居于洛阳一带。与高适、王昌龄、崔颢及王维等多有交往。其边塞之作虽仅存 5 首，但境界壮阔、格调苍凉、意蕴深厚，使其成为唐代边塞诗派的代表作家之一。就诗体而论，李颀以七古见长，但他的七律《送魏万之京》精于炼意，工于铸句，格律之谨严在沈、宋与杜甫之间堪称独步，亦开中晚唐诗风之先。

张谓也是盛唐边塞诗派的代表作家之一。张谓(721—780年),字正言,河内(今河南沁阳)人。早年读书于嵩山,博览群籍。天宝二年(743年)进士。官至礼部侍郎。他主要生活在天宝年间,其时政治腐败,社会矛盾尖锐,故张谓的边塞诗多揭露社会的阴暗面,对统治阶级的穷兵黩武进行了强烈的批判。其代表作为《代北州老翁》,该诗真切地描述了战争给人民造成的巨大痛苦,为此前边塞诗所不曾道。在艺术上,全诗采用朴实的自白,不借助过多的渲染,也与此前的边塞诗风格迥异。

(三)伟大的现实主义诗人杜甫

盛唐时期,河洛地区诞生了中国古代文学史上最伟大的现实主义诗人杜甫。杜甫(712—770年),字子美,祖籍襄阳(今属湖北),出生于巩县(今河南巩义)。青年时南游吴越,北游齐赵,裘马轻狂而科场失利,未能考中进士。后入长安,困顿十年,以献《三大礼赋》,始得看管兵器的小官一职。安史乱起,为叛军所俘,脱险后赴灵武,麻鞋见天子,被任为左拾遗,又贬为华州司功参军。后弃官西行,客秦州,寓同谷,入蜀定居成都浣花草堂。严武镇蜀,荐授检校工部员外郎。次年严武死,即移居夔州。后携家出峡,漂泊鄂湘,死于舟中。有《杜工部集》二十卷,补遗一卷。

杜甫的思想虽然儒释道兼有,但主要还是受儒家思想的影响。儒家的仁政和民本思想以及忧患精神和伦理道德思想,都深深地根植于他的思想中,成为他思想的坚实基础。杜甫的社会政治理想和社会批判精神及价值标准都是在儒家思想的基础上建立的。杜甫一生写下了一千多首诗,他的诗歌内容博大精深,全面而真实生动地展示了唐朝由盛转衰这一重大历史变革时期社会生活的全貌,被称为"诗史"。

(四)盛唐河洛地区其他诗人

盛唐时期,在两大诗派之外,河洛地区尚有陕州姚崇,洛阳贾曾、陆据、胡皓、许景先以及张说之子张洎、张均,汝州畅诸,荥阳郑虔等人。他们或以诗显,或以文扬。

(五)盛唐游宦或居洛的重要外籍文人

盛唐时期,玄宗多次居于洛阳,加之科举考试东西两都并举,故天下文士多至洛阳。他们或赶考,或游览,或仕宦,或寓居。今仅掇其要者而论之。

首先,《群书四部录》编纂文人群体。开元五年(717年)正月,玄宗赴洛,次年十月始返长安。其间,他召集文士在洛阳进行了著名的《群书四部录》第一阶段的编纂工作。据《新唐书》卷一九九《马怀素传》载，参与其事的名儒硕士达二十余人，此为洛阳文坛的一大盛事。

其次，伟大的浪漫主义诗人李白在天宝年间曾多次来到洛阳。甚至在天宝十载(751 年)之后，仍来过洛阳。李白也曾长期在嵩山隐居。尤其是天宝三载(744 年)，李白与伟大的现实主义诗人杜甫在洛阳相会，从此结下了深厚的友谊，成为文学史上的千秋佳话。关于他们这次相会的意义，闻一多先生曾云："我们四千年的历史里，除了孔子见老子，没有比这会面更伟大，更神圣，更可纪念的。"李白在洛阳留下了大量的诗作，其《洛城闻笛》《天津秋》等诗皆已成为千古传颂的名作。

再次，田园诗派的代表人物孟浩然曾久滞洛阳，其时间当在开元十三年(725 年)左右。另一山水田园诗派的代表人物王维与洛阳渊契尤深。他曾于开元四年(716 年)前来东都，后又隐居于嵩山。天宝十五载(756 年)，安禄山攻陷长安，王维被俘，解赴洛阳，迫授伪官。至德二载(757 年)，唐军收复长安、洛阳，王维又因降虏，被拘于洛。他在洛阳留下了《洛阳女儿行》等著名诗篇。

最后，边塞诗派的岑参自 15 岁起就隐居于嵩山，以至于今尚有学者以之为洛阳人。另一代表人物王昌龄亦两次至洛，并与綦毋潜、李颀等在洛唱和。他日后思念洛阳好友，写出了"洛阳亲友如相问，一片冰心在玉壶"(《芙蓉楼送辛渐》)的千古名句。

三、中唐文学

从唐肃宗至德元载(756 年)安史之乱结束到唐敬宗宝历三年(827 年)为文学史上的中唐时期。中唐时期产生了影响深远的新乐府运动和古文运动，是唐代文学发展的又一高峰，河洛文学也继续保持着其巅峰状态。

(一)元结、《箧中集》诗人及贾至

元结(719—772 年)，字次山，号漫郎、聱叟，洛阳人。天宝十二载(753 年)进士，曾任道州刺史等职。元结十分强调文学的美刺教化作用，要求诗歌"极帝王理乱之道，系古人规讽之流"(《二风诗论》)。他反对"局限声病、喜尚形似"(《箧中集序》)的形式主义，提倡质朴淳厚之诗风，代表作有《春陵行》《贼退示官吏》。其散文尤为一时之冠。内容多讽刺时政，讥评世俗，短小精悍，尖锐泼辣，时多狂狷之语，对晚唐小品文有一定的影响。还有一些杂文，则类似寓言，如《丐论》《恶圆》等，对柳宗元的寓言有一定影响。其《右溪记》则为柳宗元山水游记之先声。

大约与元结及《箧中集》所录诗人同时，洛阳贾至亦为著名诗人、散文家。贾至(718—772 年)，字幼邻，官至右散骑常侍。他以诗文名于当世，李白曾比之为贾谊(《巴陵赠贾舍人》)，杜甫则誉之为“雄笔映千古”(《别唐十五诫因寄礼部贾侍郎》)。其文多为制诰，朝廷典册多出其手。其《早朝大明宫呈两省僚友》一诗辞藻典丽，声律和美，杜甫、王维、岑参等大诗人皆有和作。其散文尤其著名，是中唐古文运动的先驱人物。

(二)大历时期的河洛文学

唐代宗大历年间处于唐代的文学高峰，大历与元和之间，其文学创作体现出强烈的过渡性质。这一时期洛阳仍然是文学中心之一，并涌现出了刘长卿、独狐及等重要作家。

刘长卿(？—约 789 年)，字文房。关于他的籍贯历来众说纷纭。房日晰、傅璇琮先生考证其为洛阳人，袁行霈主编《中国文学史》亦以之为洛阳人。少时曾读书于嵩阳，进士及第后，曾任海盐令等职，官终随州刺史，故世称刘随州。他一生两次被贬，一次下狱，身世坎坷。在大历诗人中，刘长卿年岁较长，他青壮年时乃在盛唐时期，但大部分作品写于安史之乱后，“以诗驰名上元、宝应间”(《唐诗记事》)，被称为“盛唐诗向大历诗过渡的桥梁”“大历时代最优秀的诗人”。

独狐及(725—777 年)，字至之，洛阳(今属河南)人。幼诵经术大义，耻为章句之学。天宝十三载(754 年)对策高第，授华阴县尉，历官左拾遗等，卒于常州刺史任上，世称独狐常州。他 20 岁时，曾师事萧颖士，其后文名与萧颖士、李华相爵。他从文学的社会功能角度提出了为教化而复兴“古文”的主张。独狐及亦善诗。他的诗歌有明显的散文化倾向，对韩愈的“以文为诗”有一定的影响。独狐及又是当时的文坛领袖，他奖掖后进，不遗余力，著名古文家梁肃、崔元翰、唐次、齐抗等皆出其门下。

梁肃(753—793 年)，字宽中，一字敬之。世居陆浑(今河南嵩县东北)，后迁居函谷(今新安)。建中初登文辞清丽科，曾任右补阙、太子侍读、翰林学士等职。《旧唐书・韩愈传》云：“大历、贞元之间，文字多尚古学，效扬雄、董仲舒之述作，而独孤及、梁肃最称渊奥，儒林推重。”梁肃能奖引后进，先后荐举韩愈、欧阳詹等登第。其文得独孤及传授，崇尚古朴，为韩愈、李翱等所师法。他的“文气说”对韩愈的影响尤其直接。

大历时期游洛寓洛之作家甚多。著名田园诗人韦应物曾任洛阳丞，边塞诗人李益少时家居于郑州、洛阳一带。河洛地区更是大历十才子活动的主要地区。卢纶曾任阌乡(今河南灵宝)尉，司空曙曾任洛阳主簿，李端少时曾学道于嵩山。大历十才子在洛阳不仅有大量的唱和之作,而且曾缔结诗社。司空曙《岁暮怀崔峒》一诗有云:“洛阳旧社各东西,楚国游人不相识。”此即为中国文学史上文人结社之开始。

(三)新乐府运动与河洛

唐代贞元、元和年间,白居易、元稹等掀起了新乐府运动。所谓新乐府,是相对古乐府而言的。这一概念首先由白居易提出。他曾把担任左拾遗时写的“美刺比兴”“因事立题”的50多首诗编为《新乐府》。新乐府运动取得了巨大成就,成为我国文学史上影响深远的现实主义诗歌运动。新乐府运动以元、白为领袖,以张籍、王建、唐衢、邓鲂、李余、刘猛为羽翼,其中元稹、唐衢为河洛地区作家,白居易生于河洛,长期官居洛阳,年轻时即移家于洛阳。兹先简论白居易,再论元稹、唐衢之成就。

白居易(772—846年),字乐天,原籍太原(今属山西),出生于新郑。贞元十四年(798年)举家迁于洛阳,时年仅27岁。贞元十六年(800年)与元稹同举进士,二人订交,友谊甚笃,诗亦齐名,世称“元白”。又与另一位洛阳诗人刘禹锡唱和甚多,世称“刘白”。白居易居官以后,虽往来于大江南北,然而经常返洛。他一生也多次任职于洛阳。54岁时曾以太子左庶子分司东都,从59岁直至64岁一直任职于洛阳,曾任太子宾客、河南尹、太子太傅等职。致仕后,又隐居于洛阳龙门之香山,自号香山居士,卒亦葬于此。著有《白氏长庆集》七十五卷,今存七十一卷。白居易一生主要活动均在迁家洛阳之后。作为新乐府运动的领袖,其不少新乐府作品均以洛阳为题材,著名的如《上阳白发人》等。其后亦有专章介绍白居易,不再赘述。

元稹(779—831年),字微之,河南(府治今河南洛阳)人。15岁以明经擢第,元和元年(806年)登才识兼茂明于体用科第一名,授左拾遗,历仕监察御史,因直言敢谏,触怒宦官被贬。长庆二年(822年),任宰相(工部尚书同平章事)。后又任浙东观察使、尚书左丞、武昌军节度使等,53岁时死于任上。有《元氏长庆集》一百卷,今存六十卷。元稹与白居易齐名,但其有关新乐府的创作与理论均早于白居易。他在元和四年(809年)见李绅所作《乐府新题二十首》后,便作《和李校书新题乐府十二首》,在序中赞赏其“雅有所谓,不虚为文”,初步阐述了新乐府创作的理论。

唐衢,生卒年不详,荥阳人。应进士,不第。一生穷困潦倒。为新乐府运动的主要参加者之一。他多愁善感,见人文章有伤感之作,读毕必哭,故时有“唐衢善哭”之称。其诗也多感伤慨叹。他与韩愈、白居易皆友善,对白居易的《秦中吟》《新乐府》评价甚高,将其与杜甫并称。白居易正是在对唐衢的评价中，提出了“惟歌生民病”（《寄唐生》）、“但伤民病痛”（《伤唐衢》）等元、白诗论的核心观点。唐衢曾有遗文千首，惜已全佚。

（四）韩愈与古文运动

元和时期文坛上的另一重大文学运动便是韩愈、柳宗元领导的古文运动。

韩愈（768—824 年），字退之，河阳（今河南孟州）人。3 岁而孤，由嫂郑氏抚养成人。叔父云卿、兄韩会都是在李华、萧颖士的影响之下，倾向文学复古的人物。25 岁成进士，29 岁始登上仕途，历任汴州观察推官、四门博士、监察御史等。因关中旱饥，上疏请免徭役赋税，指斥朝政，被贬为阳山令。元和十二年（817 年），从裴度平淮西吴元济有功，升为刑部侍郎。后二年，又因谏迎佛骨，触怒宪宗，几乎被杀，幸裴度等援救，改贬为潮州刺史。穆宗即位，他奉召回京，为兵部侍郎，又转吏部侍郎。有《昌黎先生文集》。他的一生，苏轼曾予以高度评价：“文起八代之衰，而道济天下之溺；忠犯人主之怒，而勇夺三军之帅。”（《潮州韩文公庙碑》）

在文学批评史上，韩愈提出了系统明确的文学主张，以提倡古文。主要包括“文以明道”“不平则鸣”“惟陈言之务去”“气盛宜言”等。这些主张在文学史上产生了深远的影响。

韩愈的散文，内容复杂丰富，形式也多种多样。大致可分为论说文、应用文、记叙文、抒情文四大类。他的论说文，形式也相当多样。其中的“杂著”或“杂文”，发挥了散文的战斗性功能，尖锐而深刻。如《原毁》通过对当时社会现象的精辟分析，揭露了当时一般士大夫所以要诋毁后进之士的根本原因。《杂说四》以“千里马常有，而伯乐不常有”比喻贤才难遇知己，寄寓了他对自己遭遇的深深不平。他的应用文往往借题发挥，感慨议论，或庄或谐，因事而异，实际也就是“杂文”。其中《送李愿归盘谷序》被苏轼认为是唐代的第一篇文章。他的叙事文，或叙事，或记人，均有极强的文学性。如《张中丞传后叙》记述许远、张巡、南霁云等死守睢阳的英勇事迹，极尽曲折变化之能事，使人物性格特征跃然纸上。他的抒情文往往以真情致胜，《祭十二郎文》不避琐屑，絮絮道来，恰如长歌当哭，令人肝肠寸断，被前人誉为“祭文中千年绝调”的名篇，堪称其代表作之一。

韩愈的散文，气势奔放，汪洋恣肆，既富于曲折变化，而又流畅明快。苏洵曾说：“韩子之文，如长江大河，浑浩流转。”（《上欧阳内翰书》）相当形象地概括了韩愈散文的风格。韩愈又是我国古代运用语言的巨匠之一。他非常重视语言，主张“文从字顺”“词必己出”“陈言务去”。他善于创造性地使用古代词语，又善于吸收当代口语自铸新词，句式的结构也灵活多变，在散文句式中间亦杂以骈俪句法，硬语生辞，映带生姿。他所新创的许多语句，已经成为成语。

韩愈领导的古文运动，推翻了骈文对文坛的长期统治，开创了散文的新传统。它直接影响了晚唐小品文的产生。宋、明、清的散文，都是对唐代古文传统的发展。古文运动还解放了文体，直接促进了唐传奇小说的发展。

（五）韩孟诗派

约与新乐府运动同时，中唐诗坛出现了另一诗歌流派——韩孟诗派，又称奇崛诗派。它以韩愈、孟郊为领袖。元和元年至六年（806—811 年），韩愈先后任职于长安、洛阳，韩孟诗派的其他诗人卢仝、马异、刘叉、贾岛、皇甫湜等相继会聚，天才诗人李贺也与韩愈等交游，至此诗派中人物已经全部会齐，诗派已经成立。因此，洛阳是韩孟诗派形成的地方，又是其成员活动的中心地区。这一诗派中的诗人大都出身贫寒，仕途坎坷，性格狷介。他们以抒发个人不遇之志为主要内容，迥异于元白的写实作风。在艺术上，他们也力避元白诗派的浅俗与大历诗风的纤弱，追求奇崛险怪，冷僻新巧，极富于独创性。诗派中的韩愈、卢仝、马异、姚合、李贺等皆为河洛地区的诗人，孟郊长期居于洛阳，也自称洛阳人。

韩愈存诗约 300 首。内容涉及时事、山水、感遇等方面。首先，他的诗险怪、新奇的特点十分明显。其代表作《陆浑山火》，明代的瞿佑在《归田诗话》中曾评价说："造语险怪，初读始不可晓。"其次，韩愈的诗具有以文为诗的显著特色，铺张扬厉，议论纵横。最后，韩愈的诗想象新奇，意境阔大，具有壮浪纵恣的风格。如《卢郎中云夫寄示送盘谷子诗两章，歌以和之》中描写太行山瀑布云："是时新晴天井溢，谁把长剑倚太行。冲风吹破落天外，飞雨白日洒洛阳。"极具雄奇壮浪之美。韩愈的诗歌不仅矫正了当时大历诗风的纤弱，开创了奇崛诗派，而且对宋诗的议论化、散文化均有极大影响，在诗史上有着重要的意义。

孟郊（751—814 年），字东野，湖州武康（今浙江德清）人。然其一生多居于洛，后又定居洛阳，故自称洛阳人。早年生活贫困，曾漫游湖北、湖南、广西等地，屡试不第。46 岁始登进士第，贞元十七年（801 年）始作溧阳县尉。元和初河南尹郑余庆奏为河南水陆转运从事，试协律郎，定居洛阳。64 岁时贫病而死。孟郊在当时以诗见称，与韩愈并称为"孟诗韩笔"。他的诗以五言古体见长，不蹈袭陈言，不滥用典故辞藻，擅长白描手法而又不显浅薄平庸，一扫大历以来的靡弱诗风。孟诗多苦语，他和贾岛都以苦吟著称，

苏轼称之为“郊寒岛瘦”，因此后世论者把他们称为苦吟诗人的代表。宋代江西诗派瘦硬生新的风格，也受其影响。虽与韩愈同为韩孟诗派领袖，但孟郊的诗歌语言也有古朴浅近的一面，善于比喻，深切感人，《游子吟》便是其中的代表之作。

(六)天才诗人李贺

李贺(790—816 年)，字长吉，福昌(今河南宜阳西)人。唐宗室郑王李亮后裔，但家世已没落。青少年时，才华出众，名动京师。父名晋肃，因避父讳(晋与进士之进同音)，终不得登第。一生愁苦抑郁，体弱多病，只做过 3 年奉礼郎，卒时仅 27 岁。生前曾将自己的诗 223 首，编为四编，托付友人沈子明，后杜牧为之撰序。李贺生于韩、柳、元、白等大诗人竞相辉煌的时代，却能别开生面，自成一家，是中唐到晚唐诗风转变期的代表诗人。有《昌谷集》四卷。

李贺一生以诗为业，其诗歌在意象的朦胧虚幻、色彩的浓艳诡奇、心理描写的细腻深入方面对李商隐、温庭筠等有着极大的影响。他的乐府诗歌在抒情设色方面，也对词的产生起着推动作用，被称为“诗余之渐”(许学夷《诗学辨源》)。后世学李贺的更是代不乏人，“昌谷体”成为中国诗史上影响最为持久的诗体之一。

(七)刘禹锡

刘禹锡(772—842 年)，字梦得，洛阳(今属河南)人。唐德宗贞元九年(793 年)中进士，官监察御史。顺宗时与柳宗元一起参加王叔文政治革新集团，失败后被贬朗州(今湖南常德)司马，10 年后又被贬连州(今广东连县)刺史。晚年召回京师，官至检校礼部尚书。他与柳宗元并称刘柳，又与白居易并称刘白。在中唐时期，其诗不入任何一流派而自具特色。有《刘梦得文集》四十卷。

刘禹锡最为人称道的是咏史怀古之作，他堪称中唐最杰出的咏史诗人。他的咏史诗具有深沉的历史和人生的沧桑之感，给人以无限的遐想。如《西塞山怀古》《金陵怀古》《姑苏台》《金陵五题》等皆为传世名作。他的感世伤怀、托物寓情之作亦极具个性。如《养鸷词》《聚蚊谣》《读张曲江集作》《戏赠看花诸君子》《再游玄都观》等，都反映他虽受打击而气骨桀骜、毫不屈服的精神。他在远谪湖南、四川时，接触到少数民族的生活，并受到当地民歌的一些影响，创作出《竹枝词》、《浪淘沙》诸词，给后世留下“银钏金钗来负水，长刀短笠去烧畬”的民俗画面。其《竹枝词》云：“杨柳青青江水平，闻郎江上踏歌声。东边日出西边雨，道是无晴却有晴。”全诗以“晴”通“情”，谐音两意，既明白如话，又含而不露，情思宛转，语调清新，有浓郁的生活气息。刘禹锡的诗大都简捷明快，雄豪苍劲，被白居易誉为“诗豪”（《刘白唱和集解》）。他的诗识见精深，议论警策，格调激越，催人向上。

刘禹锡又是早期的词人之一。他在和白居易的《春词》时，曾注明“依《忆江南》曲拍为句”，这是中国文学史上依曲填词的最早记录。他还是古文运动的参与者之一，尤以论说文见长。其论说文大都见识卓越，善于论析说理。其《陋室铭》则是一篇隽永的小品。

四、晚唐河洛文学

自唐文宗开成元年（836 年）至唐王朝灭亡（907 年）的 70 余年，为晚唐时期。这一时期宦官专权、藩镇割据以及朋党之争愈演愈烈，最终导致了唐王朝的灭亡。晚唐文人面对政治上不可收拾的局面，已深感无力回天，因而在心态上蒙上了一层暗淡、伤感的色调。晚唐的 70 余年，从时间与诗人活动的情况来看，可说有两个高峰。一是晚唐前期，以杜牧、许浑、李商隐等人为代表；二是晚唐后期，以皮日休、陆龟蒙、杜荀鹤、聂夷中等人为代表。李商隐、聂夷中皆为河洛地区的重要作家。许浑的祖籍为洛阳，又曾在巩洛安家，亦自称洛阳人。

李商隐（813—858 年），字义山，怀州河内（今河南沁阳）人。初学古文。受牛党令狐楚赏识，入其幕府，并从其学骈文。开成二年（837 年），以令狐之力中进士。次年入属李党的泾原节度使王茂元幕府，王爱其才，以女妻之。因此受牛党排挤，辗转于各藩镇幕府，终身不得志。他与杜牧齐名，并称“小李杜”，又与温庭筠齐名，并称“温李”。有《玉谿生集》《樊南文集》。

李商隐的诗歌今存 600 多首，内容广泛，其在表现技巧上具有构思缜密、寄托遥深、语言清丽、用典精切、格律严整的特点，李商隐又是唐代著名的骈文家。他的骈文“融合六朝徐庾和中唐陆贽骈文之长，所撰四六属对精密，色彩浓丽，华赡典雅，遂为唐代骈文的集大成者”。其代表作《祭小侄女寄寄文》将寻常琐事絮絮道来，而凄恻哀恸，感人至深，为千古祭文中的名篇。

许浑（生卒年不详），字用晦，一字仲晦。原籍洛阳，迁居润州丹阳（今属江苏），后又移家于洛阳。大和六年（832 年）进士，曾任虞部员外郎、睦州刺史、郢州刺史等职。晚年居于润州丁卯涧桥，因以丁卯名集。其诗以登临怀古见长，写景抒情、临别酬赠亦颇多佳作。其《咸阳城东楼》之“山雨欲来风满楼”尤为千古传诵的名句。其诗被称为“丁卯体”，深为后世喜爱。

晚唐后期，由于阶级矛盾的极端尖锐，出现了一些继承中唐新乐府运动的精神、“惟歌生民病”的现实主义诗人，河洛地区的诗人聂夷中是其中的代表人物。

聂夷中（837—884年），字坦之，河南人。咸通十二年（871年）进士。曾任华阴县尉。《唐诗纪事》说：“（聂夷中）奋身草泽，备尝辛楚，尤为清苦。”他存诗不多，但多为悯农诗。他的《伤田家》明白如话，而又形象生动，对比鲜明，是传诵千古的名作：“二月卖新丝，五月粜新谷。医得眼前疮，剜却心头肉。我愿君王心，化作光明烛。不照绮罗筵，只照逃亡屋。”聂夷中的诗歌语言质朴无华，晓畅自然而又警惊深刻，对后世诗人具有一定的影响。

第二节　唐代河洛文人群体的创作活动

唐代最初定都于长安。唐高宗显庆二年（657年），以洛阳为东都。自此以后，唐高宗频繁往返于两都之间，以住洛阳为主，直至在洛阳病死。武则天称制后，于光宅元年（684年）迁都洛阳。在武则天掌权期间，除了长安元年（701年）十月至长安三年（703年）十月住在长安外，一直居住在洛阳，由于独特的政治、地理优势，洛阳也成为唐代社会的文化重心之一。

许多唐代著名诗人，几乎都到过东都洛阳。孟浩然、王维、李颀、王昌龄、李白、高适、岑参、储光羲、常建、祖咏、裴迪等，或游览，或干谒，或途经，或读书，都先后到过洛阳，而杜甫、韩愈、白居易、李商隐等诗坛巨子，更是河洛文人的杰出代表。他们为唐代文学的繁荣发挥了不可替代的作用，也为中国古代文学增添了浓墨重彩。

一、初唐以宫廷为中心的文学创作

初唐文学是从高祖武德元年（618年）至玄宗开元元年（713年）时期的文学。这一时期的文学是唐代诗歌走向兴盛的准备阶段，初唐前期诗歌受南朝齐梁诗风的影响较大。贞观时期聚集在唐太宗周围的宫廷诗人虞世南、李百药、上官仪等，他们的创作日趋宫廷化、贵族化，多是奉和应制之作，琢磨技巧，雕饰辞藻，齐梁积习犹存。以上官仪为代表的“上官体”，成为当时宫廷诗人创作的典范。初唐后期诗歌虽没有完全摆脱齐梁诗风的影响，但出现了新的转机。根据《新唐书》《旧唐书》《全唐文》《全唐诗》等典籍记载，初唐河洛文人洛阳籍的就有长孙无忌、长孙贞隐、赵弘智、李玄道、元希声、张循之、宋之问、杜审言等，这些河洛诗人大都是宫廷诗人，创作了不少应制诗，对唐初时风革新以及律诗的定型与成熟做出了贡献。

(一)武则天与“北门学士”

“北门学士”是唐高宗时武后为顺利干政而设置的一种差遣职。这是武则天为自己的参政聚集力量,同时为获取名望、分宰相之权而进行的政治设计,其根本目的是登上帝位。当时,高宗懈怠政务,武后急于参政,却屡遭宰相大臣反对。武后为达到干政目的,遂召文辞之士入禁中待诏,秘密参决机要。《资治通鉴》卷二〇二唐高宗上元二年三月载:“天后多引文学之士著作郎元万顷、左史刘祎之等,使之撰《列女传》《臣轨》《百僚新戒》《乐书》,凡千余卷。朝廷奏议及百司表疏,时密令参决,以分宰相之权。时人谓之北门学士。”“北门学士”在当时有很高的声望并引起朝野众臣的艳羡。在这一时期,比较著名的河洛文人有范履冰、元万顷等。

范履冰(? —690 年),字始凝,怀州河内(今河南沁阳)人,太子少保范千兴之子。唐高祖武德七年(624 年),进士及第。历任知县、知州。唐武则天垂拱中,同鸾台凤阁平章事(宰相),忠谏敢言,不畏权势。与魏元忠同时拜相,政见相亲,感情胜厚。私谓魏元忠曰:“唐室将衰,武后之党日盛,将行篡逆之也,天下危也。”垂拱四年(688 年),范履冰上书:“亲朋党,远小人,此国之福也。”并倡导任用贤能,罢黜贪官,为富强兵之策。唐睿宗不纳。继之,武后任用私党日盛。逐改永昌元年为载初元年。一年三次改元,再次上书谏阻,以坐举逆人故,坐罪下狱,为酷吏迫害致死。唐中宗复位,追赠左仆射。范履冰忠君爱国,仗义敢言,与当时许多著名文人都有交往。卢照邻身患顽疾,曾经客居龙门东山,范履冰、裴瑾之等人经常为他提供衣物、药品,互赠诗文。

元万顷(? —689 年),洛阳人。乾封二年(667 年)从李积征高丽,为辽东总管记室。作《檄高丽文》,讥高丽“不知守鸭绿之险”,此语为高丽利用,因贬流岭南。后赦为著作郎。武则天将其引入禁中修撰图书,并密令参决时政,为北门学士之一。与范履冰、苗神客、周思茂、胡楚宾共撰《列女传》《臣轨》《百僚新戒》《乐书》等千余卷,皆佚。武后临朝,迁凤阁舍人,擢凤阁侍郎。因与徐敬业兄弟友善,为酷吏构陷,流配岭南而死。他的诗现存 3 首,均为应制诗,其中《奉和春日池台》一诗颇具时代特色:

日影飞花殿,风文积草池。
凤楼通夜敞,虬辇望春移。

由“日影”“凤楼”“虬辇”等词可见,元万顷这首诗并未脱离“奉和”的窠臼。作者拘泥于当时奉和应制的情境和个人宫廷生活的局限,诗歌内容难免狭窄,最后两句也落入歌功颂德的俗套。但是,前两句写景工细,“飞”和

“积”赋予无生命的事物以动感，并能精准地概括出春天景物的特征，可圈可点。从元万顷的诗也可若隐若现地看出唐诗由颂圣到抒情的过渡，诗文更注重文学性的抒情，体现了初唐诗风的悄然转变。

（二）珠英学士集团

初唐宫廷诗人人数众多，地位高，影响大。据清编《全唐诗》收录，其中有二首以上宫廷诗的初唐诗人共 220 多家，几乎人人都作有宫廷诗。帝王以及那些地位高的朝臣、经常出入宫廷的一般文士的作品，占绝大多数。此外，武则天为扩大政治势力，继北门学士文人集团之后又组建了一个政治性突出的文人团队，即珠英学士集团。武周圣历年间（698—700 年），武则天召集官员编纂大型类书《三教珠英》，至大足元年（701 年）书成。该书卷帙浩繁，先后参与修书的约有 47 人，其中多为宫廷诗人与学者。他们当时被称为“修书学士”，通常又称“珠英学士”，这同“北门学士”一样，也只是一种雅称。珠英学士集团成员在编写《三教珠英》时，创作了大量诗歌，著名诗人崔融结集为《珠英学士集》，共五卷。

《珠英学士集》大部分已散佚。残卷中还有少量的作品从关心国家安危、感慨世事变幻无常的角度出发，表达个人的见解。如沈佺期的《邙山》：“北邙山上列坟茔，万古千秋对洛城。城中日夕歌钟起，山上唯闻松柏声。”北邙山位于洛阳城北，是著名的墓地。诗歌前两句写邙山的性质和地理形势，后两句将洛阳城中歌舞升平与邙山上的荒冢累累进行对比。全诗没有过多议论，而是用“松柏”意象和对比手法传达出风云变幻下的历史沧桑感。

元希声在珠英文人群中亦很突出。元希声（662—707 年），洛阳人，隋兵部尚书岩曾孙，3 岁便善草隶书，客有闻而谬之者，援豪立就，动有楷则，当时被称为“神童”。举进士，征拜司礼博士，擢吏部侍郎。《全唐诗》中收录其四言诗较多，其五言诗《宴卢十四南园得园韵》在奉和酬唱诗中独有风致：

超遥乘暇景，洒散绝浮喧。
写望峰云出，开襟夏木繁。
野人怜狎鸟，游子爱芳荪。
卧筱低临席，惊流注满园。
□然林下意，琴酌坐忘言。

诗歌虽为感时应景的酬唱应答之作，但是写得清丽明净，情思婉转，不乏生气，受时人称道。

（三）景龙文馆学人群体

“景龙”是唐中宗李显的年号，在他身边形成的文人集团被称为景龙文馆学人群体。景龙修文馆的前身是唐初沿袭旧制而设立的弘文馆，其性质为官方图书机构，并兼有教授贵族子弟等职能。馆名几经修改，唐中宗神龙二年(706年)改为修文馆。改名的同时，修文馆新设置了大学士、学士等，援引朝中文臣充盈馆阁。馆中学士群负责陪侍唐中宗于春夏秋冬游玩宴饮，游宴中互相唱和、应制作诗，盛极一时。自此修文馆的性质也随之发生了变化，更多地成为一个文学团体。除了宫廷应制环境下的诗歌，景龙文馆学人在私下场合，或与友人相交，或感叹自身命运不济，或见景遇物咏怀抒发，留有大量诗作，诗歌创作题材涉及自然山水、边旅塞外、闺怨情深、送别离情等，诗歌形式多样，有古风，有近体。其中河洛诗人杜审言、宋之问、刘允济等均为该群体成员，在唐诗发展史上影响很大。

杜审言(约645—708年)，字必简，郡望京兆杜陵，祖籍襄州襄阳人，后徙居洛州巩县(今河南巩义)。咸亨元年(670年)进士，曾官洛阳丞。历官至国子监主簿，加修文馆直学士。杜审言与李峤、崔融、苏味道相友善，时为“文章四友”，名重于天下。他的五律诗现有28首，除一首失粘外，其余皆符合近体诗的粘对规律，在五律的定型化方面具有重要意义。他的诗质实雄浑，有着极高的艺术境界。《和晋陵陆丞早春游望》一诗被胡应麟称为初唐五律“第一”。(《诗薮·内编卷五》)

杜审言是初唐最著名的诗人之一，也是诗圣杜甫的祖父。杜甫称“诗是吾家事”“吾祖诗冠古”，并非虚语。杜审言与李峤、崔融、苏味道相友善，时为“文章四友”，名重于天下，甚或被誉为“初唐五言律第一”。杜审言郡望京兆杜陵，祖籍襄州襄阳，徙居洛州巩县(今河南巩义)。杜审言的父亲杜依艺任洛州巩县令，遂迁居巩县。从此，洛阳成了杜审言一生的重要活动区域之一，也在他的诗文中多有体现。

杜审言年轻的时候，和当时的许多官宦子弟交流，在洛阳有自己的文学交流圈。这在他的《春日京中有怀》一诗中充分体现。其诗曰：

今年游寓独游秦，愁思看春不当春。
上林苑里花徒发，细柳营前叶漫新。
公子南桥应尽兴，将军西第几留宾。
寄语洛城风日道，明年春色倍还人。

这一年，杜审言在长安下第，此诗正是此时所作。由诗中“愁思”“花徒发”“叶漫新”可见他在春日花开时节由于下第而导致的百无聊赖之心境，以及在下第之时对洛阳朋友的寄语与思归之心。

杜审言经历官场动荡、失子之痛等人生辛酸，57岁时拜为著作佐郎。58岁，迁膳部员外郎。同年十月，扈从武则天返回神都洛阳，作了一首《扈从出

长安应制》,诗云:

分野都畿列,时乘六御均。
京师旧西幸,洛道此东巡。
文物驱三统,声名走百神。
龙旗萦漏夕,凤辇拂钩陈。
抚迹地灵古,游情皇鉴新。
山追散马日,水忆钓鱼人。
禹食传中使,尧樽遍下臣。
省方称国阜,问道识风淳。
岁晚天行吉,年丰景从亲。
欢娱包历代,宇宙忽疑春。

从“抚迹地灵古,游情皇鉴新”“欢娱包历代,宇宙忽疑春”可见杜审言此时欢欣鼓舞的心情。受应制的局限,这首诗中规中矩,但是可以看出诗人对诗歌形式的追求。

杜审言影响很大的一首长诗为五言排律《和李大夫嗣真奉使存抚河东》。其诗曰:

六位乾坤动,三微历数迁。讴歌移火德,图谶在金天。
子月开阶统,房星受命年。祯符龙马出,宝箓凤凰传。
地即交风雨,都仍卜涧瀍。明堂唯御极,清庙乃尊先。
不宰神功运,无为大象悬。八荒平物土,四海接人烟。
已属群生泰,犹言至道偏。玺书傍问俗,旌节近推贤。
秩比司空位,官临御史员。雄词执刀笔,直谏罢楼船。
国有大臣器,朝加小会筵。将行备礼乐,送别仰神仙。
城阙周京转,关河陕服连。稍观汾水曲,俄指绛台前。
姑射聊长望,平阳遂宛然。舜耕余草木,禹凿旧山川。
昔出诸侯上,无何霸业全。中军归战敌,外府绝兵权。
隐隐帝乡远,瞻瞻肃命虔。西河偃风俗,东壁挂星躔。
井邑枌榆社,陵园松柏田。荣光晴掩代,佳气晓侵燕。
雨霈鸿私涤,风行睿旨宣。茕嫠访疾苦,屠钓采贞坚。
人乐逢刑措,时康洽赏延。赐逾秦氏级,恩倍汉家钱。
拥传咸翘首,称觞竞比肩。拜迎弥道路,舞咏溢郊鄽。
杀气西衡白,穷阴北土玄。飞霜遥渡海,残月迥临边。
缅邈朝廷问,周流朔塞旋。兴来探马策,俊发抱龙泉。
学总八千卷,文倾三百篇。澄清得使者,作颂有人焉。

莫以崇班阂，而云胜托捐。伟材何磊落，陋质几翩翾。

江海宁为让，巴渝辄自牵。一闻歌圣道，助曲荷陶甄。

这首诗作于天授元年（690 年），杜审言 45 岁，在麟台任职。同年九月，发十道存抚使，李闹真存抚河东，杜审言和其诗送之。此事见载于《唐会要》卷七十七："天授二年，发十道存抚使，以右肃政、御史中丞、知大夫事李嗣真等为之。阖朝有诗送之，名曰《存抚集》，十卷，行于世。杜审言、崔融、苏味道等诗尤著焉。"《存抚集》今不存，并崔融、苏味道之诗亦佚，唯杜审言之诗尚存。其结尾"伟材何磊落，陋质几翩翾。江海宁为让，巴渝辄自牵。一闻歌圣道，助曲荷陶甄"，颂扬嗣真，并希冀授手之意溢于言表。《唐会要》谓"合朝有诗送之"，所举为"文章四友"中的三友。时李峤在朝任给事中，于"四友"中最显，当亦有诗相送。苏味道时为考功郎中，崔融为著作佐郎，唯杜审言在"四友"中职位最为低微，大致不过麟台正校书郎之类。然而，此诗产生了很大影响。李亦尝极称此诗，比之"玉山桂"。杜甫亦为之感到自豪，其《八哀诗·赠秘书监江夏李公邕》云："例及吾家诗，旷怀扫氛翳。慷慨嗣真作，咨嗟玉山桂。钟律俨高悬，鲲鲸喷迢递。"借他人之口，表达对祖父杜审言此诗的推崇。武平一《请追赠杜审言官表》说："审言誉郁中朝，文高前列，是以升荣粉署，擢秀兰台。"更见杜审言的笔力之壮。

沈佺期与灵宝诗人宋之问，并称"沈宋"。他们共同标志着格律诗的成熟与定型。沈佺期（约 656—713 年），字云卿。高宗上元二年（675 年）进士，初任协律郎。武后时，迁通事舍人、考功员外郎。曾因受贿入狱。出狱后复职，迁给事中。中宗时被流放。神龙三年（707 年），召拜起居郎兼修文馆直学士，常侍宫中。后迁中书舍人，太子少詹事。有《沈佺期集》十卷。沈佺期的诗多宫廷应制之作，尚未脱梁陈之风。元稹《唐朝工部员外郎杜君墓志铭》称："沈宋之流，研炼精切，稳顺声势，谓之为律诗。"这便是有关"律诗"定名的最早记载。但他在流放期间诸作，多写自己的凄凉境遇，诗风为之一变。七律《古意呈补阙乔知之》（一名《独不见》），是其成名作。

宋之问（约 656—约 713 年），又名少连，字延清。上元进士，任职于洛阳宫中习艺馆，改洛州参军，转尚方监丞。中宗复帝位，贬为泷州参军。逃归洛阳，依附武三思，得鸿胪主簿。后迁考功员外郎，充修文馆直学士。因受贿贬为越州长史。睿宗即位，流放钦州，后赐死于流所。其诗多歌功颂德之作，文辞华丽，自然流畅，对律诗定型颇有影响。他在当时宫廷诗人中声名最著，曾留下龙门赛诗夺锦袍的典故。

武则天爱好诗文乐章，家世低微的宋之问擅长以巧思文华取胜。一次，武则天携众臣子游龙门，命群官赋诗，先成者赐以锦袍。左史东方虬诗成，

拜赐。坐未安，宋之问的诗完成了，文理兼美，左右莫不称善，乃就夺锦袍衣之。其诗曰：

宿雨霁氛埃，流云度城阙。
河堤柳新翠，苑树花先发。
洛阳花柳此时浓，山水楼台映几重。
群公拂雾朝翔凤，天子乘春幸凿龙。
凿龙近出王城外，羽从琳琅拥轩盖。
云罕才临御水桥，天衣已入香山会。
山壁崭岩断复连，清流澄澈俯伊川。
雁塔遥遥绿波上，星龛奕奕翠微边。
层峦旧长千寻木，远壑初飞百丈泉。
彩仗霓旌绕香阁，下辇登高望河洛。
东城宫阙拟昭回，南陌沟塍殊绮错。
林下天香七宝台，山中春酒万年杯。
微风一起祥花落，仙乐初鸣瑞鸟来。
鸟来花落纷无已，称觞献寿烟霞里。
歌舞淹留景欲斜，石间犹驻五云车。
鸟旗翼翼留芳草，龙骑骎骎映晚花。
千乘万骑銮舆出，水静山空严警跸。
郊外喧喧引看人，倾都南望属车尘。
嚣声引飏闻黄道，佳气周回入紫宸。
先王定鼎山河固，宝命乘周万物新。
吾皇不事瑶池乐，时雨来观农扈春。

这篇七言歌行属于应制诗，围绕武则天游龙门之事展开。宋之问赞美武则天出游，用了许多歌行体技巧，但他将夸张的描写联结成近于叙述的形式，显得更加复杂而华美。这种华美的风格更能表现富丽堂皇的盛世气象，在结尾处又巧妙地赞美了武周政权的正统性和道德力量。武周时期，宋之问不仅扈从武后朝会游豫，而且奉承武后近幸的媚臣外成宴乐优游，并且对这样的生活自感"志事俱得，形骸两忘"(《祭杨盈川文》)。这种生活追求最终使他沉溺并陷入统治集团内部争权夺利的政治旋涡中，令人叹息。

宋之问的五律《度大庾岭》，对仗工整却不见雕琢之痕，纯以情感取胜。其《渡汉江》则是一首著名的五绝："岭外音书断，经冬复历春。近乡情更怯，不敢问来人。"全诗不仅写出了自己独特的感受，而且概括了千百年来人们的共同的感受，具有极强的艺术感染力。

(四)上官体

“上官体”的得名来自上官仪。上官仪(约605—665年),字游韶,陕州(今三门峡市陕县)人。贞观初登进士第,授弘文馆学士,迁秘书郎。高宗时,官至三品西台侍郎。后下狱死。其诗绮错婉媚,华艳精工,有“上官体”之称。然虽雕琢成文,却又圆润流畅,意境浑融。就格调而言,亦渐离卑俗纤弱。“上官体”,是唐代诗歌史上第一个以个人命名的诗歌风格称号,指的是唐高宗龙朔年间以上官仪为代表的宫廷诗风,题材以奉和、应制、咏物为主,内容空泛,重视诗的形式技巧,追求诗的修辞之美。上官仪提出了著名的“六对”“八对”之说,是四声二元化和粘对规则的最早研究者和倡导者,对格律诗的定型具有重要意义。其中,最具代表性的为上官仪所作的《入朝洛堤步月》,其诗曰:

脉脉广川流,驱马历长洲。
鹊飞山月曙,蝉噪野风秋。

这首诗是上官仪为宰相时所作,完成于唐高宗龙朔年间(661—663年),正是他最得意之际。诗歌写他在东都洛阳皇城外等候入宫朝见时的情景。唐初,百官上早朝并没有待漏院可供休息,须在破晓前赶到皇城外等着。东都洛阳的皇城,傍洛水,城门外便是天津桥。唐代宫禁戒严,天津桥入夜落锁,断绝交通,到天明才开锁放行。所以上早朝的百官都在桥下洛堤上隔水等候放行入宫,宰相亦然。诗的前二句写自己驱马沿洛堤来到皇城外等候。“广川”指洛水,“长洲”指洛堤,洛堤是官道,以便车马通行,故称“长洲”。首句不仅以洛水即景起兴,谓洛水含情不语地流着;更是化用《古诗十九首·迢迢牵牛星》“盈盈一水间,脉脉不得语”,以男女喻君臣,暗示皇帝对自己的信任,流露首承恩得意的神气。接着写驱马洛堤,用一个“历”字,表现出一种心意悠然、镇定自若的风度。后二句是即景抒怀。曙光已见,月挂西山,宿鸟出林,寒蝉嘶鸣,野外晨风阵阵,秋意更盛。在写景中,巧用了两个前人的诗意。第三句写凌晨,用了曹操《短歌行》,取其意而谓曙光已见,鹊飞报喜,见出天下太平景象,又流露着自己执政治世的气魄。末句写秋意,用了陈朝张正见《赋得寒树晚蝉疏》:“寒蝉噪杨柳,朔吹犯梧桐……还因摇落处,寂寞尽秋风。”原意讽喻寒士失意不平,这里借以暗示在野失意者的不平之鸣。宋人顾乐评价这首诗云:“景语神采……写景沉着,格调亦雍容满足。”全诗视野开阔,情景宛合,以声光影像的交叉配置,渲染出恬和雍容的境界。

上官仪对诗歌体制的创新,主要在体物图貌的细腻、精巧方面。他以高

度纯熟的技巧，冲淡了齐梁诗风的浮艳雕琢；但诗的题材内容还局限于宫廷文学应制咏物的范围之内，缺乏慷慨激情和雄杰之气。上官仪代表了当时宫廷诗人的形式主义倾向，对律诗的定型有促进作用。它为诗歌的趋于格律化提供了新的范式，正是齐梁以来新体诗过度到沈、宋律诗的一座桥梁。在唐诗发展史上，它上承杨师道、李百药和虞世南，又下开"文章四友"和沈佺期、宋之问，影响深远。

（五）刘希夷

刘希夷（651—约679年），汝州（今属河南）人。高宗上元二年（675年）进士。少有文采，落魄不拘常格，后为人所害。孙昱撰《正声集》，以希夷诗为集中之最，由是大为时人所称赏。原有集，今佚。他的诗歌可分两类。一是闺情诗，风格柔婉，词旨悲苦。代表作为《白头吟》（一作《代悲白头翁》）、《捣衣篇》等。二是从军边塞诗，如《将军行》《从军行》，诗风则清峻雄浑，颇具豪放之气。其诗以歌行见长，多写闺情，辞意柔婉华丽，且多感伤情调。《代悲白头翁》是其代表作，与《春江花月夜》并称初唐歌行体"双璧"。其诗曰：

洛阳城东桃李花，飞来飞去落谁家？
洛阳女儿惜颜色，坐见落花长叹息。
今年花落颜色改，明年花开复谁在？
已见松柏摧为薪，更闻桑田变成海。
古人无复洛城东，今人还对落花风。
年年岁岁花相似，岁岁年年人不同。
寄言全盛红颜子，应怜半死白头翁。
此翁白头真可怜，伊昔红颜美少年。
公子王孙芳树下，清歌妙舞落花前。
光禄池台文锦绣，将军楼阁画神仙。
一朝卧病无相识，三春行乐在谁边？
宛转蛾眉能几时？须臾鹤发乱如丝。
但看古来歌舞地，唯有黄昏鸟雀悲。

这是一首拟古乐府诗。《白头吟》是汉乐府相和歌楚调曲旧题，写一个女子向遗弃她的情人表示决绝。刘希夷这首诗则从女子写到老翁，咏叹青春易逝、富贵无常。构思独创，抒情宛转，语言优美，音韵和谐，艺术性较高，在初唐即受推崇，历来传为名篇。

诗的前半部分写洛阳女子感伤落花，抒发人生短促、红颜易老的感慨；

后半部分写白头老翁遭遇沦落，抒发世事变迁、富贵无常的感慨，以“但看古来歌舞地，唯有黄昏鸟雀悲”总结全篇意旨。在前后的过渡，以“寄言全盛红颜子，应怜半死白头翁”二句，点出红颜女子的未来不免是白头老翁的今日，白头老翁的往昔实即是红颜女子的今日。诗人把红颜女子和白头老翁的具体命运加以典型化，表现出这是一大群处于封建社会下层的男女老少的共同命运，因而提出应该同病相怜，具有“醒世”的作用。“年年岁岁”二句是精警的名句，比喻精当，语言精粹，令人警醒。“年年岁岁”“岁岁年年”的颠倒重复，不仅排沓回荡，音韵优美，更在于强调了时光流逝的无情事实和听天由命的无奈情绪，真实动情。“花相似”“人不同”的形象比喻，突出了花卉盛衰有时而人生青春不再的对比，耐人寻味。

此诗融会汉魏歌行、南朝近体及梁、陈宫体的艺术经验，而自成一种清丽婉转的风格。它还汲取乐府诗的叙事间发议论、古诗的以叙事方式抒情的手法，又能巧妙交织运用各种对比，发挥对偶、用典的长处，是这首诗艺术上的突出成就。刘希夷生前似未成名，而在死后，孙季良编选《正声集》，“以刘希夷诗为集中之最，由是大为时人所称”（《大唐新语》）。可见他一生遭遇压抑，是他产生消极感伤情绪的思想根源。

二、盛唐河洛文人群创造活动

从时间上来看，初唐到晚唐五代各个时期的河洛作家数量都较多，但也不均衡，盛唐和中唐居多，有256位作家，初、晚唐相对较少。从地域来看，作家分布极为不均衡，作家群体主要集中在洛阳，占河南籍作家总数的三分之一，其次是郑州。王湾、祖咏、张说、陆坚、阴行先、孟云卿、独孤及等一大批作家均为洛阳人，可见洛阳是一个最为重要的文化圈。洛阳在唐代作为东都（陪都）有着重要的地域优势，在政治、经济、文化、交通等方面仅次于长安。（韩大强《唐代作家群体统计及分析》）

国家强盛、经济繁荣为文人提供了优裕的物质条件；中外文化交流的发展，为文学的发展创造了宽松的环境。开疆拓土、建功立业的民族进取精神，科举考试为士人勾画出的一幅绚丽诱人的人生图景，大大激励了士人的进取心和历史责任感，士人的创作力也得以充分体现。

（一）一代文宗——张说

张说作为一代名相，一生三秉大政，是盛唐前期的文学领袖，他非常重视文治，以宰相知集贤殿书院事，大力延纳文士。他奖掖的文学后进可考者达20余人，其中包括张九龄、贺知章、王翰等著名诗人，这对盛唐作家队伍的

形成有重要意义,可以说,没有张说的文学贡献,盛唐文学的春天也许会推迟到来。

张说身为一代文宗,与许国公苏颋并称“燕许大手笔”,其时朝廷大述作多出其手。张说文思精密,典丽宏赡,语言上骈散相间,以散为主,对唐文由骈入散起了巨大的促进作用。他是朝廷大手笔,多特承帝旨撰述,尤长于碑文墓志。其碑志之文一改六朝以来“为人志铭,铺排郡望,藻饰官阶”(章学诚《文史通义》外篇《墓铭辨例》)的浮华虚夸之弊,而转向典重质实,融入了具体生动的描写与真挚的抒情,着力于表现人物的典型性格,堪称优秀的人物传记,标志着碑志之文进入文学散文的开始,对韩愈的墓志之文影响甚大。皇甫湜《谕业》论唐文首列二家,谓“燕公之文,如口木口枝,缔构大厦,上栋下宇,孕育气象,可以变阴阳,阅寒暑,坐天子而朝群后”。其文骈、散兼擅,《旧唐书·张说传》载其《谏武后幸三阳宫不时还都疏》等疏表 3 篇,皆政论名作。

张说最重要的影响还在于他的创作成就。首先,他的诗歌中常常表现出盛唐诗歌最显著的精神内涵,那就是鲜明的英雄性格与豪迈不羁的意气。其《邺都引》借古人伟业写自己怀抱,笔调苍劲古朴,气势豪迈奔放,颇具建安之风,开盛唐七古之先河,对李白、高适、岑参等人的影响尤其显著。其次,张说一生屡遭贬谪,故颇多凄恻哀艳之作,人谓之“得江山之助”(《新唐书》本传)。如《岳州燕别潭州王熊》诸作皆能真挚抒发个人情感,对盛唐诗歌抒情风格的形成有着重要的影响。而且张说在贬谪途中创作了大量的山水诗。他的山水诗融进了“拯世济人的理想,躬逢盛世的自豪感,以及不计沉浮得失的达观心情,使山水诗显示出盛唐时代的精神风貌”。正是在他的影响下,王维、孟浩然等山水田园诗人才不至于“沉沦山水田园之中,而是形成了乐观、任真、自然、放达的健康人生观”(葛晓音《山水田园诗派研究》)。

其他题材佳篇,如《起义堂颂》《西岳太华山碑铭》《贞节君碑》《姚文贞公神道碑》《齐黄门侍郎卢思道碑》,或渊懿朴茂,或放出奇。沈曾植《菌阁琐谈》认为“燕许宗经典重”,已开中唐古文作家梁肃、独孤及和韩愈、柳宗元古文运动的先声。张说又能诗,具盛唐风貌。官岳州后,诗益凄婉,人谓得江山之助。古体如《邺都引》,沈德潜以为“声调渐响,去王、杨、卢、骆体远矣”(《唐诗别裁集》);近体如《幽州新岁作》,方东树以为“情词流转极圆美”,“亲切不肤”(《昭昧詹言》)。张说又是“大量创作传奇的第一位作家”。他共创作了 4 篇传奇。其中《梁四公记》《镜龙图记》极富奇幻色彩。作为唐代古文运动前驱,他以传奇文进行文体革新的尝试,也直接影响到后来韩柳的创作。

贬官岳州后，“诗益凄婉，人谓得江山助”。试看他的一首《修书院学士奉敕宴梁王宅赋得树字》：

虎殿成鸿业，猿岩题凤赋。
既荷大君恩，还蒙小山遇。
秋吹迎弦管，凉云生竹树。
共惜朱邸欢，无辞洛城暮。

应制诗一般都采用固定的程式化写法，第一联交代诗的背景，如时间、地点、作诗缘起，中间往往更为平庸，罗列缺少感情色彩的景物与事物，结尾写作者的情感反应。这种格式化的诗歌模式有不少就是珠英学士确立的，如崔融作《新定诗体》专门讨论诗歌的声病避忌；张说、徐坚等人编的类书《初学记》，其目的也是总结诗坛流行体式，规范写作技巧，提供典故对仗参考等。可以说，珠英学士文人集团对初唐诗歌创作的各个方面均有影响。本诗虽然是明显的应制之作，但“秋吹迎弦管，凉云生竹树”二句，不假雕饰而灵动传神，韵味深远，可见初唐诗对意境创造的追求。

张说的部分诗歌已初步具备了盛唐诗歌追求兴象、情境融合的特质，如《九日进茱萸山诗》，清新超逸，自然和谐，可见他为诗歌由初唐过渡到盛唐，在创作实践上起了铺垫、导向的作用。在盛唐前期，张说成长为文坛领袖，成为一代文宗。

（二）李颀

李颀（？—约753年），河南颍阳（今河南登封西）人，唐代诗人。开元二十三年（735年）中进士，曾任新乡县尉，后辞官归隐于颍阳之东川别业。李颀擅长七言歌行、边塞诗，风格豪放，慷慨悲凉，与王维、高适、王昌龄等人皆有唱和。主要作品有《李颀集》。

李颀在进士及第后创作了《缓歌行》：“男儿立身须自强，十年闭户颍水阳。业就功成见明主，击钟鼎食坐华堂。”这首诗喊出了当时寒士的富贵理想，狂放天真。然而李颀后来只是得到了一个小小的县尉官职，理想与现实距离遥远，于是弃官归隐。他的代表是边塞诗《古从军行》：

白日登山望烽火，黄昏饮马傍交河。
行人刁斗风沙暗，公主琵琶幽怨多。
野云万里无城郭，雨雪纷纷连大漠。
胡雁哀鸣夜夜飞，胡儿眼泪双双落。
闻道玉门犹被遮，应将性命逐轻车。
年年战骨埋荒外，空见蒲萄入汉家。

起句高亢雄浑，写景大气磅礴，渲染了四顾荒野，无家可依的苍茫。“野云万里”是指战场辽阔，雨雪纷纷，以致与大漠相连，其凄冷酷寒的从军艰苦可以想见。按照一般的诗词写作手法，第六句该正面点出“行人”的哀怨，可是诗人别出心裁，背面傅粉，写出了“胡雁哀鸣夜夜飞，胡儿眼泪双双落”，胡雁胡儿都是土生土长的，尚且哀啼落泪，何况远戍到此的“行人”呢？两个“胡”字，有意重复，“夜夜”“双双”又有意用叠字，有着烘云托月的艺术力量。诗歌中描写的铺天盖地的野云、雨雪纷纷、胡雁哀鸣的意象，蕴含着一种郁勃不平之气，含蓄地表达了反战思想。另一首《古意》，诗风慷慨，同样富有英雄主义情怀，其诗云：

男儿事长征，少小幽燕客。
赌胜马蹄下，由来轻七尺。
杀人莫敢前，须如猬毛磔。
黄云陇底白云飞，未得报恩不得归。
辽东小妇年十五，惯弹琵琶解歌舞。
今为羌笛出塞声，使我三军泪如雨。

这首诗塑造了一个栩栩如生的在边疆从军的男儿形象。首六句写戍边豪侠的风流潇洒，勇猛刚烈。后六句写眼望白云，耳闻羌笛，顿觉故乡邈远，不免怀思落泪。离别之情，征战之苦，跃然纸上。语言含蓄顿挫，持风一气贯通，跌宕起伏，韵致深远。

（三）山水诗人群

在山水诗高度繁荣的盛唐，河洛诗人层出不穷，他们或出自洛阳，或漫游洛阳，留下了很多优秀的诗篇。如盛唐山水诗的代表人物王维，其《归嵩山作》云：

清川带长薄，车马去闲闲。
流水如有意，暮禽相与还。
荒城临古渡，落日满秋山。
迢递嵩高下，归来且闭关。

此诗通过描写作者辞官归隐嵩山途中所见的景色，抒发了作者恬静淡泊的闲适心情。首联写归隐出发时的情景；颔联写水写鸟，其实乃托物寄情，写自己悠然自得之情，如流水归隐之心不改，如禽鸟至暮知还；颈联写荒城古渡，落日秋山，是寓情于景，反映诗人感情上的波折变化；尾联写山之高，点明作者的归隐地点和归隐宗旨。全诗质朴清新，自然天成，尤其是中间两联，移情于物，寄情于景，意象疏朗，感情浓郁。方回《瀛奎律髓》中评价该诗说:“闲适之趣,澹泊之味,不求工而未尝不工者,此诗是也。”

祖咏,曾因张说推荐,任过短时期的驾部员外郎。其诗讲求对仗,亦带有诗中有画之色彩,其与王维友善,盖“物以类聚,人以群分”或“近朱者赤,近墨者黑”故也。王维在济州赠诗云:“结交二十载,不得一日展。贫病子既深,契阔余不浅。”(《赠祖三咏》)其流落不遇的情况可知。祖咏代表作有《终南望余雪》《望蓟门》《七夕》《汝坟秋同仙州王长史翰闻百舌鸟》《陆浑水亭》《家园夜坐寄郭微》《送丘为下第》《古意二首》等,其中以《终南望余雪》和《望蓟门》两首诗最为著名。《望蓟门》诗描写沙场塞色,写得波澜壮阔,气象宏大,其中“万里寒光生积雪,三边曙色动危旌”为有名的佳句。其成名作《终南山望余雪》广为传唱,诗云:

终南阴岭秀,积雪浮云端。
林表明霁色,城中增暮寒。

据《唐诗纪事》卷二十记载,这是作者在长安的应试诗。诗写遥望积雪,顿觉雪霁之后,暮寒骤增。“积雪浮云端”中“浮”字用得十分巧妙。积雪虽不可能浮在云端,但终南山的阴岭高出云端,积雪未化。云总是流动的,而高出云端的积雪又在阳光照耀下寒光闪闪,给人一种浮动之感。“林表明霁色”中的“霁色”,指的就是雨雪初晴时的阳光给“林表”涂上的色彩,白雪在光照之下,更有一种“明”。“林表”承“终南阴岭”而来,自然在终南高处。只有终南高处的“林表”才明“霁色”,表明西山已衔半边日,落日的余光平射过来,染红了“林表”,不用说也照亮了浮在云端的积雪。而结句的“暮”字,也已经呼之欲出了。作者用“林表明霁色”,而不说山脚、山腰或林下“明霁色”,独具匠心。该诗咏物寄情,清新明朗,朴实俏丽,为后人称颂。

祖咏的山水诗具有语言简洁、含蕴深厚的特点。他的诗以赠答酬和、羁旅行役、山水田园之作为主,一般都写得工稳妥帖,但却缺乏较深刻的思想和较鲜明的艺术特色。

三、中唐河洛文人群体的创作活动

中唐时期产生了影响深远的新乐府运动和古文运动,是唐代文学发展的又一高峰,河洛文学也继续保持着其巅峰状态。这一时期的刘长卿、刘禹锡、李贺、陆士修、房孺复、房千里、李益、白居易、姚伦等一大批诗人,虽主张不同,但成就卓著,影响着时代风气。

(一)元结与《箧中集》诗人

元结于乾元二年(760年)录其亲友沈千运、王季友、于逖、孟云卿、张彪、赵微明、元融等人诗歌二十四首，编为《箧中集》，此为唐诗重要选本。其中除于逖、赵微明外，其余皆为河洛地区的诗人。一方面，《箧中集》诗人皆科场失意，仕途蹭蹬，又生逢唐代由盛转衰的盛唐中唐之际，故其诗歌多抒发沉沦不遇的悲苦，苦寒贫病成为其诗歌的一大主题。另一方面，他们的一些诗作又对当时社会黑暗现实及百姓疾苦进行了揭露。就诗风而言，他们均擅长五古，词苦调悲，崇尚质朴，反对雕饰，对贾岛、孟郊等中唐诗人影响甚大。这一批诗中缺少盛唐诗中那种慷慨豪雄情调，而以悲愤写人生疾苦，他们是最先感受到哀败景象到来的一群人，冷眼旁观，走向写实。《箧中集》对白居易新乐府有一定的影响。现存有明汲古阁刻本及近人徐乃昌影宋刻本，附札记一卷。

元结（719—772 年），字次山，号漫叟、聱叟，唐代文学家。鲜卑族后裔，原姓拓跋，北魏孝文帝改革时始易姓为元。祖上居太原，父辈时迁居河南鲁山商余山。元结十分强调文学的美刺教化作用，要求诗歌“极帝王理乱之道，系古人规讽之流”能济世劝俗，补阙拾遗，“上感于上，下化于下”（《二风诗论》）。其散文尤为一时之冠。另有一些杂文，如《右溪记》则为柳宗元山水游记之先声，并影响了晚唐小品文的创作。

春陵行并序

军国多所需，切责在有司。
有司临郡县，刑法竞欲施。
供给岂不忧？征敛又可悲。
州小经乱亡，遗人实困疲。
大乡无十家，大族命单羸。
朝餐是草根，暮食仍木皮。
出言气欲绝，意速行步迟。
追呼尚不忍，况乃鞭扑之！
邮亭传急符，来往迹相追。
更无宽大恩，但有迫促期。
欲令鬻儿女，言发恐乱随。
悉使索其家，而又无生资。
听彼道路言，怨伤谁复知！
“去冬山贼来，杀夺几无遗。
所愿见王官，抚养以惠慈。
奈何重驱逐，不使存活为！”
安人天子命，符节我所持。

州县忽乱亡，得罪复是谁？
逋缓违诏令，蒙责固其宜。
前贤重守分，恶以祸福移。
亦云贵守官，不爱能适时。
顾惟孱弱者，正直当不亏。
何人采国风，吾欲献此辞。

这首《舂陵行》是元结的代表作之一，前有序言写明创作的时间与缘由。“癸卯岁，漫叟授道州刺史。道州旧四万余户，经贼已来，不满四千，大半不胜赋税。到官未五十日，承诸使征求符牒二百余封，皆曰失其限者，罪至贬削。於戏！若悉应其命，则州县破乱，刺史欲焉逃罪；若不应命，又即获罪戾，必不免也。吾将守官，静以安人，待罪而已。此州是舂陵故地，故作《舂陵行》以达下情。”诗人来到道州刺史的任所，看到满目疮痍，民不聊生，而苛捐杂税、横征暴敛却有增无减，元结于是做此诗表达对人民的同情，希望通过诗歌这一媒介，以为民请命。这首诗采用现实主义手法，用朴素无华的语言，描写了从忧供给到悲征敛，从催逼赋税到顾恤百姓，最后献辞上书，直到决心辞官的心路历程，委曲深细。这首诗不尚辞藻，不事雕琢，用白描的手法陈列事实，直抒胸臆，却能打动人心。杜甫在《同元使君舂陵行》诗中曾称赞这首诗说：“观乎《舂陵》作，欻见俊哲情……道州忧黎庶，词气浩纵横。两章对秋月，一字偕华星。”“两章”指的是元结《舂陵行》和《贼退示官吏》，元结用诗歌再现了天宝中期日益尖锐的社会矛盾，实践了诗歌为政治教化服务的理论主张，也为中唐诗歌的转型发展做出了贡献。

（二）大历时期的河洛文人群

大历河洛诗人大致可分为两大群体。一是以长安和洛阳为中心，以钱起、卢纶等大历才子为代表，他们的作品多应酬奉和之作；一是以江东吴越为中心，即刘长卿、李嘉佑等人为代表的江南地方官群体，其作品多写山水风景。洛阳仍然是文学的中心，刘长卿、独孤及在当时颇有影响。

刘长卿早年闭门苦读，而时运不济，入仕后仗义执言，遭谗入狱，一生坎坷。长期的抑郁寡欢，使他的诗歌有一种冷落寂寞的情调。如《长沙过贾谊宅》诗云：

三年谪宦此栖迟，万古惟留楚客悲。
秋草独寻人去后，寒林空见日斜时。
汉文有道恩犹薄，湘水无情吊岂知？
寂寂江山摇落处，怜君何事到天涯！

这首七律首联写贾谊谪官，落得“万古”留悲。明写贾谊，暗寓自身迁谪。颔联写古宅萧条冷落的景色，“秋草”“寒林”“人去”“日斜”，一派黯然气象。颈联写贾谊见疏而凭吊屈子，隐约对比自己而今赁吊贾谊。尾联写宅前徘徊，暮色更浓，秋色更深，抒发放逐天涯的哀惋叹喟。此诗通过对汉代文学家贾谊不幸遭遇的凭吊和痛惜，抒发了诗人自己被贬的悲愤与对当时社会现实的不满情绪。全诗意境悲凉，真挚感人，堪称唐人七律中的精品。

亲眼目睹了安史之乱前后社会盛衰的巨大反差加之自身坎坷不幸的命运，刘长卿的诗歌多抒写贬谪漂流的人生感受，笼罩着痛苦、迷惘、消沉的情调。其《送李录事兄归襄邓》曾被后人誉为“中唐妙唱”，可称为其代表作之一。

十年多难与君同，几处移家逐转蓬。
白首相逢征战后，青春已过乱离中。
行人杳杳看西月，归马萧萧向北风。
汉水楚云千万里，天涯此别恨无穷。

时代多难，人民离乱，理想壮志的失落，使刘长卿转向佛教与山水，留下了大量表现山水及隐逸之情的诗篇。他的山水诗的数量超过了大历时期的任何一位诗人。在这些山水诗中，他虽然构筑了一些淡泊宁静的意境，但整体而言，仍然笼罩着悲苦哀愁之情，如著名的《湘中纪行十首·浮石濑》等。

作为经历开元盛世与安史之乱的诗人，刘长卿的诗作较多地反映了安史之乱所造成的深重灾难，表达了对人民的深切同情，但从中却很难看出报效祖国的热情，更多的则是怨嗟与哀叹。这正是中唐诗风区别于盛唐诗风之处。就艺术而言，刘长卿的诗歌有着强烈的抒情性，往往过分沉醉于情感的表达，而不太注重意象的雕琢，具有明显的写意特征。但他一旦致力于景物的描写，亦能极貌写物，穷力追新。如“细雨湿衣看不见，闲花落地听无声”（《别严士元》），“孤城向水闭，独鸟背人飞”（《馀干旅舍》）等，从中皆可窥见盛唐浑然阔大的审美情趣已向中唐的细腻、纤巧转变。刘长卿的诗歌以五律最多，他本人也自称为“五言长城”。不过他的五绝成就亦极高，《送灵澈上人》《逢雪宿芙蓉山主人》等皆诗中有画，颇有王维之风。他的七律多表现日常生活，赋予七律以情绪化、心境化的特点，并创造了大量新颖别致的意象，在杜甫之后“改变了七律发展的趋向”。刘长卿身跨盛唐、中唐，历玄宗、肃宗、代宗、德宗四朝，无论从诗歌的思想内容、情感格调还是艺术技巧来看，都堪称一位承上启下的重要诗人。

洛阳人独孤及的古文与萧颖士齐名，为古文运动先驱作家。他以儒家经典为学习方向，宽畅博厚，长于议论，用意在立法诫世，褒贤贬恶，不徒以辞采取胜。所作如《仙掌铭》《古函谷关铭》《琅琊溪述》《风后八阵图记》等，有古风格。《仙掌铭》云：

夫以手执大象，力持化权，指挥太极，蹴蹋颢气，立乎无间，行乎无穷，则掀长河如措杯，擘太华若破块，不足骇也。世人方以禹凿龙门以导西河为神奇，可不为大哀乎？峨峨灵掌，仙指如画，隐辚磅礴，上挥太清。远而视之，如欲扪青天以掬皓露，攀扶桑而捧白日，不去不来，若飞若动，非至神曷以至此？

行文风神贯注，气势朗畅，叙述议论结合巧妙。韩愈为古文，以其为法，并曾从其徒游。两家同尚儒学，但韩愈辟佛老，而独孤及学道家，是其不同处。

李益（746—829 年），字君虞，祖籍凉州姑臧（今甘肃武威市凉州区），后迁河南郑州。大历四年（769 年）进士，初任郑县尉，久不得升迁，建中四年（783 年）登书判拔萃科。因仕途失意，后弃官在燕赵一带漫游。以边塞诗作名世，擅长绝句，尤其工于七绝。后人曾将他与王昌龄、李白并提。李益曾经游历洛阳，写下了《上洛桥》，其诗云：

金谷园中柳，春来似舞腰。
那堪好风景，独上洛阳桥。

这首诗以金谷园中袅袅婷婷的柳条起兴，用美好的春景难留来抒发好景不长、繁华消歇的历史盛衰之感。此外，李益曾游汝州郡（今河南临汝县），作《上汝州郡楼》，其诗云：

黄昏鼓角似边州，三十年前上此楼。
今日山城对垂泪，伤心不独为悲秋。

这是一首触景生情之作，境界苍凉，寄意深远。首句是从空间回忆遥远的边塞生活；第二句“三十年前上此楼”则是从时间上回忆那漫长的已逝岁月。30 年前，大致在诗人登进士第后任华州郑县尉时，曾登此楼。唐德宗贞元二十年（804 年），李益第二次登楼，故曰“三十年前”。面对山川故城，怆然泣下的感触扑面而来，虽未道破，但叹惋唐朝社会由盛转衰的言外之意毕现。

（三）新乐府运动中的河洛文人创作

唐代贞元、元和年间，白居易、元稹等掀起了新乐府运动。新乐府运动以元、白为领袖，中坚力量元稹、唐衢为河洛地区作家，白居易生于河南新郑，长期居官洛阳，年轻时即移家于洛阳，晚年退居履道里，后文有白居易专章论述，唐衢诗文不存，兹论元稹之成就。

元稹与白居易齐名，同为新乐府运动的倡导者，二人常以诗唱和，因而有“元白”之称。元稹乐府诗的成就虽不及白居易，但在一定程度上揭露了民生疾苦，有较强的现实意义。元稹最有特色的是悼亡诗，情真意切，描写细腻感人，语言明白畅达，历来为人所称道。此外，元稹还创作了一批宫词，展现了洛阳帝都文化的另一个侧面。如《行宫》：

寥落古行宫，宫花寂寞红。
白头宫女在，闲坐说玄宗。

这首绝句意境深邃，富有隽永的诗味，倾诉了宫女无穷的哀怨之情，寄托了诗人深沉的盛衰之感。又如《连昌宫词》，通过写宫边老人的诉说，展现连昌宫今昔变迁，探讨“太平谁致乱者谁”及朝政治乱的因由，揭露唐代统治者骄奢淫逸的生活和外戚的飞扬跋扈，提出“圣君贤卿”的政治理想。诗歌情节性强，虚实相生，正如陈寅恪所指出的那样：“连昌宫词实深受白乐天、陈鸿长恨歌及传之影响，合并融化唐代小说之史才诗笔议论为一体而成。”（《元白诗笺证稿》第三章）。

（四）晚唐河洛文人的“洛阳”书写

从文宗大和年间到唐末，是文学史上的晚唐时期，约 70 年。这一时期，唐朝国势江河日下，诗运亦如国运，呈现出衰落的趋势。在诗坛日渐滋长的华靡纤巧的颓风中，河洛文人李商隐、许浑、聂夷中却如异军突起，以具有鲜明时代色彩、个性特征和独特艺术风格的诗歌，歌咏河洛，为唐代的灿烂诗国涂抹了最后一道绚丽的霞彩。其中，许浑的“洛阳情结”尤为突出。

许浑的祖籍为洛阳，又曾在巩洛安家，对河洛有着别样情怀。他的诗以登临怀古见长，内容多描绘山川景色，俯仰古今兴废，感慨人事变迁。其《登故洛阳城》云：

禾黍离离半野蒿，昔人城此岂知劳？
水声东去市朝变，山势北来宫殿高。
鸦噪暮云归古堞，雁迷寒雨下空壕。
可怜缑岭登仙子，犹自吹笙醉碧桃。

诗的开头写登城所见，满目荒凉萧条，昔日华丽雄伟的宫殿已荡然无存。诗人通过眼前景物的描写，把昔日之兴盛与今日之凄凉作尖锐的艺术对比，从而引出“昔人城此岂知劳”的无限感慨。颔联承上作深入描写，以“市朝变”与“水声东去”、“宫殿高”与“山势北来”作鲜明对比，并照应首联，揭示权贵之不能长存，表达诗人此时登城凭吊之情。颈联写出了故城的荒凉冷落。“鸦噪”说明凄清，人迹罕至；“雁迷”说明这里似乎早已被人们遗忘。一幅鸦噪图，一幅雁迷图，给全诗笼上了一层悲剧色彩。尾联表达了诗人怀古伤今的感慨的深沉与无限的悲伤。全诗风格苍凉悲婉，追抚山河陈迹，寄予了浓厚的兴衰之感。

许浑有浓重的“洛阳情结”。《洛阳道中》诗中写道：“洛阳多旧迹，一日几堪愁。”《江上喜洛中亲友继至》中写道：“战马昔纷纷，风惊嵩少尘……谁言今夜月，同是洛阳人。”他用诗歌叹息战乱给洛阳城带来的灾难，用诗歌记载了晚唐河洛人的辛酸，后人拟之与诗圣杜甫齐名，并以“许浑千首诗，杜甫一生愁”评价之。

晚唐时期，流寓河洛的作家仍然不少。尤其值得关注的是著名的三乡题壁诗诗人群体。三乡在今洛阳市宜阳县三乡镇，为唐代洛阳至长安的重要驿站。尤袤《全唐诗话 · 王祝》载，会昌（唐武宗年号，841—846 年）时有若耶女子《题三乡诗》云：“昔逐良人西入关，良人身殁妾空还。谢娘卫女不相待，为雨为云归此山。”诗前有自序，署名云：“二九子为父后，玉无瑕弁无首，荆山石往往有。”后人据此以为其作者为李弄玉。据诗中之意，李弄玉在写完此诗后当隐居于宜阳女几山一带。此诗后来得到了众多诗人共鸣，纷纷于此题壁唱和，留存至今者尚多达十余人，他们是陆贞洞、刘谷、王祝、王涤、韦冰、李昌邺、王硕、张绮、高衢、贾驰等。三乡题壁诗是唐代现存最多的同题题壁诗，故向来为学界所关注。

第三节　杜甫

杜甫的诗作真实反映了唐朝社会重大历史变迁过程中政治时局和社会生活的方方面面，被后人称为“诗史”。杜甫的诗歌，无论是古体诗、近体诗，还是五言、七言都有独到之处。在古体诗方面，他创作的即事名篇的新题乐府诗，为中唐白居易为代表的新乐府运动开先河；在近体诗方面，他的创作为格律诗发展做出了巨大贡献，他也因此被称为“诗圣”。

一、杜甫生平

杜甫（712—770 年），字子美，河南巩县（今河南巩义）人，为晋朝灭孙吴的名将杜预的第 13 代孙。杜预多才善战，人称“杜武库”，除精通军事兵法外，对法律、经济、天算也有涉猎，还是《左传》的研究者。杜预是长安南杜陵人，杜甫以杜陵为族望，喜自称“杜陵野老”“杜陵布衣”。杜甫也曾寓家于杜陵东南的少陵，故又自称为“少陵野老”，后世因此也称他为杜少陵。杜甫的祖父杜审言曾任膳部员外郎，与李峤、崔融、苏味道并称为“文章四友”，与宋之问、沈佺期齐名。杜甫出生在一个世代官宦家庭，儒家思想的影响根深蒂固，奉儒守官是其一生虽辗转流离仍痴心不悔的追求。

杜甫的青少年时代经历了盛唐的太平繁庶和良好的生活环境。4 岁时(开元三年，715 年)，杜甫居住在洛阳建春门内仁风里二姑母家中。有一次，杜甫与二姑母的孩子一同得病，二姑母对杜甫悉心照顾，杜甫方痊愈，而二姑母的孩子却因此而夭折。杜甫童年大部分时间是在洛阳度过的。洛阳在唐高宗时成为第二个首都，到武则天称帝时被改名为神都，经过武则天多年经营而成为政治、经济、文化的中心。杜甫到了十四五岁的时候，在东都洛阳文坛，已经崭露头角，当时的名士如郑州刺史崔尚和豫州刺史魏启心说他的赋作可与汉代大辞赋家扬雄、班固相比。杜甫 19 岁时(开元十八年，730 年)踏上了漫游之路，北游郇瑕(今山西临猗)。第二年又远游吴越，时间长达四五年之久。24 岁时，由于要参加乡贡进士的考试，杜甫回到洛阳。结果考试落第，杜甫开始漫游齐赵(今山东北、东部及河北南部)。开元二十九年(741 年)，杜甫定居洛阳，并构建了“陆浑庄”。居洛期间，杜甫游览了附近的名胜古迹，拜谒了位于洛阳城北邙山上的玄元皇帝庙，作《冬日洛城北谒玄元皇帝庙》，描写了宏伟华丽的寺庙景象。杜甫还多次游览龙门并写有诗歌，表达了诗人对故乡山水古迹的热爱和赞叹之情。

天宝三载(744 年)，李白因高力士的诬陷排挤，游历东都，与杜甫相遇，杜甫遂与李白相邀东游。天宝五载(746 年)，杜甫前往长安应诏赴试，再次落第。之后旅食京华，生计渐困，四处碰壁，抒志无门。在长安十年，杜甫对国家、对朝廷、对社会、对人世的认知更加深入。天宝十四载(755 年)十月，杜甫得到一个河西尉的小官职，但拒绝就任，后改任右卫率府胄曹参军(正八品下)。同年，安史之乱爆发，长安陷落，玄宗逃蜀。七月，唐肃宗在灵武(今宁夏灵武县)即位。八月，杜甫从鄜州只身奔往灵武，不料中途为叛军所俘，押回长安。至德二载(757 年)四月，杜甫冒险自长安逃至凤翔，肃宗嘉其行，授左拾遗。乾元元年(758 年)六月，杜甫因房琯事被贬为华州司功参军。这年冬天，杜甫由华州(今陕西渭南市州区)赴洛阳。乾元二年(759 年)春，杜甫自东都返回华州。此后，杜甫流寓秦州(今甘肃天水)，不久又从秦州到同谷县(今甘肃成县)，同年十二月，离开同谷又前往蜀中，此时的杜甫已年近半百，却陷入了饥寒交迫的绝境。

乾元二年(759 年)年底，杜甫辗转逃难来到成都，时任成都尹的严武是杜甫的好友，给予杜甫许多帮助，杜甫的生活开始安定。上元元年(760 年)

春，杜甫在亲友们的帮助下，于成都西郊浣花溪畔筑茅屋而居，即为著名的成都杜甫草堂。自此至永泰元年(765 年)六月离蜀东下，诗人在四川度过了五年半相对安稳的时光。永泰二年(766 年)春，杜甫来到白帝城，至大历三年正月中旬在夔州(今四川奉节)度过了近两年的时光。大历三年(768 年)正月，杜甫在得知其弟杜观已在荆州西北边的当阳(今湖北当阳县)为他找到了住处以后，便欣然携家出峡前往，经江陵、公安，暮冬抵岳阳。之后，诗人漂泊湖南，贫病交加，濒临绝境。大历五年(770 年)冬，杜甫病死在湘江舟中，时年 59 岁。

二、杜甫与洛阳

杜甫青少年时期是在家乡巩县和东都洛阳度过的，成年后，除漫游齐赵和赴京赶考外，大部分时间也是在洛阳。做华州司功参军时，也曾往来于华州与洛阳之间。晚年漂泊西南，时时充满对家乡与洛阳的思念。杜甫一生的创作，写于洛阳、书写洛阳的作品不少，其中不乏上乘之作。

(一)青年时期创作

杜甫青年时期的创作多有散佚，数量不多，但在清人仇占鳌编著的《杜诗详注》中开篇即是《游龙门奉先寺》，诗中写道：

已从招提游，更宿招提境。
阴壑生虚籁，月林散清影。
天阙象纬逼，云卧衣裳冷。
欲觉闻晨钟，令人发深省。

招提为寺庙之意，诗歌起首写游览之由，中间四局写寺中夜景，末两句写宿寺之情，“闻钟发省，乃境旷心清，倏然而有所警悟”(张綖语)。就诗歌艺术水平而言，这首诗不能与杜甫青年时期的代表作《望岳》相比，但是能从这首诗中看出诗人是如何通过勤学苦练一步步走向成熟的。杜甫还写有一首游龙门的诗歌《龙门》，与之相比就成熟不少。

龙门横断野，驿树出城来。
气色皇居近，金银佛寺开。
往来是屡改，川陆日悠哉。
相阅征途上，生涯尽几回。

前四句写登高所见之景，后四句写人生感悟，感悟由所见之景产生而有所依托，读者的联想也不再漫无边际，较之上首诗“欲觉闻晨钟，令人发深省”的模糊而清晰许多。

天宝三载(744 年),李白与杜甫在洛阳相遇,杜甫写有《赠李白》一诗:

二年客东都,所历厌机巧。
野人对腥膻,蔬食常不饱。
岂无青精饭,使我颜色好。
苦乏大药资,山林迹如扫。
李侯金闺彦,脱身事幽讨。
亦有游梁宋,方期拾瑶草。

诗人以野人自喻,以腥膻比喻城市生活,因厌恶世人的机巧而欲远离城市、隐居山林,但"苦乏大药资"即没有机会。恰好李白来洛,二人相约漫游梁宋,给诗人一个摆脱城市生活的机会,就好比得到"瑶草"这个"大药资"而"使我颜色好"。诗歌抒发的是诗人隐居之志,但通篇采用比喻,含蓄蕴藉,令人回味无穷。

天宝六载(747 年),杜甫应诏赴长安考试,由于宰相李林甫作梗而再次落榜。杜甫失望地返回洛阳,时任河南尹的韦济对杜甫十分关心,感激之余,杜甫写下《奉赠韦左承丈二十二韵》:

纨绔不饿死,儒冠多误身。丈人试静听,贱子请具陈。甫昔少年日,早充观国宾。读书破万卷,下笔如有神。赋料扬雄敌,诗看子建亲。李邕求识面,王翰愿卜邻。自谓颇挺出,立登要路津。致君尧舜上,再使风俗淳。此意竟萧条,行歌非隐沦。骑驴十三载,旅食京华春。朝扣富儿门,暮随肥马尘。残杯与冷炙,到处潜悲辛。主上顷见征,欻然欲求申。青冥却垂翅,蹭蹬无纵鳞。甚愧丈人厚,甚知丈人真。每于百僚上,猥诵佳句新。窃效贡公喜,难甘原宪贫。焉能心怏怏,只是走踆踆。今欲东入海,即将西去秦。尚怜终南山,回首清渭滨。常拟报一饭,况怀辞大臣。白鸥没浩荡,万里谁能驯。

这首诗可以看作杜甫对自己过往生活经历的总结,也是他青年时期诗歌创作的代表作之一。诗人自言学优才敏,足以驰骋古今,不但文采斐然,且具安邦治国之能。孰料科场蹭蹬,屡试不第,生活无着,无奈只能寄食权贵门下,靠施舍的残羹冷炙为生。这样的屈辱不能忍受,打算归隐以了此余生。全诗结构严谨,开篇"儒冠多误身"为整诗诗眼、通篇之主。先叙儒冠之事,再叙历年不遇,申明误身之故,最后感谢韦丈,而致临别缱绻之情。王嗣奭在《杜臆》中评论道:"此篇本古诗,而颇带排句,以呈左承,故体近庄雅耳。通首直抒隐衷,如写尺牍,而纵横转折,感愤悲壮志气溢于行间,缱绻踟躇,曲尽其妙。"诗歌骈散结合,以散为主,既有整齐对称之美,又有纵横飞动之妙。这既显示诗人创作功力的深厚,又昭示了更趋成熟的鸿篇巨制的来临。

(二)中年时期创作

人到中年的杜甫,经历了安史之乱、山河破裂、官场失意、骨肉分离,家国多难、人生巨变使杜甫的诗歌呈现悲苦之气,逐步形成其“抑扬顿挫”的诗风,他的一些被称为“诗史”的作品也多创作于这个时期。

如《得舍弟消息》:

风吹紫荆树,色与春庭暮。
花落辞故枝,风回返无处。
骨肉恩书重,漂泊难相遇。
犹有泪成河,经天复东注。

诗人借助紫荆树枯荣以喻兄弟之情的典故,用荆花吹落、风回不返比喻弟兄分离、漂泊难遇,描写了安史之乱造成的骨肉分离、天各一方的惨状。诗人当时在西京长安,弟弟在河南老家,两地相距不远但却无法相见,一封家书就显得无比重要。前人评价道:“苦心怨调,使人凄然鲜终之痛,憯于脊令死丧之喻。”(刘会孟语)

《遣兴(其三)》云:

昔在洛阳时,亲友相追攀。
送客东郊道,遨游宿南山。
烟尘阻长河,树羽成皋间。
回首载酒地,岂无一日还。
丈夫贵壮健,惨戚非朱颜。

昔日与亲友遨游赏玩之地由于战乱已变为战场,家乡再也回不去了,即使有朝一日能故地重游,但那时的我已不再是当年年少轻狂、纵横义气的我了,寥寥数语揭露了战争对社会的巨大破坏。

《观兵》云:

北庭送壮士,貔虎数尤多。
精锐旧无敌,边隅今若何。
妖氛拥白马,元帅待雕戈。
莫守邺城下,斩鲸辽海波。

这首诗写于乾元元年(758 年),当时唐军已收复东都洛阳,朝廷命郭子仪、李嗣业等七位节度使将兵二十万讨伐在邺城的安史叛军。杜甫当时在洛阳,目睹了唐军在东都集结、浩浩荡荡出征、讨伐安史叛军的场景。值得注意的是诗歌最后两句“莫守邺城下,斩鲸辽海波”。杜甫虽是文士儒生,不晓军事，但在这里提出了一个很好的建议，就是不要在邺城与安史叛军周旋，应该直捣叛军的老巢“辽海波”——安史叛军的巢穴范阳。可惜杜甫位卑言轻，加之又是一个文官，自然无人听取他的建议。但时间证明了杜甫判断的准确。二十万唐军围困邺城，久攻不下，师劳力竭。乾元二年（759 年）正月，史思明率兵救援在邺城的安庆绪，唐军大败，彻底消灭安史叛军的努力付之东流。

《忆第（其二）》云：

且喜河南定，不问邺城围。
百战今谁在，三年望汝归。
故园花自发，春日鸟还飞。
断绝人烟久，东西消息稀。

乾元元年（758 年）杜甫从华州回到洛阳，住在其旧居陆浑庄。当时安庆绪从洛阳撤兵，唐军收复东都，杜甫才得以返家。诗人返家，但是兄弟漂泊在外、音信皆无。诗歌前四句写望弟归乡，后四句写望弟音书，情绪由忧转喜，再由喜转忧。战乱不已，有家难回，忽然传来唐军收复洛阳的消息，“且喜河南定”，诗人的情绪由忧转喜。待回到家中，花发鸟飞，风景依旧，但是却不见兄弟身影，喜悦的心情顿时黯淡下来，情绪开始转为忧伤。短短数行诗，诗人的情绪却起伏转化，写尽了乱离之人的心绪。

乾元二年（759 年），杜甫由洛阳返回华州。此时正值唐军邺城大败，郭子仪退守洛阳。为挽救战局，唐朝政府开始四处抓丁补充兵员守卫洛阳。杜甫返回途中经过新安，目睹了新安吏抓丁的一幕而写下《新安吏》：

客行新安道，喧呼闻点兵。借问新安吏，县小更无丁。府帖昨夜下，次选中男行。中男绝短小，何以守王城。肥男有母送，瘦男独伶俜。白水暮东流，青山犹哭声。莫自使眼枯，收妆泪纵横。眼枯即见骨，天地终无情。我军取相州，日夕望其平。岂意贼难料，归军星散营。就粮近故垒，练卒依旧京。掘壕不到水，牧马役亦轻。况乃王师顺，抚养甚分明。送行勿泣血，仆射如父兄。

诗歌以“点兵”起，通过诗人（客）与新安吏的对话展开。诗人首先问道：新安乃是一个小县，恐无丁可抽吧？新安吏回答，昨夜官府有令可抽中男充军。唐朝规定，男子十八岁为中男，二十二岁为丁，正常情况下，中男是不用服军役的。但是现在兵源紧张，中男也被抽调。诗人再问，即便如此，可是这个中男身材瘦小，也没有办法去打仗啊。对诗人的追问，新安吏没有回答，是无言以对还是不屑回答，我们不得而知。见新安吏默不作声，诗人转过来看眼前这支被征调的队伍，亲人送别，哭声震天。诗人难以抑制内心的悲伤,但还是劝慰道:“送行勿泣血,仆射如父兄。”诗人在描写百姓苦难的同时,对唐王朝还有所回护,但是国家的灾难、百姓的痛苦还是深深刺痛着诗人的心灵。

由于邺城大败,一度有利于唐军的战局开始向叛军倾斜。乾元二年(759 年)九月,史思明率兵南下攻陷汴州,兵峰直指洛阳,整个山东、河南都处在战火之中。为避祸,杜甫来到秦州,但是他的几个弟弟却都在战区,音信皆无。对生死不明的兄弟的担心与忧虑促使杜甫写下千古名篇《月夜忆舍弟》:

戍鼓断人行,边秋一雁声。
露从今夜白,月是故乡明。
有弟皆分散,无家问死生。
寄书长不达,况乃未休兵。

诗歌题目为“月夜”,但诗人却从边塞秋景写起,路断行人是所见,戍鼓雁声是所闻,所见所闻皆是一幅凄凉景象,渲染了浓重悲凉的气氛。三、四两句开始点题,“露从今夜白”既是写景,也点出时令;“月是故乡明”也是写景,但是融入了作者情感。试问哪里的月亮不明亮,但诗人偏说故乡的月亮最明亮,看似不合理的说法却表现出诗人对故乡及亲人的深深思念。另外,这两句诗采用倒装句式,把“今夜露白”“故乡月明”的意思表达得矫健有力、令人拍案。五、六两句开始由写景转为抒情,转换十分自然,因为月亮很容易使人想起故乡,因故乡而想起亲人,在凄清月光之下,在这乱世,亲人生死未卜、下落不明。作者写得肝肠寸断,读者读得泪满衣裳。最后两句紧承前两句,进一步抒发诗人内心的忧虑之情。全诗结构严谨,层次分明,首尾照应,一句一转,一气呵成,不愧为杜诗中的佳作。

(三)晚年时期的创作

杜甫晚年漂泊西南与中南,辗转于成都、绵阳、夔州、岳阳、长沙等地,故乡是越来越远、越来越难回,但是思乡之情越发浓重。这个时期,杜甫写了不少怀念故乡洛阳的诗歌。

如《野老》云:

野老篱边江岸回,桑门不正逐江开。
渔人网集澄潭下,贾客船随返照来。
长路关心悲剑阁,片云何意傍琴台。
王师未报收东郡,城阙秋生画角哀。

这首诗写于上元元年(760 年),此时杜甫来到成都,在西郊草堂定居。

多年漂泊后最终能有一个落脚之地，生活也有所安定，诗人的内心是愉快的。但是安史之乱尚未平定，山河破碎、百姓涂炭的现实还在敲打诗人的心灵，这首诗反映的就是诗人内心微妙复杂的变化。诗歌前四句是诗人野望之景，出语简单自然，寥寥数语便勾勒了一幅淡雅清新的江村闲居图，画面充满江村野趣，表达了诗人悠闲自得的心情。第四句的“贾客船”引带出第五句的“长路”，过渡自然。因船而想到路，想到东下洛阳、返回家乡的归路。但叛乱未平、山河阻隔，归乡未有期。更何况剑门失守，整个四川也是人心惶惶。最后两句表达诗人哀愁感伤的心情。东都洛阳得而复失，至今尚未收复；西北的吐蕃对四川有觊觎之心，蜀中也有战乱的危险，成都城头上传来凄婉的画角之声也显得凄凉。诗歌前四句营造出的江村野趣、恬淡自然与后四句渲染的悲凉哀愁形成强烈反差，表现出诗人深沉的忧国忧民之情。

《恨别》云：

洛城一别四千里，胡骑长驱五六年。
草木变衰行剑外，兵戈阻绝老江边。
思家步月清宵立，忆弟看云白日眠。
闻道河阳近乘胜，司徒急为破幽燕。

这也是写于上元元年(760 年)的诗，抒发了诗人流落他乡的感慨，对故园、亲人的思念和希望早日平定叛乱、光复河山的情怀。前两句点题，引出思家、忧国的主旨。“四千里”写离家之远。诗人于乾元二年(759 年)离开洛阳返回华州，后避难到过秦州、同谷，最后在成都落脚，辗转四千里。“五六年”写战乱之久。安史之乱爆发于 755 年，距离诗人写这首诗的时间(760 年)已过去五六年了，但是还看不到战乱结束的前景。个人的不幸与国家的苦难通过这两个数字有机联系在一起。三、四两句写诗人流落蜀中的情景。借草木变衰形容时间流逝，正与上句“五六年”相连，也说明诗人在蜀中时间之长。“兵戈阻绝”与“洛城一别”相联，二者为因果关系，因“兵戈”才“别洛城”。五、六两句通过“宵立”“日眠”等反常的生活细节描写表现诗人对故园及亲人的思念，突出“恨别”题意。七、八两句抒写诗人听到唐军连战连捷的喜讯，希望能直捣叛军老巢、早日结束战争的迫切心情。诗歌以希望作结，感情也由悲伤转为欢乐，凸显了诗人开阔的胸怀。

《闻官军收河南河北》云：

剑外忽传收蓟北，初闻涕泪满衣裳。
却看妻子愁何在，漫卷诗书喜欲狂。
白首放歌须纵酒，青春作伴好还乡。
即从巴峡穿巫峡，便下襄阳向洛阳。

这是一首家喻户晓的名诗,被誉为杜甫"生平第一首快诗"。此诗写于广德元年(763 年),这一年叛军首领史朝义兵败自缢,其部将田承嗣、李怀仙投降,持续八年之久的安史之乱终于结束,杜甫此时在梓州,听到这个消息,挥笔写下这首脍炙人口的佳作。首句"剑外忽传收蓟北"起笔迅猛,用一"忽"字形容捷报来得突然。"初闻"紧承"忽传",表现"忽传"的捷报造成的剧烈情绪反应——"涕泪满衣裳",这是喜极而悲、悲喜交集的情绪爆发。三、四两句以转做承,着眼点在"喜欲狂"。诗人在"涕泪满衣裳"后想到这些年与自己四处漂泊、同甘共苦的妻子和孩子,转身看去,发现笼罩在家中的愁苦悲伤一扫而空,个个面露笑容。家人的喜悦又感染了诗人,激动的情绪又一次上升——"喜欲狂"。五、六两句紧接"喜欲狂"来写。"白首"点明诗人已是老年人,老年人不宜唱歌、喝酒,但是在这个特殊的时刻,诗人不仅要"放歌"还要"纵酒",从而将上句"喜欲狂"具体化。高兴之余,诗人想到:战争结束就能回乡了吧? 七、八两句接"青春作伴好还乡",展开想象的归家旅程:先坐船沿长江东下,到襄阳走陆路转向家乡洛阳。这两句"巴峡"与"巫峡""襄阳"与"洛阳"各自构成句中对,再以"即从""便下"串联两句构成流水对,同时用"即""穿""下""向"四个动词形容归家之迅疾,凸显归家的迫切心情。前人顾宸说:"此诗之忽传、初闻、却看、漫卷、即从、便下,于仓卒间写出欲歌欲哭之状,使人千载如见。"王嗣奭评论道:"此诗句句有喜悦意,一气流注,而曲折尽情,绝无妆点,愈朴愈真,他人决不能道。"确是的论。

安史之乱期间,都城长安屡遭兵燹。叛乱被平息,朝廷回迁,但宫室破败不堪用,加之吐蕃时刻威胁长安安全。朝廷大臣建议将都城迁往洛阳以避吐蕃。杜甫听到这个消息,写下《有感》发表对迁都洛阳的看法:

洛下舟车入,天中贡赋均。
日闻红粟腐,寒待翠华春。
莫取金汤固,长令宇宙新。
不过行俭德,盗贼本王臣。

诗人首先列举大臣建议迁都洛阳的理由:第一是洛阳优越的地理位置——居天下之中。相传周成王使周公营造洛邑,"此天下之中,四方入贡,道里均焉"。第二是洛阳有大量的粮食储存,粮食多到腐烂。第三是百姓拥戴朝廷,盼望迁都洛阳,"寒待翠华春"。第四是洛阳城池坚固,可有效抵御外敌。在列举了迁都洛阳种种好处后,诗人用一"莫"字否定了上述理由。他认为李家王朝若想代代相传、长治久安,"长令宇宙新",方法很简单,那就是皇帝"行俭德"——躬行节约、严禁奢靡以减轻百姓负担。最后诗人还不忘告诫统治者,现在的盗贼原先都是良民,是统治者的贪得无厌、巧取豪夺

才迫使这些良民铤而走险、落草为寇。统治者若不“行俭德”就会失去民心，那时即便有再多的粮食、再坚固的城池也无济于事。这首诗具有政论色彩，富有艺术感染力。杜甫将议论引入五律这种通常用来写景抒情的诗歌形式，是一种大胆而成功的艺术尝试。

叛乱虽已平息，但太平远没有到来，预想中的返乡之旅依然是一个梦，诗人对家乡的思念越发难以抑制，他写下《至后》一诗：

冬至至后日初长，远在剑南思洛阳。
青袍白马有何意，金谷铜驼非故乡。
梅花欲开不自觉，棣萼一别永相望。
愁极本凭诗遣兴，诗成吟咏转凄凉。

诗人身在蜀中思念家乡洛阳，但是家乡难回。即便有朝一日回到洛阳，但历经战乱，洛阳早已面目全非，“金谷铜驼非故乡”，家乡再不是当年的模样。

三、杜甫的历史地位

在杜甫去世后的8世纪后期，他的名字和作品几乎无人提及，直到9世纪初，由于元稹、韩愈、白居易等人对杜甫诗歌风格的称赞与模仿，杜甫才开始引起人们的关注，并一步步确立其在诗坛的地位。元稹在《唐检校工部员外郎杜君墓系铭》中称赞杜甫：“至于子美，盖所谓上薄风雅，下该沈宋，言夺苏李，气吞曹刘，掩颜谢之孤高，杂徐庾之流丽，尽得古今人之所独专矣。”他进而将杜甫与唐朝另一位大诗人李白相比：“是时山东人李白，亦以奇文取称，时人谓之李杜。余观其壮浪纵恣，摆去拘束，模写物象及乐府歌诗，诚亦差肩于子美矣。至若铺陈始终，排比声韵，大或千言，次犹数百，辞气豪迈而风调清深，属对律切而脱弃凡近，则李尚不能历其藩翰，况堂奥乎？”元稹开始将李杜并称，但是明显扬杜抑李。韩愈在《题杜工部坟》一诗中称赞杜甫：“独有工部称全美，当日诗人无拟伦。笔追清风洗俗耳，心夺造化回阳春。天光晴射洞庭秋，寒玉万倾清光流。我常爱慕如饥渴，不见其面生闲愁。”白居易在《读李杜诗集因题卷后》将李杜一并称赞：“翰林江左日，员外剑南时。不得高官职，仍逢苦乱离。暮年逋客恨，浮世谪仙悲。吟咏流千古，声明动四夷。文场供秀句，乐府待新词。天意君须会，人间要好诗。”中唐这些诗人不仅赞美杜甫，而且在自己的诗歌创作中直接以杜甫为师，元稹、白居易开创的新乐府运动就直接受惠于杜甫的“即事名篇”新题乐府诗，韩愈的《石鼓歌》则是对杜甫《李潮八分小篆歌》的模仿。这些赞美和仿作对杜甫声望及影响的扩大起了决定性作用。

到了宋代，对于杜甫的称赞更是兴盛，许多文人写诗或撰文以表达对杜甫的仰慕之情，如王安石《杜工部后集序》说："予考古之诗，尤爱杜甫氏作者，其词所从出，一莫之穷极，而病未能学也。"他还写有《子美画像》一诗称赞杜甫："吾观少陵诗，谓与元气侔。力能排天斡九地，壮颜毅色不可求。"江西诗派创始人黄庭坚在《大雅堂石刻杜诗记》中说："由杜子美以来，四百余年，斯文委地，文章之士，随世所能，杰出时辈，未有升子美之堂者。"北宋文坛领袖欧阳修写有《子美画像》："风雅久寂寞，吾思见其人。杜君诗之豪，来者孰比伦。生焉一身穷，死也万世珍。言苟可垂后，士无着贱贫。"苏轼写有《次韵张安道读杜诗》《次孔毅夫集古人诗见赠》《送戴蒙赴成都玉局观》等诗，对杜甫大加称赞。以后历朝历代，都有著名文人对杜甫的赞美。

正因为如此，美国汉学家宇文所安才在《盛唐诗》一书中对杜甫这样评价："在中国诗歌传统中，杜甫几乎超越了评判，因为正像莎士比亚在我们自己的传统中，他的文学成就本身已成为文学标准的历史构成的一个重要部分。杜甫的伟大特质在于超出了文学史的有限范围。"

第四节　白居易

一、作家生平

白居易(772—846 年)，字乐天，晚年居洛阳龙门香山，因号香山居士，曾官居太子少傅，后人又称白少傅。白居易是继李白、杜甫之后唐代又一位伟大的诗人。

白居易曾祖父白温在洛阳做官时，其二儿白鏻、六儿白锽随其来到了洛阳，在毓财里(今瀍河回族区新街北一带)置房安家。白锽十七岁及第，二十多岁任河南府洛阳县主簿时，娶河南县尉薛俶之女为妻，并在洛阳生儿育女，其长子白季庚(白居易之父)等，当生于洛阳。白居易出生在离洛阳不远的新郑，少年时期长期生活在洛阳附近。长庆四年(824 年)，他在洛阳买下宅院。大和三年(829 年)，回洛阳定居，整个晚年时光都在洛阳度过。

白居易的一生可以分为四个阶段，即从童年到三登科第为第一阶段，从解褐入仕到贬为江州司马为第二阶段，从元和十年(815 年)俟罪浔阳到大和三年(829 年)请长告分司东都为第三阶段，从大和初分司东都到会昌六年(846 年)逝世为第四阶段。纵观白居易的一生，以唐宪宗元和十年(815 年)为界，前期有"兼济天下"之志，后期则"独善其身"。

白居易的童年时代是在河洛地区度过的。公元772年,白居易出生在郑州新郑县(今河南新郑)东郭宅。祖父白锽罢巩县令后,举家徙居新郑县。父亲白季庚是白锽的长子,早年主要在宋州(今河南商丘)、徐州(今江苏徐州)一带做官。白居易的一首五古《宿荥阳》中提道:"生长在荥阳,少小辞乡曲……去时十一二,今年五十六。"可见他的童年主要在新郑县的临洧里和东郭村一带度过。白居易在《与元九书》中说:"仆始生六七月时,乳母抱弄于书屏下,有指'无'字'之'字示仆者。仆虽口未能言,心已默识。后有问此二字者,虽百十其试,而指之不差……及五六岁,便学为诗,九岁谙识声韵。"由此可知,白居易属于早慧儿童。然而,他日后能成为一代杰出文学家,先天的禀赋固然重要,同时还有待于后天的培育和个人的勤奋努力。就其后天条件而言,首先与他出身于一个"世敦儒业"的书香门第、从小受到良好的文化教育有关。白居易的父亲、祖父和外祖父都是明经出身,能诗能文,谙熟儒家经典,在经学和文学方面,白居易自幼就受到他们的影响。此外,白居易的外祖母与母亲,也都有较高的文化,她们很可能是白居易兄弟的"启蒙老师"。

贞元十六年(800年)春,白居易中进士第,在同榜进士中,他是最年轻的,时年二十九岁。贞元十九年(803年)春,试书判拔萃科,被授予秘书省校书郎的官职。元和元年(806年)四月,应制举登才识兼茂明体用科。这就是白居易颇为自矜的"三科登第"。

文宗大(太)和三年(829年)三月,白居易除太子宾客分司东都,从此开始了蛰居洛阳长达十七年的晚年生活。晚年的白居易"老爱东都好寄身",他用自己的全部积蓄,在洛阳外郭城东南部履道里买下了原散骑侍郎杨凭的旧宅,作为自己的终老之所。白居易对宅园进行多次修葺,使其成为诗中有园、园中有诗的私家园林。他在《池上篇》写道:"十亩之宅,五亩之园,有水一池,有竹千竿……有堂有亭,有桥有船;有书有酒,有歌有弦。有叟其中,白发飘然;识分知足,外无求焉。"白居易栖息于此,早夕游憩,触目兴怀,颇为自得自适。

大和八年(834年)三月,白居易的好友裴度诏除东都留守,裴度住在洛阳长夏门之东第三街集贤坊,与履道里甚近。同年七月,刘禹锡任汝州刺史。汝州(今河南临汝)位于洛阳东南,两地相距不远。三人关系密切,经常往来,唱酬甚多。大和九年(835年)十月,朝廷授白居易为太子少傅。唐制,太子少傅一人,秩正二品,与少师、少保并称"太子三少"。

白居易十分喜爱洛阳城南的香山。香山蜿蜒于熊耳山南麓、伏牛山北麓,在伊水岸边。山上有寺,寺因山得名"香山寺",始建于北魏,紧邻龙门石窟，隔河可望见卢舍那大佛。白居易心仪伊阙风光，晚年经常住在寺中，与胡杲、吉旼、郑据、刘真、卢慎、张浑、狄兼谟、卢贞等人聚会，结为"香山九老"，唱酬于香山寺的堂上林下，与好友元稹、刘禹锡等人品茗论诗于伊水之畔。香山寺年久失修，日渐破败，白居易惋惜不已。大和五年(831 年)，挚友元稹在武昌任所去世，弥留之际，他嘱家人托白居易为其撰写墓志。元稹家人来到洛阳，呈上巨资，以求碑文。白居易睹物思人，悲痛万分，自然"文不能辞"，但拒收酬劳，元家仍依旧俗，留下钱物。白居易心有戚戚，为盼来生与元稹再续友缘，将这笔财物捐出建寺。修复后的香山寺再现"关塞之气色、龙潭之景象、香山之泉石、石楼之风月"。为保存诗稿，白居易又把自 829 年到 840 年之间所作的诗，共 800 首，合成 12 卷，取名《白氏洛中集》，连同自己收集缀补的 5000 多卷佛经，一起收藏在香山寺藏经堂内。

白居易晚年还做了一件大事，那就是出资凿通龙门伊水险滩。唐代时，伊河穿越伊阙的河道，不似今天这样平缓。那时河床高高低低，水势深深浅浅，时不时有嶙峋怪石突出水面，有堆积的卵石阻碍水道，人们因地形称这段河道为"八节滩"。船筏经过这里，经常触石遇险、搁浅。无论天气多么寒冷，船夫都要赤脚下水，拉船推筏。寒风刺骨，船夫们经常赤着脚，踏碎薄冰，弓腰推船前行。会昌四年(844 年)，白居易率先施出家财，又和朋友悲智僧走乡串户，四方游说，劝富户出钱，劝贫家出力，召集伊河流域的船工、龙门一带的百姓和石工，于冬季伊河水量较小时，凿石挖河，疏浚河道，方便舟行。诗人于七十三岁的垂暮之年，完成了这桩济世益人的善行，了却多年来的夙愿，内心格外高兴："心中别有欢喜事，开得龙门八节滩。"

会昌六年(846 年)八月，诗人逝世于洛阳。《旧唐书》本传称："遗命不归下邽，可葬于香山如满师塔之侧，家人从命而葬焉。"诗人死后，新即位的宣宗皇帝李忱赋诗吊唁，在唐代诗人中获此"殊荣"者仅有白居易一人，晚唐著名诗人李商隐也曾为白居易撰写《墓碑铭》。如今在白居易墓的右侧有巨石卧碑，据称是目前国内最大的石书，刻有白居易的《醉吟先生传》，旷达之中隐含避世的无奈心情："今之前，吾适矣，今之后，吾不自知其兴何如?"

二、居洛"闲适诗"

白居易的诗文集，乃其生前亲自编订，取名为《白氏长庆集》。据《新唐书·艺文志》记载，《白氏长庆集》七十五卷，后经战乱，小有散佚，今存七十一卷，合诗文三千七百八十二篇，是唐代作者自编而保存最完整的诗文集，作品数量之多，宜居唐人之冠。其中《长恨歌》与《琵琶行》这两首长篇叙事诗，是白居易诗歌的双璧，它们对于成就白居易的不朽诗名，并使他跻身于

享有世界声誉的天才诗人的行列,其意义和价值都是显而易见与无可置疑的。

白居易的诗歌创作不仅数量多,而且众体兼备,主要分为讽喻诗、闲适诗、感伤诗、杂律诗四类,写于洛阳的诗作主要是闲适诗。白居易十分重视闲适诗,从编集次第看,《白氏长庆集》一至四卷为讽喻诗,四至八卷即为闲适诗。这种编排上的考量是与白居易的世界观和价值取向密切相关的。他在《与元九书》中道:“仆志在兼济,行在独善,奉而始终之则为道,言而发明之则为诗。谓之讽喻诗,兼济之志也;谓之闲适诗,独善之义也。”那么何谓“闲适”呢?白居易自己解释说:“又或退公独处,或移病闲居,知足保和,吟玩性情者……谓之闲适诗。”元稹的理解是:“闲适之诗长于遣。”一个“遣”字,准确地抓住了白居易闲适之作,乃排遣其仕途失意、理想幻灭的苦闷,寻求精神解脱的总体倾向。他的闲适诗,正是在其官场失意、身处逆境时,为排遣郁闷、陶冶性灵,抒写其官散、身闲、心适的情趣,持守“独善之义”的自得自适、自勉自励之作。从总的基调看,它略显消极,但并未流于灰暗与颓唐;在温婉的叹息与自嘲中,透露出对荣利的不屑,对龌龊官场的鄙薄,以及不愿与腐浊的权势者同流合污的傲岸与自尊。

宝历元年(825 年)春,白居易被任命为苏州太守,离开居住地洛阳赶赴苏州上任,临行前作《除苏州刺史别洛城东花》一诗:

乱雪千花落,新丝两鬓生。老除吴郡守,春别洛阳城。
江上今重去,城东更一行。别花何用伴,劝酒有残莺。

诗人告别洛阳春花,由告别春花引发出对自己年华衰老的叹惋。诗中最后两句“别花何用伴,劝酒有残莺”颇有深意:一是隐约透露出诗人的孤独以及由此孤独导致的牢骚,看似通达平和,但并不能掩饰其内心的牢骚;二是反映出诗人对官场人际关系的失望与有意疏离,宁愿与鸟相伴,也不愿与人打交道,显示了诗人对仕途的淡漠,对官场的远离。

白居易晚年定居洛阳,与裴度、刘禹锡等好友往来唱和,与洛阳士人、和尚、道士也过往甚密。在此期间写下的闲适诗充分反映了白居易优游山林、弃绝官场,向往生活平静、内心安适的追求,下面列举几首做简单分析。

履道春居

微雨洒园林,新晴好一寻。低风洗池面,斜日拆花心。
暝助岚阴重,春添水色深。不如陶省事,犹抱有弦琴。

该诗写于大和二年(828 年),诗人趁雨后天晴的大好春光,对自家园林进行了一番探幽。面对良辰美景、花色宜人,诗人欣喜异常,他在园林春色中寻找到内心的安详与平静,禁不住要向他仰慕的陶渊明学习,弹琴以自娱了。

从长安回到洛阳履道里家中时，一缕摆脱政治旋涡、归隐临泉的自得闲适之情油然而生。他在《中隐》中写道：

大隐住朝市，小隐入丘樊。丘樊太冷落，朝市太嚣喧。
不如作中隐，隐在留司官。似出还似处，非忙亦非闲。
不劳心与力，又免饥与寒。终岁无公事，随月有俸钱。
君若好登临，城南有秋山。君若爱游荡，城东有春园。
君若求一醉，时出赴宾筵。洛中多君子，可以恣欢言。

由于有以“中隐”作为理想归宿的自觉意识，在初归洛阳的一段时间里，白居易的心境是颇为恬适的。龙门与香山是诗人经常往游之地，离洛阳不远的嵩山、王屋山也留下了诗人的足迹。在与大自然的亲近中，诗人不仅领略到“万物静观皆自得”的乐趣，而且也使自己的心灵得到了净化。

魏王堤

花寒懒发鸟慵啼，信马闲行到日西。
何处未春先有思？柳条无力魏王堤。

这是诗人作于大和四年(830 年)的一首七言绝句，当时诗人居于洛阳，此诗描写了冬末洛阳城郊的景色。从所写景物来看，这寂静的冬末是谈不上什么美感的，但诗人通过其生花妙笔将这些毫无生机的景物串联起来，组成一幅待春图。诗人巧妙地运用了拟人与谐音的修辞手法(“思”)，从而以语言艺术独有的意趣美使得全诗也由沉寂走向了生机，让人感到春的希望。

新制绫袄成感而有咏

水波文袄造新成，绫软绵匀温复轻。
晨兴好拥向阳坐，晚出宜披蹋雪行。
鹤氅毳疏无实事，木棉花冷得虚名。
宴安往往叹侵夜，卧稳昏昏睡到明。
百姓多寒无可救，一身独暖意何情。
心中为念农桑苦，耳里如闻饥冻声。
争得大裘长万丈，与君都盖洛阳城。

这首诗是诗人于大和五年(831 年)冬所作，诗人从自己新制的绫袄想到了天下百姓的寒苦，显示出诗人一贯的民本思想。虽然诗人在定居洛阳后诗歌主题以闲适为主，但他并没有完全忘记他年轻时所关注的对象——穷苦的百姓，这首诗就是一例。诗人有了一件新制的绫袄，无论是白天游玩还是晚上安卧都不用再担心寒冷的侵扰。但他却想到自己虽然免于寒冷，而广大百姓却还在寒冷中挣扎，心中怎能踏实安稳。何时才能有长万丈的大裘，让天下百姓都免于饥寒？诗中最后两句明显是受到杜甫《茅屋为秋风所破歌》的影响，使全诗境界更加开阔。但与杜诗的审美效果不同，此诗体现得更多的是一种良心上的责备与不安，是一种居高临下的自我反省，整体上显得较为平静，不如杜诗气势宏大，富有震撼力。

咏　兴

池上有小舟，舟中有胡床。床前有新酒，独酌还独尝。
熏若春日气，皎如秋水光。可洗机巧心，可荡尘垢肠。
岸曲舟行迟，一曲进一觞。未知几曲醉，醉入无何乡。
寅缘潭岛间，水竹深青苍。身闲心无事，白日为我长。
我若未忘世，虽闲心亦忙。世若未忘我，虽退身难藏。
我今异于是，身世交相忘。

此诗是白居易作于大和七年（833 年）的《咏兴》五首之一，写的是诗人的闲情逸致。诗人在自家的园中挖了一个小池，它带给诗人无限的快乐。明净的清水可以使人的技巧之心和污秽之念都涤荡干净而陶醉于园林美景之中。这个小池不仅给人带来快乐，也能使人变得通达。面对小池的澄净，诗人获得了彻底的精神解脱，进入了一种自由境界，自认为是真正超脱的闲人。与之相对的则有两种状态：一是并未能真正忘记世间之事，表面上虽然闲适但心中却很劳累；另一种则是虽然想忘世，但世人却不许他这么做，因此他虽然想隐退山林，也会被人找到而无处可藏。诗人则是自身与世间两相忘却，因而是真正的闲适。

香山寺

空门寂静老夫闲，伴鸟随云往复还。
家酝满瓶书满架，半移生计入香山。

这是诗人作于大和七年（833 年）的一首诗。诗人晚年定居洛阳，对佛教尤感兴趣。洛阳有香山寺，诗人是那里的常客，有时甚至连续数日居住其中。香山寺非常寂静，这正契合了诗人晚年的隐居状态，他可以在这里深入地参悟佛理。诗人晚年之所以不愿居住在喧闹的城市，除了与诗人看透官场黑暗、有意避祸有关外，可能还与诗人自己的子嗣不兴旺有关。诗人前后生有两个儿子，但都夭折了。因此与其看着别人儿孙满堂自己悲伤，还不如眼不见心不烦，躲进寺庙参悟经书。

达哉乐天行

达哉达哉白乐天，分司东都十三年。
七旬才满冠已挂，半禄未及车先悬。
或伴游客春行乐，或随山僧夜坐禅。

二年忘却问家事，门庭多草厨少烟。
庖童朝告盐米尽，侍婢暮诉夜裳穿。
妻孥不悦甥侄闷，而我醉卧方陶然。
起来与尔画生计，薄产处置有后先。
先卖南坊十亩园，次卖东都五顷田。
然后兼卖所居宅，彷佛获缗二三千。
半与尔充衣食费，半与吾供酒肉钱。
吾今已年七十一，眼昏须白头风眩。
但恐此钱用不尽，即先朝露归夜泉。
未归且住亦不恶，饥餐乐饮安稳眠。
死生无可无不可，达哉达哉白乐天。

这首诗是白居易于会昌二年(842年)所作，这年诗人以刑部尚书致仕，给半俸，又有了稳定的收入来源。此诗是诗人对自己居洛阳以来人生道路的小结及对自己身后之事的安排，诗人的达观、幽默于此诗可见一斑。诗歌巧妙地运用“达”字的双重意义，层层递进，将诗人达观的人生态度淋漓尽致地呈现在读者面前。诗人从自己看似亨通发达的仕途——多年身居高官，这是常人理解的“达”写起，继而写自己忘记收入减少仍然尽情游玩而招致家人埋怨，以日常生活之“穷”反衬诗人人生态度之“达”，接着写诗人对家中产业的处置，要靠卖房卖田来维持日常生活，应该说在诗人这一层次的高级官僚中算是“穷”的了，但诗人很“达观”：自己这辈子是用不完这些钱的。诗人在诗歌的结尾为读者展现出“达”的最高境界，超越生与死的界限，死也可，生也不错，无须害怕死的到来，这说明诗人在精神上已经接近绝对自由的状态。

三、“洛阳城”意象

上阳宫，唐代大型宫殿建筑群，南临洛水，北连禁苑，地处洛阳皇城西南、禁苑(隋朝的西苑)之东。上阳宫是唐高宗李治在迁都洛阳时修建的，上元年间，唐高宗在此处理朝政。705年，武则天被逼迫退位，之后就一直居住在上阳宫。唐玄宗时，经常在上阳宫处理朝政和举行宴会。安史之乱时，上阳宫被严重破坏。此后上阳宫逐渐荒废，唐德宗时废弃。白居易的《上阳白发人》是一首“悯怨旷”的代表之作。诗的标题下，作者注云：“愍怨旷也。”古时，称成年无夫之女为怨女，成年而无妻之男为旷夫。这里怨旷并举，实际写的只是怨女，是指被幽禁在宫廷中的可怜女子。在我国古代诗人中，把妇女问题作为一个社会问题加以关注，并对她们的命运倾注了深切同情的，

白居易是较为突出的一位。诗人以精湛的艺术技巧，对上阳人一生的悲惨遭遇，做了典型化的提炼和概括，从而使这个悲剧性女性的形象格外生动逼真，具有感人至深的艺术魅力。但诗人艺术上成功的奥秘，绝不仅仅在于艺术技巧，根本原因还在于他对这位被封建专制制度剥夺了青春的白头宫女怀着深厚的人道主义同情心。否则，他就不可能把上阳人一生遭受的非人道的“幽闭怨旷”之苦，及其青春虚度、零落栖迟的寂寞心境，刻画得如此深微细致、真切感人。

应天门，是隋唐洛阳城的紫微城正南门，原名则天门，神龙元年（705 年）避武则天讳改称应天门，又称五凤楼，是朝廷举行登基、改元、大赦、宴会及接见万国来使等外朝大典的重要场所。唐高宗俘获百济国王、武则天称帝、唐玄宗接见日本第八次遣唐使等仪式均在应天门城楼上举行，功能类似现在的北京午门。白居易登此城楼，写了一首诗《五凤楼晚望》，诗题下面自注“六年八月十日作”，透露此诗写于唐文宗大和六年（832 年）。这个诗题给出的信息是：至少在中晚唐之际，应天门就称“五凤楼”了。原诗为：“晴阳晚照湿烟销，五凤楼高天泬寥。野绿全经朝雨洗，林红半被暮云烧。龙门翠黛眉相对，伊水黄金线一条。自入秋来风景好，就中最好是今朝。”诗的意思是：雨后天晴夕照里湿散烟消，登上五凤楼见天宇空朗浩渺。田野翠绿是经朝雨洗涤，林梢红染乃因晚霞斜照。眺望龙门山色如美女黛眉，远看伊水波光似黄金一条。入秋以来风景越来越美，最美的还属今朝雨后触目皆妙。品读此诗，可以感受作家闲时之情。唐代徐凝及北宋的邵雍等都曾以诗歌的形式写过五凤楼。

天津桥，始建于隋，废于元代。初为浮桥，后为石桥。隋唐时，天津桥横跨于穿城而过的洛河上，为连接洛河两岸的交通要道，正西是神都苑，苑东洛河北岸有上阳宫。桥正北是皇城（太微城）和宫城（紫微城），殿阁巍峨，桥南为里坊区，十分繁华。唐代曾将天津桥地段的洛河分作三股，分设三桥，天津桥居中，其北是黄道桥，其南为星津桥。命名依据的是天文学名词。因此，“灼灼临黄道”是说天枢立于洛河旁黄道桥北，在日色辉映下光彩闪烁。著名的“天津晓月”为洛阳古“八大景”之一。李白的“忆昔洛阳董糟丘，为余天津桥南造酒楼”，说明其曾在桥南董家酒楼饮酒。李益也有“何堪好风景，独上洛阳桥”的咏赞。在《早春晚归》一诗里，白居易细致描绘了自己在天色将晚之时骑马路过天津桥、金谷园一带所看到的早春景致：“晚归骑马过天津，沙白桥红返照新。草色连延多隙地，鼓声闲缓少忙人。还如南国饶沟水，不似西京足路尘。金谷风光依旧在，无人管领石家春。”无限春光里，诗人无拘无束、自由自在的生活情景跃然纸上。白居易还在《天津桥》中写道:“津桥东北斗亭西,到此令人诗思迷。眉月晚生神女浦,脸波春傍窈娘堤。柳丝袅袅风缫出,草缕茸茸雨剪齐。报道前驱少呼喝,恐惊黄鸟不成啼。”白居易将水月幻化为美人形象,且与地名恰相契合,让美景与美人融为一体,妙手天成。白居易亦创作了多首描写天津桥的诗作,充分表达了对其的喜爱。他在《晓上天津桥闲望》写道:“上阳宫里晓钟后,天津桥头残月前。空阔境疑非下界,飘飘身似在寥天。星河隐映初生日,楼阁葱茏半出烟。此处相逢倾一盏,始知地上有神仙。”晓月挂在天空,两岸垂柳如烟,桥下波光粼粼,四周风光旖旎。

定鼎门,是隋唐洛阳城外郭城正南门,隋初名建国门,唐时更名定鼎门。定鼎门取名于“周武王迁九鼎,周公致太平”以及“成王定鼎于郏鄏”。史载周武王当年迁九鼎于洛阳,当时成周洛邑的南门之名即为定鼎门。隋炀帝营建东都,成为第一个通过定鼎门的皇帝。之后,定鼎门相继被唐、后梁、后唐、后周和北宋定为洛阳外郭城正门,直到北宋末年,才逐渐废弃。定鼎门大街更是当时洛阳最重要的街道,权要和显贵也多聚于此。街宽百余米,长十里,临街建筑一律都为重檐格局且饰以丹粉。裴度与白居易、刘禹锡、李绅等人在《刘二十八自汝赴左冯涂经洛中相见联句》里有“镇嵩知表德,定鼎为铭勋。顾鄙容商洛,征欢候汝坟”的书写。白居易《秋日与张宾客舒著作同游龙门醉中狂歌》中,描写了诗人以定鼎门为洛阳城的坐标点,向南秋游十八里的一段逸事:“秋天高高秋光清,秋风袅袅秋虫鸣。嵩峰余霞锦绮卷,伊水细浪鳞甲生。洛阳闲客知无数,少出游山多在城。商岭老人自追逐,蓬丘逸士相逢迎。南出鼎门十八里,庄店逦迤桥道平。不寒不热好时节,鞍马稳快衣衫轻。”建春门大街与定鼎门大街一样,宽敞而平坦。白居易在《建春门大街与皇甫庶子同游城东》进行了描写:“闲游何必多徒侣,相劝时时举一杯。博望苑中无职役,建春门外足池台。绿油剪叶蒲新长,红蜡黏枝杏欲开。白马朱衣两宫相,可怜天气出城来。”

洛阳宅第,在唐代尤其蔚为壮观。依其主人地位、身份的不同,其中又分为达官贵人府第、仕宦宅第及普通民居等。达官贵人府第占地面积较大,建筑奢华,如武则天宠臣张易之与宗楚客的府第豪华至极,两处宅第分别位于修行坊、宣风坊内。张易之初造一大堂甚为壮丽,计用钱数百万。“宗楚客造一新宅成,皆是文柏为梁,沉香和红粉以泥壁,开门则香气蓬勃,磨文石为阶砌及地。”(《朝野佥载》)这些达官显贵们在洛阳里坊区内营建的豪宅,也自然进入了白居易观察的视野。《题洛中第宅》描写道:“水木谁家宅,门高占地宽。悬鱼挂青甃,行马护朱栏。春榭笼烟暖,秋庭锁月寒。松胶黏琥珀,筠粉扑琅玕。试问池台主,多为将相官。终身不曾到,唯展宅图看。”裴

度的午桥庄，其“午桥碧草”是“洛阳八小景”之一。《穷菡记》有载：“前日魏王潭上宴连夜，今日午桥池头游拂晨。山客砚前吟待月，野人尊前醉送春。”午桥庄刚刚建好的绿野堂，白居易有贺诗：“绿野堂开占物华，路人指道令公家。令公桃李满天下，何用堂前更种花。”白居易的这首《奉和令公绿野堂种花》，让读者见识了他夸人的功夫确实了得。白居易的《和裴令公一日日一年年杂言见赠》写道：“二年花下为闲伴，一旦尊前弃老夫。西午桥街行怅望，南龙兴寺立踟蹰。洛城久住留情否，省骑重归称意无。出镇归朝但相访，此身应不离东都。”他们在这里终日宴游与唱和，过着退隐者最闲散、最有趣味的生活。

此外，白居易的诗作里还描写了隋唐洛阳城的外郭城里坊区里的衙署、寺观、祠庙、市肆、作坊、园池、馆驿、渠堰、堤桥等，呈现了那个时代的社会生活与民俗风情。

白居易在中国文学史上具有重要的地位与影响。白居易的文艺思想注重干预现实，强调“文章合为时而著，歌诗合为事而作”。白居易在世时，诗歌已广为流传，传入日本后，被日本皇室奉为经典，甚至专门设立了侍读白居易诗歌的官职。在《源氏物语》等作品中，处处可见对白诗的引用与活用。白居易的影响不仅限于日本文学，在不同的历史阶段，白居易也被诠释为不同的形象：或为优雅的诗人，或为智慧的隐者。在今天的日本以及东南亚，白居易仍然是影响最为深远的中国唐代诗人。

第五节 刘禹锡

一、生平简介

刘禹锡（772—842 年）一生坎坷，起伏不断。贞元六年（790 年），他游学洛阳与长安，年纪轻轻却享有较高声誉。贞元九年（793 年），刘禹锡与柳宗元同榜中进士，也为二人之后的友谊及共同参与永贞革新埋下伏笔。贞元十一年（795 年），获太子校书之职。之后他更是荣升监察御史一职。可以说，刘禹锡人生的前三十余年是前程似锦、风光无限的，直至永贞革新失败。贞元二十一年，即永贞元年（805 年），顺宗继位，刘禹锡与柳宗元、程异等人参加王叔文集团的永贞革新，形成“二王刘柳”的革新派，这实际上也是顺宗革除弊政的意愿。但最终因信息传达不畅失去皇帝支持及革新自身的局限性而失败，再加上“永贞内禅”的影响，革新的主要人物都被贬谪，刘禹锡被贬为远州司马，至此开始长达二十余年的贬谪生涯。尽管如此，刘禹锡并未沉沦，而是以豁达乐观的精神学习民歌创作，关注人民生活状态及风俗人情，体现生活与自然的朴素美，《秋词》即为其仿民歌体成果之一。

尽管刘禹锡的仕途颠簸沉浮，但其在文学上的造诣及影响不可磨灭，同时不能否认的是，无论是研究刘禹锡的思想理念还是探讨其在中国文学史上的地位，必定离不开洛阳这一自然环境和社会环境，刘禹锡籍贯在洛阳，人生重要的几次转折也与洛阳有关，晚年在洛阳生活，最终病卒于洛阳。从刘禹锡流传后世的诗文中，我们不难看出，他对洛阳怀有深刻的眷恋之情。

(一)籍贯洛阳

关于刘禹锡的籍贯，历来备受争议，主要有三种说法，有的说刘禹锡籍贯是江苏徐州，有的说是浙江绍兴，有的说是河南洛阳。每种说法都有自身的依据。

认为刘禹锡是“彭城人”的依据主要是权德舆称刘禹锡为“彭城刘禹锡”（见《送刘秀才登科后侍从赴京觐省序》），此外白居易《醉吟先生传》云：“与嵩山僧如满为空门友，平泉客韦楚为山水友，彭城刘梦得为诗友，安定皇甫朗之为酒友。每一相见，欣然忘归。”这里的“彭城刘梦得”即刘禹锡。基于此，不少人就认为刘禹锡是“彭城人”。再加上刘禹锡曾在《口兵戒》中称刘向为“吾祖”，而刘向是楚元王刘交的后人，刘邦曾封其为楚王，且“都彭城”，自然认为刘禹锡也是彭城人。刘知畿《史通·邑里第十九》云：“自世重高门，人轻寒族，竟以姓望所出，邑里相矜……爰及近古，其言多伪，至于碑颂所勒，茅土定名，虚引他邦，冒为己邑……姓卯金者咸曰彭城。”刘邦出生于彭城，即今天的徐州，因为同为“刘”姓，所以称刘禹锡为刘邦后人，也即“彭城人”。显然，这是攀附门第的言行，但在当时也无伤大雅。“吾祖”二字可理解为后辈对同姓先辈的尊称。

认为刘禹锡是“中山人”的依据主要是好友韩愈与柳宗元称其为“中山刘梦得”“中山人”，但这两个称呼并没有更深的出处，也不能代表刘禹锡是哪里人，因为这都是刘禹锡《子刘子自传》中的叙述而引发的别称，其中有云：“其先汉景帝贾夫人子胜，封中山王，谥曰靖，子孙因封为中山人也。”因此才有《新唐书》卷一六八《刘禹锡传》“自言系出中山”，“自言”为“自己说”，更何况“中山”只是郡望（这一郡望是否真是刘禹锡的家世仍存疑），而非籍贯。

刘禹锡既不是彭城人，也不是中山人，那其籍贯究竟何处？刘禹锡在《子刘子自传》中称：“子刘子，名禹锡，字梦得。其先汉景帝贾夫人子胜，封

中山王，谥曰靖，子孙因封为中山人也。七代祖亮，事北朝，为冀州刺史、散骑常侍，遇迁都洛阳，为北部都昌里人。世为儒而仕。坟墓在洛阳北山，其后地狭不可依，乃葬荥阳之檀山原。"由此可知，"七代祖亮"即刘禹锡七世祖北魏刘亮，因迁都转到洛阳定居，世代成为洛阳都昌里人，祖坟也葬于洛阳，后因"地狭不可依"才葬于荥阳。

自传之前，刘禹锡多次说自己"家本荥上，籍占洛阳"（见《汝州上后谢宰相状》），《汝州上后谢宰相状》记载："忽蒙天恩，稍移近郡，家本荥上，籍占洛阳，病逝江干，老见乡树。荣感之至，实倍常情。"这里也强调籍贯（家乡）在洛阳。此外，《泰娘歌》中的"洛阳旧宅生草莱，杜陵萧萧松柏哀"及《刑部白侍郎谢病长告，改宾客分司，以诗赠别》中的"洛阳旧有衡茅在，亦拟抽身伴地仙"均说明刘禹锡早已把自己定位为洛阳人。

（二）涉洛足迹

刘禹锡的一生与洛阳有密切关系，除了先祖世代居住于此，刘禹锡自身也短居或停留于洛阳，晚年生活更是在洛阳"闲度"。唐代的洛阳属于繁华东都，其政治、经济和文化发展遥遥领先，且对人们有深远影响。

刘禹锡的少年时期在湖州嘉兴度过，师从皎然、灵澈。贞元六年（790年）刘禹锡赴京赶考，途经洛阳是否停留，未见史书记载。贞元十一年（795年）与柳宗元同登进士，授太子校书，后赴洛阳旧居拜见母亲，此后常往返于长安、洛阳两地，权德舆《送刘秀才登科后侍从赴东京觐省序》及刘禹锡《题寿安甘棠馆二首》均有记载，说明其母长居洛阳。贞元十二年（796年），刘禹锡父亲于扬州去世，归葬于河南荥阳，刘禹锡在洛阳守孝三年。

贞元十八年（802年），据《子刘子自传》记载，刘禹锡从扬州回洛阳。元和十四年（819年），刘禹锡母亲去世，刘禹锡居洛阳，为母守孝三年。敬宗宝历二年（826年）冬天，刘禹锡被召回洛阳任尚书主客郎中，途经南京、扬州，在扬州与白居易相逢，大和九年（835年）甘露之变后，刘禹锡任太子宾客，分司东都。

武宗会昌二年（842年），刘禹锡病逝于洛阳，葬于荥阳。

二、刘禹锡的创作

刘禹锡素有唐代文学家与哲学家之称，其文学成就涉及诗歌、辞赋和论说文，如《乌衣巷》《秋声赋》《天伦》等，其尊重自然规律的唯物主义哲学观也深深影响着后世。他一生创作诗歌近千首，有一部分涉及洛阳风土人情及自己在洛阳的情境，这不仅说明刘禹锡和洛阳有深厚的渊源，也反映了洛阳在古代中国的重要地位。

刘禹锡与洛阳相关的诗文均是在其政治与生活发生重大变故时所作，以诗言情，以诗言志。刘禹锡为官之初，因职务在身且满怀政治理想，所以很少回洛阳，贞元十八年(802 年)，这一年刘禹锡 30 岁，奉母返洛，恰逢送别友人杨处厚，于是作《洛中送杨处厚入关便游蜀谒韦令公》，全诗云：

洛阳秋日正凄凄，君去西秦更向西。
旧学三冬今转富，曾伤六翮养初齐。
王城晓入窥丹凤，蜀路晴来见碧鸡。
早识卧龙应有分，不妨从此蹑丹梯。

杨处厚命运不济，曾因与王承系门客苏表有交，后被治罪，由乡贡进士贬为邛州大邑尉。刘杨二家有姻亲关系。韦令公指韦皋，此时任剑南西川节度使。知此背景，再来看诗。首句指出洛阳现在正是深秋，冷风凄凄，你即将去四川，那是比西秦更西之地，天气也会更加阴冷。送别本已伤怀，又遇秋日冷风，心中更是伤感不已。但诗不能总一直如此伤感，那样就显得格调太过狭小，又回到六朝的老路上去了。所以下文稍稍开怀说，你苦学三年，如今学富五车，当年科举落第的伤痛也已经抚平。在洛阳的时候，天亮你一入城就能看到皇宫的门，现在去四川，天晴朗的时候也能看到神鸟碧鸡，就仕途而言，你距离权力中心并不遥远。所以你要振作，要早早地清楚与韦皋的缘分，这会是你平步青云的开始。送别诗古代人人都写，但从来难写，刘禹锡的写作如同老朋友聊天一般，有伤感，有眺望，最终忘却伤感，在平淡叙述中包含对友人的殷切期望。这也正是刘禹锡诗歌情感的整体特征。

永贞元年(805 年)，这一年刘禹锡 33 岁。王叔文革新失败，刘禹锡被贬连州(今属广东清远)，本来要途经商洛前往，但其母亲还在洛阳，所以就绕道洛阳别过母亲，再赴连州。离开洛阳之际，好友相送，刘禹锡百感交集，作《赴连州途径洛阳，诸公置酒相送，张员外贾以诗见赠，率尔酬之》，全诗云：

谪在三湘最远州，边鸿不到水南流。
如今暂寄樽前笑，明日辞君步步愁。

仕途的坎坷已让诗人感怀，这种落寞感伤在与友人送别之时更显得淋漓尽致。如今我被贬到湖南辖区的最南端，那里大雁飞不到，水都改变方向不往东流而往南流。今天我们在宴席上还能开怀一笑，但明天和大家分别后，我向前走的每一步都充满忧愁。愁什么呢？愁友人何时再相见，愁不适应新的环境，愁壮志难酬……诗人诸多愁绪融于其中，欲语还休。全诗采用对比手法，洛阳与连州地理位置的对比，“如今”与“明日”的对比，渲染离别

情伤,更强调前途未卜及失落之意。整首诗情调极为低沉,因对前景充满迷茫,所以格外珍惜今天的相聚。从中可以很清晰地看出这次政治的失意对刘禹锡的巨大影响,但诗句于无奈中透露诗人仍想成就一番事业的心思,只不过被排挤在政权中心之外,才有这么多的愁绪。

敬宗宝历二年(826 年),刘禹锡罢和州刺史一职返回洛阳,当时正值秋末冬初,恰逢好友白居易也从苏州归返洛阳,因此二人在扬州相遇。久别重逢,白居易有感于刘禹锡的仕途境遇,于是赠诗一首,即《醉赠刘二十八使君》:“为我引杯添酒饮,与君把箸击盘歌。诗称国手徒为尔,命压人头不奈何。举眼风光长寂寞,满朝官职独蹉跎。亦知合被才名折,二十三年折太多。”全诗从字面上可理解为,我要举杯痛饮,和你一起以筷击盘来唱歌。这是好友相见的欢喜,也是情感宣泄的一种方式。“国手”是对刘禹锡才华的肯定,指刘禹锡是这个国家很优秀的诗人,但是尽管如此优秀,奈何命运捉弄,惨遭贬谪。抬眼望去满是寂寞,文武官员唯有你受此贬谪失意,此句也暗指刘禹锡的清高孤傲及不同流合污。后文笔峰一转,我知道你是因为才华横溢才导致如此波折,但这 23 年被贬在外的波折也实在是太多了。字里行间表达了白居易对刘禹锡被贬的疼惜之情,以及对朝廷不重视人才并戕害人才的不满。

接着,刘禹锡写了著名的《酬乐天扬州初逢席上见赠》以示酬答:

巴山楚水凄凉地,二十三年弃置身。
怀旧空吟闻笛赋,到乡翻似烂柯人。
沉舟侧畔千帆过,病树前头万木春。
今日听君歌一曲,暂凭杯酒长精神。

酬是报答、回答的意思,因白居易先给刘禹锡写了一首赠诗,所以刘禹锡也写一首诗作为回赠或回答。一赠一酬(答)就形成了赠答诗,赠答诗的目的非常明确,赠答对象大多在题目显现,表达的意思也要比一般的抒情诗更加直接。如白居易和刘禹锡所作的上述两首,“刘二十八”是刘禹锡的代称,因为他在同宗同辈中排行第二十八。“乐天”是白居易的字。“醉赠”和“扬州初逢席上”,前者指作诗时诗人的状态,后者指作诗的具体场合。“见赠”即白居易所作的《醉赠刘二十八使君》。两首诗题都清楚地交代了作诗的对象、地点、场合等因素,直接明了。

因为是赠答诗,类似于面对面的谈话,前面一个人先开启某一话题,后面的人自然是顺着这个话题往下承接。所以我们看到了一个很有趣的细节,就是两首诗都有“二十三年”这四个字,白居易赠诗以此为结尾,刘禹锡酬诗却由此展开下文,如果这两首诗合二为一,则有类似顶真的写作技巧,起到反复强调的作用。单独分开，则更类似于谈话或书信。这一体例与唐五代的联章、联句极为相似。

这首诗是在回应白居易的关心，因此根据白居易的关注点先说自己被贬谪的生活以及自己的感受和想法。巴山楚水是刘禹锡自我概括的贬谪经历，永贞革新失败后，刘禹锡先后被贬到朗州、连州、夔州等地。朗州乃今湖南常德，连州为今广东清远下辖县，二者均属楚地。夔州为今重庆奉节，属于巴地。因此有“巴山楚水”一说。再者，三地远离政治权力中心，均居边地，所以也称“凄凉地”。后人也常用“巴山楚水”形容荒无人烟的地方。贬谪之地无比荒凉，这23年来没有人记得我，我就犹如不存在一般。这两句诗写出了诗人内心的苦闷与凄凉。

“闻笛赋”指向秀的《思旧赋》，而不是宋玉的《笛赋》。“怀旧空吟闻笛赋，到乡翻似烂柯人”表达了刘禹锡在巴楚之地对友人的思念之情。人除了有自然属性，还具备社会属性，社会属性强调个体与社会的相互认可与接纳，但此时的刘禹锡已然觉得自己不被朝廷认可重用，他亦不能完全接受官场做法，故此，他的精神寄托基本都集于友情之中，这也是他与外界的连接方式。全句指刘禹锡远在贬谪之地，常常想起昔日好友，怎奈不能相见，于是只能独自吟诵《思旧赋》，以慰孤独寂寞的心灵。“闻笛赋”是关于向秀与嵇康的一段故事，两人同为“竹林七贤”，志趣相投，时常交流诗词文赋及音乐，同时嵇康喜动，而向秀爱静，按常理二人不会深交，但二人却经常在嵇康家配合打铁，自娱自乐。嵇康被杀害后，向秀痛心不已，一次偶然经过嵇康故居，听到从里面传来吹笛子的声音，不禁回想过去在一起的日子，悲从中来，遂作《思旧赋》以悼念嵇康。永贞革新失败后，王叔文不仅被贬还被赐死，王伾被贬之后不久也病死离世，参与此次变革的柳宗元、韩泰等人均被流放。刘禹锡在此借用向秀与嵇康的这一典故来表达对“二王”及被害友人的思念之情。“柯”指斧柄，“烂柯人”源自南朝梁任昉的《述异记》，原文云：

> 信安郡石室山，晋时王质伐木至，见童子数人棋而歌，质因听之。童子以一物与质，如枣核，质含之而不觉饥。俄顷，童子谓曰：“何不去?”质起视，斧柯尽烂。既归，无复时人。

《述异记》所记载的人物事件异于平常，多为鬼怪灵异之事。全文大意为，信安郡有一座石室山，东晋时有一个叫王质的青年到此山砍柴伐木，在伐木过程中他看到几个小孩子在一起下棋唱歌，于是就停下来听他们唱。然后一个孩子送给王质一样东西，外形像枣核一样，王质将其含入口中，竟一直不觉饥饿。停了一会儿，一个小孩子问他：“为什么你还不走?”于是王质起身准备离开，却发现伐木所用的斧柄已腐烂。回到家中，同时代的人竟都已经去世了。言外之意是王质进出山中已过去很多年了，大有“山中方一日，世上已千年”之意。刘禹锡借此典故表达自己虽归返洛阳，却有恍如隔世的感觉，从而强调被贬在外时间的长久。

接着，刘禹锡以“沉舟侧畔千帆过，病树前头万木春”回应白居易的“举眼风光长寂寞，满朝官职独蹉跎”。白居易为刘禹锡的遭遇鸣不平，那些才华远不及你的官员们都发达高升了，只有你还如此受挫失意。这是友人间的相知相惜，也是对现实不公的抱怨。刘禹锡虽也因被贬23年而沉闷失落，但为了安慰友人，也为了激励自己，他没有一直消极下去，以“千帆”和“万木春”表达对未来的期盼。如果说刘禹锡的过去是沉舟和病树，那么他相信迎接他的必是生活的热闹与事业的春天，由此可见，这一时期的刘禹锡仍有建功立业的雄心。

最后一句将思绪拉回现实，“今日听君歌一曲，暂凭杯酒长精神”表达两人相逢的喜悦及对白居易的感激之情和深厚友谊。

可以说，此赠答诗不仅勾勒了刘禹锡长年的贬谪生活，也表达了刘白二人的情谊，同时也反映了刘禹锡乐观进取的人生态度。

大和元年(827年)，经过长年的流放之后，刘禹锡终于被召回京，授尚书主客郎中，分司东都。这是一件喜事，亲友们纷纷恭贺。但刘禹锡已经55岁，年老体弱，对此并无太多兴奋。当然也可能是听闻了之前长安城中的政变后，对政治失去了热情。这年六月，刘禹锡在洛阳任职，杨归厚写诗同贺其与韩泰迁官，他遂作《酬杨八庶子喜韩吴兴与予同迁见赠》以致谢意，全诗曰：

早遇圣明朝，雁行登九霄。文轻傅武仲，酒逼盖宽饶。
舍矢同瞻鹄，当筵共赛枭。琢磨三益重，唱和五音调。
台柏烟常起，池荷香暗飘。星文辞北极，旗影度东辽。
直道由来黜，浮名岂敢要。三湘与百越，雨散又云摇。
远守惭侯籍，征还荷诏条。悴容唯舌在，别恨几魂销。
满眼悲陈事，逢人少旧僚。烟霞为老伴，蒲柳任先凋。
虎绶悬新印，龙舼理去桡。断肠天北郡，携手洛阳桥。
幢盖今虽贵，弓旌会见招。其如草玄客，空宇久寥寥。

杨八庶子即杨归厚，韩吴兴即韩泰。韩泰与刘禹锡同为八司马，永贞元年(805年)一同被贬，刘禹锡至郎州(今湖南常德)，韩泰至虔州(今江西赣州)。如今二人又一同得以擢升，刘禹锡任尚书主客郎中，韩泰任湖州刺史，所以同病相怜之感极易产生，这次就因杨归厚的诗倾泻而出。诗的开端回忆往事，说二人在年轻的时候，就得到了朝廷的信任，像雁行一样一同登第。

那时候意气风发，傲视群雄，就连文采极佳的傅毅也不放在眼里，开怀畅饮更可与盖宽饶论高下。我们在同一年中第，经常一起探讨学问心得，一起饮酒作乐。后来我们又一起到御史台任职，又一起工作，一起游赏门外的莲池。那时候的生活是多么愉快惬意。然时光飞转，造化弄人，转眼间就到了贞元元年，我们一同被贬，韩泰由辽东度支郎中转为行军司马，离开朝廷，列宿离北极，赴任于道中。我们知道，贬黜才是人间正道，哪里能随意就去追求那些虚名和荣耀呢？我们被贬之地不出三湘与百越，那里雨多云浓。被贬那些年我实在没做什么事，愧对侯官名籍，不承想如今却又被征召，起用为尚书主客郎中。经历了无尽艰辛，如今我容颜憔悴，体无完肤，仅仅只是活着而已。只恨岁月蹉跎，机会来得如此之晚。回想过去的经历总是悲伤不已，但时间一刻也不停留，同朝为官之人几乎已经没有同辈之人了。只有天上的云霞年复一年，没有变化，我的身体很差，估计也很快就无法工作了。但韩泰与我不同，他新任刺史，乘船上任，过去的离别相聚都已烟消云散，实干做事才是重要的。韩泰虽已贵为刺史，但我想他应该还会被朝廷征召入京，前途一片光明。而我则只能像扬雄一样，寂寂寥寥，年年岁岁一床书了。

该诗题目有“喜”，升迁应为喜事，但诗中除了祝贺之外，还夹杂了很多苦涩，有“廉颇已老，尚能饭否”之意。整首诗为五言古诗，本应浑然天成，但诗中却经常出现跳跃场景，忽而眼前，忽而过往。从中可以很清晰地感受到刘禹锡跳动的、不够稳定的情感，可知其晚年这一境遇的变化在其心中形成了一定的波澜。

同年六月，韩泰出任湖州刺史，途经洛阳，与刘禹锡相见。刘禹锡非常激动，追昔抚今，遂作《洛中逢韩七中丞之吴兴口号五首》，以抒发心志，全诗云：

昔年意气结群英，几度朝回一字行。
海北天南零落尽，两人相见洛阳城。
自从云散各东西，每日欢娱却惨凄。
离别苦多相见少，一生心事在书题。
今朝无意诉离杯，何况清弦急管催。
本欲醉中轻远别，不知翻引酒悲来。
骆驼桥上苹风起，鹦鹉杯中箬下春。
水碧山青知好处，开颜一笑向何人。
溪中士女出芭篱，溪上鸳鸯避画旗。
何处人间似仙境，春山携妓采茶时。

第一首由追忆往昔开端，说当年我们都意气风发，八人一起参与永贞革新，有多少回我们像雁行一样一字排开，一起上朝下朝。只可惜后来我们都受到打击，分散到天南海北，如今大多都已亡故，只剩下你和我了。而在这个时候，我们在洛阳相见，既高兴又心酸。

第二首说自从革新失败后，大家四散东西。每天表面上忙碌着、开心着，事实上内心无比凄凉。大家离别后很难相见，相互的牵挂全都寄托在书信上。

第三首说今天本来没想诉说离别的愁苦，何况清弦急管，一曲接一曲，没有闲暇言及离愁。我想着只要让自己喝醉了，就不会在意我们的离别，不承想这样却更让自己愁肠百结，不舍得你离去。

第四、五两首想象韩泰到湖州后的生活。第四首说，湖州骆驼桥上清风徐起，你在桥旁拿着精致的鹦鹉杯，喝着湖州所产的箬雨春酒，向远处眺望，青山若黛，绿水如画，好不惬意，何不开怀一笑，忘却过往。

第五首说韩泰是湖州刺史，出行时以彩绘旗幡为前导，百姓纷纷前来围观，惊起了水上的鸳鸯，连连飞远，湖州美景如同仙境，韩泰带着百姓在春山上采茶，如同画境一般，多么舒心，多么美好。

由上可见，五首诗可以连为一体，前两首忆往昔，第三首写相逢，后两首写展望，朋友间的真挚情感由此得以完全展现。

大和年间，裴度因反对朝廷的结党营私而遭李宗闵排挤打压，加之皇帝昏庸，裴度被迫离开朝廷，刘禹锡与裴度政见一致，且常与令狐楚（户部尚书）、白居易（刑部侍郎）进行唱和，自然也受此牵连。随着党派斗争的恶化及裴度的出朝，白居易借病从长安退回洛阳，刘禹锡也想与白居易一起退居洛阳，上书自求分司。但是这一愿望没有实现。大和五年（831 年），刘禹锡任苏州刺史。此次前往苏州，皆因小人当道、壮志难酬，加之知己飘散，刘禹锡心中甚是压抑沉闷。途经洛阳，与白居易会面，畅谈欢度十余日，白居易在《与刘苏州书》中对此次会面进行了详细记载：

> 梦得由礼部郎中、集贤学士，迁苏州刺史。冰雪塞路，自秦徂吴。仆方守三川，得为东道主。阁下为仆税驾十五。朝觞夕咏，颇极平生之欢。各赋数篇，视草而别。

面对此情此景，刘禹锡再也控制不住内心情感，赋诗多首，其中《赠乐天》云：

> 一别旧游尽，相逢俱涕零。在人虽晚达，于树似冬青。
> 痛饮连宵醉，狂吟满坐听。终期抛印绶，共占少微星。

“一别旧游尽，相逢俱涕零”道出此次友人相见的情景和心情。“痛饮连宵醉，狂吟满坐听”看似热闹狂欢，实则反衬内心的孤独、失望与苦闷，与“何以解忧?唯有杜康”有异曲同工之处。唐诗多用少微星比喻处士,指有德才的人因厌恶官场污浊而不愿做官,“终期抛印绶,共占少微星”说明刘禹锡此时因现实打击已有归隐的想法。

刘禹锡不仅在诗歌创作上取得了重大成就,其散文也具备一定的影响力。《谢裴相公启》《谢窦相公启》均为刘禹锡晚年在洛阳创作的散文。

《谢裴相公启》曰:

某启:某遭罹不幸,岁将二纪。虽累更符竹,而未出网罗。亲知见怜,或有论荐。如陷还泞,动而愈沈。甘心终否,无路自奋。岂意天未剿绝,仁人持衡,纡神虑于多方,起堙沦于久废。居剥极之际,一阳复生;出坎深之中,平路资始。通籍郎位,分曹乐部。乔木展旧国之思,行云有故山之恋。姻族相贺,壶觞盈门。官无责词,始自今日。禽鱼之志,誓以死生;草木之年,惜共畹晚。章程有守,拜谢无由。瞻望岩廊,虔然心祷。谨启。

《谢窦相公启》曰:

某启:某一辞朝列,二十三年。虽转郡符,未离谪籍。卑湿生疾,衰迟鲜欢。望故国而未归,如痿人之念起。昨蒙罢免,甘守邱园。相公不弃旧游,特哀久废。每奉华翰,赐之衷言。果蒙新恩,重忝清贯。荐延有渐,拯拔多方。六律变幽谷之寒,一丸销弥年之疹。杀翮将举,危心获安。布武夷途,自此而始。分曹有系,拜谢无因。瞻望德藩,坐驰精爽。无任感激之至。谨启。

该两启作于大和六年(832 年),是刘禹锡用以感谢裴度和窦易直知遇之恩的散文。裴度和窦易直入朝为相,非常看重刘禹锡的学识人品,对刘禹锡来说,裴度和窦易直既是长者又是伯乐。这两启涉及内容广、时间跨度大,流露了刘禹锡对仕途坎坷的悲凉心情和对恩人的感激之情。

刘禹锡一生保持乐观的政治情怀,有的时候甚至是一种盲目的、十分危险的乐观,《两如何诗谢裴令公赠别二首》诗即为如此:

一言一顾重,重何如?今日陪游清洛苑,昔年别入承明庐。

一东一西别,别何如?终期大冶再熔炼,愿托扶摇翔碧虚。

该诗作于大和九年(835 年)十月。同年九月,白居易授同州(今陕西渭南大荔县)刺史,但他称病不就,朝廷改授其太子少傅分司之职,此为虚官,在洛阳任职。同州刺史则改授刘禹锡。此时裴度再次出任中书令,也居洛阳。刘禹锡从临汝出发赴任,途经洛阳,与裴度、白居易等相见,席间唱和,遂作此诗。诗说一言一行都顾念朝廷赏识,今天我们一起畅游洛阳宫苑,来日必定能够一起再进一步,成为朝廷的重臣。然而我们要分别了,大家在

东，我往西行。分别也没有什么，我们一定还会有大作为，一定还能为朝廷做贡献。刘禹锡还是如此地乐观，根本没有觉察到朝廷的许多变化，一个月后，长安就发生了甘露事变。刘禹锡的此次赴任注定不足一年，开成元年（836年）秋，又回到了洛阳。

开成二年（837年）五月，牛僧孺接替裴度，任东都留守。所幸此次刘禹锡没有受到影响，仍在洛阳任太子宾客，因此刘禹锡就与牛僧孺就有了更多的接触，加之白居易，三人兴趣相投，惺惺相惜，在洛阳过了一段非常开心的时光。

文人有雅兴，历朝历代诸多文人雅士喜欢收集奇石，牛僧孺也一样。白居易《太湖石记》记载，天下奇石无穷尽，但有族类优劣之分，而最稀有且品质最好的当属太湖之石。牛僧孺或多或少受此影响，极其痴恋奇石尤其是太湖奇石，他的下属知道自己的上级有这一爱好之后，常利用职权之便向民间搜罗奇石以进献给牛僧孺，几年下来，牛僧孺府邸堆满了各种大大小小或真或假的奇石。刘禹锡看到这一现象之后作《和牛相公题姑苏所寄太湖石兼寄李苏州》诗云：

震泽生奇石，沉潜得地灵。初辞水府出，犹带龙宫腥。
发自江湖国，来荣卿相庭。从风夏云势，上汉古槎形。
拂拭鱼鳞儿，铿锵玉韵聆。烟波含宿润，苔藓助新青。
嵌穴胡雏貌，纤铓虫篆铭。孱颜傲林薄，飞动向雷霆。
烦热近还散，余酲见便醒。凡禽不敢息，浮壒莫能停。
静称垂松盖，鲜宜映鹤翎。忘忧常目击，素尚与心冥。
眇小欺湘燕，团圆笑落星。徒然想融结，安可测年龄。
采取询乡耋，搜求按旧经。垂钩入空隙，隔浪动晶荧。
有获人争贺，欢谣众共听。一州惊阅宝，千里远扬舲。
睹物洛阳陌，怀人吴御亭。寄言垂天翼，早晚起沧溟。

诗歌开头指出奇石生于华夏大地，吸收天地之精华沉潜至今。最初从水中出来时，还带着龙宫的水腥味。奇石来自遥远的太湖，不承想却成了卿相豪贵庭堂的珍稀之物。奇石之奇在形状嵯峨如夏云奇峰，又像天河浮木浮走。擦拭表面，鱼鳞般的波纹清晰可见。轻轻敲击，美妙的音响就缓缓传出。起伏不平的地方还能看到曾经的潮湿，一些地方已经长出了新的苔藓。石上的洞穴深深浅浅，细微处如同虫篆写就的铭文一般。有的地方很高，像山林顶上突出的一角；有的地方又弯曲如龙蛇，大有随雷霆飞去之势。石之奇，难以言表。靠近它，身上的燥热瞬间就会散去，醉酒了一下就能清醒。一般的鸟都不敢落在上面，连浮尘也难以停留。奇石多数时候都只是静静地待在那里,极少见到有鹤这样的鸟去光顾。但想要忘却世间的烦恼,还是要多去欣赏一下,因为清廉高尚的志向是暗合的。奇石有的比湘中石燕还要微小,有的比陨石还要光滑。我们只知道它是融化结聚而成的,哪里知道它的年龄有多少呢。如果想要得到奇石,需要去乡间走访老人,也要根据旧经的记载依法搜求。奇石奇形怪状,有的像弯曲的垂钩,有的像晶莹剔透的浪花。因为稀珍,所以只要有人获得奇石,众人都争相祝贺,赞美之词很快就传播开来。要不了多久,有人获得奇石的消息就会传遍整个地区,千里之内无人不知,无人不晓。奇石到最后都是进献给牛大人的,进献的人在吴国。只要奇石一献,献石者步步高升是迟早的事。

虽然此时刘禹锡和牛僧孺已有不浅的交情,但针对趋炎附势的不良习气,刘禹锡丝毫不客气地进行批判,除了表达自己的看法之外,也算是给了牛僧孺一个侧面的劝诫。

此外,刘禹锡和白居易互为知己,第二次分司洛阳之后,二人再度相聚洛阳,把酒欢歌,也可说借酒消愁,但此时刘禹锡心境已有所变化。开成三年(838 年),白居易一次酒后作《与梦得沽酒闲饮且约后期》,全诗曰:

少时犹不忧生计,老后谁能惜酒钱?
共把十千沽一斗,相看七十欠三年。
闲征雅令穷经史,醉听清吟胜管弦。
更待菊黄家酿熟,共君一醉一陶然。

该诗回忆往昔岁月,年轻的时候尚无忧生计,此刻年老了更不会疼惜几个酒钱。两人都还差三岁就满七十岁了,在一起醉后吟诗胜于听音吹弦。并且白居易与刘禹锡再次相约,待到菊花黄时两人再相聚。白居易借此诗表达了二人深厚的情谊。刘禹锡则回《乐天以愚相访沽酒致欢,因成七言聊以奉答》,全诗云:

少年曾醉酒旗下,同辈黄衣颔亦黄。
蹴踏青云寻入仕,萧条白发且飞觞。
令征古事欢生雅,客唤闲人兴任狂。
犹胜独居荒草院,蝉声听尽到寒螿。

刘禹锡在诗中说,当初年轻的时候,我们意气风发,豪饮而醉,同辈虽都无功名,但前景无量。曾经梦想着平步青云、出将入相,不承想却徒增白发,一事无成,如今只剩下传杯饮酒、空度余生。酒令要求叙说古事以之增雅,我于是借此机会狂妄一次。尽管这样的日子与建功立业相比,也没有太多的乐趣,但总比独居在杂草满院的家中,孤独地听着蝉声从夏鸣到秋要好得多。显然,刘禹锡的生活已经变得异常平淡,甚至几无乐趣可言。但这种状态应是其经历过无尽波折之后的平静，落寞之余大有笑看风云之意趣。刘禹锡遭遇两次分司，但很明显此次任东都分司对他方方面面的影响远远大于第一次，仅从其诗句中就可窥见一斑。其实仔细想来也不难理解，刘禹锡第二次官居洛阳已是六十余岁，从生理角度上来讲，体力精力都有所退化，不再像血气方刚的青年般充满斗志，更面临着不可避免的生老病死。另外，洛阳东都远离政治权力中心，在趋炎附势、拜高踩低的官场里，刘禹锡不再是被人围绕的中心，再加上年纪已老，也再无高升的可能，登门问候的人自然少之又少。在这种情形之下，唯有两三好友可暖人心，诗句也就不可避免地多了一份对岁月的感怀、孤独和寂寞。

此外，刘禹锡涉及洛阳的诗文还有很多，如《秋晚病中乐天以诗见问力疾奉酬》《为郎分司寄上都同舍》《令狐相公春思见寄》等，有抒发对友人的眷恋的，有批判现实的不公与黑暗的，也有抒发对人生无常的感慨的，等等。

三、创作特点

刘禹锡一生作品颇多，有诗歌，有辞赋，也有论说文，但诗歌的成就大于辞赋和论说文。刘禹锡为人坚强刚毅、勇敢豪放，即使在沉闷黑暗的岁月里依然试图寻找出路，因此，刘禹锡的作品带有个人性格的深刻烙印。

（一）作品多名言警句，富含人生哲理

刘禹锡的许多作品看似娓娓道来，事实上却都包含着丰富的人生哲理，从而传唱千年而不衰。《酬乐天扬州初逢席上见赠》本是为了回应白居易的关心和安慰，但从中却流露出了意气风发之感。“沉舟侧畔千帆过，病树前头万木春”更是流传千年的警句，沉舟边上有很多船经过，病树前头也有很多树枝繁叶茂，新生事物不因某些个体止步而停止前进的脚步。简简单单的两句诗，却给人以无限力量，激发着一代又一代的年轻人奋勇向前。《赏牡丹》中“唯有牡丹真国色，花开时节动京城”充分反映了国色天香的牡丹盛开之时的赏花盛况，“京城”一词更是将最好的花与最好的城结合在一起，早已成为今天洛阳牡丹的经典宣传词。刘禹锡作品中，此类名言警句随处可见。

（二）作品富有批判精神

孔子曰：“士不可不弘毅，任重而道远。”意即士因为肩负着沉重的道义，所以必须具有坚韧不拔的精神。可以说，刘禹锡就是古代社会最为典型的士人之一，他一直不计得失地与弄权者进行抗争。众所周知，永贞元年（805

年）王叔文政治革新失败后，刘禹锡被贬朗州（今湖南常德）司马。十年后回京，他不仅没有因为生活苦难向当权者低头，反倒将头昂得更高，写了《游玄都观》一诗："紫陌红尘拂面来，无人不道看花回。玄都观里桃千树，尽是刘郎去后栽。"对当权者极尽嘲讽，结果再次被贬。又十四年后再次回京，他却又写了《再游玄都观》一诗："百亩庭中半是苔，桃花净尽菜花开。种桃道士归何处，前度刘郎今又来。"讽刺批判之意不改。试想，数十年如一的态度又有几人能够坚持？与此相似，刘禹锡与洛阳有关的作品也多有批判精神。《赠乐天》中"终期抛印绶，共占少微星"既是对现实的妥协，也是对现实的批判，一个满身才华的人何以就要归隐呢？《和牛相公题姑苏所寄太湖石兼寄李苏州》中"睹物洛阳陌，怀人吴御亭"显然也是在批判洛阳权贵们只喜欢太湖之石而不重视太湖之人。刘禹锡的批判精神恰恰推动了唐朝中后社会思想的进步。

（三）作品五言、七言俱佳

五言与七言有许多不同，五言近古，较为接近《诗经》传统，所以格调较高，但写起来有一定难度，各联之间是逻辑接续关系，难出警句。七言近体常用，接近口语，通俗易懂，写起来难度略小一点，各联之间有逻辑关系，但可以不太严密，易出警句。在此基础上审视刘禹锡的涉洛诗，可以看出，他不仅能写较为易懂的"水碧山青知好处，开颜一笑向何人"的七言诗，也能写出"十年江外守，旦夕有归心。及此西还日，空成《东武吟》。花间数盏酒，月下一张琴。闻说功名事，依前惜寸阴"这样的古味十足的五言诗，说明诗至元和，尤其是刘禹锡，五言、七言的优点已经可以很好地结合了。

综上所述，刘禹锡一生命运坎坷，一身才华，满腔抱负，却因政党之争导致无处施展，更因刚硬爽直惨遭一贬再贬。但不管怎样，他对生活的热爱仍在，志同道合者仍在，豁达乐观、前进不止的精神仍在，刘禹锡留给后人的不仅仅是诗文，更是诗文背后的赤子之心。

第六节　李贺

洛阳历史悠久，文化发达，诗人无数，名家辈出，李贺是其中颇具特色的一位。他在诗歌创作上具有惊人的天赋，年纪轻轻就名噪一时。虽然他英年早逝，却流传了许多不朽的诗篇。李贺是洛阳诗人中的杰出代表。唐代是中国诗歌艺术发展的巅峰，而李贺则如一颗耀眼的流星，从唐诗的天空疾速飞过。李贺诗歌创作中关于家乡洛阳的表达和描写随处可见,他对洛阳及故园有着割舍不断的情怀,这是他诗歌的一大特色和亮点,也是我们走近李贺的绝好路径。

一、李贺与洛阳

李贺(790—816 年),字长吉,出生于福昌县昌谷。旧《宜阳县志》载,昌谷"即今之河南省宜阳县三乡乡一带",归洛阳市管辖。翻开李贺诗卷,随处可见"昌谷"一词。仅见诸诗题的就有《昌谷诗》《春归昌谷》《自昌谷到洛后门》《昌谷读书示巴童》《昌谷北园新笋四首》等。李贺自称,郡望陇西成纪,河南府福昌县人,家居福昌昌谷,后人因称李昌谷,他的作品被称为昌谷诗或昌谷集。昌谷成了李贺的代名词,也成就了这位诗坛天才。"昌谷"一名,《辞源》解释为"水名,一名昌涧,又称刀环川。源出河南渑池界,东南流之宜阳入于洛",唐诗人李贺的故里,即今昌水与洛河汇流处的三乡一带。旧《宜阳县志》记载,唐朝不少诗人都有咏三乡的诗,其中多次提到"三乡城"。李贺 7 岁能诗,15 岁名满京华,27 岁去世,短暂的生命如一道闪电划破诗坛夜空。李贺生于斯,长于斯,又逝于斯,可以说昌谷是他人生的起点、基点与终点。李贺 18 岁离家赴洛阳,之前一直栖居昌谷,其后约 10 年间,数次归家修养、调整,最后去世。

而今,李贺故里为享誉一方的文化旅游景点。宜阳三乡村东的连昌河源于陕县,自西北向东南穿谷而过,经洛宁县东北境入宜阳三乡,注入洛河,昌谷就在连昌河与洛河的汇合处,昌谷之名即以连昌河谷而得。

旧《宜阳县志》载:"长吉(李贺)多才,栖息昌谷。"据《南园十三首(其二)》的"宫北田塍晓气酣"句,宫即连昌宫,为唐高宗显庆三年(658 年)建,又有玉阳宫、兰昌宫之称。连昌宫的遗址,就在连昌河谷,李贺的故宅离连昌宫不远。西有"汉刹云山"(光武庙),南有女几山隔河相望,有名的五花寺塔矗立于连昌河西岸。当年的众多权贵名人,如武则天、唐玄宗、张九龄、岑参、韩愈、白居易、元稹、杜牧等,在这里都有吟咏唱和的诗文。

二、创作概述

李贺在短暂的一生里,不惜对故乡倾情描写,留下了大量有关洛阳风光和洛阳生活的诗歌,诗集中含有家乡风物或意象的诗歌多达 50 首,占其总诗的五分之一有余,在历代诗人中位居前列。所以说,李贺的人生、李贺的诗、李贺的精神生活中就有浓重的"洛阳情结"。

李贺"洛阳情结"诗歌共 80 余首,在昌谷故园所作诗歌近 50 首,是李贺集中表达“洛阳情结”的中心与主体。昌谷作诗的整体情况可分为具体编年诗与不明作期诗两个部分。

李贺具体编年诗可以分为前、中、后三个时期:前期为李贺19岁应河南府试之前作,可以断定的诗歌有《上之回》《黄家洞》《梁公子》《白门前》《美人梳头歌》等5首,而关涉家乡洛阳情怀者仅《美人梳头歌》一篇,写李贺新婚燕尔的爱情美满、夫妻恩爱之情状。其余4篇或歌颂平藩平叛战争之胜利,或揭露官军乱杀边民之残暴举动,或讽刺李唐诸王淫纵之情形,均与当时现实社会状况有关,可见少年家居之李贺即以李唐宗孙身份关注国事、热心用诗歌进行表露与揭示。这表明李贺从创作伊始就不是闭门造车之徒,而是一个关心时事,有胸怀、有抱负的好青年。

中期为李贺长安应试不获遭谗落第归家之作,居家时间前后半年有余,相关诗歌有《咏怀二首》《昌谷读书示巴童》《巴童答》《莫种树》《送韦仁实兄弟入关》《南山田中行》《休洗红》《房中思》等。以下是他这时期的一首代表作《自昌谷到洛后门》:

九月大野白,苍岑竦秋门。
寒凉十月末,雪霰濛晓昏。
澹色结昼天,心事填空云。
道上千里风,野竹蛇涎痕。
石涧冻波声,鸡叫清寒晨。
强行到东舍,解马投旧邻。
东家名廖者,乡曲传姓辛。
杖头非饮酒,吾请造其人。
始欲南去楚,又将西适秦。
襄王与武帝,各自留青春。
闻道兰台上,宋玉无归魂。
缃缥两行字,蛰虫蠹秋芸。
为探秦台意,岂命余负薪。

开头几句点及了李贺由家居到动身外出的心态与活动。寒天、野竹、鸡鸣、流水、瘦马,都是李贺贫寒生活的隐喻。而李贺对神仙世界的描述,也彰显出其鬼魅情趣的苗头。这些诗歌于李贺遭谗落第之后的怀才不遇、悲愤压抑之苦闷、归家隐居之思、孱弱多病之况、家贫穷愁之状均有所反映。李贺鬼神诗的代表作之一《南山田中行》也在此先声夺人,已经显示了李贺“洛阳情结”的多样性。

后期为李贺辞官奉礼郎归家所作,为期一年多,有《春归昌谷》《示弟》

《昌谷诗》《秋凉诗寄正字十二兄》《章和二年中》《题赵生壁》《昌谷北园新笋四首》《竹》《南园十三首》《南园》《兰香神女庙》《感春》《勉爱行二首送小季之庐山》《后园凿井歌》等30首。除去《春归昌谷》一首部分、《章和二年中》一首无明显的"洛阳情结"表现外，其余如对故园之昌谷、北园、南园、兰香神女庙、后园的描绘，对兄弟情深、愧对母亲、殷切悼念亡妻之丰富情感，以及欣羡隐士、一时凸显的终老故园之幽思、感时之弃文从武投笔从戎之慷慨豪歌与悲歌等，是李贺"洛阳情结"的集中体现。我们从中可以发现李贺内心矛盾冲突、出世与入世、兼济与独善之复杂思想感情和其后决心北游潞州等行为的深层原因。

此外，尚有不能准确编年、不明作期的诗歌三首：《新夏歌》《钓鱼诗》《谿凉》。另对于《野歌》《感讽五首其五》《秋来》等几首诗歌的写作地点，一部分学者认为这三首诗歌作于昌谷故园，并认为《秋来》一诗乃李贺在家临终之际的自悼诗。伟大的诗人生前也可能落寞，是其璀璨夺目的成就和后世的影响令其绽放光辉。

李贺昌谷作诗的大致情况一如上述。从量上看，三期诗歌呈递增态势，前期虽最少，已足见李贺少年时期风华正茂、才情旺盛的英姿与关怀国事、期待有所作为的志向。后期最多，单篇、组诗，绝句、古体皆有，思想内容丰赡，艺术形式多样。从质上看，中期与后期尤能充分彰显李贺的"洛阳情结"，尤其是后期的多篇作品，位列李贺诗歌代表作，经典性与传播度历千年而不变，也为今人广为传唱。总体上看，三期近50首诗歌，分别反映了李贺不同时期的思想动态、心理发展的复杂性与规律性，在李贺总诗的质量上亦占有重要的地位，显示了李贺诗歌创作和诗歌风格的多面性与多元化。李贺生命虽然短暂，但是其诗作却经得起千年膜拜。

三、李贺诗歌中的"洛阳情结"

（一）自然风光对李贺个体性格和诗歌风格的培养

洛阳昌谷优美的自然风光、深厚的人文积淀、真挚的亲情关爱，是构成李贺"洛阳情结"的核心场域，是培养李贺个体性格和诗歌风格的良好温床。刘勰《文心雕龙物色》载："屈平所以能洞监《风》《骚》之情者，抑亦江山之助乎？"李贺与洛阳昌谷的密切关系，早在宋代，诗人张耒就注意到了，其在《岁暮福昌怀古》一诗中认为李贺的诗歌创作成就受到了故园山水的助推："独爱诗篇超物象，只应山水与精神。"现代学者王礼锡在《李长吉评传》中阐发得更充分："环境是造成诗人的一个重要原因。柳宗元被贬柳州，得西山之胜，便造成他谢康乐一派的诗。李白的豪放、杜甫的沉郁、王维的清淡、孟郊的古淡等，无不与自然环境相关……所以其作品的美丽，受昌谷的影响自然不少。”这种环境包括昌谷的自然、人文环境与李贺的家庭环境以及当时的社会环境。特定的环境对李贺的人格、思维方式以及诗歌创作都产生了深刻影响。

昌谷系洛河及其支流连昌河的交汇处，地形高低参差，山岭丘壑罗布，连昌河自西北向东南流入洛河，于它两边形成一大片平旷幽美的谷地。这一带水源丰富，稻麦茂盛，桑竹丛生，适于农耕。《昌谷诗》中有对此全景式的描写：

昌平五月稻，细青满平水。
竹香满凄寂，粉节涂生翠。
渔童下宵网，霜禽竦烟翅。
芒麦平百井，闲乘列千肆。

《南园十三首》《昌谷北园新笋四首》等诗中写稻写竹写泉水之处颇多，已经说明这种情况。昌谷的一草一木极大地丰富了李贺的感官世界，培养了他对色彩与声音的敏感度，为他诗歌瑰艳风格的塑造、旖旎意象的采择、通感艺术的妙用打上了自然的底色，做好了充分的铺垫。昌谷山环水绕，多河流溪泉，李贺善于借水及与水有关的意象营造错乱、重叠、变形、诡异的水世界与世间物象，从而形成其光怪陆离、虚荒诞幻的意境。这些亦得益于昌谷多水及李贺时常近水观察、构思，为他诗境的创意与诗艺的创新增色良多。

昌谷地处“西往秦晋，南连吴楚”的交通要塞上，昌谷的三乡邑是当时洛阳通往长安的重要交通驿站。安史之乱后，昌谷日益成为一个水陆要道的重要转运站，大批物资由此转运长安。当时，多少豪门权宦，来往如走马灯，统治阶级之腐朽无能，藩镇割据之祸国殃民，贪官污吏之如狼似虎，劳动人民之悲惨生活，无疑一起影响着李贺之诗歌创作。李贺耳闻目睹了大量悲惨社会现象，并亲身遭遇了“夜雨叫租吏，春声暗交关”的贫困生活。对此，李贺不得不苦吟讴歌、抒发愤懑了。不论自身处境如何，李贺对现实的关注、对美好世界的向往都是一如既往的。我们不能因为他诗风特异而忽略对其纯正内涵的挖掘。

（二）文化传统对李贺创作的影响

昌谷山明水秀，风景优美，是魏晋以来名士乐意隐居之地，因此形成了隐逸文化传统。李贺在外怀才不遇，悲愤失意而归，心生终老故园的隐居念头。看李贺的诗歌，也曾数次艳羡地描写过隐者的安乐生活，心中一直未泯隐逸之志。昌谷也是唐朝的一个著名旅游景区，是人文荟萃之地，有竹阁寺、五华寺、凤翼山、女几山、连昌宫、汉光武庙等名山胜景。仅唐代就有50多位名流显宦、文人学士来过这里，代表人物有武则天、唐玄宗、岑参、韩愈、白居易、元稹、刘禹锡等，有的并在此题诗留念，再加上驿站设施，交通便利，因此昌谷也是行宫文学、行役文学的一个多产地。李贺沿途多次来往，耳濡目染，结合身世经历写下了《三月过行宫》《自昌谷到洛后问》《春归昌谷》等。尤其是《春归昌谷》一诗，篇幅大，感情深沉：

束发方读书，谋身苦不早。
终军未乘传，颜子鬓先老。
天网信崇大，矫士常慅慅。
逸目骈甘华，羁心如荼蓼。
旱云二三月，岑岫相颠倒。
谁揭赪玉盘，东方发红照。
春热张鹤盖，兔目官槐小。
思焦面如病，尝胆肠似绞。
京国心烂漫，夜梦归家少。
发轫东门外，天地皆浩浩。
青树骊山头，花风满秦道。
宫台光错落，装尽偏峰峤。
细绿及团红，当路杂啼笑。
香风下高广，鞍马正华耀。
独乘鸡栖车，自觉少风调。
心曲语形影，只身焉足乐。
岂能脱负担，刻鹄曾无兆。
幽幽太华侧，老柏如建纛。
龙皮相排戛，翠羽更荡掉。
驱趋委憔悴，眺览强笑貌。
花蔓阂行辀，縠烟暝深徼。
少健无所就，入门愧家老。
听讲依大树，观书临曲沼。
知非出柙虎，甘作藏雾豹。
韩鸟处缯缴，湘侐在笼罩。
狭行无廓落，壮士徒轻躁。

清代学者黎简评曰："此篇章法甚老。六句重结句。旱云，作奇峰也。胆肠句，重第八句。旱景着浩浩二字，怕人。宫台六句，罔肯念乱之意，词特深婉。忽插入太华一段，于老柏更描写，六句与上宫台六句喧寂相对，以况己之无聊。"该诗章法阔达，有杜甫《北征》之神韵，不知是李贺故意师法杜甫还是巧合。

在当时，洛阳昌谷经济文化繁荣昌盛，曾在此地发现一窑重达两千斤的古钱币。各种残存的遗迹，或者史料记载，都能发现此地先后建造的这么多宫、寺、庙等，均能说明当时的繁华。唐时重视东都洛阳建设，大批器材经昌谷运往洛阳。李贺故里虽在昌谷乡间，但他在此通衢大道上，有所交游，能目睹部分现实，听说部分传闻，接触部分人物，对青年李贺而言，无疑能开阔其眼界，采诸家之长，吸取相关文化知识，丰富其创作内容，增加其写诗题材。李贺身居昌谷，有机会接触劳动人民，则更是李贺诗歌创作之土壤。李贺生在乡村，对农民稼穑之苦，受剥削与压迫之害深有体会。他能创作出《感讽五首》等生动形象的现实讽喻力作，显然得益于现实故园生活的真切体验。这种故园环境不能不激发李贺之诗情，在客观上为李贺提供了灵感和题材，也是李贺"洛阳情结"的源泉。

（三）宗教色彩和神话气息的浸染

洛阳昌谷是一个充满宗教色彩与神话气息的圣地。它的西南面是充满神话色彩的女几山。这是道家诸洞天之一，山上有座兰香神女庙，相传是兰香神女升天之处。李贺在《昌谷诗》中展开对神女的缅想："高眠服玉容，烧桂祀天几。"传说神女庙在李贺生时已香火旺盛，李贺耳闻目睹，引起无限遐思。李贺为此专门写了一首《兰香神女庙》，不惜对神女形象做浓墨重彩的描绘："团鬓分珠窠，浓眉笼小唇。弄蝶和轻妍，风光怯腰身。"这位神女婷婷袅袅，风姿绰约，令李贺心驰神往。这位神女的形象内化为诗人心中的典型，成为李贺笔下众女神的蓝本与模型，贝宫夫人、湘神等的外在形象与内在品质都和这位兰香女神有相似之处。浓郁的宗教气息引发了少年李贺的向往与幻想，以至于在他的创作中，对彼岸世界的营构成为他诗歌最为重要的内容。浪漫的神话极大地丰富了李贺的想象力，而他的诗歌最突出的特征便是想象浪漫奇特。可见，童年生活过的昌谷，对于李贺的诗歌创作产生了何等重要的影响。这种宗教气息与神话色彩的持久性还渗透到李贺的《梦天》《天上谣》《帝子歌》《神弦曲》等神仙系列的诗歌里。

李贺的诗作想象极为丰富，经常采用神话传说来托古寓今，所以后人常称他为"鬼才""诗鬼"，创作的诗文为"鬼仙之辞"，有"太白仙才，长吉鬼才"

之说。李贺是继屈原、李白之后，中国文学史上又一位颇享盛誉的浪漫主义诗人。而李贺能打通三界，有人间超入鬼域与天国的现实地域原因，就是昌谷特殊的历史地理文化环境的熏陶。而李贺最具代表性的鬼诗——也就是李贺"鬼才"之称的主要原因，亦能从昌谷故园找到相关依据。"洛阳""故园"这些情愫成为李贺创作的源泉。

(四)动荡的时局与鬼魅环境的影响

李贺是中唐的浪漫主义诗人，与李白、李商隐称为"唐代三李"。他的诗作是中唐到晚唐诗风转变期的一个代表。他所写的诗大多是慨叹生不逢时和内心苦闷，抒发对理想、抱负的追求；对当时藩镇割据、宦官专权和人民所受的残酷剥削都有所反映。历史上，洛阳昌谷周边地区因交通便利、军事地理位置重要，历来为兵家必争之地。它又是中原地区的重中之重，因此自汉至唐，这里战乱频仍，死伤无数，尸横遍野。这里也是安史之乱的主战场，长期的拉锯战更是造成堆尸如山，生灵涂炭。由于死亡过多，掩埋不尽，不仅丘坟墓茔遍地，而且白骨暴露，死尸横陈，惨不忍睹。因而沿线一代常传出鬼哭之声。死人多，坟墓多，孤魂野鬼，幽魂厉魄，甚至多于此地的生者，闻者无不惊心骇目，失魂落魄。对感情细腻、偏重表现的主观抒情型诗人李贺来说，这样的自然环境和生活氛围必然对他的创作产生影响，必然反映到他的诗歌中来，其意象的摄入、气氛的营造，都因此而带有灵氛鬼意。

安史之乱以后，昌谷一代居民大减，十室九空，残壁断垣，山荒岭野，呈现出一片荒凉破败的景象。李贺又长年居住于此，活动范围相当狭小，周围的自然风光、社会环境，已经熟得不能再熟，其对故乡的反映相较其他唐文人要全面深入。李贺日间常骑小马到郊外、荒野等处寻诗觅句，鬼气的摄入自不可免，其《南山田中行》中说：

荒畦九月稻叉牙，
蛰萤低飞陇径斜。
石脉水流泉滴沙，
鬼灯如漆点松花。

此诗写洛阳昌谷汉山上的坟墓，坟墓附近稻田荒寂，萤飞泉滴，鬼火明灭，好不幽冷奇异。李贺的《长平箭头歌》《苏小小墓》《秋来》等鬼诗的创作受此影响良多。李贺诗风的冷、怪、奇特色均能从此找到基因。

(五)家庭环境和性格因素的影响

洛阳昌谷特定的自然地理、社会人文等外部原因诚然重要，然而外因通过内因才能起作用。地域风情的发现与表现需要借助人类主体的生理、心理等内部原因的外塑来实现。诗歌风格的形成必然需要经过诗人人格、性情的陶冶与熔炼，李贺的家庭环境及其自身的性格倾向、兴趣爱好共同塑造了李贺的“洛阳情结”。李贺家族虽是李唐皇室郑王李亮之后，但两百年来世疏族远。贺父李晋肃官小名微，曾边上从事，做过陕县县令等职。夫妻二人老来得子，对李贺百般疼爱，使其自幼便产生了天生的优越感和孤傲心理。李晋肃长年在外经营，很少归家团聚，李贺儿时缺乏父亲的直接爱护与教育，而母亲郑氏则对其倍加关心、宠爱。由于长期与母亲一起生活，李贺过分依赖母亲，产生了很强的恋母情结。他爱写女性神仙，而其中的女性往往人性大于神性，而且诗中常常禁不住爱意的流露，则是恋母情结的辐射作用使然。李贺有一姐一弟，与弟手足情深，曾在诗中再三致意。李贺自幼体弱多病，生性敏感，弱不禁风。也就是说，李贺很早就形成了弱化人格，缺乏承受挫折和抗打击的能力，生活中出现一点阻碍与羁绊就如斗败的鸟儿一样，铩羽而归，造成情感上的易于冲动、情绪化，有时甚至出现极端化心理。这表现在诗歌中即矛盾与冲突的思想感情和凝重峭拔的诗语。

李贺的家庭周围山重水隔，偏僻荒寒，封闭阻塞。李贺少与人交往，很少参加集体活动。他的活动多是人与自然的，少人与人、人与社会的。他性情内向，注意力内倾，落落寡合，在孤独寂寞生活常态中好奇、爱幻想、爱营构虚幻的世界。这种自我封闭、耽于一己的日常生活方式定型于昌谷，即使在李贺羁旅两京、北游潞州离家外居的日子里也基本上没多大变化。李贺常常一个人自由而无目的地转悠，他的兴趣爱好非同常人，诗歌创作也异于常人。李商隐《李贺小传》载：“（贺）每日旦出，骑弱马，从小奚奴，背古锦囊。遇所得，书投囊中，及暮归，足成之。非大醉、吊丧日率如此，过亦不甚省。母婢探囊中，见所书多即怒曰：是儿当要呕出心乃已而。”他白天四处奔走在故乡的原野上，搜罗素材，夜晚回来苦吟成篇。对自然万物的日常观察摹写，对超自然的意识与精神的放纵与轻信，练就了李贺擅长刻画处于瞬间的自然事物的直观形象，对色彩和声音的感受尤其敏锐，究其诗歌一些主要创作特色的来由，都可追溯到诗人儿时在洛阳昌谷的习性和经验。生活空间的局限、兴趣爱好的特异偏颇，导致了李贺诗歌的气象不够雄浑，格局不够开阔，虽能穿幽入仄、笔摄三界，但诗歌的题材和体裁终免不了狭窄与逼仄的痼疾。

李贺敏感脆弱的性格，冷艳奇诡的风格，与洛阳昌谷故园的关系大体如此，又不仅如此。昌谷南连吴楚，靠近南方，李贺受南北朝乐府民歌的辐射影响，也可为一个考察视角。洛阳昌谷内在环境的阻塞与封闭，使得李贺少受当时诗坛的影响，没有诗歌律化的时病，这也可能是他多写古体、古风，爱写古题材诗歌的原因之一。李贺诗歌清新自然、质朴平实的一面，也与家居生活恬淡、优美秀丽的昌谷山水田园的陶冶有关。李贺离家与思乡，固然与怀才不遇、孤苦无依有关，但是昌谷适合修养隐逸的优美环境也是一个磁场。李贺诗作的田园牧歌与悲歌，质朴醇浓的乡恋与亲情，经过故乡过滤与萃取，是构建其理想世界与精神故园的现实基础与蓝本。

四、“洛阳情结”与李贺诗风的关联

李贺因长期的抑郁感伤、焦思苦吟的生活方式，于元和八年(813 年)因病辞去奉礼郎回昌谷，27 岁英年早逝。李贺在短暂的生命时光里，忧病、畏死、求生，于穷愁困顿的人间笔补造化，超入仙界与鬼域，形成了冷艳奇诡的诗歌风格，成为洛阳诗人中的优秀代表。

李贺诗受楚辞、古乐府、齐梁宫体、李杜诗、韩愈诗等多方面影响，经自己熔铸、苦吟，形成非常独特的风格。李诗最大的特色，就是想象丰富奇特、语言瑰丽奇峭。诗人上访天河、游月宫；下论古今、探鬼魅，他的想象神奇瑰丽、旖旎绚烂。他刻意锤炼语言，造语奇隽，凝练峭拔，色彩浓丽。他的笔下有许多精警、奇峭而有独创性的语言。而李贺的一切特点，都能从其“洛阳情结”中找到渊源。

李贺“洛阳情结”诗歌共 80 余首，昌谷作诗 50 多首，在外作诗约 30 首。洛阳昌谷作诗是主题、核心，是李贺“洛阳情结”表现的主体部分，是李贺恋土恋亲情感的轴心。那种对家乡山水、田园风光多彩描绘中流露出的热爱与眷恋，对慰藉、温暖诗人焦渴心灵的亲情、爱情、友情的展现与讴歌，对安逸、闲适故园生活的渴求与知足，无不显示了诗人与故乡、自然和谐共处时的亲和力。其间时而夹杂着士不遇情结与隐逸情怀的冲突与交战，病衰穷愁与终老田园的对立与纠缠，但李贺终究在走完了个体的人生道路之后回归故园，为自己的生命画上了因残缺而圆满的句号。

如果昌谷作诗是“洛阳情结”的正面抒发，羁旅思乡诗与其他一些带有故园因子的诗歌则是“洛阳情结”由内而外、由近及远的侧面表现。现实中或意想中的昌谷故园皆是李贺的生命依靠，是其多舛人生的有力支撑，是其变化多端的诗歌思想内容的一个稳定磁场，是其主导风格之外的另一种具有鲜明倾向性的渊薮，是其短暂人生的向心牵挂，也是其诗艺窄狭的不利牵绊与制约因素。李贺离家在外，常以异乡异客的身份冷眼看待周边的世界。偏僻荒寒的居住环境，孤寂悲凉的苦闷心态，内外皆困的诗人有意无意地在脑际闪现远方祥和的乡情与亲情，思念与怀恋时写出的思乡曲与望乡吟便多了几分深潜的沉思品质与柔性的感伤基调。

人虽是各种社会关系的总和，但人与社会的关系时常是社会改变人。古今中外能做到对立统一的人极少，所以人间充满了超前或滞后的悲剧。蚌病成珠，文章憎命达，诗人因各式各样的悲剧而美丽。洛阳诗人李贺对其昌谷故园有着浓厚的情结，其昌谷作诗多为暖色调，明朗清新，多姿多彩；客居作诗多冷色调，裹挟着灰暗与失落的阴影，而当其思乡怀人时，诗歌于冷寂中洒上了一缕暖色调，如深秋的暖阳，黑夜的月光，冲淡了羁旅的苦情，部分消解了诗人苦闷压抑的心理。昌谷作诗有诗人客观观察与现实写真的成分，进而借景抒情，情景交融。在外所作诗作多是感物、感时的产物，包含的思想意蕴较居家诗歌复杂。总体上看，李贺"洛阳情结"诗歌在相对单纯的表层结构之上萦绕着丰富多元的情感指向。"洛阳情结"就是建立诗人心理时空的坐标基点，基于这一点，无限发散，造就了"长吉体"斑斓的诗篇。

五、李贺的影响

在群峰并峙的中唐诗坛上，李贺是位极富特色并对后人产生极大影响的洛阳诗人。短促的生命和困顿的一生，并没有妨碍他成为唐代最杰出的诗人之一，乃至中国文学史上最富才华也最具有想象力的诗人。李贺诗歌以其出人意表的想象、奇诡幽冷的风格和极为浓艳、极富张力的语言与唐代诗坛乃至中国古典诗歌中的一流大家并驾齐驱。他的诗歌风格被称为"长吉体"，对宋人刘克庄、谢翱，元人萨都喇、杨维桢，清人黎简、姚燮都产生过深远的影响。

古代学李贺者代不乏人，虽间有佳作，然从整体上说，或追和原诗，或模拟诗题，或袭其字句，而鲜有真正得其神韵者。没有李贺的亲身经历与病态体质，没有他耽于幻想、偏于主观的怪僻心理，是很难学得长吉诗风的。清代陈式《重刻昌谷集注序》说："昌谷之诗，唐无此诗，而前乎唐与后乎唐亦无此诗。"道出了李贺诗歌的鲜明特征和其在中国诗歌史上的重要地位。

第四章　宋元河洛文学

第一节　宋元河洛文学概述

一、宋代河洛文学概述

（一）北宋初期的河洛文学

北宋初期，诗坛上主要有三大流派：白体、西昆体、晚唐体。它们与河洛地区皆有密切的关系。晚唐体宗法贾岛、姚合，以描写山林风物见长。陕州诗人魏野是其最具代表性的两大诗人之一。魏野（960—1019年），字仲先，号草堂居士。一生不求仕进，性格狂放，耿介不群。曾被荐举，而以病辞。有《草堂集》《东观集》。其诗多写闲适之情趣。《宋史》本传称其“为诗精苦，有唐人风格，多警策句”。《四库全书总目》则云：“野在宋初，其诗尚五代旧格。未能及林逋之超逸，而胸次不俗，故究无龌龊凡鄙之气。”代表作为《春山述怀》《书友人屋壁》等。种放亦为晚唐体文学作家。种放（955—1015年），字明逸（一作名逸），号云溪醉侯，又自号退士，洛阳人。不事举业，隐居山林。始屡召不起，后以张齐贤荐，授左司谏，直昭文馆。有《种明逸集》《种隐君小集》等。

白体则学白居易，务为浅切，平易晓畅。洛阳张齐贤为其中重要的一位诗人。张齐贤（942—1014年），字师亮，历官至同中书门下平章事，为宋代名相。他在当时以诗而著称，惜其诗多已散佚。张齐贤亦为宋初著名笔记小说家，所作有《洛阳缙绅旧闻记》《同归小说》等。《洛阳缙绅旧闻记》为其晚年所作，是其追述“唐梁已还五代间”洛阳“缙绅旧老”（《自序》）所述及的往事而形成的述旧小说。全书基本上以实录为主，但也有一定的艺术虚构，可将其“视作传奇小说集”。与宋初其他述旧型小说不同，本书各则小说独立成篇。大多小说以一人一事为贯穿全篇的线索，线索明晰，情节曲折，形象生动，“呈现较高的艺术水准，具备小说文体独立的各种意义，是宋代中期小说发展的一个良好开端”。

西昆体则效法李商隐，讲究辞采和用典，是一种馆阁诗体。西昆体于宋初影响甚大，“时人争效，诗体一变”（欧阳修《六一诗话》），“杨刘风采，耸动天下”（欧阳修语）。西昆体的主将钱惟演，于天圣年间任西京留守，在其周围形成了一个庞大的文人群体，洛阳因而成为西昆体活动的主要地区。

（二）北宋中期的河洛文学

北宋中期的河洛文学主要以两大文人集团为代表，一是以欧阳修为核心的西京幕府文人集团。宋仁宗天圣八年（1030 年），欧阳修进士及第，任西京留守推官。当时钱惟演为西京留守，谢绛为通判，尹洙知河南府伊阳县，梅尧臣任河南县主簿。在西京四年期间，欧阳修还与尹洙之兄尹源、富弼等人结为诗友，形成了著名的西京幕府文人集团。在这一文人集团中，尹洙、尹源及富弼皆为洛阳人。而尹洙堪称古文运动的先驱之一，他对欧阳修的影响极为深刻。

尹洙（1001—1047 年），字师鲁，河南（今河南洛阳）人。天圣二年（1024年）进士，官至起居舍人，有《河南集》。尹洙政治上支持范仲淹的庆历新政，曾因此而遭贬。他初从穆修游，力为古文，以反对晚唐以来文格卑弱、崇尚辞采声偶之习，欧阳修“从而大振之，由是天下之文一变”（范仲淹《尹师鲁河南集序》）。他的文章最善议论，尤长于论兵，《叙燕》《息戍》等为其代表作。大抵见解深刻，言而有据。他取法《春秋》，故“辞约而理精”，行文“简而有法”（范仲淹《尹师鲁河南集序》）。欧阳修初学古文，常向他请教，然后修改。在宋初诸古文运动先驱中，他可以说是对欧阳修影响最大、也最为直接的一个。

尹源（996—1045 年），字子渐，世称河内先生，尹洙兄。天圣八年（1030年）进士，历官至知怀州。《宋史》本传云：“洙议论明辨，果于有为；源自晦不矜饰，有所发即过人。”此可见兄弟二人文风之不同。

富弼（1004—1083 年），字彦国。曾与范仲淹共同推行庆历新政，为宋代著名贤相。谥文忠。有《富文忠集》。苏轼称其为文“辩而不华，质而不俚”；其诗亦“杰特不凡”。惜其作品今已大多亡佚。

另一个是以司马光、文彦博、邵雍为代表的洛阳文人集团。宋神宗熙宁四年（1071 年），司马光因反对王安石变法，自请外任，以西京留守退居洛阳。他在洛居住长达十五年之久，营建独乐园，专力编著《资治通鉴》。《资治通鉴》虽说是历史著作，但亦极具文学价值。尤其在材料的组织安排、人物形象的刻画方面皆表现出过人的能力。他在洛阳的诗歌创作，也表现出对朝廷的忠心和对现实的关注。其后，宋神宗元丰五年(1082 年)，文彦博留守西京，仿唐代白居易香山耆老会之故事，在洛阳组织了洛中耆英会、五老会、同甲会等。各个文会的参与者皆为在职或致仕之官吏。其中耆英会中富弼、王尚恭、王谨言、楚建中等人皆为洛阳诗人。司马光亦参加了耆英会的活动，并于元丰六至七年(1083—1084 年)间与范纯仁等组织真率会。这些众多诗人的聚集与诗社的成立，使洛阳又一次成为全国诗文创作的一个中心。

这一时期，理学家邵雍(1011—1077 年)也徙家于洛阳。自名其所居为安乐窝，自称安乐先生。与富弼、司马光、吕公著等经常赋诗唱和，并与二程兄弟多有交往，其间创作了著名的《伊川击壤集》。邵雍提倡快乐诗学，《伊川击壤集》可以说便是他“吟自在诗，饮欢喜酒”“为快乐人”的闲适生活之写照。他的诗学白居易之浅切，语言平白如话，虽吟咏性情而不累于性情，时号“康节体”。尤其值得注意的是，洛阳诞生了伟大的思想家程颢、程颐。二程兄弟虽为理学之奠基人，然其于文学并非一味地否定，其文学主张多有合理的地方。其诗歌创作亦颇有成就，程颢的《春日偶成》是传颂千古的名作。

(三)北宋后期的河洛文学

北宋后期，王安石变法失败，对于国家的前途命运新旧两党都束手无策，士大夫关注现实、直言议政之作风已大不如前，社会责任感大大降低。这一时期河洛地区作家人数虽不算少，但多跨南北两宋，将在南宋部分论述。除这类跨南北两宋的诗人之外，比较著名的作家是傅察。傅察(1089—1125 年)，字公晦，济源人。大观三年(1109 年)进士。蔡京欲妻以女，弗答。宣和七年(1125 年)，以吏部员外郎接伴金使，被金人挟持而去，道逢金太子，强使拜，不屈而死。谥忠肃。有《忠肃集》三卷。周必大序其集称：“文务体要，词约而理尽。诗尤温纯该贯，间作次韵，愈多而愈工。”《宋史》本传亦称其文“温丽而有体裁”。此际居官及流寓于河洛地区的文人，主要是张耒、李格非。张耒(1054—1114 年)为著名的苏门四学士之一。元丰二年(1079 年)任寿安县(今宜阳县)尉。元丰六年至八年(1083—1085 年)，罢官居洛阳。其间创作了大量的咏怀河洛风物之作。李格非为著名词人李清照之父。文章受知于苏轼，政治上亦属于反对王安石变法的旧党。著有《洛阳名园记》。此书记洛阳名园共十七处，借诸多名园的兴废盛衰，感叹国家之治乱，得出了“洛阳之盛衰，天下治乱之候也”的结论。他为文主张要“诚”，“字字从肺肝出”，文笔简洁而情感真挚，颇为后世所推崇。

(四)南宋初期河洛文学

1126年,金军南下,次年北宋灭亡,南宋建立。河洛地区已经沦入金人之手,大多数作家被迫南渡。家国遭此巨变,故爱国主义成为这一时期文学的主旋律。河洛地区代表作家有陈与义、朱敦儒等,构成了南宋文坛上一支极其重要的力量。

南渡之初,诗坛上以江西诗派最为盛行。在江西诗派发展史上,这一时期被称为确立与扩展期。此时江西诗派的主要人物为吕本中、曾几、陈与义、韩驹,他们皆与洛阳有着密切关系。吕本中(1084—1145年),原名大中,字居仁,世称东莱先生,祖籍洛阳,后迁寿州(今安徽寿县)。高宗绍兴六年(1136年),召赐进士出身,历官中书舍人、权直学士院,因忤秦桧罢官。有《东莱诗集》二十卷、《紫微诗话》一卷、《江西诗社宗派图》。后人辑有《紫微词》一卷。

曾几(1084—1166年),字吉甫,号茶山居士,赣州(今属江西)人,徙居河南(治今河南洛阳)。历任江西、浙西提刑,因主张抗金,为秦桧排斥。后官至敷文阁待制,以奉通大夫致仕。谥文清。原有集,已散佚,清人辑有《茶山集》三十卷。

陈与义(1090—1139年),字去非,号简斋,洛阳(今属河南)人。宋徽宗政和三年(1113年)进士,任开德府教授、太学博士等职。南渡后辗转到达临安,历吏部侍郎、翰林学士等职,官至参知政事,引疾辞退。有《简斋集》。陈与义是南北宋之交最杰出的诗人,也是江西诗派的代表作家,与黄庭坚、陈师道并称江西诗派的三宗。

韩驹(1180—1135年),字子苍,祖籍蜀仙井监,徙居汝州。政和中召试,赐进士出身,官秘书省正字,累除中书舍人,兼权直学士院。有《陵阳集》四卷。

南渡初期的词坛,以朱敦儒、李清照、张元幹最为著名。其中朱敦儒为洛阳人。朱敦儒(1081—1159年),字希真,号岩壑老人。早年隐居不仕,以布衣负重名。南渡后,应征召出任秘书省正字、兵部郎官等职。因与主战派大臣交结,遭弹劾罢官。晚年在秦桧的笼络下曾出任鸿胪少卿,秦桧死即致仕。有词三卷,名《樵歌》(一名《太平樵唱》)。

南渡初期邵伯温著有笔记小说集《河南邵氏闻见录》(又称《闻见前录》《河南邵氏闻见前录》)。邵伯温(1056—1134年),字子文。其先范阳(今属河北)人,后迁居河南。邵雍子。元祐中以荐授大名助教。徽宗即位后曾上书,言恢复旧制,辨宣仁诬谤,解元祐党锢,等等。主管耀州三白渠公事,知

果州，提点成都路刑狱。著有《河南邵氏闻见录》二十卷、《易学辨惑》一卷、《河南集》、《皇极系述》、《皇极经世序》等。《河南邵氏闻见录》，成书于绍兴二年（1132 年）。前十六卷记宋开国以来故事，于王安石变法记述尤详，十七卷记杂事，十八至二十卷记其父邵雍言行。《四库全书总目提要》云："其洛阳、永乐诸条，皆寓麦秀、黍离之悲。"可见其用意。其中一些篇目，则可视为生动的人物传记，有的更如精致的小品。邵伯温亦为诗人、词人。《闻见前录》一书不仅记载了众多诗人逸事，而且颇多表现自己诗学观点之语，因此该书也可视为诗话之作。从邵伯温谈诗的言论来看，他重在以"道家语"入诗，提倡咏隐居之志，其论不出北宋道学家之轨范，受乃父邵雍影响较深。

邵伯温之子邵博则有《邵氏闻见后录》。邵博（？—1158 年），绍兴八年（1138 年）进士，历秘书省校书郎，知果州、眉州。著有《邵氏闻见后录》《西山集》等。《邵氏闻见后录》，又称《闻见后录》。《四库全书总目提要》称："是编盖续其父书，故曰《后录》。其中论复孟后诸条，亦有与《前录》重出者。然伯温所记多朝廷大政，可稗史传；是书兼及经义、史论、诗话，又参以神怪俳谐，较《前录》颇为琐杂。"又称："谈诗亦多可采。"本书实亦可视为诗话之作。邵博论诗，主张应于所本之外出以新意。如称"古之诗人多以记境熟语或相类"，"岂相剽窃者耶"。他人赏杜诗之妙在于有所本，邵博则称："少陵所以独立千载之上者，不但有所本也。"是书考索生词、僻典较详，如考"二八飞泉绕齿寒"之"二八"，考"大刀头"，释杜甫《饮中八仙歌》之"衔杯乐圣蒋世贤"，《赠韦左丞》之"窃笑贡公喜"，等等，皆可为一家之言。又主张用事须确切，故虽推重苏轼，但指摘其用事之误。书中所记诗人轶事、诗本事，亦可参考。《西山集》为其文集。"其文章赡缛峻整，杰出南渡后。晁以道尝曰：'恨六一、东坡不见子。'"其为时人推崇若此，惜该集已佚。

（五）南宋中晚期的河洛文学

南宋中期河洛地区重要的作家则有李处全、赵蕃等。李处全（1134—1189 年），字粹伯，号晦庵，李处权弟。高宗绍兴三十年（1160 年）进士。曾任殿中侍御史及袁州、处州等地方官。有《晦庵词》一卷。李处全为当时著名词人。其词以咏物及记游为主，情辞婉转，真切感人。也有少数词作表现了抗敌爱国的热情和壮志难酬的悲愤。其弟处劢、处端亦善诗。

赵蕃（1143—1229 年），字昌甫，亦作昌父。郑州人，南渡后寄居于信州玉山县（今江西省玉山上饶一带）。有《章泉稿》五卷。赵蕃好学，年五十，犹问学于朱熹，与杨万里、叶适等则为诗友。他亦被后人视为江西诗派中人，但方回评其诗曰："不为晚唐，亦不为江西，隐然以后山为宗。"杨万里赞之曰:“貌恭气和,无日下推敲之势;神清骨耸,非山头瘦苦之容。一笑诗成,万象春风。”

南宋晚期河洛重要作家则有张弋、张端义、李曾伯等。张弋(约宋宁宗、理宗时在世),原名奕,字韩伯。后改弋,字彦发。河阳(今孟州)人。著有《秋江烟草》。张弋为湖海豪士,不喜举业,而专意于诗,取法于唐代贾岛,诗风清深娴雅,为当时著名的江湖诗派中的一员。

张端义(1179—?),字正夫,自号荃翁。郑州人。端平元年至三年间(1234—1236年)应诏上三书,得罪,被谪韶州(今属广东)。工于诗,近于江湖诗派。所著《荃翁集》已佚。另有笔记小说《贵耳集》三卷。《贵耳集》较多忧国忧民之作,具有强烈的爱国主义思想。其中有关诗人、文人的评述约一百则,占全书的十分之四,包括唐代的李颀,唐末的黄巢,北宋的苏轼、黄庭坚、秦观、周邦彦,南宋的李清照、朱敦儒、陆游、范成大、杨万里、萧德藻、辛弃疾、赵蕃、周文璞、戴复古、刘过、赵师秀、翁卷等。对金及西夏作家诗词及逸事,亦有所记载。他本人论词论诗往往能超出时流,卓有见地。故本书亦可目之为一部诗话词话之作。

李曾伯(1198—?),字长孺,号可斋。覃怀(今河南沁阳)人。历仕州县,以资政殿学士为四川宣抚使。进观文殿学士,景定间知庆元府。曾伯儒雅知兵,所至皆有实绩。南宋后期著名词人。有《可斋杂稿》三十四卷、《续稿》八卷、《续稿后》十二卷。《四库全书总目提要》称其“诗词才气纵横,颇不入格。要亦戛戛异人,不屑拾慧牙后”。其《沁园春·丙午登多景楼和吴履斋韵》为南宋后期著名的豪放词。全词沉郁苍凉,悲歌慷慨,语言上则以散文入词,颇有辛词遗风。

二、元代文学概述

1234年,元灭金。有元一代,河洛地区的文学较金代大有起色。在诗文、戏曲等领域都取得了一定的成就,涌现出一批在文坛上具有相当影响的作家。

元朝统治者重视理学,这对元代文学有着重要影响。元代河洛地区重要作家有洛阳姚枢(1201—1278年)、沁阳许衡(1209—1281年)、洛阳姚燧(1238—1313年)等,他们皆为当时著名理学家。姚枢、许衡之诗文,虽不脱理学气然诗文亦为名家。而姚燧堪称金代河洛地区作家之代表。姚燧,字端甫,号牧庵。姚枢侄。官至翰林学士承旨,知制诰,兼修国史。所著有《牧庵文集》五十卷。姚燧受学于许衡,但许衡之文纯为儒者之文,姚燧之文则有独特的个性。史称其为文“舂容盛大,有西汉风。宋末弊习,为之一变”

(《元史》本传)。清顾嗣立称:“时元宅天已百余年,倡鸣古文,群推牧庵一人,拟诸唐之昌黎,宋之庐陵云。”姚燧亦为当时著名散曲家,与卢挚合称“姚卢”。他的散曲多抒发个人情怀或男女爱情,文辞浅易流畅。如《凭阑人》《寄征衣》刻画思妇心理,婉曲细致,真挚感人。强烈的抒情性,使姚燧在散曲史上有着重要的意义。姚燧的诗不甚著名。但《发舟青神县》等诗,着眼于民间疾苦,颇有现实意义。姚燧另有《牧庵词》二卷,补遗一卷,其《西林日记》则为诗话词话之类作品。元末,洛阳陆仁之诗作亦颇受推重。陆仁,生卒不详,字良贵,自号樵雪生,又自号干斋居士。顾嗣立辑其诗为《干斋居士集》。杨维桢称他“诗学有祖法,清峻奇伟”(《西湖竹枝集》)。

元曲为元代一代之文学。河洛地区也涌现出许多杂剧作家。主要有石子章、姚守中等。石子章,生卒不详,郑州人,生活在元代初期。有《秦筱然竹坞听琴》(简称《竹坞听琴》)。该剧写张彩鸾与秦筱然的爱情故事。朱权《太和正音谱》对其曲词极为赞赏,称之“如蓬莱瑶苹”。另有《黄桂娘秋夜竹窗雨》(简称《竹窗雨》),今仅存残曲一折。姚守中,生卒不详,洛阳人。姚燧侄,亦为元初人。所作剧目有《汉太守郝廉留钱》(简称《郝廉留钱》)、《东都门逢萌挂冠》(一作《神武门逢萌挂冠》,简称《逢萌挂冠》)、《褚遂良扯诏立中宗》(一作《扯诏立中宗》,简称《立中宗》),皆为历史剧,惜已全佚。

第二节　北宋洛阳文人集团

北宋时期洛阳文人集团主要有两个,一个是以欧阳修为代表的西京文人集团,另一个是以司马光、邵雍为代表的洛阳文人集团。

一、西京文人集团

宋仁宗天圣八年(1030 年),欧阳修进士及第,任西京留守推官,次年三月赴任。当时钱惟演为西京留守,谢绛为通判,尹洙知河南府伊阳县,梅尧臣任河南县主簿。钱惟演是五代时吴越王钱俶的儿子,跟随父亲投降了宋朝而受到礼遇。钱惟演本人在政治上是一个贪求权势的人物,但此人好读书,欧阳修说他“坐则读经史,卧则读小说,上厕则阅小辞”。他曾担任《册府元龟》的编纂,编书期间还与同僚吟诗唱和,结集而成《西昆酬唱集》,与杨亿、刘筠并称为“西昆三魁”。钱惟演爱惜人才,礼贤下士,奖掖后进,在他任西京留守期间,为聚集在洛阳的文士们提供了一个宽松、自由、闲适的环境。谢绛,字希深,是梅尧臣的内兄,以文学知名当世。除此而外,当时在西京任职的还有尹洙、尹源、富弼、张汝士、杨愈、张谷、张先、孙长卿、张太素、孙祖德、王顾、张亢、张至、钱惟演的儿子钱暄、杨愈的弟弟杨辟、西京国子学秀才王复等。欧阳修《书怀感事寄梅圣俞》对当时西京幕府中的文士有一个总体评价：

> 幕府足文士，相公方好闲。（钱惟演）希深好风骨，迥出风尘间。（谢绛）师鲁心磊落，高谈羲与轩。（尹洙）子渐口若讷，诵书坐千言。（尹源）彦国善饮酒，百盏颜未丹。（富弼）几道事闲远，风流如谢安。（王复）子聪作参军，常跨破虎鞯。（杨愈）子野乃秃翁，戏弄时脱冠。（张先）次公才旷奇，王霸驰笔端。（孙长卿）圣俞善吟哦，共嘲为阆仙。（梅尧臣）惟余号达老，醉比如张颠。

由于北宋结束了五代十国的分裂局面，社会安定，经济有较大发展。朝廷无事，官府多暇，加之钱惟演“善待士，未尝责以吏事”，这些聚集在西京幕府的文士们多以诗酒唱和、游山玩水、访僧问道、品茗赏花打发时光，切磋诗文、品评诗文之优劣也成为文士之间重要的活动内容，如欧阳修与尹洙在古文上的切磋、欧阳修与梅尧臣的诗歌唱和。

尹洙是著名的古文家，师从穆修。穆修虽是古文运动的倡导者，但他的文章重在说理，对文学性不太重视。尹洙在穆修的指导下，在古文写作上下了不少功夫。其古文作品章法严谨、简洁明快，观点有新意，与穆修相比，大有出于蓝而胜于蓝之感。欧阳修与尹洙交往甚密，多次向尹洙请教古文技法。尹洙说，写古文最忌讳的是文弱字冗，指出欧阳修的文章文格高远，但是毛病在字冗上。欧阳修诚恳接受意见，认真揣摩、反复修改，再让尹洙指正。欧阳修说：“昔在洛阳，与余游者，皆一时豪隽之士也。而陈郡谢希深善评文章，河南尹师鲁辩论精博。余每有所作，二人者必伸纸疾读，便得余深意。以示他人，抑或时有所称，皆非余所自得者也。”（欧阳修《集古录目序》题记）这里有欧阳修自谦的成分，但是也说明了欧阳修后来成为宋代散文大家，与青年时期得到谢绛、尹洙的指导帮助是分不开的，这就是文人集团的作用。

西京文人集团中的梅尧臣是一个写诗的高手，他比欧阳修年长五岁。在洛阳午桥的初次相遇，二人便一见如故，从此结成终生友谊。在遇见欧阳修前，梅尧臣已经诗名大震，闻名遐迩。欧阳修与他多有诗歌唱和且不断切磋诗艺。明道元年（1032 年）欧阳修与梅尧臣、杨愈一同游览中岳嵩山，在登上嵩山顶峰、晚上住宿在峻极寺时，三人拟定了十二个题目，每人依题各创作十二首诗。于是白天登山，晚上写诗、评诗，有时因为一句诗的好与坏而争执不休。“誓将新咏章，灯前互诋摘。杨生护己短，一字不肯易。”（梅尧臣

《永叔内翰见索谢公游嵩书感叹希深师鲁子聪几道皆为异物独公与余二人在因作五言以叙之》)评诗到这种程度,即可见三人关系之亲近,也可见切磋诗艺之认真。在不断交流唱和切磋中,双方都不知不觉受到对方的影响而使得原有诗风有所变化。如梅尧臣原有的诗风平淡清远、含义隽永,但后来发展出古硬奇瑰、琢剥怪巧的风格就与欧阳修有很大关系。不仅如此,有来自诗友的评判、激励,另一方会对诗歌创作投入更大热情与精力,从而创作出更多、更好的诗歌。

西京文人集团存在时间不算长,欧阳修四年后离开洛阳,在欧阳修离开洛阳前,钱惟演、谢绛、尹洙、梅尧臣都早他一步离开洛阳,一时风流际会转眼烟消云散,但就是这短暂的聚会,成就了北宋初期文坛最为光彩照人的一幕,对后来北宋文学的发展起到了重要作用。

二、以司马光、邵雍为代表的洛阳文人集团

由于反对王安石变法,司马光于宋神宗熙宁四年(1071 年)至元丰八年(1085 年)退居洛阳。元丰五年(1082 年)曾任宰相的文彦博(潞国公)、富弼(韩国公)等人也因为反对王安石变法来洛阳定居。因为有共同的政治理想和政治敌人,因此彼此间往来交往甚密,写诗唱和也颇多。在洛阳隐居的邵雍因不慕繁华、甘于归隐的高风亮节以及精通易学的造诣深得司马光等人的仰慕,因此他们与邵雍来往也颇多,彼此间亦有诗歌唱和。“司马温公乞判洛京留司御史台,遂居洛,买园于尊贤坊,以独乐名之,始与伯温先君子康节游。”(邵伯温《邵氏闻见录》)司马光与邵雍的唱和之作在邵雍的《伊川击壤集》中多有记载,如司马光《花庵独坐呈尧夫先生》:

荒园才一亩,意足以为多。虽不居丘壑,嘗如隐薜萝。忘机林鸟下,极目塞鸿过。为问市朝客,红尘深几何?

邵雍和诗《和君实端明花庵独坐》:

静坐养天和,其来所得多。耽耽同厦宇,密密引藤萝。忘去贵臣度,能容野客过。系时休戚重,终不道如何。

邵雍与富弼也有唱和之作(邵雍与富弼唱和诗歌可见于邵伯温《邵氏闻见录》)。

富弼诗:

先生自卫客西畿。乐道安闲绝世机。再命初筵终不起,独甘穷巷寂无依。贯穿百代尝探古,吟咏千篇亦造微。珍重相知忽相访,醉和风雨夜深归。

邵雍和诗:

道堂闲话尽多时，尘外杯觞不浪飞。初上小车人已静，醉和风雨夜深归。

文彦博在洛阳时，因为仰慕唐朝诗人白居易在洛阳期间组织的九老会，"乃集洛中公卿大夫年德高者为耆英会。以洛中风俗尚齿不尚官，就资胜院建大厦曰耆英堂"。与会者有文彦博、富弼、席汝言、王尚恭、赵丙、刘几、冯行已、楚建中、王慎言、张问、张焘、王拱辰等，这些人多为退职或辞职官员，年龄都已在七十岁以上。耆英会还邀请司马光入会，但司马光以未到七十岁为由婉言谢绝。"洛阳多名园古刹，有水竹林亭之胜，诸老须眉皓白，衣冠甚伟。每宴集，都人随观之。"（见邵伯温《邵氏闻见录》）司马光虽没有加入耆英会，但是当耆英会活动时也会参加，他自己则成立了真率会。"司马温公在洛下，与诸故老时游集，相约酒行、果实、食品皆不得过五，谓之真率会。"（《石林避暑录》）

无论耆英会还是真率会，饮酒、宴集、赏花、游园、唱和等活动可以排遣这些失意官员内心的愤懑与伤感，他们也能借此加强联系、相互鼓励，为日后东山再起做准备。身在江湖、心系魏阙可以说是他们内心的真实写照。司马光《客中初夏》一诗便道出实情：

四月清和雨乍晴，南山当户转分明。
更无柳絮因风起，惟有葵花向日倾。

诗中所写，是诗人在洛阳时所见到的初夏景色。首句点明季候，时值盛夏，雨后初晴。次句承"雨乍晴"来写当户南山的远景，由于下了一场雨，天空晴朗，原先模糊不清的南山此时也看得清清楚楚，仿佛就在眼前。三、四两句写眼前近景：柳絮、葵花。全诗皆为写景，远景（南山）、近景（葵花）、虚景（柳絮）、实景（葵花）相互映衬，形象鲜明、环境恬静。但这首诗绝不是单纯的写景之作，而是即景抒怀。诗中最后两句的真正含义是：我司马光不是那随风飞舞的柳絮，不会改变我的志向。我是那葵花，在任何时候都会倾向太阳。很明显，太阳就代表朝廷、皇帝，这表明司马光即使已远离朝堂、退居洛阳，但是依然关心京城的政治动向。这种心情在司马光的《和君贶题潞公东庄》表现就更为明显：

嵩峰远叠千重雪，伊浦低临一片天。
百顷平皋连别馆，两行疏柳拂清泉。
国须柱石扶丕构，人待楼航济巨川。
萧相方如左右手，且于穷僻置闲田。

诗中的潞公庄是文彦博退职洛阳时居住的庄院，君贶指王拱辰，耆英会成员之一，这是司马光在文彦博庄院与耆英会成员欢会时所作。诗歌前四句写潞公庄院的景色，诗人调动多种艺术手段，描绘了一幅远近相宜、虚实相生、浓淡相间、恬静怡人的山庄闲居图。五、六两句却陡然一转，由前四句的闲淡平和转为正肃之气。这两句承接首联，意思是说国家大事要靠有为的大臣，而大臣想有所作为又离不开皇帝的信任与支持。最后两句情绪又一转，由之前的慷慨激昂一下转变为哀婉低沉。这里借用了西汉丞相萧何的典故。据《史记·萧相国世家》记载，萧何为汉高祖刘邦立下赫赫功勋，被视为皇帝的左右手。但他为避皇帝猜疑，“置田宅必居穷处，为家不治垣屋”。司马光用这个典故，既是把文彦博比作当年的萧何，又暗指宋神宗如刘邦一样不信任忠心耿耿的大臣。用一“且”字点出当年的萧何、今天的文彦博（也包括诗人自己）买屋置田绝非本心，而是情不得已，也绝不想终老田园，而是希望皇帝能明辨忠奸，早日起用自己，为国家出力。

所以，以司马光为代表的洛阳文人集团与以欧阳修为代表的西京文人集团有明显的不同，前者诗文唱和、寄情山水背后是为日后政治上东山再起做准备，退隐洛阳不过是缓兵之计或情不得已，其政治性十分明显。他们在此期间创作的诗文多有政治意味。而后者是一群在政治上初出茅庐的年轻人，对文学的喜爱热衷是他们聚集在一起的主要原因，当然在他们的诗文中也包含政治意涵，但是其分量与前者无法相比，这就是这两个文人集团最大的不同。

第三节　欧阳修

欧阳修（1007—1072 年），字永叔，祖籍吉水（今属江西）。天圣八年（1030 年）进士，初仕洛阳，与尹洙、梅尧臣等人声气相通，提倡诗文变革。庆历年间因参与范仲淹主持的“庆历新政”而被贬，晚年官职升至枢密副使、参知政事等要职，谥号文忠。欧阳修是北宋文坛的领袖，他引导了宋代古文运动的发展方向，取得古文运动的全面胜利；在诗歌方面，他与梅尧臣、苏舜钦一起开创了宋诗崭新风貌；欧阳修的词与晏殊词齐名，时称“晏欧”，占据宋初词坛主导地位。欧阳修可称为全才型的文人。

一、欧阳修生平

宋真宗景德四年（1007 年）欧阳修出生在绵州（今四川绵阳），父名欧阳观，母亲姓郑。三岁时，父亲欧阳观病逝于泰州（今江苏泰州）军事判官任上。为生活所迫，母亲带着欧阳修来到随州投奔在此做官的叔父欧阳晔。

欧阳修的母亲出身江南望族，虽家道中落但文化修养很高，丈夫去世后，她就担当起教育儿子的重任。欧阳修天资聪慧，禀赋过人且勤奋好学。宋仁宗天圣元年(1023 年)，17 岁的欧阳修参加了随州乡试。虽然此次科考落榜，但是在天圣四年(1026 年)的随州乡试中顺利通过，获得了参加在京城汴梁举行的天圣五年礼部考试资格，但是再次落榜。天圣六年(1028 年)欧阳修离开随州来到汉阳(今湖北汉阳)拜当地著名文人胥偃为师。胥偃对欧阳修极为赏识，学业生活多有照顾。这年冬天，胥偃任判三司度支勾院，欧阳修以门生身份随胥偃来京。在胥偃的引荐下，欧阳修结识了许多在京的名人以及日后在北宋文坛声名显赫的人，如苏舜钦、石延年等。在天圣七年(1029 年)举行的广文馆考试中，欧阳修名列榜首，随后又以国学解试第一名的身份获得了参加礼部试的资格。在天圣八年(1030 年)的礼部试中欧阳修一举夺魁，与 401 名通过礼部试的考生参加了由宋仁宗主持的殿试，欧阳修名列第十四名，被授予将仕郎、试秘书省校书郎、充西京留守推官的官职。

天圣九年(1031 年)欧阳修来洛阳上任。当时洛阳作为京城汴梁的陪都，号称西京。这里物产丰富、交通便利、景色宜人、历史悠久。当初宋太祖赵匡胤就有意在此处建都，后因大臣反对而成为陪都。洛阳距离京城汴梁不远，因此这里汇集了许多王公贵族、退职的大臣以及文人学士。他们建造庄院别墅，平时呼朋唤友，饮酒作诗唱和。时任西京留守的是钱惟演，他是吴越国王钱俶的儿子，后跟随父亲一起投降了宋朝。钱惟演博学多识，文学修养深厚。虽出身高贵，但他能够礼贤下士、奖掖后进，因此在他身边汇集了一批时贤才俊，如梅尧臣、谢绛、尹洙、富弼等，欧阳修来洛后很快便与他们成为莫逆，龙门山色、伊水清流、巍巍嵩岳留下了他们的足迹和唱和的诗篇。在洛阳期间，欧阳修写下了《游龙门分题十五首》《雨后独行洛北》《独至香山忆谢学士》《七交七首》《嵩山十二首》等诗歌以及《戕竹记》《养鱼记》等散文。尤其值得一提的是他还写了《洛阳牡丹记》，这是我国现存最早关于洛阳牡丹的专著，他还在一些词作中留下了对洛阳牡丹美好记忆，如《玉楼春·常忆洛阳风景媚》等。

景祐元年(1034 年)欧阳修任满离开洛阳回到京城汴梁，在通过了学士院考试后被授予宣德郎、试大理评事兼监察御史，充镇南军节度掌书记、馆阁校勘之职。后因在范仲淹与吕夷简之争中支持范仲淹而触怒宋仁宗被贬为夷陵(今湖北宜昌)县令，后又任光化军乾德县令、武城军滑州(今河南滑县)通判，直到康定元年(1040 年)朝廷下诏恢复其馆阁校勘之职，返回京师。回到朝廷中枢，欧阳修撰写了《准诏言事上书》《本论》《为君难》等文章，指陈北宋王朝诸多弊端并提出改革建议，成为后来“庆历新政”的舆论先

导。欧阳修还积极参与范仲淹领导的“庆历新政”，大兴改革之举，撰写《朋党论》为改革派辩护，因此得罪了一大批保守派官僚而遭到人身攻击，于庆历五年(1045 年)被贬为滁州(今安徽滁州)知州。

在滁州，欧阳修为政宽缓、与民同乐，修丰乐亭，撰写《醉翁亭记》，后转知扬州(今江苏扬州)、颍州(今安徽阜阳)、应天府(今河南商丘)。至和元年(1054 年)，朝廷重新启用欧阳修，授予翰林学士、史馆修撰之职。嘉祐二年(1057 年)，欧阳修被任命知礼部贡举事，宋仁宗特赐“文儒”二字以示宠信。后又加龙图阁学士，先后任权知开封府、礼部侍郎、枢密副使、参知政事等要职，封开国公。熙宁四年(1071 年)以年龄及身体原因请辞获准，归隐颍州，熙宁五年(1072 年)去世，时年六十六岁，谥号文忠。

二、欧阳修与洛阳

(一)诗歌创作

欧阳修在洛阳时间虽不长，但是洛阳的山川风物给他留下了美好印象及回忆。在洛阳期间他写下不少诗歌，描绘洛阳秀丽的山水，抒发个人情怀。如《游龙门分题十五首》就是欧阳修与好友杨愈、张谷等人游玩龙门时创作的组诗，共有《上山》《下山》《石楼》《上方阁》《伊川泛舟》《宿广化寺》《自菩提步月归广化寺》《八节滩》《白傅坟》《晚登菩提上方》《山槎》《石笋》《鸳鸯》《鱼罾》《鱼鹰》十五首诗，描写了龙门及周边山川景色，如《八节滩》：

乱石泻溪流，跳波溅如雪。
往来川上人，朝暮愁滩阔。
更待浮云散，孤舟弄明月。

八节滩就位于龙门山下的伊河，这里水流湍急，河中有巨石，行船到此常常会有风险。唐代诗人白居易在洛阳时曾让人疏浚河道以便于舟楫。到了宋代，这里水流依然很大，欧阳修才会有“往来川上人，朝暮愁滩阔”的感叹。

再如《白傅坟》：

芳荃奠兰酌，共吊松林里。
溪口望山椒，但见浮云起。

白傅坟就是唐代诗人白居易的墓，位于龙门香山北麓。欧阳修来此用散发着清香之气的美酒祭奠这位伟大的诗人，表达对先贤的仰慕之情。

欧阳修居洛时还与西京留守钱惟演幕府中的一批青年才俊往来密切、相交甚欢，他写下《七交七首》给好朋友们画像，称赞他们的才华。他称尹洙

“师鲁天下才，神锋凛豪俊”，梅尧臣“圣俞翘楚才，乃是东南秀。玉山高岑岑，映我觉形陋”。正是这些友人使欧阳修忘记了只身在洛、远离故土亲人的寂寞而纵情于与友人的诗酒唱和之中：

余本漫浪者，兹亦漫为官。胡然类鸱夷，托载随车辕。时士不俯眉，默默谁与言？赖有洛中俊，日许相跻攀。饮德醉醇酎，袭馨佩春兰。平时罢军檄，文酒聊相欢。(《七交七首·自叙》)

在这首诗中，欧阳修自谦地说自己是个“漫浪者”“鸱夷”，因此“时士不俯眉”而落落寡合，多亏有了这些“洛中俊”与自己“文酒聊相欢”，才使得洛阳的生活如此愉快。所以当这些友人离开洛阳、远赴他地，只剩下欧阳修一人，孤独寂寞之情就难以抑制地迸发出来：

伊水弄春沙，山临水上斜。曾为谢公客，遍入梵王家。阴涧初生草，春岩自落花。却寻题石处，岁月已堪嗟。(《独至香山忆谢学士》)

谢学士就是谢绛，欧阳修的好友，时赴开封任判官。欧阳修曾与他来龙门香山游玩，此次再游香山，山水依旧，当年题诗刻石还在，只是好友已不在身边，此情此景不由得让人倍感神伤。

遥听洛城钟，独渡伊川水。绿树郁参差，行人去无已。因高望京邑，驱马沿山趾。落日乱峰多，龙门何处是？(《寄左军巡刘判官》)

洛阳城中悠悠的钟声，清澈的伊水、错落有致的绿树都只因友人的离去而失去了往昔的风采与韵味，诗人内心的孤独寂寞使美丽的洛阳风光也染上了一种忧郁色彩。洛阳秀丽的山水固然使人流连，但更值得怀念的是那些曾在洛阳而如今四散的友人。庆历四年(1044 年)，欧阳修出使河东，途径西京洛阳，此时距他西京任满离洛已有十年：

伊川不到十年间，鱼鸟今应怪我还。浪得浮名销壮节，羞将白发见青山。野花向客开如笑，芳草留人意自闲。却到谢公题壁处，向风清泪独潺潺。(《再至西都》)

阔别十年再回洛阳，这里的一切还是那样美丽动人，就连野花、芳草知道诗人回来也笑逐颜开。十年间物是人非、沧海桑田，诗人已是青丝变白发，当年的雄心壮志也已消散。最不能忘怀的还是昔日在洛阳老友，然而当年题壁处还在，只是老友已去世多年。

(二)散文创作

欧阳修在洛阳期间还写了 30 多篇各类文章，这些文章大多篇幅短小、语言朴实凝练，从日常生活小事入手或阐明哲理，或揭露时弊，或抒发情怀。虽文笔略显青涩，但却是后来《醉翁亭记》《秋声赋》等名文的先声，如《非非堂记》：

权衡之平物，动则轻重差，其于静也，锱铢不失。水之鉴物，动则不能有睹，其于静也，毫发可辨。在乎人，耳司听，目司视，动则乱于聪明，其于静也，闻见必审。处身者不为外物眩晃而动，则其心静，心静则智识明，是是非非，无所施而不中。

作者首先从日常生活中常见之物——称重的秤和用作镜子的水鉴说起，称重时秤不能乱动，否则差之毫厘，谬以千里；水鉴照物时也不能乱动，否则就什么都看不清。然后作者谈到人，耳朵是用来听的，眼睛是用来看的，无论听还是看，心都不能乱，否则就听不清、看不明。因此作者得出结论，为人处世要保持心静，不为外物所动，这样就会对事物的是非曲直有准确的判断。

如果文章只写到这里，那可以说没有什么过人之处，不过是重复前人观点，但作者没有止步于此而是进一步引申：

夫是是近乎谄，非非近乎讪，不幸而过，宁讪无谄。是者，君子之常，是之何加？一以观之，未若非非之为正也。

是为肯定赞扬，非为批评抨击，一味赞美近乎谄媚，一味批评近乎讪谤。如果不能取中庸之道，则宁愿非非而不是是，因为成人之美、不臧否人物乃君子本分，只有批评指责才能纠正错误、匡扶正义。“宁讪无谄”就成为欧阳修的人生准则之一，即便为此吃尽苦头、屡屡被贬也终不悔。

明道元年（1032 年）皇宫失火，多座宫殿被烧。朝廷下令要各地工匠赶赴京师重修宫殿，并责令各地方向京师输送建筑材料。洛阳盛产竹子，地方官为邀功请赏，不管实际需要，大肆采伐竹子输往京师，结果大大超出建筑所需，导致大批竹子堆放荒野，任其腐烂而无人问津。欧阳修对此极为愤慨，写下《戕竹记》一文予以揭露抨击，他在文尾说：

今土宇广斥，赋入委叠，上益笃俭，非有广居盛囿之侈。县官材用，顾不衍溢朽蠹，而一有非常，敛取无艺。意者营饰像庙过差乎！《书》不云“不作无益害有益”，又曰“君子节用而爱人”。天子有司所当朝朝夕谋虑，守官与道，不可以忽也。推类而广之，则竹事犹末。

欧阳修引用儒家经典《尚书》与《论语》的话，告诫统治者要爱惜民力，使民以时，不能因一己之私而暴殄天物、残民害民。欧阳修后来无论是在地方还是朝廷中枢为官，都主张简政宽政、节约用度、与民休息，其所作所为正与

《戕竹记》的观点一致。

欧阳修还写过一篇颇具哲理意味的散文《伐树记》，这篇文章针对前人的思考提出自己的见解，不落窠臼，观点翻新。文章一开始讲自己园中种了一棵樗树，仆人说此树"其材拳曲臃肿，疏轻而不坚，不足养，是宜伐"，因此就把这棵樗树给砍伐了。没过多久，仆人又来报告说，园中还有一棵杏树，枝繁叶茂，将阳光遮蔽，不能在树下种蔬菜，请求也将这棵杏树砍伐。作者却说："今杏方春且华，将待其实，若独不能损数畦之广为杏地邪？"所以就没有砍伐这棵杏树。作者发现樗树因其无用而被砍伐，杏树因其有用而得以保全，这个结果与庄子讲的寓言故事完全不同，因为庄子说"樗、栎以不材终其天年，桂、漆以有用而见伤"，这是怎么回事？"岂才不才各遭其时之可否邪？"经过一番思考，作者得出结论：

> 夫以无用处无用，庄周之贵也。以无用而贼有用，乌能免哉！彼杏之有华实也，以有生之具而庇其根，幸矣。若桂、漆之不能逃乎斤斧者，盖有利之者在死，势不得以生也，与乎杏异矣。今樗之臃肿不材，而以壮大害物，其见伐，诚宜尔，与夫才者死、不才者生之说又异矣。

杏树能够被保存是因为其有用，但为什么桂树、漆树因有用而被砍伐，那是由于桂树、漆树只有被砍伐后才能有用，因此庄周所说"才者死、不才者生"的观点是片面的，正确的观点是"凡物幸之与不幸、视其处之而已"。事物的幸与不幸，生存还是死亡与其有用无用并无关联，而是它们所处的位置以及与周围环境的关系，显然这个观点就要比庄子的说法更具体，也更具说服力。

（三）词创作

除诗与文外，欧阳修在洛阳期间还填写了不少词，其中不乏上乘之作，如这首《玉楼春》：

> 尊前拟把归期说，未语春容先惨咽。
> 人生自是有情痴，此恨不关风与月。
> 离歌且莫翻新阕，一曲能教肠寸结。
> 直须看尽洛城花，始共春风容易别。

这首词是景祐元年（1034 年）欧阳修任满离洛、在饯别宴会上所作。词作一开始介绍了离别的场景，气氛是凄惨的，情绪是低沉的。但作者并没有一味沉浸在离愁别绪中，而是宕开一笔，将离别上升到一种哲理反思的高度，词的格调陡然上升。下阕再回到离别宴会上，离人嘱咐歌者不要再唱离别之歌了，因为那会使人肝肠寸断，随后作者笔锋一转，借眼前的牡丹花与春风嘱咐大家不要再这么痛苦难受了，还是在良辰美景中愉快地分别吧。虽是写离别，但是并没有一味写痛苦悲伤，而是以理结情，缓解了离别时的悲苦之情。王国维在《人间词话》中评价这首词“于豪放中有沈著之致，所以尤高”。

同样以《玉楼春》为词牌，也是写于离洛之时的诗还有一首：

洛阳正值芳菲节，秾艳清香相间发。
游丝有意苦相萦，垂柳无端争赠别。
杏花红处青山缺，山畔行人山下歇。
今宵谁肯远相随，惟有寂寥孤馆月。

上阕点明离别的时间、地点，选取了洛阳最有代表性的花卉——牡丹，再加以古人书写离别时常用的两个意象——游丝、垂柳，以此抒发作者对洛阳的依恋与不舍之情。下阕展开联想，想象自己离开洛阳奔赴他乡，旅途中能陪伴自己的只有一轮孤月，以此表达对友人的怀念。虽也是写离别，与《玉楼春》（尊前拟把归期说）相比，这首词的情绪就显得低沉许多。

一首《浪淘沙》，抒发表达的也是对友人如尹洙、梅尧臣、谢绛等的思念之情：

把酒祝东风，且共从容。垂杨紫陌洛城东。总是当时携手处，游遍芳丛。

聚散苦匆匆，此恨无穷。今年花胜去年红。可惜明年花更好，知与谁同。

这首词写于明道二年（1033 年），明道元年好友尹洙、梅尧臣相继离开洛阳，欧阳修形单影只。想起当年与友人一起欢会的情景，内心充满忧伤之情。余陛云在《唐五代两宋词选释》中评论这首词：“因惜花而怀友，前欢寂寂，后会悠悠，至情语以一气挥写，可谓情深如水，行气如虹矣。”这个评价是很到位的。

皇祐元年（1049 年）欧阳修赴颍州上任，在涡口（今安徽怀远）巧遇挚友梅尧臣，两人在江边小楼饮酒话旧，欧阳修作《夜行船》词二首，梅尧臣作《涡口得双鳜鱼怀永叔》诗。

忆昔西都欢纵，自别后、有谁能共。伊川山水洛川花，细寻思、旧游如梦。

今日相逢情愈重，愁闻唱、画楼钟动。白发天涯逢此景，倒金樽、殢谁相送。

多年前洛阳一别，再次相见，沧海桑田、白云苍狗、世事变迁。当年在洛阳时，欧阳修、梅尧臣、张汝士、谢绛、尹源、杨子聪、尹洙并称“洛阳七友”，他们赋诗饮酒，“间以谈戏，相得尤乐”（王辟之《渑水燕谈录》）。如今再次相逢，七位好友只有欧阳修、梅尧臣健在，余者已赴北邙。此情此景，令人不胜唏嘘。

欧阳修在洛阳的时间虽不长，只有短短四年时间，但是洛阳这座美丽的城市、充满历史与文化底蕴且风景迷人的古都给欧阳修留下了深刻印象，成为他日后魂牵梦绕的地方，对洛阳及洛阳好友的思念与回忆也成为欧阳修创作的源泉之一。

三、欧阳修与洛阳牡丹

在洛阳期间，欧阳修对这里的山川风物情有独钟，大至龙门伊阙、伊水洛川，小至洛城的游丝柳絮、花鸟虫鱼都使欧阳修流连忘返、吟咏连连。这当中他最喜爱与怀恋的当属洛阳牡丹，在他的诗词中洛阳牡丹有一个专属名词——花，有时也会写成洛城花、洛阳花。在西京留守推官任满即将离开洛阳前夕，他写下了《洛阳牡丹记》——一本最早研究洛阳牡丹的专著。

《洛阳牡丹记》分三个部分：《花品序》《花释名》《风俗记》。《花品序》首先介绍宋代牡丹的出产与分布：“牡丹出丹州、延州，东出青州，南亦出越州，而出洛阳者，今为天下第一。”接着介绍洛阳牡丹中最有名的品种与花名：姚黄、魏紫、细叶寿安、鞓红、牛家黄、潜溪绯、左花、献来红、叶底紫、鹤翎红、添色红、倒晕檀心、朱砂红、九蕊真珠、延州红、多叶紫、粗叶寿安、丹州红、莲花萼、一百五、鹿胎花、甘草黄、一擫红、玉板白。《花释名》则对《花品序》中出现洛阳牡丹花名命名理由予以解释：“牡丹之名，或以氏，或以州，或以地，或以色，或旌其所异者而志之。姚黄、牛黄、左花、魏花，以姓著，青州、丹州、延州红，以州著，细叶、粗叶寿安，潜溪绯，以地著；一擫红、鹤翎红、朱砂红、玉板白、多叶紫、甘草黄，以色著。献来红、添色红、九蕊真珠、鹿胎花、倒晕檀心、莲花萼、一百五、叶底紫，皆志其异者。”随后则对上述牡丹品种的花形、颜色、最早栽种地予以详细介绍。

《风俗记》是《洛阳牡丹记》中最有价值的部分，文章一开始介绍洛阳人对牡丹花的喜爱：“洛阳之俗，大抵好花。春时，城中无贵贱，皆插花，虽负担者亦然。花开时，士庶竞为游遨，往往于古寺废宅有池台处为市，并张幄帟，笙歌之声相闻。”随后从接花、种花、浇花、养花、医花五个方面介绍如何移栽、种植、养护牡丹，如“种花必择善地，尽去旧土，以细土用白敛末一斤和之”；“浇花亦自有时，或用日未出，或日西时。九月旬日一浇，十月、十一月，三日、二日一浇，正月隔日一浇，二月一日一浇”。这些种花、养花经验对今天种植、养护洛阳牡丹亦有极大的参考价值。

除《洛阳牡丹记》外，欧阳修还写有《洛阳牡丹图》一诗：

> 洛阳地脉花最宜，牡丹尤为天下奇。我昔所记数十种，于今十年半忘之。开图若见故人面，其间数种昔未窥。客言近岁花特异，往往变出呈新枝。洛人惊夸立名字，买种不复论家赀。比新较旧难优劣，争先擅价各一时。当时绝品可数者，魏红窈窕姚黄妃。寿安细叶开尚少，朱砂玉版人未知。传闻千叶昔未有，只从左紫名初驰。四十年间花百变，最后最好潜溪绯。

诗人因看牡丹图回忆起多年前在洛阳看过的牡丹，想起自己撰写的《洛阳牡丹记》。当时觉得自己在洛阳时所见牡丹已为天下绝品，但不曾想特异牡丹品种仍层出不穷，有不少品种自己都叫不出名字。虽然如此，但是诗人最喜爱的还是当年在洛阳见过的潜溪绯。诗歌起首两句“洛阳地脉花最宜，牡丹尤为天下奇”已成为赞美洛阳及洛阳牡丹之千古绝唱。

第四节　邵雍

邵雍（1011—1077 年），字尧夫，谥康节，人称康节先生，是北宋理学的创始人之一，也是中国著名的思想家、史学家和文学家。

一、生平简介

邵雍出生于一个封建知识分子家庭，父亲知诗书，明音韵，终身隐居乡野。邵雍生在衡漳（今河南林州），12 岁时为避乱举家迁往共城（今河南辉县）。据史料记载，青少年时期的邵雍就胸怀大志，“自雄其才，慷慨欲树功名，于书无所不读”，关心世事，立大志向，满腹经纶。宋仁宗宝元三年（1040年），邵雍的母亲去世，他和父亲相依为命，但学习十分刻苦。随着年龄的增长，他渐渐感到仅靠读书不能全面长进，便走出家门，周游黄河、汾水、淮河、汉水等地，考察了齐、鲁、宋、郑之废墟，增长了见识，开阔了眼界。这一年邵雍师从李之才，学习义理、性命与物理之学，习《周易》。李之才是一位进士出身的数术家，曾在他的老师穆修那里学习《周易》数术学。这种学问由五代末宋初道士陈抟以《先天图》传给种放，种放传给穆修，穆修传李之才。李之才自来到共城后，听说邵雍清贫好学，很有孝心，又有大志，所以主动到邵雍家拜访，见他聪明过人，便收其为弟子，传授他《河图》、《洛书》、伏羲八卦等易学奥秘。邵雍在李之才去世后，继续沿着他指引的学术路线前进，独立钻研,益发刻苦,对《易》特别下功夫。“三年不设榻,昼夜危坐以思”,力求有新的领悟。与此同时,邵雍在思想上发生了重大变化,从接受儒家的纲常名教,转入接受道家和道教的易学传统,放弃了孔孟之道的经邦济世宏愿,一心钻研《先天图》及先天之学。邵雍将陈抟的《先天图》演化为“象数”体系,即“先天之学”。他提出“心为太极”,构造了一个纳自然、社会、人生为一体的宇宙观。这一宇宙观及其在儒学立场上融会佛老二家理论的实践,为儒学心性论取代佛道宗教的心性论创建宋明理学,开辟了道路。

庆历年间,邵雍曾来到洛阳,为洛阳的秀美风光所吸引,开始萌发到洛阳定居之意。宋仁宗皇祐元年(1049 年),邵雍携全家迁居洛阳,成为他后半生生活的地方。这一时期邵雍的学术思想日益成熟,开始深思精虑,营建自己的学术思想体系。邵雍在天宫寺设馆教学,陆续来了不少学生,由于他教书深受学生欢迎,状元之子、中散大夫之子等都来投师,名震西京。邵雍一边讲学,一边研究《易》理,以提高自己的学术思想水平。初迁洛阳时,生活颇为艰难,邵雍就在洛河南岸搭了个草棚,作为栖身之所。这里每逢下雨,满屋都是水,附近的人讥笑他,他却满不在乎。邵雍躬耕以养父母,空时就教学生和自己的儿子。他的名气不断增大,门生、朋友日益增多,生活环境不断改善。有了可供安心研究学问的环境,结合培养弟子,他在易学、佛学、道教三方面推进自己的学术思想。

宋仁宗嘉祐七年(1062 年),邵雍 52 岁。一些退居洛阳的达官贵人,为尊敬这位年过半百的老学者,慷慨解囊,为他在天宫寺西、天津桥南,筑新居“安乐窝”。自从迁入安乐窝,邵雍生活更加安定,一面接待来来往往的及门弟子,一面从事著述,认真修改所著《观物内篇》,不时写一些咏史诗和山林诗。正如他在《弄笔》诗中写的“行年五十二,老去复何忧”,无忧无虑,过着自在的日子。熙宁二年(1069 年),朝廷下诏,令地方官举荐隐逸之士。当时在洛阳的名流希望邵雍出来做官,报效朝廷,都被他拒绝了。邵雍一再辞官,决心隐居终生,还作《闲居吟》诗一首,表明他对自己的隐居之地十分满意。诗云:“闲居须是洛阳居,天下闲杂皆莫如。文物四方贤俊地,山川千古帝王都。”

邵雍虽然隐居,不问政事,实则最便于以平民身份与达官显贵时相往来;而一些退休或暂时失意的显贵,又可因其同一介布衣交往而避免引起政治上的猜疑。双方各有方便,相互安慰,建立鱼水深情。这时同邵雍时相往返者,有三位最显赫的人物——司马光、富弼、吕公著。三人都位居宰相,却与邵雍结为知交,传为佳话。

从熙宁元年(1068 年),神宗即位,王安石上书主张变法,到邵雍去世,约十年光景。这十年，从社会政治情况看，是北宋政治斗争最激烈的时期；从邵雍的生活情况看，却是他声望最高、心情最愉快的日子。熙宁十年（1077年）邵雍病死于洛阳，终年 67 岁。程颢撰写了《邵尧夫先生墓志铭》，铭曰："呜呼先生，志豪力雄。阔步长驱，凌高历空。探幽索隐，曲畅旁通。在古或难，先生从容。有《问》有《观》，以沃以丰。天不慭遗，哲人之凶。鸣皋在南，伊流在东。有宁一宫，先生所终。"

二、主要著作及思想

邵雍一生的主要著作有哲学著作《皇极经世》12 卷、诗集《伊川击壤集》（《伊川击壤集》是后人所名，他自名《击壤集》）20 卷以及《渔樵问对》1 卷。《渔樵问对》文字不多，内容基本上与《皇极经世书》的《观物内篇》相近。此外，据程颐和朱熹讲，还有《无名公传》。

邵雍理学的核心主要反映在他的著作《皇极经世》一书中。《皇极经世书》由邵伯温于邵雍去世后将邵雍的《皇极经世》与《观物篇》（在书中改为《观物内篇》）合在一起，又加入其祖父邵古的声音律吕之学与张峪听邵雍讲学时所作的笔录《观物外篇》，厘定而成。

邵雍的哲学观点为"先天学"，即解释先天地而存在并创造天地万物的道理。他认为宇宙本原是"太极"，"太极"即"心""道"，万物万事皆生乎心，"天由道而生，地由道而成"。他还认为，世上的万物万事都是既统一又对立的，不断消长，不断转化。时有代谢，物有枯荣；人有盛衰，事有兴废。他运用这种事物的发展规律，研究人类的社会发展变化。

邵雍用先天之学的模式构建《皇极经世》书中的以元经会、以会经运、以运经世三张历史年表，这是我们了解他辩证思维的方法论、哲学思想的主要依据。他试图论证三千年的治乱兴衰与因革变化同天时有着一定的因果关系，体现了他的"天人合一"思想。他又据三皇五帝传说及一些历史现象，认为人类社会已盛极而衰，提出了"皇、帝、王、霸"四个时期的历史退化论。

《观物篇》也是邵雍对其伦理道德学说的集中表述。在其观物论中，他的性情说最为理学家所重视。邵雍认为，观物以不同的方式，得到不同的结果，达到不同的境界。"夫所以谓之观物者，非以目观之也。非观之以目，而观之以心。非观之以心，而观之以理也。"（《观物内篇》）以理观物就是不以我观物，而以物观物，就要求在观物时因物无我。他这一见解对理学的影响有两个方面：其一是性情说，以性为善，以情为不善；其二是无我观，由此导出理学所追求的一种无私无欲的修养境界。这些形成了理学思想的核心，在道学为"明天理，灭人欲"，在心学为"发明本心，格除物欲"。

先天之学的阴阳消长循环模式，则主要反映在《观物外篇》之中。邵雍说：“天使我有之谓命，命之在我之谓性，性之在物之谓理。理穷而后知性，性尽而后知命，命知而后知至。”又说：“天下之物莫不有理焉，莫不有性焉，莫不有命焉。”将理、性、命三者与具体事物结合在一起，使自然之理包含了儒家伦常，这是他对儒家伦理道德的提倡和对佛教出世主义的批评，是当时儒学复兴的重要组成部分。邵雍又称：“能循天理动者，造化在我也。”这作为中国文化中主客二分的思想，对于养成主体意识及科学理性是很有利和必要的。在人性论上，邵雍综合了道家的自然主义与儒家的人文主义，在中国哲学史上有重要意义。

邵雍除了潜心研究易学之外，还善于写诗。诗集《伊川击壤集》收诗3000多首，一少部分是阐述其先天之学的；多数作品是“只管说乐”，写他的优游闲适的隐居生活；还有一部分是他对时政的讽喻。《伊川击壤集》中描述先天之学的诗大都是邵雍60岁之后所作的。研究他的先天之学，也应研读这些诗。这些诗虽然没有什么情韵，但多富于哲理。他在诗中注重当世，不事鬼神，强调耳闻目见，反对专尚空谈，提出“人贵有精神”，不能“是非随怒喜”，这都显示了从汉唐儒学章句训诂中跳出来的北宋理学家的勃勃生气和求实精神。

邵雍的诗多数是写自己的闲适生活，所以他将自己的诗集取名为“击壤”，即寓太平自乐之意。但实际上他的闲适是对人情险恶的洞悉与提防，对世俗扰烦的排遣和自慰。

三、邵雍与洛阳

邵雍一生历经北宋真宗、仁宗、英宗、神宗四朝，朝廷曾三次举荐不起，终身未仕，却以名德动天下，与他选择洛阳卜居有很大关系。

首先，洛阳的山水风俗宜人，适宜居住。据《邵氏闻见录》载：“康节先公庆历间过洛，馆于水北汤氏，爱其山水风俗之美，始有卜筑之意。”其次，洛阳的地理位置、政治地位优越，有利于他的学术研究和发展。邵雍年轻时曾经游学四方，“逾河、汾，涉淮、汉，周流齐、鲁、宋、郑之墟”，最终选择在洛阳定居治学，显然经过慎重的比较和考虑，西京洛阳毗邻汴京，政治、经济、文化地位在全国处于领先，适宜求学治学，为他的学术研究和传播提供了广阔的平台和发展空间。最后，洛阳号称衣冠渊薮，学术氛围浓厚，有利于学术的交流和传播。司马光《伫瞻堂记》有言：“西都缙绅之渊薮，贤而有文者，肩随踵接。”邵雍的学生张珉在《邵氏行状略》中也写道“（邵）年三十余，来游于洛，以为洛邑天下之中，可以观四方之士”。可见他选择定居洛阳并不是盲目和随意的，而是目的性很强，洛阳乃天下之中，吸引各地士人游学、讲学于此，便于他了解最新的学术思想动态，从而把自己的学术发扬光大。

严格来说，邵雍并不是土生土长的洛阳人，按照当今研究者的说法，他只能算是一个过境作家，而非本土作家，但是他在洛阳生活了近 30 年，其《伊川击壤集》中大部分诗歌都是在此期间完成的，其中大量作品涉及洛阳的山川风貌、风俗人物，散发着浓浓的地域风情，由此可见，洛阳地域文化色彩渗透在他作品的字里行间，潜移默化地影响着他的诗歌创作。

洛阳的名山胜水为邵雍提供了活动的天地，也丰富了他诗歌创作的素材。邵雍作为一个具有道家气象的隐士，对自然山水的喜爱自然超乎常人，每年的春秋两季，风和日丽，他都会驾着小车出游，徜徉在自然山水之间，大量的纪游诗也得以产生。从这些诗歌中可看出，洛阳几乎所有的名山大川都曾进入他的视野，登山的诗作主要有《游龙门》《登嵩顶》《锦屏春吟》《登女几》等，写水的诗作有《晚步洛河滩》《川上南望伊川》《瀍河上观杏花回》等，洛阳丰富的山水资源、美丽的自然风光都为他的诗歌创作提供了取之不尽的素材。

城邑久居心自倦，阛阓才出眼先明。龙门看尽伊川景，女几听残洛水声。太室观余红日旭，天坛望罢白云生。此身已许陪真侣，不为锱铢起重轻。[《游山三首》(其一)]

江天无少异，幽鸟下清沙。路去山形断，川迴渡口斜。龛岩千万空，店舍两三家。清景四时好，都城况不赊。(《游龙门》)

山留禹凿门，川阁尧水痕。古人不复见，古迹尚或存。岁月易凋谢，善恶难湮沦。无作近名事，强邀世俗尊。(《川上南望伊川》)

晚步洛河滩，河滩石万般。青黄有长短，大小或方圆。考彼多无数，求其用实难。琅玕在何处，止可使人叹。(《晚步洛河滩》)

值得一提的是，邵雍还写有不少吟咏洛阳牡丹的诗歌，如《牡丹吟》：

牡丹花品冠群芳，况是其间更有王。四色变而成百色，百般颜色百般香。

还有这首同名为《牡丹吟》的诗：

一般颜色一般香，香是天香色异常。真宰工夫精妙处，非容人意可思量。

诗歌中洛阳优美的景色和园林景致的描写，使他的诗更具有诗情画意。如《春游五首》：

洛城春色浩无涯，春色城东又复嘉。风力缓摇千万柳，水光轻荡半川花。烟晴翡翠飞平岸，日暖鸳鸯下浅沙。不见君王西幸久，

游人但感鬓空华。(其二)

人间佳节唯寒食,天下名园重洛阳。金谷暖横宫殿碧,铜驼晴合绮罗光。桥边杨柳细垂地,花外秋千半出墙。白马蹄轻草如剪,烂游于此十年强。(其四)

邵雍诗歌中描写到的洛阳园林很多,有名可考的有王拱辰的环溪园、张氏会隐园等,还有很多诗描写不知名的园林景致,其中也不乏佳作,如《洛下园池》:

洛下园池不闭门,洞天休用别寻春。纵游只却输闲客,遍入何尝问主人。更小亭栏花自好,尽荒台榭景才真。虚名误了无涯事,未必虚名总到身。

美中不足的是这类诗中常带有说理的影子,如《秋怀三十六首(其二)》:

晴窗日初曛,幽庭雨乍洗。红兰静自披,绿竹闲相倚。荣利若浮云,情怀淡如水。身非天外人,意从天外起。

诗歌前两句描写秋日的园林一隅,雨过初晴的庭院,一切清新如洗,红、绿形成强烈的色差,却毫无俗艳之感,得益于“幽”“静”“闲”三字的巧妙运用,使诗歌具有了平淡清远的美学意境,与后两句所表达的“情怀淡如水”的创作心境相吻合。全诗点睛之笔在前两句,晴窗、幽庭、红兰、绿竹勾勒出一幅错落有致、清丽淡雅的园林小景水墨画。生活在一个如此诗意的栖居地,不难想象诗人为何“年来得疾号诗狂”,经常诗兴大发、落笔成章了。

另外,洛阳遗迹中蕴含的人文因素唤起了诗人的思古情怀。邵雍不仅是一个诗人,还是一个博古通今的史学家,对历史遗迹自然有着浓厚的兴趣,洛阳大大小小的遗迹都成了他寻古探幽之地。他所居住的安乐窝附近即有“三天”,即天津桥、天街、天宫。

从诗歌的数量上看,天津桥是他最常去的地方。伫立在天津桥上,看着洛水奔流不歇,诗人常常思绪翩然、感慨万千,引发历史兴亡之叹。如组诗《天津感事二十六首(其八)》:

自古别都多隙地,参天乔木乱昏鸦。
荒垣坏堵人耕处,半是前头卿相家。

又如《天津感事二十六首(其二十三)》:

前朝无限贵公卿,后世徒能记姓名。
唯此天津桥下水,古今都作一般声。

另如《雨后天津独步》:

洛阳宫殿锁晴烟,唐汉以来书可传。
多少升沉都不见,空余四面旧山川。

还有《天津闲步》：

天子旧神州，葱葱气象浮。园林闲近水，殿阁远横秋。浪雪暑犹在，桥虹晴不收。人间无事日，此地好淹留。

《天津幽居》：

予家洛城里，况复在天津。日近先知晓，天低易得春。时光优化国，景物厚幽人。自可辞轩冕，闲中老此身。

在邵雍的诗歌里，对天宫也有不少的描述，如《天宫小阁纳凉》：

小阁凭虚看洛城，满川云物拱神京。凤从万岁山头至，多少烟岚并此情。

小阁于我有大功，清凉冠绝洛城中。自惭虚薄诚多幸，襟袖长涵万里风。

小阁清风岂易当，一般情味若羲皇。洛阳有客不知姓，二十年来享此凉。

对遗迹的描写增添了诗歌的历史厚重感，深化了其文化内涵。

洛阳的学术氛围对邵雍诗歌创作产生的影响如下。

宋代理学，在中国学术思想史上占有举足轻重的地位，如春秋诸子之学、魏晋玄学、清代朴学一样成为一代之显学，影响深远。大体说来，理学肇端于唐代中期至北宋前期，邵雍所处的年代正是理学的建立期，其代表人物正是与他并称为北宋理学五子的周敦颐、张载、程颢、程颐，"五子并时而生，又皆知交相好，聚奎之占，可谓奇验"，即思想史上"五星聚魁，伊洛钟秀"之说，证明他们的活动范围在以洛阳为中心的伊洛流域。北宋时的洛阳以得天独厚的地理、历史优势成为当时的学术中心，已是学术界的共识，"北宋中期，洛阳是一文化重镇"；"北宋第一流大儒荟萃一地，切磋学术，蔚成风气"；"《宋史・儒林传》中的名生大儒，十有七八都与洛阳有关，造成这里十分浓厚的学术风气"；"理学大儒均汇集于洛阳，讲学谈理，伊洛之学是兴，由是洛阳乃成为北宋时学术之中心"；"在洛阳形成了当时学术与文化的重心"。由以上资料可以看出，当时的洛阳学术名流云集，有浓厚的学术氛围，学术成就斐然，邵雍的象数学、二程的洛学、司马光的朔学，都是在洛阳建立学术体系。如此多的理学名家聚居在洛阳，频繁地进行诗酒交流、学术切磋活动，他们的诗歌创作无论是在内容还是风格上都不免有相似之处，邵雍的很多诗歌就是受这种学术氛围的影响，既有与其他理学家趋同的一面，也有自己的个性特点。

居洛期间，邵雍与同在洛阳的文人学士、退职官员多有唱和，彼此诗歌往来频繁。如邵雍写有《秋日登石阁》：

初晴僧阁一凭栏，风物凄凉八月间。欲尽上层尝脚力，更于高处看人寰。秋深天气随宜好，老后心怀只爱闲。为报远山休敛黛，这般情意久阑珊。

随后，富弼就写下《尧夫先生示秋霁登石阁之句，病中聊以短章戏答》：

高阁岧嶢对远山，雨余愁望不成欢。拟将敛黛强消遣，却是幽思苦未阑。

司马光写下《和邵尧夫先生秋霁登石阁》：

飞檐危槛出林端，王屋嵩丘咫尺间。独爱高明游佛阁，岂知忧喜满尘寰。目穷莽苍纤毫尽，身得逍遥万象闲。暇日登高无厌数，悲风残叶已珊珊。

更值得一提的是，邵雍写有《安乐窝中好打乖吟》，竟引来富弼、司马光、程颢等居住在洛阳的名士纷纷写诗唱和，一时蔚为壮观。邵雍诗：

安乐窝中好打乖，打乖年纪合挨排。重寒盛暑多闭户，轻暖初凉时出街。风月煎催亲笔砚，莺花引惹傍尊罍。问君何故能如此，只被才能养不才。

司马光和诗：

安乐窝中自在身，犹嫌名字落红尘。醉吟终日不觉老，经史满堂谁道贫。长掩柴荆避寒暑，只将花卉记冬春。料非空处打乖客，乃是清朝避世人。

程颢和诗：

打乖非是要安身，道大方能混世尘。陋巷一生颜氏乐，清风千古伯夷贫。客求墨妙多携卷，天为诗豪剩借春。尽把笑谈亲俗子，德容犹足慰乡人。

邵雍在吟咏风月之外还写下了不少议论政事的讽谕诗和借古讽今的咏史诗。诗人很善于借助形象来议论和抒情，他以滔滔东流的黄河比喻华夏子孙绵延不绝的历史："西至昆仑东至海，其间多少不平声！"（《题黄河》）他从漫天大雪想到人世的悲欢："素娥腰细舞将彻，白玉堂深曲又催。瓮牖书生方挟策，沙场战士正衔枚。"（《和李审言龙图大雪》）"旨酒嘉肴与管弦，通宵鼎沸乐丰年。侯门深处还知否，百万流民在露天！"（《感雪吟》）他站在历史的高度痛心山河分裂，鼓励建功立业："蓟北更千里，汉唐为极边。奈何今境土，不复旧山川。虎帐兵家重，雕弓嗣子传。他年勒功处，无使后燕然。"（《代书寄广信李遵度承制》）这些诗句无论在思想上还是在艺术上都和邵雍之前的杜甫、之后的陆游的创作一脉相通，表现了封建社会尖锐的阶级矛盾和一个正直的儒者对民瘼的关心。

邵雍的咏史诗深得左思风力之三味，又富于哲理和政论色彩。他的史诗内容十分广泛，从三皇五帝到五代纷争，上下几千年重大事件几无遗漏，可以和他的《皇极经世书》相互补充。他的开卷第一首排律《观棋大吟》写得气势磅礴。在《过宜阳城》诗中，他议论六国灭亡的历史："六国区区共事秦，疲于奔命尚难亲。如何杀尽半天下，岂是关东没一人？"这首诗和苏洵的《六国论》有异曲同工之妙，对北宋的灭亡可谓有见微知著之预见。

邵雍的诗体多种多样，除五七言古体、律诗、绝句、排律外，还有三言、四言、六言，以及杂言诗等。他的诗继承了《诗经》的现实主义传统，质朴写实。邵雍不拘诗法声律，不苦吟求工，亦不以工为厉禁，于平易中见深意，具有宋诗主气骨、理趣的鲜明特色。有些诗句如"地迥川原阔，村孤烟水闲"（《川上怀旧》），"川上数峰青，林间一水明"（《燕堂即事》），可以看出杜甫、王维等唐代诗人的影响，但更多的是以形象来表达寄寓理性认识，诗境超逸空灵，反映了诗人思辨和忧患的精神面貌。他的诗作向民歌学习，不避俚俗，多以常语入诗，如以针扎写自己的伤心："不知何铁打成针，一打成针只刺心。料得人心不过寸，刺时须刺十分深。"（《伤心行》）他还善用顶针排比格，喜以数字、叠字、联绵字入诗，意味隽永，有一种回荡之美。由于邵雍的诗明白如话，所以在民间流传得很广，宋元话本和明清小说中常见引用他的诗。他的《蒙学诗》："一去二三里，烟村四五家，亭台六七座，八九十枝花。"把十个数字嵌入诗中，开"十字诗"之先河，寥寥几笔，描绘出景色宜人的乡村画面，成为古代儿童启蒙之诗，也是数学上的科普诗歌。他的五七言排律学习楚辞汉赋，善于铺陈摹写，中间穿插历史掌故、神话传说，纵横捭阖，波澜壮阔。而他的小诗多写得恬静幽远，如《云》："晴空碧于水，那得片云飞。映日成丹凤，随风变白衣。"他的诗有很强的分寸感，正像他在《安乐窝吟》之七写的那样："美酒饮教微醉后，好花看到半开时。"但有时显得过于矜持。

总之，邵雍除了哲学和史学的建构以外，在文学上还取得了令人瞩目的成绩。在北宋理学家中，邵雍是诗作最多的一个，又是第一个有诗集传世的人。在宋代以后九百年绵延不绝的理学诗派中，邵雍堪称第一个巨擘，是我国理学诗的鼻祖。

第五节　程颢　程颐

程颢、程颐是北宋时期洛学学派的创始人，宋明理学的奠基者。程颢，字伯淳，生于宋仁宗明道元年（1032 年），卒于宋神宗元丰八年（1085 年），世称明道先生;程颐,字正叔,生于宋仁宗明道二年(1033 年),卒于宋徽宗大观元年(1107 年),世称伊川先生。程颢、程颐为同胞兄弟,合称“二程”,因居住在洛阳,讲学在洛阳,故他们创立的学派称为“洛学”,“洛学”是宋明理学的奠基学派。程颢、程颐的人生道路有同有异,这使得他们的理学思想路向也有同有异,但最终他们成为宋明理学体系中陆王心学和程朱理学两大学派的先驱。

一、二程生平

二程出生于官宦世家,曾祖父程希振,官至尚书虞部员外郎,死后葬于伊川(今河南伊川县城关),始迁居河南(今洛阳)。祖父程遹,赠开府仪同三司吏部尚书。父程珦以世家荫庇,历任黄陂、庐陵二县县尉、润州观察支使。后任大理寺丞,知虔州兴国县、龚州、徐州沛县,年七十乞致仕。程颢、程颐兄弟都出生在父亲程珦为黄陂县县尉的任所内,他们的童年和少年时代随父任辗转。十五六岁时,从父命受学于周敦颐。

(一)程颢的人生经历

程颢的一生,主要从事政治活动,兼有学术研究和收徒讲学活动。

宋仁宗嘉祐二年(1057 年),程颢中进士第。翌年,任京兆府鄠县(今陕西户县北)主簿。他初入仕途,在鄠县任期三年,尽心公务。宋仁宗嘉祐五年(1060 年),程颢调任江宁府上元县(今江苏南京)主簿。他到任之后,平均田税,减轻百姓负担,抑制了兼并土地之风。嘉祐七年(1062 年),上元县令罢去,程颢由主簿代行县令职务。宋英宗治平元年(1064 年),程颢“移泽州晋城(今山西晋城)令”。他在晋城重教化,办学校,成绩显著,深得民心。程颢让县属各乡都设学校,自己安排时间亲至讲授。发现不称职的教师,立即更换。

宋神宗熙宁二年(1069 年)二月,王安石为右谏议大夫、参知政事,设制置三司条例司,程颢、苏轼等为属官,参与讨论新法。八月,由御史中丞吕公著推荐,朝廷授程颢为太子中允权监察御史里行。程颢受到神宗皇帝的重视,多次召见。但程颢“前后进说甚多,大要以正心窒欲,求贤育才为先。不饰词辩,务以诚意感悟主上”,由此神宗开始对程颢表示冷淡,王安石与程颢的意见也多有不合。熙宁三年(1070 年)三月四日,程颢上《谏新法疏》,由参与变法改革转向了批评变法改革的立场。由于批评新法,宋神宗决定将程颢调出京师,任镇宁军节度判官,从而结束了他在中央政府任职的政治生涯。

宋神宗熙宁五年(1072 年),程颢回到洛阳,居住在履道坊。程颢、程颐兄弟二人,广收门徒,结交师友,潜心学问之事。当时的洛阳,"洛实别都,乃士人之区薮",它不仅是贵族世家聚集的地方,也是知识阶层集中的地方。程颢、程颐居洛后,与当时闲居在此的司马光、文彦博、富弼等人都有很深的交往。他们对二程兄弟也十分推崇,不仅自己在学问上与他们讨教商榷,就连年轻辈的学人,他们也常常介绍到程颢、程颐处求教。于是,洛阳渐渐成为当时学术与文化的重心,而程颢、程颐也逐渐成为士大夫的楷模,"闾里士大夫皆高仰之,乐从之游,学者皆宗师之,讲道劝义,行李之往来过洛者,苟知名有识,必造其门";"士之从学者不绝于馆,有不远千里而至者"。宋神宗元丰八年(1085 年),程颢病逝,享年 54 岁。文彦博题其墓曰"明道先生"。后赐谥纯公,封河南伯。

(二)程颐的人生经历

程颐的一生,主要是从事教育活动和学术研究活动。他一生坎坷,几经磨难,建立了理学体系,把中国哲学的发展推向了新的阶段。

宋仁宗皇祐二年(1050 年),程颐以布衣身份写了《上仁宗皇帝书》,陈述了当时的社会弊端,提出了改革方案,却始终没有得到仁宗皇帝的批复。宋仁宗嘉祐元年(1056 年),24 岁的程颐游太学。此时,太子中允、天章阁侍讲胡瑗居太学,尝以《颜子所好何学论》试诸生。程颐在答卷中阐述心、性、情三者的关系,提出了心性有别、性情对立的观点。胡瑗看到程颐的答卷,"大惊,即延见,处以学职"。当时的权贵吕公著也让自己的儿子吕希哲从学于程颐,成为程颐第一个有影响的弟子。随之"四方之士,从游者日益众",其中著名的有吕希纯、杨国宝、邢恕等人。宋仁宗嘉祐四年(1059 年),程颐考进士,廷试不中,遂不复试。宋英宗治平元年(1064 年),吕公著判国子监,敦请程颐为学正,程颐辞谢。此后,程颐虽有因朝臣举荐做官的机会,但他都以"为学不足,不愿仕也",辞谢不就。

程颐在自宋英宗治平二年(1065 年)至宋神宗元丰八年(1085 年)的 20 年中,主要进行了两方面的活动:一是与其他学者研讨学术问题,二是代替权贵起草奏章,上书议论朝政。宋神宗元丰五年(1082 年),程颐居洛阳讲学,致书文彦博,请求拨地筹建伊皋书院。至此,程颐又接收了杨时、游酢、朱光庭、张绎、谢良佐、周纯明、吕大临等著名弟子。

宋哲宗元祐元年(1086 年),程颐 54 岁时,由司马光、吕公著、朱光庭推荐,先后被授予西京国子监教授、宣德秘书省校书郎、崇政殿说书等官职。但不久程颐就与哲宗皇帝及朝臣的关系十分紧张,招致皇帝及大臣的不满,元祐二年(1087年),程颐被逐出京师,回到了洛阳。宋哲宗绍圣四年(1097年)二月,党争起,新党执政,旧党被逐,程颐被累,追毁出身以来文字,放归田里,居住安置。十一月,诏令放归里人程颐送涪州编管。程颐在涪州受到管制的境况下,仍然潜心学问,著书立说。在这一年元月,程颐写成《周易程氏传》,实现了多年的夙愿。该书凝结了二程尤其是程颐毕生研究《周易》的成果,既展现了程颐丰富深刻的理性主义思辨哲学,又充实了宋代初期义理之学的学术规模,是有宋一代的代表著作。

宋哲宗元符三年(1100年)正月,哲宗崩,徽宗立,程颐被移峡州。四月,程颐以赦复宣德郎,任便居住,回到洛阳。十月,复通直郎,权西京国子监。此时,罗从彦、张绎、孟厚、周孚先、谢良佐等来到洛阳问学。宋徽宗建中靖国元年(1101年)五月,程颐追所复官。

宋徽宗崇宁元年(1102年),蔡京当权,复行新法,朝廷立元祐党人碑,程颐既列党籍,被撤销已恢复的官职。宋徽宗崇宁二年(1103年)四月,诏示追毁程颐出身以来文字,除名,令河南府逐散程门弟子,程颐迁居洛阳南之龙门山南伊川鸣皋,禁止程颐进行教育和学术活动。尽管如此,程颐仍然在伊川鸣皋讲学,张绎等仍随从问学,马伸仍从千里之外来伊川师从之。宋徽宗崇宁五年(1106年),程颐由伊川鸣皋迁到嵩县陆浑山(今河南嵩县程村)居住,并把所作《周易程氏传》传授给张绎等人。此时蔡京罢相,解除党禁,程颐以通直郎致仕。宋徽宗大观元年(1107年)九月十七日,程颐因风痹疾,卒于嵩县陆浑山居所,后葬于伊川先茔,享年75岁。

二、二程的文学观及文学创作

二程作为理学家,从理学思想出发,反对文学的独立价值,提出了"作文害道""学诗妨事"的极为偏激的主张。二程把文章写作看成"玩物丧志",认为不专意则不工,专意则局限于文,就会忘掉"天理"大义,有害于道。

程颐在《答朱长文书》中,进一步明确了为文与学道之间的关系:

> 人能为合道之文者,知道者也。在知道者,所以为文之心,乃非区区惧其无闻于后,欲使后人见其不忘乎善而已……夫心通乎道,然后能辨是非,如持权衡以较轻重,孟子所谓知言是也。揆之以道,则是非了然,不待精思而后见也。学者当以道为本。

在程颐看来,要想写出"合道之文"须先要"知道",道为先,文为后;文为道服务,文依从于道,学文先要学道。道与文相比,道为本,文为末,"无本不立,无文不行"。一个人应从道德修养入手,道德高尚,文章自然就好。如果不"学道",而是着眼于文章的写作技巧等雕虫小技,这样写出的文章只能是

“无用之赘言”，只会害于道。因此“古之君子，修德而已。德成而言，则不期于文而自文矣”。

二程虽提出“作文害道”、学诗妨事等观点，但是这并没有妨碍他们从事文学创作。作为理学家，虽然二程志不在文学，但也创作了大量的文学作品，其中不少具有相当的价值。

（一）二程的散文创作

《二程集》中收录程颢的文章25篇，程颐的文章105篇，数量虽不多，但体裁多种多样。在程颢的25篇文章中，表疏10篇，书记5篇，行状、墓志、祭文10篇；而在程颐的105篇文章中，上书6篇，表疏30篇，杂著14篇，书启32篇，行状、墓志、家传、祭文23篇。二程的文章中没有游记散文，主要以奏议文和论说文为主，这些文章文辞质朴、论证严密，有很强的说服力。

二程的散文有其独特的论证方法，他们往往在文章开端便提出论点并加以解释，然后围绕论点步步深入阐发，展开严密论证。如程颢《请修学校尊师儒取士劄子》，全文围绕“兴学尊师”这个中心来论述，既阐述其意义，也给出具体实施方案，最后归纳总结。这种论述方法简洁明了、条理清晰，给人一目了然之感，十分符合奏疏这种文体的需要。

程颐的某些论说文也有类似特点，如《颜子所好何学论》一文，也是在第一段提出中心论点，即“颜子所独好者，何学也？学以至圣人之道也”，随后阐述其文道思想。他认为学者应像颜回一样，通过学习体会圣人至道，而不能够“不求诸己而求诸外，以博闻强记、巧文丽辞为工”，这样做，“鲜有至于道者”，也“与颜子所好异矣”。全文观点鲜明、说理透彻、结构清晰、言辞畅达、层层激发、步步推进，堪称论说文中的精品。

二程的语录体散文则呈现另一种风格，这类散文多为随感或平时谈话，用语平和、通俗易懂、态度亲切。例如：

> 格物穷理，非是要尽穷天下之物，但于一事上穷尽，其他可以类推……如千蹊万径，皆可适国，但得一道入得便可。所以能穷者，只为万物皆是一理，至如一物一事，虽小，皆有是理。

又如：

> 今之为学者，如登山麓，方其迤逦，莫不阔步，及到峻处，便逡巡。

这些语录体散文，口语化十足，说理时善用比喻，将抽象的道理浅显化，通俗易懂。另外，程颐还有《雍行录》一文，该文通过师生间对话阐述作者主张，口语感很强，并且能通过语言刻画人物的性格特征，颇有《论语·侍坐》

的特色。

除论说文以及语录体散文外，二程还创作了不少墓志、祭文、家传类文章，其中前两者数量很多，占到他们文章总数的四分之一。在这类文章中，二程除为死者歌功颂德之外，还以史笔记事，概述死者的业绩，并对其一生做出中肯评价，在叙述中展示人物性格特征。如程颢的《李寺丞墓志铭》，文章在对李仲通（即李寺丞）整体介绍之后，着重强调其有贤才，博学多识，且有德，并列举实例证明其德才兼备，突出其深厚的道德修养与学识。全文通过对李寺丞的才、德、言、行四方面的叙述，使读者对李寺丞有较为全面的认识，人物形象也栩栩如生。除本文外，程颢的《程绍公墓志》《邵尧夫先生墓志铭》等都是此类文章的佳作。

程颐所作的墓志、墓表、祭文共有23篇，他写的一些祭文感情真挚，字里行间流露出发自肺腑的哀悼之情。如《孝女程氏墓志》一文，开篇写其“幼而庄静，不妄言笑；风格潇洒，趣向高洁；发言虑事，远出人意；终日安坐，俨然如斋；未尝教之读书，而自通文义”，接着写其临终之时，“人人教诫，幼者抚视”。写到此，作者难以抑制心中的悲痛，感慨道：“呜呼！是虽女子，亦天地中一异人也。如其高识卓行，使之享年，足以名世励俗，并前古贤妇，垂光简册。不幸短命，何痛如之！”作者在文章中称赞了程氏的孝心与道德修养，为其短命而痛惜，哀痛之情溢于言表。

（二）二程的诗歌创作

作为理学家的二程，其诗歌创作的数量不是很多，《二程集》中收程颢诗67首，程颐3首。程颢的诗歌从内容上可以分为纪游诗、咏物诗、写景诗、唱和诗、寄赠诗、悼亡诗六类，从创作时间上可分为前期与后期，前后风格不一。早期诗作多为山水诗，诗中常流露出挂官归隐、终老林泉的意趣，诗风与宋初的林逋、惠崇等山林诗人相似。早期诗作以《游鄠县山诗十二首》为代表。这组诗作于1062年早春二月，程颢时任鄠县主簿。诗中表现了他想以终南山的泉水洗涤官场污浊俗气、在山林野趣中求得身心愉悦的愿望。在进山途中他吟道：“吏身拘绊同疏属，俗眼尘昏甚瞽矇。孤负终南好泉石，一年一度到山中。”在游山时，他又写道：“久厌尘笼万虑昏，喜寻泉石暂清神。目老足倦深山里，犹胜低眉对俗人。”“车倦人烦渴思长，岩中冰片玉成方。老仙笑我尘劳久，乞与云膏洗俗肠。”山中的清风明月、流云翠霭使程颢暂时摆脱了吏务与人事的束缚而产生告别利禄、终老林泉的念头。

在程颢的早期诗作中还有一些是咏物诗，其中以咏莲与菊花为多，在对荷与菊的吟咏中，流露出作者超凡脱俗的人生理想与追求。如《桃花菊》一诗，作者先说桃花菊出自桃花源，恰似花中的隐士，接着对桃花菊予以赞美："存留金蕊天偏与，漏泄春香众始猜。兼得佳名共坚节，晓霜还独对楼台。"作者托物言志，借对菊花的称赞以抒发其对高洁人格的向往之情。在《盆荷二首(其一)》中，作者写道："庭下竹青青，盆荷水面平。谁言无远趣？自觉有余清。影倒假山翠，波光朝日明。涟漪尤绿净，凉吹夜来生。"荷花恰似一位清通绝俗、自甘寂寞的高雅之士，这正与作者的人生理想有契合之处。在程颢的早期诗作中，亦不乏清新隽永的诗句，如："暝云生涧底，寒雨下山腰。树色千层乱，天形一罅遥。"(《游紫阁山》)"阴吹响雷生谷底，老松如箸见崖颠。"(《凌霄三峰》)这些诗句或平淡高远，或闲逸孤俏，或精细新巧，明显带有晚唐贾岛、姚合清淡朴素、平浅直拙的风格。

如果说程颢的早期诗作与其理学家形象并不完全符合，那么他40岁以后的诗作则显示出浓重的理学色彩，这也是程颢理学思想逐渐成熟的时期。理学家对道德人格的肯定，具体表现为要求作家具有圣人贤者的浩然正气与性情之正，把道德自律的人格修养与文以气为主和吟咏性情的诗文创作联系起来，以读书穷理和心性存养为文学的根本。程颢认为，人人都应该注重自己的"气象"。所谓"气象"即人的精神境界的外化，也即人的修养。理学家将"温润含蓄气象"作为个人修养达到炉火纯青境界的标志，在理学大师程颢身上则表现出这样的"气象"。在其弟子眼中，这位大师是"坐如泥塑人，接人则是一团和气"；而在程颐看来，大哥是"视其色，其接物也，如春阳之温；听其言，如入人也，如时雨之润"；"先生接物：辨而不间，感而能通。教人而人易从，怒人而人不怨"。此时已成为理学大师的程颢，其诗作也呈现与早期创作不一样的特色，那就是抒情感兴之作往往饱含胸中理趣，这个特点在其早期创作也有所体现，如其名作《春日偶成》：

云淡风轻近午天，傍花随柳过前川。
时人不识余心乐，将谓偷闲学少年。

这是一首脍炙人口的感兴诗。前两句写景寄兴，描画出春天平静、温暖的环境氛围与诗人自在、适意的精神状态；后两句说理述趣，以否定方式说明自己的乐趣，并划清时人的乐趣与自己的乐趣的区别，进一步强化了前两句的意蕴。程颢曾说："吾学虽有所受，'天理'二字却是自家体贴出来。"这首诗中的"余心乐"，实际上正是他体贴出"天理"的乐趣。在程颢看来，云、风、花、柳等自然事物存在的根据就在于各得其当之"理"。诗人见春天物态舒畅，万物各遂其性，即把身心融入大化之中，随物优游，遂有所谓"余心乐"。"余心乐"是诗人把自己放置在生生不息的宇宙大化之中而感到的大快活，是一种超越的本体体验。在程颢看来，无论是居庙堂之高还是处江湖之远，都应该保持优游恬适的心境，对于世俗的富贵贫贱、荣辱毁誉都不应介意。旁人不知程颢之“乐”乃是从容和乐的道学气象，故误将其“傍花随柳”认作少年的闲游行乐，其实这是诗人面对流动不息的大化而表露出的惬意与乐趣以及充塞天地万物的仁者情怀。诗中的花、柳经过诗人的主观观照后已不再是简单的物质存在，而是转化为“理”的存在。实际上，就诗歌意象而言，“云淡风轻近午天”也是诗人心目中理想的时空，反映的是诗人开阔的心胸和自在的生存状态。

又如其《秋日偶成》：

闲来万事不从容，睡觉东窗日已红。
万物静观皆自得，四时佳兴与人同。
道通天地有形外，思入风云变态中。
富贵不淫贫贱乐，男儿到此是豪雄。

此诗首先撷取每日如此的“东窗日红”景象，生发出“万物静观”“四时佳兴”那样的对自然规律的谐适之理。颈联“道通天地有形外”，是其哲学思想核心的表白；“思入风云变态中”，则可视为其托自然现象发胸中底蕴的诗歌创作生涯的总结。朱熹评价道：“看他胸中直是好，与曾点底事一般，言穷理精深，虽风云变态之理无不到。”

再如《秋月》：

清溪流过碧山头，空水澄鲜一色秋。
隔断红尘三十里，白云红叶两悠悠。

这首诗通过对秋月下山水景物的描绘，构成高远悠淡的意境，其“隔断红尘”之后“空水澄鲜一色秋”“白云红叶两悠悠”的悠闲自得，实际上与《春日偶成》诗主旨一样在于表达其“仁者以天地万物为一体”的思理。程颢为表达其哲学思想，在《春日偶成》诗中的后半部分采用了直接说理的形式，《秋日偶成》诗除第一句外，全篇大半都是直接的说理。而在这首《秋月》诗中，虽同样表达了深刻的哲理，却无抽象说理的语言，全诗以优美的景象构成完整的意境，而理趣的表达也更为含蓄蕴藉，更加富有韵味。

程颢继承了周敦颐光风霁月的胸怀，具有清明夷粹、和容洒落的识度气象，其学术也富有鸢飞鱼跃的活泼诗意，而程颐气质刚方，文理细密，以严苛自重，缺少从容宽舒之态，其人格中的智性成分压制了诗性的萌发。诗文之于程颐，是道体生存的陷阱。由于审美感受力和艺术想象力受到“作文害道”观念的影响，程颐缺乏一般诗人所具有的意兴。因此，当程颢等人在陈公廙家中修禊赋诗时，程颐却没有属和的兴趣，自言“野人程颐不能赋诗”。

皇祐四年(1052 年)十月，程颐听闻舅父侯可应辟南征，写下《闻舅氏侯无可应辟南征诗》：

辞华奔竞至道离，茫茫学者争驱驰。
先生独奋孟轲舌，扶持圣教增光辉。
志期周礼制区夏，人称孔子生关西。
当途闻声交荐牍，苍生无福徒尔为。
道大不为当世用，著书将期来者知。
今朝有客关内至，闻从大幕征南垂。
南垂凶冠陷州郡，久张螳臂抗天威。
圣皇赫怒捷书缓，虎侯秉钺驱熊罴。
宏才未得天下宰，良谋且作军中师。
蕞尔小蛮何足殄，庶几聊吐胸中奇。

程颐十八岁写此诗时，正是游太学受胡瑗之教时期，此诗在结构上显示胡瑗"明体达用"的哲学思路。上半段明道体，描述侯可在复兴儒学中的圣人气象。下半段达世用，张扬侯可从军的志意。全诗艺术上体现了宋诗言志尚意、以议论为诗的特色，富有儒家人文色彩。诗中高扬的生命意志和豪杰独立的品性，既是侯可的形象折射写照，又是程颐的写照。那披坚执锐的气势与程颢诗歌从容平和的风格迥然不同，显示出二人精神气质和学术性格上的差异。

程颐游嵩山时还写有《游嵩山诗》：

鞭羸百里远来游，岩谷阴云暝不收。
遮断好山教不见，如何天意异人谋。

这是程颐偶然寄兴的"闲言语"，诗中既没有对自然美的感受，也不见对宇宙本体的解悟，由此也可窥见程颐缺乏诗人的灵性。

程颐晚年还写有《谢王佺期寄丹诗》。王佺期是一道士，宋神宗曾赐号为冲熙处士。他曾学仙至洛阳，与富弼、二程等多有往来。他赠药给程颐，并依照文人积习，随药附诗。程颐虽"素不作诗"，但为了酬谢这位赠药的道教徒而不得不破例。

至诚通圣药神通，远寄衰翁济病身。
我亦有丹君信否？用时还解寿斯民。

诗的前两句称赞王佺期的至诚洁行，通于化境，丹药自然有灵妙之神通，以此表示自己的谢意。后两句说道教的仙丹可以治病，而儒家的精神道德之丹能够救民，医治社会之病，以此表明自己严正的儒家立场。

程颐为人缺乏审美素质，且对文学秉持严苛的理学立场，因此其诗歌创作不多，《二程集》中仅收录程颐诗三首。

以欧阳修、苏轼为代表的宋朝文人之诗与以二程、邵雍为代表的理学之诗构成了宋代诗歌的主流。诗歌发展的内部动力使得以欧阳修、苏轼为核心的文人集团力求以独特方式为宋诗发展开辟新路，创造了不同于唐诗的宋诗范型。理学之诗作为宋诗的变奏，其创作动机是以感受的方式体验理的存在，诗歌主题是追求和乐，从而显示了理学对宋诗的渗透和对诗人心境的影响。温柔敦厚的程颢之诗，代表了宋人理性与宋诗新变特质之会通化成的另一侧面。

三、二程与洛阳

作为理学家，二程对文学用功不多，弟兄二人中只有程颢对文学有兴趣，写了不少诗文，这其中就有他在洛阳创作的。熙宁五年(1072 年)，程颢回到洛阳，为洛阳文人团体增添了文化活力，开创了儒学复兴的新局面。常与程颢往来唱酬的有司马光、文彦博、吕公著、王安之、邵雍、韩维等。王安之是欧阳修的门生，是洛阳文人集团所举诗社“洛阳耆英会”“真率会”的骨干成员，程颢与之交游甚欢，写有《和王安之五首》。这五首诗的题目分别是《小园》《野轩》《汙亭》《药轩》《晚晖亭》，诗歌主旨完全由题目生发开来。《小园》的题旨在于说明园小而近，能得天然之趣、交往之便，小园、陋巷不啻于安贫乐道的代名词;《野轩》玩味一个“野”字，表达一种身在城市、心在山林的意趣;《汙亭》亭名来自许由洗耳的典故，诗人借此讲了一番物我无争的道理;《药轩》以微风入庭户、清香满檐楹的环境氛围隐喻主人的高逸风致;《晚晖亭》是以“晚晖”喻指主人的晚年生涯。

闲坊西曲奉常家，景物天然占一窳。恰似庾园基址小，全胜浥涧路途赊。知君陋巷心犹乐，比我侨居事已夸。且喜杖藜相过易，隔墙无用小游车。(《小园》)

谁怜大第多奇景，自爱贫家有古风。会向红尘生野思，始知泉石在胸中。(《野轩》)

强洁犹来真有为，好高安得是无心？汙亭妙旨君须会，物我何争事莫侵。(《汙亭》)

囊中数味应千种，砌下栽苗过百名。好是微风入庭户，清香交送满檐楹。(《药轩》)

亭下花光春正好，亭头山色晚尤佳。欲知剩占清风处，思顺街东第一家。(《晚晖亭》)

程颢在洛阳与邵雍唱和最多，早年间二程曾侍奉父亲程珦拜访过邵雍，邵雍携酒与程氏父子游于月陂之上，议论终夕。此次程颢重返洛阳，故人相见，自是亲热异常，诗歌往来唱和不断，程颢写有《和尧夫西街之什二首》《游月陂》等诗。《和尧夫西街之什二首》云：

先生相与赏西街，小子亲携几杖来。行次每容参剧论，坐隅还许侍余杯。槛前流水心同乐，林外青山眼重开。时泰身闲难两得，直须乘兴数追陪。（其一）

先生高蹈隐西街，风月犹牵赋咏才。暂到邻家赏池馆，便将佳句写琼瑰。壮图已让心先快，剧韵仍降字占挼。只有一条夸大甚，水边曾未两三杯。（其二）

此诗写于熙宁五年（1072 年）秋程颢回洛阳不久，诗中凭借闲适自在、放旷乐天的精神意兴，表现出理学诗人程颢蕴藉淡远的风神。诗中对邵雍"风月犹牵赋咏才"的赞美，说明程颢的文学观念不像程颐那样单调刻板。他在诗歌创作上既重"槛前流水心同乐"的道学气象，又重"便将佳句写琼瑰"的辞藻之美，给诗歌的文学性留下广阔的空间。所谓"壮图已让心先快"是说邵雍自道其平生出处的"狂言"使主客双方感到释放思想的畅快。邵雍早年充满应世的豪情，退而治学又有恢宏的气象，程颢听其议论，认为符合内圣外王之道，称赞邵雍为"振古之豪杰"。

又如《游月陂》：

月陂堤上四徘徊，北有中天百尺台。
万物已随秋气改，一樽聊为晚凉开。
水心云影闲相照，林下泉声静自来。
世事无端何足计，但逢佳日约重陪。

此诗清明高远、静渊澄澈的境界具有明显的写意特征，诗人在强化不为世务累其心的人生意念时，淡化了自然景物作为审美对象的存在属性，"水心""云影""林下""泉声"等意象被赋予哲理意蕴，其隐喻性超越了描写性。程颢诗歌中的自然物象即或作为写实的对象出现，也往往同时充当着象征的载体。"水心""云影"等意象积淀着理学与禅宗的象征意蕴，诗中的静观呈示基本属于禅宗"于境观心"的关照方式，从中可窥见其"廓然而大公""物来而顺应"的心灵状态。

邵雍写有《安乐窝中好打乖吟》诗，唱和者有程颢、司马光、文彦博、王希哲、富弼等，程颢写有《和邵尧夫打乖吟二首》，其一云：

打乖非是要安身，道大方能混世尘。
陋巷一生颜氏乐，清风千古伯夷贫。
客求墨妙多携卷，天为诗豪剩借春。
尽把笑谈亲俗子，德容犹足慰乡人。

此诗形容邵雍安贫乐道，虽混处尘俗而不污，至德之容使乡里人皆知敬畏。颈联写邵雍书法之妙、诗酒之豪，从中可见洛阳文人文娱生活之一斑。邵雍60岁时开始写作大型组诗《首尾吟》，六七年间共写诗130余首，程颢有《和尧夫首尾吟》与之唱和：

先生非是爱吟诗，为要形容至乐时。
醉里乾坤都寓物，闲来风月更输谁。
死生有命人何异，消长随时我不悲。
直到希夷无事处，先生非是爱吟诗。

此诗是宋代理学家尚意主理的诗学性格的概括与表现。程颢认为邵雍的吟诗是为形容人生的"至乐"，所谓"至乐"是指超越日常喜怒哀乐之情的乐，他用"至乐"形容仁者"浑然与物同体"的人生体验，即以天地万物为怀、视万物与己为同一生命体的"寓物"之乐。至乐既是对本体的领会，也是审美体验，是一种自家能"受用"的精神享乐。同时，因为邵雍的诗中多盛极虑衰之意，所以程颢用"死生有命""消长随时"的旷达人生观加以慰藉。

"洛阳地脉花最宜"，洛阳牡丹甲天下，北宋洛阳城中的园林也是名闻天下，游园赏花就成为洛阳文人清闲生活的一大内容。程颢写有《九日访张子直，承出看花，戏书学舍五首》：

平昔邀相见，过门又不逢。贪随看花伴，应笑我龙钟。（其一）

须知春色浓于酒，醉得游人意自狂。直使华颜老公子，看花争入少年场。（其二）

贪花自是少年事，泥酒定嫌醒者非。顾我疏慵老山野，却骑归马背斜晖。（其三）

下马问老仆，言公赏花去。只在近园中，丛深不知处。（其四）

桃李飘零杏子青，满城车马响春霆。就中得意张公子，十日花前醉不醒。（其五）

张子直是二程的妹夫，官至尚书虞部员外郎。这组诗是程颢在访张子直不遇的情况下写就的。略感失落的情绪使他的心理流向指向对张子直的一种轻松的调谑，因而诗中弥漫着一种诙谐的情调。因为情绪的"疏慵"，诗人懒于做艺术上的精雕细刻，这组诗写得自然而随意。程颢与张子直多有诗歌往来，他还写有《子直示以新诗一轴偶为四韵奉谢》：

治剧君能佚，闲居我更慵。自惟降藻丽，不解继春容。

寡和知高唱，深情见古风。静吟梁甫意，真似卧隆中。

这首诗的主旨是对张子直诗才的恭维和对自己文藻的谦抑，但最后凸显的是程颢兼济天下的人生理想。诗中表明虽然处于政治边缘的"闲居"状

态，但程颢并没有意气萧索、萌生退意。诗的结尾与其说是称赞张子直的诗歌具有慷慨豪迈之气，不如说是程颢以高卧隆中时的诸葛亮自居。

元丰二年(1079 年)，二程与一批儒学之士在洛阳履道坊陈公廙家中首修禊事，“既乐嘉宾，形于咏歌，有不愧山阴之句。诸君属而和者，皆有高致”。程颢《陈公廙园修禊事席上赋》畅叙幽情道：

盛集兰亭旧，风流洛社今。坐中无俗客，水曲有清音。香篆来还去，花枝泛复沉。未须愁日暮，天际是轻阴。

最后两句喻指政坛风云，意微旨深，大得诗家赞赏。杨时认为这两句是温柔敦厚的谲谏之词，暗讽新法，含蓄委婉，既不似辛弃疾晚春词“斜阳烟柳”之句露出圭角芒刃，亦不似李商隐之“夕阳”之句有迫促之感。

在洛期间，程颢还与同在洛阳的司马光交往甚密，司马光离洛时程颢写诗相赠：

二龙闲卧洛波清，今日都门独饯行。愿得贤人均出处，始知深意在苍生。(《赠司马君实》)

诗中程颢对司马光的人格给予高度赞美，称之为“贤人”，希望他早日官复原职，多为天下苍生谋利。

四、二程文学思想的影响

二程是著名的理学家，文学创作也取得了一定成就，其文学思想的长处与不足对当时以至后世作家思想以及创作实践都产生了一定影响。二程“作文害道”的观点，只是针对当时文风浮艳、内容空虚有感而发，并不完全反对文学，他们只是把文看作是载道的工具。二程认为，一个人只要通过学习，内心道德修养就会不断提高，明道之后写出的文章就是好文章。如果他不懂得道、不求道，而只是在文章技巧上下功夫，那就写不出感动人的文章。这种观点对改变当时那种浮夸的文风起到了一定的积极作用，它促使作家注重个人内心的道德修养，对后世的文学创作与发展起到了重要作用。

然而，二程毕竟是理学家而非文学家，他们从理学角度提出的文学观念，虽有一定的积极作用，但是其负面影响也十分巨大，尤其是“作文害道”的观点，对后代文学创作与发展造成相当大的消极影响，后人对此也颇有微词。

二程过于强调道本文末，过分重视理性，这在一定程度上束缚了文学创作，影响了文学的发展，因此上述批评有其合理性。从中也可看出，二程的文学观是一个复杂的存在，它对后世文学理论、文学创作的影响既有积极的一面，亦有消极的一面，这需要我们今人认真分析、对待。

第六节　南渡前后的洛阳士人

一、南渡前后的河洛诗人

1126 年,金军大举南侵,次年北宋灭亡,南宋建立。此时,河洛地区已经沦入金人之手,大多数作家被迫南渡。南宋士大夫本身有着亡国的切肤之痛,南宋又长期与金朝对峙,故爱国主义成为这一时期文学的主旋律。河洛地区的作家不仅数量众多,而且出现了陈与义、朱敦儒等著名作家,构成了南宋文坛上一支极其重要的力量。南渡之初,诗坛上以江西诗派最为活跃。此时江西诗派的主要人物为吕本中、曾几、陈与义、韩驹,他们皆与洛阳有着密切关系。

(一)吕本中

吕本中(1084—1145 年),祖籍洛阳,后迁寿州(今安徽寿县),有《东莱诗集》二十卷、《紫微诗话》一卷、《江西诗社宗派图》。后人辑有《紫微词》一卷。他在《江西诗社宗派图》中自黄庭坚以下,列陈师道等二十五人"以为法嗣",于是文坛上有了"江西诗派"这个名称。他是"后期江西诗派最重要的诗论家",其论诗颇受黄庭坚、陈师道影响,讲究章法及字句的锤炼。然而他对黄庭坚认流为源、过分求新求奇之弊端也有清醒的认识,提出了"活法"之说:"学诗当学活法,所谓活法者,规矩具备而能出于规矩之外,变化不测而亦不背于规矩也。"(《夏均父集序》,见刘克庄《后村先生大全集》卷九十五)这对陆游、杨万里等人影响甚大。其诗又兼学李白、苏轼,诗风明畅灵活,清新自然。他的词则以婉丽见长。其悲慨时事、渴望收复中原故土的诗词之作,则感情浓郁,语意深沉。如《兵乱后杂诗五首(其一)》:

晚逢戎马际,处处聚兵时。后死翻为累,偷生未有期。积忧全少睡,经劫抱长饥。欲逐范仔辈,同盟起义师。

这首诗写金兵南下之事,抒发诗人的报国情怀。首联点出战乱这一主题,渲染战乱气氛。颔联则写战乱造成的苦难,表达诗人对百姓命运的担忧。颈联抒发诗人忧国忧民的深沉感慨,也是国难之际百姓痛苦生活的写照。尾联与"戎马际"呼应,抒发诗人欲纾国难的情怀与志节。

再如《柳州开元寺夏雨》:

> 风雨潇潇似晚秋,鸦归门掩伴僧幽。云深不见千岩秀,水涨初闻万壑流。钟唤梦回空怅望,人传书至竟沉浮。面如田字非吾相,莫羡班超封列侯。

这首诗前四句写景,寄寓飘零冷落之意,后四句抒情,笔墨委婉而含义深沉。全诗以景起,以情结,写景开阔,抒情细腻。语言清新流畅,借古人抒发情感,运用妥帖,语义明确,无江西诗派惯有的晦涩难懂之弊。

(二)曾几

曾几为南宋初期著名主战派,是爱国主义诗人陆游的老师。陆游《跋曾文清公奏议稿》云:"绍兴末,贼亮入塞,时茶山先生居会稽禹迹精舍,某自敕局罢归,略无三日不进见,见必闻忧国之言。先生时年过七十,聚族百口,未尝以为忧,忧国而已。"其爱国精神对陆游影响颇深。他于诗歌最推重杜甫与黄庭坚。他说:"工部百世祖,涪翁一灯传。"(《茶山集》卷二《东窗小室即事》之四)他虽未被吕本中列入江西诗派图,但实属江西诗派中的重要诗人。然而他并没有墨守江西诗派陈规,论诗讲究活法与禅悟,同时又极重平易自然。故陆游在《追怀曾文清公呈赵教授,赵近尝示诗》中称他"律令合时方帖妥,工夫深处却平夷"。他的诗讲句法,但不流于生硬;好用事,但力避冷僻,风格大都明快活泼,闲雅清淡,饶有情趣,下开杨万里"诚斋体"之风。尤以其抒情遣兴、酬唱题赠、流连光景的闲适诗表现最为突出。如《三衢道中》:

> 梅子黄时日日晴,小溪泛尽却山行。
> 绿荫不减来时路,添得黄鹂四五声。

这是一首纪行写景的绝句,抒发诗人对旅途景色的新鲜感受。首句点明季候和天气,次句点明"道中",三、四两句用"不减"和"添得"相对照,既暗示了诗人往返时季节的变化,也细腻地表达出诗人旅途过程中愉悦的心情。全诗看似平淡,读来却回味无穷。再如《苏秀道中自七月二十五日夜大雨三日,秋苗以苏,喜而有作》:

> 一夕骄阳转作霖,梦回凉冷润衣襟。
> 不愁屋漏床床湿,且喜溪流岸岸深。
> 千里稻花应秀色,五更桐叶最佳音。
> 无田似我犹欣舞,何况田间望岁心。

这是一首充满欢快旋律和酣畅情致的喜雨诗,"苏秀道"指的是苏州到秀州(今浙江嘉兴)的路上。首联从夜半降雨写起,紧扣诗题。颔联则扣"喜"字来写。此联的出句用杜甫诗句"床头屋漏无干处"而略有变化,对句用的是杜甫《春日江村》的成句，妥帖自然，显示出诗人高超的诗歌造诣。颈联承第四句，进一步抒发诗人喜悦的心情。尾联的出句是对前六句的总结，用“犹”字引出下句，最后一句则表现农民对这场及时雨的喜悦心情，也表达了诗人与民同乐的心情。他的这类诗作曾被称为“清于月出初三夜，淡似汤烹第一泉”（赵庚夫《题曾文清公诗集》），从中可以看出白居易的影响。

曾几的爱国诗作则情感真挚，苍凉沉郁，《寓居吴兴》堪称其代表作：

相对真成泣楚囚，遂无末策到神州。但知绕树如飞鹊，不解营巢似拙鸠。江北江南犹断绝，秋风秋雨敢淹留？低回又作荆州梦，落日孤云始欲愁。

首联感叹作楚囚相对，无力克服神州、收复故土。“楚囚”用的是《左传·成公九年》的典故。颔联转写诗人自己的处境与秉性。此联出句用曹操《短歌行》“月明星稀，乌鹊南飞。绕树三匝，何枝可依”典故，对句用拙鸠不善营巢之事，出自《禽经》“鸠拙而安”之意。颈联接颔联，进一步抒发诗人的忧国心情。尾联中的“荆州梦”引用王粲到荆州避祸的故事，最后一句则从李白“浮云游子意，落日故人情”化来。这首诗无论是诗歌结构还是用典与对仗都很讲究，符合江西诗派的法度。但是诗中含蕴的悲愤之气大大增强了诗歌的感情力度，深沉苍凉且悲壮，近于杜诗风格。从诗史上看，曾几上接白香山下开陆放翁，并对此后的江湖诗派影响深远，具有重要的意义。

（三）陈与义

陈与义（1090—1139 年），字去非，号简斋，洛阳人，有《简斋集》。陈与义是南北宋之交最杰出的诗人，也是江西诗派的代表作家，与黄庭坚、陈师道并称江西诗派的三宗。他的创作主张与黄庭坚等相同，即尊杜学杜。但他对黄、陈过分强调句法则甚为不满，他说：“要必识苏、黄之所不为，然后可以涉老杜之涯。”（《简斋诗外集》）其取法也比黄、陈要宽得多，在杜诗之外同时推崇陶、谢及韦应物之风格。故其诗融合诸家之长而自成一格，于平淡中见功力，“以简洁扫繁缛，以雄浑代尖巧”（刘克庄《后村诗话》）。语句明净，思力沉挚，寄意深切，格调悲壮，诗风直追老杜，在一定程度上纠正了江西诗派繁缛尖新、瘦硬艰涩的作风。严羽《沧浪诗话》为此而专列“陈简斋体”。陈与义的诗歌创作以靖康之变分为两个时期。前期以黄、陈为宗主，讲究句法锻炼，注重神理气韵，内容以写景咏物为主，多是抒写个人生活情趣，有着既新颖精巧又自然清丽的特点。如《雨晴》：

天缺西南江面清，纤云不动小滩横。墙头语鹊衣犹湿，楼外残雷气未平。尽取微凉供稳睡，急搜奇句报新晴。今宵绝胜无人共，卧看星河尽意明。

此诗抒写酷暑中一场大雨过后诗人内心的快意与舒畅。首联、颔联写雨晴之景；颈联以叙事方式抒发雨晴之喜；尾联则从眼前景宕开，想象在雨后的夜晚卧看夜空中耿耿星河。此句由杜牧“卧看牵牛织女星”点化而来，但改变了杜牧诗歌原有的寂寞之感。全诗没有用“喜”字，但喜悦之情蕴于写景叙事之中。全诗从空间的变化写到时间的推移，构成了多层次的丰富内涵。再如《怀天经、智老，因访之》：

今年二月冻初融，睡起苕溪绿向东。客子光阴诗卷里，杏花消息雨声中。西庵禅伯方多病，北栅儒先只固穷。忽忆轻舟寻二子，纶巾鹤氅试春风。

首联写景，颔联写己，颈联写友，暗含“怀”字，扣住诗题。颈联的对句中“固穷”出自《论语·卫灵公》“君子固穷，小人穷则斯滥矣”。尾联承颈联“怀”字写访，但是诗人并没有实写如何“访”，而是采用虚笔，写到意动而止。再如《雨》：

萧萧十日雨，稳送祝融归。燕子经年梦，梧桐昨暮非。一凉恩到骨，四壁事与违。衮衮繁华地，西风吹客衣。

首联点出雨，颔联则离开雨写燕子和梧桐，但这二者又是由雨而联想，诗人借此二物抒写自己怀旧之思、失志之慨。颈联写诗人在雨中的感受，“四壁”化用司马迁《史记·司马相如列传》中司马相如家境贫寒，“家徒四壁立”，诗人借此抒写自己万事不顺的遭遇。尾联中的“繁华地”指京城，出自韦应物《拟古》诗“京城繁华地”。诗人最后写道，在这繁华的京城，自己却只是一个风吹衣的孤客。

上述这些诗无论是写景还是抒情，用意都很深刻，但是语言清新别致，这都是吸取了江西诗派之长而避其所短的表现。

陈与义后期诗歌则特别推重杜甫，感慨国事、反映时局、描述个人在国难中的经历及辛酸成为创作的主题，诗风也趋向慷慨悲凉、沉郁雄浑。如《伤春》：

庙堂无策可平戎，坐使甘泉照夕烽。初怪上都闻战马，岂知穷海看飞龙。孤臣霜发三千丈，每岁烟花一万重。稍喜长沙向延阁，疲兵敢犯犬羊锋。

诗歌首联感叹朝廷无有平戎之策导致金兵南下。“甘泉照夕烽”用的是《史记·匈奴传》的记载：“胡骑入代句注边，烽火通于甘泉、长安数月。”诗人用汉朝故事写南宋初期金兵南下。颔联承接首联来写。由于金兵南下，朝廷震恐，宋高宗逃出杭州。“上都”指京城，化用班固《西都赋》中“实用西迁，作我上都”的典故，飞龙指皇帝，这里是指宋高宗。颈联既叹息国事糜烂，又感慨自己为国事担心忧愁的心情。此联的出句化用李白《秋浦歌》第十五首“白发三千丈，忧愁似个长”，对句则化用杜甫《伤春》第一首“关塞三千里，烟花一万重”。尾联则笔锋一转，对英勇抗击金军的将领表示称赞，申明决不投降的决心。全诗雄浑激荡，声调高亮，颇有杜诗之风。

陈与义还写有《牡丹》一诗：

一自胡尘入汉关，十年伊洛路漫漫。
青墩溪畔龙钟客，独立东风看牡丹。

这首诗是诗人咏物怀乡的名篇，他以牡丹为题，抒发了自己真挚而强烈的伤时忧国之情。首句以回叙开篇，从金兵入汴写起。次句则写自己南渡十年来到的愁苦之情。第三句写自己体衰多病，此诗感情舒缓，为下一句做铺垫。最后一句写诗人由于国难当头、有家难回，却不料在异乡看到了家乡的牡丹，内心的情感一下子被激发出来。伤悼故国、悲叹身世的情感都被寄托在这株开放于江南的牡丹上。

陈与义的诗在当时影响甚大，形成了“缙绅士庶争传诵，而旗亭传舍，摘句题写殆遍”“简斋诗遂满人间”（葛胜仲《陈去非诗集序》）的盛况。

（四）韩驹

韩驹（1080—1135 年），字子苍，祖籍蜀仙井监，徙居汝州，有《陵阳集》四卷。韩驹早年师法苏轼，受知于苏辙。苏辙读其诗，以为“恍然重见储光羲”（《题韩驹秀才诗卷》）。后又结识黄庭坚，故颇濡染于江西诗派，讲究句法及用典。且性好苦吟，不吝改窜，刘克庄称他“有磨淬剪裁之功，终身改窜不已，有已写寄人数年，而追取更易一两字者，故所作少而善”（《后村先生大全集》卷九十五）。然他晚年对苏、黄都不满意，对吕本中将其列入江西诗派尤其不满，认为“学古人尚恐不至，况学今人哉！”。故总体而言，其诗以才情取胜，不像江西诗派中其他作家那样过分强调典故及句法，最终“非坡非谷自一家”（王十朋《陈郎中赠韩子苍集》）。在诗论上，他提出了著名的饱参、遍参之说。其《赠赵伯鱼诗》有云：“学诗当如初学禅，未悟且遍参诸方。一朝悟罢正法眼，信手拈出皆成章。”在文学史上，他被认为是以禅说诗的源头，开严羽之先河。他有关“诗言志”的理论则被誉为“中国历代诗论的纲领”（朱自清语）。就创作而论，他较多的还是感伤愁别唱酬应答之作。这些作品无论写景还是抒怀，都语妙意婉，境界深远，字斟句酌，排比得宜，对仗工整，音韵圆和，浑然妥帖，平匀中自有神味。然其诗中亦常充满着慷慨忧国之情，如“学士南来尚岩穴，神州北望丘已墟”（《抚州邂逅彦正提刑道旧感

叹》)等。他的《九绝为亚卿作》遣词精妙,情感真挚,为千古传颂的爱情名作。

更欲樽前抵死留,为君徐唱木兰舟。临行翻恨君恩杂,十二金钗泪总流。(其三)

世上无情似有情,俱将苦泪点离樽。人心真处君须会,认取侬家暗断魂。(其四)

君住江滨起画楼,妾居海角送潮头。潮中有妾相思泪,流到楼前更不流。(其五)

妾愿为云逐画樯,君言十日看归航。恐君回首高城隔,直倚江楼过夕阳。(其八)

这组诗酣畅淋漓地表现了多情女子与友人葛亚卿不忍分离又不得不分别的情深难舍之情,写得缠绵悱恻、情意动人。写作手法灵活多变,语言浅近自然。诗歌中女子大胆的表白、神奇的想象都能看出受到民歌的影响。

二、南渡前后的河洛词人

(一)朱敦儒

南渡初期的词坛,以朱敦儒、李清照、张元幹最为著名。其中朱敦儒为洛阳人。朱敦儒(1081—1159年),字希真,号岩壑老人,有词三卷,名《樵歌》(一名《太平樵唱》)。朱敦儒生于两宋之间,一生经历过北宋的繁华盛世、逃难离乡之苦,以及偏安江南的暂时太平,这些丰富的人生经历,充实了他词作的内容,同时使其词作展现出多样的生命情调。他的词继承和发展了苏轼抒情自我化的词风,进一步发挥了词体抒情言志的功能,比较完整地展现出作者一生心态情感的变化,具有鲜明的自传性特点。其词风也可分为三段。早年伊洛之作多写批风抹月的浪子生活,词风浓艳、放逸。如《鹧鸪天·西都作》:

我是清都山水郎。天教分付与疏狂。曾批给雨支风券,累上留云借月章。

诗万首,酒千觞。几曾着眼看侯王。玉楼金阙慵归去,且插梅花醉洛阳。

这首《鹧鸪天·西都作》是朱敦儒前期词的代表作,也是他前半生自我形象的生动写照。全词之关键就是“疏狂”二字,词人性格疏狂、生活态度疏狂,因此这首词的艺术风格也称得上“疏狂”。

中年南渡后,多忧国怀乡之作,则于豪迈中隐现沉郁悲壮,词风激越慷慨，沉咽伤感。如《相见欢·金陵城上西楼》，此词是作者南渡后登金陵城上西楼眺远时，抒发爱国情怀的词作：

金陵城上西楼，倚清秋。万里夕阳垂地大江流。

中原乱，簪缨散，几时收？试倩悲风吹泪过扬州。

上阕写景，意在借景抒情；下阕抒情，用直抒胸臆的方式表达词人的亡国之痛及渴望收复故国的心情。全词气魄宏大，寄慨深远，感情激越，真挚动人。

还有《雨中花·岭南作》：

故国当年得意，射麋上苑，走马长楸。对葱葱佳气，赤县神州。好景何曾虚过，胜友是处相留。向伊川雪夜，洛浦花期，占断狂游。

胡尘卷地，南走炎荒，曳裾强学应刘。空漫说、螭蟠龙卧，谁取封侯。塞雁年年北去，蛮江日日西流。此生老矣，除非春梦，重到东周。

上阕以"故国当年得意"起句，追述了承平岁月的胜景青游，塑造了一个英气勃勃的洛阳少年形象，无论是对雪，还是观花，这个少年总是出尽风头。转入下阕后，词意陡然转变，与上阕形成强烈反差。金兵南下，词人被迫南渡避难，不得不过着寄人篱下的生活。心中虽有报国志但无奈请缨无路、喟然长叹。最后以梦境对衬现实的悲惋，更加重了悲凉气氛。

晚年致仕闲居后偏于闲淡洒脱，词风婉明清畅。如《朝中措》：

先生筇杖是生涯。挑月更担花。把住都无憎爱，放行总是烟霞。

飘然携去，旗亭问酒，萧寺寻茶。恰似黄鹂无定，不知飞到谁家。

还有《临江仙》：

堪笑一场颠倒梦，元来恰似浮云。尘劳何事最相亲，今朝忙到夜，过腊又逢春。

流水滔滔无住处，飞光忽忽西沉。世间谁是百年人。个中需著眼，认取自家身。

词人在历尽沧桑后已看破红尘，人生如梦，似流云飘忽，又如滔滔流水、夕阳西沉。总之不管世间如何变化，最重要的是立足自身，要让自己得到解脱。全词用意落笔，清旷飘逸。

朱敦儒词的风格虽然在不同的人生阶段有不同的演变，但他人生最终的追求是个体的心灵自由，力求摆脱世俗一切束缚而任性逍遥，他在文学史、词史上，一向就是以"清都山水郎""摇首出红尘"的面目为人们所熟知、欣赏或贬抑，因此就基本情调而言，仍以学苏轼的旷达超逸为主。如其代表作《好事近·渔父词》："摇首出红尘，醒醉更无时节。活计绿蓑青笠，惯披霜冲雪。晚来风定钓丝闲，上下是新月。千里水天一色，看孤鸿明灭。"黄升《花庵词选》称该词"天资旷远，有神仙风致"，允为公论。就语言而言，希真词常常以寻常口语、俚语度入音律，语言清新自然，明白晓畅，把士大夫之词引向通俗化，使词恢复生动活泼的"本色"。相比柳永，不涉淫艳，比起黄庭坚则更为朴实、鲜活。

（二）陈与义

陈与义亦是南渡前后著名词人。其《无住词》现存18首，均作于南渡以后。词意超绝，笔力横空，疏朗明快，自然浑成，颇具东坡词风。清人胡薇之说："陈简斋《无住词》才十八首，而首首可传。其言吐属夭拔，无蔬笋气。"其代表作《临江仙·夜登小阁，忆洛中旧游》："忆昔午桥桥上饮，坐中多是豪英。长沟流月去无声。杏花疏影里，吹笛到天明。二十余年如一梦，此身虽在堪惊。闲登小阁看新晴。古今多少事，渔唱起三更。"其中蕴含着无限的家国之愁，身世之感。清人陈廷焯评价这首词"笔意超旷，逼近大苏"。

三、南渡前后河洛散文家

南渡初期河洛散文家主要有邵伯温与邵博。邵伯温（1057—1134年），河南洛阳人，是宋代著名理学家邵雍之子，撰有《邵氏闻见录》20卷。邵伯温撰写此书是为了绍述与阐扬其父邵雍及其好友的为人品行和政治见解。邵雍在洛阳研究易学，隐居不仕，但是对政治时局颇为关心，与当时也在洛阳的政治家、史学家司马光、吕公著、富弼交往甚密，特别是在反对王安石变法上观点一致。因此邵伯温站在反对新法的立场上，在书中对新法弊端、王安石及其亲信的品行做了详尽的揭露与抨击。虽然如此，作者的叙事态度还较为客观，能够对维新派和保守派在具体问题上的得失作翔实叙述，对于理解王安石变法有较高参考价值。

邵博（？—1158年），字公济，河南洛阳人，邵伯温次子。宋高宗年间进士出身，曾任知果州、眉州之职，著有《邵氏闻见后录》《西山集》，惜后者已佚。《邵氏闻见后录》是为续其父《邵氏闻见录》而作，全书30卷，体例沿袭《邵氏闻见录》，但内容方面不似其父仅以记录朝典政事为主，而是兼及经、史、子、集。对《尚书》《易经》及孔、孟言行加以评论；对《史记》《汉书》《后汉书》《三国志》等史籍亦有评论辨析；对一些文学作品也有个人见解。此书还保留一些今已失传的文献资料，如司马光的《释孟》、雷简夫推荐苏洵的书信等，但其文字晦涩难懂。

第七节　元好问

一、作家生平

元好问（1190—1257 年），字裕之，号遗山，世称遗山先生，秀容（今山西忻州）人。元好问是金代最有成就的文学家和历史学家，文坛盟主，是宋金对峙时期北方文学的主要代表，又是金元之际在文学上承前启后的桥梁，被尊为“北方文雄”“一代文宗”。元好问的作品有《元遗山先生全集》《中州集》等。元好问的一生可分为四方游学、避乱洛阳、仕宦生涯、晚年奔波四个阶段。

（一）四方游学

元好问祖上原为北魏皇室鲜卑族拓跋氏，后随北魏孝文帝由平城（今山西大同）南迁至洛阳，并在孝文帝的汉化改革中改姓“元”。元好问是唐代诗人元结的后裔。元好问的曾祖父元春（一作椿），又移家于忻州，遂为忻州人。元好问的祖父元滋善，在金朝海陵王正隆二年（1157 年）任柔服（今内蒙古土默特右旗托克托附近）丞；父亲元德明多次科举不中，以教授乡学为业，著有《东岩集》。

金章宗明昌元年（1190 年），元好问在忻州诞生，为家中第三子。元好问 7 个月时，被过继给叔父元格，元格随即把他带到掖县县令任上。元好问天资聪明，7 岁就能写诗，被当地人誉为“神童”。从 11 岁到 19 岁，元好问跟随元格在冀州、陵川等地任职，博通经史、淹贯百家。

金章宗于明昌元年（1190 年）“识免乡试”，元好问得以直接参加府试。元好问于金章宗泰和五年（1205 年）到并州参加科举考试，但榜上无名。这次并州赴考，元好问有感一只殉情而死的大雁，写出了他最负盛名的词《摸鱼儿·雁丘词》。泰和八年（1208 年），元好问又到长安参加府试，亦未考中。后来，元好问返回故里，在定襄遗山读书，自号“遗山山人”。

（二）避乱洛阳

金宣宗贞祐二年（1214 年）成吉思汗率蒙古大军南下，占领元好问家乡秀容，十万民众被杀。元好问的兄长元好古也在此次灾难中丧生。金王朝

为了避敌，南渡黄河，迁都汴京，从此兵连祸结，内外交困，一蹶不振。为躲避兵祸，贞祐四年(1216 年)，蒙古军又围太原，27 岁的元好问护着母亲和妻儿，带着心爱的藏书，千里风尘，流亡到河南洛阳的福昌县三乡(今宜阳县三乡)。从此，洛阳成为元好问的第二个故乡。在这里，元好问诗名震京师，时人称之为“元才子”。

三乡是中唐大诗人李贺的故里，唐高宗时设三乡驿。武则天时建连昌行宫，辖区内有汉光武庙、唐五花寺塔、竹阁寺等名胜古迹。元好问寓居三乡，除了三乡文化底蕴浓厚、相对安定外，还有一个原因：这里是他引为“平生三知己”之一的辛愿的家乡。辛愿(？—1231 年)，字敬之，金代著名诗人，今宜阳县张午镇辛庄村人，居住在女几山下，号女几野人，又号溪南诗老。元好问对辛愿的推崇喜爱，在他的诗中表达得明明白白：“爱杀溪南辛老子，相从何止十年迟。”(《自题中州集后五首》)

在三乡避难期间，有感于家国动荡、民不聊生，元好问承袭杜甫的现实主义写法，写下大量情感真挚悲切、描述形象生动、风格慷慨悲壮的丧乱诗。他记录“烽火苦教乡信断，砧声偏与客心期”，记下人民颠沛流离的生存状态。他与辛愿、魏邦彦、刘昂霄诗歌应答，野居女几山下，徜徉洛水之滨，过着“黄菊有情留小饮，青灯无语伴微吟”的生活。他写“尖新秋意晚晴中，六尺筇枝满袖风”，描绘三乡的自然美景。他与当时的诗坛名士麻革、陈赓、陈庾等人经常登高怀古、诗词唱和，创作了《三乡杂诗》等作品。他的《论诗三十首》，以七言绝句的形式，贯通古今，自成一家，是杜甫《戏为六绝句》后有较大影响的论诗诗。

兴定二年(1218 年)，元好问离开生活了两年多的三乡，移居登封嵩山。挚友辛愿为他饯行，写下《送裕之往许州，酒间有请予歌渭城烟雨者，因及之》一诗：“白酒留分袂，青灯约对床。言诗真漫许，知己重难忘。爽气虚韩岳，文星照许昌。休歌渭城柳，衰老易悲伤。”元好问最初准备前往许昌，后来改道登封，故诗中有“文星照许昌”句。

元好问先后在嵩山居住了 9 年左右。登封风光优美，又有很丰富的佛道文化，是许多隐士的理想居住地。到了嵩山，他感觉“一寸名场心已灰，十年长路梦初回”(《示崔雷诗社诸人》)，甚至无意于科举了。三年后元好问终于进士及第，又受流言影响，再度遁入嵩山。正大元年(1224 年)，元好问离开嵩山，参加鸿词科考试，随后进入国史馆，担任权国史馆编修官，又于第二年辞职，又一次回到嵩山。正大三年(1226 年)，他曾进入方城县完颜斜烈幕府，但很快又返回嵩山。直到正大四年(1227 年)夏他才真正离开嵩山，赴任内乡县令。元好问 29 岁自三乡移居嵩山，38 岁离开嵩山。其间旅居登封九年,真正在嵩山居住了7年左右。

元好问在嵩山,要照顾已故叔父元升的家眷,也接管了叔父的遗业。因此,元好问安家到嵩山之后,以耕田为生。他在诗中说:“卖剑买牛真得计,腰金骑鹤恐非才。”(《示崔雷诗社诸人》)“自我来嵩前,旱干岁相仍。耕田食不足,又复违亲朋。”(《寄赵宜之》)真正过上了农夫的生活。

在嵩山,元好问沉湎于嵩山的美景,记录了周围的田园风光。在嵩山,元好问也和好友李献能等交游。他还和嵩山清凉寺的宏相禅师交往密切,“往来清凉,如吾家别业”(《兴复禅院功德记》),元好问几乎将清凉寺当成他的别墅,甚至在那里感染上了疥疮。他经营田产,耕作谋生;游山玩水,吟咏性情;结佛交道,以避红尘。虽如此,却始终未忘却举业,一而再地赴京应试,使他的隐居未能贯彻始终。出仕和出世的思想矛盾,在这期间表现得十分充分,但元好问最终出山,进入仕途。

(三)仕宦生涯

金宣宗兴定五年(1221年),元好问中进士;正大元年(1224年)中博学鸿词科,被授儒林郎,充国史院编修,历任镇平、南阳和内乡县令。元好问在任内乡县令期间,关心百姓,重视农桑,带领百姓发展农业生产。在元好问的治理下,内乡呈现出少有的繁华。元好问在调任南阳县令后,进行改革,成绩斐然。最后官至翰林知制诰。金哀宗正大八年(1231年)秋,元好问受诏入都,拜除尚书省掾、左司都事,后转员外郎。金灭亡前夕,元好问和金朝大批官员一起被俘,在山东聊城各地被囚禁多年。

(四)晚年奔波

元太宗十一年(1239年),元好问回到家乡忻州,这一年他50岁,进入人生的晚年。晚年的18年间,大多数时间奔波于东平、真定、燕京、顺天府、获鹿等地。如此奔波,最重要的一个原因是为了完成他保存金朝历史与文化的心愿,继续搜集有关文献,撰写相关著作。元宪宗七年(1257年),元好问在获鹿寓所与世长辞,享年68岁。

二、三乡诗作

福昌三乡,风景优美,早在隋唐时期就是著名的风景区。这里的女儿山层峦叠嶂,景色秀丽,曾经吸引了众多诗人的目光。不仅有生于斯长于斯的李贺,也有慕名而来的岑参、刘禹锡、邵雍等,他们都曾经写诗吟诵女儿山。著名的连昌宫、光武庙更增加了三乡的文化意蕴。本为避乱而来的元好问,在福昌度过了一段相对宁静的生活，留下了许多描绘三乡风景的诗作。元好问的朋友辛愿、赵元、魏璠、马伯善、刘昂霄、麻革等人当时也在福昌，当地的名流郭峤、嘉益等也和文人有活动，他们"徜徉泉石间，诗酒乐之"，共同构筑了三乡的"文化高地"。

在福昌，山水激发了元好问的诗情，其《胜概》、《三乡杂诗》(组诗)、《朝中措·永宁时作》、《点绛唇·青梅》等诗词，描绘了福昌的纯净美好。在那个战乱的背景下，福昌三乡成为充满诗意的绿洲。组诗《三乡杂诗》前两首是写景之作。在诗人笔下，三乡是这样的情景："梦寐沧州烂漫游，西风安得钓鱼舟？薄云楼阁犹烘暑，细雨林塘已带秋。"(《三乡杂诗(其一)》)金秋季节，暑气尚存。美丽的三乡，细雨带来凉意，池塘倒映着树影。在这舒适静谧的环境下，拿起钓竿，体味秋天的意趣，享受隐逸野趣之美，是多少人向往的画面。"尖新"是新颖别致的意思，晏殊词中也有"家住西秦，赌博艺随身。花柳上，斗尖新"的句子。"尖新秋意晚晴中，六尺筇枝满袖风。草合断桥通暗绿，竹摇残照漏疏红。"(《三乡杂诗(其二)》)在这首诗中，元好问说秋天是新鲜的、美丽的，放眼望去，秋天的傍晚异常美好。作者细细地描绘秋天的草、秋天的花、秋天的桥，享受着风吹过竹林的飘逸，收获着心灵的宁静。

元好问的词代表了金朝词的最高水平，可与两宋名家相媲美。元好问在三乡时的词《朝中措·永宁时作》亦是这段安宁自在生活的写照："连延村落并阳崖，川路到山回。竹树攒成风月，溪堂隔断尘埃。小亭幽圃，酴醾未过，芍药初开。驴上一壶春，主人莫厌重来。"元好问在作品中常称福昌为"永宁"。在这首词中，平常的中原乡村既有世外桃源的宁静，又富有春天的热烈与满足。作者在上阕中描写道，山回路转，溪水潺潺，竹林飒飒，美丽的乡村隔断尘埃，带着安宁与娴雅之气。下阕，作者着重刻画小亭花圃的花，酴醾还未告别，芍药已经开放。酴醾，又作荼蘼，还有独步春、百宜枝等名称。暮春时节，酴醾开放，花朵鲜艳，清香满庭。宋代人吟咏酴醾最多。欧阳修的《渔家傲》写道："更值牡丹开欲遍，酴醚压架清香散。"鲜艳的荼蘼、"攲红醉浓露，窈窕留余春"的芍药共同开放，小村庄春意盎然，景色宜人。此时，骑驴赏春，是多么惬意。

元好问在三乡闲居时，曾经编了一份《锦机》，其中汇总了前人有关诗文创作的理论。在此时写的七言论诗《论诗三十首》，体现了元好问对诗歌创作的思考，是元好问诗歌理论重要的成果。《论诗三十首》充分展示了元好问的诗歌理论修养，展示了他的创作才华。

元好问以建安风骨为准则，推崇曹植、刘琨等人的诗风，追求清刚劲健的雄浑之美。他在《论诗三十首(其二)》中说："曹刘坐啸虎生风，四海无人角两雄。可惜并州刘越石，不教横槊建安中。”元好问认为，曹植和建安七子之一的刘桢当为诗中“两雄”，“坐啸虎生风”形象地比喻他们的诗歌风格雄壮似虎，有震撼人心的力量。元好问标举曹、刘，实际上是想为诗歌树立内容充实、慷慨雄浑、风清骨俊的建安文学的标准。元好问同样推崇东晋大诗人陶渊明的作品，在《论诗三十首(其四)》中，他评论陶渊明，直接说：“一语天然万古新，豪华落尽见真淳。”元好问崇尚陶渊明诗歌的自然天成，欣赏其清新真淳之美。这种评价，直击当时诗坛雕琢粉饰、矫揉造作之弊端，具有振聋发聩的力量。随后，作者说：“南窗白日羲皇上，未害渊明是晋人。”陶渊明虽然高卧南窗，但他并没有超脱于现实，还是用自然平淡的文笔描绘了晋代的现实。

在《论诗三十首》中，元好问不仅表达了自己的诗歌主张，批评了当时诗歌创作中的弊端，还重视民歌，肯定少数民族的创作。其第七首诗这样写道：“慷慨歌谣绝不传，穹庐一曲本天然。中州万古英雄气，也到阴山敕勒川。”北朝民歌《敕勒歌》描绘了壮美开阔、和平安定的草原风光，充满了豪放刚健、粗犷雄浑的格调。元好问赞美它慷慨壮阔的气势，肯定它不假雕饰的自然之美；也指出了在民族融合的环境下，中原文化对北方少数民族地区文化的影响。

三、洛阳诗作

元好问居住的福昌县三乡距离洛阳城区不远，其间他多次游历洛阳，写下一些著名诗作。其《洛阳古城曦阳门早出》中说：“乘月出曦阳，黎明转北冈。荒村自鸡犬，长路足豺狼。天地怜飘泊，风霜忆闭藏。微吟诉行役，凄断不成章。”曦阳门，即西阳门，是北魏都城洛阳西边的一个门。北冈，即邙山。诗人在月亮挂在天上的早晨出城，远望北边的邙山，周围是一片的荒村，想到自己从家乡一路漂泊到洛阳，凄凉与凄惨使其情不能自已。与此相对比的是，元好问在洛阳瀍河短暂停留而留下的《洛阳高少府瀍阳后庵四首》，心境要好得多了。“溪上弄明月，风露发新警。心空无一尘，万竹扫清影。”“一水随人意，蔬畦复芋沟。风波河洛近，莫放出山流。”“韭早春先绿，菘肥秋未黄。殷勤饶畦水，终日为君忙。”“地僻境逾静，林疏秋已分。清溪一片月，修竹四山云。”从诗中画面可以看出，有小溪明月、清风雨露、疏林修竹，特别是菜园里韭菜、大白菜、芋头等长势喜人，虽然为它们浇灌、除草、施肥而终日忙碌，但内心空无一尘的安静掩饰不住地流露于字里行间。诗人家乡曾经遭遇入侵，亲人横死，不得不远走他乡避难，而今流落于洛阳，能够得到这种片刻的安宁实属不易。

元好问十分喜欢洛阳龙门，多次登临。龙门位于今天洛阳市区南面大约 12 公里处，这里两岸香山、龙门山对立，伊水中流，远望就像天然的门阙一样。因此自春秋战国以来，这里就获得了一个形象化的称谓“伊阙”。隋炀帝都洛阳，因宫城城门产正对伊阙，古代帝王又以真龙天子自居，因此得名“龙门”，其名即沿用至今。举世闻名的龙门石窟就雕刻在伊河两岸的山崖上，南北长约 1 公里。元好问《龙门杂诗》中写道：“石楼绕清伊，尘土天所限。人言无僧久，草满不复铲。滩声激悲壮，山意出高蹇。当年香山老，挂冠遂忘返。高情留诗轴，清话入禅版。谁言海山去，萧散仍在眼。溪寒不可涉，倚杖西林晚。”在元好问的龙门诗里，香山居士白居易频繁出现，这说明目睹战争残酷、战乱流离的诗人，已经有了强烈的归隐意识，“挂冠遂忘返”，科举致仕、兼济天下的思想有所动摇。元好问写龙门的词《水调歌头・与李长源游龙门》也十分有名：“滩声荡高壁，秋气静云林。回头洛阳城阙，尘土一何深。前日神光牛背，今日春风马耳，因见古人心。一笑青山底，未受二毛侵。问龙门，何所似，似山阴。平生梦想佳处，留眼更登临。我有一卮芳酒，唤取山花山鸟，伴我醉时吟。何必丝与竹，山水有清音。”李长源，名汾，为元好问“平生三知已”之一。其喜谈史书，研究各个朝代的成败治乱，颇有在政治上建功立业的雄心。这首词上阕写龙门景色。滩，龙门八节滩。龙门伊水流激，水声回荡两岸青山，使秋天的山林愈显静寂。而洛阳城内则繁闹多尘，不如龙门清寂，意喻官场仕途之险涩。“神光牛背”是用典，语出《世说新语・雅量》，晋人王衍为族人所辱，以肴盒掷其面，不以为意，把脸洗一洗，拉着丞相王导的手乘车而去。在车上照着镜子对王导说：“汝看我眼光，乃出牛背上（意谓自己风神英俊，不致与人计较）”。这两句用二典故，喻李长源情怀高朗。要徜徉在山水之间，怡然自得，不容易头生白发。词的下阕言龙门胜景，天地难寻，应该在山水之间找到自己的乐趣。诗人被美景陶醉，要在此畅饮开怀，与花鸟做伴，倾听天籁之音，欣赏这脱尘出凡的美景，不愿再闻听什么丝竹之乐，表现词人远离尘俗，洁身自好，独善其身的思想感情。

元好问还写有吟咏洛阳紫牡丹的三首诗。牡丹素有“花中之王”的盛誉。我国古时牡丹品种极多，有黄、紫、红、白、绿诸色。单是紫色的就有魏家紫、紫绢、墨葵等数十种。元好问所咏的紫牡丹很像是名种“紫绢”，瓣薄如绢，色作紫红。其中一首写道：“金粉轻粘蝶翅匀，丹砂浓抹鹤翎新。尽饶姚魏知名早，未放徐黄下笔亲。映日定应珠有泪，凌波长恐袜生尘。如何借得司花手，偏与人间作好春。”首联描写紫牡丹的花瓣薄如蝶翅，金粉轻沾，花瓣的颜色像是浓抹了丹砂的鹤翎一样洁雅清新。颔联以牡丹花的两个最名贵的品种姚黄、魏紫作比，它们比起这株紫牡丹来却还是稍逊一筹；又以花鸟画的两位最著名的画家徐熙、黄筌相衬，他们即使再生也很难描摹出这株紫牡丹的风韵、神采。颈联依诗人主体意识的感悟，以“定应”“长恐”二语将紫牡丹置于拟想的自然景观的运动变幻之中，既照应首联对审美客体的静态观照，又为尾联结语做了铺垫。尾联感叹紫牡丹之美，使人感觉似乎非人间事。从元好问的牡丹诗可以看出，当时洛阳牡丹之盛、之美。

元好问的纪乱诗成就最高。金哀宗开兴元年(1232 年)，洛阳陷落。诗人由燕京回洛阳，目睹惨状，以诗当哭，于是写下了著名诗篇《洛阳》：“千年河岳控喉襟，一日神州见陆沉。已为操琴感衰涕，更须同辇梦秋衾。城头大匠论蒸土，地底中郎待摸金。拟就天公问翻覆，蒿莱丹碧果何心?”首联，诗人面对千年古都洛阳，用“控喉襟”来言其地理位置之重要，更是饱含着对洛阳的深沉的情感。而今蒙古军又一次攻陷了洛阳，人民又一次陷入了苦难之中，神州陆沉，怎不令人扼腕？颔联之“操琴”意为一种忧伤的琴曲。“同辇”指与君王共乘一辆车。“秋衾”代指老百姓。这一联意思是说，如果要操琴，所谱的也是为百姓而忧伤的曲子，多么希望朝廷能够关念天下苍生。颈联控诉了元军在洛阳的暴行。“蒸土”的典故出自《晋书》，说是有一名领作大将督造洛阳城，逼民众将土蒸熟后再筑城，用这种方法让城墙坚固。锥如入一寸，就杀筑者将其铸入墙中。“地底中郎”和“摸金”指汉末军阀设置的专门挖墓取宝的人员。摸金校尉起源于东汉末年三国时期，当时魏军的领袖曹操为了弥补军饷的不足，设立发丘中郎将、摸金校尉等军衔，专司盗墓取财，贴补军用。也有记载在南朝宋前废帝刘子业时设立过摸金校尉一职。在这里指元军在洛阳的大肆抢劫。所以作者在尾联发出质问“拟就天公问翻覆，蒿莱丹碧果何心?”，我想让天公问一问，那些鲜血洒满原野的将士们，他们的热忱和牺牲谁人能够理解？能够换回洛阳城、故土的安宁与幸福吗？将士们的抗争并没有挽回败局。后来，天兴二年(1233 年)五月，塔察儿率蒙古军复至洛阳，强伸率步卒数百大战于天津桥，敌兵无法取胜。六月，强伸率部下数十人从东门突围，转战至偃师，力尽被俘，宁死不屈，被杀于中京七里河。元好问把国丧和战乱化为诗史，被称为“丧乱诗”的代表人物。这首《洛阳》就为我们留下了洛阳金朝历史中的一页。

四、嵩山诗作

元好问很喜欢嵩山的田园风光。“地僻人烟断，山深鸟语哗。清溪鸣石齿，暖日长藤芽。绿映高低树，红迷远近花。林间见鸡犬，直拟是仙家。”(《少室南原》)丛林清溪、鸟语花香，简直是神仙境界。他在《李道人嵩阳归

隐图》中写道:“嵩阳古仙村,佳处我所知。长林连玉华,细路入清微。连延百余家,柴门水之湄。桑麻蔽朝日,鸡犬通垣篱。”此诗着力描绘了他居家之地的清幽美丽,有连绵的嵩山、幽深的小路、邻水的农家、蔽日的桑麻、鸡鸣与犬吠。诗的最后两句,以淮南学道成功、鸡犬皆仙的典故,借指少室南原如同仙境。面对这样一派世外桃源的山村,怎不让诗人油然而生归隐之意。

元好问在耕读之余,经常游览嵩山一带的风景名胜。他在登封游历时的诗作《箕山》中写道:“幽林转阴崖,鸟道人迹绝。许君栖隐地,惟有太古雪。人间黄屋贵,物外只自洁。尚厌一瓢喧,重负宁所屑……鲁连蹈东海,夷叔采薇蕨。”箕山因许由而名垂千古,元好问颂扬了许由超然物外、清廉纯净、嫉俗傲世的品格和气节,从中也表达了出世归隐的思想,希望“浩歌北风前,悠悠送孤月”。兴定四年(1220年)六月,元好问与李献能、雷渊、王渥等人一同游览嵩山玉华谷,诗酒盘桓。元好问创作《同希颜、钦叔玉华谷分韵得军华二字》两首诗:“并山一径入秋云,草树低迷劣可分。开道无烦谢康乐,挽彊须得李将军。”“深山水木湛清华,兴到穷探亦未涯。转石犹能起雷雨,题诗自合动烟霞。”玉华谷在嵩山少室山,山谷有泉水。他们游兴很浓,不顾老虎伤人的传闻,冒险深入玉华谷,寻幽访胜。离开玉华谷后,他们又游览嵩山寺庙。“坐苍苔,欹乱石,耿不眠”“长松夜半悲啸,笙鹤下遥天”,享受着山中之乐。

“山中多诗人,杖屦时往还。”元好问时常与嵩山当地诗人交往,也留下了诸多诗作。前辈诗人王革,居住登封费庄,元好问应邀去他家做客。王革其人“有蕴藉,善谈笑”,二人一见倾心。元好问高兴之余,一连写下多首诗词。其《玉溪》诗曰:“邂逅诗翁得胜游,烟霞真欲尽嵩丘。玉溪如此不一到,今日旷然消百忧。林影苍茫开霁晓,岸容潇洒带新秋。酒材已办须君酿,要及西风入钓舟。”他惊叹朋友居住地旁边玉溪的风光绝妙,说它几乎占尽了嵩山烟霞美景,能让他销尽所有忧愁烦恼,期待深秋再来把酒论诗、溪水垂钓。《水调歌头·赋德新王丈玉溪,溪在嵩前费庄,两山绝胜处也》写道:“空蒙玉华晓,潇洒石淙秋。嵩高大有佳处,元在玉溪头。翠壁丹崖千丈,古木寒藤两岸,村落带林丘。今日好风色,可以放吾舟。百年来,算惟有,此翁游。山川邂逅佳客,猿鸟亦相留。父老鸡豚乡社,儿女篮舆竹几,来往亦风流。万事已华发,吾道付沧洲。”玉溪自然美景、人文环境,激发了元好问纵情山水的欲望,简直可以沉醉其间,忘怀一切。

旅居嵩山时期,元好问比较失落潦倒,内心徘徊在仕与隐之间。“僵卧嵩丘七见春,商余归计一廛新。”“粗疏潦倒今如此,楼上元龙莫笑人。”(《寄希颜二首(其一)》)僵卧嵩丘,可见其艰难困顿。“商余”是其先祖元结的隐居地;“一廛”指平民所居的房屋及土地面积,形容面积之小。“十年旧隐抛何处,一片伤心画不成。”(《怀州子城晚望少室》)虽然登封的深谷幽峰,野寺荒村,松竹林木,农家黍酒,乡邻深情,使他难以忘怀,但同时内心又有时光虚度的孤愤和焦虑。《放言》诗写道:“悠悠复悠悠,大川日东流。红颜不暇惜,素发忽已稠。我欲升嵩高,挥杯劝浮丘。因之两黄鹄,浩荡观齐州。”出世游仙固然是无法实现的一时兴致,时不我待才是真实的人生苦恼,并最终迫使他走出嵩山。

正大四年(1127 年),元好问就任内乡县令。离开嵩山之前,写下诗作《出山》:“松门石路静无关,布袜青鞋几往还。少日漫思为世用,中年直欲伴僧闲。尘埃长路仍回首,升斗微官亦强颜。休道西山不留客,数峰如画暮云间。”少年时代壮志凌云,想有一番作为,却科考失败,命运多舛。中年时期精神散淡,很想与僧人为伴,却生活贫困,心有不甘。嵩山松门石路的美景令人留恋,怎奈多年来的山中劳作比不上升斗微官的俸禄。不是嵩山不留客,只是为官一方的县令,能够施展其才能。元好问清醒地意识到,这次出山,就是告别登封,告别隐居生活。从此以后,元好问进入了尘世凡俗,历经宦海沉浮,嵩山就成了他挥之不去的记忆。

第五章　明清河洛文学

第一节　明清河洛文学概述

一、明代河洛文学

经过元末大乱，农民出身的朱元璋于1368年建立了明朝。明代重视儒学，科举考试规定了八股程式，立论以程朱理学为旨归。河洛为理学名区，又有着深厚的文化积淀，故明代河洛地区科举兴盛，人才辈出，文学也随之而表现出一定的复苏态势。据《中州文献总录》所考，明代河洛地区作家数量大约相当于金元时期的六倍。随着作家队伍的壮大，文人集团亦空前兴盛。仅洛阳一地可考的文人集团就多达二十个，这个数量不仅在北方首屈一指，而且可以和南方文化发达地区相媲美。不过，河洛作家大都具有较强的道学气，许多作家的第一身份其实是理学家、政治家，文学对于他们来说只是一种附庸。这虽然使其作品普遍有着直面现实、关心民瘼的倾向，但明代文学中最为人所珍视的个性自由品质没有得到充分的张扬。加上大多数作品已经佚失，部分存世的作品亦极其罕见，故明代河洛地区的文学长时间不为人们所关注。然总体来看，明代河洛地区的文学成就是不容忽视的。

（一）明前期的河洛文学

明初渑池曹端为明代理学的奠基人，但其于文学并不在意。此时河洛文学的代表人物为著名诗人、诗论家镏绩。镏绩，生卒年不详，字孟熙，洛阳人。著有《嵩阳稿》《诗律》及《霏雪录》二卷。惜前两者已佚，唯《霏雪录》尚存。《霏雪录》为诗话之类著作。《四库全书总目提要》称其“辨核诗文疑义颇有根据”。其论诗则抑宋而尊唐，以为唐人诗纯而宋人诗驳，唐人诗活而宋人诗滞，唐诗浑成而宋诗饾饤，等等，对明代七子派诗学有一定的影响。镏绩与元末诸遗老诗人颇有交游，故《霏雪录》杂述旧闻多有渊源。然其常记梦幻及诙谐之事，颇有小说意味。其后，洛阳白良辅、阎禹锡等从河东薛瑄学，为河洛地区著名儒者。他们虽不以文名，但对于河洛文风之转变有一定的意义。

（二）明中期的河洛文学

弘治、正德年间，以中州诗人李梦阳、何景明及王廷相等人为首的前七子，倡言“文必秦汉，诗必盛唐”，以反对当时台阁体之冗沓与茶陵派之萎弱，天下翕然从之，明诗为之一变。当时河洛地区的作家多为七子羽翼。其中较为著名的有温新、温秀兄弟。温新，生卒年不详，字伯明，号大谷。嘉靖十七年（1538 年）进士，官户部主事。有《大谷诗集》。温秀，生卒年不详，字仲实，号中谷，由举人官至襄阳府同知。有《中谷诗集》。二人合称“二温”，有合集《二温诗集》。其诗多为咏物抒怀、赠别酬答之作。《四库全书总目提要》称：“秀游李梦阳之门，故诗多亢厉之音。新诗刻意学杜……盖亦宗北地之学者也。”

嘉靖初，前七子复古运动中所暴露出来的模拟倾向日趋严重。其时偃师著名学者、诗人薛蕙等人对七子末流之弊端进行了有力的批判。薛蕙（1489—1541 年），字君采，号西原，晚号大宁居士。后迁家于亳州（今属安徽）。有诗文集《薛考功集》，另有《西原遗书》《约言》等。他与著名诗人杨慎论诗时指出：“近日作者，模拟蹈袭，致有拆洗少陵、生吞子美之诮。”（钱谦益《列朝诗集小传》）就文学批评史的流变脉络来看，薛蕙的诗观实已发王士祯“神韵说”之先声。在《西原遗书》卷下《论诗》中，他提出“曰清，曰远，乃诗之至美者也”的观点，又倡言“论诗当以神韵为胜”的主张。他特别推崇谢灵运、王维、孟浩然的诗作，以为“陆不如谢”。其诗温雅丽密，有王孟之风，对明代诗风的改变起到了一定的作用。嘉靖、万历之世，河洛地区文人频繁结社，仅洛阳一带先后就有八耆会、澹逸会、崇雅会等数会，至明末洛阳文人结社达二十余个。这不仅在北方首屈一指，在全国亦属少见。社事频繁、会员众多，从一个侧面反映了当时河洛地区文学活动的繁荣。这些社事多为致仕官吏所组织的逸老会，既包括王邦瑞、孙应奎、陈应时、吕维祺等官至尚书的朝廷大员，也包括刘赟、刘衍祚等普通地方官吏。他们在地方上具有一定的威望，士子从之如风。但这些文人社团大都有浓厚的理学气，甚至与当时的理学讲会相并生，故其诗文虽有关注现实的优良传统，但缺乏南方文人追求个性解放的精神。

（三）晚明的河洛文学

晚明之世，南方的阳明心学大盛，其影响于文学极其深刻。但其对于北方的影响却要大打折扣。故《明儒学案》谓“北方之为王氏学者独少”。河洛地区本为传统理学的发源地,此时却与山东一起成为心学北传的两个重要阵地。洛阳尤时熙曾师事江右王门的刘魁,为王学在河洛地区最早的传播者。其后新安孟化鲤师从尤时熙,“讲良知之学,以无欲为宗,以慎独为本”(《四库全书总目提要》)。其弟子如新安吕维祺、渑池王以悟、陕县张抱初等皆广举讲会,使心学在河洛地区得到了广泛的传播。不过受传统理学思想影响,河洛地区的心学家对程朱理学中的一些正确思想进行了较多的接纳,持论颇正而不走极端,“议论切于日用,不为空虚隐怪之谈”(《明史・尤时熙传》),从而纠正了王学左派之失。至吕维祺更注重于经济之学,从而使河洛地区的文化思潮走向了向实学的过渡。凡此,皆对晚明及清代河洛文学的发展产生了极大的影响。上述心学家虽然在当时都以儒学名世,但皆不废文学,当时都有诗文集传世,其中以吕维祺影响最大。

吕维祺(1587—1641 年),字介儒,新安人。万历四十一年(1613 年)进士,授兖州推官,擢吏部主事,累迁至南京兵部尚书。崇祯十四年(1641 年)正月,李自成攻洛阳,与福王同时被杀。谥忠介。吕维祺为一代大儒,著述宏富,有《明德先生文集》二十六卷、《孝经本义》二卷、《音韵日月灯》七十卷等。他居乡期间,先后组织芝泉会、伊洛大社等,河洛地区之读书人趋之若鹜。二会虽以理学为主,但二会之中每月皆专设二日为修文之会,俨然为明季河洛地区文会之领袖。吕维祺之文于奏章之外颇多山水游记之作,清新可喜。其诗则以风华而著称。另外永宁(今洛阳洛宁县)张论著有《金门山赋》《坛层山赋》等四篇赋作,是晚明河洛地区重要的赋家。

晚明河洛文学最大的成就当数方汝浩的小说创作。方汝浩,生卒年不详,号清溪道人,洛阳人(一说郑州人),天启前后在世。他著有《禅真逸史》《禅真后史》《东游记》等三部小说,皆假托历史,兼及世情,有着浓重的神怪气息,堪称晚明神魔小说的主要代表作家。

《禅真逸史》全称《新镌批评出像通俗奇侠禅真逸史》,共八卷四十回。该书是在元代“意晦词古,不入里耳”的内府旧本基础上,“刊落陈诠,独标新异”,使之“描写精工,形容婉切”而形成的。小说的情节十分曲折,它描述的是南北朝时期,东魏将军林时茂因与丞相高欢之子高澄结仇,恐其日后报复,削发为僧,改名澹然,后与弟子杜伏威、薛举、张善相为民除害,建功立业的故事。最终澹然圆寂,杜、薛、张三人经仙人点化,大梦顿觉,遂弃位学道,云游方外。就思想而言,全书的整体构架是一个佛教故事,但释而道,道而儒,三教合流,三教互补,却是这部小说总体思想的主要特征。该书堪称我国古代儒释道三大思想体系演变中密切交融现象最为典型的描写,正因如此，它在思想文化史和小说史上有着独特的意义。另外，这部小说通过对梁、魏社会现实的描写，借古讽今，对当时的黑暗现实进行了广泛的揭露。与此同时作品也多处赞扬了绿林高义，肯定了起义英雄剪戮豪强、济困怜贫、替天行道的合理性与正义性，因而继承了古典小说民主性思想的光彩。《凡例》所谓“欲期警世”、徐良辅所谓“其间挽回主张，寓有微意”者皆在此。

《禅真逸史》出现于明代末期，这时《三国演义》《水浒传》《西游记》《金瓶梅》等都已相继问世，传统的历史小说、英雄传奇、神魔小说和人情小说的艺术成就，都得到高度的发展。作者力图把传统小说的不同内容和艺术手法融合在一起，兼收并取，渗透综合。不难看出，上述作品对《禅真逸史》的影响，使其成为一部综合体、总结式的小说。总体而言，这部小说气格宏大，情节动人，针线密缝，血脉流贯，人物性格鲜明，语言畅达传神。

《禅真后史》全称《新镌批评出像通俗演义禅真后史》，共六十回。书接《禅真逸史》，叙薛举在卢溪州托生为瞿琰，被一老僧上门化缘带走。这位老僧就是林澹然转世，授以飞腾、剑法、书符、黄白之术，以便护国救民。因参画军机、平定蒙山酋奴有功，封为东部司现。又仗义行侠，救民疾苦。武则天朝，收服绿林豪杰羊雷、潘三辟；再与突厥交战，得胜回朝，旋升兵部大侍郎。瞿以疾辞，巡行四方，赈灾济民，斩孽除怪。最后吞服老僧所赐四粒金丸，乃大彻大悟，白日飞升而去。此书创作主旨与《禅真逸史》相同，唯情节多有诞异不经。但在一定程度上也反映了明末社会动乱、民不聊生以及人民群众向往世界清平、国泰民安的社会心理。

《东游记》，全称《新编东游记》，亦称《续证道书东游记》；又名《东度记》，全称《新编扫魅敦伦东度记》。《东游记》前十八回叙不如密多尊者在南印度、东印度普度群迷的故事。第十九回至一百回叙印度出家的王子达摩老祖率徒弟道副、道育、尼总持三人，自南印度经东印度，沿途伏妖灭怪、阐扬佛教、普度众生的故事。达摩老祖后又独自一苇东航，来到中国，演化世情，在善功圆满后重返印度。故事发生时间，自东晋孝武帝宁康年间（373—375 年），一直延续到南朝梁武帝大通年间（527—529 年）。这部神魔小说塑造了酒、色、财、气、贪、嗔、痴、欺心、反目、懒惰等一大批情魔意魔的生动形象，表现了魔从心生、境随魔变、魔由情化的精彩场面，借神怪演世情，使作品兼具神话小说、写实小说的特色。

二、清代河洛文学

1644 年，清军入关。在清代近二百七十年的历史时期内，河洛地区的文学大放异彩。文人之众、著述之富皆超越前代。今撮其要者，以鸦片战争为界分为前后两个时期，略作论述。

（一）清前期河洛地区的诗文

从1644年清军入关到鸦片战争前夕，为清代前期。其成就主要表现在三个方面：诗文、戏曲与小说。以诗文而论，大都沿袭明代前后七子之说，规模盛唐，尊崇杜甫。洛阳一带成为当时河洛地区诗文创作的中心。

首先，在孟津以王铎、王鑨兄弟为中心形成了著名的孟津诗派，成为当时中州地区与归德诗派并称的两大诗派之一。王铎（1592—1652年），字觉斯，号嵩樵、痴庵等，世称王孟津。天启二年（1622年）进士，旋授庶吉士、编修、升少詹事，充经筵讲官，擢礼部尚书。南明弘光时，授东阁大学士、次辅。入清后，任礼部尚书、《明史》副总裁等职。有《拟山园帖》八十一卷。王铎身处明清易代之际，以诗文书画雄视当代。他的诗歌不唯执清初中原诗坛牛耳，且被誉为明季四大诗家之首，在当时影响甚大。王铎论诗继承七子格调说，然对明季公安、竟陵诸家学说亦兼收并蓄。其诗歌卷帙浩汗，内容博大精深，广泛展示了明清易代之际的风云变幻以及由明季士大夫到清初贰臣的心路历程，表现出强烈的忧患意识与批判精神，曾被倪元璐誉为"喉舌"（《拟山园帖五言代序》）。如《纪往迹》《五月桃叶渡》诸诗，矛头甚至直指当时的最高统治者。就风格而言，他的诗风以沉雄壮阔、瑰玮险怪为主，而思亲念友、山水田园之作又具有蕴藉淡远、清新自然的风格，部分诗作甚至具有鲜明的民歌风调，故他也被誉为集大成的诗人。王铎的辞赋及散文亦极具成就。其《拟山园赋》长达八千余言，全赋借对故居的描写，以表达自己的情操、志向，突出了自己孤傲的个性。他的散文亦极负盛名，其中的书信小札皆语短情长，言近旨远，书画题跋亦言简而意精。其墓志传记作品，涉及社会各阶层的人物，大都注重细节的刻画，叙事生动，人物性格鲜明，堪称明清之际芸芸众生的人物群像。

王鑨（1607—1671年），字子陶，号大愚。王铎三弟，二人并称孟津二王。清初以选贡授鹿城知县，徙昆山，历官至河东道按察司佥事。有《大愚集》二十七卷及戏剧五种。其论诗亦与王铎相类，但却自具特色。杨淮《中州诗抄》称："子陶少学诗于文安，文安诗瑰玮光怪，而子陶《大愚集》坚质雄浑。品地虽殊，而造极则一。"其诗颇具风华，"得元四家神髓"（毕振姬《大愚集序》）。如《哀洛阳故宫》写洛阳被李自成屠城之事，于强烈的今昔对比当中，蕴含着无尽的沉痛。全诗音韵和谐，婉转流畅。风华之胜，情韵之深，皆有吴梅村歌行之风致。王氏后人中，王无党、王无咎、王鹤等皆以诗文名，王氏遂成为清代河洛地区著名的文学世家。孟津诗派中其他著名作家尚有马上骧、梁琦、傅而师等人。

马上骧，生卒年不详，字天衢，孟津人，顺治年间举人，官至山东学官，有《纫兰斋七言律》。他与王铎兄弟为姻亲，其诗法亦效二王，颇有盛唐之风。但其诗中多伤乱之作，悲苦之语每每溢于纸上。梁琦，生卒年不详，字小韩，号无涯，孟津人，明季诸生，有《稽古堂诗集》。张汉在序中称："无崖之诗，丰骨遒上，而奇气足以行之。论著亦复超以卓语，不屑寄人篱下。方诸觉斯，伯仲之间也。"傅而师（1635—1661 年），字余不，又字左启。登封人。举人，两试礼闱，不第。有《枕烟亭集》八卷。而师为王鑨之婿，其诗文多作于顺治十年（1653 年）之后。邓之诚先生称之"感事伤时，随事吐露。虽词尚含蓄，然怨而近于怒也。豫中人文，商丘与洛阳相竞爽。侯宋之作，不事质言。若贵质言，则而师为得风人之旨焉"。另外，薛所蕴与孟津诗派的关系亦极密切。薛所蕴（1600—1667 年），字行屋，一作行坞，又字子展，号桴庵。孟县人。崇祯元年（1628 年）进士，官至国子司业。入清，官至礼部侍郎。他与王铎同以学杜标榜，后又与刘正宗唱和，时称"中州三先生"。其诗多涉时事，钱谦益曾盛称之。诗风则与王铎相似。王铎《行坞薛公桴轩集序》称其诗："时而老健陡峙，时而覆五岳，翻沧海，天龙人鬼，变相蟠曲……绝无恒状。"

其次，在新安出现了河洛文学史上历时最长、作家最众、著述最多的文学世家——新安吕氏。新安吕氏自明季吕维祺之后，才俊辈出，或昆仲兄弟并驰，或父子叔侄相承，有清一代二百多年间有著述可考者竟达二百之众，著述则多达四百余种。杨淮编选《中州诗钞》时赞之曰："新安吕氏为中原望族，学术之醇，科第之盛，甲于全豫。而诗学尤为薪传。"其中尤其杰出者有吕履恒、吕谦恒、吕法曾、吕公溥等。

吕履恒（1650—1719 年），字元素，号月岩。吕维祺之孙。康熙三十三年（1694 年）进士，官至户部右侍郎。有《冶古堂文集》《梦月岩诗集》《梦月岩诗余》等。吕履恒为清代中州著名诗人，杨淮《中州诗抄》录其诗达 53 首，居所有入选诗人之首。其诗奉陈廷敬、王士祯为师，然为王铎外孙，故诗风亦受孟津二王影响。徐世昌谓其"有七子遗音，命意瑰奇，结响苍远，非优孟唐贤者比"（《晚晴簃诗汇·诗话》），杨际昌亦谓其"气格声律似明七子"（《国朝诗话》），正说明二王对他的影响。然而，王士祯评其诗则曰："《梦月岩诗》高浑超诣，正以不甚似杜为佳。"这种看似矛盾的评价，其实正说明了在清初由尊唐而祧宋的演进过程中吕履恒的诗作所具有的诗史意义。履恒诗歌的题材亦极其丰富，大都能切合时事。而《斫榆谣》《邻人别》《哀流亡》诸作，极言民间疾苦，可看作对杜诗精神层面的一种继承。吕履恒亦擅散文，更是清代河洛地区最重要的词人。

吕谦恒(1654—1720年),字天益,号涧樵。康熙四十八年(1709年)进士,官至光禄寺卿。与兄履恒同以文学名,时称新安二吕。有《青要山房诗集》《青要山房文集》。其诗风格历来所论亦颇有不同。方苞称:"《青要集》兼初盛唐人之长,而风骨酷肖子美。"沈方舟亦云:"笔挟风霆,气惊云电,砰山欲碎,过峡无声。论其才地,当与献吉伯仲。"《四库全书总目提要》则云:"其诗纯作宋格,疏爽有余。"其实,从这些评价中我们可以看出,吕谦恒在清初中州诗坛风气转变上比其兄走得更远。他的古文推崇桐城派,堪称桐城派在河洛地区最重要的作家。方苞《吕光禄卿谦恒墓志铭》深以其为知己:"余尝以古文法绳班史柳文,多可瑕疵,世士骇诧,虽安溪李文贞不能无疑,惟公笃信也。"

吕法曾(1684—1750年),履恒侄。字宗则,号力园。康熙五十二年(1713年)举人,任祥符教谕。善音韵、训诂之学,有《韵可》《力园诗草》等。其于诗极为慎重,几经删削方成。其内容主要是游览名胜、写景咏物。他以小学家而出入于诗,鲁曾煜在《力园诗草序》中曾评云:"力园与予论诗,贯串古今,有本有末,而选声谐韵,按部分班,揆之考文,功令不差铢黍。"从中颇可看出乾嘉考据学派对他的影响,他也因此而成为代表着河洛地区诗风转变的又一关键人物。

吕公溥(1727—1805年),字仁原,号寸田,履恒孙。监生。有《寸田诗集》及戏剧《弥勒笑》。公溥为吕氏后劲,《中州诗抄》录其诗达48首之多,仅次于吕履恒。他与袁枚为诗友,诗学接近性灵派,袁枚称其为"诗中雄伯"。其为诗词必从己出,不袭前人窠臼,语言率真而极富情趣,咏物抒怀皆酣畅淋漓,以情深而取胜。如《宿铁门》:"乌乌巢深枝,游子走长路。一鸣桃花开,再鸣春山暮。"写出了游子独特的心理感受。他写给著名小说家、诗人李绿园的《赠李孔堂二首(其一)》亦给人以袁枚诗歌的俊爽之感:"吾乡风教至今醇,万里归来一故人。流水高山清以越,大羹元酒淡而真。忘言襛穆欣相对,得句推敲妙如神。惟我兄君君弟我,榻悬更解讵嫌频。"然而与袁枚相比,公溥诗歌又有其不同之处。一是他出生于理学名区,新安吕氏又世以忠孝传家,故其诗中忧国轸民之作较多,对下层百姓的疾苦也多直接的描述。如《黄河谣》等作皆是如此。再就是他的风格也更为多样,尤其是部分诗作做到了风华与情韵兼擅。如《落花》:"如梦如仙惹恨长,枝头谁信有余芳。去随流水添春色,飞共晴云带雨香。疏影鹃啼空月夜,绿阴莺语但昏黄。楼前一树开还未,莫嫁东风赚阮郎。"其想象之别致,含意之深厚,皆为古来同题之作所少见。

在登封,则出现了耿介、高一麟、景日昣等诗人群体。耿介(1618—1688

年)，初名璧，字介石，号逸庵，登封人。顺治九年(1652 年)进士，官至少詹事。致仕后讲学于嵩阳书院。著名学者。有《中州道学编》等。他以提倡理学为己任，为诗亦"和平温雅，为有德之言"(《晚晴簃诗汇·诗话》)。耿介为著名学者，当时河洛之士多从之游，他对当时河洛文人的影响也是不可忽视的。高一麟(1635—？年)字玉书，号钜庵。登封人。屡试不中，遂肆力于古文词，设教于嵩颍之间。他的诗作多反映下层人民的疾苦，如《园丁苦》《损田行》皆为当时现实惨状的实录。景日昣在其诗集序中称："先生以穷而工于诗，其诗触景兴怀，酷追子美。"邓之诚先生则称："诗不能工，然言之有物，间亦有可观者。"景日昣，生卒年不详，登封人。康熙三十年(1691 年)进士，官至礼部侍郎。著有《说嵩》《崧台随笔》《嵩崖集》等，其诗文以古奥而著称。

偃师武亿父子、卢氏王尔鉴亦为此际著名作家。武亿(1745—1799 年)，字虚谷、小石，号半石山人。乾隆五十四年(1789 年)进士，曾官博山知县。有《授堂文抄》《授堂诗抄》等。武亿一生博通经籍，精于金石考据，为乾嘉学派中北方最著名的学者。所为诗文亦不为浮词，朴实真切。而《跋汉吉羊池》《汉匾壶》《题访碑图》等则悉以考据入诗，可视为典型的乾嘉诗风。其子穆淳亦善诗文，有《读画室诗文集》。王尔鉴(1703—1766 年)，字在兹，号熊峰。雍正八年(1730 年)进士。长期担任地方官，卒于夔州知府之任。有《二东诗草》《滕阳山水吟》等。尔鉴文学、政事均有声望。赵执信称之曰："才优于政事，心喜乎风雅，内不绝冥搜，外不废吟咏，是真能以心运其才，而不为职位之所限者。"(《二东诗草序》)他一生喜爱山水，尤以山水诗著称。在居官的重庆、山东一带皆留下了大量的歌咏山水之作。他写重庆夜间灯火，十分令人神往："高下渝州屋，参差傍石城。谁将万家炬，倒射一江明。浪卷光难掩，云流影自清。领看无尽意，天水共晶莹。"其"三面江声千岭树，半崖秋色一帘风"也是流传极广的写景名句。

(二)清前期河洛地区的戏曲与小说

清代前期，河洛文学的另一收获便是出现了三位戏剧家：王鑨、吕履恒、吕公溥。自元石子章、姚守中以来的几百年时间内，河洛一带一直没有出现过戏剧家。故这三位剧作家的出现，有着填补空白的重要意义。

王鑨有《华山缘》《秋虎丘》《双蝶梦》《司马衫》《拟牡丹亭》传奇五种。吴伟业《大愚集序》称其"不减关郑白马。兴酣落笔，随命小奚拍板应节。淋漓变幻，闻者动色"。董讷对其戏曲亦推崇不已，称之为"日月之余照，江海之细波，泰华之半麓"。吕履恒则是清代前期的剧坛上一位重要的正统派传奇作家，其一生共创作四部剧作，并曾在长沙、杭州等地演出，然今仅存《洛

神庙》一部。该剧作于康熙三十八年(1699 年),写明朝洛阳秀才何寅与妻巫友娘、妾贾绿华的生死离合,以二枚返魂香坠周旋其间。作品具有强烈的虚幻色彩。作者在第一出即声明:“望美人兮日暮,思公子也天涯。忍教情种绝根芽,我欲掀翻造化。”但又能够自如地出入于真假、实虚之间。这种奇幻性色彩,可以说是汤显祖“因情成梦,因梦成戏”的一种继承。作品暗寓着作者的人生感悟、现实思考。在语言上则采用诗化的语言,追求诗的意境与韵致,而不太注意戏曲文学应有的通俗化与舞台化,因而被奉为清代前期正统派传奇的代表剧作之一。吕公溥的剧作有《弥勒笑》,这是现存最早的梆子戏剧本,在戏曲史上有十分重要的意义。该剧系根据张坚(1681—1771年)的著名剧作《梦中缘》改编而成。其自序曰:“关内外优伶所唱梆子腔,歌者易谱,听者易解,殊不似听红板曲,辄倦而思卧。但嫌关目牵强,说白俚俗,不足以供雅筵。乃取江南张漱石《梦中缘》作兰本改,为之删并。余笔虽拙,不能淹没前人之巧,情胜故也。易名曰《弥勒笑》。以为佳,漱石《梦中缘》之佳,劣则《弥勒笑》之劣也。余曰:‘只图堂堂之一笑,且籍以抒余情焉耳。’”由此序可以看出其戏曲观点主要有四:文词的雅正、关目的合理、真挚的抒情、深刻的寄托。从剧本来看,基本上实现了作者的美学追求。

小说方面,则出现了李海观的巨著《歧路灯》。李海观(1707—1790年),字孔堂,号绿园。祖籍新安,祖父时迁居宝丰。曾任印江县知县。他长期居于新安旧宅,于此设帐授徒,与新安吕公溥等相唱和,并缔结诗社九老会。《歧路灯》一书也主要于新安完成。他亦擅诗文,有《绿园诗钞》《绿园文集》等,今仅有部分作品辑入栾星先生之《李绿园诗文辑佚》中。《歧路灯》共 108 回,假托明代嘉靖年间之事,实际反映的是当时的现实。全书以谭绍闻由堕落而获取新生的曲折多变的成长过程为主要情节,穿插了大量对世态人情的描绘,全方位地展示了当时的社会风貌。该书为中国古代最为著名的教育小说,被称为“少年之宝筏,为父母者之暮鼓晨钟”(李敏修语)。尽管作品有一定的说教成分,但它提出的青少年教育问题,所塑造的回头浪子的形象,所强调的“用心读书,亲近正人”的处事原则,至今仍有非常重要的现实意义。在思想上,《歧路灯》尽力挖掘人性中善的因子,给人一种明朗向上的格调,这在《金瓶梅》《红楼梦》《儒林外史》等作品中都是很难看到的。《歧路灯》在艺术上也取得了极高的成就。首先是人物的塑造。全书塑造了 200 多个人物形象,涉及社会的各个阶层,可谓三教九流,无所不有。其中的主要人物皆形象鲜明,极具典型性。如“谭绍闻之优柔,其母王氏之庸愚,其家人王忠之忠直,盛希侨之豪纵,及正人君子中程嵩淑之豪爽,均可令人想象其为人”(冯友兰《歧路灯序》)。尤其是夏逢若的无赖形象,堪称文学史上所仅有。其次是心理描写,中国古代的小说都是重情节而轻心理的。《歧路灯》却出现了大量的心理描写。尤其是谭绍闻、孔慧娘的心理描写,对于整个人物形象的塑造起着非常重要的作用。在中国古代小说发展史上,《歧路灯》的心理描写只有《红楼梦》才可以与其媲美。另外,《歧路灯》结构也达到了中国古典小说的最高成就。郭绍虞先生曾将其结构与《红楼梦》相提并论。朱自清先生则以为以结构而论,就是《红楼梦》也比它稍逊一筹。全书尽管场面宏大,头绪繁多,但围绕一个中心人物来展开故事情节,结构十分紧凑,线索也十分明晰。小说在平淡无奇的情节演进中,使人物的思想性格得到逐步的展现乃至深化,这已经十分接近近代小说的结构模式。最后,小说采用了地道的河南方言,使全书具有浓厚的地方色彩与乡土气息。《歧路灯》作为中国古代小说发展到鼎盛时期的一部巨著,"与《儒林外史》、'四大奇书'、《红楼梦》一起,构筑了这一时期小说艺苑的繁荣局面,并且以其独特的品质与成就,为明清章回小说增添了令人瞩目的重重一笔"。

(三)晚清河洛地区的文学

1840 的鸦片战争之后的文学,即晚清文学,一般称为近代文学。这一时期河洛地区的文学逐渐衰落。其主要成就为诗歌。这一时期的主要作家有王汝谦、李棠阶、洛阳曹氏文学世家、林东郊、赵金鉴等。王汝谦(1777—1885 年),字六吉,号益斋,沁阳人。著名理学家,然亦善文。有《省过斋文集》。李棠阶(1798—1865 年),字树南,号文园,又号强斋,沁阳人。道光二年(1822 年)进士,选庶吉士,授编修。历官至礼部尚书、军机大臣。有《李文清公遗书》《李文清公诗集》等。棠阶为当时理学宗师,然作为朝廷重臣,一代名儒,其诗文亦颇为时所重。他每至名山胜水,皆喜题咏,所写对联,尤名扬天下。如《题昆明西山太华寺联》云:"南浦绿波,西山爽气;春风落日,秋水长天。"典雅清秀,构思精巧,至今尚为文人雅士所称道。晚清,曾经显赫的新安吕氏文学世家已见式微,而洛阳曹氏则成为河洛地区最大的文学世家。其代表人物为曹肃孙。曹肃孙(1795—? 年),字伯绳,号小亭,又号柏亭外史。诸生。曾任颍川训导。有《迟悔斋集》及《洛学拾遗补编》等。其祖逢庚(生卒年不详)、父敏(? —1796 年)皆以理学文章驰名河洛间,而肃孙的文学成就相对而言最为突出。他的诗歌时人谓之"格老气苍,乎入作者之室"。其子谦,字吉六,亦工诗,有《养云斋诗稿》。当时洛阳诗人赵逢庚评其诗曰:"其自然处如陶靖节,其奇擎处如苏东坡,其发于忠孝,忧及时事,形为歌咏处如杜工部。"虽不免过誉,然亦可见其性情之正,颇有风雅遗音。林东郊(1868—1937 年),字茅园,一字霁园,洛阳人。光绪戊戌(1898 年)进士，选翰林院庶吉士。历任国史馆纂修等职。辛亥革命后，曾任临时参议院议员、众议院议员等职。著名书画家、诗人。惜其作品多已散佚，今存《爱日草庐诗集》，所收多为辛亥后所作。赵金鉴（1875—1931年），字劲修，宜阳人。官至云南候补道、腾越镇总兵。有《瓢沧诗稿》《蜀滇游琐录》等。金鉴颇善诗文，他一生多在行伍，故诗歌亦跃动着英豪之气。如《代缅刀歌》："金精铜液刃雪色，宝刀铸自缅甸国。赤发野人出塞献，欧冶风胡目未识。百炼钢化绕指柔，胁血曾渍老蛟虬。电影一闪沈云裂，国士手中三尺铁。"

诗歌之外，这一时期值得称道的便是出现了长篇历史小说《黛眉寨》。该书长期以来湮没不传，最近始被发现，仅有一部完整的清代手抄本和民国时期的两个手抄残本。他的作者，各版本均署名西山外史。据研究，西山外史乃道光年间新安举人张象山之号。可惜张象山之生平今已不可详考。

《黛眉寨》全书共一百回。全书从元兵南下，陆秀夫蹈海、杨朝英携传国玉玺隐于新安县黛眉山石渠寨开始，一直写到朱元璋建立明朝结束。书的主题是歌颂伟大的民族精神。在艺术上，《黛眉寨》在极其宏大的背景之上，刻画出一系列鲜明生动而又具有时代特征的人物形象，全方位展现了波澜壮阔的时代风云，具有高亢乐观的革命英雄主义精神。作品情节曲折多变，跌宕生姿，读来惊心动魄，荡气回肠，堪称一部壮丽的英雄史诗。

与金、元、明三代相比，清代可称为河洛地区古典文学的复兴时期。其作家之众、著述之富，皆超迈此前任何一朝代，为河洛地区古典文学留下了辉煌的最后一页。

第二节　明清河洛文人集团与交游

洛阳地区文人结社的历史悠久，如唐代白居易等人在龙门西山香山寺所组成的香山九老会，北宋文彦博、司马光等人在洛阳组织的耆英会（又称真率会）等。这些文人结社、集会活动便成为明代洛阳地区文人集会、结社的历史依据和效仿榜样。就明代洛阳地区文人的集会来看，可以明显发现其前后期发展的不同特点。

一、明代前期文人集会

明初，洛阳地区文人稀少，为求安稳计，这些为数不多的文人和名宦人物大都处于隐遁山林的状况之中。在这种情形下，文人集会是难以形成的。随着社会局面的稳定与经济、文化生活的发展，文人集会活动才逐步发展起来。

宣德年间,文人的雅聚已有所表现。如在洛阳城东有房威之宅园,内有祯槐堂,时有山西河东名儒薛瑄常往来于此,并为之作《祯槐堂记》。房威与当时洛阳名士郑安、乔昇,以及以府学生员居洛的新安人张钺关系十分密切。房威,字子仪,为宣德元年(1426 年)河南乡试解元,第二年与张钺同年中进士,后任职至监察御史。郑安,字永泰,为洛阳诗文名家,与房威同年中举。乔昇与张钺后来也皆以《诗经》登进士。这几位皆以诗文见长,学问渊博,经常在一起谈诗论文。虽没有资料明确显示其集会之确切地点、时间与频率情形,但以诗文相尚之雅聚应当是不可避免的。明代洛阳有明确记载的文人聚集最早的是正统、景泰年间,郑安、王义、阎禹锡、刘健等文人的雅聚与集会。王义,字宜之,号南园老圃,宣德年间以贡生入太学,后任职于陕西延安,以四川叙州通判致仕归乡居洛。“归来之日,乐耆英会合之秋,怡情适兴,养性修德,意欲韬光晦迹于穷约,放情适意于间旷。”于是在其另建的一处宅园即南园构筑“归乐堂”以为藏修宴游之处。虽然此堂栋宇简易,仅蔽风雨,却有潇洒静幽之意。堂前艺蔬有圃,灌蔬有井,旁有古樱桃树,是一个可以满足文人喜好、游目骋怀的好去处。郑安、王义每每“与二三同志葛巾野服,坐繁荫而资咲谈,睹仪容而接伦绪,酌觞行酒,适意清歌,轻飏徐来,襟度旷爽,逍遥徜徉”。从郑安的记述可以看出,此种文人雅聚具有浓厚的文人自娱性,虽也有诗文艺趣,却较少有诗文之作的约束而更多地体现出松散性、自由性。

与普通文人这种聚会相类似,这个时期出现的学术型文人聚会也表现出在时间、地点,以及人物、程式等方面没有严格规定性的特点。如景泰年间,曾任山西临汾幕僚的洛阳人李维恭退职归乡后在瀍水岸边构筑园宅,建造一亭阁于其间,聚书数百卷置其中,此处景色秀美,李维恭常以此为休闲娱乐、修身养性之所。亭下周围分区种植各种蔬、药,引瀍水灌溉,沟渠纵横。因与河相连,时而也可垂钓于其间。登上此亭,又可临高纵望,洛阳一带山水形胜尽收眼底。远眺幽丽寂寥、峰峦叠翠,使人心旷神怡。李维恭自幼负于气节,好交往学者名流,加上杜纲、潘觐等本身也是喜好雅集的文人。这里便成为名士聚萃、谈学论文之地。当时在洛阳享有声名的一些名流人物如阎禹锡、白良辅、刘健、乔缙等人也时常光顾于此,既交流学问,也陶冶情志。阎禹锡为此亭取名“环翠亭”并作《环翠亭记》,刘健、乔缙为此亭皆有诗作。

天顺至弘治时期,洛阳地区文人的这种聚会日益增多,特别是一些仕宦人物在致仕归乡后常常会集志趣相投的故旧新朋,以诗酒、论文、娱乐相会聚渐成风尚。如成化后期,曾与刘健同年登进士,以山东按察副使致仕归洛的潘瑄,“为园筑屋,日与朋旧文字饮乐”。再如弘治年间以直隶滁州全椒县教谕致仕归乡的宋玉,“既归洛,与乡土大夫之归老者续会耆英”。

随着聚会活动的增多,文人集会活动逐渐由松散、自由向较有规则的方向发展。这种集会在时间、组织、规模,以及集会中的赋诗论文等内容、形式上已具有了较显著的规则化特征。

二、明代中后期文人会社的发展与兴盛

进入明代中期以后,随着经济的发展、社会状况的稳定,缙绅阶层势力也日益发展起来。同时,在阳明心学思潮的日益影响下,人们的思想渐趋活跃,社会文化生活也渐趋丰富。于是,由缙绅阶层首先在文化生活领域发展并影响与带动起各个阶层文人们从事的团体性文事活动日益丰富、活跃。如下表所示。

特别是嘉靖、隆庆、万历时期,不仅是明代洛阳地区文人结社和集会活动最为兴盛的时期,并且呈现出显著的组织性特色。具体来说,这种活动包括学者的讲会活动与一般文人的诗文娱乐集会这两种具有一定差别的类型。

明代中后期洛阳地区学者们的集会活动集中表现为尤时熙、孟化鲤、吕维祺等人所进行的学术讲会。讲会,其主旨是以宣讲、研究和探讨学术为主,但同时也有作为辅助性的文学艺术活动。如尤时熙曾拟定讲会的程式规定,到会者可“任意行坐,或歌诗,或鼓琴,或投壶,或射箭,或讲论书史,或静坐,兴到为之,各从其便。如近山水,乘兴游衍,随事切磋,务在相成”。这种情形在很大程度上与文人雅聚有一致性。再如吕维祺在新安所组织的芝泉讲会,虽以讲论学术为主旨,但也兼及文会,不同于明前期理学学者们只重学术而轻视文学的情形,在吕维祺看来,从事诗文等文学活动不仅不妨碍学术,相反正有助于思想学术的深化与践行,所以他说:“文何尝有妨于行?正为行之资、行之正、行之实地用力处。是故文之会友,辅仁也;修辞立其诚,以居业也。”因此,在其所组织的学术讲会中也常常伴有文学艺术活动。其在《芝泉会约》中就有明确规定:“文会以初三、十八日寅刻至会所,候题至,静坐沉思,不宜喧哗聚谈,彼此易位,及更往别所……每会以二三篇为率,或间会七篇及二三场,每季一试,第其文之高下,劝惩有差。”在崇祯后期,吕维祺在洛阳兴建的伊洛会(又称伊洛大社)中也有明文规定学术讲会“以初二、十六为期。又以初三、十七为文会”。吕维祺对人说:“理学举业,初非两事。”可见,吕维祺所兴办的这些会社讲学虽以学术为本旨,却也并不仅仅是学术性的,对于文章写作与修饰等文学技巧也同样重视。不过,就学者们举办的多数讲会而言,其所宣讲、讨论的内容依然主要是以学术为本,在内容上并不完全属于文学艺术之具体范畴。

明代中后期洛阳地区文人会社统计

县区	会社名称	主要成员及规模	兴建时期、会期、地点
洛阳	真率会	毕亨、王让等10余人	成化时期，每月初一、十五会于水南乐处
	续耆英会	宋玉等	
	文社	丰俭、王昌等	正德年间
	耆英社	温如春等	
	八耆会	孙应奎、王邦瑞、李天伦、李天成、刘汝思、詹椿、于淳、戴梗等8人	嘉靖年间，又名八首会、后耆英会
	敦（惇）谊会	朱用、刘赞、王正国、刘衍祚、杨士廉、董尧封、王职、史善言、西怀玉等9人	隆庆、万历年间，初为敦谊会，后改“敦”为“惇”
	初服会	孙应奎、朱用、刘赞、王正国、许梦兆、王职等先后有28人	隆庆、万历年间
	澹逸会	王正国、刘赞、董尧封、刘衍祚、陈应时、沈应奎、谢江、吴三乐、戴冕、方时学、吕孔良等11人	万历年间
	崇雅会	刘衍祚、王职、周自任、董继祖、李赞、刘泽演、张其化、陈东皋、孙澜、李希闵、张献图、王金星等12人	万历年间
	文会	朱朝用、董尧封等	
	七闲社	朱珂墦等	
	证媒社	任绍曾等	
	犗饵社	任绍曾等	
	同年会	刘赞、许梦兆等	
	伊洛大社	吕维祺、姚赓唐、杨英、丁泰吉等50余人，来学者200余人	崇祯年间，每月初二、十六讲会，初三、十七会文，程明道书院
	明德堂讲会	吕维祺等	

续表

县区	会社名称	主要成员及规模	兴建时期、会期、地点
孟津	中原奇社	王价等 11 人	万历年间，每十日一会
	文社	陈耀、王铎等	万历年间
偃师	同志会	冯启昌、庞某、焦某、赵某等	万历年间
	五老会	高惟孝等 5 人	
	洛下会	高诗	万历年间
	文会	吕玢等	
新安	兴学会	孟化鲤等	约十年，月三举，宝云寺、城南精舍陈仁甫屋，地点不固定
	文峰讲会	孟化鲤等	
	川上讲会	孟化鲤	每月一次，凡三日
	诗文怡乐会	吕孔学等	天启年间，于辟园于函谷
	芝泉会	吕维祺及袁应参、刘标、姜品高、陆冲霄等门人众多，来学者百余人	天启年间，初三、十八文会，芝泉书院
永宁	文社、讲会	陈汝时	
	五老会	朱宸、赵时享、王家相、王家士、田理 5 人	万历年间
	崤谷社	温廷耘、张懋延、师佐等 15 人	崇祯年间

注：此表转引自翟爱玲《明代洛阳地区文化发展研究》。

与学术型集会和结社发展的态势和特点相类似，明代中后期洛阳地区文人们所从事的诗文娱乐活动与前期相比，最显著的特点是时间、地点、内容的相对确定性，以及组织、成员、规模的稳定性。具备了这些特征的文人集会便不再是一般的临时性聚集，而是具有了相当程度的组织意义。

在洛阳城，这种文人结社、集会更为集中。早在正德年间即有丰俭与王昌等人所结雅社，以“诗酒交欢”。丰俭，字宜之，别号洛滨，为刘健之婿。其祖乃江南诗书之家而迁至洛阳，至丰俭时家中仍“能不失诗礼之习”，加上他自幼秀敏，于诗文学问皆有成就，著有《洛滨集》、《水南遗稿》诗集、《中阳余韵》词集等。王昌虽是武进士出身，曾官至安远将军，但也雅好诗文。在丰俭卒后他以“同诗社者”和好友身份代请辛东山为丰俭作墓志铭，由此可知丰俭等人所结诗社的性质。嘉靖、隆庆、万历时期，文人结社集会活动更为频繁。进士出身、官至福建右布政司致仕归乡的温如春在洛“复举耆老社，乡耆争集焉”。嘉靖后期，大体同时致仕归乡的户部尚书孙应奎、兵部尚书王邦瑞、户部员外郎李天伦、霍邱知县李天成、中书舍人刘汝思、都指挥佥事詹椿、四川保宁府同知于淳、山西按察司佥事戴梗等8人仿唐宋时期香山九老会、耆英会而结“八耆会”，又称“续真率会”，“诗酒过从，岁无虚日”。此会自嘉靖年间延续至万历年间，历时数十年之久，成员因沦谢、增补而时有变化，合计约有30人。王邦瑞、李天成皆有诗文纪之。隆庆年间致仕归乡的侍郎王正国、副使刘贽、参政刘衍祚、知府杨士廉、侍郎董尧封、知县王职、主事史善言等人在洛阳城西结敦谊会，后又改名惇谊会。会中还有一位以山人身份出现的“胡竺”人西怀玉。王正国也有诗文纪此会之情形。万历年间在洛阳见于记载的还有初服会、澹逸会和崇雅会。初服会是由刘贽等5人在原“八耆会”基础上续结之会社，成员尽为致仕归乡之“宦游诸君子”，社成后又有维扬山人胡楚鹤加入。胡楚鹤曾久居洛阳，与刘贽等人交往密切。之后胡楚鹤等人远在云中，又有结社以续初服会。崇雅会是刘衍祚、王职，以及通判周自任、推官董继祖、主事李贽、知州刘泽演、知县张其化、知县陈东皋、主事孙澜、通判李希闵、知州张献图、郎中王金星等12人所结会社，李贽、刘演祚有诗纪之。澹逸会也是由王正国、刘贽、董尧封与刘衍祚等人所结诗文会社，成员共11人，除前述4人外还有致仕的南京工部尚书沈应奎、都给事中谢江、都御史吴三乐、佥事戴冕、知府方时学，以及吕孔良。此外，还有一些记述简略而模糊的文人会社，如方城恭惠王朱珂壒等人所结七闲社，刘贽、许梦兆等人所结之同年会，朱朝用、董尧封等人所结有文会，以及任绍曾等人先后组建的证媒社、犊饵社，等等。

除了洛阳城之外，其他各县在此期间也有不少文人集会、结社的活动。新安向称学术兴盛之域，孟化鲤、吕维祺等人所举办的学术讲会中常常包含有诗文之事。吕维祺就曾经与王浩、游汝祯等10多位年高有行者具酒集会，“筑斗园于城北斗山，携诗友，备酒泮涣，备极乐事”。吕维祺之父吕孔学以仁孝著称乡里，其于学术、文事颇为着意，又乐善好施，曾“与同志仿香山、耆

英，结社以乐天年”。施化远等人所作《吕明德维祺先生年谱》亦云其：“辟园于函谷东，与老友啸歌慷慨，有太丘之风。”由此可见，学术之外，新安文人会社的发展也是较为显著的。孟津向来多出文人墨客，其所结诗文书画之会社也更显文艺特色。王价本为阳明心学学者，但其颇重文事，所结中原奇社，成员共11人。王价有《中原奇社序》中记述此社之情形：“鼎兹奇社，用萃韶英……对窗而诵，不雨何清；抚琴以歌，因风益慷。昔年旧业，想篝火以烛燃；旷古迁怀，触磊块而复动倦。斯蔚豹感我蓼虫。文教大兴不于此社望乎？”可见此会社之宗旨与追求，而其日常社则有“十日十子之会，六符六祯之阶，昭昭然岂小技哉”之明旨。明后期在孟津还有陈耀等人所结之文社。陈耀，字还朴，号具茨，万历四十七年（1619年）进士，授韩城县知县。陈耀为陈惟芝之子，王铎之舅。王铎后来回忆自己早年成长历程中陈耀不仅在经济上，而且在文事上给予的指点时说：当其“发始束”，陈耀即予其“篇章指授”。后又“以文授予，方予未售，蕲予显，闵闵如农望岁”。可见陈耀对文事的重视。

相比较而言，偃师、宜阳、永宁等县在学术上不及新安，在文学艺术上落后于孟津。然而，明代中后期的文人集会与结社活动却是在这些县区表现得更显活跃和丰富。如在偃师，万历以前就有高惟孝、吕玢等人组织的文人集会。高惟孝，字一人，弘治十一年（1498年）中乡试，其“乐易简重，温雅谦和”，历任蕲州知州、凤阳同知、南京户部郎中、广西庆远知府。退职归乡后，“常服羸骑，约同志四人为五老会”。吕玢，字景玉，自幼聪慧，后以庠生出身官至县令。史称其个性孤介，“闭户吟咏，博极群书……晚年家居，主后进文会，诲人不倦，成就甚多”。万历年间又有高诗、马启昌等人所结之会社。高诗，字兴甫，贡生出身，为高惟孝家族之后裔，历官固原同知，归乡后“与邑中耆硕数人为洛下会，林壑徜徉，诗酒自娱”。冯启昌，字茂贤，也是县庠生出身，万历十年（1582年）因皇太子出生推恩天下而授寿官，但他“益厌尘俗”而约数人结成“同志雅会，乘时燕集，登临访胜”。

在永宁，嘉靖年间曾有陈汝时等人兴建之讲会，万历年间则有田理等人所结之文会，至崇祯年间还有温廷耘等的文人会社。田理等人所兴建文会也称五老会。田理，字伯循，万历间贡生，曾历官平凉教谕，后归乡里，与大略同时致仕归里的朱宸、赵时享、王家相、王家士等“素所善友五人为酒德之会，茹英采荣，夷犹行歌”。“竹杖芒鞋，葛巾羽服，时而问谷寻山，时而穿林入薮，花坞琴尊，茆亭棋局，谈玄问字，作赋咏诗。”对于此五老会，明清时人有许多诗文纪其事，崇祯年间永宁名绅张鼎延也曾为之作《前五老图序》，另外，张鼎延还为永宁另一文社嶰谷社作有序文以纪其事。嶰谷社是崇祯后期由温廷耘、张懋延、师佐等15人所结会社。温廷耘，字伯庸，本为洛阳人，于崇祯十四年(1641年)李自成攻陷洛阳后徙至永宁，因喜爱崤谷山川而家居于此。此人颇有文才，"能诗，工行草书，年少拳明经"。张懋延和师佐皆永宁本地人，至清代始以科举入仕。可见，此崤谷社成员相对较为年轻而不似其他社那样多为致仕官宦人物诗酒娱乐之会社，表现出一定的独特性。

三、明代洛阳地区文人会社发展的特点

从上述所列举有明一代洛阳地区的文人会社情形，大体也可以看出明代洛阳地区这种文人会社活动的特点，归结起来主要有如下几点。

第一，从其发展进程来看，明代洛阳地区文人会社的发展状况与整体思想文化发展倾向和氛围具有较为密切的关系。这里指的思想文化发展倾向和氛围，主要是从明代前期以理学思想为主导向中后期以阳明心学精神为主导的学术文化带来的人们思维倾向的转变。在此影响下，文人会社的发展就体现出在明代前后期的不同态势，即前期较为拘谨、简略，后期较为开放、活跃。在洛阳城中刘赞、刘衍祚、董尧封等人所结敦谊会又改名惇谊会，"改从心不从文，有深意存焉"，就十分明显地表现出当时在阳明心学盛行背景下文社立社宗旨也受思想学术氛围深刻影响的情形。

第二，从其功能作用来看，明代洛阳地区文人会社具有较为显著的注重实际或实用的特征。在上述这些文人的会社中，尽管也有如犒饵社、中原奇社以及一些学术讲会那样在会社宗旨上具有立志高远、胸襟开阔之气象，但绝大多数会社仍将会社目标设定在对成员个人道德、情志的熏陶与培养上。大凡学者型文人所兴建讲会、会社，在设置和规划其集会活动内容和形式时，大都注重行、止、坐、卧及所处事宜，从细节处着眼以践行其人生道德实践为主旨。而普通文人所结诗文社，则多是通过定期文事活动以切磋诗文、游览名胜、陶冶情怀，甚至以自求闲适与娱乐为主旨。如洛阳初服会的宗旨中就有这样的认识："夫兴感莫如聚乐，聚乐何如旧游，今之会多宦游诸君子归田以后相就为社尔，视龆龀之交已不相侔，而志向又安可尽同，此旧游之聚所以真乐也。"明代洛阳地区文人会社功能作用上的这种单纯，同时也体现着其在性质上极少有政治、军事或其他观念意识形态上的复杂成分掺杂，从而折射出明代洛阳地区文人相对朴质的一面。

第三，从人员构成上来看，普通文人会社主要是由仕宦退职人员组成，因而具有年纪大、社会地位较高的特点。因其年纪大，故会社活动更多地体现着富于文化根底又谢政无为之文人们可以寄情诗文、放情山水的逸乐自

适的生活方式。缘其社会地位与影响力突出,这些以缙绅身份为标识的文人们实际上以会社为依托,更便于通过一种群体的力量在地方社会事务中发挥其影响作用。如洛阳刘贽,以临清副使致仕归洛后,与同志数人结敦谊会,一方面他表现"有终焉之志"的状态,显示出一种向往逸然自得的生活,另一方面又对地方社会事务时常关心。清代乾隆年间所修《洛阳县志》中就有记载:"故事不征河、怀两府荒地,时有议征为宗室奉者,贽详绘地形,援往籍上之当路,得报罢焉。"刘贽的这种情形并非个例,新安的学者如孟化鲤、吕维祺,孟津文人陈惟茨、陈耀父子等,皆能以乡居缙绅身份致书于任现职的地方官员,议论地方诸政管理事务。除了其原有的官宦地位外,也在相当程度上与其在乡里与众多缙绅人物这种会社往来而带来的声势影响有着关系。

第四,从组织程度上来看,这些结社大都具有一定的组织程式,特别是在明代中后期的会社,或在规模上,或是在集会活动的内容主题上,以及如集会时间、频率、入会者形貌、举止表现、赋诗作文篇数等形式方面都有一些规范。这方面的情形在前述学术讲会的一些会约中都有所述及,其他还有如八耆会规定:"有故者不入,志异者不入,仕者不入,幼者入……凡五百四十岁。"再如刘贽在《初服会序》中记述,与唐宋时期的九老会、耆英会一样,明代洛阳的这些文人会社大都有会社之图绘纪事之要求,"二社皆两朝伟人,辑之史书,图之绘事,侈为美谈"。八耆会"亦辑有录,绘有图也……余故采而名之以重吾社,而图与绘当俟之后来"。由这些规则可以反映出明代洛阳地区文人会社具有较为完备的组织特点,但其完全建立于成员的自发自愿组合,以及会社存续完全依赖自然发展的特色又彰显出民间群体组织的松散特征。

综上所述,明代洛阳地区文人会社伴随有明一代洛阳地区思想学术文化与文学艺术发展的水平、倾向与特点,以及其所营造的氛围而兴起和发展的,因而呈现出前期发展缓慢、缺乏组织性,而后期兴盛和组织程度显著提高的态势。它的发展水平与程度不仅从一个侧面直接反映着明代洛阳地区社会文化发展的水平,也在实际上部分地表现和引领着当时当地人们社会生活方式的整体风尚。

第三节　王铎

一、作家生平

王铎书法以用笔险劲沉着著称，楷、行、草、隶诸体皆善，隶书古意盎然，小楷沉稳方正，行草书成就最高，也最体现他的艺术风格。他初学二王，小楷学钟繇，进而学唐宋诸家，博采众长，自成一体，他用笔连绵沉厚，结体幽密而意态奇伟，写得收放自如而又酣畅淋漓，其书风对后世影响很大，尤其是在我国及日本曾风行一时，他的传世代表作有《拟山园帖》和《琅华馆帖》等。

王铎博学好古，工诗文，并善于画山水和梅兰竹石，山东省济南市博物馆收藏的《雪景竹石图》是王铎精心创作的作品，也是目前能见到王铎唯一的一幅以雪竹为题材的画作。他的画主要继承了五代荆浩和关仝的风格，作品丘壑高峻，气势雄伟。同时他也吸收董源和王维的画法，主要以水墨晕染为主，皴擦不多，略施淡色，山川显得厚实雄伟，生机勃勃。他的山水画景色比较写实，山石的造型方峻，勾皴相间。他的山水画是以元人的笔墨技法画出了宋人味道。王铎的人物画极少见，而且画法比较简略、写意。

王铎的父亲王本仁，字性之，号梅园，以农耕读书为业，教子甚严。王铎就是在这样一个知悉诗书、家境衰落的生活环境中成长起来的。王铎家原“有田二百亩”，但在明晚期疯狂的土地兼并中缩减到“日不胜于贫时十三亩也”。他的父亲依靠黄河南岸的13亩薄田支撑着全家生活。王铎有四个弟弟，即镛、鑨、镆、镡，一个姐姐和两个妹妹。家境贫困艰难之时，“不能一日两粥”。王铎的母亲陈氏曾将陪嫁的“钏珥链柎鬻之市，以供朝夕”。“麦稻缺，买犄饼，不能遍诸儿。半儿饱，母略茹藿，则腹饥矣。”慈母怜子以菜充饥，而饼少人多，仍不能让儿女免去饥饿，这便是王铎早年饥苦贫寒的生活窘状。直到成年王铎依然难忘母亲的话“子勿忘我饼尽腹饥时，女勿忘我钏珥鬻币时也”。王铎青少年时期，乡里的富豪为侵吞王家财陷害王铎的父亲王本仁，这使得王家日渐衰落的经济生活雪上加霜。

俗话说：“陋室出公卿。”苦难激励着王铎在清贫中力学，走上干禄仕进之路，以求光宗耀祖。王铎有诗序云：“余少年贫，衣食为艰，鲜有掖者。余复压然，不求人怜。”少年的王铎倔强而独立。而在那个社会，知识分子也唯有通过科举考试才能打通参与政治的道路，才能改变经济生活命运。王铎

14 岁读书，从学习古文开始，转年从舅父陈具茨学习。18 岁就学于山西蒲州河东书院。因学业优秀，王铎得到同乡乔允升的器重，对其他门下弟子讲："孟津中的富家子弟，但以有吃有穿而傲视乡里，只有王家长子王铎，勤奋好学。"乔允升还令其他弟子北面受学于王铎，还在经济上资助王铎，使王铎度过了明万历四十四年(1616 年)的河南大饥荒。

明天启二年(1622 年)三月，王铎捷南宫，殿试名列二甲第 58 名，赐同进士出身。明崇祯三年(1630 年)五月，王铎请假告归乡里，作《游柳寺赋》。明崇祯五年(1632 年)奉旨出使山西潞安府，事毕，经太行返里。河决孟津，百姓溺死无数，王铎以五言律组诗 14 首述其事。明崇祯九年(1636 年)至十七年(1644 年)，王铎及家人一行抵达南京，开启江南为官之旅。清世祖顺治二年(1645 年)，与钱谦益等降清，之后被命以原官礼部尚书，开始受赐清朝，除偶尔返乡之外，大部分时间在北京做官。清顺治八年(1651 年)十二月返洛阳孟津故里，时抱病服药。清顺治九年(1652 年)三月十八日，去世。他在去世之前说："有仙迎我。"

洛阳当地流传许多关于王铎的故事。据说王铎入阁拜相后，皇帝让他书写一幅匾额：天下太平。楷书巨匾挂上后，在一片赞扬声中，一个太监忽然发现"太"字少了一点，成了天下"大"平。正待发问之时，但见王铎不慌不忙地手握颓笔，将笔向匾上掷去，不高不低，不歪不斜，恰好点在"大"字左下方，遒劲洒脱的一个"太"字展示在众目睽睽之下。皇帝惊喜万状，称赞道："王爱卿真乃神笔也。"从此"神笔王铎"驰名天下。

二、创作概况

王铎是以文学书艺而优则仕，入清以后更以赋诗属文为乐。王铎诗歌之刊刻，计有《拟山园初集》、《王觉斯诗》、《孟津诗》(与王绒合集)、《王觉斯先生诗选》、《王觉斯拟山园诗选》等十数种。历经战乱及禁毁之后，多已不存。今存者以顺治十年(1653 年)王镛、王鑨苏州刻本《拟山园选集》较为流行，计 54 卷，收诗 4725 首。集外散见于其书法、绘画作品及其他文献中之诗作亦甚多。

崇祯三年(1630 年)，王铎年仅 39 岁，第一次刊刻诗文为《拟山园初集》，竟达到一百四十余卷，一时名流，为之咋舌。钱谦益称其："或一挥而数制，或一饮而百篇，行则口占，卧则腹稿。"(《故宫保大学士孟津王公墓志铭》)。崇祯十六年(1643 年)张缙彦为王铎《逐山文集》作跋，称其"携所刻诗已满车"。其平生所作，时人贾开宗云："考其帙，五言律六千首，七言律千首，其他歌行绝句万首。"(《王觉斯先生诗选序》)据此，合计诗作竟达一万七千余首，其数量之巨，在文学史上实为少见。

卷帙过于浩繁，客观上也造成了刊行及流传的困难，成为导致王铎诗歌渐趋湮没的原因之一，这在清初已成共识。周亮工曾云："吾乡王觉斯先生诗凡百余卷。卷帙既多，每遂不被流传。"（《书影》卷八）贾开宗则云："后进诸友，亦苦先生之简编浩汗，莫能津涯。"（《王觉斯先生诗选序》）傅维麟曾因此而删削之，编成《王觉斯拟山园诗选》。其序亦云："其子籍茅刻其全集行世。思天下后世虽有爱先生之诗者，岂能重为先生刻数百卷传之欤？是先生之多故致湮。"

《王铎诗稿》的发现者为蒋若是。20世纪60年代初，时任洛阳市文物管理委员会主任的蒋若是，在洛阳老城西大街从一位40多岁的中年妇女手中，以每册四元钱的价格，购买到六册《王铎诗稿》。妇女称其为家传，还说祖上与王铎有亲戚关系。蒋先生未对《诗稿》进行考证，就将其存入洛阳市文管会资料室。六册《诗稿》均为册页，装裱考究。每册封面为木质板材，左上角竖行有空白题签。

在明清之际的诗坛上，王铎不仅一手开创"孟津诗派"，系明末清初中州诗坛宗匠之一，且系顺治时代京城台阁名诗家"京师三大家"之首，其创作与诗学观念俱有可圈可点的独到之处。王铎在河洛地区写的和写河洛地区的诗歌，大致可分为四类。

（一）咏怀言志之作

王铎一生留下了大量的咏怀言志之作，这些诗歌具有强烈的抒情性，表现出极其复杂的内容。王铎在洛阳的青年时代，便有欲回天地的豪情壮志，他时时跃动着一颗报效祖国的勃勃雄心，曾诗曰："我有三尺剑，深沉光为封。有时一提携，吐气喷长虹。胸中良郁结，殷殷多不平。魂魄互翕动，宵吼如雷鸣。"（《有所感愤》）他不愿做皓首穷经的腐儒，也不愿做庸碌的干禄之士，而志在王侯："少年学书剑，有心拥八驺。男儿志弧矢，谈笑安九州。慷慨出门去，别为戡乱谋。辞家事戎马，竞与辞翰俦。舐墨非吾志，干禄非我求。迨今二十载，照镜逢白头。国威蠛不扬，无乃壮士羞。按剑怒发立，寇氛为我仇……妻子不遑顾，百战取封侯。封侯既不成，胆气安可柔。岂不重性命，报之以弘猷。"（《愤》）他还通过对为国殉难者的歌颂，进一步表达了自己报效祖国的热诚："丈夫死得所，屋梁流夜辉。"（《不负寄诗因知其兄未之死军前》）

（二）抨击时弊，关心民生之作

王铎诗歌还深刻地揭示了连年不断的战争给人民带来的巨大苦难，尤其对家乡人民的。他有时以高度概括之笔，相当洗练地描绘千里无鸡鸣的荒凉景象："千里山河血，十城老幼灰。"(《又破上上蔡、郾城、鹿邑、襄城、陈州、陈留、鄢陵、新郑、太康、裕州、商丘诸城》)"一川杨柳春还在，百战村墟气欲销。"(《安邑有怀》)"锋镝酿其凶，人命在燔炙。寥寥恸孑遗，生死不可测。四座皆荆棘，如闻冤鬼泣。"(《故乡亲友来》)

崇祯十三年(1640年)，孟津大荒，斗米银五两，人相食，土寇四起。《拟山园选集》中有一首《庚辰大饥津人食子》云："骨肉岂不亲，穷极竞无恩。泪枯心膈萎，仰观白日昏。母饥骨髓空，儿腴血肉存。终知难两活，割劁饱一吞。相延望天雨，酷旱断草根。儿死尚可忍，儿啼那堪闻。决绝反为快，物气喜不仁。黄河流浩浩，死树皮杲杲。奚以粒苍生，忧深令心老。"什么样的饥饿，能够让人吃人？什么样的饥饿，能够让孟津人"食子"？诗人从中选取典型人物，通过对其心理的细致刻画，以表现触目惊心的人生惨剧。《故乡亲友来》进一步写官吏以贪酷为能，其暴虐又数倍于寇："寇势稍稍灭，上官无存恤。苛猛千万寇，荐疏诩能职。私派派靡已，数万复何极。不死于寇者，半乃死吏墨。"当初侥幸未死于寇者，今反以当初之侥幸为不幸，反悔当日之不死，空遣今日之折磨。当初尚有贪生之念，而今则虽欲死而不能："其余未死者，求死反不得。虎寇生啖人，刑酷工雕刻。"其揭露之深刻，诚可谓入木三分。

(三)咏史咏物之作

王铎留下了大量的咏物之作。一类借咏物以自喻，他继承了屈原咏香草美人的比兴手法，多吟咏梅、松、菊等高洁之物，将自己的情感、志向融入其中。例如："卑栖无媚色，老干耻低垂……阴阳虽变迁，孤芳谅无移。"(《和瑶之小菊花》)"所以修古洁，不肯从曲萎。荣枯事诚小，陨志蒿弗如。"(《蕙草》)皆表达出耿介自持的操守。一类借咏物以说理，如《咏山樊花》云："物盛讵非嘉，将与衰萎期。天且困圣哲，况于花木姿。何如未浓花，含蓄更有余。阴阳长太息，盛满谁能知?"借咏物以表达人生感悟，提示了物极必反、处虚守静的哲理，反映出王铎政治受挫后明哲保身的思想。

(四)思亲念友之作

"梦里青山谁故旧，天边鸿雁几他乡。"(《谷嗽山中怀玄宰、眉居、石叟、邺仙》)长期的颠沛流离，使王铎对风雨同舟、生死与共的家人与朋友，怀有深刻的感情，其思亲念友之作数量众多。在这类诗作中，王铎同样将所咏赠人物之命运与作者本身的命运及动荡不安的现实生活紧密结合起来，不仅真挚感人,而且具有鲜明的时代特征。

《墟墓》一诗为悼念亡妻马氏之作,全诗平易朴实,如与妻对面娓娓而谈,细数几许伤心家事。而妻亡之后,家庭又屡遭变故,更有妻子所不知者,因此生者所忍受之痛,实更数倍于死者,故作者似欲唤起墓中亡妻,而与之同泣,以其亡魂,慰己之心:"念昔事旨甘,饥寒尝苦贫。有禄方几日,干戈忧患臻。感斯聚散情,零落泪何襟。残月照我裳,凉风吹旅魂。况瘁粲者女,弱男泉下人。"可谓哀婉凄恻。崇祯十三年(1640 年),王铎闻知父母病重,遂请归家。返家后,父亲即病故,王铎辞官服丧。服丧期间,以诗言情,在《纪庚辰辛巳事》中写道:"数年居京邑,中心久怀归。凶岁返故里,我心恻且悲。"他在《与弟》的诗中写道:"我发二三白,用世心已衰。我今近五十,不日至知非。"对家人的深刻亲情溢于言表。

王铎的赠友诗更是推己及人,彼我不分。如《答蓬玄》:"中原烽火烧痕迷,匹马冲风大陆西。紫阁雄谋千古气,白登遗恨数行啼。霜催铁树人空远,雷掣巴江雁欲低。自古功名皆若此,绣囊涩却旧棠溪。"全诗将历史感喟、现实风云、个人遭际融入对朋友的劝慰之中,表达出极其丰富的情感内涵。

王铎的诗学,宗唐祧杜,陶铸汉魏,对明代诸派,独推崇前后七子中的李梦阳、李攀龙。他最尊崇的是唐代大诗人杜甫,甚至以杜甫再世自居。大概因为杜甫漂泊的生活、忧伤与痛苦的心境、忧国忧民的思想情感,以及萧飒悲怆的史诗风格极能引起王铎的共鸣,杜甫诗歌的语言及其内容最能为王铎的思想情感代言。王铎对自己的诗学理念以"大""奥""创"三字概括,事见《祁忠敏公日记·涉北程言》:"王盛称予五律,云七律尚有薄处。因以'大、奥、创'三字以予箴。"薛所蕴《阎审今诗序》,还记载王铎曾赠阎审今"以创、以奥、以老",这和他赠祁彪佳的"大、奥、创"异曲同工。其中,"大"系王铎在自己作品中一以贯之的阔大与雄强并存的美学风格;"奥"指诗风的古奥深微,体现出复古和以学问掉书袋为诗的倾向;"创"则显示了王铎恶平庸软熟而尚奇崛诡怪的审美取向。

三、王铎对中州诗人群体的影响

王铎的童年、青年时期基本是在家乡度过的,其足迹不出河洛地区,时间范围是从万历二十年(1592 年)出世到天启元年(1621 年)近三十年的时间。在这个时间段当中,中州地区的思想界是一个什么情况呢?

河南是程朱理学的发源地之一,程颢和程颐的理学又称为"洛学"。程颢提出"只心便是天,尽之便知性,知性便知天",把天理和人心联系起来,遥

启陆九渊、王阳明之心学。阳明开创心学以来，其思想就迅速流传开来。王铎成长的年代，河南洛阳一带的思想界正处于对阳明学的接受过程中。王铎思想上受心学的影响最大。他推崇孟化鲤，追尊为师。通过吕维祺、孟化鲤等，追溯王阳明的思想。王铎在政治上和东林党也非常密切，所以其思想是阳明后学中的修正派，特点是注重工夫修养，认为工夫即是本体，不多做玄谈思辨，而在日常的生活上磨炼道德，去除遮蔽心体的私欲，回复心体的澄明。

王铎对明清之际的河洛诗人具有引领作用。通过郜焕元序《学易庵诗集》可知明清之际中州诗坛的诗学取向、王铎领袖风气的作用以及后继者对此诗学观念的延续。具体而言，王铎对中州诗群影响可总结为取径七子学杜，力追风雅，不坠模拟。“诗学杜陵，盖中州诗教自王铎、王鑨、薛所蕴皆如此。”明末清初，以王铎为首的一批中州诗人皆推崇唐音，形成了一个颇有影响的诗文化圈。《片石斋烬余草序》云：“谯明张先生（文光）以绝代奇才，振兴大雅，《斗斋》一集海宇诵弦，尔时唱和诸公有王文安（王铎）、薛行坞（薛所蕴）、彭禹峰（彭而述）、赵锦帆（赵宾），皆中原麟风，继趾联翩，一洗公安、竟陵陋习，而北地、信阳之本来面目于焉复睹，真快事也。近则绝响矣。”亦可知王铎肯定了七子诗学，并弥补其创作实践中的性情缺陷，目的在于救公安、竟陵对七子的矫枉过正之失，回归风雅传统。而杜诗被普遍认为是继承风雅的典范，是因题材内容上的相似、感情上的共鸣及审美价值的统一，成为后代乱世中诗人学习的最佳范式。王铎有诗云：“半夜诵读哭子美，此道千年交有神。”（《哀半生》）英雄失路，人生蹉跎之辛酸与杜甫同悲。而七子对杜诗对盛唐高标的推崇亦是时势人心所致，有其深层的合理性，并建构了一套完整的诗学价值体系。王铎以及中州诗人通常把献吉、子美并提，并非以为李梦阳无可非议，而是对其诗学倾向的肯定，是对风雅之道，对真诗文，对有所寄托的情怀的期望。王铎修正七子，主变、求创，兼综前贤尤其是盛唐诸公的探索，为清初中州诗坛提供了一条较为合理的创作道路，这在当时有着积极的意义。

第四节　李绿园

一、作家生平

李绿园（1707—1790 年），河南宝丰人，祖籍洛阳新安县。名海观，字孔堂，号绿园，晚年别号碧圃老人。李绿园于康熙四十六年（1707 年）出生于河南宝丰县宋家寨。宋家寨在宝丰县治东南七里，处于伏牛山东麓浅山区中，其地北滨滍水（今沙河），西依鱼（齿）山，南为隋犨城遗址，犨城与鱼（齿）山之间有东汉中常侍吉苞墓，墓前有奇兽“辟邪”石雕，宏伟异常。清杨淮曾云：“其地左林右泉，为吾邑东南胜区。”

根据作者不同时期的人生经历和《歧路灯》的创作情况，可以把他的生平分为三个阶段。

第一阶段：1707—1756 年，是他的读书科举时期。李绿园的祖父李玉琳和叔祖父李玉都是教书的，李绿园的家世可谓书香门第。关于早年读书生活，在他老年两首写鱼山的诗里曾有涉及：“抱书此地童龄惯，坐数青山藉草茵。”（《立夏登村右鱼齿山》）“擎茶笑说垂髫日，抱得书囊日往返。”（《乙未三月登村右鱼齿山》）康熙五十八年（1719 年），绿园十三岁入城应童子试，他在晚年回忆道：“余十三龄，入城应童子试。先生（指李秋潭）于海观有瓜葛姻谊，遂主于其家。晨起，携余步北门认激水，反入七世同居坊，左入饭馆，各尽浆粥二器。盖先生素窭，惧晨炊之不佳也。尔时海观虽髫龄，颇微窥默识其意。”（《春绿阁笔记》）大约由这一年开始，他便不断参加县、府州、省试，因为求取功名对他来说，已经不单纯是自我价值的实现，更是对家族繁衍的责任。乾隆元年（1736 年）他应河南乡试中了举人。新科得中，壮志凌云，“君不见隆中名流拟管、乐，抱膝长吟志澹泊。又不见希文秀才襟浩落，早向民间寻忧乐。一旦操权邀主知，功重青史光烁烁。男儿有志在勋业，何代曾无麒麟阁”（《赠汝州屈敬止》）。诗中以诸葛亮、范仲淹的功业与友人共勉，实际上抒发的是自己跃跃欲试、建功立业的心情。然而，他在中举之后，科名上并不顺利。从中举到他父亲逝世十二年间，共逢四科会试，即乾隆二年（1737 年）、四年（1739 年）、七年（1742 年）及十年（1745 年），绿园不止一次去北京赴考，皆未博春官一第，这成为他终生的遗憾。不过这段经历却大大丰富了他的人生阅历，使他对当时的世情世相都有了清晰的认识，为他创作《歧路灯》提供了更丰富的素材。在读书中举和应会试的日子里，李绿园的足迹踏遍河南的许多地方，而开封和北京是他去过次数最多的地方，大概因为开封是河南的首府而北京是会试必到的地方。这期间他的交游也很广泛，根据他的诗文和其他有关资料可以考知的就有二十六人。李绿园中举后，他的家境显然好转，有了十亩蔬园也就是他诗中多次歌咏称赞的南园，他又称南园为“绿意园”，并因此自号绿园。乾隆十三年（1748 年）父亲逝世，绿园遂绝了仕途之念，葬父之后，他在家守孝，开始写《歧路灯》，到乾隆二十一年（1756 年），《歧路灯》已写完主要部分，即前八十回。

第二阶段:1756—1774年,是李绿园自称的舟车海内的生涯。乾隆二十一年(1756年),五十岁的李绿园开始了海内的宦游,足迹遍及河南、河北、山东、北京、天津、湖北、四川、江西、江苏、浙江、贵州等地,几乎是大半个中国。这将近二十年的游历显然是在外辗转做官,但具体任什么职尚无史志记载,他自己概称为舟车海内。可以确认的是,他最后任贵州思南府印江县知县。这是他二十年宦游生涯中的最后一段旅程,在其一生中却占据重要位置,可以说在印江一年的知县生活为他实施其政治理想提供了一个绝好的机会。清郑士范纂《道光印江县志·官师志》载:"知县,李海观,宝丰举人。(乾隆)三十七年任。李海观,字绿园。能兴除利弊,爱民如子,疾盗若仇。乾隆己丑秋,邑大旱,步祷滴水崖,雨立沛。百姓设筵迎劳,海观教之食时用礼,以度岁歉。欢如也。"在印江期间,李绿园"在官不废吟咏,风土山川悉说以诗,其说黔三十首(今已不传),物俗民风,体验入微",有"诗僧"雅号。其友吕公溥说他"远官(指李绿园于印江为官事)数千里外,日手一篇,于蛮烟瘴雨中,卒全其诸生之本来面目"即指此事。李绿园《开州署中苦雨》一诗写道:"碧蕉完叶少,黄菊卧枝多。不获登城望,田间更如何?"诗中没有直接写雨如何,但淫雨成灾的情形早已从字里行间透露出来。秋雨连绵,庄稼得不到及时收割,倒伏田中,必将影响到百姓的生活。表面上看作者忧虑的是田里的庄稼,实际上却是百姓的生活。由此可以看出,李绿园是一个很称职的知县,一个贤能的"循吏"。不过,因"运铅之役"中"几频于险",他很快就辞官而归。李绿园辞官之时曾作有《宦途有感寄风穴上人,乾隆癸巳暮春印江署中作》一诗反映其心态。在他辞宫归田的路上亦作有《襄阳发程抵新野北望口占》,其中有"临眺堪添骚客兴,奔驰己疲旅人颜。无心最是挥锄者,冠盖往来若等闲",表现出其疲于仕途奔波,想往归隐田园生活的愿望。《揽镜》诗写道:"揽镜拈须雪色新,颓然剩得一闲身。蛮烟几历荒绥外,唇气曾终渤海滨。道远惟欣农务好,年高渐悟格言真。平生不负称循吏,梦绕桐乡爱我民。""桐乡"就是印江,因其地多油桐,故有此称。此诗表现出李绿园对自己为官一任造福一方的欣慰之情。在他辞官后的第四年,他曾在《丙申今有轩梦余口占》一诗中写道:"归田赋就剩闲身,扶杖里门两度春。友忆前欢如隔世,诗翻旧稿似他人。老觉文章终有价,宦惟山水不曾贫。梦中偶到印江地,犹见吁呼待抚民。"可见李绿园当时为官执政时的责任心,也可想见印江在他心目中的位置。

第三阶段:1774—1790年,是最终完成《歧路灯》的晚年时期。乾隆三十九年(1774年),68岁的李绿园经历了20年的宦游后返抵家乡宝丰,居家无事,捡点宦囊,只有半世集腋成裘的诗文卷帙,使他感到格外亲切,引起他整理传世和进一步创作的欲望。回乡后第二年,他的二儿子李蘧中了进士,分用为吏部主事。教子成名的喜悦也加强了李绿园的自信。“老觉文章终有价”(《丙申今有轩梦余口占》),70岁的绿园如“老骥伏枥,志在千里”,整理旧作,再赋新篇,《歧路灯》就是从这年开始续写的。李绿园自幼年时开始,就常常回洛阳新安北冶马行沟祭祖、省亲、访友。乾隆四十一年(1776年),他被新安马行沟族人“邀之课子侄”(吕公浮《绿园诗钞序》)。在“陶穴瓮牖”之中,居住了3年。李绿园在新安教书的时间并不长,但3年的教学实践对李绿园来说殊为难得,在某种程度上可以说实践了他中年时期在《歧路灯》中的教学理念。在教书之余,他还编定了《绿园诗钞》,续写完《歧路灯》,还辑成《家训谆言》1卷共81条。乾隆四十四年(1779年),李绿园73岁,从新安撤帐归来,不久次子李蘧迎养去了北京。4年后,仍归宝丰。徐玉诺据李家祠堂木主说李绿园,“乾隆五十五年(1790年)六月二十八日巳时寿终于米市胡同京邸,享年八十有四”。道光《宝丰县志·人物志》记载,绿园一生“沉潜好学,读书有得,及凡所阅历,辄录记成帙。每以明趋向、重交游、训诫子弟”。著有《拾裙录》《绿园诗稿》《绿园文集》和《歧路灯》,对后世影响较大的是他的小说《歧路灯》。

二、《歧路灯》刊本

《歧路灯》在李绿园在世时并未刊印,自问世至20世纪20年代以前,都以抄本的形式在河南乡村流传。民国初年,蒋瑞藻《小说考证》卷八有关于《歧路灯》一则,引《胭名笔记》云:“吾乡前辈李绿园先生所撰《歧路灯》一百二十回,虽纯从《红楼梦》脱胎,然描写人情,千态毕露,亦绝世奇文也。惜其后代零落,同时亲旧又无轻财好义之人为之刊行,遂使有益世道之大文章,仅留三五部抄本于穷乡僻壤间,此亦一大憾事也。”这是20世纪已知的最早的有关《歧路灯》的记载。1924年,洛阳清义堂将《歧路灯》石印本行世,共一百零五回,其前冠有洛阳杨懋生《序》云:“《歧路灯》一书,新安李绿园先生作也。先生以无数阅历,无限感慨,寻出用心读书、亲近正人八字,架堂立柱;将篇首八十一条家训,或反或正,悉数纳入。阐持身涉世之大道,出以菽粟布帛之言,妇孺皆可共晓。尤善在避忌一切秽亵语,更于少年阅者,大有裨益。……惜皆抄本,未经刊刻,以之历久行远,不无少憾……共助石印,分送存阅,以延线传。嗣或大有力者源源印送,流传遐迩,则又吾辈所厚望焉。”之后有张青莲的《跋》,其中有:“新安李绿园讳海观,宦成旋里,著书曰《歧路灯》,乡先达批点旧矣。……莲自幼时,见夫吾乡巨族,每于家塾良宵,招集书手,展转借抄。亥豕鲁鱼,动所不免。流传未广,转恐就湮。……友人杨君勉夫有《歧路灯》钞本，暇与冠君谨斋、李君仙园、李君献廷，兴念及此，欲石印广布。余极为赞成，诸君子亦多以资来，遂付剞劂……然学者以意默会，自有以观其通者。”清义堂石印本是《歧路灯》成书以来的第一个印本，在《歧路灯》流传史上具有重要意义。然而正如张青莲《跋》中所言：“冗务匆匆，未及校勘，仅依原本，未免以讹传讹。”加之印数不多，流传仍然不广。1927 年北京朴社开始排印出版冯友兰、冯沅君兄妹的《歧路灯》校点本，但只印行了第一册前二十六回，未见下文。该印本前有董作宾写的《李绿园传略》，对李绿园的生卒年及年谱做了初步的考证与整理。朴社本前还有冯友兰的一篇长序，对《歧路灯》的思想内容及艺术得失做了全面的评价。排印本的问世，给研究者提供了文本上的便利，由此学术界始有研究文章出现。

20 世纪 60 年代栾星就致力于《歧路灯》抄本的寻访、搜集和整理。他花了十年左右的时间和精力，参照乾隆抄本、旧抄本甲、旧抄本乙、安定筱斋抄本、晚清抄本甲、晚清抄本乙、晚清抄本丙、荥泽陈云路家藏抄本、冯友兰抄本、洛阳清义堂石印本和朴社排印本共十一个版本，以新安传出本、宝丰传出本和宝丰、新安合流本三本兼备为原则，以乾隆庚子过录本为“第一底本，缺失部分，主要以叶县传出旧抄甲本及安定筱斋抄本补足之。参稽他本，择善而从，合为全璧，于 70 年代完成了《歧路灯》的校注工作，1980 年年底中州书画社出版了《歧路灯》栾星校注本”。全书一百零八回，作注千余条，于俚语、方言、称谓、名物制度及古人、古籍、历史事件、三教九流行藏等，加以注释，详加考订，颇为精审，给予读者和研究者以很大的便利。1982 年该出版社又出版了栾星辑成的《歧路灯研究资料》一书，该书分《李绿园传》《李绿园诗文辑佚》《歧路灯旧闻钞》三部分，后附《李绿园〈家训谆言〉（八十一条）》，提供了李绿园的家世、生平、交游、著述以及有关《歧路灯》的研究等多方面的宝贵资料，搜罗较为完备，编排亦颇合理，且详注出处，为后来研究者提供了广为参考的蓝本。

关于《歧路灯》的文体归类，研究者有不同看法。作为世情小说，作品围绕谭家的兴衰和谭绍闻的沉浮，真实地反映了中等城市社会生活的各个方面，尤其是对赌场之类社会阴暗角落的描写，展示了一幅 18 世纪中国中下层社会的风俗画卷。作为家庭小说，《歧路灯》借鉴和继承了《金瓶梅》的结构形式，它也是以一个家庭为中心，由记载一家的盛衰而扩及当时整个社会。作为道德小说，其于道德可谓内外兼到，于内则中明人性二元，内心中高下善恶争斗（所谓理欲消长）之义；于外则于遗传教育环境诱惑各端，无不描写精详，分析入微。更以其母其妻其师其仆其友其伴各色人物，用为陪衬，穿插其间,对于谭绍闻各有其积极消极引上引下之影响,写出道德与人生之真确关系。更多的研究者认为《歧路灯》是一部教育小说。其题材显然脱胎于"浪子回头"的故事模式。"浪"有流浪游荡、放纵不受约束和随便轻率之意,"子"为孩子、后代,所谓浪子是指"游荡不务正业的青年人",所谓"浪子回头"则是指这种青年人通过各种方式改掉恶习,遵守社会约定俗成的行为规范,回到主流社会中来的行为。《歧路灯》主旨重在"教化":它通过谭绍闻这样一个中下层富家子弟"浪子回头"的经历,表现出一个人成长过程中受多方面因素的影响与制约,如家庭的影响、教师的更换、交友的失误、父执的劝诫、族兄的提携、家境的困窘等在某种程度上作为教育的基本环境而存在。它是谭绍闻堕落与回头的外因,而谭绍闻真正转变的内因是其内心良知的觉醒和对各种不良诱因的自觉抵制及其对未来生活理想的主动追求。它通过教育环境、教师、教育内容及教育影响等多因素的互动描写来呼吁康乾盛世的统治者应富教并重,每个有责任心的家长应关注孩子的成长,强调教育的缺失对家庭、对社会乃至于对国家的影响。李绿园《歧路灯》是对古代传统的"浪子回头"题材的继承、完善和发展。可以说《歧路灯》作为严格意义上的教育小说,它是"浪子回头"题材和其他广义的教育小说题材的集大成者,它对文学史的突出贡献即在于此。

三、《歧路灯》评析

《歧路灯》全文共一百零八回,可分为三个部分。第一部分是第一回至第十二回,着重写谭氏家族代表人物谭孝移的一生。第二部分是第十三回至第八十二回,写谭孝移死后谭绍闻一步步堕落的过程和中间经历的诸般遭遇,以及谭府渐趋衰败的变化过程。这是《歧路灯》的主体部分,也是《歧路灯》最成功的部分。第三部分是第八十三回至第一百零八回。写谭绍闻"改志换骨",在父执的教谕下,在义仆王中的规劝下,特别是在族兄谭绍衣的引导下,终于迷途知返,重新做人。通过"用心读书,亲近正人"的实际行为脱离苦海(中副榜)并功成名就(抗倭寇得七品封赠),不但获得新生,而且重振谭府昔日家威。

《歧路灯》主要铺陈了一个"浪子回头"的故事,小说关注家庭命运,在家庭的盛衰际遇中阐释着家庭伦理道德的继承,强调通过道德和精神的维系来保持家庭的延续。歧路灯的主题就是"用心读书,亲近正人"这八个字。全书以此为主线写主人公谭绍闻由好变坏再由坏变好的过程,凡是遵从这条主线,谭绍闻就处在兴盛发达的路上,一旦偏离谭家及他必呈现衰败之相。

所谓“用心读书”，是指用心读圣贤书。李绿园在《家训谆言》中主张：“读书必先经史而后帖括。经史不明，而徒以八股为务，则根抵既无，难言枝叶之畅茂。”（见《歧路灯》乾隆本）《歧路灯》中也重申：“穷经所以致用，不仅为功名而设；目不识经，也就言无根抵。”（见第十一回）在李绿园看来，经史是为学之根基，只有基础打牢，才可旁骛其他：“子弟初读书时，先叫他读《孝经》，及朱子《小学》，此是幼学入门根脚，非末学所能创见。王伯厚《三字经》上说得明白，《小学》终，至《四书》。《孝经》通，《四书》熟，如《六经》，始可读。是万世养蒙之基。”（见第十一回）他反对专弄八股，反对孩子读经史这些圣贤书之外的其他书：“若是专弄八股，即是急于功名，却是欲速反迟；纵幸得一衿，也只是个科岁终身秀才而已。总之，急于功名，开口便教他破、承、小讲，弄些坊间小八股本头儿，不但求急反迟，抑且求有反无。况再加以淫行之书，邪荡之语，子弟未有不坏事者。”（见第十一回）不但要读圣贤书，李绿园还提倡身体力行：“朱子注论语‘学’字曰：学之为言效也。如学匠艺者，必知其规矩，然后亲自做起来。今人言学，只有知字一边事，把做字一边事都抛了。试思圣贤言孝、言梯、言齐家、言治国，是教人徒知此理乎？抑教人实做其事乎？”（见《家训谆言》）

所谓“亲近正人”中的“正人”指三个层面：一指谭孝移这种“为人端方正直，忠厚和平”（见第二回）之人。他在《歧路灯》中被推举为“贤良方正”者，娄潜斋认为他“举念便想到祖宗，这便是孝；想到儿孙，这便是慈。若说是心里没一毫妄动，除非是淡然无欲的圣人能之”（见第六回）。但因谭孝移父亲死得早，他希望儿子亲近的是娄潜斋（府学秀才）、孔耘轩（嘉靖乙酉副车）、张类村（祥符优等秀才）、程嵩淑（县学秀才）、苏霖臣（样符优等秀才）等“极正经有学业”“有名望”的朋友，因为他们都属于厚乎德行者。二是指娄潜斋的儿子娄朴、张类村的侄子张正心等正经的同龄朋友。娄朴其名即有娄潜斋的“守淳之意”（见第二回）；他未入学之前在谭孝移和孔耘轩造访之时就表现出不卑不亢、懂得礼节的良好家教，让谭孝移感叹“是父是子”。张正心参加科举考试于副榜之首中了第二名（见第九十六回）。平日里他对伯父张类村及其夫人悉心照顾（见第九十八回），并因为“一者家伯春秋已高，举动需人，家边内里不和，诸事我心里萦记；二来舍弟太小，家伯母照顾不到，舍弟生母憨实些，我也着实挂心”，而放弃进京入监的机会（见第九十九回），是一个深明孝悌之义的书生。三是指义仆王中。他受老主人临终托孤大任，忍辱怒殴谭绍闻的狐朋狗友，对谭绍闻的吃喝嫖赌、胡作非为进行诤谏，与一味颟预溺爱的老主母发生冲突，被称为奴中大儒。“亲近正人”的反面就是远离奸邪之徒，或如谭绍闻的老师侯冠玉、惠养民之流，前者（见第十一回)全无为师之德行,后者满口“仁义道德”“诚意正心”,实际上却是一个“理学嘴银钱心,搦住印把时一心直是想钱,把书香变成铜臭”(见第三十九回)的假道学家。

《歧路灯》的主题思想在谭绍闻的人物形象上有较为充分的体现。谭绍闻是父亲谭孝移四十岁上才有的一个独生子,父亲对他管教很严,尤其重视对他的教育。后来谭孝移因为保举贤良方正而进京,老师娄潜斋也因为中举而进京待考,没有了父亲和严师的管教,母亲“恁般糊涂溺爱”,新请来的塾师侯冠玉对其更是放纵,谭绍闻便开始东游西荡,荒废学业。父亲去世之后,王氏却是个糊涂溺爱孩子的母亲,对孩子一味地姑息迁就,这种有爱无教的家庭教养方式使谭绍闻没有了束缚,也没有了对母亲绝对的孝顺,还顶撞母亲,同样也就没有了生活上的引导,开始慢慢滑向了歧路,谭家也就开始了败落。谭绍闻堕落的起因是他结交了盛希侨,酗酒赌博,狎尼宿娼。最后竟至堕落到揭银典当,割地卖房,盘赌场、铸私钱,导致倾家荡产,“上天无门,入地无路”。最后,谭绍闻在倾家荡产走投无路之时,在父执辈的真切诚恳的鼓励劝说、忠仆王中的倾心尽力帮助之下,断绝了与夏逢若、张绳祖等匪人的来往,自己立志改过,“用心读书,亲近正人”,教育儿子也读书,后来父子两人同时参加县试,分别考了第一和第十一;府考中又是父考第三,儿子第一;乡试时,谭绍闻中了副车,又得到族兄谭绍衣的帮助,同去抗倭,建立军功,得到皇帝恩见,被授予黄岩知县,重振家声。作品主要写谭绍闻在父亲去世后不遵“家教”而走向歧途的种种经历,以及谭氏家族渐趋衰败的过程。“用心读书,亲近正人”,这是父亲给他铺设的人生道路,他最后回到了这条道路上,终于兴家复业。

《歧路灯》的艺术特色主要有四个方面。

一是结构艺术。石麟先生在《羽状结构,不落窠臼》中认为:“《歧路灯》是羽毛结构。较多地采用平叙方式,是该书的一大特点。该书故事的主体是孝廉之子谭绍闻的生活经历,而这正是羽毛式结构的羽轴。除了这根羽轴之外,书中还写了若干大大小小的故事。在这些故事中,主人公谭绍闻都没有充当角色,但每个故事又都与他有着某种联系。这些故事,就好比羽毛上的羽支,本身并不等于羽轴,但又附在羽轴之上,与羽轴有着直接的联系,离开羽轴,它们就会零乱纷飞,不成为一个整体。另一方面,这些羽支反过来又丰富了羽轴。许多这样的故事加在一起,就为谭绍闻的生活道路展开了一个庞大的、五光十色的社会背景,使读者看到了主人公所生活的那个时代千奇百怪的社会状况,使主人公的故事更为丰富,更为真实。”从整个故事梗概来看,整个作品的主线只有一条,显得非常分明。结构的细密,主要体现在作者创作过程中较好地运用了伏笔和照应，及情节的穿插和转换等叙事技巧，合理顺利地推动了故事的发展，避免了“无巧不成书”的旧小说局限。

二是“戏曲因素插入”。全书一百零八回中，有四十多回涉及“戏曲因素插入”描写。除明显插入三十六出戏曲剧目外，作者对戏曲艺人的情况也有着详尽的描写。比如，第三十回中，作者借茅拔茹之口，将戏子九娃的遭际及病亡过程做了较为细致的交代。另外，本回中，通过集中描写班主茅拔茹诬赖谭绍闻骗取其戏衣这一片段，将茅拔茹的贪婪、无赖的本性，展现在读者的面前。作者在描写戏曲艺人的活动外，还注重对戏曲场景的描写，最明显的当数第十回，宋云岫请谭孝移和娄潜斋看戏一节。作者除了对戏曲自身特质进行描写外，还对戏曲的外部因素，即戏曲观众进行了描写。“戏曲因素插入”既是谭绍闻堕落的推动力，又是验证必须遵守“用心读书，亲近正人”这一小说主题的“铁证”。“戏曲因素插入”，穿插于基本情节之中，与故事主线联系得不是很紧密，但是起到了烘托、刻画主要人物的作用。他们为作品增添了生活气息，对故事主线的发展起到辅助作用。

三是细腻生动的心理描写。李绿园善于用外部细节刻画人物心理。在塑造孔慧娘这一人物形象时，作家就娴熟地运用了各种心理刻画手段，将孔慧娘在社会的、家庭的、文化的、生理的、心理的诸般枷锁的桎梏下压抑着的痛苦心灵挣扎展露无遗。作者将孔慧娘从嫁到谭府时的幸福满足，到认识到谭绍闻的堕落而痛苦不堪，再到悲愤离开人世的心路历程，描写得丝丝入扣，打动人心。

四是小说的语言艺术。《歧路灯》中人物语言一般都切合人物的地位、身份与经历，口吻生动逼真，另外还夹杂着方言和俗语，使人物形象更加传神和生动，具有鲜明的个性特征。谭孝移和他的朋友是儒士，在一块说话总是喜欢引用典故、诗词；忠仆王中对大人先生们说话开口总是“小的”，对王氏母子爱提“大爷在……”，惠圣人惠养民则满口都是“诚意正心”腔儿，盛希侨总是骂仆人“狗攮的”，一副骄横跋扈的公子腔调，虚伪做作的夏逢若凡事标榜“我这为朋友的”……从各种人物的语言中，充分体现出人物的性格和身份。

四、《歧路灯》中的地域文化

李绿园生长于农村，五十岁出仕前应该一直生活于豫西农村，周围接触的人群也以农民为主，与生俱来的先天条件，中原几千年的农耕文化积淀，及其形成的独特的农耕文化意识，都在这个乡村文人身上有所体现，进而呈现在他的作品里。《歧路灯》也因此带着浓浓的乡土之气，即学者冯友兰所说的“河南空气”。

《歧路灯》对社会风尚、民间习俗做了“原汁原味”的客观描摹，艺术地再现出当时中原地域的民俗文化“生产场域”的具体形态。刘畅在《〈歧路灯〉与中原民俗文化研究》一书中详细分析了小说中所描写的各种地域风俗。如诞生礼俗中的请“稳婆”与弄“璋瓦”，“洗三朝”与“送米面”，“做满月”与“汤饼大面”，认干亲与寄僧名。还有庆寿礼俗、婚姻缔结礼俗等。小说对婚礼仪式有着详细的描写，“满地下衬了芦席，上边红的是氍毹，花的是氆氇。自大门至于洞房，月台甬道直似一条软路”，就是民间流传的“倒红毡”。红毡和芦席的使用，不仅仅是为了让新娘脚不踏地防尘土侵染，更主要的是对新娘的一种安全保护。按照民间说法，新娘作为外来人刚到新地方，妖魔鬼怪都喜欢，因为还没拜天地，她也不受新郎家的宅神保护，所以用红毡铺地来保护新娘，可见红毡是具有避邪和祝福的双重功能。“过红毡”之后，紧接着便是“骑鞍过箴”的仪式。随后，新娘在女客的搀扶下走到“天地桌”前，与新郎举行拜天地的仪式，这些婚姻礼俗今天在中原地区仍然可以看到。

《歧路灯》浓郁的地域文化色彩还表现于文本洋溢着的河南方言。李绿园是土生土长的河南人，他对河南的方言极为熟悉。作者对河南话进行加工提炼，把方言词汇、俚语俗谚自然纯熟地运用到行文中，使小说的语言朴实生动，富有河南乡土气息，使整个作品呈现出独特的地域风貌。《歧路灯》采用了大量的河南方言词语，读起来亲切自然，回味无穷。例如：“你姑娘叫你在这里读书，休要淘气，与你端福兄弟休要各不著”，“各不著”，河南话就是合不来、闹别扭的意思；“上下打量是个古董混账人”，“古董”，河南话是形容心术多，内藏险恶或行动乖觉的人；“休要叫孩子们各起气来”，“各气”，河南话中指生气、闹气，或写作阁气、合气；“姓鲍的也是个眼孙”，“眼孙”，即眼子，在河南话中与光棍对称，指那种不谙世道易被欺弄的人；“我也叫他那老贾腌臜的足呛”，“腌臜”，是指作践羞辱，使难堪尴尬；“一条边坐了”，“一条边”，在河南话中指并排的意思；“小孩家张精摆怪的单管着胡说”，“张精摆怪”，河南话指夸饰的言行，“张精”含有张致夸张的意味，“摆怪”用来形容失常的行为。除了大量的方言词语外，《歧路灯》中还有许多富有深刻哲理的河南俗谚，如“内轴子转了不怕外轮儿不动”“硬过船软过关”“砍的不如镟哩圆”“过这村就没这店了”“揭债要忍还债要狠”“庄稼不照只一季，娶妻不照就是一世”“本钱易寻伙计难讨”“腰中有钱腰不软，手中无钱手难松”“天上无云不下雨，地上无人事不成”等。以上河南方言俗语大多运用在市井人物、农村妇女的身上，非常符合人身份，通俗生动，散发出独特的地域文

化魅力。

《歧路灯》的地域文化色彩鲜明地蕴含于作品浓重的理学气息中。李绿园所生活的区域正是中州理学名区的中心地带。比如清代初年孙奇逢在河南辉县的百泉书院讲学授徒，听者甚众，新安魏一鳌、登封耿介都前往学习。后来耿介学有所成，与襄城之李来章、中牟之冉觐祖会于嵩阳书院讲学，世称“中州三君子”。当时的这些名儒显然会对作为后学的李绿园产生较大的影响。另外他家学渊源，其祖父李玉琳“长于春秋，著有《春秋文汇》”。其周围的同乡前辈如刘青芝、王陈诗等都是当时有些名气的端方之儒。《歧路灯》一直将开封作为理学名区来写，也多次提到“我中州乃理学名区”之类的话，因而写理学也时时带上了地域的特色。比如小说第二回就写到一个李公祠。“转过大街，离北门不远，径向李公祠来。”“只见一面大匾，上放‘李文靖公祠’五字，墨犹未干，古劲朴老。”李文靖公为宋人李沆，文靖乃其谥号。其为人行事缜密，不求声誉，为旧时儒者所重。小说中为这位乡里先贤题写匾名的正是全书最为推崇的理学人物娄潜斋。再如第九十五回写谭家属江南丹徒一支的谭绍衣到开封来做官，久仰中州人文，甫一到任，就寻求中州文献，指出：“中州有名著述很多，如郾城许慎之《说文》，荥阳服虔所注《麟经》，考城江文通、孟县韩昌黎、河内李义山，都是有板行世的。至于邺下韩魏公《安阳集》，流寓洛阳邵尧夫《击壤集》，只有名相传，却不曾见过，这是一定要搜罗到手，也不枉在中州做一场官，为子孙留一个好宦囊。”小说事实上也是一直将中州作为理学人文的渊薮来描写的。如此种种，其目的都是强调小说中理学观念在地域上的渊源。小说通过故事和人物言行对“中州正气”进行了形象的阐释。

《歧路灯》“中州理学名区”的文化底蕴，贯穿于作品的伦理叙事。从第一回开始，《歧路灯》便显示了浓重的宗族血缘亲情意识。谭孝移收到丹徒本族侄子的来信，邀他同谋修族谱的事情。谭孝移于是远赴丹徒，见丹徒本族重视教育，不禁思及儿子谭绍闻的教育，回祥符后便延师娄潜斋，故事也由此展开。至故事结尾，谭绍衣念及同族血脉亲情，暗里扶持谭绍闻与兴官儿，使谭绍闻彻底改邪归正，重新做人。可以说在谭府复兴道路上，谭绍衣起了很大的作用。作者由此也传达出人和、家和，万事皆兴的观念。在小说情节内容里，骨血亲情是作者涉笔的重点，亲情中的和谐美好亦是小说能打动人心的因素。例如：王春宇对寡姐及外甥的关心，包括解决谭绍闻与冰梅未婚生子事件，慧娘死后谭绍闻的亲事，为谭绍闻请老师，甚至为了兴官儿的教育问题和姐姐翻了脸；农民惠观民对弟弟惠养民朴素感人的情谊；泼妇滑氏对无赖弟弟毫不戒备的信赖；骄横霸道的盛希侨对弟弟的宽容呵护；等等。另外,代表作者“诚”“义”观的典型形象是仆人王中。作为谭家的仆人,尽管王中一心为谭府老少着想,却得不到主人的尊重,一而再、再而三地被主人赶出谭府。书中写他毫无怨言,负重隐忍,总是在谭家需要帮助的时候及时出现,一次次救助误入歧途的谭绍闻摆脱困境,最终使少主人走向正途。传统儒家道德观念的“诚义”在他的身上得到了完美阐释。

第六章　20 世纪以来的河洛文学

第一节　20 世纪以来的河洛文学概述

一、20 世纪 20—40 年代河洛地区的文学

1917—1949 年这一段时期的文学，被称为现代文学。现代的河洛地区由于自然及政治经济条件限制，文化教育落后，有抱负、有才华的文学青年大多是流转到京沪等地后才做出了文学实绩。他们的创作灵感和创作激情，常常来自家乡。他们的不少作品反映了家乡的生活、社会和人物，带着无法抹去的河洛地域特色。这一时期的主要作家有徐玉诺、曹靖华、尚钺、于赓虞、苏金伞、柯岗、李蕤、栾星等。

徐玉诺（1893—1958 年），河南鲁山人，中国现代诗人、小说家。主要作品有诗集《雪朝》《将来的花园》，短篇小说集《朱家坟夜话》等。

曹靖华（1897—1987 年），原名曹联亚，河南卢氏县人，中国现代文学翻译家、散文家，北京大学教授。自 20 世纪 20 年代起，热心从事俄苏文学介绍翻译，所译多属名著，达数百万字。其中有长篇小说《铁流》《城与年》《我是劳动人民的儿子》等，剧本《侵略》《契诃夫戏剧集》，儿童文学《盖达尔选集》等。而鲁迅把对俄苏文学的翻译比作“给起义的奴隶偷运军火”和“普罗米修斯取天火给人类”，曾给予曹靖华的翻译很高评价。60 年代起开始散文创作，出版有《花》和《曹靖华散文选》等 4 部散文集，其中《望断南飞雁》是其代表作。它抒写作者听到鲁迅逝世的消息后，似信非信，疑为“谣言”，而晚报却证实了这个不容置疑的事实。于是“我”在无边的深痛中回忆此前两封先生来信的情景，并叙写翌日清晨课堂举行的特殊追悼会；而“我”回到家里却收到鲁迅先生亲自付邮的最后一信——先生的绝笔，更使作者陷入巨大的悲恸之中。作者以“望断南飞雁”的茫茫思绪作为经线，以噩耗传来后的深沉悲恸作为纬线，交织成炽热抒情的乐章，动人心魄，催人泪下。其散文特点：一是善于寓大于小、因小见大，往往抓住一些小事、细节，作出意味深

长的文章来。二是他的散文语言注意锤炼敲打,不仅凝练流畅,而且富于节奏性与音乐性。

尚钺(1902—1982年),河南罗山县人。1921年,考入燕京大学英国文学系预科,后入本科英国文学系肄业,并追随鲁迅先生从事文学创作活动,积极宣传新思想、新文化,为《莽原》周刊撰稿,参与创办《狂飙》等进步文学期刊。主要有短篇小说集《病》《斧背》,长篇小说《预谋》等。其代表作《斧背》与《病》,后来被鲁迅收入《中国新文学大系·小说》二集。鲁迅评论他的短篇小说创作态度严肃,取材广泛,“意在讥刺而且暴露、搏击的”。

于赓虞(1902—1963年),新月派诗人之一,著名诗人、翻译家。名舜卿,字赓虞,以字行世。河南西平人。代表作有《秋晨》《影》等。著有诗集《晨曦之前》《魔鬼的舞蹈》《骷髅上的蔷薇》《孤灵》等。朱自清先生编《中国新文学大系·诗集》选了于赓虞诗5首。河南大学出版社于2004年9月出版了两大册精装的《于赓虞诗文辑存》,由解志熙、王文金编校,全书约85万字。

苏金伞(1906—1997年),河南睢县人,曾任河南省文联第一届主席,1932年开始发表作品,1949年加入中国作家协会。著有诗集《地层厂》《窗外》《鹁鸪鸟》《苏金伞诗选》《苏金伞诗文集》等。他的诗作最大的特点是自然和清白,具有丰厚的思想内涵、鲜明的地域特色和浓郁的生活气息,以朴实自然、清新隽永的艺术风格,受到国内外读者的喜爱,被誉为我国乡土诗派的代表人物之一。

柯岗(1915—2002年),河南巩义人。1937年毕业于上海大夏大学政治经济系,1939年毕业于延安抗日军政大学。1940年开始发表作品。主要作品有长篇小说《逐鹿中原》《三战陇海》《金桥》,短篇小说集《八朗里和五里河》,话剧剧本《针锋相对》等。

李蕤(1911—1998年),笔名赵初、华云,河南荥阳人。1939年肄业于河南国立大学中文系。20世纪30年代初涉足文坛,1935年开始在《中流》《大公报》《国文周报》等报刊上发表作品,反映农村破产和小人物的悲惨命运,有《柿园》《眼》《楼上》等。

栾星(1923—),河南孟津人。代表作有诗集《呼唤》,专著《公孙龙子工笺》《甲申史商》等。

二、20世纪50—70年代河洛地区的文学

1949年以后的文学被称为当代文学。它通常分为三个时期:20世纪50—70年代,20世纪80年代,20世纪90年代至今。

20世纪50—70年代河洛地区的文学紧贴河洛地区人民的生活，特别是政治生活。就文体而言，首先是戏曲文学，有表现新时代农村生活的豫剧《李双双》《朝阳沟》等一批作品。散文特别是报告文学中，一批报道农业合作化、三门峡水利工程等建设项目的文学通讯曾给读者留下较深的印象。成绩最大的首推小说，其中最值得称道的是李凖的小说。李凖以《不能走那条路》《李双双小传》等作品成为此期当代文坛的主流作家。

这一时期的河洛文学，在与时代同步的同时，也深刻地打上了时代的印记，带着鲜明的时代局限性。这一时期文学创作普遍存在着这样两个问题：一是过分强化文学配合政治、服务政治的教化功能，忽略、削弱了文学全面、真实地反映现实和人生的特性。现实的丰富性和复杂性被简化、删削了，最应当具有个性的文字，却往往带上群体活动的共同色彩，表现为统一的主题、类似的情节结构和大体相近的语言风格。二是文学丧失了真实地反映生活的基本品格，不少文学作品成为空想和谎话的载体，从根本上背离了现实主义的道路。这一时期的文学成就主要表现在两个方面：一是主流创作中凭借生活优势对上述普遍性缺陷的超越，如李凖的《李双双小传》等；二是非主流倾向中作家生活感受的真实展示，如李凖的《芦花放白的时候》《灰色的帆篷》等。文学仍然在一定程度上表现了具有地域特色的人情、人性、风俗，特别是语言，塑造了具有鲜明时代特点和个性的人物。

三、20世纪80年代河洛地区的文学

“文革”过后，河洛文学进入了一个黄金期，新老作家济济一堂。老作家们重返文坛，并取得硕果。老诗人苏金伞以《山口》宣布进入了他晚年诗歌创作的高峰期。另一位老诗人青勃这一时期出版了《绿叶的声音》《绿色的梦》两部诗集，在抒写饱经人生忧患后的深刻和老辣时，依然保持着20世纪50年代初期的理想色彩，纯真、明朗、优美。李凖《黄河东流去》获得了作为中国长篇小说的最高奖——茅盾文学奖。

与此同时，与李凖年龄不相上下的一批50年代的青年作家，如段荃法、张有德、徐慎、郑克西等的短篇小说和中篇小说此期也不断引起全国文坛的注意。

此时，一批青年作家横空出世，他们多从农村底层走向城市，如张宇、李佩甫等，他们大都在20世纪80年代中后期成名，以一个群体出现在文坛上，成为“文学豫军”的主体力量。

四、20世纪90年代河洛地区的文学

20世纪90年代是河洛文坛一派繁荣的时期，尤其是长篇小说获得了长足的进步，如张宇的《晒太阳》《疼痛与抚摸》《流水落花》《软弱》，李佩甫的《城市白皮书》《羊的门》《申凤梅》等。令人可喜的是新生代的作家也推出了处女作，其中最为突出的是李洱，他的长篇小说《应物兄》荣获2019年的第十届茅盾文学奖。正如有的论者所说：这个盛行土得掉渣的豫剧或河南梆子的地方，现在汇集了一批依然为文学守灵的人，他们对文学的认真态度是其他地方难以比拟的。他们偏执地以自己的方式远离文坛，他们也许构筑了一道文学最后不被击垮的防线。

（一）张宇

张宇，1952年生，河南洛宁县大阳村人。曾任河南省作家协会主席。1979年开始发表文学作品，已出版《张宇文集》7卷。有长篇小说《晒太阳》《潘金莲》《疼痛与抚摸》《软弱》《表演爱情》等；中篇小说《活鬼》《乡村情感》《没有孤独》《老房子》等；散文随笔《张宇散文》等；电视剧本《黑槐树》等。曾获得中国作协庄重文学奖、河南省文艺优秀成果奖、飞天奖、人民文学奖等多个奖项，并有作品译成英、法、日等文字介绍到海外。

张宇对于自己的农民身份有非常强的自觉性，虽然他开始创作的时候已经是一个工人了。新中国成立后二元化的城乡管理体制人为地制造了人身份的巨大鸿沟，这鸿沟使得走出乡村的农村作家们在农村和城市之间纠结，也由此构成了张宇小说的两部分内容：一是审视自己赖以生长的乡土民间的那部分作品，二是在寻找都市身份定位时自我探索的那一系列作品。

本着灵魂里的民间情结来审视自己赖以生长的乡土民间的那一系列，由于涉及作者身上最本质的东西，所以在张宇的作品里占有举足轻重的地位。从张宇1979年发表的踏上文坛的处女作《土地的主人》起，到其后在文坛上引起极大关注的《活鬼》《河洛人》《乱弹》《家丑》《完人》《国公墓》《阑尾》《乡村情感》等中短篇小说，以及《晒太阳》《疼痛与抚摸》等长篇小说，都属于这个系列。

从《土地的主人》到1985年《活鬼》发表以前，张宇的创作还只停留在从庙堂话语为自己找身份定位，以传达对农民命运的关注的阶段。这一时期的张宇虽然非常勤奋，但他并没有找到最适合自己的表达方式，艺术上乏善可陈。这一时期的作品往往是对一些政策的图解，基调都是赞颂性的，属于投合主流意识的创作，还没有形成自己的独特眼光。

《活鬼》在张宇的创作中具有里程碑的意义，由它以及之后的《河洛人》《乱弹》《完人》《国公墓》《阑尾》组成的“活鬼”系列，是作者运用知识分子的启蒙视野来对民间进行审视的重要作品。《活鬼》写一个名叫侯七的洛阳农民在乱世中颠沛流离的一生，塑造了一个放射着奇异的艺术光辉的人物形象——“活鬼”侯七。侯七可以说是所有中国传统文化、中原文化精华和糟粕的集合体，也是一个超越了正与邪的具有高度生活性的人物。他不问正邪、不拘礼法，手段灵活，算计精到，能屈能伸。小说中侯七自己的两句话最能够表明他的人生态度，也最能代表典型的中原农民的生存特征：一个是“闯人物”，另一个则是“人到啥时说啥话”。前一句表明的是侯七浑浑噩噩但是又力图改变现状的强烈欲望和生命活力，后一句话则表明了侯七在长期艰难的生活中形成的委曲求全但是又坚毅柔韧的心理状态，而这两种状态是可以随着外部环境的改变而改变的。当他得意时是团长，但是落魄时他又能有滋有味地摆起地摊做小生意，完全收起了当年当团长时的威风。虽然外部行为可以随着处境的改变而改变，但是侯七的中心性格并没有改变，那就是待人处事的精明和对于利害得失的巧妙算计。作者在描写这个人物的时候态度是矛盾的，既有站在知识分子启蒙立场的居高临下的批判，用“鬼”这一名词对主人公的概括本身便说明了这一点。同时作者又有充分的理解。小说也写到侯七很正义的一面，比如对自己前后两个妻子关系的处理，朋友杨忠信吃了官司挺身相救，甚至做生意发财致富以后捐出了大笔款项，为大家兴办公益事业，等等。他不是不想做一个堂堂正正的“人”，而是这个社会没有为一个正直善良的人的生存提供环境，他们在夹缝中被扭曲活成了“鬼”。张宇作为在河洛农村土生土长起来的一个作家，十分准确地把握住了河洛地区农民的特点，塑造出了这样一位承载着深厚文化意蕴的艺术典型。

之后的《家丑》《国公墓》《晒太阳》等作品都意在塑造这种有“鬼气”的人物，但开始加强了对“鬼气”的批判。这几篇作品的主人公其社会身份已经不属于社会最下层，他们不存在基本的生存欲望得不到满足的问题。所以作者把这些人物身上的“鬼气”置于知识分子对国民劣根性批判的视域下来考察。《家丑》《晒太阳》中的主人公是一县之长的杨润生。他同侯七一样人情练达、精明能干。所不同的是，杨润生所维护的不是基本的生存欲望，而是自己的官职和由官职带来的特权。他调走了抓赌时抓了自己父亲的李乡长，虽然他明白李乡长并没有错。他没有了侯七在圆滑表面下所具有的基本的做人道义，更多的是自我的丧失和虚伪。《国公墓》中的魏少文是一位文化馆馆长，他比杨润生更精于官场之道。为了他那位没有是非原则、因为擅长给打官司的双方同时写两份状纸把县官玩得直转、后来官至国公的先祖的祖坟不因修公路被拆迁，他呈现出了游刃有余的手腕。在建设精神文明的幌子下，第一步先糊弄住了不学无术的县文物管委会的赵主任，又由赵主任出面层层向上糊弄，结果把国公墓弄成了国家的文物古迹受到了保护。在杨润生内心还有明白的是非感，但魏少文身上已荡然无存。他的精明所用来维护的，完全成了荒唐落后的东西。到此，张宇已经将自己的外部身份从庙堂意识形态代言人角色转向了批判国民性的精英知识分子角色，并且取得了巨大的成功，他的作品与当代文学史上以反思国民性为主题的作品相比毫不逊色。

张宇从发表于1990的《乡村情感》开始，以《自杀叙述》《疼痛与抚摸》为后继，出现了由知识分子精英立场向民间立场的转向。在对乡土内涵所铸造出的人性里的阴暗部分进行一番批判后，转过头来挖掘乡土民间所蕴含的意义价值。由此看出如张宇这样出身农村的作家潜意识里存在的和城市对立而不是融合的态度。恰如《乡村情感》的开头对小说叙述者的介绍："我是乡下放进城里来的一只风筝，飘来飘去已经二十年，线绳儿还系在老家的房梁上。在城里由于夹紧着尾巴做人，二十年前的红薯屁还没有放干净。脸上贴着一种纸花般的假笑，也学会对别人说你好和谢谢，但是总觉得骨子眼里还是个乡下人。"几十年前的沈从文一样宣称自己是"乡下人"，其背后是面对城市文明所有意为之的精神上的自傲，所以他写出了《边城》，描绘了一块乌托邦的乐土。在《乡村情感》中，作者通过"我爹"和麦生伯之间肝胆相照的友谊，刻意创造了乡土情感所孕育出的人情人性的动人境界。

从对"活鬼"们人生经历、人生状态的叹息和批判，到对"我爹"和麦生伯人生历练的颂扬和赞美，张宇在小说中展示的可以说是两类人生，两种生存方式的对比，正是在这种对比中，"我爹"和麦生伯这两位人物形象的意义得到了升华。但是，作者在《乡村情感》里所体现的民间内容同样给我们浮表的、不坚实的感觉，它美化了乡土社会。在其后的《自杀叙述》中，作者抹掉了涂在"我爹"、麦生伯等身上的乌托邦色彩，还原了民间藏污纳垢的本来面目，并对其仔细剖析，挖掘出那真正值得尊重的尊严和生气。张老大是民间最底层的极其卑微的人，对生活不敢有任何苟活下去以外的奢望。作者正是在这样一个人身上找到了那种不容置疑的民间尊严和正气，不回避民间的遍体泥污而能充分发现它在泥污中的崇高，这种对民间的意义的肯定因而就扎实很多。

把人性视角同作者的民间立场结合来张扬民间存在意义价值的方式发挥到极处的是张宇的长篇小说《疼痛与抚摸》。《疼痛与抚摸》完成了他对民间生存价值的追寻和弘扬。这部小说打破了《乡村情感》中一元化的模式而进入了多元化的世界，在里面出现了乡土社会里诸多不同利益和心理的生存类型，像作为弱势者的水家女子、作为地主的曲书仙、作为土匪的牛二以及先被曲书仙收养后来成了共产党干部的李和平，每一个都不能说是单纯的陪衬，都有自己完整的生命道路的心理轨迹。从主题意义上讲，这部小说继承了《自杀叙述》中从弱势身上寻找民间最有意义的精神价值的模式，并将其进一步深化。本书借三代水家女子和男人世界的种种关系来象征民间和统治者之间的关系，以她们的人生遭际为载体，把民间生命里那种看似至弱的精神实质，进一步张扬为一种至厚至强的东西，甚至让所有笼罩在它外缘的看似堂皇的东西都在和它本真层次的较量上败下阵来。美丽柔弱的水秀作为水家女子的第一代人，在苦难的命运面前异常刚强。丈夫死后她拉扯几个女儿过活，出于性，也出于生活艰辛，她和丈夫家的兄弟铁锁私通被发现后，小说赋予了一个富有象征意义的男女之间情景对比：没有受到什么惩罚的铁锁因为内心的脆弱而自杀；遭受更大惩罚、被裸体示众的水秀反而能迸发出强烈的反叛锋芒，怒斥老天爷“我犯了什么罪？我没有吃，没有穿，我犯了什么罪”“男人们妻妾成群，我为什么死了男人要守寡？肉长在我身上，你为啥要管我”，并在以后的日子里勇敢地挑战世俗的成见，以自己的方式活下来。水家的女儿水草作为水家的第二代女子，被地主曲书仙收养并情愿被纳为二房，看似出于弱者地位，但在新中国成立后曲书仙被镇压要枪毙，一向体面的他竟然软了下来时，水草却上演了“送死”的精彩一幕，在众目睽睽之下旁若无人地让他坐在自己腿上，给他喂饭，像一个母亲哄自己的小孩，鼓励他“一个男人别像个娘们”，使对方在生命的最后一刻恢复了对死的坦然。水草的妹妹水莲，坦然面对和丈夫之间的情爱以及和土匪头子牛老二之间的性爱，她高傲地坚持着自己的人生态度。新中国成立后丈夫当了县长，当看到因自己的历史使丈夫受到别人讥笑和可能影响他的前程时，她宁愿选择自杀，把生命作为礼物送给自己的丈夫还他清白的名声，也不愿傍着丈夫忍辱偷生。水草的女儿水月仍旧继承了这种刚强的传统，虽说起初出于对性的无知和神秘向往而错嫁了一个窝囊的丈夫，可这并没有让她屈服于命运，在爱上村里的支书李宏恩后，她义无反顾地为他奉献了一切，即使最后受到和她姥姥水秀同样的侮辱也无怨无悔。和地位卑下、外表柔弱而内心坚强的水家女子相比，相关的男人们尽管外部身份上都拥有社会上的权力优势，但一个个本质表现则令人失望。我们看到，铁锁可以拥有在通奸败露后免受惩罚的特权，曲书仙贵为一方有名的乡绅，李和平身为县长，李宏恩身为村里书记，可是在私情败露后铁锁选择自杀，曲书仙一度流露出对死的恐惧，李和平无法拥有使自己深爱的妻子无所顾忌地活下去的魄力，李宏恩纵欲死在水月身上，还因为怕别人看见自己不穿衣裳失去脸面而不瞑目。作为外部社会地位上弱者的女性所蕴藏的伟大，同作为外部社会地位上强者的男性的虚伪与脆弱，比较起来反差是如此强烈，后者仅有的闪光点也必须依赖前者的赐予才能完成，这不也恰恰说明了在作者心目中，最伟大、最仁厚的东西，往往只能被包含在最弱势者、最卑微、最微不足道的日常生命形式里吗？

对乡村意绪的书写对于像张宇这样的作家来说是精神的需要，城市才是他们的当下，因而张宇的创作还有一类城市生存题材的作品，也就是作者在寻找城市身份定位时的自我探索。细究张宇的这类小说，它大致经历了由对失去自我的琐碎、虚伪的机关生活的失望，到对都市温情的寻找，再到自我生存特征的同样都市民间虚拟化，最后彻底由雅向俗的市井化认同的过程。

对丧失自我的、琐碎而虚伪的都市主流生存方式特别是事业单位生活的失望，是张宇完成自己从农村身份向都市身份嬗变时的最早主题。《一笑了之》《完人》《没有孤独》《阑尾》《城市垃圾》等作品可以看作这方面的代表作。《一笑了之》以一个县文化馆为背景，主人公是一个总想转正的临时工。由于身份不稳固，他拼命地做着各种工作，不管分内分外，并且为文化馆发现了一批珍贵的碑帖，做出了公认的成绩，成了公认的人才。但在叠床架屋的官僚机构的固有运作方式下，在上下部门的互相算计和扯皮推诿中，所有的好处他都无法均沾，最终还是一个朝不保夕的临时工。《完人》写的是一个县委组织部为下边干部写考核评语的事。主人公是一位从临时工提升到组织部里的年轻干事。出于年轻和认真，他在为一个干部填写缺点时实事求是地写上了“偶尔工作中有浮夸现象”，可在这个人际关系高度复杂敏感也高度虚伪势利的官本位社会里，他这样的做法竟然被周围所有的人认为是“暗算了人家”“捅了人家的血刀子”，包括自己的父母和上面的领导，所有的压力聚在一起，迫使他最后不得不又将这条缺点修正为变相表扬的“不注意团结女同志”。在这样的形式主义的体制控制下，真正的人才往往没有发挥自己才能的场所。《没有孤独》中身怀绝才、新中国成立前都享有国际声誉的医药专家鲁杰，平反后回到了城市里，但城市接纳的只是他的名声，而并不尊重他的才华，也没有为他提供一个可以施展才华的地方。《阑尾》里一位市长得了阑尾炎，这本不是什么大不了的事情，在张宇笔下却成为展示一个医院里众生相的窗口：医院不懂业务的张书记、不学无术的外科主任徐医生把这视作拓展前程的天赐良机；有真才实学的丁院长把这作为可能让别人出丑的机会；护士、护士长又要借此来换职称、住房和奖金。每一个人都出于各自的私利来讨好领导，把正常的事情搞得一塌糊涂。结果主任的手术没有做好；打针的护士又发明了只打针不推药的“无痛感注射法”；换药的护士长也采用了只把消毒碘涂在远离伤口地方的绝招。《城市垃圾》以主人公入住郑州一家还算相当体面的家属院遇到的一系列琐事，来表达对这里虚伪、自私的人际关系的厌恶，决心“今后宁愿给钱打交道，也不愿和人打交道”。当然，城市机关里、单位里人们出于各自动机所使用的种种心机手段，在形式上和侯七这些乡土人物身上那种民间智慧有共同之处；但这些人的欲望，一开始就同乡土民间最下层的服务于基本生存要求的特点有所不同，所以也直接被置于作者的批判之下。

对都市生活温情的渴望与寻找，是张宇在自己都市身份定位初期派生出的另一方面的主题，《大街温柔》等属于这方面的代表作。《大街温柔》叙述的是平民李振华和县长于清芳之间的爱情故事。家境富有的于清芳在还作为农村娃子李振华的中学同学时，就爱上了他。于清芳嫁给李振华后，在自己成了乡里领导，甚至成了县长后，都一直对李振华一往情深，对他充满依赖，无论他是一个农民还是一个扫大街的工人。和都市主流生活方式的自私虚伪相比，这种女县长和平民丈夫之间的爱情故事显得那样温馨。但也像《乡村情感》中所塑造的“我爹”和麦生伯之间那种乡土友谊的乌托邦性质一样，这种整合了都市主流身份和民间温情的爱情故事未免过于脆弱。

模仿传统文人自我放逐的生存方式，为自己在都市民间里制造一种虚拟化、意境化的生存空间，是张宇在自己都市身份定位过程中开出的第三方面的主题。《城市逍遥》《枯树的诞生》等一批90年代初的小说可谓这方面的代表作。随着作者都市生存经验的进一步增加，作者对写的所谓干部和平民之间都市温情之类的故事也感到虚幻，就为自己创造了一种都市非主流的意境化的生存空间。作者创造出的意境化的生存方式，是通过养树体现出来的。《城市逍遥》叙述的是从乡村走入城市的盆景艺术家鲁风的故事。在压抑的城市里，鲁风把自己的乡土人生经验全部浓缩到对盆景艺术的追求中，获得了艺术上成功的同时也保持了灵魂的高洁。鲁风的形象在某种程度上也是作者人格心理上的一种自我期待，是作者试图解决乡土灵魂和城市存在、现实存在的一种想象性出路。《枯树的诞生》写叙述者和几个养树的民间朋友们围绕着养树、搞树桩的一些生活琐事。从某种意义上说，这都不过是中国传统文人在无法改变外在世界时，借对花鸟虫鱼等小天地的寄情来独善其身的传统的延续。当作者灵魂里的所要求的真诚、自尊在这个充满压抑的城市里无法按本来的愿望实现时，文人传统里这种以弱化自己本真渴望来适应社会的传统就被张宇利用了。在养树的过程中，作者由此贴近了乡村的那种粗放、无遮拦的原始气息，从而获得某种精神的慰藉。

彻底由雅向俗的市井化认同，是张宇到目前为止都市身份定位过程中的一块新的落脚地。都市生存毕竟是实际的，几乎每一个在其中的人都会感到它无所不在的同化力量，感到个人和它抗衡中获胜希望的渺茫。寄寓都市的农村作家们注定要不断寻求同城市新的和解方式。在长篇小说《软弱》里，作者就彻底向俗的市井化认同。这是部描写都市男女传奇故事的小说。里面所描绘的黑道白道、各色人等充斥的都市民间社会里，有和乡土社会一样真诚善良、可以相互信任的温情，如擅长捉小偷的警察和他的搭档王海之间在工作中和个人生活中都能心照不宣的友情；有别于主流道德意识形态的民间色泽混杂的价值演绎，如警察王海以黑道的方式帮助沦为妓女的纯洁姑娘摆平无赖的纠缠。更重要的是，作者也像感悟乡土人情难以以理性界说的复杂特征一样，发现其在都市里的同样存在。例如于富贵和小偷之间的关系就超出了一般的平面范畴，有点像《自杀叙述》里的张老大和棋之间的关系。于富贵抓小偷，不再是一种单纯的职业关系，也不再是一种外在的道德良心驱动，而纯粹成了他驰骋自己生命才华、实现深层生命价值的一种形式，是他在人生舞台上的另一种对局。这就超出了一般对都市生活的泛泛理解。作者在描述这些都市生存的芸芸众生时，采用的是朋友式娓娓而谈的态度。经过一系列的探索和调整，在这种彻底由雅向俗的市井化认同里，张宇或者可以说是找到了一种都市身份定位中弥合内在矛盾的最佳途径。

（二）李洱

李洱，1966 年生于河南济源市五龙口镇五龙头村。1987 年毕业于华东师范大学中文系，曾在高校任教多年，现为中国现代文学馆副馆长，并兼任《莽原》杂志副主编。“后先锋”小说的代表作家之一。20 世纪 80 年代末期开始文学创作，代表作有《导师死了》《现场》《午后的诗学》《遗忘》《花腔》《石榴树上结樱桃》等。著有小说集《饶舌的哑巴》《破镜而出》《遗忘》。作品被译成多种文字。长篇小说《花腔》被认为是 2001—2002 年度最优秀的长篇小说之一，入围第六届茅盾文学奖，获首届“21 世纪鼎钧双年文学奖”。2004 年，《石榴树上结樱桃》获得由《新京报》与《南方都市报》联合主办的首届“华语图书传媒大奖”。2007 年，该书由德国最著名的出版社之一 DTV 出版社出版，并多次加印，热销德国图书市场，被《普鲁士报》认为是“配得上它所获得的一切荣誉”的小说。

迄今为止，李洱小说以2002年为界分为两个时期：2002年之前，他致力于知识分子题材的开掘；2002年之后，他转向了乡土题材。

李洱在不同的场合谈到过自己坚持的是一种“知识分子写作”的立场，并且不止一次地在各种访谈中表达过对真正的“知识分子”型作家如加缪、萨特、昆德拉等的敬仰。而李洱在2002年前的大部分作品也都致力于对知识分子的描写和深刻批判。由鲁迅开创的关注和描写知识分子是中国作家的一个传统。在众多的书写知识分子的作家中，李洱有自己的独特开创：除了在《花腔》中满怀敬佩和理解地塑造了自己心目中理想的知识分子形象葛任，李洱把更多的笔触放在了关注消费时代语境下知识分子在庸常生活中的卑琐、苟且、丧失自我上。迄今为止，李洱以“知识分子”为题材的创作指向这样一些共同的主题：对当下精神空虚和价值混乱的关注；对知识分子与社会的复杂纠葛关系的描摹；对知识分子中普遍存在的虚无、荒诞、混乱、庸俗、失语等现实困境的刻画；对那些饱暖思淫欲、思想不行动或者行动不思想的知识分子行径的无情批判；等等。这一时期的代表作品有《导师死了》《午后的诗学》《抒情时代》等等。

2002年之后，李洱的写作发生了变化，就小说题材而言，他从一贯熟悉的知识分子题材转向了乡土题材，先后发表了中篇小说《龙凤呈祥》、长篇小说《石榴树上结樱桃》等作品。在这些小说中，李洱表达了社会变革中乡村的深刻变化，表达了现代性对于当代中国乡土社会的深刻影响。

《石榴树上结樱桃》虽是一部聚焦20世纪90年代以后中国乡土现实生活的作品，但其中作者所采取的叙事视角仍然是知识分子视角，不是时下流行的平视的视角，即所谓的“作为老百姓的写作”。但是和传统思路截然不同的是，作者的目的在于展示而不是启蒙。所以，在作者笔下的乡村已经不是充斥着贫穷、苦难、麻木、愚昧的需要启蒙和拯救的乡村，而是生机勃勃、热气腾腾的正在自我嬗变的但仍然充满艰难、矛盾的乡村。这和刘震云等笔下苦难的乡村叙事相比已经大为不同。

李洱宣称这是从“苦难写作”向“日常写作”的尝试和转型。李洱的转型无疑是成功的，尤其针对乡土叙事而言，“苦难写作”有着特殊的意义。因为就中国乡土叙事而言，大体有两种演进方向：一是鲁迅开创的批判国民性的方向，一是以沈从文为代表的以对特定乡土世界内风土人情的展示和对去乡怀旧者某种原乡式的想象的释放为内涵的方向。进入90年代之后，乡土文学中呈现的苦难叙事似乎早已成了乡土文学的一道主导风景，而李洱的《石榴树上结樱桃》从根本上解构了乡土叙事中的苦难，以一种近距离的、原生态的书写，将乡土日常生活呈现出来。作者力图表达的是知识分子眼中的乡土世界。小说围绕着乡土基层工作中的计划生育和选举来展开叙述，这两件事情在乡土世界中可以说是屡见不鲜的，但李洱试图描写的是全球化语境下的乡土生活，他将传统叙事中的原乡性情感还原成现代文明侵入之后乡土大地上“变化中的景观”。小说中出现的可持续发展战略、美国总统大选、GDP以及殿军在深圳打工时所遭受的刺激等，都不同程度地折射出了传统乡土话语的变迁。

孔繁花是一位精明能干而又具有现代意识的女性，她对环保问题的考虑、对教育的重视都可以看出她受过现代文明的熏陶。这样一位精明能干又初步具有现代意识的女性，带着自己的丈夫的确为官庄做了不少工作。听说老外要来考察，响应县委书记在全县“掀起学习英语新高潮”，买了几千本《英语会话300句》；为解决雪娥计划外怀孕问题寝食难安；安排游手好闲的令佩工作；拜访放羊的李皓并操心其婚事；赔钱赔工夫让丈夫帮雪娥补鞋；改造造纸厂，根治污水排放；搞好养殖业、保护环境，让村民共同富裕；尽力栽培小红，再干两届就把担子交给她；等等。但出其不意的是那爱好吟诗的牧羊人李皓和对孔繁花毕恭毕敬、孔繁花视为心腹的小红才是最后的赢家，这是一个悖论，是中国特色的“石榴树上结樱桃”。李洱似乎不动声色地讲述了一个权力斗争的故事，一切均围绕着竞选展开，开会、选举、计划生育这些乡村基层生活中的琐事，作者讲述得有声有色、热气腾腾。但一切又远离了权力的明争暗斗。对日常生活的细节性捕捉化解了权力的尔虞我诈所呈现出的狰狞面孔。农村生活中特有的幽默诙谐和插科打诨，让文本散发着原生而粗粝的生活气息。出其不意的民间智慧与根深蒂固而又隐而不发的官本位情结的闪现，让文本在充满生活感性的同时也引人深思。小说的深刻之处在于作家不仅以繁花出人意料的落选暗含了“乡土政治”的残酷性与荒诞性，更重要的是作家发现了在乡土文明与现代文明扭结中产生的某种错位与倒置的可怕性。小说在批判权力诱惑下人的尊严失衡所导致的人性失落的同时，也对两种文明的错位及其乡土文明自身蜕变过程中表现出的“文明的陷落”和艰巨性充满了忧患和警惕。小说呈现出的是一种质朴、原生态的具有毛绒绒的生活质感的乡土日常语言风格。无论是基层干部的语言还是普通农民的语言，都是民间俗语、乡村口语与时尚政治话语、外来英语的结合，这一方面使得文本具有鲜活的民间气息，另一方面也折射出全球化语境下乡土生活中语言的嬗变。

（三）李佩甫

李佩甫，1953年生，河南许昌人。2015年，凭借“中原三部曲”的第三部长篇小说《生命册》荣获第九届茅盾文学奖。2019年，该小说入选“新中国70年70部长篇小说典藏”。2020年出版长篇小说《河洛图》。该小说是作者在10年前撰写的《河洛康家》的电视剧本基础上，历经多年打磨而成的。《河洛图》以河南巩义康百万家族人物为原形，描写了在河洛文化孕育下，以康秀才、周亭兰、康悔文为中心的三代人，由“耕读人家”走向“中原财神”的创业史。是主人公面对运与命的倾轧，时与势的胁迫，如何顺势而动，起死回生，走向鼎盛发达的财富传奇。其惊心动魄、峰回路转的艰辛历程，折射出明清之际的国运家境。作家通过对康家“留余”古训、“仁信”传家的故事描写，生动刻画了在大是大非面前忠于国家、在巨额财富面前心系百姓、在恩怨情仇面前宽容待人的一代豫商的形象，以及他们惠济天下的家国情怀。

第二节 李凖

一、生平简介

李凖(1928—2000年)，河南洛阳人，蒙古族，原姓木华梨，后改为李姓，出生于一个乡村教师兼小地主的家庭。由于祖父、伯父、叔父均以教书为业，他从小就受到了较好的文化熏陶。李凖的父亲以经商为生，母亲出身于农民家庭，生活经历丰富，对农民语言了然于心。深受母亲影响的李凖，在驾驭语言和对语言的感悟方面有着较高的天赋，这为他以后的创作打下了良好的基础，积累了丰富的生活素材。

李凖童年一直在农村生活，读完初中一年级后辍学，在家随祖父阅读了《史记》《古文观止》《乐府诗选》《唐诗合解》等中国古代文学作品，奠定了较好的古典文学基础。1943年春，李凖离开农村到洛阳一家商店去当学徒，这期间李凖阅读了屠格涅夫、狄更斯、巴尔扎克等世界著名作家的作品。大量中外文学的阅读拓展了李凖的视野，开阔了他的思路，进一步激发了他的文学兴趣与爱好。1945年，婚后的李凖到父亲经营的乡镇邮政代办所工作，使他有机会了解到了农村各阶层的人物和生活。借着邮政所的便利，李凖阅读了不少报纸和杂志，对中国的社会状况越来越熟悉。工作之余，李凖还参加了镇上的业余剧团，接触到了中国传统的戏曲、曲艺和许许多多的民间艺人，这些对李凖以后从事电影剧本的创作有着很大的影响。一系列文学艺术的积淀使频生创作冲动的李凖开始小试身手，学写文章和戏剧剧本，并在洛阳当地的报纸上发表了有关岳飞的历史小说《金牌》和散文《中国最早的报纸》等文学作品。新中国成立前夕，李準还接触到了马列主义理论著作、新文艺作品和解放区文学，其中李準为农民作家赵树理的作品所深深吸引，尤其是赵树理的语言给李準留下了极为深刻的印象，使他第一次意识到把农民语言变成文学语言竟然能这样亲切感人。这一发现极大地激起李準对农民语言的兴趣，为他以后用个性化的农民语言进行文学创作起到了推动作用。

1948 年洛阳解放，李準积极参加社会工作，先是在银行当职员，随后不久又调到洛阳市干部文化学校任语文教师，同时正式开始写作。一般来说，我们把李準 1976 年以前的文学和电影的创作称为前期创作。《卖马》是李準前期创作的第一个小说集，其中收录了十多篇显得稚嫩的短篇小说。1953 年，深受新中国大好形势鼓舞的李準，为宣传社会主义改造时期的总路线创作了《不能走那条路》。这篇短篇小说最初发表在 1953 年 11 月 20 日的《河南日报》上，小说因为成功地刻画了宋老定这一翻身农民的双重性格，触及了现实生活中农民开始出现两极分化苗头的问题而受到高度重视。小说发表后立即引起社会的强烈反响，李準也因此在全国一举成名。李準前期的小说创作更多也更得心应手的是短篇小说，这一时期除了《不能走那条路》以外，他还创作了《白杨树》《孟广泰老头》《雨》《陈桥渡口》等作品。这些小说有意识地配合了当时党在农村的一系列的方针与政策，在一定程度上描摹了 20 世纪 50 年代前期处于剧烈变革中农村的社会风貌。

1955 年，李準调入河南省文联工作。从 1956 到 1957 年，在整个文化界思想活跃的大背景下，李準以《人民日报》特约记者的身份，到东北十二个大中城市进行采访。在此期间，他陆续创作了《一头小猪》《妻子》等近 10 篇小说，出版了短篇小说集《野姑娘》《农忙五月天》等。1956 年，李準到北京参加文化部举办的电影学习班专业学习电影编剧，补充和丰富了电影理论知识，增强了驾驭不同艺术形式的能力。李準的文学创作与电影创作比翼齐飞，他不仅频频推出给人带来惊喜的小说作品，同时又开辟了一条通往电影世界的广阔道路，而且在电影剧本创作方面迅速地达到了令人刮目相看的水准。

20 世纪 50 年代中后期是李準创作的旺盛期。1956 年，李準成功地创作了他的第一个电影剧本《老兵新传》，接着又创作和改编了《小康人家》《李双双》《龙马精神》等一系列电影剧本，并创作了《壮歌行》等电影小说。《老兵新传》塑造了一位朴实的新时代银幕英雄形象，颂扬了主人公的奋斗精神和奉献精神。电影因是表现工农兵英雄人物在社会主义建设时期的题材而受到好评。电影界领导人认为它是不可多得的好剧本，调动了优秀的电影导演和演员进行制作，并作为国庆十周年献礼片被隆重推出。《老兵新传》摄制完成后，被评论界普遍看好，还于 1959 年获得了“国庆十周年优秀影片”的光荣称号。另外，这个时期的李凖还发表了《没有拉满的弓》等十多篇小说，写了《到农村去》《春到三门》等散文，特别是 1956 年“双百”方针发表后，李凖陆续发表了《芦花放白时候》《灰色的帆篷》和《信》等不同寻常的小说作品。这些所谓的“问题小说”“暴露小说”作品，标志着李凖正在突破类似《不能走那条路》那种诠释政治、配合宣传国家政策的小说模式。这时的李凖不再一味地按照政策需要来从事艺术创作，而是在艺术创作中，力求触及生活中的矛盾冲突和阴暗面，深入挖掘人物的内心世界以及人物性格的复杂性，当然后来李凖也因此招来麻烦。

1958 年，极受主流意识形态推崇的《老兵新传》和遭到排斥的“百花文学”《灰色的帆篷》的不同遭遇促使李凖重新确立了创作走向，他开始有意回避现实生活中不尽如人意的东西，转向以歌颂富有时代特征的社会主义新人为主的创作，先后写了《人比山更高》《夜走骆驼岭》等小说和十多篇散文特写。1959 年，李凖创作出了《两匹瘦马》《两代人》等小说，并出版了《不能走那条路》《芦花放白的时候》等六部短篇小说集，改编了《耕云播雨》《夜走骆驼岭》等电影剧本。

1960 年，李凖发表了前期创作的代表作——短篇小说《李双双小传》。小说以当时农社“大跃进”生产为背景，作者显然是有意配合“大跃进”和宣传大办集体食堂的浮夸风，只是由于李凖对农村生活极其熟悉，客观上仍塑造出了一个勇于向私有观念和习惯势力挑战的社会主义农村新人李双双的形象。特别是李凖把自己的小说改编成电影《李双双》以后，更进一步强化了李双双这一富有时代气息和性格力量的农村妇女的典型形象，使她很快成为一个风靡一时的明星。从新中国成立以后到“文化大革命”前，李凖一共写了五十多部中短篇小说和一些戏曲、话剧剧本，改编和创作了十多部电影剧本。其中，电影剧作《李双双》是李凖有生以来最优秀最具代表性的电影作品。

1966 年，在“文化大革命”中惨遭“四人帮”文化专制迫害的李凖却受到了农民们的由衷欢迎。尤其令人欣慰的是，残酷的底层生活为李凖以后的创作提供了新的素材。正是在西华劳改期间，李凖了解到了六百多户黄泛区人家的苦难家史，聆听他们饱含辛酸的诉说，也感受到了蕴含在底层民众身上的坚韧性格和不屈不挠的精神力量，让作家真正领略到了人民的伟大与可敬。可以说，李凖未来创作路上的新突破、新高峰正是得益于这段生活。1974 年，回到郑州的李凖开始创作长篇小说《黄河东流去》。这部史诗性的小说达到了李準创作的最高峰，也是作家多年来观察生活、积累经验、探索思考的艺术结晶。这部长篇力作通过黄泛区农民的悲欢离合，生动表现了中华民族在历史灾难面前强大的凝聚力和生命力。1975 年，李準创作了电影剧本《大河奔流》，这部作品努力追求"要表现我们中国农民在新的社会里做的贡献、在旧社会他们所受的苦难，进一步再提炼就是写历史是人民群众创造的，是通过巨大变化来写劳动人民的品质"（李準《观察生活和塑造人物》）。1985 年 12 月，小说《黄河东流去》以其独到的艺术魅力获得第二届茅盾文学奖。

二、李準的创作

在 20 世纪五六十年代的文学创作和电影创作中，李準始终走在时代的前列。他善于通过农村日常生活中小人物的所作所为、所思所想，来表现新旧思想的斗争与交融，展示社会变革中农民的行为、心理的复杂性。农民出身的作家李準能深切体会到中国传统农民身上遗留的一些狭隘自私的心理痼疾，因此，他常常带着善意的微笑，去揭露和批评农民身上所带的那些缺点，并满腔热情地歌颂社会主义新人。他成功地塑造了李双双、孟广泰、郑德和等一批新社会先进农民形象，给社会生活树立了鲜活的榜样。李双双这一人物形象，自 20 世纪 60 年代以来陆续被电影、戏剧、歌曲等多种艺术形式传唱，成为当时中国农民崇尚的时代模范，产生了巨大的社会影响。李準 20 世纪五六十年代农村题材的作品因生活气息浓郁和塑造新人形象成功而得到评论界的肯定和好评，被认为相当生动完整和准确地反映了我国农村所经历的无比激烈而深刻的社会主义改造和社会主义革命运动的基本进程，李準常常被视为是继赵树理之后，以短篇小说形式、描绘农村生活、刻画农民心理的一位能手。

李準是以小说家和剧作家的双重身份活跃于当代文坛和影坛的。他一生写过 29 部电影剧本，这些作品多次获奖。作为电影剧作大家，李準作品不但数量多，而且艺术质量也较高。他担任电影编剧的影片几乎部部打响，成为经典之作。在文学与电影的创作上，李準一直注重从实际出发，努力表现真实的社会生活。他热爱生活，热爱劳动人民，并把这两条信念作为自己一生创作的总结。在深入生活的过程中理解并消化生活，在思想感情上与广大人民群众相通，这在李準身上也得到了很好的体现。

20 世纪的 50—70 年代，李準积极贯彻"文艺为工农兵"服务的方针，紧跟时代步伐，创作了《不能走那条路》《李双双小传》等名作。新时期以来，李準写出了《王洁实》《芒果》等小说。与《黄河东流去》"回顾历史，重铸传统"

不同，这些小说把主题集中在社会政治批判和社会道德批判上，以动乱时期的社会生活为背景，或描摹“文化大革命”时代的社会世相，或刻画蒙难者身陷囹圄时对生的渴望和生命的毅力，或描写历史灾难中普通人人格的正直与高尚，揭示了“左”的思想路线在社会生活中的发展轨迹；尤其是它对人的命运的影响，因此而引起社会各界读者的关注。

李凖的作品具有鲜明的地域特色和民族特色，在艺术上注重人物性格的刻画和传神逼真的细节描写，擅长使用细节描写和人物对话，擅长使用白描手法，从人物的行动中，从性格冲突中去刻画人物。对人物的肖像、心理，对生活环境、风物习俗也不作很多静态描写。特别要指出的是，李凖一直关注农村、关注农民，在他的小说和电影里塑造的也大多是农民形象。他笔下的农民形象生动、真实，富有个性魅力。他推崇适合农民习惯的朴素、明朗、平易的风格，注意作品的故事性。故事结构上，大多层次清楚，自然顺当，并不在构思曲折的故事和奇巧的情节安排上下功夫。李凖的文风平实、生活气息浓郁，语言清新自然、诙谐风趣，大多作品都具有乐观幽默的情趣和喜剧色彩。可以说，李凖是中国农民最熟悉、最热爱的作家之一，他创作的小说和电影深受广大读者、观众，尤其是农民读者和观众的喜爱与欢迎。

《李双双小传》最初发表于1960年第3期的《人民文学》，作品集中生动地展示了在“大跃进”集体生产劳动中一个普通劳动妇女的成长道路。李双双勤劳善良、积极向上、大胆泼辣、疾恶如仇，具有要做一个新生活真正主人的强烈愿望。但在传统习俗的影响下，她不得不屈从于替丈夫生儿育女、缝衣做饭的命运安排，然而，农村的社会主义改造，促使性别意识有所觉醒的她冲破家庭的羁绊，参加到社会大生产中来，向着千百年来所形成的社会习惯势力发出挑战。作家在刻画李双双这个人物时，赋予她鲜明的时代特征，将她个人的解放和当时火热甚至亢奋的社会风气紧密地结合起来。需要指出的是，李双双不同于过去任何一个时代的妇女，她要求走出家庭，摆脱丈夫控制的动机，不是为了出人头地、图名攫利，寻求个人的发展，而是希望自己投身社会集体当中，参加热火朝天的社会建设，能为国家、为集体贡献自己的一分力量。李凖将李双双热爱集体、敢于斗争的品质都熔铸在她那火辣辣的性格、果敢利索的行动以及爽朗乐观的音容笑貌里。通过这一有着鲜明性格特征的人物，作者表现了新中国成立后一部分紧跟时代潮流的年轻人热情澎湃地迎接新生活、投入新建设的社会风貌。李双双这一形象，不愧为当代文学人物画廊中一个个性丰满的艺术典型。

李双双的丈夫孙喜旺也是一个富有艺术光彩的人物形象。他勤劳善良、憨厚不失聪明，淳朴又不失幽默，热爱劳动又有着鲜明的阶级感情，但旧社会的复杂经历在他身上留下了深深的烙印。所以,比起一般庄稼人,喜旺又显得自私狭隘、明哲保身,遇事往往睁只眼闭只眼,不愿得罪别人。同时,孙喜旺又有着喜剧性的东方男子性格,在妻子面前往往爱要点大男子主义,尤其喜欢在外人面前充当家里的英雄好汉。作家不仅描写了喜旺复杂的思想性格,还对这个人物的转变过程描写得细致入微,饶有兴趣。譬如刚开始喜旺根本不把双双放在眼里,只把她看成“俺做饭的”,认为她和别家的女人没什么不同,但后来通过孙有要他多记工分、干活投机取巧、大忙时跑出去搞运输等一系列事实和妻子双双一身正气的行为的鲜明对比,他终于认识到双双“思想比我高”,打心眼里佩服妻子了。李凖巧用一个细节表明喜旺对双双的这种心理的微妙变化,如当喜旺得知老支书要到公社报喜时说:“进叔,你去报喜时再捎上一条,就说李双双那个爱人,如今也有点变化了。”这个设计匠心独运,既符合喜旺这一人物身份,又富有诙谐情趣,充分体现出喜旺一贯幽默的性格特点,别有一番风味。

在艺术性方面,《李双双小传》展示的人物生活环境和思想冲突,与李凖以前的作品相比,显得丰富和复杂。小说用了两条线索叙述:李双双与喜旺夫妻俩的矛盾,李双双与孙有父子的矛盾。两条线索纵横交错,互相独立却又相互影响,形成了故事情节发展中的一个又一个波澜,给李双双性格的成长提供了更充分的生活依据。两条线索同时使用,叙述不枝不蔓,有条不紊,体现了作家叙述故事的深厚功力。另外,作家在刻画双双与喜旺这两个人物时,采用了强烈的对比手法,对塑造他们各自鲜明的性格特征起到了重要作用。

当然,作为20世纪60年代“左”倾时期的文学作品,《李双双小传》选取的题材是1958年人民公社大办食堂的事件,小说主人公李双双的身上不可避免地带着一些“左”的痕迹,她的思想和行为有时也显得虚假和夸张。由于作者较多地关注了农村生活中美好的一面,用革命浪漫主义、革命理想主义的眼光看待“大跃进”“浮夸风”,因而回避了错综复杂的现实矛盾和问题。但同时我们也应该看到,《李双双小传》所歌颂的大公无私、敢想敢为、关心集体、敢于批评农村基层干部的自私自利行为等品质,也是我们这个时代所需要的,不仅是20世纪50年代,即使在今天实行商品经济的时代里,也仍然沟通着人们美好的心灵追求。

三、《黄河东流去》

《黄河东流去》写的是1938年国民政府“以水代兵”,炸开了黄河花园口大堤,致使豫、皖、苏四十四县陷于灭顶之灾,河南灾民扶老携幼,仓皇西逃,

在饥饿线上、死亡线上奋力挣扎的血泪史，堪称一幅幅惨不忍睹的流民图。小说以 20 世纪三四十年代黄泛区人民的苦难史为背景，以赤杨岗七户农民的命运为线索，反映了黄泛区难民在水、旱、蝗、汤的重重灾难的打击下，迁徙奔命、辗转挣扎、重建家园的艰难历程，艺术地再现了黄河流域勤劳、质朴、侠义的农民的历史命运，热情地讴歌了他们黄金般可贵的品质和淳朴美好的感情，挖掘出中华民族的伟大魂灵——顽强的生命意志、真挚的伦理柔情、机智的生存策略，这也是黄泛区人民抗御天灾人祸的立足基石。李凖在本书卷首写道："这本书的名字叫《黄河东流去》。但她不是为逝去的岁月唱挽歌，她是想在时代的天平上，重新估量一下我们这个民族赖以生存和延续的生命力量。""多少年来，我在生活中发掘着一种东西，那就是：是什么精神支持着我们这个伟大民族的延续和发展？……最基层的广大劳动人民，他们身上的道德、品质、伦理、爱情、智慧和创造力，是如此光辉灿烂。这是五千年文化的结晶，这是我们古老祖国的生命活力，这是我们民族赖以生存和发展的精神支柱。"

小说通过对中原大地七户农民家庭在这场惨绝人寰的大劫难中的离散、解体、聚合、重建等多方位、多层次描写，相当深刻地展示了中华民族冲不垮、压不倒的顽强向上的韧力，英勇抗争、艰苦奋斗的精神，即使在大灾难中也不泯灭的人际团聚力，以及相互扶持、同舟共济的伟大情怀，从而明确地向人们宣告：一个经受了严峻考验的民族，是世界上最伟大也是最有希望的民族，这样的民族将最终取得光明美好的前途。难得的是，作者并不避讳中华民族长期背负的因袭的沉重包袱，存在于我们民族意识中的因循守旧和民族生活中的封建习俗，试图用历史的辩证方法揭示一个优秀的民族灾难迭起的内在因由。作者的这种创作意向，使《黄河东流去》蕴含了丰富的社会的、人生的、感情的、哲理的内容，展示出巨大的历史真实性。

此外，在总结了以往创作的经验教训，特别是人物形象塑造上的经验教训后，小说创作在美学意识上也做了较大的调整。在《黄河东流去》"开头的话"中，作家告诉读者："在这本小说里，几乎看不到叱咤风云的'英雄人物'了，但他们都是真实的人，他们每一个人身上，都还有缺点和传统习惯的烙印，这不是我故意写的，因为生活中就是那样的。"李凖笔下的李麦、海长松、徐秋斋、蓝五、王跑、老青、春义这七个农户的代表及其他二十几个男女老少受难者，几乎每个人都有一部血泪史，但是他们符合生活逻辑、人性逻辑的性格发展历程，表现出各自坚强的生命力和互助互爱的优良品质。审美视角的变化和文体思维模式的更新，表现在人物塑造方面，是不再局限于过去那种所谓高品位的典型塑造和强化性格闪光点的观念意识之中。在对人物进行审美观照时,抛弃了先进与落后、正面与反面等两极对立模式,由关注人物形象自身的阶级、阶层的政治素质的典型性,转向关注人物形象本身所蕴含的历史和社会内容的丰富性和复杂性,特别是注意揭示性格上多层次、多侧面所生发出的美学潜在魅力。换一种方式说,其创作开始由个体视角切入,不再热衷于表面层次的、现象式的社会冲突的描绘,而注力于个体形象所体现出来的人生内涵,从多重组合的角度展示个性力量。如此,人物自然会摆脱二维对立的斗争格局,在哲学文化的意义上构成社会关系的总和。小说中着力塑造的李麦、徐秋斋等人物,再也不是单一性格观念的产物,而是既具有时代性格特质又有某些历史局限性的活生生的个性实体。

农村妇女李麦是小说中的一个重要人物。她有着一部经历过"九蒸九晒",较之一般农民更艰难也更丰富的生活史。她幼年丧母,随父四处流浪,沿路乞讨,后来定居赤杨岗,给地主当"磨倌"。父亲惨死之后,又跟着同村一个以"运盐推脚"为业的男人(后来成了她的丈夫)出入徐州。这种长期漂泊不定的人生旅程和受迫害遭欺凌的生活遭遇,磨砺了她的意志,增长了她的胆识,也培养了她吃苦耐劳、勇于抗争的精神。她在任何艰难困苦的境况下都不失却生存热情和生活能力,不信神、不认命,也有一副扶助乡亲邻里的侠义心肠。这是一个由特殊的生活经历造就的,跟一生守护着一块狭小土地的农民有着区别,比一般农民有更大胆的识见和更少受传统观念支配的农村妇女形象。即使对于农民群体中这样一个出类拔萃的人物,作者在塑造时也没有忽略其性格中可能存在的弱点,书中有这样一段情节:赤杨岗的地主海骡子投靠日本人,为其在落难中寻糊口的灾民中招募华工,但告示张贴之后却无人问津。于是他与陆胡理合谋,让陆到赤杨岗难民中去当"人诱子",企图诱骗灾民上钩。陆按计行事,混入赤杨岗人安身的破庙,一时蒙骗了很多人,其中就有过重看待乡亲情分的李麦。她不知就里,受骗上当。

徐秋斋是小说的另一重要人物。他出身"寒士",在乡村教蒙学,也学过算卦,是深受我国历史文化的熏陶与民族道德伦理传统培育的传统知识分子。他对梁晴说过一段感人肺腑的话:"我们人穷情义不穷。人不同于畜生,就在这一点。什么叫夫妻情?用这报纸上的新名词来说,夫妻情就是互相牺牲,你放上一块瓦,我放上一块砖,你放上一根檩,我放上一根梁!你放上一腔血,我放上一个头,有情有义的房子,就是这样盖起来的。""什么叫良心?良心就是一个人的德行,一个人的胆气,一个人的脖筋和脊梁骨,人有良心就活得仗义,活得痛快,什么都不怕,他没有亏心!"实际上,这正是徐秋斋行事处世的写照。出于对弱小的理解与同情,也出于对奸邪的愤慨与抗争,他用计谋帮助同村人李麦、王跑和陌路人贩盐妇女摆脱了困境,挽回了损失；他为保护、教育与亲人离散的梁晴尽了长辈应尽的责任，成为智慧、行义的象征，然而这一人物身上也存在着旧知识分子的固有弱点，如某种程度的清高和胆怯等。

在《黄河东流去》的人物创作过程中，贯穿着李凖的文化审美的设想和追求。他着力刻画出了中原农民的群体性格，即所谓“侉子性格”。他认为，这是黄河给予他们的性格。黄河孕育了中原大地的农民，也造就了这一地区农民的某些特质，而这些特质在“黄水劫”的非常时期更易于显露和表现。作者在运用种种充满“侉”味道的生活故事来着意描写河南“侉子”的性格气质，从伦理道德、风俗习惯等功能系统刻画中原乡土文化心态时，致力于坚持“不拔高也不故意压低”的塑造原则：一方面，他着力挖掘和表现中原农民性格中浑厚善良、机智幽默、精明干练，在大事面前显得豪放爽直等充满光彩的成分；另一方面，他也不加掩饰地揭示其狡黠、狭隘、执拗、小事吝啬等性格弱点，让人感受到一种普通人物的真实存在及其所经历的历史劣根性的显现。《黄河东流去》重点写了 7 个家庭的 20 多个人物，涉及河南中牟县赤杨岗十几个家庭的 98 个人物，线索纷而不乱，行文波澜壮阔。作者所描绘的巨型流民图，以及首次在中国文学史上大规模塑造的“河南侉子”系列农民形象，是《黄河东流去》最大的成功之处。小说既写出了具有丰富性、复杂性的生活所造就的人物的独特个性，又写出在共同的地域环境、生活条件和精神气候下形成的具有性格特征方面的某种共同性的群体性格，比如徐秋斋的机智，李麦的刚强，海老清的倔强，海长松的厚重，王跑的狡黠，凤英的聪明，陈柱子的精细，春义的固执，等等，既是把他们个人之间的相互区别开来的各自特殊的性格，又都是中原农民式的，带有共同的“侉性”，与具有类似性格特征的燕赵农民、关东大汉、南方村民、西部老乡区别开来，在语言声口、行为方式上，以致表情、心理特征上鲜明地区别了开来。

在文字技法方面，作者将中国古典小说的叙事方式同外国小说的某些富有表现力的技巧很好地结合起来。在描写上，既展示白描的硬功夫，又学习外国小说心理描写方面的长处，使这部小说成为杰出的土洋结合之作。从这本书里，随处可以领略到一些多姿多彩、富于表现力的散文笔法。作家以雄浑的笔力写黄河景色的变化多端，令人神往；写三门峡行船之险恶，写浊浪排空吞没赤阳岗之猛烈，骇人听闻；写成群结队的流民大迁徙，写洛阳郊区、西安城下难民营的纷乱场面，使人触目惊心。作家善于精选富有个性色彩的对话，通过两三个富于动作性和独特性的细节，就能够使一个个（全书可举出二十几个）独特的人物形神兼备地跃然纸上。

《黄河东流去》在语言方面较之以前作品的首要变化，主要表现在对优秀的古典语言的吸收和运用上。他不仅直接把“雨丝风片”“长安一片月”“黄河之水天上来”这些动人的诗句纳入自己的作品中，并且常常把古典文学中的优美意境，融化在自己的作品里，造成一种新的意境美。小说中有一段雪梅听蓝五吹唢呐的描写：“委婉凄凉的唢呐，像大漠落雨，空山夜月，把人的感情带进一个动人的境界，生离死别的泪水，英雄气短的悲声，都淋漓尽致地表现出来了……当那个‘门’字的最后余韵还在低徐回荡，雪梅眼中的泪珠，却像珍珠断线似的洒落在雪青布衫衣襟上。人散后，雪梅如醉如痴地回到家里。她忽然感到世界是那么美好，月亮是这样柔和……”这段文字，借用了古典文学的语言和意境而不露斧凿痕迹。它有一种诗与散文融为一体的气质，优美、凝练、舒卷自如，很好地表达了雪梅复杂、丰富的思想感情。

作者同样重视民间文学语言和人民群众语言的运用。在《黄河东流去》里，他更多地采用了民歌、民谚和人民口头语。作者用“铁打链子九尺九，哥拴脖子妹拴手，不怕官家王法大，出了衙门手牵手”这样优美的民歌，作为蓝五、雪梅的爱情写照；用“天不转地转，山不转路转”这些充满哲理的民谚来表达人民对生活的坚强信念。至于像“吃饭不知道饥饱，睡觉不知道颠倒”这类生动形象的群众口语，在小说中更是俯拾皆是。与过去相比，李凖更注意对这类语言的选择和提炼。它们不仅是生动活泼的人民口头语汇，也是优美精巧的文学语言。

李凖的文学语言的魅力，也同他笔下的幽默感是分不开的。他的幽默感，一向表现为对待生活开朗的、机智的、乐观的态度，包括乐观的自嘲成分。这种语言的幽默感，带有河南农村的乡土气息，但淘洗了那些过于生僻粗野的东西。可是在《黄河东流去》一书里，他机智的幽默的笑声，却带有沉郁的、悲愤的音调。如他在书中第四十五章描写李麦的歌声：“她唱歌的声音是忧郁的，但脸上的表情却是快乐的。她的歌子总带点解嘲的味道。”我们从长松买地、王跑进驴这些十分精彩的章节中，不是随处可以听到这种苦笑的歌声吗？这是带泪的笑，是深刻的幽默。这也从文学语言的角度，显示出作家认识力和表现力的深化。

《黄河东流去》抓住历史上少见的大劫难、大迁徙所波及的广阔地域和不同阶层，采用多样化的艺术笔墨，努力开拓出独特时代的民族生存的艺术空间，在广阔的艺术视角上，描写刻画出不同阶层的农民身上所蕴含的丰富的民族精神和时代内涵，使小说不再停留于两种政治集团和两种军事力量斗争这一革命历史题材长期难以超越的固有的建构观念范畴，而使审美视角和思维基点上升到文化哲学的层次，来透视民族斗争的革命历史。作品

在对赤杨岗农民身上所代表的艰苦卓绝的吃苦精神和坚韧不拔的顽强意志进行揭示描写的同时，也对其中固守土地、不思变迁所养成的凝固、保守、落后等消极因素进行了艺术的分析批判。通过对《黄河东流去》人物命运的描绘和性格特征的刻画，让读者领悟到，我们这个古老的民族，只有在发扬继承美好思想观念和道德观念的同时，不断抛弃因袭的精神负担，才能轻快地前进。

参考文献

[1]朱谦之. 老子校释[M]. 2版. 北京:中华书局,2017.

[2]费振刚,胡双宝,宗明华. 全汉赋[M]. 北京:北京大学出版社,1993.

[3]冯源. 西晋洛下文士雅集对诗风的启引[J]. 中州学刊,2018(3):148-153.

[4]孟光全.《洛阳伽蓝记·洛阳大市》色彩斑斓的市井风情画[J]. 名作欣赏,2009(29):52-53,56.

[5]聂永华."上官体"诗学理论辑议[J]. 郑州大学学报(哲学社会科学版),2003(6):11-15.

[6]王彩琴,李建松,刘迅霞,等. 隋唐洛阳名人[M]. 郑州:黄河水利出版社,2020.

[7]冯至. 杜甫传[M]. 2版. 北京:人民文学出版社,2018.

[8]杜甫. 杜诗详注[M]. 仇兆鳌,注. 北京:中华书局,2015.

[9]宇文所安. 盛唐诗[M]. 北京:三联书店,2004.

[10]陶敏,陶红雨. 刘禹锡全集编年校注[M]. 北京:中华书局,2019.

[11]高志忠. 刘禹锡诗词译释[M]. 哈尔滨:黑龙江人民出版社,1982.

[12]吴汝煜. 刘禹锡传论[M]. 西安:陕西人民出版社,1988.

[13]刘艳. 晚唐洛阳文人群体的城市生活范式及其影响[J]. 江汉论坛,2013(2). 104-109.

[14]王水照,崔铭. 欧阳修传[M]. 北京:人民文学出版社,2019.

[15]卢连章. 程颢程颐评传[M]. 南京:南京大学出版社,2001.

[16]张岂之. 中国思想学说史:宋元卷[M]. 桂林:广西师范大学出版社,2008.

[17]朱东润. 元好问传[M]. 武汉:华中科技大学出版社,2019.

[18]翟爱玲. 明代洛阳地区文化发展研究[M]. 郑州:郑州大学出版社,2018.

[19]王海燕.《歧路灯》的艺术成就[D]. 北京:首都师范大学,2004.

[20]张鸿声. 河南文学史:当代卷[M]. 郑州:郑州大学出版社,2011.

[21]孙荪. 文学豫军论[J]. 河南大学学报(社会科学版),2002(5):4-13.

后　记

21 世纪以来，河洛文学的研究吸引了越来越多学者的兴趣和关注，研究成果层出不穷。为了适应高等院校人才培养地方化、实用化的需要，我们编写了这部贯通河洛文学发展历史的教材。2020 年该教材入选河南省“十四五”普通高等教育规划教材立项建设名单（教高〔2020〕469 号）。此次修订参与者均为高校一线教师，长期从事于河洛文学与河洛文化研究，在修订过程中翻阅大量资料，力求呈现河洛文学的发展与演变。

本书在修订过程中，主要由刘保亮、宋红霞进行总体设计，张丽娜负责分工实施。各章节的具体分工如下：绪论，第三章第四节，第五章第三节、第四节由丁琳慧修订撰写；第一章，第三章第五节，由邱贤修订撰写；第二章，第三章第一节、第二节、第六节，由张丽娜修订撰写；第三章第三节，第四章第一节至第六节由闻兵修订撰写；第四章第七节，第五章第一节、第二节，第六章由孔秋叶修订撰写。最后，由刘保亮、宋红霞、张丽娜负责全书的审阅统稿。

需要特别说明的是，由于各种原因，原版一些编者未能参与此次修订撰写，在这里对他们深表歉意和谢意！

本书在修订撰写中参阅了大量著作和文献资料，前人的成果无论在编写体例还是在具体内容上都给了编者很大的启迪。此外，本书也适当借鉴了网络上有见地的观点看法，由于内容体例限制，未能一一注明，在此特向有关作者致以深切的谢意，同时敬请谅解。《河洛文学概论》系多人执笔，故行文风格不尽一致；对作家、作品的理解也见仁见智，不当之处，恳请有关专家、学者批评赐教。

编　者

2021 年 6 月